Lucy Score

Mr. Fixer Upper

LUCY SCORE

MR. FIXER UPPER

Roman

Aus dem Amerikanischen
von Uta Hege

Forever

Forever by Ullstein
www.ullstein.de

Neuausgabe bei Forever
Forever ist ein Verlag der Ullstein Buchverlage GmbH, Berlin
1. Auflage Juli 2025
ISBN 978-3-98978-029-3

Bei Fragen zur Produktsicherheit wenden Sie sich bitte an
produktsicherheit@ullstein.de.
Die amerikanische Originalausgabe erschien 2017 unter dem Titel:
Mr. Fixer Upper
Umschlaggestaltung: zero-media.net, München, unter Verwendung
einer Vorlage von Elizabeth Turner Stokes
Gesetzt aus der Albertina by pepyrus
Druck- und Bindearbeiten: CPI books GmbH, Leck

Für Adam und Abbie. Hoffentlich bin ich eines Tages in der glücklichen Lage, dass ich euch eure Collegeausbildung bezahlen kann. Oder wenigstens einen wirklich schönen Urlaub.

FRÜHLING

Kapitel 1

Paige schlug rastlos ihre langen Beine unter dem schimmernden Holz des Konferenztisches übereinander. Sie war einfach nicht für Marathonbesprechungen mit mehrseitigen Tagesordnungen geschaffen, und je länger sich die Powerpoint-Präsentation des Anzugträgers mit den deutlich sichtbaren Geheimratsecken hinzog, umso unruhiger wurde sie. Sie hatte alle Hände voll zu tun, und ihren Chefs bei der Produktionsfirma dabei zuzuhören, wie sich die Einschaltquote einer Serie, die bereits ein echter Quotenschlager war, noch weiter steigern ließe, brachte sie bei ihrer eigenen Arbeit nicht voran.

»Was wir wirklich brauchen, ist, dass Gannon mehr Gefühle zeigt«, verkündete der Anzugträger und rief eine neue Folie auf, auf der das Gesicht von Sexgott Gannon King neben einem Säulendiagramm zu sehen war.

»Das ist es, was die Frauen wollen«, fügte er hinzu, und Paige war ziemlich sicher, dass die Handvoll Frauen, die im Raum versammelt waren, nicht wie gebannt auf das Diagramm, sondern ausschließlich auf das Foto sahen.

»Damit wir uns recht verstehen: Sie sprechen nicht von dem

Gefühl, das er für gewöhnlich zeigt. Korrekt?«, hakte der Mann zu ihrer Rechten nach. Eddie Garraza war der Produktionsleiter der Reality-Show *Kings of Construction*, und mit seiner Khakihose, die sein Markenzeichen war, dem knitterigen Hemd und den ausgelatschten Mokassins, die unablässig auf den Boden wippten, hob er sich deutlich von den Maßanzügen und Designerschuhen der anderen ab, die wahrscheinlich mehr gekostet hatten als das erste Auto vieler anderer Menschen.

Paige verbarg ihr leises Kichern hinter einem Hüsteln.

Das einzige Gefühl, das Gannon King normalerweise zeigte, war eine brennende Wut, an der sich jeder, der ihm näher als zehn Meter kam, verbrannte. Er war gelernter Bauhandwerker, aber seine große Liebe galt dem Holz, und die Möbel, die er baute, waren einmalige Kunstwerke, die praktisch und robust, zugleich aber auch herrlich anzusehen waren. Die Zuschauerinnen ihrer Sendung beteten vor allem seinen makellosen, manchmal nackten Oberkörper an. Paige selber aber reservierte ihr Verlangen für die Möbelstücke, denn das aufbrausende Temperament, die Streitsucht und die Sturheit dieses Mannes führten häufig zu Verzögerungen bei den Dreharbeiten und machten ihr ein ums andere Mal das Leben schwer.

»Wir wollen, dass er sich endlich einmal menschlich zeigt. Cat ist bei den Zuschauern total beliebt und sie werden begeistert sein, wenn Gannon auch ein bisschen weicher wird.«

Cat King war Gannons Zwillingsschwester und genauso attraktiv und talentiert wie er. Sie war zwei Minuten jünger und hatte wie ihr Bruder braune Augen mit unglaublich langen, dichten Wimpern. Doch im Gegensatz zu seinen dunklen, für gewöhnlich kurz geschorenen Haaren waren ihre blonden Haare lang und wild gelockt. Wo er rau war, war sie glatt, und wo er stritt, suchte sie eher den Kompromiss, sodass vielleicht ihr Aussehen, aber ganz bestimmt nicht ihr Verhalten auf ihre Verwandtschaft schließen ließ.

»Paige.« Der Mann in dem zu engen Hugo-Boss-Anzug – Raymond? Ralph? – winkte ihr mit der Fernbedienung zu. »Sie und Gannon haben sich doch schon des Öfteren gefetzt. Wir hätten gern, dass Sie ihn auf die Palme bringen und dass das dann jemand filmt. Sie wissen, dass der Mann eine Schwäche für Kinder hat. Versuchen Sie, ihn damit dranzukriegen, ja? Wenn Sie ihn dazu bringen, dass er Tränen vor der Kamera vergießt, ist ein 5.000-Dollar-Bonus für Sie drin.«

Sie nickte und gab damit zu verstehen, dass sie zugehört hatte, auch wenn sie der Sache nicht wirklich zustimmte. Tatsächlich hatte es während der ersten Staffel ihrer Show, in der sie Häuser renovierten, am Set mehr als einmal zwischen ihr und Gannon King geknallt. Er schien instinktiv zu spüren, was für Knöpfe er bei ihr drücken musste, damit sie vollkommen aus dem inneren Gleichgewicht geriet. Sie würde noch jede Menge Zeit haben, um dem vorlauten Kerl ein paar Gefühlsausbrüche zu entlocken, denn nach dem unglaublichen Erfolg der ersten Staffel fingen bald die Dreharbeiten zur zweiten an.

Wenn es nach der Produktionsfirma ginge, wäre jedes Mittel recht, um Gannon auf die Palme zu treiben. Aber so eine Aufnahmeleiterin war sie nicht. Sosehr sie die 5.000 Dollar brauchen konnte, war sie ganz sicher nicht dazu bereit, Gannon nur zum Spaß in den Wahnsinn zu treiben. Er war ein Arschloch, aber ein sehr talentiertes Arschloch, und in der Tiefe ihres Herzens konnte sie den unverhohlenen Hass, den er auf all die »Sesselfurzer, die nur auf die Quoten sahen«, verspürte, durchaus nachvollziehen.

Aber erzählen würde sie ihm das ganz sicher nicht.

Eddie piekste sie unter dem Tisch mit seinem Kugelschreiber. »Wir werden unser Bestes geben«, versprach er mit ausdrucksloser Miene, während Paige die Finger schon über die Tasten ihres Laptops fliegen ließ, um sich Notizen zu machen.

Die Augen hinter seiner Drahtbrille aus den Neunzigern verrieten nicht, was er tatsächlich dachte, doch er wusste aus Erfahrung, wann sich eine Auseinandersetzung lohnte und wann nicht. Deshalb konnte Eddie es sich leisten, trotz seiner Tätigkeit in einer Branche, in der jeder darauf aus war, möglichst jung zu wirken, einen dichten Schopf aus grauen Haaren zu tragen und einen großen Bogen um Botoxnadeln zu machen.

Die Präsentation ging weiter und Paige sah durch die Glasfront des Besprechungszimmers auf die Hochhäuser der Stadt. Der Konferenzraum lag im sechsten Stock mitten in New York City, wo die Produktionsfirma angesiedelt war. *Summit-Wingenroth Productions* klang nach einem alten, ehrwürdigen Unternehmen, doch in Wahrheit war der Laden, den ein einstiger Reality-Star gegründet hatte, gerade mal fünf Jahre alt, und bisher wurde überwiegend Geld mit Dutzenden von Reality-Serien verdient.

Kings war das einzige Format des Unternehmens, das aus Sicht von Paige nicht völlig unerträglich war. Sie halfen Menschen, die in Not geraten waren, und das war es, worum es – zumindest ihr – am Ende ging. Für *Summit-Wingenroth* war *Kings* einfach der kitschige Zuschauerköder, mit dem sich viel Werbezeit verkaufen ließ.

Plötzlich drehten alle ihre Köpfe, denn die Flügeltüren des Konferenzraums gingen auf. Gannon King persönlich kam hereinmarschiert. Cat kam direkt hinter ihrem Bruder herein und schaute sich mit einem warmen Lächeln um. Eilig klickte sie die nächste Folie an und das Gesicht des Stars verschwand hinter dem nächsten Säulendiagramm. Paige lenkte ihren Blick zurück auf ihren Laptopmonitor und weigerte sich standhaft, Gannon anzustarren.

Er war die Art von Mann, die beim Betreten eines Raumes automatisch alle Blicke auf sich zog. Er war gebaut wie ein nordischer Gott, und seine breiten Schultern und die muskulöse Brust verjüngten sich zu einem derart straffen Bauch, dass ganz Twitter sich vor Freude überschlug, sobald er vor der Kamera sein Hemd auszog. Jetzt aber spannte sich ein graues Henley über der muskulösen Brust und schmiegte sich an seinen beeindruckenden Körper. Dazu hatte er drei Lederbänder um sein linkes Handgelenk gewickelt. Sein Haar, das er ein wenig länger als während der Dreharbeiten trug, war souverän zerzaust.

Paige biss sich auf die Lippe, denn, verdammt noch mal, sie war kein liebeskranker Teenie, sondern eine seriöse Aufnahmeleiterin. Und er war der narzisstische Fluch ihres beruflichen Alltags.

»Da sind ja unsere Stars.« Der Anzugträger klang so heuchlerisch, dass Paige es nur mit Mühe schaffte, nicht die Augen zu verdrehen.

»Tut mir leid, dass wir hier einfach reinplatzen«, erklärte Cat in einem Ton, der alles andere als reumütig war. »Aber wir waren gerade in der Gegend und da dachten wir, wir schauen mal kurz vorbei.«

»Bitte nehmt Platz. Wir gehen gerade die Zuschauerdemografien durch.«

Und suchen nebenbei nach einem Weg, um deinen Bruder vor der Kamera zum Heulen zu bringen, klärte Paige sie in Gedanken auf.

Ohne auf das höfliche Geplänkel einzugehen, schenkte sich Gannon einen Becher schwarzen Kaffee ein und lehnte sich an die Tischplatte. Cat wählte einen Platz am Kopfende des Tischs und blickte so lange entzückt zu dem Vortragenden, bis ihm das Wort »Einschaltquoten« nur noch unter Mühen über die Lippen kam.

Paige fing an zu grinsen. Cat war eine Meisterin der Manipulation. Was wie ein hübsches Lächeln und wie ehrliches Interesse wirkte, war in Wahrheit eine sorgsam kalkulierte Taktik, um ihren Feind zu entwaffnen und ihr eigenes Ziel zu erreichen. Je mehr die anderen sie unterschätzten, umso besser kam sie damit durch, bevor die Opfer auch nur merkten, dass sie überlistet worden waren.

Paige fragte sich, was Cat wohl dieses Mal im Schilde führte, und mit einem Lächeln auf den Lippen blickte sie in Gannons Richtung und verfluchte sich für diesen Fehler, als sein Blick sie traf.

Ihr Lächeln wirkte auf ihn offenbar wie eine Einladung, denn er kam an den Tisch und setzte sich dort auf den freien Stuhl neben ihr.

Seine zerrissene, abgewetzte Jeans streifte ihren Oberarm und eilig riss sie ihren Arm von der Stuhllehne und legte ihre Hand in ihren Schoß. Kaum saß er, schob er seine langen Ärmel hoch, entblößte eine neue Tätowierung auf dem Unterarm und legte diesen auf der Lehne ab.

Er roch nach Sägemehl und hatte seine verschrammten Arbeitsschuhe an. Wahrscheinlich hatte er den Vormittag in seiner Werkstatt in Brooklyn zugebracht, bevor ihn Cat dazu gezwungen hatte, mitzukommen, um ihr bei was auch immer beizustehen.

Warum nur sah er so fantastisch aus und war dazu noch derart talentiert? Das war einfach nicht fair.

Er schob sich neben sie und flüsterte ihr zu: »Was ist nicht fair?«

Sein warmer Atem traf auf ihren Hals. Paige drehte den Kopf und stellte fest, dass er ihr viel zu nahe war. Konnte er jetzt etwa auch noch Gedanken lesen, oder was?

Er nickte mit dem Kopf in Richtung ihres Monitors.

Das ist nicht fair. Das ist nicht fair.

Verflixt. Ihr Unterbewusstsein hatte wohl die Kontrolle übernommen. Verlegen biss sie sich auf die Innenseite ihrer Wange.

»Tippen ist gut für die Karpaltunnel.« Wie um ihre Lüge noch zu betonen, wackelte sie mit den Fingern.

»Na klar, Prinzessin«, stimmte er mit einem Grinsen zu, das deutlich machte, dass er nicht darauf reingefallen war. Dieses »Prinzessin« machte sie absolut wahnsinnig. So nannte er sie permanent, seit sie beim Dreh der letzten Staffel unverhofft in einen Regenguss geraten war. Eine freiwillige Helferin hatte den Sportbeutel der Tochter dagehabt, ihr als Ersatz für ihre hoffnungslos durchweichten Kleider knappe Shorts sowie ein viel zu enges, weißes T-Shirt mit »Prinzessin«-Aufdruck geliehen, und nachdem der Blödmann mitbekommen hatte, wie empfindlich sie auf diesen Namen reagierte, sprach er sie beharrlich damit an.

Paige löschte die Zeilen auf dem Monitor und versuchte, sich erneut auf den Vortragenden zu konzentrieren, der endlich zum Hauptpunkt ihres Treffens kam, nämlich den Familien, denen sie sich in der zweiten Staffel widmen würden.

»Als Erstes fahren wir zu den Russes.« Er rief eine Aufnahme von einem älteren Paar und Kindern jeden Alters auf dem Bildschirm auf. »Phil und Delia Russe haben drei Kinder und neun Enkel.«

Eilig klickte er die nächste Folie an, auf der man die Fassade eines unscheinbaren Firmengebäudes sah. »Die beiden haben vor zwanzig Jahren eine Suppenküche aufgemacht und seither über eine Million warme Essen an Bedürftige verteilt. Auch die Kinder und die Enkel arbeiten dort ehrenamtlich mit.«

Die nächste Folie zeigte ein Büro im angesagten Shabby Chic, in dem das Ehepaar von zwei Männern im Anzug einen dicken Scheck entgegennahm. »Vor fünf Jahren haben sie dazu noch eine Jobvermittlung aufgemacht, das heißt, wir haben neben ihren Kindern und den Enkeln auch noch jede Menge Leute, die durch sie der Obdachlosigkeit entkommen sind und die es kaum erwarten können, uns bei dem Projekt zur Hand zu gehen. Es wird ein Kitschfest werden. Der perfekte Start für unsere neue Staffel, finden Sie nicht auch?«

Paige schrieb eifrig mit, ließ allerdings das »Kitschfest« aus.

»Bisher wissen wir noch nicht genau, wie umfangreich die Renovierungsarbeiten dort werden, doch sobald das feststeht, schicke ich einen Projektplan raus«, bot sie an.

Gannon räusperte sich kurz und alle wandten sich ihm zu.

Er lehnte sich auf seinem Stuhl zurück und wandte sich dem Bildschirm zu. »Meine Jungs haben schon mal die einheimischen Bautrupps und das Bauamt kontaktiert. Der Platz hinter dem Haus reicht für ein zusätzliches Zimmer im Erdgeschoss, und vorne haben wir an ein offenes Konzept gedacht. Hauptproblembereiche sind das Dach und die Elektrik, denn die sind inzwischen vierzig Jahre alt. Beides muss rundum erneuert werden, aber die Genehmigungen dafür sind ganz sicher kein Problem.«

Gannon sprach in einem Meeting. Freiwillig. Und konstruktiv. Paige kam aus dem Staunen nicht heraus. Aber natürlich stand sie selbst dadurch mit einem Mal wie eine ahnungslose Vollidiotin da.

Die drei anderen Frauen am Tisch hingen an seinen Lippen und das halbe Dutzend Männer nickte nachdenklich, als wäre seine Ansprache nicht weniger bedeutsam als die Rede von Gettysburg.

Paige sah ihn von der Seite an, und er zog eine Braue hoch und hob die Hände. »Tja, Prinzessin, wenn ich will, kann ich auch nett sein«, klärte er sie leise auf.

»Ich habe nie was anderes behauptet.«

»Aber ich kann hören, was du denkst.«

Idiot. Das hatte er ganz sicher nicht gehört.

»Wenn du aufhörst, mich Prinzessin zu nennen, gebe ich zu, dass ich bisher vielleicht nicht völlig frei von Vorurteilen war.«

Wieder beugte er sich zu ihr vor. Und kam ihr dabei viel zu nah. Die goldenen Sprenkel in seinen braunen Augen schimmerten im Licht und mit der Narbe, die die linke Braue teilte, sah er verwegen und gefährlich aus. »Das kannst du vergessen.«

Kapitel 2

Als das Meeting endlich vorbei war, knurrte Paiges Magen unüberhörbar, und sie wollte nichts lieber, als Gannon zu entfliehen. Sie hatte eine knappe halbe Stunde Zeit, um was zu essen, bevor sie sich mit Eddie und dem Drehortmanager treffen würde, um die Einzelheiten der drei ersten Sendungen durchzugehen.

Sie stand auf, um ihren Laptop und ihre Papiere einzupacken, während Gannon weiter sitzen blieb. Sie versuchte, seinen Blick zu ignorieren, aber schließlich hielt sie es nicht länger aus und fragte spröde: »Kann ich dir helfen?«

Er verzog den Mund zu einem schiefen Grinsen. »Ich habe dich noch nie in einem Rock gesehen. Aber der steht dir durchaus …«, er ließ seinen Blick über sie gleiten: » … gut.«

Tatsächlich kannte Gannon sie im Grunde bisher nur in der normalen Uniform der Renovierungscrew, bestehend aus T-Shirt, Jeans und allem, was sich drüber- oder drunterziehen ließ. Während der Dreharbeiten hatte sie schon Glück, wenn sie genügend Zeit zum Tuschen ihrer Wimpern fand, bevor sie noch vor Morgengrauen zum Drehort fuhr. Es hatte eben eindeutig auch Vorteile, hinter der Kamera zu stehen.

Das Kribbeln ihrer Haut verriet ihr, dass ihre Beine unter seiner eingehenden Musterung errötet wären, wenn das möglich wäre, doch sie widerstand dem Drang, an ihrem Bleistiftrock zu zupfen, bis zumindest ihre Knie nicht mehr sichtbar wären. »Freut mich, dass du mit meinem Outfit einverstanden bist«, gab sie in kühlem Ton zurück. »Wir sehen uns dann am Drehort.«

Sie verließ den Raum in einem Tempo, das ihm zeigen sollte, dass sie sehr beschäftigt war, ohne den Eindruck zu erwecken, dass sie vor ihm floh, obwohl sein Blick sich weiterhin bei jedem Schritt in sie hineinzubohren schien.

»Paige!« Cat fing sie an der Tür des Konferenzraums ab. »Wollen wir zusammen was essen?«

Paige warf einen Blick auf ihre Uhr. »Was für ein Essen können wir in einer knappen halben Stunde verdrücken?«

Cat zog nachdenklich die Nase kraus, aber dann hellte sich ihr Gesicht wieder auf.

»Etwas vom Hot-Dog-Stand«, sagten die beiden Frauen im Chor.

Paige lachte. »Und was ist mit deinem Bruder?«

Sie erstarrte, denn im selben Augenblick drang seine Stimme aus dem Konferenzraum an ihr Ohr und sprach einen ihr abgrundtief verhassten Namen aus. »Meeghan Traxx.«

»Er muss noch was erledigen«, winkte Cat ab. »Also lass uns irgendwelche grauenhaften Sachen essen und du erzählst mir, wie's dir in der letzten Zeit ergangen ist.«

Paige deponierte ihre Unterlagen und die Laptoptasche kurzerhand auf einem freien Schreibtisch, und sie fuhren mit dem Lift ins Erdgeschoss. Um die Ecke gab es einen Stand, und kurz darauf, Hot Dogs in den Händen, gingen sie weiter in den Park. Es wurde langsam Frühling und Paiges Stimmung hellte sich bei dem Spaziergang in der warmen Sonne merklich auf.

»Oh mein Gott, das schmeckt einfach fantastisch.« Cat rollte genussvoll mit ihren Augen, und den Mund voll wunderbarem Sauerkraut murmelte Paige ein zustimmendes »Allerdings«. Dann aber knurrte sie: »Ich kann beim besten Willen nicht verstehen, wie du bei deiner Art zu essen noch so aussehen kannst.« Paige selbst war 1,70 Meter groß, und ihre Freundin war fünf Zentimeter größer, mit einer Figur wie eine verdammte Ballerina.

»Das sagt gerade die Richtige.«

»Aber im Gegensatz zu dir quäle ich mich nachher zur Strafe für den Hot Dog eine halbe Ewigkeit im Fitnessstudio ab. Während du nach Hause fahren und noch drei Kilo Fettuccine futtern wirst.«

Cat tätschelte grinsend ihren flachen Bauch. »Gute Gene und ab und an eine Fettabsaugung.«

»Du bist eine elendige Lügnerin«, hielt Paige ihr vor.

»Aber mir wurde schon versichert, dass sich meine Art zu essen eines Tages rächen wird, und wenn es so weit ist, werde ich ein genauso süßes Tönnchen sein wie meine Nonni«, klärte Cat sie fröhlich auf.

»Das wäre nur gerecht.«

Während sie im Gehen aßen, feuerte die Freundin eine Reihe Fragen ab. »Also, wie war deine Drehpause? Hattest du schöne Ferien?«

»Auf jeden Fall. Und wie war es bei dir?«

»Verrückt und hektisch, aber wunderbar. Triffst du dich zurzeit mit jemandem?«

Paige rollte mit den Augen.

»Das werte ich als dickes, fettes Nein.« Cats platinblonder Pferdeschwanz wippte rhythmisch hin und her. In ihren engen Jeans, den Stiefeln und dem Tunikapullover sah sie aus, als wäre sie direkt von einem Fotoshooting in den Park spaziert.

»Du kennst doch meinen Terminkalender. Da bleibt einfach

keine Zeit für einen Mann.« Paige zerknüllte die Serviette und warf sie im Vorbeigehen in einen Mülleimer.

Cat schob sich den letzten Bissen ihres Hot Dogs in den Mund. »Du setzt deine Prioritäten falsch.«

»Mit all dem Zeug in deinem Mund kann ich dich nicht verstehen«, zog Paige sie auf.

»Oh!« Cat klatschte mit ihr ab. »Das hast du gut gekontert. Aber jetzt zurück dazu, dass du dir endlich wieder einen Typen suchen oder dich zumindest wieder mal flachlegen lassen solltest. Du bist eine wunderschöne junge Frau, und es ist ein Verbrechen, wenn du derart zugeknöpft« – sie tippte auf die hochgeschlossene Bluse, die Paige trug – »durchs Leben gehst.«

»Red doch keinen Unsinn, und sag mir bitte, dass du selbst gerade keinen Typen hast.«

Cat hatte die unselige Angewohnheit, sich spontan in irgendwelche unwürdigen Männer zu verlieben und nach ungefähr drei Wochen zu erkennen, dass sie ihr das Herz gebrochen hatten oder einfach dämliche Idioten waren. Und wenn das während der Dreharbeiten vorkam, hatte das verheerende Folgen für das ganze Team.

»Nein.« Sie schüttelte den Kopf. »Ich mache gerade eine Trockenperiode durch. Willst du vielleicht lesbisch werden?«

»Wenn wir unterwegs sind, wäre das natürlich praktisch«, überlegte Paige. »Auf welcher Seite des Bettes schläfst du?«

»In der Mitte.«

»Dann wird nichts aus uns. Ich hasse es, wenn's unter der Decke eng wird.«

Cat seufzte. »Also gut, dann wende ich mich eben doch weiterhin den Männern zu. So wenig man ihnen auch trauen kann und so verwirrend sie auch sind.«

»Apropos Verwirrung. Warum sind Gannon und du überhaupt eben bei der Besprechung reingeplatzt?«

»Wir wollen höhere Gagen für das Produktionsteam und für unsere Crew.«

»Wofür mein Konto euch von Herzen dankbar ist.«

Cat und Gannon hatten eiserne Prinzipien, wenn es um die Verteilung der Gewinne ging, die ihre Sendung einfuhr. Die Produktionsfirma hatte ihnen beiden astronomische Erhöhungen ihrer Gagen für die zweite Staffel zugesagt, und Paige war alles andere als überrascht darüber, dass ihnen auch eine Gehaltserhöhung für alle anderen am Herzen lag.

»Auf dem Weg nach draußen habe ich gehört, wie Meeghans Name fiel.«

Bei der Erwähnung dieses Namens machte Cat ein Würgegeräusch. »Mir wird schon schlecht, wenn jemand dieses aufgeblasene, jämmerliche Weibsbild nur erwähnt.«

Mit ihrem superblonden Haar, den supergroßen Brüsten und dem übertrieben großen Ego war sie der mit Abstand größte Star der Produktionsfirma mit zwei eigenen Design-Shows, und zugleich die Frau, mit der Gannon King zusammen war.

Die Filmcrews redeten, und Paige wusste, dass Meeghan sowohl am Set als auch abseits als wahres Monster galt. Und egal, wie unausstehlich Gannon manchmal war, nicht mal er hatte so jemanden verdient.

»Bringt er sie zu Familienfeiern mit? Hat sie an Thanksgiving eine vergoldete Designer-Süßkartoffel-Beilage zu eurem Truthahn mitgebracht?«

Cat schnaubte laut. »Gott, nein! Wir haben sie bisher noch nie gesehen und er erwähnt sie nie auch nur mit einem Wort. Was wirklich gut ist, denn wenn er auf die Idee käme, mir von ihr vorzuschwärmen, würde ich ihn umgehend einweisen lassen, weil ich sicher wäre, dass er auf den Kopf gefallen ist.«

Paige lachte fröhlich auf. »Jetzt merke ich, wie sehr du mir gefehlt hast.«

Cat schlang einen Arm um ihre Schulter und erklärte grinsend: »Du mir auch, Baby.«

»Oh mein Gott! Sie sind es wirklich!«, kreischte plötzlich eine Frau in einem pinkfarbenen Jogginganzug und fuhr aufgeregt mit beiden Händen durch die Luft. »Das glaubt mein Mann mir nie! Cat King läuft wie ein ganz normaler Mensch hier durch den Park.« Sie wühlte hektisch in der riesengroßen Tasche, die sie bei sich trug.

Cat zwinkerte der Frau zu. »Es ist immer schön, einen Fan unserer Show zu treffen. Sollen wir ein Foto machen?«

Triumphierend zog die Frau ihr Handy aus den Tiefen ihrer Tasche und reichte es Paige. »Das wäre wunderbar! Ihren Bruder haben Sie nicht zufällig dabei?« Die Frau sah sich so eilig um, dass Paige befürchtete, sie zöge sich ein Schleudertrauma zu.

»Heute leider nicht.«

Die Frau stieß einen Seufzer aus. »Aber wahrscheinlich ist es besser so. Wenn ich ihn treffen würde, würde ich wahrscheinlich ohnmächtig werden.«

Paige grinste, als sich Cat, gutmütig wie sie war, von der wildfremden Frau umklammern ließ. Als sie ein paar Fotos von den beiden machte, achtete sie darauf, dass sie Cat von ihrer besten Seite zeigten und die Aufregung des Fans zu sehen war.

Die Frau entließ den Star aus ihren Armen und sah sich sofort die Bilder an. Glücklich juchzte sie: »Wie aufregend!« Ohne sich noch einmal umzudrehen, eilte sie davon.

Cat sah ihr grinsend hinterher. »Wie lange wird's wohl dauern, bis ihr einfällt, dass sie nicht mal Tschüss gesagt hat?«

»Zehn Minuten«, prophezeite Paige. Erst im Verlauf der ersten

Staffel waren die beiden Kings zu Stars geworden, und sie hatten sich noch nicht daran gewöhnt, berühmt zu sein.

»Macht's dir noch immer Spaß, erkannt zu werden?«, fragte Paige.

Cat ließ die Schultern kreisen. »Ich habe mich auf diese Sache eingelassen, also muss ich wohl akzeptieren, wenn mich jemand anspricht, weil er mich im Fernsehen gesehen hat.«

»Du gehst damit auf alle Fälle besser um als dein Bruder.« Gannon hatte sich bereits mit einem aggressiven Fotografen angelegt, der Cat bei einer Preisverleihung einfach nicht hatte in Ruhe lassen wollen. Jemand anderes hatte diesen Zwischenfall gefilmt, und obwohl die meisten ihn dafür gefeiert hatten, dass er seine kleine Schwester hatte schützen wollen, hatte es auch einen kleinen Fleck auf seiner weißen Weste hinterlassen, der der Produktionsfirma alles andere als gelegen kam.

»Gannon hat ganz einfach ein Problem damit, seinen Beschützerinstinkt in den Griff zu kriegen«, antwortete Cat. »So war es immer schon.« Sie schaute auf die Riesenuhr an ihrem schmalen Handgelenk. »Am besten schaffen wir dich jetzt zurück, damit du die nächsten aufregenden Meetings absolvieren kannst.«

Paige seufzte. »Das wird eine tolle Staffel.«

• • •

Stunden später, nach drei weiteren Besprechungen und einem Konferenzgespräch am Telefon, trat Paige erschöpft durch ihre Wohnungstür, stieg aus ihren hochhackigen Schuhen und schleuderte sie achtlos Richtung Couch. Becca, ihre Mitbewohnerin, war wegen eines Shootings unterwegs, und deshalb zog sie schon im Flur auch Rock und Bluse aus. Ermattet schleppte sie sich in ihr Zimmer, das zwar winzig, aber trotzdem ihr Zuhause war.

Sie warf sich bäuchlings auf das Bett und streckte sich genüsslich darauf aus.

Die Dreharbeiten fingen nächste Woche an. Sie würden nach Columbia, South Carolina, fliegen, einen Tag mit Vorarbeiten und der Überprüfung der verschiedenen Bau- und Drehgenehmigungen verbringen, und dann würde wie jedes Mal das Chaos ausbrechen.

Es war ein anstrengender Job mit langen Arbeitstagen, aber die Erfahrungen, die sie dort machte, waren von unschätzbarem Wert, und es wäre gelogen, zu behaupten, dass sie keine feuchten Augen hatte, wenn die Arbeiten beendet waren und die Familie die Schlüssel ihres Hauses wieder in die Hand gedrückt bekam. Auch wenn es ihren Chefs bei der Serie nur um Einschaltquoten und Gewinne ging, bekamen durch ihre Arbeit Menschen, die es eindeutig verdienten, ein Zuhause, das weit mehr war als einfach ein Dach über dem Kopf.

Natürlich sorgte sie dafür, dass niemand je etwas von ihrer Rührung mitbekam. Sie war am Set, um ihren Job zu machen, und sie machte ihre Arbeit gut. Es war für Eddie wichtig, dass sie dafür sorgte, dass die Dinge niemals aus dem Ruder liefen und die Kosten sich im Rahmen hielten, was bei einem Bauleiter wie Gannon King nicht gerade einfach war.

Sie seufzte in ihr Kissen. Nicht mehr lange, und sie könnte die Erfahrung, die sie bei der Serie machte, nutzen, um ein neues Projekt anzugehen, etwas Wichtigeres, Persönlicheres. Weit, weit weg von Gannon King.

Kapitel 3

Die Russes wirkten auf Paige wie Mrs. und Mr. Weihnachtsmann. Beide hatten feines weißes Haar, rote Apfelbäckchen und ein permanentes Lächeln im Gesicht. Sie trugen ihre Fröhlichkeit anscheinend in den Genen, denn auch ihre Kinder und die Enkel strahlten pausenlos gute Laune aus. Trotzdem hatte Paige mit einer Menge Chaos zu kämpfen.

»Also morgen früh«, erklärte sie und drückte Phil und Delia Kopien der laienfreundlich verfassten Ablaufpläne des Drehtags in die Hand, »tauchen wir gegen sieben hier bei Ihnen auf und bereiten alles vor, damit der Dreh um acht beginnen kann. Das heißt, Sie alle«, fuhr sie fort und ließ den Finger kreisen, um zu zeigen, dass das ganze überfüllte Wohnzimmer des Hauses angesprochen war, »müssen spätestens halb acht hier drin versammelt sein, denn dann klopfen die Kings bei Ihnen an die Tür.«

Die »Überraschungsszene« war nicht wirklich echt, denn die Familien wussten schon im Vorfeld, dass sie in die Sendung aufgenommen worden waren. Sie hatten bereits stundenlang am Telefon verschiedenen Produzenten oder Assistenten die Geschichte der Familie, von ihrer Arbeit in der Suppenküche und von den Problemen, die es in dem Haus zu lösen galt, erzählt, und in den vierundzwanzig Stunden vor Beginn der Dreharbeiten hatten sie mit anderen Mitgliedern des Teams alles zusammengepackt, was für die Dreharbeiten nicht nötig war und eher dabei störte, um es außerhalb zu lagern, bis die Renovierung ihres Hauses abgeschlossen war.

Trotzdem hatten die Familien strenge Anweisung von Paige, zur vorgegebenen Zeit daheim zu sein, die Tür zu öffnen und dann angemessen überrascht und hoch erfreut zu reagieren. Wobei ein Minimum an Überraschung dahingehend erhalten blieb, dass die Familien den Kings zum ersten Mal vor laufender Kamera begegneten und dass die Menge freiwilliger Helfer, die im Hintergrund erschien, hauptsächlich aus Freunden und aus Leuten aus der Nachbarschaft bestand.

Es brauchte eine Menge Vorbereitung für die kurze Szene an der Tür, die meist ein Dutzend Mal gedreht wurde, bevor der Regisseur damit zufrieden war.

»Also, Kinder«, wandte Paige sich jetzt den Enkeln zu. »Wir müssen morgen eure besten Überraschungsgesichter sehen.« Sie zeigte auf ein Mädchen mit verschrammtem Ellbogen und sommersprossenübersäter Stupsnase und forderte die Kleine auf: »Los, Molly, zeig uns mal, wie überrascht du gucken kannst.«

Molly riss schockiert die Augen auf und Paige applaudierte.

Ein kleiner Junge mit dunkelblauen Augen zog nachdrücklich an ihrer Hand.

»Sie reparieren Pop-Pops Haus?« Mit seinen riesengroßen Augen und den runden Wangen war er derart telegen, dass er auf jeden Fall im Bild erscheinen würde, dachte Paige, während sie vor ihm in die Hocke ging.

»Genau das haben wir vor, Trevor. Gibt's irgendwas Besonderes, von dem du denkst, dass unsere Truppe es auf alle Fälle reparieren muss?«

Er nickte ernst. »Pop-Pop isst gerne Popcorn.«

Paige spitzte nachdenklich die Lippen, nickte aber zustimmend. »Okay. Wir werden dafür sorgen, dass dein Pop-Pop Popcorn essen kann.«

Lachend trat eine brünette junge Frau in einem South-Carolina-Gamecocks-Sweatshirt auf sie zu. Paige durchforstete ihr Hirn nach einem Namen. *Susan*, fiel ihr ein. Phil und Delias zweites Kind. »Wenn Trevor hier bei Pop-Pop und bei Grammy übernachtet, gibt es immer Popcorn und sie sehen zusammen einen Film. Aber letzten Monat hat Dads alte Popcornmaschine den Geist aufgegeben und seither gibt's nur noch Mikrowellenzeug.«

»Das total eklig schmeckt.« Das Kind stieß einen abgrundtiefen Seufzer aus.

»Dann will ich sehen, ob das Problem sich vielleicht lösen lässt. Also, was passiert, wenn du die Kameras entdeckst?«

»Ich tue so, als wären sie nicht da.«

»Genau. Dann bleibt jetzt nur noch eins – und das ist wirklich wichtig: Ich muss sehen, wie überrascht du gucken kannst.«

Er riss entgeistert Mund und Augen auf.

»Ja, okay. Jetzt bist du ängstlich überrascht. Aber was machst du für ein Gesicht, wenn du dich über eine Überraschung freust?«

• • •

Paige schaffte es vor elf zurück in ihr Motel und beschloss, dass alles ganz hervorragend gelaufen war. Sie hatte die Familie gebrieft, alles, was während der Dreharbeiten störte, hatten sie in *Bob's klimatisiertes Mietlager* geschafft, und der einheimische Bautrupp stand für die erforderlichen Abrissarbeiten bereit. Sie waren so gut vorbereitet, wie es ging, obwohl sie aus Erfahrung wusste, dass es keinen Dreh ohne unvorhergesehene Katastrophe gab.

Sie tauschte ihre Jeans und ihren Pulli gegen Schlafshorts und ein Tanktop, schlug die Bettdecke zurück, lehnte sich mit ihrem Laptop an die Kissen, ging noch mal den Drehplan durch und las verschiedene nicht eilige E-Mails, die während des Tages für sie eingegangen waren. Dann sah sie auf die Uhr und schrieb eine kurze Textnachricht an Cat.

Bist du inzwischen im Motel?

Die Antwort kam umgehend.

Angekommen und bereit zu feiern!

Vielleicht solltest du stattdessen schlafen gehen. Früher Drehbeginn morgen.

Ja, Mom.

Grinsend dachte Paige, dass ihr Job nach Meinung mancher Menschen auch nicht anders war als der eines Babysitters. Doch ihrer Ansicht nach war sie die Herrin über alle Details. Deshalb ging sie noch mal alle Unterlagen durch und brachte ihre eigenen Notizen auf den neuesten Stand, bevor das Knurren ihres Magens sie bei ihrer Arbeit unterbrach.

Das Hühnchensandwich, das sie innerhalb von zwei Minuten hatte runterschlingen müssen, war inzwischen längst verdaut. Trotzdem ignorierte sie das Knurren ihres Magens und stand auf, um noch einmal den Inhalt ihrer Drehorttasche durchzugehen. Handyladekabel, Pflaster, eine Kamera mit Ladekabel, Kugelschreiber und Papier, iPad und Ladekabel, 50 Dollar in bar und die Kreditkarte des Unternehmens, alles lag am vorgesehenen Platz.

Sie seufzte, denn inzwischen tat ihr Magen vor lauter Hunger weh. Ein Snack aus einem Süßigkeitenautomaten gleich am ersten Abend machte ihr wenig Hoffnung auf eine gesunde Ernährung während dieser Staffel, aber ohne etwas im Bauch würde sie kein Auge zubekommen.

Entschlossen schnappte sie sich ihren Zimmerschlüssel und ein bisschen Kleingeld und folgte dem übelkeitserregenden Orange und Rot des Flurteppichs bis zu der Nische, in der neben einem Eisspender der Automat mit Süßigkeiten stand.

Sie musste sich entscheiden, ob ihr eine Packung Erdnussbuttercracker oder eine kleine Tüte Popcorn lieber war, und in Gedanken an Trevors Großvater drückte sie den Popcornknopf. Sie hatte bereits eine E-Mail nach New York geschrieben, um zu sehen, ob das Budget noch Raum für einen Popcornautomaten, wie sie in den Kinos standen, ließ.

Sie beugte sich ein wenig vor, um die Tüte aus dem Schlitz zu zerren.

»Bist nicht du diejenige, die immer sagt, dass alles, was aus diesen Automaten kommt, hochgiftig ist?«

Sie fuhr auf und drehte sich erschrocken um.

In Lederjacke, T-Shirt, gut sitzenden Jeans und mit inzwischen wieder kurz geschorenen Haaren lehnte Gannon im Türrahmen.

Stirnrunzelnd verschränkte sie die Arme vor der Brust, denn plötzlich fühlte sie sich irgendwie nackt. »Bist du etwa gerade erst gekommen?«

Gannon war dafür berüchtigt, dass er immer deutlich später an den Drehorten erschien, als es nach dem Zeitplan vorgeschrieben war, den Paige so mühevoll pflegte.

»Hauptsache, ich bin jetzt da, oder? Und lenk bitte nicht vom

Thema ab.« Er schlenderte gemächlich auf sie zu, nahm ihr die Tüte ab, riss sie entschlossen auf, schüttete sich eine Handvoll Popcorn in die Hand und gab ihr dann den Rest zurück. »Ich habe dich dabei erwischt, wie du dir nach all deinen Vorträgen im letzten Jahr über die Gefahren der Ernährung aus den Süßigkeitenautomaten in Hotels selbst was aus einem solchen Automaten holst.«

Sie war so anständig, verlegen auszusehen. »Es ist schon spät am Abend und ich hatte einfach keine Zeit, mir irgendetwas zu besorgen, was nicht giftig ist.«

Fröhlich warf sich Gannon ein Stück Popcorn in den Mund. »Schön zu wissen, dass auch du ein Mensch bist. Gute Nacht, Prinzessin.« Ohne sich noch einmal nach ihr umzudrehen, marschierte er davon.

»Du musst morgen spätestens um acht am Drehort sein«, rief Paige ihm hinterher. »Sieh bloß zu, dass du pünktlich bist!«

Kapitel 4

Er war zu spät. Nicht so spät, als dass jemand auf ihn warten musste, aber spät genug, damit Paige ihn abermals mit ihrem berühmten Eisprinzessinnenblick bedachte, während er mit zwei Dutzend Donuts für das Team an ihr vorbeispazierte. Dann kehrte sie ihm den Rücken zu, stürmte davon, und als er das empörte Rascheln ihrer Windjacke vernahm, hätte er am liebsten breit gegrinst.

Natürlich war er nicht das Riesenarschloch, als das er sich gerne ausgab, aber diese Frau herauszufordern, machte ihm ganz einfach Spaß. Er ertrug die Dreharbeiten in der Eiseskälte eines frühen Morgens oder während stundenlanger Regengüsse, all den Staub während der Trockenbauarbeiten und den allgemeinen Schwachsinn, den die Produktionsfirma ein ums andere Mal verzapfte, einfach besser, wenn er ab und zu das leichte Zucken ihres Wangenmuskels und das böse Funkeln ihrer blauen Augen sah.

Es faszinierte ihn, dass sie nie laut wurde, egal, was auch geschah. In seiner eigenen, italienischstämmigen Familie stritten sie sich regelmäßig laut und voller Leidenschaft und warfen, wenn sie sich nur noch auf diese Art zu helfen wussten, notfalls sogar mit

Geschirr. Paige hingegen unterdrückte systematisch alle Emotionen, während sie ihn mit kalter Effizienz wie eine Marionette für sich tanzen ließ.

Er blieb kurz stehen, um sich die Vorderseite des Hauses, das sie praktisch vollständig entkernen würden, anzusehen. Das zweigeschossige, verwitterte Gebäude war zwischen zwei anderen Häusern eingequetscht und haargenau die Art Projekt, in das er sich mit Vorliebe verbiss. Aufgrund der durchhängenden Regenrinnen, der schmuddeligen Verkleidung und der fehlenden Schindeln auf dem Dach war dem Haus sein Alter deutlich anzusehen, und den Innenaufnahmen zufolge, die er schon gesehen hatte, zollten die Bewohner mit der Einrichtung auf grauenhafte Art den Siebzigerjahren Tribut.

Die Enge auf der Baustelle wäre natürlich ein Problem, aber die Nachbarn links und rechts waren große Fans der Russes und hatten angeboten, bei der Renovierung mitzuwirken, deshalb würden sie sich sicher nicht über den Lärm der Arbeiten beschweren. Um ganz sicherzugehen, hatte Paige mal wieder ihren Zauber wirken lassen und bei ihren Bossen die Genehmigung erwirkt, während der einwöchigen Dreharbeiten nicht nur die Familie, sondern auch die Nachbarn, wenn sie wollten, in einem Hotel einzuquartieren.

Gannon stieß zu seiner Schwester, die in Sweatshirt und Jacke eingehüllt mit einem Eiskaffee auf einem Stuhl in einer Ecke saß. Während das Drehteam rund um sie herum Kabel verlegte und mehrere Pavillons errichtete, blätterte sie gleichmütig den Drehplan durch.

»Morgen, Cat.« Er öffnete den Deckel einer Donutschachtel und begeistert wählte sie ein mit Vanillecreme gefülltes Teilchen aus.

»Du bist einfach der beste Bruder, den es gibt.« Sie biss herzhaft in das kalorienhaltige Gebäck und sah auf ihre Uhr. »Aber du bist zu spät.«

Als er grinste, blickte sie ihn fragend an. »Du warst doch schon fertig, als ich losgefahren bin. Warum bist du nicht einfach mitgefahren?«

Mit einem unschuldigen Achselzucken antwortete er: »Ich musste erst noch in die Bäckerei.«

»Es ist der erste Tag der Dreharbeiten für die zweite Staffel und schon jetzt quälst du die arme Paige«, hielt Cat ihm vor. »Warum machst du ihr das Leben so schwer?«

»Sie ist einfach zu zugeknöpft. Eines Tages werde ich sie derart triezen, dass ihr gar nichts anderes mehr übrig bleibt, als laut zu schreien und mir ins Gesicht zu sagen, dass ich ein borniertes Arschloch bin, statt es nur zu denken und die Eisprinzessin rauszukehren.«

»Du bist total in sie verknallt.«

»Ganz sicher nicht.« Auf keinen Fall. Er lenkte seinen Blick dorthin, wo Paige mit einem Assistenten und mit einem einheimischen Handwerker zusammenstand. Unter einer abgewetzten Baseballkappe lugte ihr zu einem Pferdeschwanz gebundenes, kinnlanges, seidig weiches, braunes Haar hervor. Dazu hatte sie Arbeitsstiefel, Jeans und einen unförmigen Anorak an. Wahrscheinlich über einem ihrer heiß geliebten T-Shirts.

Cat zog skeptisch eine Braue hoch. »Nun, wahrscheinlich ist es besser so. Es sieht so aus, als hätte sich der Sohn eures Bauunternehmers in sie verguckt. Ich hoffe, sie lässt sich flachlegen.«

Gannons Kopf schoss herum. Reglos folgte er mit seinem Blick dem jungen Typen in zerrissenen Jeans und einem Fleecepulli mit der Aufschrift *Clawson Construction*, der lässig dorthin schlenderte, wo Paige mit Clawson Senior sprach. Er konnte nicht verstehen, was er sagte, aber Paige fing an zu lachen und sah zu ihm auf, als hätte er den besten Witz der Welt gemacht.

»Nur gut, dass du nicht auf sie stehst.« Cat sprang von ihrem Stuhl und tätschelte ihm aufmunternd den Arm.

Gannon knurrte eine unverständliche Antwort und machte sich entschlossen auf den Weg, um an der Unterhaltung teilzunehmen. Es war schließlich seine Show und er sollte über alles im Bilde sein. Er stieg über diverse Kabel und umrundete die beiden Assistenten ihres kleinen Teams.

»Hi. Sie sind Mike, nicht wahr?«, wandte er sich dem Chef der einheimischen Handwerkstruppe zu. »Ich bin Gannon. Wir haben schon telefoniert.«

Mike schüttelte ihm gut gelaunt die Hand, zog seine Riesenpranke dann zurück und stellte mit dem gut gelaunten Grinsen eines echten Morgenmenschen fest: »Schön, dass wir uns jetzt persönlich kennenlernen, Mr. King.«

»Bitte nennen Sie mich einfach Gannon.«

»Ich habe gerade Paige erzählt, wie aufgeregt wir alle wegen dieser Renovierung sind. Wir sind mit den Russes befreundet und ich kann Ihnen versichern, dass sie wirklich anständige Leute sind.«

»Und Paige wird dafür sorgen, dass wir anständige Arbeit leisten.« Als er einen Arm um ihre Schulter legte und sie an sich zog, erstarrte sie, blieb aber stehen. »Sie lässt nicht einmal im größten Durcheinander je die Fäden aus der Hand.«

»Das, was wir bisher gesehen haben, hat uns echt beeindruckt«, stimmte Mike ihm zu. »Das ist übrigens mein Sohn Brandon«, meinte er und zeigte mit dem Daumen auf den jungen Kerl im Fleecepulli.

»Brandon.« Gannon reichte ihm die Hand und drückte extra etwas fester als gewöhnlich zu. »Paige und ich freuen uns schon auf die Zusammenarbeit mit Ihnen beiden. Nach allem, was ich weiß, hat Clawson einen wirklich guten Ruf.«

»Was zum Teufel sollte das?«, fuhr Paige ihn leise an und tauchte unter seinem Arm hervor, sobald die beiden anderen Männer dorthin liefen, wo ihr Trupp versammelt war.

»Was zum Teufel sollte was?«, fragte Gannon unschuldig zurück.

Sie würdigte ihn keiner Antwort, denn in diesem Augenblick drang eine Stimme durch ihr Headset an ihr Ohr, und entschlossen schob sie sich das Mikro vor den Mund.

»Bin sofort da«, erklärte sie und wandte sich noch einmal Gannon zu. »Benimm dich«, warnte sie und piekste ihm drohend mit dem Zeigefinger in die Brust.

• • •

Sie hielten vor Beginn der Dreharbeiten noch eine Besprechung mit dem Team der Produktionsfirma, Gannons Crew und Clawsons Leuten ab. Regisseur Andy Sanders klärte alle über die geplanten Schritte dieses Morgens auf, und Paige nahm ihren Trupp im Anschluss kurz beiseite, um noch mal die Einzelheiten durchzugehen. Sie waren ein gutes, grundsolides Team. Wenn wie in ihrem Fall die Folgen einer Serie an verschiedenen Schauplätzen gedreht wurden, konnte sich die Produktionsfirma die Umstände und Kosten einer großen Crew nicht leisten, deshalb spielten viele Mitglieder des Filmteams nicht nur eine, sondern mehrere verschiedene Rollen.

Sie hatten drei Leute für die Kameras – Tony, Louis und Ricardo, der bei allen Rico hieß. Felicia kümmerte sich um den Ton und machte diesen Job bereits seit zwanzig Jahren, wogegen Mel und Sam als Neulinge hinzugekommen waren, um als

Produktions- und Kameraassistenten und ganz allgemein als Laufburschen für alle zu fungieren.

Paige selbst verknüpfte alle restlichen losen Enden, indem sie neben ihrem eigentlichen Job noch Andy Sanders assistierte und die Koordination der Dreharbeiten übernahm. Andy sagte gern im Scherz, sie wäre eine bessere Regisseurin als er selbst und hätte seinen Posten übernehmen sollen. Im Grunde war das allerdings gar nicht witzig. Noch immer war die Branche praktisch eine reine Männerwelt. Was nicht hieß, dass Paige sich daran hindern lassen würde, sich dort einen Platz zu erobern.

Inzwischen war die Sonne aufgegangen und die Großfamilie Russe war eingetroffen und bereit, die Sache anzugehen. Zufrieden, dass jetzt alle wussten, was sie zu tun hatten, betrat Paige das Wohnzimmer, in dem der Clan versammelt war und ihr nervös entgegensah.

Der kleine Trevor war in Tränen aufgelöst. »Aber ich will das anziehen!«

Sein Geheul verstärkte die Anspannung der anderen noch, und Andy fragte durch Paiges Headset: »Was zum Teufel ist da drinnen los? Ich bitte dich, St. James, hör auf, das Kind zu drangsalieren.«

»Moment«, murmelte sie und schaltete ihr Mikro wieder aus.

Das Kind entglitt dem mütterlichen Arm und stürzte auf sie zu.

»Hallo, Kumpel. Und, bist du bereit für den großen Tag?«

»Mom sagt, dass ich das nicht anziehen darf, aber das brauche ich!« Trevor tastete mit seinen Händchen nach dem Spielzeug-Werkzeuggürtel, den er um die Hüften trug. »Ich will helfen, wenn ihr Pop-Pops Haus neu macht.«

»Wow, du bist ja echt gut vorbereitet«, staunte Paige.

»Er hatte das Ding unter der Jacke«, stieß die Mutter seufzend hervor und strich dem Kind über das Haar. »Aber wir werden darauf achten, dass er es vor den laufenden Kameras nicht trägt.«

Bei diesen Worten brach Trevor abermals in lautes Schluchzen aus.

Paige kniete sich auf den orangefarbenen wollenen Teppichboden, dessen letztes Stündchen schon geschlagen hatte. »Dieser Werkzeuggürtel ist echt super, und ich bin mir sicher, dass er auch auf Gannon Rieseneindruck machen wird.«

Trevor fuhr sich mit den Handrücken über die Augen und lehnte sich schmollend an das Bein der Mutter an. »Echt?«

Paige nickte nachdrücklich. »Auf jeden Fall. Aber hör zu, da es so aussehen soll, als würden wir euch überraschen, musst du so tun, als würdest du nicht wissen, wer gleich kommt. Und wenn du das nicht weißt, wirkt es vielleicht ein bisschen seltsam, wenn du jetzt schon deinen Werkzeuggürtel trägst.«

Er runzelte die Stirn und sah sie nachdenklich aus seinen blauen Augen an.

»Aber wenn wir Gannon und Cat durchs Haus führen, wäre es natürlich toll, wenn du den Gürtel anziehen würdest, bevor du den beiden alle Zimmer zeigst.«

Jetzt fing Trevor an zu strahlen, und seine Mutter murmelte so leise, dass er es nicht hören konnte: »Gott sei Dank.«

»Klingt das gut?«, erkundigte sich Paige, und er nickte vehement.

»Super! Warum gibst du mir den Gürtel nicht, damit ich ihn dir sofort geben kann, sobald die Tour durchs Haus beginnt?«

Seine kleinen Finger öffneten den Gürtel, und begeistert warf er ihn ihr hin. »Juhu! Ich darf helfen! Hey, Molly!«, brüllte er und rannte auf der Suche nach der Schwester aus dem Raum.

Seufzend sah ihm seine Mutter hinterher. »Ich danke Ihnen. Aber falls es ein Problem ist –«

»Ein Gesicht wie das von Trevor, wenn er Gannon seinen Werkzeuggürtel zeigt?« Paige schüttelte den Kopf. »Einen besseren Start für diese Staffel gibt es nicht.«

Sie ging zu Phil und Delia, die auf dem verblichenen gelb-braunen Sofa kauerten und ihr ängstlich entgegensahen. Die alte Dame hielt ein paar zerknüllte Taschentücher in der Hand, während die Hand ihres ältesten Sohns tröstend auf ihrer Schulter lag. »Wie geht es Ihnen beiden? In ein paar Minuten kann es losgehen«, versprach Paige.

Delia blies geräuschvoll in ein Taschentuch. »Ich kann einfach nicht glauben, dass unsere Familie zum letzten Mal in diesem Haus versammelt ist.«

Mit einem mitfühlenden Lächeln ließ sich Paige neben der alten Dame auf das Sofa sinken, denn genauso hatten praktisch sämtliche Familien, denen sie bisher geholfen hatte, reagiert. Wobei sie selbst die innige Verbundenheit, die Menschen gegenüber einem Haus empfinden konnten, immer wieder überraschend fand. Sie hatte so etwas nie empfunden für das ausladende Haus ihrer Mutter auf Long Island. Ja, sie war dort groß geworden, aber wie ein wirkliches Zuhause hatte es sich nie angefühlt.

Sie drückte Delia aufmunternd die Hand. »Ich verspreche Ihnen, dass Gannon, Cat, ihr Team und auch das Team von Clawson sicherstellen werden, dass dies Ihr Zuhause bleibt. Wir wollen es für Ihre Familie nur ein wenig funktionaler und sicherer machen. Und Sie werden hier noch so viele neue Erinnerungen sammeln können.«

Delia erwiderte den Händedruck der jungen Frau. »Danke, Paige. Das haben Sie schön gesagt.«

»Los, St. James, schwing endlich deinen Hintern hierher«, forderte Andy sie über das Headset auf. »Wir sind so weit.«

Kapitel 5

Der Drehbeginn einer neuen Staffel war immer ein unvergleichlicher Moment. Das spürten die Filmleute und Handwerker und die Familie, die ein neues Heim bekam. Es war die Aufregung des Neuanfangs. Im Grunde erzählten sie eine Geschichte, dachte Paige, als sie Cat und Gannon in dem aufgemotzten Chevy, den ein großzügiger Werbekunde ihnen überlassen hatte, in die Einfahrt biegen sah.

Dieses Geschichtenerzählen, die Wertschätzung der Familien und ihr Engagement waren der Grund, weshalb sie ihren Job ertrug. Während die Produktionsfirma und die Werbekunden regelmäßig ihre Freude an der Arbeit trübten, hielt sie wegen der Familien, der freiwilligen Helfer und der einheimischen Handwerker, die ihnen bei den Renovierungsarbeiten zur Seite standen, durch.

Gannon drückte auf die Hupe, was sein Markenzeichen war, und begeistert, wie die Kinder einer Grundschulklasse zu Beginn der großen Pause, kam die Russesche Großfamilie aus dem Haus gestürzt. Paige sah, dass Andy grinste, was ein gutes Zeichen war. Trotzdem wiederholten sie die Aufnahme noch aus verschiedenen

Winkeln, bis er vollkommen zufrieden war, und begannen erst dann mit der Führung durch das Haus.

Brandon löste sich vom Rest des Clawson-Teams und trat unter das Vordach, unter dem sie stand. »Und, sind Sie bereit?«, fragte sie ihn.

Grinsend blickte er auf sie herab und klopfte auf den Hammer, der an seinem Gürtel hing. »Das bin ich immer!«

Jetzt entwand sich auch Trevor dem mütterlichen Griff und rannte auf sie zu. »Paige! Geht es los?«

»Du kommst genau im rechten Augenblick.« Paige nahm seinen Werkzeuggürtel von ihrer Schulter und legte ihn ihm wieder an.

»He! Der sieht genauso aus wie deiner«, wandte sich der Junge an Brandon, bevor jemand vom Bautrupp dessen Namen rief.

»Sorry, Kleiner, aber ich muss los.« Er zerzauste Trevors dickes Haar, und das Kind sah ihm traurig hinterher.

Paige entdeckte Gannon, der an einem Klapptisch in einem der Zelte stand, um stirnrunzelnd die Pläne für die Renovierung durchzugehen. »He, warum erzählen wir Gannon nicht, dass du ihn auf der Tour durchs Haus begleiten wirst?«, schlug sie dem Kleinen vor.

»Au ja!« Trevor packte ihre Hand und zerrte sie dorthin, wo Gannon stand. Den meisten Menschen gegenüber verhielt er sich wie ein arroganter Klotz, sobald er allerdings auf Kinder traf, wurde er lustig, freundlich und charmant. Was eine seiner wenigen guten Eigenschaften war.

»Na du«, sagte er, als es dem Kind im letzten Augenblick gelang, zu stoppen, ehe es mit ihm zusammenstieß. »Gehörst du zu Clawsons Trupp? Denn ich habe eine Frage wegen dieser Pläne.«

Trevor schüttelte den Kopf und starrte ihn aus Augen, groß wie Untertassen, an.

Amüsiert zog Gannon eine Braue hoch und wandte sich an Paige. *Wirklich schade, dass das Arbeitsschutzgesetz es nicht erlaubt, ständig Kinder zu den Dreharbeiten mitzuschleppen,* dachte sie.

»Das ist mein Freund Trevor«, stellte sie den plötzlich scheuen Jungen vor. »Er wird dabei helfen, euch das Haus von seinem Pop-Pop und von seiner Granny zu zeigen.«

Jetzt fand Trevor seine Stimme wieder und fing an, jedes Plastikwerkzeug zu erklären, das er an seinem Gürtel trug. Gannon hörte voll Interesse zu und nickte, ohne dass er seine Rede unterbrach.

Jetzt erklang Sams Bariton in ihrem Ohr. »Also, Sklaventreiberin, du wirst drinnen verlangt, und bring auch unseren Oberhandwerker mit.«

Paige berührte leicht ihr Ohr und nickte Richtung Haus, um Gannon zu bedeuten, dass es Zeit war, reinzugehen.

»Weißt du, Kumpel, dass etwas in deinem Werkzeuggürtel fehlt?«, wandte Gannon sich dem Jungen zu.

Während Trevor aufgeregt an sich herunterblickte, um sich zu vergewissern, dass nicht eins der Werkzeuge herausgefallen war, zog Gannon einen dicken Schreinerbleistift hinter seinem Ohr hervor. »Du brauchst auf jeden Fall noch einen von diesen Dingern hier.«

»Wow!« Aufgeregt, als hätte ihm der Weihnachtsmann persönlich ein besonderes Geschenk gebracht, nahm Trevor Gannons Bleistift an. »He! Mom! Guck mal, was Gannon mir gegeben hat!«

Er sprintete auf seine Eltern zu und Paige murmelte leise: »Gott sei Dank hast du ihm nichts Schärferes, wie einen Meißel oder so, gegeben.«

»Na los, Prinzessin. Ich glaube, wir werden am Set gebraucht.«

• • •

Dafür, dass die meisten Leute, die gefilmt wurden, Laien waren, verlief der erste Drehtag überraschend glatt. Die Mischung aus Nervosität und gespannter Erwartung, mit der die Familie die Tür geöffnet hatte, war perfekt gewesen, und wie zuvor schon Paige hatte auch Cat auf ihre glamouröse Art versprochen, dass die Russes nach ihrer Rückkehr das Haus mit weiteren Jahrzehnten an Erinnerungen würden füllen können. Der Anblick, wie Trevor mit dem Bleistift hinter seinem kleinen Ohr Gannon an der Hand durch das Haus führte, würde die Zuschauerherzen reihenweise schmelzen lassen.

Die Aufnahme der Haustour endete um vier. Die Familie wurde Mel und Sam, den beiden Assistenten, überlassen, die ihnen noch mal versicherten, dass sie sich keine Sorgen machen müssten, weil die Baustelle bei Cat und Gannon in den besten Händen war, und schließlich brachen Phil und Delia zu der einwöchigen Kreuzfahrt auf, die ihnen die Kinder und die Freunde der Familie spendiert hatten.

Um sechs ging Paige zusammen mit Mike Clawson abermals die Abrisspläne durch, und eine Armee von freiwilligen Helfern packte die restlichen Möbel und Besitztümer der Russes ein.

»In diesen Räumen können wir noch nicht loslegen. Wir brauchen genug Licht, um die Abrissarbeiten zu filmen. Die Leute sind immer ganz wild darauf, das zu sehen«, erklärte Paige. »Aber wenn Ihre Leute heute Abend schon einmal die beiden Gästezimmer und das Gästeklo im Erdgeschoss in Angriff nähmen, wäre ein gutes Stück geschafft.«

»Sie kriegen umgehend von mir Bescheid, falls einer unserer Inspekteure etwas findet, was vielleicht Probleme macht«, versprach ihr Mike.

»Das wäre nett. Sie haben meine Handynummer, oder?«

Neben ihrer Handynummer hatte er sich auch die Nummer des Hotels und ihre E-Mail-Adresse notiert.

Tony und Louis durften gehen, Paige aber ging noch mal den in der Mittagspause ausgeteilten Drehplan für den nächsten Morgen durch und bat Sam, den »Interviewplatz« herzurichten, bevor sie auch ihn und Mel entließ. Rico und Felicia würden bleiben, um noch ein paar Interviews mit freiwilligen Helfern aufzunehmen. Die ersten der gut zehn Gespräche, die auf ihrer Liste standen, führte Paige am liebsten schon am ersten Abend, wenn die Leute noch voller Schwung und Freude bei der Sache waren. Und falls sie bei den Interviews auf eine Story stieß, die mehr Sendezeit verdiente, bliebe noch der Rest der Drehzeit, um sie auszubauen und in die Haupthandlung zu integrieren. Auf diese Weise dehnte sich der erste Drehtag jedes Mal bis in die späten Abendstunden aus, aber das war es wert.

Sie richtete sich provisorisch in dem kleinen Pavillon neben dem Catering- und dem Sponsorenzelt ein. Abendliche Drehs vermittelten dem Publikum den Eindruck, dass alle erschöpfter und dadurch sensibler waren als im hellen Morgenlicht. Sie wollte gerade los, um ihren ersten Interviewpartner zu suchen, als ein wutschnaubender Gannon auf sie zutrat und ihr ein Papier unter die Nase hielt.

»Was zum Teufel ist das?«

Sie nahm ihm den Zettel ab und sah ihn sich kurz an. »Das ist der morgige Drehplan.«

»Warum reißt Clawson das verdammte Badezimmer nicht schon heute Abend ab?«

»Weil wir den Zauber der Show nicht zerstören wollen«, erwiderte sie ruhig.

Sie hatten diesen Streit schon häufiger geführt. Gannon war

ein echter Handwerker, weshalb er den unpragmatischen Ablaufplan der Sendung für Schwachsinn hielt.

»Wir wären morgen früh schon deutlich weiter, wenn das Bad schon heute Abend abgerissen würde. Müssen wir tatsächlich noch mal sehen, wie ich mit einem Hammer auf einen verdammten Spiegel losgehe oder wie Cat eine Toilettenschüssel zum Container schleppt?«

»Wenn ihr dabei nicht so toll aussehen würdet, würden es die Zuschauer nicht sehen wollen. Aber eure Abrissarbeiten sind eins der Highlights unserer Show. Es sieht einfach besser aus, wenn ihr euch zuerst das Haus anseht und es so wirkt, als würdet ihr direkt danach mit den Abrissarbeiten anfangen.«

»Aber es macht, verdammt noch mal, nicht den geringsten Sinn, es so zu drehen.« Seine handwerkliche Ehre war offensichtlich beschädigt, aber Paige hatte nicht das geringste Mitgefühl.

»Wenn du dir den Drehplan angesehen hättest, als du ihn bekommen hast, hätten wir vielleicht noch etwas daran ändern können, aber jetzt ist es zu spät.«

»Du kriechst wieder mal der Produktionsfirma in den Arsch. Du willst die Dinge gar nicht richtig machen, denn im Grunde geht's dir nur darum, wo du was einsparen und wie du die Einschaltquoten in die Höhe treiben kannst. Du verschwendest nur unser aller Zeit.«

Sie standen jetzt so nah beieinander, dass sich ihre Nasen fast berührten. »Nein, *du* vergeudest unsere Zeit.« Auch wenn sie äußerlich die Ruhe selbst war, hätte sie am liebsten den verdammten Hammer aus dem Werkzeuggürtel dieses Hornochsen gezerrt und ihm damit einen Schlag gegen die Stirn verpasst. »Dreh die Szenen wie geplant, biete eine andere Lösung an oder verschwinde und tob dich woanders aus, damit ich selbst mit meiner Arbeit weitermachen kann. Wir sind ein Team, wir hatten alle einen langen Tag, und die Dreharbeiten aufzuhalten, hilft uns nicht. Und jetzt entschuldige mich bitte, denn ein paar von uns haben noch ein paar Stunden zu tun.«

Da sie sicher keinen besseren Abgang hinbekommen würde, drehte Paige sich auf dem Absatz um und stapfte davon. Leise pfeifend folgte Rico ihr mit seiner Kamera.

»Hau nur ab, Prinzessin«, rief ihr Gannon hinterher. »Geh los und finde jemand anderen, den du ausbeuten kannst.«

Sie hörte einen Knall und wusste, dass sein Zollstock an der Wand des Zelts gelandet war. Aus welchem Grund auch immer zauberte sein Wutausbruch ein Lächeln auf ihr zuvor regloses Gesicht. Denn jeder seiner Ausraster, bei dem sie selbst es schaffte, die Ruhe zu bewahren, zählte für sie als Sieg.

Sie ging die letzten Punkte ihrer Liste durch und dachte nicht mehr über Gannon nach oder über seinen Hang, sich wie ein Arschloch zu verhalten. Es wurde dunkel und so schnell und effizient, wie sie es sich durch jahrelange Übung angeeignet hatte, brachte sie die Interviews mit den ersten Helfern hinter sich. Angefangen hatte sie als Assistentin einer Datingshow, und deshalb wusste sie genau, auf welche Fragen Menschen voller Emotionen reagierten und worauf sich eine gute Story aufbauen ließ. Es ging hauptsächlich um die Einschaltquoten. Und erschöpfte Freiwillige, die den Familien, denen sie mit ihrer Sendung halfen, wohlgesinnt waren, waren stets für ein paar Tränen gut.

Wobei Paige selbst vor allem daran lag, weniger das Drama als vielmehr die Wahrheit zu enthüllen, die sich hinter den Geschichten der Familien verbarg. Und diese Wahrheit klang immer ein bisschen anders als die Horrorstorys, die hinterher zusammengeschnitten wurden. Die Helfer dieses Abends waren voll des Lobes für die Russes und versorgten sie mit derart vielen anrührenden

Hintergrundgeschichten, dass eine Verfälschung der tatsächlichen Geschichte sicher nicht mehr nötig war.

Sie saß hinter der Kamera, während Mariel, die nach zwei Jahren Obdachlosigkeit erst in die Suppenküche der Familie Russe und von dort aus dann in einen Job vermittelt worden war, es sich auf dem Interviewplatz gemütlich machte. Wegen der abendlichen Kälte hatte sie unter dem leuchtend grünen *Kings of Construction*-T-Shirt noch ein dickes Sweatshirt an. Sie hatte sich das Haar zu einem stylishen Knoten aufgesteckt – das nannte sie ihre »Arbeitsfrisur« – und ein zerknülltes Taschentuch in einer Hand. »Weil sicher gleich die Tränen fließen«, hatte sie dazu gesagt.

»Dann fangen wir am besten gleich mit diesem Thema an«, schlug Paige ihr vor. »Warum macht es Sie so emotional, den Russes zu helfen?«

Mariel rollte ihre dunklen Augen himmelwärts. »Alles, was mit den Russes zu tun hat, ist für mich emotional. Ich war eine sehr junge Mutter, irgendwann hat sich der Vater meiner Kinder aus dem Staub gemacht, unser Konto leergeräumt, und ich stand alleine und ohne einen Cent da. Ich habe damals halbtags als Kassiererin in einem Drogeriemarkt gearbeitet, aber für mich und die drei Kinder hat das Geld, das ich verdient habe, einfach nicht gereicht. Ich konnte unsere Miete nicht mehr zahlen, also sind wir auf der Straße gelandet und haben in unserem Wagen gelebt, als uns eines Tages Phil Russe in der Bibliothek gesehen hat. Es war an dem Tag entsetzlich kalt, und wir haben uns dort aufgewärmt, weil es dort ruhig und sicher war. Er wollte wissen, ob wir Hunger hätten –«, Mariels Stimme brach und Paige ließ ihr ein wenig Zeit.

»Mein kleiner Junge, Gott segne sein gutes Herz, hat ihn mit großen Augen angesehen und er meinte: Ja, Sir, wir sind immer hungrig. Das brach mein Herz in tausend Teile. Meine Kinder hatten *Hunger.*« In ihren wunderschönen dunklen Augen stiegen Tränen auf. »Das hieß, als Mutter hatte ich versagt. Sie hätten glücklich sein sollen, warm und sicher, und weil ich ihnen all das nicht bieten konnte, hatte ich versagt.«

Sie atmete zitternd ein. »Aber Mr. Russe hat mich deswegen nicht verurteilt, sondern mir eine Visitenkarte in die Hand gedrückt und mir erklärt, wo's eine warme Mahlzeit für uns gibt.«

Paige griff den Rhythmus der Erzählung auf und fragte sanft: »Und wie lange hat es gedauert, bis Sie zu der Suppenküche gefahren sind?«

Mariel lächelte. »Wissen Sie, ich musste mich erst vergewissern, dass der Mann es ehrlich mit uns meint. Also habe ich den Namen in einen Computer eingegeben, der dort stand, und nach einer halben Stunde sind wir losgefahren. Während meine Kinder Kekse zum Dessert gefuttert haben, hat uns Mr. Russe mit Mrs. Russe bekannt gemacht. Seit diesem Tag hat keines meiner Kinder jemals wieder hungern müssen.«

Paige stellte Mariel ein paar Fragen zu der Suppenküche und zu ihrem weiteren Werdegang. Die Russes hatten der jungen Frau geholfen, einen besseren Job zu finden, und sie mit den Gebühren für ein Fernstudium und bei der Einrichtung der ersten eigenen Wohnung unterstützt.

»Ich habe ihnen jeden Cent von diesem Geld zurückgezahlt und angefangen, sie bei ihren Projekten finanziell zu unterstützen«, klärte Mariel Paige mit Stolz auf. »Anfangs nur mit ein paar Dollar, aber jetzt bin ich die Vizedirektorin einer Bank. Meine beiden Ältesten gehen aufs College und ich zahle ein Stipendium für obdachlose Teenager, die wieder zur Schule gehen wollen.«

Lächelnd kam Paige zum Ende des Gesprächs. »Das klingt fantastisch, Mariel. Ich freue mich unglaublich für Sie und Ihre Familie und weiß, dass es die Russes sehr zu schätzen wissen werden, dass Sie hier sind und bereit waren, uns Ihre Geschichte zu erzählen.«

»Wissen Sie, dass niemand in der Bank, in der ich arbeite, diese Geschichte kennt?« Mariel legte ihren Kopf ein wenig schräg. »Bisher habe ich mich für meine Vergangenheit geschämt, aber jetzt kommt es mir vor, als wäre sie etwas, worauf ich durchaus stolz sein kann. Ich habe es geschafft, mich aus der Armut zu befreien, und jetzt sehen Sie mich an.«

»Ich sehe Sie und finde, dass Sie wirklich allen Grund haben, stolz auf sich zu sein«, gab Paige ihr recht und drückte ihr die Hand. »Noch eine letzte Frage. Sie haben die Suppenküche und die Jobvermittlung, die die Russes betreiben, unterstützt, das heißt, Sie haben ihnen das, was sie Ihnen gegeben haben, längst zurückgezahlt. Warum also sind Sie heute Abend hier?«

Mariel straffte ihre Schultern, während eine vereinzelte Träne über ihre Wange lief. »Meine Familie verdankt alles, was sie hat, und alles, was sie ist, Mr. und Mrs. Russe. Keiner von uns wird das jemals vergessen. Es macht mich stolz, wenn ich mich bis ans Lebensende bei den beiden dafür revanchieren kann, ganz egal, auf welche Weise.«

»Ich finde, dass das der perfekte Schlusssatz ist.« Paige räusperte sich leicht, nickte Rico zu und augenzwinkernd stellte er die Kamera aus.

»Vielen Dank, dass Sie bereit waren, mit uns zu sprechen und dazu noch bei den Arbeiten zu helfen.« Paige hielt Mariel die Hand hin, aber statt sie zu ergreifen, fiel sie ihr um den Hals.

»Ich danke *Ihnen,* dass Sie das für diese Menschen tun. Niemand hätte so was Schönes mehr verdient als die zwei.«

Paige nahm ihr Headset ab und trat mit feuchten Augen in die Dunkelheit. Ihre Arbeit lohnte sich allein deshalb, weil es Leute wie die Russes und Mariel gab. Vielleicht bestand ihr Job aus jeder

Menge »Blödsinn«, wie ihre Mutter immer sagte, aber zugleich erzählte sie die Geschichten von besonderen, mutigen, verwundbaren und starken Menschen.

»Du kannst ja richtig menschlich sein, Prinzessin.«

Kapitel 6

Als Gannons raue Stimme hinter ihr erklang, fuhr sie zusammen. Sie drehte sich möglichst langsam um, in dem Versuch, keine Schwäche oder Menschlichkeit zu zeigen.

Doch sie hatte nicht damit gerechnet, dass er ihr bereits so nah war, dass sie mit der Nasenspitze praktisch gegen seinen Oberkörper stieß. Sie zwang sich zu einer möglichst ausdruckslosen Miene und streckte herausfordernd das Kinn vor. »Warum bist du noch hier? Deine Dreharbeiten sind bereits seit Stunden abgeschlossen.«

Er streckte die Hand aus und wischte ihr eine Träne von der Wange. Dort, wo sein Daumen sie berührt hatte, brannte ihre Haut.

»Ich habe eine Allergie«, stellte sie achselzuckend fest.

»Wenn du es sagst«, gab er gleichmütig zurück. »Ich bin noch hier, weil ich ein Loch in einem von den Zelten reparieren musste und jetzt auf dich warte. Ich wollte noch einmal mit dir über den morgigen Drehplan reden – und zwar ruhig und freundlich.«

»Ich frage mich, ob du tatsächlich alles besser weißt oder nicht vielleicht nur ein fürchterlicher Besserwisser bist.«

Er verschränkte seine muskulösen Arme vor der Brust und

nahm eine selbstbewusste Pose ein. »Vielleicht hattest du vorhin doch recht«, gab er zu und sah die Spitzen seiner Stiefel an. »Zumindest ein wenig. Ein ganz kleines bisschen.«

Sie hob spöttisch eine Braue. »Gannon King, anscheinend hast du mir zur Abwechslung mal wirklich zugehört.«

»Jetzt flipp mal nicht aus vor lauter Freude. Aber vielleicht weiß ich eine Lösung für meine … Bedenken darüber, dass das Bad erst morgen rausgerissen werden soll.«

»Ich bin ganz Ohr«, erklärte sie seufzend, weil sie keine andere Möglichkeit sah, als dabei zuzuhören, wie Gannon ihren Drehplan auf den Kopf stellte.

»Wir drehen doch immer diese Badezimmerszenen wegen des Dramas, nicht wahr?«

»Genau.«

»Warum ändern wir den Ablauf dieses Mal nicht etwas ab? Wir geben Clawson ein oder zwei GoPros und lassen sie das Bad schon heute Abend demolieren. Dann haben wir Aufnahmen, falls dabei irgendwas Spannendes passiert, und dafür, dass ich nicht den x-ten Badspiegel klein schlage, durchbreche ich vor laufenden Kameras die Außenwand des Hauses, dort, wo wir den zusätzlichen Raum anbauen wollen.«

Sie konnte nicht anders, als zu lachen. »Du willst dich dabei filmen lassen, wie du eine Wand einreißt?«

»Die Träger lasse ich natürlich stehen. Ich könnte Cat dazu herausfordern, zu sehen, wer von uns beiden eher ein Loch hineinbekommt. Aber sag das nicht Andy, denn dann jammert er wahrscheinlich wegen der Versicherung. Aber wenn wir Clawson heute schon das Bad abreißen lassen, sparen wir die Zeit, die nötig ist, wenn ihr das Abreißen der Außenmauer filmen wollt. Und falls das nicht möglich ist, machen Cat und ich morgen die fehlende

Dramatik des verfluchten Badezimmerabrisses auf andere Weise wieder wett.«

Sein Vorschlag ergab durchaus Sinn, und wenn Paige ehrlich war, hatte sie selber keine allzu große Lust mehr, Cat und Gannon dabei zuzusehen, wie sie Toilettenschüsseln durch die Gegend schleppten, denn das hatten sie inzwischen schon ein Dutzend Mal gemacht.

»Okay.« Sie sah auf ihre Uhr. Es war erst neun, das hieß, sie könnte noch mit Clawsons Leuten sprechen und den Außenmauerabriss in den Drehplan für den nächsten Morgen integrieren. »Wenn wir dadurch Zeit gewinnen und du mir versprichst, etwas zu liefern, was das Publikum begeistert, bin ich dabei.«

»Abgemacht.« Er reichte ihr die Hand und als sie zögerte, sah er sie grinsend an. »Ich beiße nicht … oder zumindest nicht besonders doll.«

Widerstrebend nahm sie seine Hand und sagte sich, es läge nur daran, dass sie so müde war, dass sie bei der Berührung ein leichtes Prickeln spürte.

»Du siehst total erledigt aus, Prinzessin«, meinte er dann auch. »Warum fährst du nicht ins Motel und haust dich hin?«

Entschlossen zog sie ihre Hand zurück und ließ die Schultern kreisen. »Weil ich noch den Drehplan ändern und jede Menge Material ausladen muss.« Sie nickte Richtung Straße, wo ein voll beladener Laster stand.

Gannon sah sich suchend um. »Und wo zum Teufel sind die anderen? Du lädst den LKW doch sicher nicht alleine aus?«

Paige verdrehte innerlich die Augen. »Wir wollen die Handwerker nicht von der Arbeit abziehen«, klärte sie ihn auf. »Also kümmern ich und eine Handvoll netter, muskulöser Freiwilliger uns um alles, was wir auch alleine hinbekommen und was den Profis hilft. Hast du dich bisher wirklich nie gefragt, warum deine Badezimmerfliesen und das Holz für deine Böden jeden Morgen dort liegen, wo du sie brauchst?«

Gannon blickte über seine Schulter auf den LKW und runzelte die Stirn.

»Und, Sklaventreiberin, bist du bereit?«, erkundigte sich Flynn, der Gannons bester Freund und Mitglied seines Bautrupps war, und klatschte im Vorbeigehen mit Paige ab.

»Auf geht's, Muskelmann.« Sie zwinkerte ihm zu und wandte sich ein letztes Mal an seinen Boss. »Danke, dass du mit mir gesprochen hast, als wäre ich ein Mensch und nicht die Speichelleckerin vom Dienst. Und jetzt ruh dich ein bisschen aus, morgen ist viel zu tun.«

Damit ließ sie ihn stehen und er sah ihr mit großen Augen hinterher, als sie mit Flynn zu einer Handvoll freiwilliger Helfer lief, die fest entschlossen waren, die Nacht zum Tag zu machen, bis der LKW entladen war.

Wenig später lud sie sich die erste Fuhre Keramikfliesen auf den Arm und stellte in Gedanken den morgigen Drehplan um. Natürlich müsste sie mit Andy sprechen, ehe sie die Clawsons bat, das Badezimmer abzureißen, doch das wäre sicher kein Problem. Sie waren schließlich immer froh, wenn irgendwelche Dinge schneller gingen als geplant.

Sie machte auf der Rampe kehrt und prallte gegen Gannon, der nach ihrem Paket Fliesen griff.

»Was machst du da?«

»Wir sind ein Team, falls du das vergessen hast. Und jetzt sei ein braves Mädchen und gib mir noch ein zweites Paket, ja?«

Die Tatsache, dass Gannon die Pakete mit den Fliesen trug, als wären sie aus Papier, und riesengroße Badezimmermöbel ganz allein entlud, spornte die freiwilligen Helfer noch weiter an. Diesmal gab sich Paige keine Mühe, ihr Augenrollen zu verstecken. Offenbar versuchte Gannon, etwas zu beweisen, was er nicht beweisen musste, denn sie waren ein kleines Team und jeder tat, wozu er in der Lage war. Und auch wenn er und seine Schwester meistens direkt nach den Dreharbeiten ins Motel verschwanden, rackerten sie sich von früh bis spät vor der Kamera auf den Baustellen ab.

»Du hast anscheinend ziemlich Eindruck auf den Boss gemacht«, erklärte Flynn und nickte dorthin, wo sein Chef mit Hilfe zweier freiwilliger Helfer eine riesengroße Badewanne von der Rampe hob.

»Sie kehrt ihm gegenüber einfach gern die Eiskönigin raus«, mischte sich Rico, der eine Toilettenschüssel schleppte, spöttisch ein. »Und diesmal habe ich's sogar gefilmt.«

»Ich kann nur für dich hoffen, dass das niemand anderes zu sehen bekommt«, erklärte Paige ihm streng. »Es sei denn, du hast auch aufgenommen, wie Gannon seinen Zollstock wie ein Kleinkind durch das Zelt geworfen hat.«

»Für was für einen Kameramann hältst du mich? Ich habe sogar gefilmt, wie er das Loch repariert hat, das er mit seinem Zollstock in die Zeltwand gerissen hat.«

Paige lachte fröhlich auf. »Ach, Jungs, ich liebe euch.«

»Und wir dich erst, Sklaventreiberin.«

Kapitel 7

Es war noch hell, als Paige den Laptop auf ihr schlecht gemachtes Bett im *Comfy Inn* in Mobile, Texas, fallen ließ. Sie waren beim dritten Haus der Staffel, ihre kleine Truppe war inzwischen voll in Schwung, sie hatten wieder eine wunderbare einheimische Baufirma gefunden, und sie freute sich auf die Zusammenarbeit mit ihnen.

Sie warf sich auf den wackeligen Stuhl an dem genauso wackeligen Tisch und schaute sich im Zimmer um. Sie hatte am Morgen eingecheckt und ihre Taschen in den Raum geschleppt, bevor sie auf direktem Weg zum Set gefahren war. Das Zimmer war nicht wirklich grauenvoll. Sie hatte bereits Schlimmeres erlebt. Die früher einmal weißen, doch inzwischen gelb verfärbten Wände zeugten von der Blütezeit des Raums als Raucherparadies. Der Teppich trug die Brandflecken unzähliger Zigaretten wie Ehrenabzeichen. Das Bad jedoch war sauber und im Schrank lagen zwei Extrakopfkissen bereit.

Für diese eine Woche würde es reichen.

Sie tauschte Jeans und T-Shirt gegen eine saubere Caprihose und ein Tanktop, fragte Cat per SMS, ob sie irgendwo zu Abend essen sollten, und schlug die Bettdecke zurück, bevor sie sich auf der Matratze ausstreckte.

Sie machte ihre Augen zu und ging die Einzelheiten der neuen Familie durch. Joy, mit ihren siebenundzwanzig Jahren, dem sonnenhellen Lächeln und dem dunkelblonden Kurzhaarschnitt, hatte mit stillen Auktionen und mit dem Verkauf von selbst gebackenem Kuchen das erforderliche Geld für ein Kunst- und Haustiertherapieprogramm im örtlichen Pflegeheim verdient, nachdem ihr demenzkranker Opa dort eingezogen war. Sie widmete jede freie Minute, die ihr neben ihrer Vollzeitstelle als Sozialarbeiterin blieb, der Pflege ihres geliebten »Poppy«.

Poppy hatte sie dort einer Physiotherapeutin vorgestellt, die zweimal in der Woche ehrenamtlich kam, und nur vierzehn Tage, nachdem Joy und Teagan sich in seinem Krankenzimmer hatten trauen lassen, war der alte Herr verstorben und sie hatten das von ihm selbst gebaute Haus geerbt. Es hatte über Jahre leer gestanden und war stark verfallen, aber wegen der Verbindung zu seinem Erbauer sahen Joy und Teagan es als ihr Zuhause an und waren dankbar, dass ihnen jemand bei der Renovierung half, nachdem sie über Jahre stets für andere da gewesen waren. Es war eine süße, herzerwärmende Geschichte und Paige freute sich darauf, sie zu erzählen.

Ihr Handy klingelte, sie setzte sich auf, sah den Namen auf dem Display und fragte ohne Umschweife: »Was gibt's, Eddie?«

Der Produktionsleiter vertraute darauf, dass sie ihre Arbeit machte, und rief nur an, wenn es irgendwelche – für gewöhnlich schlechte – Neuigkeiten gab.

Und tatsächlich sagte er: »Ich habe schlechte Nachrichten für dich.«

Nervös stand Paige auf und zerrte an der Schiebetür des winzigen Balkons. Quietschend ging sie auf und Paige trat auf den schmalen Streifen Außenwohnraum, von dem aus der löchrige Asphalt des Parkplatzes zu sehen war. Dünne Wände zwischen ihrem und den anderen Balkonen boten einen Hauch Privatsphäre, und da sie sich alleine wähnte, fragte sie: »Was ist passiert?«, und lehnte sich erschöpft an das verrostete gusseiserne Geländer an.

»*Interiors at Home* ist mit an Bord.«

Das Inneneinrichtungsunternehmen war ein großer Werbekunde ihrer Sendung und für all das Geld, das sie der Produktionsfirma zahlten, wollten sie natürlich etwas sehen.

»Und was wollen sie genau als Gegenleistung für das viele Geld, das sie uns zahlen?«, seufzte Paige ins Telefon.

»Cat und Gannon sollen ab jetzt in jeder Folge in einen ihrer Läden fahren und dort Sachen für die Häuser holen.« Eddie war gut darin, unumwunden mit der Sprache herauszurücken.

Paige ließ ihre freie Hand auf das Geländer fallen. Es fing bedenklich an zu wackeln. Sie machte eilig einen Schritt zurück und stapfte wütend auf und ab. »Machst du Witze, Eddie? Wollen sie auch noch den letzten Hauch von Authentizität zunichtemachen, den die Sendung hat? Bisher haben Cat und Gannon immer völlig echt gewirkt, und wenn sie jetzt nur noch in diesen Läden shoppen, stehen sie wie die totalen Heuchler da.«

»Ich weiß, ich weiß. Aber so steht es nun mal im Vertrag.«

»Das ist totaler Schwachsinn, Eddie. Kannst du sie nicht dazu bringen, dass sie es sich noch mal überlegen? Gannon rastet aus, wenn er davon erfährt, was ich ihm nicht verdenken kann, denn die Idee ist wirklich selten dämlich.«

»Wir können nichts dagegen tun. So ist es nun mal abgemacht.«

Wütend schob sich Paige die Haare aus der Stirn. »Es ist einfach nicht richtig, so was zu entscheiden, ohne Cat und Gannon wenigstens zu fragen. Schließlich ist es ihre Show. Sie *sind* die Show.«

Eddie seufzte nur resigniert. Er war schon zu lange in der Branche. »Ich verstehe dich, Kleine, wirklich, aber –«

»Ja, ich weiß, wir können nichts dagegen tun«, beendete sie seinen Satz. »Und ab wann gilt diese Klausel?«

»Ab sofort. Es gibt einen Laden circa 100 Meilen vom Drehort entfernt.«

Paige entfuhr ein leiser Fluch. »Und wie viel Sendezeit pro Folge geht für diesen Schwachsinn drauf?«

»Drei Minuten, und die Sachen aus dem Laden müssen bei der Übergabe des fertigen Hauses gut zu sehen sein.«

»Wer überbringt ihnen die frohe Botschaft? Du oder ich?«

Eddies Schweigen sagte alles.

»Na super. Toll!«

»Und wie geht's sonst so?«, fragte er sie plötzlich wieder gut gelaunt.

• • •

Gannon lehnte reglos am Geländer seines Balkons. Er hatte nicht gewusst, dass Paige das Nebenzimmer hatte, bis sie mit dem Telefon herausgekommen war. Sie hatte über irgendetwas mit dem Produktionsleiter gestritten. Eigentlich hätte er sich schuldig fühlen müssen, weil er gelauscht hatte, aber da Paige ihn interessierte und er seinen Namen gehört hatte, fühlte er sich berechtigt, zuzuhören.

Schließlich legte sie auf, ging wieder in ihr Zimmer und schob krachend die Balkontür zu.

Anders als er bisher angenommen hatte, war »Prinzessin Paige« weit mehr als eine Ja-Sagerin, denn wie es geklungen hatte, hatte sie sich während des Gesprächs Eddie gegenüber nicht zum ersten Mal für ihn und seine Schwester eingesetzt.

Verdammt.

Er hasste es, wenn er im Unrecht war. Er hatte sie bereits am allerersten Drehtag abgeschrieben, als sie ihm in kühlem Ton erklärt hatte, die Zeitpläne der Produktionsfirma gälten auch für ihn. Er hatte sie als Handlangerin ihrer Chefs abgetan. Aber trotzdem waren ihm ihre kilometerlangen Beine in den kurzen Hosen während ihrer Drehs bei sommerlicher Hitze durchaus weiter aufgefallen. Oder ihre vollen, für gewöhnlich ungeschminkten Lippen, die sie einen Spalt weit öffnete, bevor sie über irgendetwas lachte, was er selbst oder jemand aus der Crew zum Besten gegeben hatte.

Und auch einen Blick auf ihren Körper, der normalerweise stets in Jeans und T-Shirts steckte, hatte er erhaschen können, als sie einmal während eines Drehs in geborgten Sportklamotten auf der Bildfläche erschienen war. Das dichte dunkelbraune Haar trug sie in einem sexy Bob, den sie beidhändig nach hinten schob, wenn sie frustriert war, oder hochsteckte, wenn es ans Schleppen schwerer Sachen ging.

Sie war auf alle Fälle attraktiv genug, dass es besser war, auf Distanz zu ihr zu gehen. Er war schon mal auf eine hübsche Hülle reingefallen und hatte einen hohen Preis dafür bezahlt. Und als er Paige zum ersten Mal getroffen hatte, hatte er sich immer noch die Wunden davon geleckt. Vielleicht war er deshalb etwas ungerecht gewesen und hatte Paige St. James zu Unrecht in dieselbe Schublade gesteckt.

Jeder konnte sehen, wie stark, wie klug und unerschütterlich sie war. Und obwohl er selbst nicht gerade freundlich mit ihr umgegangen war, hatte ihn ihre kühle Distanziertheit in den Wahnsinn getrieben. Doch wenn sie dachte, sie wäre unbeobachtet, zeigte sie ihre menschliche Seite und zeigte aufrichtiges Mitgefühl mit den Menschen, die sie eigentlich für die Kamera ausschlachten sollte.

Jetzt fielen ihm wieder Bruchstücke verschiedener Gespräche ein, Vorwürfe, die er im Spaß erhoben hatte, und Beleidigungen, die er ihr übellaunig an den Kopf geworfen hatte. Sie hatte sich die Mühe erspart, ihn zu korrigieren, sich nie verteidigt und auch nie geklagt, weil ihre Bosse auch aus ihrer Sicht ein Haufen geldgieriger Sesselfurzer waren.

Es gefiel ihm nicht, wenn er im Unrecht war.

Er nahm zwei Flaschen Bier aus seiner Minibar. Er würde sie nicht um Verzeihung bitten. Schließlich hatte sie sich bisher nie gewehrt und ihm auch niemals ihre Meinung anvertraut. Er fragte sich, ob sie wohl seiner Schwester gegenüber offener war. Die zwei hielten zusammen wie Pech und Schwefel. Ehe er es sich noch einmal überlegen konnte, schnappte er sich seine Schlüsselkarte und klopfte bei Paige an.

Sie öffnete die Tür und von dem Zorn, der noch immer in ihr schwelen musste, war kaum noch was zu sehen. Einzig die zusammengebissenen Zähne und das Blitzen ihrer Augen zeigten, dass sie noch nicht wieder ganz die Alte war.

»Hier.« Er hielt ihr eine der zwei Flaschen hin.

Sie schaute auf die Flasche, lenkte dann aber den Blick zurück auf sein Gesicht.

Noch einmal hielt er sie ihr hin, und als sie sie ergriff, schob er sich kurzerhand an ihr vorbei.

»Was machst du da?«

Ohne auf die Frage einzugehen, fragte er sie seinerseits: »Wie schaffst du das?«

Sie folgte ihm, ohne die Tür ins Schloss zu ziehen, und runzelte verständnislos die Stirn. »Wie schaffe ich was?«

»Wie schaffst du es, all deinen Ärger in dich reinzufressen, ohne jemals laut zu werden?« Er sank auf die gelbe Paisley-Couch, die neben der Balkontür stand.

»Komm rein und setz dich«, lud sie ihn ironisch ein und trank den ersten Schluck von ihrem Bier.

»Ich würde gerne mal erleben, wie du sauer wirst. Dann könnte ich mir einbilden, dass dir nicht alles völlig egal ist.«

Sie bedachte ihn mit einem langen, kühlen Blick. »Komm bitte zum Punkt, ich habe nämlich heute Abend noch sehr viel zu tun.«

»Sag mir erst, wie du das schaffst. Hast du niemals das Gefühl, vor Wut zu platzen?«

»Ich bin es wegen meines Jobs gewohnt, mit anstrengenden Menschen umzugehen«, klärte sie ihn eisig auf.

»Kann es sein, dass ich ein paar von diesen Menschen kenne?«

Sie hob eine ihrer sexy Brauen an. »Möglich, dass du schon dem einen oder anderen begegnet bist.« Das amüsierte Blitzen ihrer Augen legte sich, sie zog sich abermals hinter ihre Mauer zurück und trank den nächsten Schluck von ihrem Bier. »Also, Gannon, was kann ich für dich tun?«

»Ich bin gerade den Drehplan durchgegangen –«

»Erspar mir bitte deine Besserwisserei«, fuhr sie ihn an.

»Willst du wissen, was ich von dir möchte, oder nicht?«

Zum Zeichen, dass sie sich geschlagen gab, hob sie die Hände in die Luft. »Bitte fahr fort.«

»Ich bin also gerade meinen Drehplan durchgegangen, und da wurde mir klar, dass du im Grunde eine Fremde für mich bist.«

»Und das ist plötzlich ein Problem?« Sie sah ihn skeptisch an.

»Oh ja, denn schließlich sind wir in den nächsten Monaten fast pausenlos zusammen und hängen irgendwie auch voneinander ab.«

»Und warum war das bei der ersten Staffel kein Problem?«

Sie war eindeutig nicht auf den Kopf gefallen, und sein plötzliches Erscheinen rief anscheinend ihren Argwohn wach.

»Wer sagt denn, dass es das nicht war?«

Er stand wieder auf, und als er durch das Zimmer lief, nahm sie, im Gegensatz zu ihm, in einem wackeligen Sessel Platz. Aber genau wie er hatte auch sie in ihrem Zimmer keine Fotos oder irgendwelchen anderen privaten Kram verteilt. Er selbst fand so etwas sinnlos, weil er sowieso den ganzen Tag auf Achse war, und außerdem war er stets mit seiner Schwester unterwegs, und wenn sie mal ein freies Wochenende hatten, fuhren oder flogen sie normalerweise heim.

»Und jetzt ist es auf alle Fälle ein Problem für mich.«

»Gannon«, seufzte sie, und ihm schoss der Gedanke durch den Kopf, wie sie sich wohl anhören würde, wenn sie beide nackt wären und sein Mund auf ihren Lippen lag. Rein körperlich zog sie ihn an, seit er ihr zum ersten Mal begegnet war, doch leider hatte er bei ihrem ersten Treffen gerade erst gelernt, dass attraktiven Frauen nicht zu trauen war. Nur hatte er Paige vielleicht etwas zu voreilig in diese Schublade gesteckt.

»Habe ich schon erwähnt, wo mir diese Erleuchtung kam?«

»Nein. Aber ich nehme an, dass das der Witz an der Geschichte ist.«

»Ich war gerade dabei, von meinem Balkon aus den Sonnenuntergang über dem Parkplatz zu genießen –«

Als sie wild fluchte, brach er in fröhliches Gelächter aus.

»Wie viel von dem Gespräch hast du gehört?«

»Ich war von Anfang bis Ende dabei. Du bist ganz schön mutig, so mit einem Produktionsleiter zu sprechen.«

»Eddie ist ein guter Boss. Er hört wenigstens zu, selbst wenn er mir nicht helfen kann.«

Sie stand wieder auf und stapfte frustriert im Zimmer auf und ab. Was ein verräterisches Zeichen war, denn immer, wenn sie unter Stress stand, musste sie sich auf die eine oder andere Art bewegen.

»Und warum fluchst oder tobst du nicht herum?«, fragte sie. Ohne sich zu Gannon umzudrehen, blieb sie vor der Balkontür stehen.

Entschlossen trat er hinter sie. Sie erstarrte, blieb aber auch weiterhin, wo sie war. »Soll ich völlig ehrlich sein?«

Sie zuckte mit den Achseln, und mit ruhiger Stimme setzte er zu einer Antwort an.

»Ich fand es interessant, zu hören, wie du Dinge sagst, die keine Speichelleckerin je sagen würde, und wie du dich aufregst über irgendeinen Plan, mit dem sie wieder mal die Einschaltquoten oder einfach nur die Einnahmen der Produktionsgesellschaft steigern wollen.«

»Und was willst du damit sagen?«

»Damit will ich sagen, dass mein bisheriger Eindruck von dir vielleicht nicht ganz richtig war.«

Kapitel 8

Paige schloss die Augen und lehnte den Kopf gegen den Sitz. Gleich würde das Flugzeug starten, und bis sie in Maine an ihrem nächsten Drehort wären, würde sie zumindest einen Teil des Schlafs nachholen, der ihr in den letzten Nächten nicht vergönnt gewesen war.

Anders als es normalerweise beim Reality-TV üblich war, war die Produktion der letzten Folge ohne den geringsten Zwischenfall verlaufen. Am Ende hatten sie Joy und Teagan, die beide zu Tränen gerührt waren, die Schlüssel zu einem komplett renovierten Bungalow im angesagten Craftsman-Stil überreicht.

Außerdem hatte Gannon ein mysteriöses Telefongespräch mit einem von den hohen Tieren bei *Summit-Wingenroth* geführt, und magischerweise wurde die Anweisung zurückgenommen, dass die Kings in jeder Folge in einem der Läden von *Interiors at Home* zu sehen sein müssten. Sie hatten einen Kompromiss gefunden, demzufolge Cat verpflichtet wäre, Bilder ihrer Produkte in dem Backstage-Blog zu posten, den sie schrieb. Zumindest aber blieb auf diese Weise die Integrität der Sendung in Paiges Augen halbwegs gewahrt.

Die ganze Mannschaft war in Hochstimmung, und das war gut, denn die Geschichte der Familie, der sie als Nächstes helfen würden, würde ihnen sicher allen nahegehen.

Die alleinerziehende Carina war eine dunkelhaarige Schönheit mit hohen Wangenknochen und bronzener Haut. Durch Crowdfunding hatte sie 100.000 Dollar für das Kinderkrankenhaus gesammelt, in dem ihre Tochter wegen eines Hirntumors behandelt worden war. Nachdem die Schwestern dieses Krankenhauses sich im Namen der Familie bei der Show beworben hatten, war der grässliche Tumor bei der inzwischen sechsjährigen Malia zurückgekehrt, und die Chancen einer Heilung standen deutlich schlechter als beim ersten Mal.

Die nächste Woche würde für sie alle hart werden, aber Carina und das Mädchen waren bereit, ihre Geschichte zu erzählen. Paige würde sich alle Mühe geben, auf die Wünsche und Bedürfnisse der beiden einzugehen und bei ihren Gesprächen möglichst einfühlsam zu sein. Sie hoffte nur, dass sich auch Gannon möglichst gut benähme, denn er war nicht unbedingt berühmt für seine einfühlsame Art. Er hatte sich am letzten Set verblüffend umgänglich gezeigt, aber bei seinem Temperament würde sie keine Wette eingehen, dass es auch weiterhin so blieb.

Sie spürte, wie sich jemand auf den Platz an ihrer Seite sinken ließ, und öffnete träge die Augen. Normalerweise saß sie neben Louis oder Sam, weil die beiden während eines Flugs genauso wenig Lust auf eine Unterhaltung hatten wie sie selbst. Sie hatten beide kein Problem mit einer Sitznachbarin, die für gewöhnlich bereits schlief, bevor die Flugbegleiterin mit dem Getränkewagen kam. Doch neben sich sah sie weder Sams strahlendes Lächeln noch Louis' knochige Statur. Stattdessen saß dort der Hauptdarsteller der Sendung, funkelte sie gut gelaunt aus braun-goldenen Augen an.

Sie richtete sich kerzengerade auf. »Du hast dich auf den falschen Platz gesetzt.«

»Du bist aber ganz schön mürrisch, wenn du wach wirst«, stellte Gannon fest. Er quetschte seine massige Gestalt auf seinen Sitz und legte ein Buch in seinen Schoß. Er trug Jeans und ein marineblaues T-Shirt, das die Muskeln seiner Brust und seiner Arme vorteilhaft zur Geltung brachte, und hatte als Vielflieger Flip-Flops an den Füßen, weil man damit schnell durch die Kontrollen kam.

»Ich werde weder gerade wach, noch bin ich mürrisch«, knurrte sie. »Warum bist du nicht in der ersten Klasse wie sonst auch?«

Das war ein Luxus, über den sich Gannon nicht beschwerte, denn für seine wuchtige Gestalt war in den Sitzreihen der Touristenklasse einfach nicht genügend Platz. Die Beinfreiheit der ersten Klasse war eine Notwendigkeit für ihn, denn um seine Beine hier vor seinen Sitz zu bringen, musste er sie spreizen und nahm dadurch mit dem linken Knie die Hälfte des Bereichs in Beschlag, der für Paiges Beine vorgesehen war.

»Ich dachte, Sam wäre sicher froh, wenn er einmal genügend Platz für seine Beine hat.«

»Obwohl er gut acht Zentimeter kleiner ist als du?«

»Dafür hat er etwas anderes, was mir fehlt.«

»Und das wäre?«

»Eine Schwäche für Cat.«

Paige sah ihn grinsend an. »Du quetschst dich also neben mich und überlässt ihm deinen Sitzplatz in der ersten Klasse, nur weil er für deine Schwester schwärmt?«

»Ich bin eben ein großzügiger Mensch.«

Er grinste sie an, sodass ihr Magen unwillkürlich einen Purzelbaum schlug. Trotzdem hob sie skeptisch eine Braue an, um ihm zu zeigen, dass ihr seine angebliche großzügige Ader bisher noch nicht aufgefallen war.

»Weißt du, anfangs dachte ich, du wärst entsetzlich eingebildet, und dann dachte ich, dass du eine Marionette unserer Bosse wärst«, erklärte er im Plauderton.

»Ach, tatsächlich?«, fragte sie und zog ihr Buch aus der Tasche an ihrem Vordersitz, um zu demonstrieren, dass ihr nichts an einer Unterhaltung lag.

»Aber ich habe mich geirrt.«

Sie sah ihn reglos von der Seite an. »Wie bitte? Der große Gannon King gibt zu, dass er im Unrecht war?«

Er hielt die Hände hoch. »Hör einfach zu. Ich weiß, das ist eine Menge zu verarbeiten.«

Paige wünschte sich verzweifelt ein Paar Ohrstöpsel als Gegenmittel für die Worte ihres unwillkommenen Sitznachbarn.

»Ich habe dich beobachtet.«

»Auch wenn du aussiehst, wie du aussiehst …«, sie ließ ihren Blick an ihm herunterwandern und lenkte ihn dann zurück auf sein Gesicht, » … klingt das echt gruselig.« Obwohl sie sicher war, dass unzählige Frauen auf der Welt vor Lust vergehen würden, wenn ein attraktiver Mann wie Gannon King ihnen gestehen würde, dass er sie nicht aus den Augen ließ.

»Nicht auf die unheimliche Stalker-Art«, verbesserte er sie. »Ich habe dir in den vergangenen Tagen bei der Arbeit zugesehen und sehe dich seither in einem völlig neuen Licht.«

Sie seufzte und ermahnte sich noch, den Köder nicht zu schlucken, aber schon kamen die Worte aus ihr heraus. »Und wofür hältst du mich jetzt?«

»Für eine Beobachterin.«

Sie blinzelte.

»Siehst du? Genau das meine ich! Ich an deiner Stelle würde

jede Menge Fragen stellen, meine Bemerkung auseinandernehmen und mir vielleicht widersprechen. Aber du? Du wartest einfach ab, wie's weitergeht.«

Sie wollte ihn unterbrechen und widersprechen, doch noch viel mehr wollte sie wissen, wie es weiterging.

»Ich bin das genaue Gegenteil von dir. Ich will mich immer direkt ins Geschehen stürzen und die Dinge in Bewegung bringen, aber du sitzt einfach da und lässt den Dingen ihren Lauf. Aber das ist kein fehlendes Interesse, sondern du bist einfach ruhig.«

»Und geduldig«, fügte sie hinzu.

Er grinste und das weltberühmte Grübchen, das er in der linken Wange hatte, zwinkerte ihr zu. Großer Gott, mit so einem Lächeln hatte er sie noch nie angesehen. Kein Wunder, dass auf Instagram mit jedem Bild, das Cat von ihrem Bruder postete, ein Sturm losbrach. Paige unterdrückte das Verlangen, sich mit ihrem Buch ein wenig Frischluft zuzufächeln. Seine Nähe machte ihr zu schaffen, aber um ihm zu entkommen, hätte sie über den Schoß des Mannes krabbeln müssen. Außerdem bog das Flugzeug gerade auf die Startbahn ein und sie würden in ein paar Sekunden abheben.

Schon immer hatten sie die meisten Menschen entweder als arrogant oder als desinteressiert empfunden, und von jemandem wie Gannon hätte sie beim besten Willen nicht erwartet, dass er hinter ihre nüchterne Fassade blickte und sie tatsächlich verstand. »Dann hast du also rausgefunden, wie ich ticke?«

»Nicht mal ansatzweise, aber die Recherche macht mir großen Spaß«, erklärte er ihr rau. »Das macht die Dreharbeiten wesentlich erträglicher.«

Die Erschütterung des Flugzeugstarts hallte in ihrem Körper nach. Am liebsten hätte Paige sich abgewandt und zugesehen, wie die Landschaft Texas' unter ihr verschwand, aber sie hielt seinem Blick weiterhin stand und suchte in den warmen braunen Augen nach den Dingen, die er ihr verschwieg. Er war eindeutig an ihr interessiert, auch wenn sie den Grund dieses Interesses nicht verstand.

»Gannon«, sagte sie in einem Ton, in dem eine leise Warnung lag.

»Paige.«

»Ich wusste gar nicht, dass du meinen Namen kennst«, stellte sie trocken fest.

»Ich weiß sogar viel mehr als nur deinen Namen, Paige St. James. Warum fragst du mich nicht das, was du mich wirklich fragen willst? Wir sind schließlich vier Stunden in der Luft.«

»Genau deshalb frage ich dich nicht, was ich dich fragen will. Denn nach einem stundenlangen Schlagabtausch wären wir sicher beide vollkommen erschöpft.«

»Lass uns die Redezeit einfach begrenzen«, schlug er vor. »Wir können uns doch eine Stunde unterhalten und danach kannst du dich in dein Buch vertiefen oder Ränke schmieden, um die Einschaltquoten noch zu steigern, oder was du sonst im Flugzeug machst.«

Es fiel ihr schwer, ihm eine Bitte abzuschlagen, wenn er derart nett und unbekümmert war.

»Also gut. *Warum* bist du beim Fernsehen?« Diese Frage stellte sie sich bereits seit dem ersten Tag, denn nichts an Gannon King wies darauf hin, dass er auf Ruhm versessen war. Er hasste es, gefilmt zu werden, hasste die Gespräche, die er vor der Kamera führen musste, und hasste die Verzögerungen bei der Arbeit durch die Aufnahmen.

»Du meinst abgesehen von meinem brutal verführerischen Aussehen?« Sein Ton war spöttisch, aber gleichzeitig fuhr er sich mit der Hand über den Kopf, was ein nervöser Tick von ihm war.

Paige sah ihn reglos an.

»Du unterstellst mit dieser Frage, dass dies nicht mein Traumjob ist. Das stimmt. Ich habe Größeres vor, als Teil dieser Show zu sein. Genau wie du.«

Paige öffnete den Mund und klappte ihn dann wortlos wieder zu. Alle anderen um sie herum sahen irgendwelche Filme oder dösten vor sich hin, und plötzlich fühlte es sich an, als wären sie beide vollkommen allein.

Er beugte sich zu ihr herüber und nahm ihre Lehne in Beschlag. »Du kannst es meinetwegen leugnen, aber trotzdem weiß ich, dass du auch noch andere Pläne hast.«

»Wie kommst du denn auf die Idee? Es könnte schließlich durchaus sein, dass das hier, anders als für dich, mein Traumjob ist.«

»Das ist totaler Schwachsinn. Meinetwegen habe ich etwas gebraucht, um es zu sehen, aber du regst dich über diesen ganzen Mist genauso auf wie ich. Du beißt immer die Zähne zusammen, wenn du angefressen bist. Und ich glaube, dass du außerdem die Nägel in die Handballen bohrst, wenn dir etwas nicht passt. Fünf Sekunden lang, und dann sprichst du mit dieser netten, ruhigen Stimme weiter, die nur Blödsinn redet. Aber du siehst dabei so ehrlich aus, dass dir bisher noch jeder auf den Leim gegangen ist. Ein einziges Mal würde ich gerne hören, was du in diesen fünf Sekunden denkst. Ein einziges Mal würde ich gerne sehen, wer du wirklich bist.«

Sie hatte Gannon offenkundig unterschätzt. Sie hätte ihm nicht zugetraut, dass er so viele Dinge sah.

Sie befeuchtete ihre Lippen und er sagte: »Siehst du? Du weichst mir schon wieder aus. Also, was geht dir gerade durch den Kopf?«

»Dass ich dich vielleicht falsch beurteilt habe. Oder wenigstens zum Teil. Dabei hängt sehr viel von der Antwort auf die Frage ab, der du bisher erfolgreich ausgewichen bist.«

Gannon sah sie forschend an und zog sein Handy aus der Tasche seiner Jeans. »Das hier ist der Grund, weswegen ich beim Fernsehen bin.« Er zeigte ihr ein Bild, auf dem er lächelnd auf die kleine, runde Frau in seinem Arm heruntersah. Sie hatte einen Kopf voll dichter Silberlöckchen und dasselbe Lächeln im Gesicht wie er.

»Deine Großmutter?«

»Meine Nonni«, sagte er mit solcher Zuneigung und in derart perfektem Italienisch, dass ihr Herz den nächsten Salto schlug.

»Dann war's also der größte Wunsch deiner Nonni, dich und Cat im Fernsehen zu sehen?«

»Nein, aber es ist mein größter Wunsch, dass meine Nonni glücklich ist.«

»Das ist sehr lieb von dir.« Sie drückte ihm sein Handy wieder in die Hand.

»Aber es bringt dich immer noch nicht dazu, mir zu vertrauen.«

»Warum willst du, dass ich dir vertraue?«

Wieder sah er sie durchdringend an und selbst die Zehen in ihren Turnschuhen gingen in Flammen auf. »Das weiß ich selbst nicht so genau. Aber ich interessiere mich für dich. Ich nehme gerne Dinge auseinander, um zu sehen, wie sie funktionieren.«

Paige nickte, denn sie wusste, dass er jede Herausforderung liebte.

»Wenn ich dir etwas erzähle, musst du mir versprechen, dass es unter uns bleibt, denn ich will nicht, dass die Produktionsfirma oder sogar Eddie was davon erfahren.«

»Okay.« Sie nickte zustimmend.

»Einfach so?«

»Gannon, langsam solltest du doch wissen, dass meine Loyalität weder *Summit-Wingenroth* noch den Einschaltquoten gilt, sondern ausschließlich unserem Team und den Leuten, denen wir mit unserer Sendung helfen.« Sie hörte selber, wie genervt sie klang, und seufzte leise auf.

Er lächelte zufrieden. »Siehst du? Genau das sind die Gedanken, die mich interessieren.«

Die Flugbegleiterin erschien mit dem Getränkewagen, und da es noch eine Weile dauern würde, bis sie schlafen könnte, bat Paige um ein Wasser und nahm auch die ihr angebotene kleine Tüte Brezeln an, die Gannon ihr reichte. Der Blick der Stewardess hing die ganze Zeit wie gebannt an ihm, sodass sie die Frau an seiner Seite gar nicht wahrzunehmen schien. Vielleicht hatte sie ihn aus dem Fernsehen erkannt, aber selbst wenn nicht, hätte sein gutes Aussehen allein wahrscheinlich bereits ausgereicht, um abermals im Mittelpunkt zu stehen.

Um ein Haar hätte die Frau Paiges Mineralwasser verschüttet, und noch während sie Gannon überschwänglich um Verzeihung bat, ließ er sich dankend seine Pepsi geben und wandte sich dann erneut Paige zu. Nachdem die Flugbegleiterin widerstrebend den Wagen weitergeschoben hatte, rieb Gannon sich kurz die Nasenwurzel, lehnte sich auf seinem Sitz zurück und fuhr mit rauer Stimme fort: »Nach dem Tod von unserem Pop hatte unsere Nonni eine schwere Zeit. Sein Bauunternehmen hatte schon vorher zu kämpfen, aber als wir ihn verloren, ging es fast bankrott.«

Nachdem er Paige einige Zeit mit der Brezeltüte kämpfen sah, nahm er sie entschlossen an sich, riss sie ohne Mühe auf und gab sie ihr zurück.

»Wir hätten um ein Haar alle entlassen müssen und die Vorstellung, dass wir nach seinem Tod auch noch das Unternehmen der Familie verlieren könnten, hat mich regelrecht zerrissen. Aber dann hatte Cat die ›brillante‹ Idee, der Produktionsfirma einen kurzen Film zu schicken, und na ja, den Rest kennst du ja.«

»Nicht ganz. Du bist mit einem Teil eures Teams unterwegs, aber was ist aus den anderen geworden?«

»Den Großteil unseres Verdienstes haben Cat und ich in unsere eigene Firma investiert. Inzwischen steht sie wieder etwas besser da und meine Nonni geht noch immer täglich ins Büro, führt die Bücher und bedient das Telefon.«

Paige ließ den Kopf gegen die Rückenlehne ihres Sitzes sinken. »Das erklärt so einiges. Zum Beispiel, warum Cat so viel lieber vor der Kamera steht als du.«

»So, wie du es formulierst, könnte man meinen, dass ich vor der Kamera der reinste Miesepeter bin«, beschwerte Gannon sich.

»Das, was ich jetzt sage, sage ich nur deshalb, weil wir auf derselben Seite stehen.« Sie beugte sich zu ihm vor und ahmte seine Pose nach. »Spätestens am dritten Tag der Dreharbeiten, wenn du übermüdet bist und eure Arbeit nicht so schnell geht wie erhofft, *bist* du der reinste Miesepeter.«

»Vielleicht bin ich von der ganzen Sache nicht so überzeugt wie Cat«, räumte er widerstrebend ein. »Aber trotzdem liefere ich hervorragende Arbeit ab.«

»Was ganz Amerika auch so sieht«, zog Paige ihn auf. Nach den ersten Folgen waren die Einschaltquoten so sehr in die Höhe geschnellt, dass die Produktionsfirma sofort eine zweite Staffel unter Dach und Fach gebracht hatte.

»Amerika mag meiner Meinung sein, aber ich würde gerne wissen, was du denkst.«

Gannon King will von mir gelobt werden. Interessant.

»Ich finde es erfrischend, mit jemandem zusammenzuarbeiten, dem Einschaltquoten und sein Image völlig egal sind.«

»Jetzt redest du aber um den heißen Brei herum«, beschwerte

er sich und stibitzte ihr eine Brezel aus der Tüte, die sie in den Händen hielt.

»Ich denke, dass die Sendung von dir profitiert«, räumte sie ein. »Und zwar nicht nur wegen deines brutal verführerischen Aussehens.«

Kapitel 9

Zufrieden lehnte Gannon sich auf seinem Sitz zurück. Es war bereits ein kleiner Sieg gewesen, dass Paige ihn nicht sofort wieder verscheucht hatte und es dann auch noch tatsächlich zu einem Gespräch gekommen war. Er hatte die Prinzessin über Monate falsch eingeschätzt und konnte es jetzt kaum erwarten, herauszufinden, wie sie wirklich war.

Er musterte sie von der Seite. Sie hatte sich ganz nah ans Fenster gedrückt, wobei Gannon keine Ahnung hatte, ob sie es aus Rücksicht tat oder nur versuchte, jeglicher Berührung mit ihm aus dem Weg zu gehen.

Sie hatte kurz in ihrem Buch geblättert, doch jetzt klappte sie es gähnend wieder zu.

»Leichte Lektüre?«, fragte er und tippte auf das Buch.

»Hausaufgaben«, sagte sie nur zur Erklärung.

Er schaute sich den dicken Wälzer an: Es handelte sich um ein Buch, in dem es um den in Amerika verbreiteten Narzissmus ging. »Hausaufgaben für was?«, fragte er.

Sie wendete das Buch, auf dessen Rückseite ein Foto der Autorin war. »Meine Mutter.«

Gannon schnappte sich das Buch, um sich das Bild genauer anzusehen. Dr. Leslie St. James würde wahrscheinlich niemals löcherige Jeans tragen und ließe sich auch niemals dabei erwischen, wie sie ohne sorgfältig frisierte Haare oder völlig ungeschminkt das Haus verließ, aber die Ähnlichkeit der Augen und der Kinnpartie waren nicht zu übersehen.

»Wow.«

»Wenn du davon schon beeindruckt bist …«, Paige zog ihr Handy aus der Rückenlehnentasche und ging ihre Fotos durch, » … das ist meine Schwester.«

Sie zeigte ihm ein Bild von einer jüngeren Frau, die ihrer Mutter zum Verwechseln ähnlich sah. Sie hatte einen weißen Kittel an und schaute mit ernstem Blick in die Kamera.

»Noch eine Dr. St. James?«

»Meine Schwester Lisa. Sie macht gerade ihre Ausbildung zur Fachärztin in der Neurochirurgie der privaten Krebsklinik *Sloane Kettering*.«

»Und wie oft wirst du gefragt, warum du deine Zeit mit diesem —«

»Blödsinn, Schwachsinn, Quatsch vergeudest?«, beendete Paige den Satz.

»Haben die beiden denn eine Vorstellung davon, wie hart du arbeitest?«

»Meine Schwester rettet Leben, meine Mutter befreit Menschen von Verhaltensmustern, unter denen sie ihr Leben lang gelitten haben, und ich selbst sitze gelangweilt hinter einer Kamera und bringe irgendwelchen Stars und Sternchen Kaffee oder Tee.«

»So ein Schwachsinn! Das glaubst du doch wohl nicht im Ernst?«

Sie lächelte ihn an. Es war ein echtes Lächeln, das ihm ganz warm ums Herz werden ließ. Er hatte schon am ersten Tag bemerkt, wie ungekünstelt und natürlich ihre Schönheit war, und es freute ihn, sie endlich aus der Nähe betrachten zu dürfen. Sie hatte von dichten schwarzen Wimpern eingerahmte, große, strahlend blaue Augen, und die winzigen Vertiefungen unter den hohen Wangenknochen wurden von ihren hübschen Sommersprossen noch betont.

»Auf jeden Fall nicht ganz«, räumte sie ein.

»Und warum vergeudest du dann deine Zeit mit Schwachköpfen wie uns?«

Sie verstummte und zog sich erneut von ihm zurück.

»Oh, nein, Prinzessin. Schließ mich jetzt nicht wieder aus. Was du mir hier an Bord ins Ohr flüsterst, bleibt unter uns. Und außerdem habe ich dir von meiner Nonni und von meinem Pop erzählt.«

Sie seufzte und in dem Bewusstsein, dass er kurz vor einem Durchbruch stand, fuhr er entschlossen fort: »Wie wäre es damit? Wenn du es mir sagst, zeige ich keine Reaktion.« Damit hatte er sie endgültig am Haken.

»Du wirst mir keine Fragen stellen und gibst keine unpassenden Kommentare ab?«

»Wann habe ich das je getan?«

»Hmm … lass mich überlegen. Zum Beispiel jedes Mal, wenn du mich im vergangenen Jahr als Prinzessin angesprochen hast.«

Gannon nahm ihre Hand und legte sie auf seine Brust. »Hand aufs Herz, ich werde schweigen wie ein Grab.«

Sie blickte ihn aus kühlen blauen Augen an und überlegte, ob sie es riskieren sollte, es ihm zu erzählen. Kurz darauf versuchte sie, ihm ihre Hand zu entziehen, aber Gannon hielt sie weiter fest.

»Hmm. Okay«, stimmte sie schließlich zu und riss die Hand zurück.

Ganz Ohr beugte sich Gannon zu ihr vor.

»Hör auf, mich so anzusehen.«

»Dich *wie* anzusehen?«

»Als wolltest du in mich hineinbeißen.«

»Siehst du, wie viel Spaß es macht, einfach zu sagen, was man denkt?«

Sie räusperte sich kurz und setzte dann zu einem kurzen Vortrag an. »Benimm dich, Gannon. Ich fange ganz sicher keinen Flirt mit unserem Hauptdarsteller an. Ich habe mir den Hintern aufgerissen, um diesen Job zu kriegen, und das lasse ich mir nicht dadurch kaputtmachen, dass irgendwelche Leute dämliche Gerüchte über mich … und dich als Star der Sendung verbreiten.«

»Ich benehme mich doch tadellos«, erwiderte er empört. »Ich warte lediglich darauf, dass du mir endlich sagst, was du abgesehen von deinem Job beim Reality-TV mit deinem Leben machen willst.«

Erschöpft lehnte sie den Kopf gegen den Sitz. »Aber du zeigst keine Reaktion«, erinnerte sie ihn nochmals.

»Nein«, bestätigte er ihr.

»Ich will selber Filme produzieren und Regie führen.«

Sie sah ihn forschend an, doch sein Gesicht blieb völlig ausdruckslos, sodass sie sich schließlich abwandte und mit der Lektüre ihres Buches fortfuhr. Nach wenigen Sekunden aber klappte sie es wieder zu und meinte: »Meinetwegen. Eine kleine Reaktion wäre erlaubt.«

»Na klar.«

»Na klar?«

»Im Grunde solltest du schon lange Regisseurin sein«, klärte er sie achselzuckend auf. »Du bist zwei Jahre länger beim Reality-TV als Andy, und auch wenn der Junge mir durchaus sympathisch ist, hat er den Posten nur bekommen, weil er einen Schwanz hat und der Neffe eines der verdammten Anzugträger ist. Wir alle wissen, dass du sowieso die Hälfte seiner Arbeit machst.«

Paige blinzelte verwirrt.

»Cat und ich hätten dich in dieser Staffel als Regisseurin haben wollen, aber sie meinten, dass sie Andy mit der Show auf größere Formate vorbereiten wollen.«

»Verdammt«, entfuhr es Paige, doch ihre Anspannung ließ plötzlich nach.

»Es ist immer noch verdammt schwer für Frauen, in der Filmbranche Fuß zu fassen«, fuhr Gannon fort. »Cat sollte eigentlich ein Special über Inneneinrichtung drehen, aber sie hat das Angebot abgelehnt, weil sie sich unsicher war, ob sie in der Lage sein würde, sich durchzusetzen.«

Er konnte praktisch sehen, wie sich die Räder in Paiges Hirn drehten. »Es fällt mir schwer, mir vorzustellen, dass es Cat an Selbstbewusstsein fehlt«, meinte sie mit nachdenklicher Stimme.

»Sie wollte etwas mehr Erfahrung, bevor sie noch ein anderes Projekt in Angriff nimmt. Ihr macht das alles viel mehr Spaß als mir, und während ich am Ende einfach wieder Möbel bauen werde, hat sie eine langfristige Karriere vor der Kamera im Sinn.«

Paige legte ihren Kopf ein wenig schräg und schaute ihn mit einem Lächeln auf den pinkfarbenen Lippen an. »Weißt du was? Dich als Sitznachbarn zu haben, ist nur halb so schlimm, wie ich befürchtet hatte.«

Gannon lachte leise auf. »Ein solches Kompliment hat mir bisher noch keine Frau gemacht. Also, was für Filme willst du produzieren?«

»Wie kommst du darauf, dass es etwas anderes werden soll als das, was wir jetzt gerade tun?«

»Also bitte«, stieß er schnaubend aus. »Im Grunde hältst du diesen Mist genauso wenig aus wie ich. Nur bist du einfach zu sehr Profi, um dir anmerken zu lassen, was du wirklich davon hältst.«

Auch wenn sie ihm keine Antwort gab, war Gannon sicher, dass er richtiglag.

»Ich bin noch am Überlegen, was für ein Projekt es werden soll.«

Er wusste, dass sie log, da ihre blauen Augen starr auf das Buch in ihrem Schoß gerichtet waren. »Aber eine Idee hast du doch sicher schon«, hakte er nach. »Warum erzählst du sie mir nicht? Ich war dir gegenüber gerade auch völlig offen.«

Sie atmete langsam aus und starrte auf den Vordersitz. »Meine Mitbewohnerin und ich sparen für die Produktion eines Dokumentarfilms über Frauen in der Fernsehindustrie. Über das Lohngefälle, das es dort noch immer gibt, über Geschlechterstereotype, über sexuelle Belästigung am Arbeitsplatz. Und dann drehen wir die Sache um und sehen uns Frauen an, die die Glasdecke durchbrochen haben, um uns und anderen den Weg zu ebnen, bis wir endlich gleichberechtigt sind.«

»Wow.«

»Du kannst dir sicher vorstellen, wie unglücklich die Produktionsfirma wäre, wenn sie von dem Vorhaben erführe.«

»Hörst du bei unserer Sendung auf?«, erkundigte sich Gannon unbehaglich. Schließlich lernte er sie gerade erst näher kennen und war noch nicht bereit, sie wieder gehen zu sehen.

Sie schüttelte den Kopf. »In dieser Staffel bin ich noch dabei. Becca und ich versuchen, möglichst viel zu sparen, weil wir möglichst wenig auf fremde Gelder angewiesen sein wollen. Ich brauche diese Staffel noch, bis ich meine Hälfte des Geldes zusammenhabe.«

»Aber sie zahlen dir doch nur einen Hungerlohn.«

Paige lachte, ohne sich dadurch beleidigt zu fühlen.

Denn es stimmte, was er sagte. Für die Arbeit, die er sie tagtäglich bei den Dreharbeiten leisten sah, hätte sie mindestens das Doppelte verdient.

»Wir sparen schon seit zwei Jahren«, fuhr sie fort. »Und wenn wir nicht irgendwo am Set sind, wo wir uns im Cateringzelt die Bäuche vollschlagen können, leben wir von Leitungswasser, Nudelsuppe und Bananen. Es ist also trotz des Hungerlohns, den sie mir zahlen, inzwischen ganz schön was zusammengekommen.«

Gannon lehnte sich zurück, um die Informationen zu verdauen. Sie war nicht nur keine Marionette ihrer Bosse, sondern wollte ganz im Gegenteil sogar den Vorhang lüften und der Welt zeigen, dass die Frauen beim Fernsehen noch immer Menschen zweiter Klasse waren.

»Erzähl mir mehr.«

• • •

Als Paige anfing, am Ende von jedem Satz unterdrückt zu gähnen, beschloss Gannon, ihre Unterhaltung zu beenden. Wahrscheinlich war sie vollkommen erschöpft, denn Tag für Tag war sie die Erste, die am Set erschien, und abends die Letzte, die ins Motel zurückfuhr. Sie ging mit gutem Beispiel voran und die anderen folgten ihr. Als Gannon seinen Blick über die kleine Mannschaft schweifen ließ, erkannte er, dass sie es war, die ihre Truppe zusammen- und bei Laune hielt. Er kam sich wie ein Idiot vor, dass ihm das nicht schon viel früher bewusst geworden war.

Als ihr Kopf auf seine Schulter sank und sie sich im Schlaf an ihn schmiegte, überlegte Gannon kurz, ob es vielleicht an der Zeit war, seinen Keine-Frauen-Grundsatz zu überdenken. Er spürte ihren weichen, warmen Körper dicht an seiner Seite und als er den goldenen Schein der untergehenden Sonne auf ihrem Gesicht bemerkte, wurde er auf einmal steinhart.

Endlich hatte er die Möglichkeit, sie genauer zu betrachten. Sie hatte ihre Hände zwischen ihren Knien eingeklemmt, als befürchte sie, sie im Schlaf nicht still genug zu halten. Ihre langen, rabenschwarzen Wimpern lagen wie Kränze auf ihren Wangen auf, ihre Haare dufteten wie eine Tropeninsel, ihre kleine Sorgenfalte, die sie sonst zwischen den Brauen hatte, hatte sich geglättet und ihre Nase und Wangenknochen waren mit hellen Sommersprossen übersät. *Wer hätte je gedacht, dass er auf Sommersprossen stand?*

»Was für ein süßes Paar.«

Gannon zwang sich, seinen Blick von Paige zu lösen und dorthin zu sehen, wo seine Schwester mit gezücktem Handy stand. Um Paige nicht aufzuwecken, scherzte er im Flüsterton: »Wir kommen besser miteinander aus, wenn einer von uns beiden schläft.«

Als er Cats erwartungsvollen Blick bemerkte, knurrte er: »Was ist?«

»Ich *wusste,* dass du eine Schwäche für sie hast«, wisperte sie und nickte triumphierend mit dem Kopf.

»Verdammt, sei still, sonst weckst du sie noch auf.«

»Und dann wäre die Kuschelzeit vorbei«, fuhr sie gespielt empört fort. »Gib's zu. Du stehst bereits seit einer Ewigkeit auf sie.«

Er runzelte erbost die Stirn, doch Catalina King war gegen seine schlechte Laune sowie gegen seine Wutausbrüche vollkommen immun.

»Ich will sie lediglich ein bisschen besser kennenlernen«, klärte er sie auf. »Es gibt da ein paar Dinge –«

»Wie zum Beispiel, dass du mit der kleinen Paige nach langem sehnsüchtigen Schmachten endlich süße Liebe machen willst?«, fiel seine Schwester ihm ins Wort.

»Halt endlich deine blöde Klappe, Cat!«

Zum Zeichen, dass sie sich ergab, warf sie die Hände in die Luft. »War nur ein Witz. Du weißt, dass ich sie liebe, und ich würde hier im Gang vor Freude Zumba tanzen, wenn du mir erzählen würdest, dass du die verdammte Meeghan ihretwegen sausen lassen wirst.«

Bei der Erwähnung dieses Namens wurde Gannon schreckensstarr und Paige murmelte etwas an seiner Brust.

»Ich habe dir schon hundertmal gesagt, dass zwischen uns nichts läuft. Und jetzt setz dich wieder auf deinen Platz, wenn ich dich nicht in das Gepäckfach stopfen soll.«

»Dein Wunsch ist mir Befehl, aber, großer Bruder«, meinte Cat und rief ihm damit in Erinnerung, dass er tatsächlich zwei Minuten älter war als sie, »du könntest es aus meiner Sicht erheblich schlimmer treffen, aber nicht viel besser als mit unserer Paige.«

Kapitel 10

Obwohl bereits den ganzen Vormittag ihr Handy klingelte, hatte Paige bisher noch keine Zeit gefunden, alle Anrufe und Textnachrichten abzurufen, denn sie hatte alle Hände voll mit dem einheimischen Bautrupp und einer nicht eingegangenen Genehmigung zu tun, ohne die an einen Drehbeginn am nächsten Morgen nicht zu denken war.

Sie drehten für gewöhnlich nie zwei Folgen direkt nacheinander, ohne ein paar freie Tage dazwischen zu haben, aber bei dem Dutzend Folgen, das sie für die zweite Staffel drehen mussten, schlossen sich die Aufnahmen in Maine direkt an die in Texas an.

Der Drehortmanager hatte sie schon davor gewarnt, dass jede Menge Arbeiten in sehr beengten Räumlichkeiten vorzunehmen wären, weshalb Paige zwei zusätzliche Drehtage für diese Folge durchgesetzt hatte. Und als sie das verfallene zweigeschossige Gebäude auf dem winzig kleinen Grundstück dann das erste Mal in echt sah, erkannte sie, dass diese zwei Tage auch auf alle Fälle nötig wären. Carina Dufour hatte das Haus mit ihrem damaligen Ehemann gekauft, bevor ihre gemeinsame Tochter auf die Welt gekommen war. Die Lage war ideal. Das Häuschen lag in einer ruhigen, beschaulichen Gegend, in der alle Gärten ineinander übergingen und die Nachbarn freundlich von ihren Veranden grüßten, wenn sie einen auf der Straße sahen. Deshalb hatte das Ehepaar es als perfekten Ort für die Familiengründung angesehen.

Unglücklicherweise war ihre Ehe jedoch nicht von langer Dauer, und mit nur noch einem Einkommen und der Erkrankung ihrer Tochter hatte Carina kein Geld und keine Zeit mehr für die Renovierung ihres Heims gehabt.

Die langweilige, beige gestrichene Fassade und die schmutzig braunen Schindeln waren genauso wenig einladend wie die angeschlagenen gusseisernen Streben des windschiefen Dachs. Im Inneren des Hauses herrschte tadellose Ordnung, doch die Möbel waren uralt, und mit all den winzig kleinen Räumen gab es nirgendwo genügend Platz. Nachdem Carina nun schon zum zweiten Mal auf unbestimmte Zeit um Urlaub hatte bitten müssen, um für ihre kranke Tochter da zu sein, bestand nicht die geringste Hoffnung, selbst das Haus zu renovieren. Trotzdem hatte sie nie aufgehört zu träumen, wie die rege Aktivität der jungen Frau bei Pinterest bewies.

Cat war natürlich sofort hin und weg gewesen von Carinas mutigem Geschmack in Hinblick auf Farben und Stoffe sowie der Kreativität, die sie im Netz bewies. Sie hatte jeden Raum mit ihrer eigenen Design-Software so lange umgemodelt, bis er rundherum perfekt gewesen war.

Wir stecken hier alle gemeinsam drin, sagte sich Paige. Niemand jammerte wegen des engen Zeitplans oder wegen all der Änderungen, die es vorzunehmen galt. Ihre Leute und die Nachbarn setzten sich nach Kräften für Carina und die kleine Malia ein, und gemeinsam würden ihr Team und die freiwilligen Helfer dafür sorgen, dass die beiden das wunderschöne Zuhause bekämen, das sie verdient hatten. Sie würden ihren Traum Wirklichkeit werden lassen. Und nichts und niemand, nicht einmal der Wolkenbruch der letzten Nacht, der Dutzende kratertiefe Pfützen hinterlassen hatte, würde sie davon abhalten.

Paige atmete erleichtert auf, als Billie, die Bürochefin und Frau des Baulöwen Brunelli, ihr durch Hochstrecken beider Daumen deutlich machte, dass die fehlende Genehmigung anscheinend endlich eingegangen war.

»In Ordnung, super«, sprach Billie in ihr Handy. »Vielen Dank. Wir schicken sofort jemanden vorbei, der die Genehmigung bei Ihnen abholt«, sagte sie und legte auf.

»Alles klar?«, erkundigte sich Paige in hoffnungsvollem Ton.

»Alles klar«, bestätigte ihr Billie und wischte sich den nicht vorhandenen Schweiß von ihrer Stirn. »Das heißt, dass es tatsächlich morgen losgehen kann.«

»Gott sei Dank.« Paige zog ihr eigenes Handy aus der Tasche, um zum einen Eddie und zum anderen Andy auf den neuesten Stand zu bringen. Sie fragte sich erneut, warum dort in den letzten Stunden fast ein Dutzend Anrufe und zweiundzwanzig Textnachrichten eingegangen waren. Sie hatte gerade ihre eigene Nachricht abgeschickt, als sie die beiden Kings in ihre Richtung kommen sah.

Gannon zerrte seine Schwester wenig sanft hinter sich her, doch Billie stieß mit ehrfürchtiger Stimme aus: »Oh Mann. In Wirklichkeit sieht er sogar noch heißer als im Fernsehen aus.«

Auf jeden Fall, pflichtete Paige ihr in Gedanken bei.

Er trug Shorts und ein verblichenes T-Shirt, das bestimmt schon hundertmal gewaschen worden war und trotzdem immer noch wie angegossen an den dicken Muskeln seines Oberkörpers lag. Eine Sonnenbrille verbarg seine goldenen Augen und er verzog so wütend das Gesicht, dass ihr ein erregtes Kribbeln über die Wirbelsäule lief. Seit der abendlichen Landung war sie Gannon aus dem Weg gegangen, denn als sie aufgewacht war, hatte ihr Gesicht an seiner breiten Brust geklebt. Sie brauchte immer eine Weile, bis sie nach dem Schlafen zu sich kam, und angesichts der maskulinen Wärme seines Körpers und der Nähe seines attraktiven Gesichts war sie sich vorgekommen wie in einem Traum. Doch schließlich hatte er den Arm in ihre Richtung ausgestreckt und ihre offene Kinnlade mit einer sanften Geste zugeklappt.

»Hallo, Leute. Kennt ihr Billie schon? Sie leitet das Büro von Brunelli und ist die Frau des Chefs.«

Gannon behielt seine düstere Miene bei. »Angenehm.« Er gab der Frau die Hand und stellte sie dann seiner Schwester vor.

Paige hoffte, dass der Beginn der Dreharbeiten sich nicht nun doch verzögern würde, als sie Gannons wütendes Gesicht und die schuldbewusste Miene seiner Schwester sah.

Billie hingegen hatte nach dem ersten Treffen mit dem Star der Serie offensichtlich das Bedürfnis, den hochroten Kopf in eine Kühltruhe zu stecken, denn mit der Behauptung, dass sie etwas im Büro vergessen hätte, trat sie schnellstmöglich den Rückzug an.

»Also, warum schleifst du deine Schwester einen Tag vor Drehbeginn ans Set?«, wandte Paige sich Gannon zu.

»Es gibt da was, was sie dir sagen will.«

Cat zog einen Schmollmund. »Ich verstehe wirklich nicht, weswegen du ein solches –«

Gannon nahm ihr das Handy ab, reichte es Paige und meinte knapp: »Es tut ihr leid.«

Paige zog eine Braue hoch und sah auf das Display.

»Oh, Shit.«

Cat hatte bei Instagram ein Bild von ihr und Gannon während des Fluges eingestellt. Eingehüllt ins warme Licht des Sonnenuntergangs, der durch das Fenster fiel, schmiegte Paige den Kopf an seine Brust und sanft, ja beinah zärtlich, blickte er auf sie herab. Eilig lenkte sie den Blick zurück auf sein Gesicht. Jetzt sah es weder sanft noch zärtlich aus.

»Ich wusste nichts von diesem Bild«, erklärte er ihr ruhig.

»Ich verstehe wirklich nicht, warum du dich so aufregst«, protestierte seine Schwester. »Vor allem, da alle anderen total begeistert sind.«

Paige blickte wieder auf das Telefon. »Oh mein Gott, Cat.« Tatsächlich gab es 60.000 Likes und mehrere Hundert Kommentare zu dem Bild.

> Dafür, dass mich Gannon King einmal so
> ansieht, würde ich sogar mein Haus
> verpfänden.
>
> Und was sagt Meeghan Traxx dazu?

Wortlos und mit wild klopfendem Herzen drückte Paige ihrer Freundin wieder das Handy in die Hand. Diese Aufnahme war wirklich alles andere als gut. Sie war nicht ohne Grund hinter der Kamera. Gannon hatte recht gehabt, als er meinte, dass die Fernsehindustrie noch immer eine reine Männerbranche war. Falls die Leute dächten, dass was zwischen ihnen beiden lief, würde sie niemals wieder ernst genommen werden.

»Ich habe Bilder von verschiedenen Leuten auf dem Flug ins Netz gestellt, aber das hier war das einzige, worüber alle aus dem Häuschen waren.« Cat knabberte an ihrer Unterlippe, als ihr langsam der Ernst der Lage bewusst wurde. »Ich dachte, du kehrst einfach wieder einmal die Mimose raus«, wandte sie sich ihrem Bruder zu.

»Soll ich meiner werten Schwester sagen, weshalb sie das Bild nie hätte posten sollen, Paige?«

Vor lauter Panik war Paiges Hals wie zugeschnürt, und da sie keine Ahnung hatte, ob sie ihrer Stimme trauen konnte, nickte sie nur stumm.

»Auf diesem Bild sieht es so aus, als liefe etwas zwischen uns«, fuhr Gannon seine Schwester an. »Und wenn die Leute anfangen, das zu glauben, wird es für sie schwierig werden, weiter ihrer Arbeit nachzugehen.«

»Ich wüsste nicht, warum–«

»Wenn sie denken, dass sie sich hochgeschlafen hat, wird sie niemand mehr in der Branche ernst nehmen. Sie wird bei den guten Stellen übergangen werden und gezwungen sein, Jobs von irgendwelchen Arschlöchern zu akzeptieren, die sich einbilden, dass man problemlos bei ihr landen kann.« Zum Ende seiner Erklärung war er so laut geworden, dass er durch seinen Streit mit Cat sämtliche Blicke auf sich zog. Und obwohl es Paige beeindruckte, dass er verstand, wie problematisch dieses Foto für sie war, war es ihr alles andere als angenehm, in den Mittelpunkt gestellt zu werden.

»Oh, Scheiße. Paige, ich schwöre dir, ich hätte nie gedacht–«

»Genau, du hast nicht nachgedacht«, fiel Gannon ihr ins Wort. Er war auf hundertachtzig, und Cats Unterlippe zitterte vor schlechtem Gewissen.

»Okay, am besten atmen wir alle erst einmal tief durch«, wies Paige die beiden an, als sie endlich ihre Stimme wiederfand. Sie unterdrückte ihre Panik und hörte dabei die kühle Stimme ihrer Mutter im Kopf, die ihr stets versichert hatte: *Panik ist niemals hilfreich, sondern immer kontraproduktiv.*

»Nimm das Foto raus«, fuhr Gannon seine Schwester an.

»Die Sache ist die … Ich glaube nicht, dass ich das tun sollte.« Mit einem flehenden Blick wandte sich Cat an Paige. »Wenn ich das

Foto lösche, sieht's so aus, als würden wir versuchen, etwas zu verbergen. Auch wenn's gar nichts zu verbergen gibt.«

Seufzend fuhr sich Paige mit einer Hand durchs Haar. »Cat hat recht. Macht euch keine Gedanken wegen dieser Angelegenheit. Ich kümmere mich darum.«

Plötzlich klingelte Gannons Handy. Der Name Meeghan war auf dem Bildschirm zu sehen. Eilig lehnte er den Anruf ab und schob das Telefon zurück in die Hosentasche.

»Wir sind im selben Team, Prinzessin«, erinnerte er Paige.

In diesem Augenblick schrillte ihr eigenes Handy.

Eddie.

Fluchend wandte sie sich ab und nahm den Anruf an.

»Hi, mit den Genehmigungen ist jetzt alles klar.«

»Ja, ich habe deine SMS bekommen. Super …« Er brach ab, und plötzlich war ihr klar, dass dieser Anruf nicht nur ihrer eigentlichen Arbeit galt.

»Also, mich hat gerade einer der Lakaien von einem der Big Bosse angerufen«, fing er schließlich an.

Abermals traute sie ihrer Stimme nicht und sagte einfach leise: »Hmm.«

»Sie haben das Bild gesehen. Das, was Cat von Gannon und dir gepostet hat.«

»Hmm.«

»Sie waren hin und weg. Und dic Szene, in der ihr euch während eures letzten Drehs gekabbelt habt, war echt der Hit. Deshalb wollen sie, dass du ab jetzt während der Dreharbeiten ebenfalls verkabelt bist.«

Endlich fand sie ihre Sprache wieder. »Wie bitte?«

»Sie wollen dich in die Sendung integrieren. Dein Zoff mit Gannon hat sich in der Folge wirklich gut gemacht. Sie wollen, dass du zwar weiterhin im Hintergrund bleibst, aber gleichzeitig auch vor der Kamera als Teil der Sendung zu sehen bist.«

»Was?«, rief sie entsetzt, und jetzt war ihr vollkommen egal, wer alles etwas davon mitbekam.

»Dafür bezahlen sie dir auch etwas mehr. Denn schließlich stehst du jetzt auch vor der Kamera.«

»Eddie, nie im Le–«

»Upps«, unterbrach er sie. »Ich habe gleich noch einen anderen Termin und muss jetzt wirklich los.« Er legte auf, und Paige kämpfte gegen das beinahe übermächtige Verlangen an, ihr Handy in die nächstbeste Schlammpfütze zu werfen. Sie widerstand – knapp – und stopfte das verfluchte Ding in die Gesäßtasche ihrer Jeans zurück. Dann starrte sie das trübe Wasser an, zählte stumm bis fünf und fuhr dann, als das nicht half, bis zwanzig fort.

Im Grunde boten sie ihr nur wegen ihres angeblichen Flirts mit Gannon eine – wenn auch kleine – Rolle in der Serie an. Ihre bisherige Karriere war damit offiziell beendet.

»Paige?«, erklang Cats zögerliche Stimme hinter ihr.

»Ja, Cat?«, erwiderte Paige, während sie ihrer Freundin aber weiterhin den Rücken zugewandt hatte.

»Geht es dir gut?«

»Es geht mir bestens, aber es gibt ein paar Sachen, um die ich mich dringend kümmern muss«, erklärte sie den Kings. Ohne die beiden anzusehen, stolperte sie, genauso aufgeregt wie Billie eben, los.

Kapitel 11

Zum ersten Mal in ihrem Leben machte sie bei ihrer Arbeit früher Schluss. Okay, sie war seit neun Stunden vor Ort, aber bevor die Dreharbeiten morgen früh beginnen würden, hätte sie noch alle Hände voll zu tun gehabt. Sie ließ detaillierte Anweisungen für die anderen zurück, gab Billie ihre Handy- und ihre Festnetznummer und fuhr zurück ins Hotel. Dank der Werbeeinnahmen von *Interiors at Home* reichte das Budget der Serie inzwischen aus, um mit der ganzen Truppe ein erheblich netteres Hotel als bei den bisherigen Dreharbeiten zu beziehen.

Es gab keine Zigarettenlöcher in den Teppichböden, keinen Schimmel an der Badezimmerdecke und die Hand klebte, wenn man fernsehen wollte, noch nicht mal an der Fernbedienung fest.

Paige konnte der heimeligen Atmosphäre jedoch nur wenig abgewinnen, als sie mürrisch durch die Tür ihres Zimmers trat. Sie ließ ihre Laptoptasche und ihr Sweatshirt auf den Boden fallen und warf sich bäuchlings auf das breite Bett. Sie hatte sich für ihre Arbeit die Finger wund gearbeitet, und jetzt hatte ein einziges Foto all ihre Bemühungen mit einem Schlag zunichtegemacht. Ein verfluchtes Bild.

Sie erlaubte sich, genau fünf Minuten lang in ihrem Selbstmitleid zu baden, bevor sie den Laptop aus der Tasche zerrte, um zu sehen, wie groß der Schaden wirklich war. Cat war populär genug, dass ihr Post bereits von einer Star- und Lifestyle-Sendung aufgegriffen worden war. Die hatten das verdammte Foto ebenfalls in ihrem Blog gepostet, es mit leuchtend roten Herzen und mit pinkfarbenen Fragezeichen eingerahmt und sich gefragt, ob Gannon King der wunderschönen Meeghan Traxx untreu geworden war.

»Oh Gott«, entfuhr es ihr. Sie hatten sogar ihren Namen. Paige war nur froh, dass über sie in den sozialen Netzwerken sonst nichts zu finden war. Jetzt zahlte es sich wirklich aus, dass ihr der Schutz ihrer Privatsphäre schon immer heilig war.

Ihre Mutter, die bereits zweimal erfolglos bei ihr angerufen hatte, würde fürchterlich enttäuscht sein und Paige auf ihre typisch selbstgerechte Art erklären, dass sie schon immer gewusst hätte, dass Paige mit ihrer Arbeit auf dem Holzweg war.

Sie las sich den Artikel ein weiteres Mal durch und überflog noch eine Handvoll anderer Beiträge, bevor ihr auffiel, wie viel Schaden durch das Foto auch für Gannon angerichtet worden war. Natürlich war sie immer noch in Sorge um ihre eigene Karriere, aber es war auch nicht ausgeschlossen, dass die wunderschöne Meeghan nun Gannon wegen eines unschuldigen Nickerchens den Laufpass gab. Wie es aussah, hatte sie sich bisher noch nicht zu dem Foto geäußert. Gerüchten zufolge war Meeghan eine echte Hexe, doch falls Gannon etwas an ihr lag und Paige ihm unbewusst geschadet hatte, stünde sie jetzt selbst wie eine Oberhexe da. Natürlich war ihr durch die Veröffentlichung des Fotos selbst Unrecht widerfahren, aber bisher hatte sie nicht einen Augenblick darüber nachgedacht, was das für Gannon hieß. Das Ganze war ein furchtbarer Schlamassel, und sie hatte keine Ahnung, wie sie am besten damit umgehen sollte. Nicht, nachdem die Produktionsfirma den Entschluss gefasst hatte, sie in die Serie zu integrieren. Wenn Paige sich weigerte, würde sie auf alle Fälle ihren Job verlieren. Und wenn sie sich bereit erklärte, mitzuspielen, würde niemand in der Branche sie je wieder ernst nehmen.

Und all das passierte gerade jetzt: Nur eine Staffel, bevor sie endlich das Geld zusammenhätte, um etwas zu tun, woran ihr wirklich etwas lag. Das Ganze war ein Albtraum und sie wagte nicht, sich vorzustellen, wie Becca reagieren würde, wenn sie von der Angelegenheit erfuhr. Wer zum Teufel würde denn schon an einer Dokumentation über die Missachtung von Frauen in der Fernsehbranche mitwirken wollen, wenn von der Regisseurin allgemein behauptet wurde, dass sie mit dem Star der Serie, die sie betreut hatte, im Bett gewesen war? Sie suhlte sich erneut in Selbstmitleid und sehnte sich nach einem möglichst starken Drink – oder ruhig auch einem halben Dutzend.

Inzwischen war es dunkel, aber sie sparte sich die Mühe, das Licht anzumachen. Sie wollte einfach nur allein in ihrem dunklen Zimmer sitzen und so tun, als hätte nicht ein einziges, verdammtes Bild all ihre sorgfältig zurechtgelegten Pläne über Nacht zerstört.

Als es kurz darauf leise an der Tür klopfte, ging sie nicht darauf ein. Zwar hatte die Person bisher nur einmal bei ihr angeklopft, aber sie wusste trotzdem, wer es war. Es klopfte abermals: »Ich bin's, Paige. Mach auf.«

»Geh weg. Ich schlafe schon.«

»Mach die Tür auf, wenn ich mir nicht einen Schlüssel an der Rezeption holen soll.«

Die Entschlossenheit in seiner Stimme machte deutlich, dass er in ihr Zimmer kommen würde, ganz egal, auf welchem Weg. Und unten an der Rezeption saß eine süße, braunhaarige junge Frau.

Genau die Art von Frau, die bei Gannons Anblick dahinschmelzen und alles tun würde, worum er sie bat.

Paige hievte sich vom Bett, tappte durch das dunkle Zimmer Richtung Tür, riss sie gewaltsam auf und funkelte ihn zornig an.

Ohne auf das alles andere als herzliche Willkommen einzugehen, schob er sich mit einer Schachtel Pizza und einer Papiertüte an ihr vorbei.

»Es wird die Gerüchte ganz bestimmt nicht zum Verstummen bringen, wenn irgendwer dich dabei sieht, wie du in mein Zimmer kommst«, fuhr sie ihn an.

Sich von ihrer schlechten Laune nicht beirren lassend, machte Gannon erst mal das Licht an und ließ dann die Sachen auf den Glastisch in der Ecke fallen. Als er dann die Pizzaschachtel aufklappte, stieg Paige der verführerische Duft von Tomatensoße und Salami in die Nase und brachte ihren Magen zum Knurren.

»Willst du was essen oder weiter schmollen?«, erkundigte er sich, während er das erste dick mit zähflüssigem Käse überbackene Stück Pizza aus der Schachtel nahm.

»Ich schmolle nicht«, gab sie zurück und gesellte sich zu Gannon an den Tisch. Er hielt ihr einen Pappteller mit einem Pizzastück hin und warf sich dann mit seinem eigenen Teller auf die Couch.

Sie schmollte nicht wie ein kleines Kind, sondern dachte über ihr verpfuschtes Leben nach. Das war ein Riesenunterschied.

Er beugte sich ein wenig vor und stupste ihre vorgeschobene Unterlippe an. »Das sieht für mich wie Schmollen aus.«

Sie überlegte kurz, ob sie ihm in den Finger beißen sollte. Anscheinend war ihr der Gedanke deutlich anzusehen, da Gannon eilig seine Hand zurückriss und derart breit grinste, dass das Grübchen links von seinem Mund zutage trat.

»Warum bist du hier und warum hast du Pizza mitgebracht?«

Endlich gab sie der Versuchung nach und biss von ihrem Stück ab. »Mmm.« Das war echt gut. Gannon hatte das besondere Talent, in jeder Stadt, in der sie drehten, stets die beste Pizza aufzutreiben. Die er aber für gewöhnlich immer ganz alleine aß.

»Wenn du solche Geräusche machst, während ich hier in deinem Zimmer bin, fangen die Leute garantiert an zu reden«, warnte er sie mit hochgezogenen Brauen.

»Gannon!«

»Es wird auch nicht besser, wenn du meinen Namen schreist.«

»Ich bin froh, dass du dich über mein Dilemma amüsierst.«

Lässig stand er auf und ging zurück zum Tisch. »Ich nehme dein Dilemma durchaus ernst, aber du tust so, als wäre es der Todesstoß für dich.« Er zog eine Flasche und zwei Plastikbecher aus der Tüte, schenkte ihnen beiden etwas ein und bot ihr einen Becher an.

Sie schnupperte daran.

»Bourbon«, klärte er sie auf.

Sie nahm einen vorsichtigen Schluck und sofort breitete sich eine wunderbare Wärme in ihrem Magen aus. »Guter Bourbon«, stellte sie fest.

Als er gleichmütig mit seinen breiten Schultern zuckte, trank sie einen zweiten, kleinen Schluck und wandte sich dann wieder ihrer Pizza zu. »Sag bloß, ich hätte keinen Grund, sauer zu sein.«

»Wie eine sehr weise Frau einmal zu mir gesagt hat – und woran ich dich anscheinend auch ab und zu mal erinnern muss –, sind wir im selben Team.« Als sie ihn unterbrechen wollte, hob er mahnend einen Finger in die Luft. »Und als Mitglieder deines Teams haben Cat und ich schon einen Plan, um von dir abzulenken.«

»Was für einen Plan? Tut bitte nichts Unüberlegtes, Gannon.«

»Ich halte es für besser, wenn du unseren Plan nicht kennst.

Dann brauchst du, wenn Eddie und die Bosse seines Bosses Wind davon bekommen, nicht zu lügen. Du kannst dann einfach sagen, dass du nichts davon gewusst hättest.«

»Ich verbiete euch, etwas zu tun, was eure eigenen Karrieren gefährden kann.«

Er schnaubte nur. »Ich bitte dich. Wir sind die Kings, und manchmal ist es durchaus vorteilhaft, dass wir die Stars der Serie und deswegen praktisch unantastbar sind. Keine Angst, es ist ein guter Plan. Wir bringen damit andere in Verlegenheit. Nicht dich.«

»Ich will tatsächlich gar nicht wissen, was ihr zwei im Schilde führt«, murmelte sie und wandte sich erneut dem Bourbon zu.

Sie aßen weiter Pizza, aber irgendwann hielt sie die Stille nicht mehr aus. »Gott, Gannon, was soll ich bloß machen, wenn ich auch noch vor der Kamera agieren soll? Neben all der anderen Arbeit kriege ich das ganz bestimmt nicht auch noch hin.«

Er legte eine seiner Pranken auf ihr Knie. »Wenn jemand das schafft, dann du, Prinzessin«, machte er ihr Mut. »Das ist doch nicht das Ende der Welt.«

»Für mich schon.« Na toll, jetzt schmollte sie tatsächlich wie ein kleines Kind.

»Sieh es doch einfach so – endlich kriegst du selber eine Stimme.«

»Ich brauche keine Stimme.«

»Das ist ja wohl der totale Schwachsinn. Jeder Mensch braucht eine Stimme. Warum arbeitest du für die Show?«

»Abgesehen davon, dass ich dadurch die Gelegenheit bekomme, mit dem Star ins Bett zu gehen?«, stieß sie verächtlich aus. Er bedachte sie mit einem kühlen Blick, woraufhin sie augenrollend fortfuhr. »Weil es dabei um Menschen geht, die in ihrem Leben stets für andere da gewesen sind, und denen durch die Renovierung ihrer Häuser endlich mal etwas zurückgegeben wird.«

»Bingo. Also benutz deine Stimme, um dafür zu sorgen, dass die Geschichten dieser Menschen Gehör finden.«

Das ergab tatsächlich einen Sinn. »Aber ich habe keine Ahnung, ob mich nach der Sache mit dem Foto überhaupt noch jemand ernst nimmt.«

»Dann sorg dafür, dass sie es tun«, sprach er ihr zu, als wäre es das Einfachste der Welt.

»So einfach ist das nicht. Vielleicht für dich als Star der Serie und als Mann –«

»Ist es für Frauen schwerer, in der Branche ernst genommen zu werden? Ja, zur Hölle. Aber es ist noch schwerer, wenn du dich im Hintergrund versteckst und dich mit dem begnügst, was man dir gibt. Tu mehr und fordere mehr. Erheb die Stimme, die man dir gegeben hat. Benutze sie!«

Sie setzte sich wieder hin und starrte ihn mit großen Augen an. Dass ausgerechnet Gannon King ihr einmal einen solchen Vortrag halten würde, hätte sie beim besten Willen nicht gedacht.

Entschlossen beugte er sich vor und sah ihr forschend ins Gesicht. »Du siehst mich an, als ob du echt beeindruckt von mir wärst.«

»Was?«

»Mit diesem Blick bedenkst du mich normalerweise nur, wenn ich ein besonders schönes Möbelstück angefertigt habe oder wenn ich nett zu Kindern bin.«

Paige blickte eilig auf den Pappteller in ihrem Schoß. Nach allem, was geschehen war, wäre es mehr als unklug, zuzugeben, dass ihr neben seinem Aussehen auch ein paar seiner anderen Eigenschaften alles andere als unsympathisch waren.

»Es kommt tatsächlich manchmal vor, dass ich von dir beeindruckt bin«, räumte sie möglichst vage ein.

»Mein Ego ist zerbrechlich, Paige.«

»Oh, davon bin ich überzeugt«, stimmte sie feixend zu, als er sich erneut zu ihr vorbeugte. Er war ihr so nah, dass sie sein Waschpulver roch, und plötzlich kam es ihr so vor, als duftete es erotischer als alles andere auf der Welt. Sie krallte die Finger in die Knie, während sie ihm aber weiter reglos ins Gesicht sah.

»Deshalb muss ich wissen, ob es nur um deine Arbeit ging, als du wegen unseres angeblichen Techtelmechtels derart ausgerastet bist, oder ob du deshalb hier in deinem Zimmer überwintern willst, weil dir der Gedanke, dass du mir gehörst, derart zuwider ist.«

Dass sie ihm gehörte? Diese Worte klangen aus dem Mund der meisten Männer sicher alles andere als ansprechend. Was wieder einmal zeigte, dass er anders als die meisten Männer war.

»Gannon –«, fing sie an, doch er fiel ihr ins Wort.

»Ich will die echte und nicht die gefilterte, zensierte Paige. Also sei bitte ehrlich, ja?«

Er wollte sie so, wie sie wirklich war. Natürlich hatte er das so nicht gemeint, rief sie sich in Erinnerung. Trotzdem schlug ihr Herz bei dem Gedanken merklich schneller.

»Ich nehme meine Arbeit ernst. Ich bin für die Leute hinter und auch vor der Kamera verantwortlich.« Sie wählte ihre Worte mit Bedacht, bis sie den Fehler beging, auf seinen Mund zu schauen. Er wirkte hart und fest, und plötzlich überlegte sie, was es für ein Gefühl wäre, wenn dieser Mund auf ihren Lippen läge …

»Du filterst schon wieder«, hielt ihr Gannon vor. Mühsam riss sich Paige von ihren unsinnigen Fantasien los.

»Es ging dabei nur um den Job«, brach es spontan aus ihr heraus, und auf seinen Zügen dehnte sich ein breites, freches Grinsen aus.

»Dann ist ja gut.«

»Bild dir bloß nichts ein. Ich habe damit nur gesagt, dass ich von dir nicht angewidert bin.«

»Aus deinem Mund ist das ein Kompliment, Prinzessin. Das macht mir durchaus Hoffnung«, zog er sie auf.

Wieder hob sie ihren Becher an den Mund. »Dann lass uns beide dankbar sein, dass du mir regelmäßig auf die Nerven gehst und wir deswegen nicht herauszufinden brauchen, wie wenig ich von dir angewidert bin.«

Gannon lachte und auch sie konnte ein Lächeln nicht unterdrücken. »Ich mag dich, Paige.«

Sie nahm einen Schluck von ihrem Bourbon und schluckte schwer. »Und ich ertrage dich.«

Kapitel 12

Es ist ein ganz normaler Tag am Set, sagte sich Paige. Abgesehen davon, dass Felicia mit einem Mikro kam, das sie ihr in den Ausschnitt ihres T-Shirts schob.

»Das ist totaler Blödsinn«, knurrte Paige.

»Hör auf zu jammern«, wies die andere Frau sie an und tätschelte ihr mütterlich den Arm. »Ich habe schon an Tausenden von Leuten Mikrofone festgemacht, ohne dass auch nur einer deswegen gestorben ist.«

Sie jammerte sonst nie, vor allem nicht vor den Kollegen. Das war alles Gannons Schuld. Nachdem er sie am Vorabend wieder allein gelassen hatte, hatte sie sich praktisch bis zum Morgengrauen in ihrem Bett gewälzt und gegen ihren Willen die ganze Zeit an ihn gedacht. Sie hatte auch vorher nie geleugnet, dass er der verführerischste Mann des Planeten war. Das wäre dumm gewesen, denn genau wie alle anderen Frauen mit einem Sinn für schöne Männer bekam auch sie weiche Knie, sobald er am Set das Hemd auszog. Nur war ihr bisher nicht klar gewesen, dass sich hinter dem perfekten Sixpack und dem aufbrausenden Temperament ein echter Mensch verbarg.

Und die plötzliche Erkenntnis, dass sich hinter seiner göttlichen Fassade ein solider, anständiger, nachdenklicher Mann versteckte, würde ihr bestimmt noch jede Menge Ärger machen. Riesenärger. Sie konnte nur hoffen, dass durch dieses Wissen nur ihr Privatleben aus dem Gleichgewicht geraten würde und nicht auch noch die Arbeiten am Set.

Ich darf diese Folge einfach nicht vermasseln, dachte sie und hob die Hand zum Gruß, als Malia fröhlich winkend neben ihrer Mutter auf sie zugelaufen kam. Sie war winzig für ihr Alter, und ihrem kleinen Körper war die Last der zweiten Krebserkrankung in den letzten zwei Jahren deutlich anzusehen. Statt der dichten, dunklen Haare, die sie durch die aggressive Chemotherapie verloren hatte, trug sie jetzt ein buntes Tuch um ihren Kopf. Ihr Lächeln, bei dem man sehen konnte, dass sie gerade einen Schneidezahn verloren hatte, war dennoch das strahlende, unverfälschte Lächeln eines ganz normalen Kindergartenkindes.

Das wird echt hart, dachte Paige und atmete einmal tief durch.

Carina, eine gertenschlanke, 1,77 Meter große Frau, nahm sie zur Begrüßung herzlich in den Arm. Sie war eine unglaublich attraktive Frau und hätte eher auf einen Laufsteg als auf eine Baustelle gepasst.

»Wir sind ein bisschen früh dran«, sagte sie mit einem entschuldigenden Lächeln. »Aber Malia und ich sind schon seit fünf Uhr wach und konnten einfach nicht mehr länger warten.«

»Heute wird der schönste Tag meines Lebens.« Malia stemmte ihre Hände in die schmalen Hüften, sah den Mitgliedern des Filmteams und des Bautrupps entgegen und winkte jedem Einzelnen von ihnen fröhlich zu. Selbst der Morgenmuffel Rico ging mit einem gut gelaunten Zwinkern darauf ein.

»Ich freue mich auch, dass es losgeht«, erklärte Paige. »Am besten holen wir uns erst mal einen Kaffee und für Malia vielleicht eine heiße Schokolade, und danach erkläre ich euch, wie's heute laufen soll.«

Malia zupfte an Carinas Sweatshirt. »Mama, kann ich einen Donut haben?«

»Meinetwegen sogar zwei, mein Schatz, solange du sie drin behältst«, erwiderte Carina mit einem Lächeln.

»Juhu!« Die Kleine reckte triumphierend eine Faust in die Luft, während Paige die beiden zu dem Zelt führte, in dem es die Speisen und Getränke gab.

Carina seufzte. »Ich bin einfach immer froh, wenn Malia Appetit auf irgendetwas hat.«

»Lass es mich bitte einfach wissen, wenn wir etwas tun können, um Malias Zeit am Set so angenehm wie möglich zu gestalten.«

»Oh, das habt ihr bereits«, erwiderte Carina auf dem Weg ins Zelt. »Sie redet schon seit Wochen von nichts anderem mehr als von dem rosa Schlafzimmer und von dem Einhornkissen, das sie sich schon ewig wünscht.«

Paige grinste. »Cat entwirft das Kinderzimmer, und auch wenn ich euch keine Einzelheiten nennen darf, könnt ihr sicher sein, dass es fantastisch aussehen wird.«

Carina drückte ihr die Schulter. »Ich bin mir sicher, dass die Sache für uns alle rundherum fantastisch werden wird.«

Paiges Augen wurden feucht. Von diesem Dreh hing sehr viel ab, und zwar nicht nur für sie.

»Mama, da ist der hübsche Mann, der dir so gut gefällt!« Malia stand, mit ihren zwei Donuts in den Händen, da und starrte gebannt auf den Zelteingang.

Direkt hinter Andy erschien Gannon in der Tür. Er trug T-Shirt und Jeans und lachte über etwas, das der Regisseur gerade sagte.

»Aber hallo«, stieß Carina seufzend aus.

Paige befeuchtete ihre plötzlich trocken gewordenen Lippen. Bildete sie sich das nur ein, oder war er, seitdem er sie mit Pizza und Alkohol versorgt hatte, sogar noch attraktiver geworden? Als er aufsah und seinen Blick an ihr herunterwandern ließ, spürte sie auf einmal ein verdächtiges Flattern in ihrem Bauch. *Verdammt!* Es war nie gut, Gefühle für einen Mitarbeiter zu entwickeln, aber sich in ihrer momentanen Situation auch noch in Gannon zu verlieben, würde geradewegs in einer Katastrophe enden.

Gannon und Andy kamen direkt auf sie zu, und Paige wünschte sich, sie könnte irgendwas mit ihren Händen tun, um das Zittern ihrer Finger zu verbergen.

»Oh mein Gott. Jetzt kommt er her. Wie sehen meine Haare aus?«, zischte Carina und fuhr sich verzweifelt mit den Fingern durch ihren perfekten kurzen Afroschnitt.

»Du siehst aus, als kämst du direkt von einem Fotoshooting«, versicherte Paige ihr. Sie selbst hingegen wirkte sicherlich, als hätte sie ihr Outfit mit Seniorenrabatt in einem Secondhandgeschäft gekauft. Warum hatte sie nicht wenigstens ein bisschen Lidschatten benutzt? *Weil sie hinter den Kulissen tätig war und Lidschatten und anderes Make-up verlaufen würde, und weil sie früher oder später anfangen würde, wie ein Schwein zu schwitzen.* Und davon abgesehen wollte sie Gannon garantiert nicht noch dazu ermutigen, in ihr irgendetwas anderes zu sehen als die Frau, die hier am Set das Sagen hatte.

»Morgen, die Damen«, grüßte Andy gut gelaunt. »Na, wer ist bereit, ein Haus zu renovieren?«

Sofort hob Malia die mit Schokolade überzogene Hand, woraufhin ihre Mutter sie wie einen Schutzschild vor sich zog und schüchtern erklärte: »Wir sind beide furchtbar aufgeregt.«

»Gannon wollte heute extra etwas früher kommen und sich Ihnen beiden vorstellen, bevor es zu laut und hektisch wird«, wandte Andy sich vor allem an Malia.

Paige schlug sich gedanklich die Hände an den Kopf, denn die Idee war wirklich gut. Manche Kinder waren von Gannons Größe eingeschüchtert, und wenn sie in diesem Fall die anfängliche Überraschungsszene gedreht hätten, wären Carina und die Kleine ohne die Unterstützung ihrer Verwandten ganz auf sich allein gestellt gewesen. Aber dadurch, dass das Mädchen Gannon jetzt schon kennenlernte, würde sie beim aktuellen Dreh wahrscheinlich deutlich weniger nervös sein.

Warum nur hatte sie nicht selbst daran gedacht?

Als Andys Handy klingelte, übergab er Paige mit einem Nicken das Kommando, verließ das Zelt und nahm den Anruf entgegen.

»Carina, Malia«, sagte sie. »Ich würde euch gern meinen Freund Gannon vorstellen. Gannon, das sind Malia und ihre Mom Carina.«

»Na, Winzling, bist du bereit?«, fragte er Malia und sie blickte grinsend zu ihm auf.

»Ich kriege ein rosa Zimmer«, klärte sie ihn fröhlich auf. Anschließend bedachte sie ihn dann allerdings mit einem sorgenvollen Blick. »Hast du Fieber?«

Gannon klatschte eine Hand vor seinen Kopf und runzelte die Stirn. »Nein. Ich glaube nicht.«

»Aber meine Mama hat behauptet, du wärst heiß, heiß, heiß.«

Nur mit Mühe konnte Paige ein Lachen unterdrücken.

Malias arme Mutter schien vor Scham im Boden zu versinken, doch das Mädchen blickte Gannon weiter fragend an.

Mit seinem lauten Lachen zog er alle Blicke auf sich, aber schließlich riss er sich zusammen und erklärte feierlich: »Ich habe ganz bestimmt kein Fieber. Das verspreche ich.«

»Oh gut.« Der Kleinen entfuhr ein Seufzer der Erleichterung. »Denn dann hättest du nach Hause fahren und dich ausruhen müssen, statt dabei zu helfen, unser Haus zu renovieren.«

»Es hat uns sehr gefreut, Sie kennenzulernen«, stieß Carina mit erstickter Stimme aus. »Aber jetzt gehen wir erstmal … da drüben hin.« Sie zerrte Malia durch das Zelt, während Paige den beiden grinsend hinterherschaute.

»Ich liebe es, wenn Kinder ihren Eltern derart in den Rücken fallen«, bemerkte Gannon mit einem breiten Grinsen im Gesicht.

»Es war echt nett von dir, so früh zu kommen, damit dich Malia schon vor der Überraschungsszene kennenlernen kann.«

»Ich bin eben ein netter Kerl.«

»Ich erinnere dich daran, wenn du mal wieder einen Wutanfall bekommst und den nächsten Arbeitstisch umwirfst.«

Er verzog gespielt beleidigt das Gesicht. »Das habe ich bisher noch nie gemacht.«

»Vielleicht nicht, aber du kannst ja wohl nicht abstreiten, dass du schon das ein oder andere Mal ziemlich ausgerastet bist.«

»He, du sprichst hier von dem Mann, von dem du gestern Abend die mit Abstand beste Pizza, die es hier in Portland, Maine, gibt, serviert bekommen hast.«

Paige sah sich um und senkte ihre Stimme auf ein Flüstern, ehe sie ihm eine Antwort gab. »Das war echt nett von dir, aber ich halte es für besser, wenn so was wie gestern Abend nicht noch mal passiert.«

Sein Blick fiel auf den Rand ihres T-Shirts, bevor er die Augen aufriss und ihr entschlossen einen Finger in den Ausschnitt schob. »Ist das etwa ein Mikrofon?«

Sie wurde kreidebleich. Was hatte sie am Schluss zu ihm gesagt? *Ich halte es für besser, wenn so was wie gestern Abend nicht noch mal passiert?* Die Dreharbeiten hatten nicht mal angefangen und schon hatte sie mit ihren unbedachten Worten die Gerüchte weiter angefacht.

Sie versuchte, sich an ihm vorbeizuschieben, doch er hielt sie fest und drehte sie um, bis sie mit ihrem Rücken zu ihm stand. »Entspann dich«, bat er sie und zog den Saum ihres T-Shirts hoch.

Sie hätte vor Entsetzen beinah laut aufgeschrien. *Was zum Teufel tust du da?*

»Das Mikro ist noch aus«, beruhigte er sie und schob ihr T-Shirt wieder nach unten.

Der Akku, der am Bund von ihrer Hose klemmte, war tatsächlich noch nicht in Betrieb. Sie war derart erleichtert, dass sie, ohne nachzudenken, sagte: »Gott, und ich dachte, du willst mich ausziehen.«

Erschrocken schlug sie eine Hand vor ihren Mund. Ein Flug an seiner Seite und schon sprach sie alles, was sie dachte, ungefiltert aus.

Plötzlich veränderte sich sein amüsierter Gesichtsausdruck unmerklich zu etwas … Dunklerem, Wilderem. »Wenn ich dich ausziehe, Prinzessin, dann wirst du es merken.«

Kapitel 13

Die Kings hielten tatsächlich Wort und lenkten auf geschickte Art und Weise von den Spekulationen über Gannon und Paige ab. Cat und andere Mitglieder der Crew hatten mit *#NickerchenMitGannon* einen neuen Twittertrend gesetzt und Bilder von verschiedenen Leuten, die an Gannons Schulter schlummerten, ins Netz gestellt.

Paiges Lieblingsbild war das, auf dem ein knurrig dreinblickender Gannon den knapp 120 kg schweren Louis, der so tat, als ob er schlafen würde, in den Armen hielt. Twitter reagierte mit per Photoshop veränderten Versionen dieser Bilder, welche es zum Teil bis in die Klatschblogs und sogar in ein, zwei Late-Night-Shows schafften und den Spaß dadurch noch weiter anheizten.

Paige hatte das Gefühl, sie hätte gerade noch einmal Glück gehabt, als irgendwann der Strom der Anfragen auf ihrem Facebook-Account nachließ, und auch wenn die Produktionsfirma sie auch weiterhin um jeden Preis als Teil der Sendung haben wollte, fragte sich die Welt nicht mehr, ob das heißeste Pärchen des Reality-TVs womöglich ihretwegen auseinanderging.

»Noch eine Staffel«, sang sie vor sich hin, bevor ihr einfiel, dass ihr Mikro eingeschaltet war, woraufhin sie sich dann schweigend auf das Interview mit Malias Mutter vorbereitete. Sie würde sie in einem Pavillon empfangen, hinter dem das Haus zu sehen war, und zusammen mit dem Interview würden die ausschwärmenden freiwilligen Helfer und die Handwerker das Publikum bestimmt in ihren Bann ziehen.

Paige winkte Carina zu sich heran und ging mit ihr die Fragen durch. Sie wollte nicht riskieren, dass sie oder Malia mit einer unsensiblen Frage aus dem Gleichgewicht gebracht wurden, und wollte vor allem nicht aus Versehen etwas über die Krankheit sagen, was der kleinen Malia vielleicht aus Vorsorge bisher verschwiegen worden war.

»Die Fragen sind okay«, versicherte Carina ihr. »Ehrlich. Malia weiß über ihre Krankheit mindestens genauso viel wie ich. Wenn sie groß ist, will sie Ärztin werden und versuchen, andere Menschen mit Krebs zu heilen.«

Es war nicht zu überhören. Carina hatte absichtlich statt eines *falls* ein *wenn* in ihrem Satz verwendet.

»Super. Und indem du mir davon erzählst, schaffst du bei anderen ein Bewusstsein dafür, wie mit dieser Krankheit umgegangen werden soll«, ermunterte Paige sie. »Ich werde dir jede Frage mehrmals stellen und dann schauen wir zusammen, welche deiner Antworten die jeweils beste ist.«

Carina nickte und rief Malia in den Pavillon. Paige bat die beiden, auf zwei Hockern Platz zu nehmen und dabei dem Haus den Rücken zuzuwenden. Dann kam Felicia mit dem Mikrofon, und als Tony mit dem Licht zufrieden war, fingen sie an.

Zuerst erkundigte sich Paige, wie man den Krebs bei Malia diagnostiziert hatte, und sorgte dafür, dass die Mutter auch die ersten Anzeichen der Krankheit, die ihr aufgefallen waren, ansprach. Es sollte in der Folge nicht allein um die Geschichte der Familie, sondern auch um Krebs bei Kindern gehen, und Carina griff das

Thema dankbar auf. Sie war eloquent und völlig ehrlich, und Paige wusste, dass ihr Mütter überall im Land für ihre offenen Worte dankbar wären.

Als Malia unruhig wurde, bezog Paige sie in die Unterhaltung mit ein.

»Kannst du mir von deiner Krankheit erzählen, Malia?«

Die Kleine nickte stolz. »Das, was ich habe, nennt man Medulloblastom. Das hatte ich schon mal und jetzt ist es zurückgekommen, also haben mich die Ärzte zweimal operiert, dann wurde ich bestrahlt und jetzt bin ich gerade bei der letzten Runde meiner Chemotherapie.« Sie zählte die Behandlungsschritte souverän an ihren kleinen Fingern ab.

»Du bist sehr tapfer«, lobte Paige. »Hast du trotzdem manchmal Angst?«

Malia nickte und sah sie aus großen braunen Augen an. »Ich mag es nicht, wenn meine Mama weint. Dann fühle ich mich schlecht. Und ich mag es nicht, wenn es ganz dunkel ist, also habe ich ein Ninja-Turtles-Nachtlicht an.« Sie rutschte mit dem kleinen Hinterteil auf ihrem Hocker hin und her und grinste ihre Mutter an, die ihr liebevoll über den Kopf strich.

»Das hat dir eine von den Schwestern aus dem Krankenhaus geschenkt, nicht wahr?«

Wieder nickte Malia. »Miss Jayne. Glauben Sie, dass sie die Sendung sehen wird?«, wandte sie sich an Paige.

»Ich schätze, alle deine Ärztinnen und Ärzte, Pfleger und auch Schwestern sehen sie sich an.«

Glücklich zählte Malia alle Leute aus der Klinik einzeln auf und grüßte sie. Natürlich würden es diese Grüße niemals in die Sendung schaffen, aber vielleicht könnte Cat sie ja in ihren Blog integrieren, denn Paiges Meinung nach hatten die Männer und die

Frauen, die auf Kinderkrebsstationen tätig waren, jeden Gruß und obendrein den Dank der ganzen Welt verdient.

Um Malia wieder ein paar Sätze zu entlocken, die sie in der Sendung bringen könnten, fragte Paige, wie es ihr während der Behandlungen ergangen war.

»Manchmal wird mir davon schlecht.« Die Kleine rümpfte ihre Stupsnase. »Oder ich bin furchtbar müde und muss ständig schlafen. Oh, und mir sind wieder alle Haare ausgegangen. Aber so kann man die Narben besser sehen. Ich habe sie Gannon gezeigt und durfte danach seine Narben sehen. Er hat gesagt, man könnte an den Narben eines Menschen sehen, wie tough er ist.« Als Malia ihren dünnen Bizeps spannte, schmolz Paige innerlich dahin. »Willst du auch mal meine Narben sehen?«

»Hast du denn Lust, sie mir zu zeigen?«, fragte Paige das Mädchen, sah aber Carina an.

Die Mutter zwinkerte ihr zu und nickte, sodass die Kleine achselzuckend meinte: »Sicher, warum nicht? Ich habe eigentlich nur deshalb eine Mütze oder etwas anderes auf, damit die anderen nicht denken, ich liefe in einem Halloweenkostüm herum. Schließlich will ich niemanden erschrecken, der mich nur mit Haaren kennt.« Sie riss ihr violettes Tuch vom Kopf und wirbelte herum. »Hier, siehst du?«

Paige atmete verstohlen aus, als sie die leuchtend roten, wild gezackten Narben in der davon abgesehen makellosen mokkabraunen Haut des Mädchens sah. »Wow! Solche Narben habe ich noch nie gesehen. Du bist wirklich tough.«

»Das hat Gannon auch gesagt. Er hat gesagt, dass seine Narben lange nicht so cool sind wie meine.«

Damit Malia nicht sah, dass sie bei diesen Worten schlucken musste, machte Paige sich eilig eine Notiz. Vielleicht hatte ja irgendjemand Gannon und das Kind bei ihrer Unterhaltung über Narben und darüber, was sie aussagten, gefilmt.

Sie konnte sich nicht vorstellen, wie viel Kraft Carina täglich brauchte, um mit diesen Dingen umzugehen. Zu sehen, wie der Krebs an ihrer wunderbaren kleinen Tochter fraß und wie sie unter der Behandlung litt. Die beiden hatten deutlich mehr als nur ein hübsches Haus verdient.

Sie sprachen weiter über Therapien und darüber, was Malia machen wollte, wenn – nicht falls – der Krebs endgültig überwunden war.

»Und jetzt erzähl mir bitte noch, was du und deine Mom in dieser Woche macht«, bat sie das junge Mädchen. »Normalerweise machen die Familien Urlaub, während wir die Häuser renovieren, aber ihr habt etwas anderes vor.«

»Wir fahren nach Washington, D.C., und sprechen dort mit Leuten, die die Krebsforschung mit Spenden unterstützen sollen. Mama denkt, dass es den Leuten schwerfällt, nein zu sagen, wenn sie dieses Gesicht sehen.« Malia zeigte auf sich selbst. »Und *dann* besuchen wir ein Kinderkrankenhaus und da spiele ich dann mit den anderen Kindern.«

»Das klingt nach einer wirklich wichtigen Mission.«

»Ja-ha.« Das Mädchen nickte nachdrücklich und fuhr mit stolzer Stimme fort. »Ich werde ihnen sagen, dass wir bessere Therapien brauchen. Und selbst wenn das Geld mich vielleicht nicht rettet, gibt es noch so viele andere Kinder, denen damit geholfen werden kann.«

Paige hatte einen Kloß im Hals und selbst Carina wirkte von der Antwort ihrer Tochter überrascht. »Aber, Schatz, wie kommst du denn … Du wirst auf jeden Fall wieder gesund.««

»Mom«, sagte sie gedehnt, »ich kenne mich mit Zahlen aus und als der Krebs zurückkam, haben die Ärzte dir gesagt, dass die Chancen schlechter stehen als beim ersten Mal. Aber wenn sie mich nicht heilen können, will ich trotzdem, dass es anderen Kindern vielleicht besser geht als mir.«

Carina zog ihre Tochter an die Brust und kämpfte sichtbar mit den Tränen.

Am liebsten hätte Paige sich von den beiden abgewandt. Dies war ein allzu schmerzlicher, persönlicher Moment. Aber vielleicht würde er die Menschen dazu bringen, sich zu engagieren. Sie machte sich eine Notiz, sowohl während der Sendung als auch in Cats Blog auf Wohltätigkeitsorganisationen hinzuweisen, die es sich zur Aufgabe gemacht hatten, krebsleidende Kinder zu unterstützen.

Tony wischte sich verstohlen eine Träne aus dem Auge und Felicia schluchzte leise auf.

»Reißt euch zusammen, Leute«, murmelte Paige in ihr Headset, fischte aber selbst ein Taschentuch aus der Schachtel, um sich die Nase zu putzen.

Sie nahm eine Bewegung aus dem Augenwinkel wahr und entdeckte Andy, der die Arme vor der Brust verschränkt hatte und sich mit einer Hand den Mund zuhielt. Er stand neben Louis, dessen Kamera in ihre Richtung wies. »Sie wollen noch eine Szene hinter den Kulissen«, sagte Andy in ihr Ohr. »Also komm langsam zum Schluss, dann machen wir ein kurzes Interview mit dir, und dann kann's weitergehen, wie geplant.«

Verdammt. Ich habe kein Interesse daran, mich so sehr in die Sendung miteinbeziehen zu lassen. Am liebsten hätte sie Andy angeschrien. Das Augenmerk sollte auf Malia liegen, nicht auf irgendwelchen aufgesetzten Emotionen hinter den Kulissen, um die Einschaltquoten zu erhöhen. Und natürlich würden sie sie genau jetzt interviewen, während sie noch feuchte Augen hatte und der Schmerz über ein hoffnungsfrohes sechsjähriges Mädchen, das die eigene Sterblichkeit thematisierte, ihr noch deutlich anzusehen war.

Um das Gespräch mit einer positiven Note zu beenden, ließ sie Malia noch über das rosa Zimmer sprechen, das ihr Cat versprochen hatte, und darüber, was für ein Gefühl es für sie war, im Fernsehen zu sein. Die süßen Antworten würden die Zuschauer daran erinnern, dass sie so wie jedes andere sechsjährige Kind aus jeder anderen Familie war.

Danach wurden Malia und ihre Mutter nicht mehr vor der Kamera gebraucht, und Paige war überrascht, als das gesamte Team und sogar Cat und Gannon noch kurz vorbeikamen, um den beiden eine schöne Zeit zu wünschen. Und als das kleine Mädchen dann auch noch Gannon seine schlanken Ärmchen um den Hals schlang, trug dies auch nicht wirklich zur Beruhigung ihrer allgemeinen Gemütslage bei.

Paiges Bosse wären sicherlich begeistert, wenn sie sich während ihres ersten Interviews die Augen aus dem Kopf heulen würde, doch dieser Gedanke allein reichte aus, damit sie sich zusammenriss.

»Also, bringen wir es hinter uns«, knurrte sie Andy an und nahm Platz.

Kapitel 14

Im Allgemeinen war Catalina King ein durchaus bodenständiger und ausgeglichener Mensch. Sicher, manchmal konnte sie auch sprunghaft und unvernünftig sein, aber wenn Paige wählen müsste, ob sie Cat oder Gannon dazu bringen sollte, produktiv und hilfsbereit zu sein, würde sie sich immer für Cat entscheiden.

Es gab jedoch einen Tag im Jahr, an dem die beiden ihre Rollen tauschten: Und das war Cats und Gannons Geburtstag. Das gesamte Drehteam nutzte den Anlass, um ein bisschen früher Schluss zu machen, und suchte gemeinsam eine, wie auch schon im Vorjahr vom Location Scout ausgekundschaftete, Bar auf. Es wurden große Mengen Bier, Tequila und Nachos vertilgt, und alle hatten eine gute Zeit. Das einzige Problem bei dieser netten Unterbrechung ihres Arbeitsalltags war, dass Cat am Ende dieses Abends immer sturzbetrunken war und somit am Morgen des nächsten Drehtags einen fürchterlichen Kater hatte.

Paige war die Einzige, die sich während dieser Feiern niemals völlig gehen ließ. Sie fungierte als Cats selbsternannter Babysitter, und da Gannon wusste, dass seine Schwester bei ihr in guten Händen war, blieb er selbst diesen Festen immer fern. Cat liebte das

Spektakel der alljährlichen Geburtstagsfeier und riss, wenn sie genug getrunken hatte, auch gerne mal den einen oder anderen Typen auf. Ihr Bruder hingegen blieb an seinem Jubeltag am liebsten zu Hause für sich.

»Hier, probier mal das hier an.« Cat drückte ihrer Freundin eine praktisch durchsichtige weiße Bluse in die Hand. Sie hatten gerade einen Dreh abgeschlossen, bei dem Cat nach dem perfekten Prinzessinnenbettzeug für die kleine Malia suchte, und sich anschließend spontan auf eine kleine Shoppingtour für das Geburtstagsfest gemacht.

Naserümpfend sah sich Paige die Bluse an. »Und was soll ich dazu anziehen?«

»Einen schwarzen BH, die süßen Jeansshorts, die deine perfekten Beine so vorteilhaft zur Geltung bringen, und deine braunen Lederschnürsandalen. Die Kerle lieben es, wenn sich was um die hübschen Beine einer Frau schlingt.«

»Du versuchst doch nicht, mich zu verkuppeln?«, hakte Paige mit argwöhnischer Stimme nach und hielt die von ihrer Freundin ausgesuchte aufreizende Bluse skeptisch vor sich hoch.

»Selbst wenn, was wäre denn so falsch daran?«, gab diese ungerührt zurück.

Paige dachte kurz darüber nach. Eine derart lange Dürrephase hatte sie noch nie gehabt, aber von irgendwelchen One- oder Two-Night-Stands, während sie unterwegs waren, hielt sie nichts. Die waren peinlich, und sie fühlte sich dabei einfach nicht wohl.

Ehe sie jedoch etwas erwidern konnte, fuhr Cat bereits fröhlich fort: »Hör zu, es geht dabei nicht unbedingt um Sex. Wir haben erst die halbe Staffel abgedreht, aber du bist jetzt schon vollkommen erledigt, und ich möchte einfach, dass du einen freien Abend hast, an dem du geschminkt und lächelnd losziehst und dich amüsierst. Ist das zu viel verlangt?«

Paige seufzte abgrundtief. »Wahrscheinlich nicht.«

»Dann ist ja gut. Und jetzt bezahl die Bluse, und dann sehen wir uns in der Dessousabteilung um.«

Natürlich hatte Cat als die geborene Designerin mit ihrem Outfit recht gehabt, erkannte Paige widerwillig an, als sie ihr Bild im Badezimmerspiegel sah. Unter ihrer neuen weißen Bluse trug sie ein schwarzes, auf dem Rücken spitzenbesetztes Bralette, hatte einen breiten Gürtel um und eine mehrreihige Kette mit einem Halbmond und Sternen um den Hals. Sie hatte ihren kurzen Bob zu absichtlich zerzausten Wellen aufgebauscht, sich dezent geschminkt und war rundum zufrieden mit dem Bild, das sich ihr bot. Vielleicht bedeutete das ja, dass es nach der erfolgreichen Social-Media-Kampagne *#NickerchenMitGannon* und den ersten Aufnahmen von Paige während der Dreharbeiten langsam wieder für sie aufwärts ging.

Paige überprüfte ein letztes Mal ihre Haare im Spiegel, schnappte sich ihre Tasche und Zimmerschlüssel, stellte sicher, dass der Akku ihres Handys noch aufgeladen war, und ging los, um ihre Freundin abzuholen.

Der Drehortmanager hatte mit *Shaney's Pub* genau die Art von Bar aufgetan, in die der Trupp am liebsten ging. Es gab dort jede Menge fettiger, frittierter Köstlichkeiten, vierzig Sorten Bier, und als sie ankamen, war der Laden schon gerammelt voll.

Wie gewöhnlich brachte Cat mit ihrem Auftritt leichte Unruhe in das Lokal. Wie es jedoch meist in den kleinen Städten war, respektierten auch hier die Menschen ihre Privatsphäre, und nachdem ein paar der Gäste höflich um ein Autogramm gebeten hatten, widmeten sie sich wieder ihrer eigenen Freitagabend-Routine.

Paige hockte sich an einem Stehtisch auf einen von zwei Barhockern, und die anderen setzten sich abwechselnd auf den ihr gegenüberliegenden Platz. *Es ist schön zu sehen, wie sich alle anderen amü-*

sieren, dachte Paige und nippte vorsichtig an ihrem Bier. Vor allem aber war es schön, dass alle Lust hatten, gemeinsam auszugehen, obwohl sie schon seit Wochen jeden Tag von früh bis spät am Set aufeinander hockten

In Jeans und Steely-Dan-T-Shirt warf sich Felicia auf den freien Platz an Paiges Tisch, begutachtete eingehend den Teller mit den Vorspeisen und schnappte sich einen der Käsesticks. »Na, wie fühlt sich's an, jetzt auch vor der Kamera zu stehen?«, erkundigte sie sich.

Paige stöhnte. »Was denkst du, wie lange es noch dauern wird, bis es ihnen reicht? Mit meinen vorgeschriebenen Kommentaren trage ich ja wohl nicht wirklich was zur Sendung bei.« Erst am Vortag hatte sie sich mühsam durchgewurschtelt und in dem Bemühen, nicht allzu gefühlsbetont auf Andys Fragen einzugehen, wahrscheinlich furchtbar kalt und feindselig gewirkt.

»Das gehört nun mal zum Spiel dazu.« Felicia war schon ein paar Jahre länger beim Reality-TV als Paige und wusste ganz genau, wie es dort lief. »Aber weißt du, nur weil die Bosse darauf hoffen, dass sich zwischen dir und Gannon etwas anbahnt, heißt das noch lange nicht, dass es eine schlechte Idee ist.«

Paige fiel die Kinnlade herunter, und mit einem gleichmütigen Schulterzucken fuhr ihre Freundin fort: »Damit will ich nur sagen: Natürlich solltest du dich nicht von ihnen herumschubsen lassen, aber lass dir deshalb auch nicht etwas entgehen, was wirklich super sein könnte. Dass es ihnen dabei um die Einschaltquoten geht, muss ja nicht unbedingt heißen, dass es deshalb falsch ist.«

»Ich und Gannon?« Paige war immer noch total perplex.

»So, wie ihr zwei euch immer fetzt? Zwischen euch sprühen derart die Funken, dass du eines Tages vielleicht einfach explodierst.« Als jemand ihren Namen rief, sah Felicia über ihre Schulter und stand wieder auf. »Wir spielen Darts, und wie es aussieht, bin ich dran.«

Paige starrte ihr mit großen Augen hinterher, doch ihr blieb nicht viel Zeit, um ihren Schock über Felicias Worte zu verdauen. Die fünfköpfige Country-Cover-Band, die heute Abend in der Bar spielte, heizte den Besuchern kräftig ein, und plötzlich tauchte Cat an ihrer Seite auf und zerrte sie in Richtung der überfüllten Tanzfläche.

»Wollen wir doch mal sehen, ob deine Füße auch noch etwas anderes können als den ganzen Tag lang rumstehen«, rief sie über die Musik hinweg.

Paige gab den Versuch, zu denken oder sich in Selbstmitleid zu baden, auf und passte ihre Bewegungen an die ihrer Freundin an. Cat tanzte gerne, wenn sie nüchtern war, und liebte es, wenn sie was getrunken hatte. Es war Paiges Job, Cat bei Laune zu halten und ihr zwischendurch auch mal ein Wasser einzuflößen, damit sie nicht versuchte, sich mit irgendeinem Fremden aus dem Staub zu machen, oder so viel Alkohol in sich reinkippte, dass sie am nächsten Tag zu nichts mehr zu gebrauchen war.

Normalerweise machte Paige dieser Job durchaus Spaß. Sie genoss die kurze Pause von den anstrengenden Dreharbeiten. Es war ein herrliches Gefühl, endlich einmal alles andere zu vergessen und dem Rhythmus der Musik zu folgen. In solchen Momenten zahlte sich auch die Teilnahme an den unzähligen Hip-Hop-Kursen während der Zeit am College aus, sodass Paige und Cat nach kurzer Zeit die Blicke nur so auf sich zogen. Da es hier jedoch weder um Gannon noch um ihren Job ging, machte es Paige durchaus Spaß, im Mittelpunkt zu stehen.

Cat wirbelte mit einem Kerl mit Cowboystiefeln und kariertem Hemd davon und winkte ihr noch kurz über die breite Schulter ihres Partners zu. Als Paige daraufhin zurück zum Tresen ging, um sich ein Wasser zu bestellen, sah sie plötzlich in zwei warme braune Augen. Der Mann hatte ein süßes Lächeln, trug ein Golfshirt und Cargoshorts – was durchaus schick, aber nicht allzu sehr nach Country Club aussah –, hatte kurzes blondes Haar und keinen Ehering.

»Hallo«, sprach er sie beinah etwas schüchtern an.

»Hallo«, antwortete sie und lächelte zurück.

»Darf ich dir einen Drink spendieren?« Er zeigte auf die leere Bierflasche in seiner Hand.

»Ich wollte mir gerade ein Wasser holen«, klärte sie ihn auf. Das war die Wahrheit und zugleich ein Test, denn immer wieder gab es Typen, die »scherzhaft« versuchten, eine Frau zu Alkohol zu überreden, wenn sie sagte, dass sie Wasser trank.

»Wenn du nichts dagegen hast, schließe ich mich an.«

Test bestanden, dachte Paige und nickte. »Okay.«

Gemeinsam gingen sie zur Theke, die – wie praktisch alle Theken, ganz egal in welcher Stadt – aus einer dunklen, hoffnungslos verklebten Holzplatte bestand. Der süße Blonde winkte nach dem Barkeeper, bestellte »ein Wasser für die Lady« und stellte sich ihr als Marcus vor.

»Freut mich, Marcus. Ich bin Paige.«

Er sah sie grinsend an. »Und, Paige, bist du öfters hier?«

Sie lachte auf. »Dies ist mein allererstes Mal. Ich bin nur diese Woche in der Stadt. Und, bist du selbst Stammgast hier?«

Er schüttelte den Kopf und hielt ihr ihre Wasserflasche hin. »Ich habe mich mit einem Kunden auf ein Bier getroffen und dann fiel mein Blick auf dich.«

Er war süß und ehrlich, doch noch während Paige sich sagte, dass sie solche Männer mochte, änderte sich urplötzlich die Atmosphäre in der Kneipe und sie hatte das Gefühl, als hätte irgendwer die Heizung hochgedreht.

Und dann stand Gannon in der Tür. In Flip-Flops, sauberen Jeans und einem T-Shirt, das sich eng an seinen muskulösen Oberkörper schmiegte, stand er da und sah sich suchend um.

Ihr Herz machte einen Sprung.

Verdammt, wann zur Hölle war das denn passiert? Wann hatte sich ihre nachvollziehbare, jedoch distanzierte Wertschätzung seines attraktiven Äußeren in ernsthafte Gefühle verwandelt? Sie stand hier neben Marcus, einem wirklich netten Typen, der sich für sie interessierte, und verzehrte sich nach einem Kerl, der aufbrausend und alles andere als vertrauenswürdig war.

In diesem Augenblick sah Gannon in ihre Richtung und ein schiefes Lächeln breitete sich auf seinem Gesicht aus, als wüsste er genau, was ihr bei seinem Anblick durch den Kopf gegangen war.

»Paigey!«, jauchzte jemand auf der Tanzfläche und Marcus wies mit seiner Flasche in Cats Richtung, die inzwischen auf den Schultern ihres Cowboys saß und mit den Armen ruderte, als würde sie auf einem Bullen reiten.

»Gehört das Cowgirl da zu dir?«

Mit einem leisen Seufzer meinte Paige: »Wenn sie so weitermacht, bricht sie sich noch das Genick, bevor sie alkoholbedingt ins Koma fällt.«

»Sie kommt mir irgendwie bekannt vor.«

»Kennst du die Sendung, in der Handwerker die Häuser von Familien, die Besonderes geleistet haben, renovieren?«

Marcus runzelte die Stirn und sah immer noch auf Cat, als es ihm plötzlich dämmerte.

»Sie ist einer der Zwillinge, nicht wahr?«

»Genau, das ist Cat King.« Wieder seufzte Paige, denn für gewöhnlich baten Männer an der Stelle immer beiläufig darum, mit ihr bekannt gemacht zu werden, auch wenn diese Förmlichkeit bei Cat bestimmt nicht nötig war.

Doch Marcus sagte einfach: »Hmm«, und wandte sich ihr wieder zu. »Ich wusste, dass sie eine Folge hier in Portland drehen würden, hatte aber keine Ahnung, wann. Dann arbeitest du auch bei dieser Sendung mit? Wie heißt sie noch einmal?«

Es war eine angenehme Überraschung, dass die wunderhübsche, blonde, angetrunkene Cat für Marcus von geringerem Interesse war als sie selbst. »*Kings of Construction.* Ich bin die Aufnahmeleiterin der Serie.«

»Und was macht eine Aufnahmeleiterin so?«

»Nun, heute Abend spielt sie die Babysitterin für Cat, die heute Geburtstag hat.«

»Ah, dann hast du also einen dieser Jobs, in denen man nie Feierabend hat?«, erkundigte sich Marcus mit trockenem Humor.

»Klingt, als würdest du das kennen«, lachte Paige. Wahrscheinlich gab es in ganz Portland keinen süßeren Kerl als ihn. Und doch sah sie weiter aus dem Augenwinkel Richtung Tür, wo Gannon stand.

»Ich bin in der IT-Branche bei einem Unternehmen, das die Rechner kleiner Firmen wartet. Für die ist natürlich immer jedes noch so winzige Problem sofort ein Notfall.«

»Von deiner Arbeit hängen also viele Leute ab.« Sie spielte mit dem Strohhalm, der aus ihrer Flasche ragte, und als Marcus sich ein wenig näher zu ihr beugte, roch sie sein dezentes Aftershave.

»Von deiner aber offensichtlich auch.« Die Band spielte ein langsameres Stück und Marcus sah sie fragend an. »Sollen wir weiter über unsere Arbeit reden oder möchtest du tanzen?«

Unschlüssig biss Paige sich auf die Lippe. Doch warum eigentlich nicht? Schließlich war er wirklich süß. »Lass uns tanzen. Aber hüte dich auf der Tanzfläche vor Fernsehstars, die urplötzlich vom Himmel fallen.«

Lachend nahm er ihre Hand und zog sie auf die Tanzfläche.

Auf dem Weg dahin begegnete sie Gannons Blick und nahm das Funkeln seiner braunen Augen wahr, als er den Blick an ihr herunterwandern ließ.

Dann hatten sie die Tanzfläche erreicht und wurden sofort von anderen Paaren eingeschlossen. Paige atmete erleichtert auf. Ihr war so, als würde sie durch eine menschliche Barriere vor Gannons durchdringendem Blick aus Richtung Tür bewahrt werden. Was auch immer da zwischen ihr und Gannon war, es hatte sich eindeutig verändert, und sie hoffte nur, es wäre nicht zu spät, um dieses Rad noch mal zurückzudrehen. Das wäre sicherer. Und einfacher. Für sie und auch für ihn.

Marcus zog sie sanft in seine Arme, wahrte aber höflich einen Mindestabstand, und sie zwang sich, sich auf ihn und die Musik einzulassen. Er brachte sie zum Lachen, fragte sie nach ihrem Leben, war intelligent und nett und selbstbewusst, und Paige konnte beim besten Willen nicht verstehen, warum in aller Welt er Single war. Als sie den Gedanken aussprach – was natürlich die Schuld des blöden Gannon war, der sie dazu herausgefordert hatte, auszusprechen, was ihr durch den Kopf ging –, seufzte Marcus abgrundtief.

»Ich habe gerade eine langjährige Beziehung hinter mir.«

»Und wie lange?«, fragte Paige in mitfühlendem Ton.

»Wir waren zusammen, seit wir siebzehn waren.«

»Autsch.«

»Aber es ist das Beste für uns beide«, meinte er. »Weißt du, du bist die erste Frau, die ich angesprochen habe, seit ich wieder Single bin.«

»Echt?«

Er nickte knapp. »Du solltest dich also geschmeichelt fühlen.«

»Das tue ich auf jeden Fall«, versprach sie ihm.

»Wenn ich nicht gleich ein paar Verwandte treffen müsste, die nur heute Abend in der Stadt sind, würde ich dich fragen, ob wir noch woanders hingehen wollen, wo es ein bisschen ruhiger ist. Vielleicht auf eine Pizza oder so.«

Er strich ihr eine Strähne aus der Stirn und *endlich* zeigte ihr verräterischer Körper eine Reaktion. Zwar war die Wärme, die in ihrem Innern aufstieg, etwas anderes als das Inferno, das Gannons Berührung auf der Suche nach dem Akku ihres Mikros bei ihr ausgelöst hatte, aber sie war ihr trotzdem durchaus angenehm.

»Wie sollte eine Frau da nein sagen?«

»Freut mich, dass wir uns getroffen haben, Paige«, stellte er mit einem breiten Grinsen fest.

»Mich auch.«

Ihre Haut fing an zu kribbeln und sie sah, dass Gannon an der Theke lehnte und über den Rand seiner Bierflasche in ihre Richtung sah.

Als das Lied vorbei war, trat sie lächelnd einen Schritt zurück, und Marcus zog eine Visitenkarte aus der Tasche und hielt sie ihr ebenfalls mit einem warmen Lächeln hin. »Ich muss jetzt wirklich los, aber falls du, solange du in Portland bist, irgendwann mal Zeit hast, holen wir das Pizzaessen nach.«

Sie nahm die Karte an. »Während der Dreharbeiten habe ich im Grunde keine Freizeit, aber wenn ich welche hätte, würde ich sehr gern mit dir Pizza essen gehen.«

Immer noch mit einem breiten Lächeln auf den Lippen reichte er ihr die Hand. »War wirklich schön, dich kennenzulernen.«

Sie genoss den warmen Druck der weichen, aber festen Finger auf ihrer Haut und hielt sie kurz fest. »Ging mir ebenso, Marcus.«

Er klopfte auf die Karte, auf der seine Nummer stand. »Vergiss mich nicht.«

Noch während sie ihm lächelnd hinterhersah, wurde ihr die

Karte aus der Hand gerissen und ein schlecht gelaunter Gannon meinte: »Er ist nicht dein Typ.«

Kapitel 15

»Her damit«, wies sie ihn an und streckte ihre Hand fordernd nach der Visitenkarte aus. »Du weißt doch gar nicht, was mein Typ ist.«

Sie fragte sich, warum der Duft von Gannons Waschmittel und Deo so verführerisch für sie war.

»Ich glaube nicht einmal, dass du das selber weißt«, gab er zurück. »Ich habe dich noch nie mit einem Mann gesehen.«

»Was sicher daran liegt, dass du mich nur vier Monate im Jahr siehst.«

Wieder kam ein langsameres Lied und mit der Geschmeidigkeit eines talentierten Herzensbrechers legte Gannon ihr die Hände um die Taille und führte sie auf die Tanzfläche zurück. Durch den dünnen Stoff der Seidenbluse brannten sich die Innenflächen seiner Hände in Paiges Haut und plötzlich fühlte sie sich völlig ungeschützt. Er zog sie viel zu eng an seine breite Brust und behielt nicht den geringsten Abstand zu ihr bei. Er wollte ihren Körper spüren und der Teil ihres Gehirns, der sich nicht um irgendwelche Konsequenzen scherte, pflichtete ihm bei. Da sie keine Szene machen und ihn wenigstens einen Daumen breit auf

Abstand halten wollte, legte sie ihm ihre Hände auf die Schultern und sah zu ihm auf.

»Deine Haare riechen nach Piña Colada«, stellte er mit rauer Stimme fest.

»Nach allem, was in dieser Woche war, ist das keine gute Idee«, warnte ihn Paige. Er war so groß, dass sie den Rest der Tanzfläche nicht sehen konnte, und hatte sie geschickt in eine dunkle Ecke manövriert, worauf sie unbewusst oder vielleicht sogar noch schlimmer – nämlich willentlich – eingegangen war.

»Wobei Ideen, die man anfangs nicht für gut hält, ab und zu die besten sind.«

»Warum hast du mir Marcus' Karte weggenommen?«, fragte sie ihn plötzlich, und mit einem schiefen Grinsen blickte er auf sie herab.

»Weil ich selbst Interesse habe.«

»Ach wirklich! Ich wusste gar nicht, dass du auf Männer stehst.«

»Das tue ich auch nicht. Ich interessiere mich für dich.«

»Ich habe aber kein Interesse daran, mich für dich zu interessieren«, stellte sie mit zunehmender Panik fest.

»Das ist was anderes, als wenn du kein Interesse hättest«, stellte er zutreffend fest.

Sie hatte keine Ahnung, wie sie darauf reagieren sollte. Wenn sie ihm erklärte, dass sie kein Interesse hätte, wüsste er, dass sie log. Denn für die kurze Zeit, in der sie sich erst kannten, hatte er sie überraschend schnell durchschaut.

»Du hast einfach nicht das Zeug zum festen Freund.«

»Ach nein?«

Sie schüttelte den Kopf. »Du wärst beziehungstechnisch eine echte Baustelle, und ich habe beim besten Willen keine Zeit für ein derart umfassendes Freizeitprojekt.«

Als er sie statt einer Antwort einfach enger an sich zog, seufzte sie leise auf.

»Soll ich dir wirklich all die Gründe aufzählen, weshalb es eine absolut furchtbare Idee für uns wäre, etwas miteinander anzufangen?«

Er schüttelte den Kopf. »Die interessieren mich nicht. Mich interessiert allein, warum es gut wäre, es wenigstens mal zu probieren.«

»Ich setze ganz bestimmt nicht meinen Job für eine Nacht in deinem Bett aufs Spiel.«

»Dann nehmen wir eben deins.«

Sie runzelte erbost die Stirn. »Ich liebe es, wie ernst du meine Sorgen nimmst.«

»Was hält dich am meisten davon ab, mit mir ins Bett zu gehen?«

»Mein Gott, Gannon!« Manchmal war es wirklich besser, man redete etwas um den heißen Brei herum.

»Siehst du? Das Vokabular hast du durchaus schon drauf.«

Sie trat ihm auf den Fuß, doch leider zeigte er darauf nicht die geringste Reaktion. »Ich will nicht mit den Konsequenzen leben müssen, wenn sich plötzlich alle Welt für meine ganzen Privatangelegenheiten interessiert.«

»So muss es ja nicht kommen.«

»Was? Dann sollen wir uns also einfach immer heimlich ins Hotelzimmer des jeweils anderen schleichen in der Hoffnung, dass es niemand mitbekommt?«

»Überleg doch mal.« Er ließ die Hände etwas tiefer gleiten, vergrub seine langen Finger in dem dünnen Jeansstoff ihrer Hose, und sie spürte, wie sie feucht wurde. »Es bräuchte niemand was davon zu wissen, dass wir auch privat verbandelt sind.«

Sein warmer Atem traf auf ihr Gesicht. Gegen ihren Willen

starrte sie auf seinen Mund und spürte seinen harten Schwanz an ihrem Bauch und die Spitze des Bralette, das sich an ihren harten Nippeln rieb.

»Und was ist mit deiner Freundin?«, fragte sie in dem Bemühen, ihn und ihren eigenen Körper daran zu erinnern, dass die Sache, über die sie hier sprachen, völlig ausgeschlossen war.

Er riss verwirrt die Augen auf. »Von was für einer Freundin redest du?«

»Von Meeghan Traxx, von wem wohl sonst?«

Er runzelte die Stirn. »Sie ist nicht meine Freundin, und die Unterstellung, dass ich mit dir schlafen will, obwohl ich schon in einer Beziehung bin, ist echt beleidigend.«

»Aber in der Presse …«

»Das, was dort verbreitet wird, ist nichts als dummer Tratsch. Wir waren nie ein Paar. Glaubst du etwa im Ernst, dass sie der Typ ist, der mich auch nur ansatzweise interessiert?« Bei diesen Worten sah er wirklich genervt aus.

»Das alles ist mir irgendwie … zu intensiv. Ich brauche erst mal einen Drink«, brach es aus ihr heraus.

»Ich auch.« Er hielt sie immer noch mit einem Arm fest, rückte mit der anderen Hand diskret sein steifes Glied in der Jeans zurecht und zerrte sie dann so schnell zur Bar zurück, dass sie fast joggen musste, um ihn nicht aus den Augen zu verlieren. Er bestellte für sie beide, und es überraschte Paige, dass Gannon wusste, welches Bier sie gerne trank.

Um sich abzukühlen, hob sie eilig ihre Flasche an den Mund und genehmigte sich einen möglichst großen Schluck.

»Hör zu«, fing Gannon an. »Ich habe mir das auch nicht ausgesucht. In unserer Branche arbeitet man eng zusammen, und natürlich ist es eine dämliche Idee. Ich denke aber trotzdem, dass diese dämliche Idee sich einfach nicht vermeiden lässt. Ich warte schon seit einer Ewigkeit darauf, dass ich endlich aufhöre, an dich zu denken. Das macht es aber irgendwie noch schlimmer.«

Ehrlich, roh und ungefiltert. Diese Worte waren typisch Gannon King.

»Paige!«, hörte sie Cat kreischen, die plötzlich derart eilig auf sie zugestürzt kam, dass sie Paige bäuchlings gegen Gannons breite Brust und seinen immer noch steinharten Penis drückte.

Eilig stieß Paige sich wieder von ihm ab und drehte sich zu ihrer Freundin um. »Oh je. Du brauchst jetzt unbedingt ein Mineralwasser und ein paar Chicken Wings.«

»Das klingt super! Du bestellst, Gann, und ich nehme meine beste Freundin mit und sorge dafür, dass sie ihren Hintern schwingt.«

Ohne Gannons Antwort abzuwarten, packte sie Paiges Handgelenk und schleppte sie wieder zurück auf die Tanzfläche. Paige überlegte kurz, wie oft sie sich an diesem Abend schon von dem einen oder der anderen King hatte durch die Kneipe schleifen lassen, und beschloss, bei ihrer nächsten gemeinsamen Tour Schuhe mit erheblich besserer Bodenhaftung anzuziehen.

»Mein Bruder hat dich angeguckt, als ob er dich am liebsten aufgefressen hätte«, brüllte Cat ihr ins Gesicht.

»Wir hatten einen kleinen … Streit«, flunkerte Paige. Doch ohne sich von der Lüge beirren zu lassen, fuhr Cat fort: »Ich hatte schon so ein Gefühl, als du ihm am Set zum allerersten Mal die Leviten gelesen hast. Er braucht einfach jemanden, der ihm Paroli bietet, und ich wusste immer schon, dass er dich mag.«

»Ich will nicht über deinen Bruder reden, Cat.«

Sie drehte eine kleine Pirouette und lenkte gut gelaunt ein: »In Ordnung, dann erzähl mir von dem süßen Typ im Polohemd.«

»Warum erzählst du mir nicht von dem Typ im Karohemd?«

Cat hielt zwei Lieder durch, bevor sie sich von Paige zurück zum Tresen zerren ließ.

»Heute ist mein Geburtstag«, klärte sie die anderen Gäste lautstark auf. Die Menge brach in Jubel aus und plötzlich tauchte wie durch Zauberhand ein halbes Dutzend Schnäpse auf dem Tresen auf. Als sie jedoch das erste Glas an ihre Lippe heben wollte, nahm ihr Paige entschlossen das Glas aus der Hand. »Oh nein. Erst gibt es ein Mineralwasser und was zu essen.«

Cat nahm sich einen Chicken Wing und biss hinein. »Paige ist meine Babysitterin«, klärte sie Gannon auf.

»Das sehe ich«, stellte er sichtlich amüsiert fest.

Sie hörte auf zu kauen und bedachte ihn mit einem ernsten Blick. »Wusstest du, dass heute auch *dein* Geburtstag ist?«

Gannon blickte über ihren Kopf hinweg zu Paige. »Wie viel hast du sie trinken lassen?«

»Keine Ahnung. Ich war abgelenkt.«

»Rico?« Paige winkte den Kameramann herbei. »Hast du gesehen, wie viel Cat getrunken hat?«

Mit einem gleichmütigen Zucken seiner in ein violettes Bowlingshirt gehüllten Schultern meinte er: »Ich habe nur gesehen, wie sie am Tisch von diesen Collegekids ein, zwei Shots getrunken hat. Hast du sie sonst noch irgendetwas trinken sehen, Mel?«

Mit einem Gin Tonic und mit einer Handvoll Telefonnummern bewaffnet tauchte Mel bei ihnen an der Theke auf. »Cat? Ich habe nur gesehen, wie der Cowboy in dem Karohemd ihr ein paar Runden ausgegeben hat. Oh, und dann hat ihr der Barkeeper noch ein Glas mit einem leuchtend pinken Cocktail hingestellt.«

»Mist«, murmelte Paige. Über Marcus und dann Gannon hatte sie tatsächlich ihre Pflicht vergessen, und jetzt war genau das eingetreten, was sie unbedingt hatte verhindern wollen. Cat war sturzbetrunken, und Paige wusste, dass Cat mit einem Kater bei den Dreharbeiten schlimmer war als ihr Bruder im nüchternen Zustand.

Sie blieben ungefähr noch eine Stunde in der Bar, bis Paige Cats »Kotzgesicht« erkannte und sie eilig auf den Parkplatz lotste, wo sie unter lautem Würgen im Gebüsch verschwand. Zumindest aber versprach sie anschließend, nicht in den Van zu brechen. Und nachdem sie alle, teilweise leicht schwankend und mit Mühe, eingestiegen waren, fuhr Gannon – der an seinem eigenen Geburtstag völlig nüchtern war – die ganze Truppe zum Hotel.

Tatsächlich hielt sich Cat an ihr Versprechen und übergab sich erst wieder auf dem Hotelparkplatz. Danach winkte sie der jungen Frau an der Rezeption fröhlich zu, murmelte was von Geburtstagen und ließ sich dann von Paige und Gannon in ihr Zimmer ziehen. Dort zwang Paige ihre Freundin noch zum Abschminken und Zähneputzen, packte sie ins Bett und deponierte auf dem Nachttisch eine Flasche Gatorade aus ihrer Minibar und eine Packung Aspirin. Als Paige ging, hörte sie Cat schon friedlich schnarchen.

Gannon wartete im Flur auf sie und schaute sie fragend an.

»Sie schläft«, erklärte Paige. »Aber trotzdem schicken wir ihr morgen früh am besten ein paar Sandwiches rauf. Die wird sie brauchen.«

Gannon nickte stumm.

»Ich sollte langsam selber in die Falle«, plapperte sie ungewohnt nervös vor sich hin.

»Ich bringe dich noch bis zu deiner Tür.«

Sie sah ihn warnend an.

»Ich habe nicht gesagt, dass ich mit reinkommen und dich dort aus deinen Klamotten schälen will.«

Das Bild, das er mit diesem Satz heraufbeschwor, brachte sie derart aus der Fassung, dass sie beim Gehen fast über ihre eigenen Füße stolperte. Und als er ihren Arm nahm, um sie wieder aufzurichten, machte sie sich eilig wieder von ihm los, marschierte weiter bis zu ihrer Tür und fischte ihren Schlüssel aus der Tasche ihrer Shorts.

»Gute Nacht, Gannon.«

»Gute Nacht, Paige. Träum schön.« Sein verführerisches Grinsen machte deutlich, dass er genau wusste, von wem sie träumen würde.

Und bevor sie den Verstand verlieren und ihn bitten konnte, doch noch mit reinzukommen, schloss sie eilig auf, trat ein und warf die Tür hinter sich zu. Sie beide wussten, dass es eine schreckliche Idee war. Sobald die Öffentlichkeit Wind davon bekäme, wäre Paige den Job beim Sender los. Und das war keine Option. Sie brauchte nur noch diese eine Staffel, und dann konnte sie endlich etwas produzieren, das ihr wirklich wichtig war.

Trotzdem waren Gannon und der Gedanke daran, etwas mit ihm anzufangen, verlockend. Zu verlockend. Seufzend trat sie vor den Tisch, auf dem die Schachtel mit dem süßen Teilchen stand. »Verdammt.«

Kapitel 16

Gannon war nicht sicher, wer von ihnen beiden überraschter war, als Paige ihm schon ein paar Minuten später wieder gegenüberstand.

»Alles in Ordnung?« fragte er. So unwirsch, wie sie ihn vor ihrem Zimmer abgewiesen hatte, stand sie sicher nur aufgrund eines Notfalls oder einer Katastrophe plötzlich vor seiner Tür.

Sie atmete tief durch. »Weißt du, Cat macht immer so ein Aufhebens darum, wenn sie Geburtstag hat, dass ich manchmal vergesse, dass es auch dein Geburtstag ist.«

Er schaute sie mit einem schiefen Lächeln an. »So geht das schon mein ganzes Leben lang. Ich will kein Trara und sie genießt es, an dem Tag im Mittelpunkt zu stehen.«

»Trotzdem hast auch du heute Geburtstag«, widersprach ihm Paige und hielt ihm einen Cupcake, auf dem eine Kerze brannte, hin.

Sie hatte ihn mit ihrem Schokoladencupcake mitsamt Kerze überrascht. Das Verlangen, das er schon seit Wochen mühsam unterdrückte, steigerte sich noch, und etwas anderes, Zärtliches,

Warmes stieg in ihm auf. Mit geschlossenen Augen beugte er sich vor und blies die Kerze aus.

»Hast du dir was gewünscht?« Paiges Stimme klang ein wenig atemlos, was ihm durchaus gefiel.

»Das hier.« Ehe sie Gelegenheit bekam, vor ihm zurückzuweichen, nahm er ihr den Cupcake aus der Hand, packte sie bei ihrem Shirt und zerrte sie an seine Brust. Er presste ihr die Lippen auf den Mund und sein Körper ging in Flammen auf. Ihre weichen Lippen teilten sich. Er wusste nicht, ob vor Schreck oder als Einladung, aber im Grunde war das vollkommen egal. Er nutzte die Gelegenheit und begann mit seiner Zunge langsam und genüsslich ihren Mund zu erforschen.

Um nicht das Gleichgewicht zu verlieren, klammerte sie sich an seinem T-Shirt fest und küsste ihn zurück. Der Kuss hatte nichts Sanftes, sondern entzündete ein Lauffeuer, das alles um die beiden herum zu verschlingen schien. Es war ein Kampf, den Gannon nur knapp gewann, indem er sie so lange küsste, bis sie vollkommen benommen in seinen Armen lag. Erst dann lockerte er langsam seinen Griff, küsste sie noch einmal sanft auf ihre weichen Lippen und zog dann vorsichtig den Kopf zurück.

Er war hart wie Granit und Paige sah aus, als würde sie zusammenbrechen, wenn er sie jetzt loslassen würde. Mit glasigem Blick schauten ihre blauen Augen ihm forschend ins Gesicht, als suchten sie nach Antworten auf unbekannte Fragen.

»Das hat nicht so gewirkt, als ob du kein Interesse an mir hättest«, stellte er befriedigt fest.

Ihr eben noch benommener Gesichtsausdruck wich einer wütenden Miene und sie wirbelte herum. Ohne ein weiteres Wort stapfte sie bebend vor Zorn den Korridor hinab und ging dorthin zurück, wo sie hergekommen war.

Ja, dachte sich Gannon. Natürlich war es eine Schnapsidee, aber diese Sache mit ihnen würde geschehen, ob Paige das nun wollte oder nicht.

• • •

An Tagen wie diesem hasste Gannon seinen Job. Seine Schwester war mit ihrem mörderischen Kater alles andere als fernsehgeeignet, was bedeutete, dass er gezwungen war, einen Großteil ihrer Zeiten vor der Kamera zu übernehmen. Und als wäre das nicht schon genug, spielte ausgerechnet heute auch noch das Wetter vollkommen verrückt. Der Frühsommer in Maine war einfach ätzend. Vor allem die starken Winde und spontanen Regengüsse richteten an den verschiedenen Pavillons und Zelten, die sie um das Haus herum errichtet hatten, den ein oder anderen Schaden an. Gannon selbst war bis auf die Haut durchnässt und dementsprechend schlecht gelaunt, und das, obwohl es nicht mal neun Uhr morgens war.

Zumindest war Brunelli, der Bauunternehmer, vor Ort. Er war ein anständiger Kerl, der wusste, was er tat, und Gannon hatte deshalb ein, zwei Stunden Zeit, um einer ganz besonderen Arbeit nachzugehen. Er hatte Cats Entwurf für Malias Schlafzimmer gesehen und gleich eine Idee für den Raum gehabt. Ein Bett mit einem Baldachin, das einer Prinzessin würdig war. Beim Anblick seiner Skizze hatte Cat den Plan, ein Bett zu kaufen, über Bord geworfen, weshalb Gannon jetzt gezwungen war, selber eins zu bauen.

Sie hatten einen Teil des seltsam geformten Gästezimmers in der oberen Etage weggenommen und bekamen dadurch Platz für ein 1,60 Meter breites Bett in Malias Raum. Carina hatte i
Interview erwähnt, dass sie nach den Chemoth
Zimmer auf dem Boden schlief, damit die Kleine
fen musste, falls sie nachts auf die Toilette musst

kam. Mit einem Bett von dieser Größe hätten beide einen komfortablen Ruheplatz, und wie er hoffte, könnte Malia es sogar noch benutzen, wenn sie irgendwann erwachsen war.

Zähneknirschend glitt er mit seinen dick behandschuhten Händen über das glänzende Kirschholz, das er für das Bett verwenden würde. Es war einfach nicht gerecht, wenn ein so kleines Mädchen Krebs bekam. Niemand sollte Krebs bekommen, aber verdammt, am allerwenigsten ein Kind.

»So böse, wie du das Holz anstarrst, würde man meinen, es hätte dir was getan«, tadelte ihn Paige von ihrem Platz hinter der Kamera aus.

Gannon lenkte seinen Blick auf sie, schob sich seinen Bleistift hinters Ohr und schmunzelte, als er sie leicht erröten sah. Auch deshalb war er schlecht gelaunt. Er hatte sie am Vorabend geküsst, um ihren inneren Schutzwall zu durchbrechen. Aber als er schlecht gelaunt und wegen eines fast die ganze Nacht lang andauernden Ständers abgrundtief erschöpft am Set erschienen war, hatte sie ihn lediglich mit einem kühlen »Guten Morgen« in Empfang genommen, als wäre nichts geschehen.

Aus welchem Grund auch immer, das war alles ihre Schuld. Da war er sich sicher, und er würde dafür sorgen, dass sie es erfuhr.

»Falls du ein Problem mit meiner Mimik bei der Arbeit hast, solltet ihr in den nächsten Stunden besser jemand anderen filmen.« Er stapfte zu dem Tisch in ihrer Nähe und suchte nach dem blöden Zollstock, der ihm permanent abhandenkam.

Sie musterte ihn kühl und distanziert und zog unbeeindruckt die Brauen hoch. Er brachte sie normalerweise durchaus gerne auf die Palme, heute aber war er selbst es, der auf hundertachtzig war.

Der Bau von Möbeln war in seinen Augen eine Kunst, und wenn ihn jemand dabei filmte, kam es ihm so vor, als würde er nicht eine Sendung über Handwerk, sondern einen Porno drehen.

Sie boten ihrem Publikum nur einen müden Abklatsch einer aufregenden, arbeitsintensiven und dennoch befriedigenden Tätigkeit und riefen damit in den Zuschauern unrealistische Erwartungen hervor. Er hoffte, dass der Blick, mit dem er Paige bedachte, seine Botschaft, dass das alles totaler Schwachsinn war, klar und deutlich rüberbrachte.

»Wir müssen sehen, wie du die Bretter für das Kopfteil sägst«, erwiderte Paige mit inzwischen leicht gereizter Stimme.

Na also. Wurde auch allmählich Zeit.

»Weißt du was? Ich bin noch nicht so weit, dass ich die Bretter für das gottverdammte Kopfteil sägen kann. Erst mal schneide ich den Rahmen zu.«

Sie verschränkte ihre Arme vor der Brust und Gannon wäre jede Wette eingegangen, dass sie ihre Finger in den Handballen grub. »Ich weiß, für dich ergibt es keinen Sinn, die Arbeitsschritte nicht der Reihenfolge nach zu drehen.«

»Da hast du recht, das tut es nicht. Ich baue hier ein Bett für ein krebskrankes sechsjähriges Kind. Warum zum Teufel lasst ihr mich nicht einfach meine Arbeit machen und filmt endlich mal die *Wirklichkeit?*«

Ihre Augen fingen an zu blitzen und er hätte in diesem Moment nur zu gern gewusst, was in ihrem Kopf vor sich ging. Sie drückte daraufhin zwei Finger an ihr Ohr, murmelte kurz in ihr Headset, hörte zu und schlug ihm dann mit ruhiger Stimme vor: »Warum machst du nicht eine kurze Pause, Gannon?«

»Weil ich keine Pause brauche, sondern zusehen muss, dass ich mit meiner Arbeit vorankomme.«

»Ach ja? Und wir müssen diese Szene fertig filmen, weil sonst unser Drehplan durcheinanderkommt«, fauchte sie schlecht gelaunt zurück. »Wir machen alle fünf Minuten Pause«, wandte sie sich jetzt den anderen zu, und niemand wagte es, ihr zu widersprechen, während ihre Stimme wie das Knallen einer Peitsche klang.

Gannon zerrte seinen Bleistift hinter seinem Ohr hervor, warf ihn zu Boden und marschierte auf sie zu. »Wir müssen reden«, sagte er und zerrte sie über die Einfahrt Richtung Haus. Dort wimmelte es zwar nur so von Handwerkern und Helfern, aber es gab einen Ort, an dem ganz sicher niemand war. Er öffnete die laut quietschende Kellertür und zog Paige wenig sanft hinter sich her, bis er in einem muffigen, beengten Raum haltmachte, der eine so niedrige Decke hatte, dass er, um sich nicht den Kopf zu stoßen, in gebeugter Haltung vor ihr stehen musste.

Als Paige die Nase rümpfte und den Mund aufmachte, legte er ihr einen Finger an die Lippen, riss mit seiner anderen Hand den Akku ihres Mikros aus dem Bund ihrer Shorts und schaltete ihn aus. Er stellte auch sein eigenes Mikro ab und warf es achtlos auf die große Plastikbox voller Geschenkpapier, die in der Ecke stand.

»Was zum Teufel machst du da?«, fuhr sie ihn an, doch das Feuer, das in ihren blauen Augen blitzte, fachte seinen eigenen Zorn nur weiter an.

»Ich tue das, woran ich seit letzter Nacht nicht mehr aufhören kann zu denken.« Er packte sie am Kragen ihres Anoraks und presste ihr beinah brutal die Lippen auf den Mund. Sie kämpfte kurz dagegen an, bevor sie ihm die Finger in die Schultern grub und dann selber begann, ihn mit einer ebenso großen Leidenschaft zu verschlingen.

Es war, als schmeckte er die Sonne. Ein glühendes Inferno wogte zwischen ihnen auf und die in ihm aufwallende Hitze nahm mit jeder noch so winzigen Bewegung ihrer Zungen zu. Er war sich nicht sicher, ob sie nicht Gefahr liefen, spontan zu explodieren, als er seine Hände über ihre Schultern und den Rücken bis hin zu ihrem straffen Hintern wandern ließ und sie an seinen erneuten Ständer zog.

Stöhnend drängte sie ihm ihre Hüfte entgegen. Das sollte nicht passieren. Sie sollte ihm nicht das Gefühl vermitteln, sämtliche Kontrolle zu verlieren. Aber genau das war der Fall.

Mit einem Mal zog Paige sich zurück und schlug eine Hand gegen seine Brust. »Du kannst mich nicht einfach von der Arbeit wegzerren, weil du angeturnt oder wütend bist. Ich habe keinen Bock auf diesen Höhlenmenschenscheiß. Kapiert?«

Sie selbst war angeturnt *und* wütend, und die Mischung brachte ihn vollends um den Verstand. Ihre blauen Augen waren glasig vor Verlangen und ihre Lippen immer noch leicht geschwollen von ihrem Kuss, aber der Rest ihres Körpers zitterte vor Zorn, Leidenschaft und Verlangen.

»Kapiert«, stimmte er grinsend zu. »Gott, ich steh so sehr auf dich.«

Knurrend vor Wut zog sie seinen Kopf zu sich herab, presste ihm erneut die Lippen auf den Mund und schlang ihm, als er sie hochhob, die langen Beine um die Hüften. Sein Ständer und ihr Unterleib waren wie zwei Teile eines Puzzles, die zusammengehörten, und er musste das Verlangen unterdrücken, ihr sofort hier und jetzt die Shorts vom Leib zu reißen.

Mithilfe seiner Hände rieb sie sich an seinem Schwanz, seufzte sanft in seinen Mund und zog dann ihren Kopf zurück, um ihm ins Gesicht zu sehen. »Ich werde nicht eins von deinen Groupies für den roten Teppich sein.«

»Natürlich nicht«, stimmte er ihr mit einem schmerzerfüllten Lachen zu.

»Mein Privatleben geht keinen Menschen etwas an, aber wenn ich etwas mit dir anfangen würde, wäre das im Grunde eine öffentliche Angelegenheit. Um Himmels willen, ich laufe bei der Arbeit permanent mit einem Mikrofon im Ausschnitt rum.«

»Ich verstehe das.« Wieder presste er ihr seine Lippen auf den Mund und das verführerische, leise Wimmern, das sie ausstieß, brachte ihn fast um den Verstand.

Ohne sich von ihrem Mund zu lösen, murmelte er: »Paige?«

»Mmmm?«

»Ich muss dich einfach haben.«

Sie riss ihren Kopf zurück, als hätte er erklärt, er wolle ihr den Kopf rasieren. »Mein Gott, Gannon. Doch nicht hier!«

»Natürlich nicht!«, erklärte er, obwohl sein Schwanz eindeutig anderer Meinung war. »Heute Abend im Hotel?«

Sie wurde starr, doch als sie anfing, ihre Muskeln nach und nach wieder zu entspannen, schaute er sie flehend an. Sie musste einfach ja sagen, sonst würde er verrückt werden. Er verstärkte seinen Griff um ihren Hintern und als sie anfing zu nicken, fragte er noch einmal: »Heute Abend?«

»Heute Abend«, flüsterte sie.

Kapitel 17

Paige gab sich die größte Mühe, ihre Emotionen am Set zu unterdrücken, aber – heilige Scheiße – sie war an ihm heraufgeklettert wie an einem Baum und hatte sich mit einer solchen Leidenschaft an ihm gerieben, dass ihr vor Verlangen schwindelig geworden war. Und jetzt zählte sie die Stunden, bis sie ins Hotel fahren und zumindest duschen konnte, um nicht vollkommen verschwitzt und schmutzig über Gannon herzufallen. Selbstverständlich hegte sie auch weiter Bedenken wegen ihrer Arbeit und weil Gannon eindeutig der Falsche für sie war, doch nach dem Kuss gestern Abend und nachdem sie heute in dem verdammten Keller beinah übereinander hergefallen waren, hatten diese Zweifel erheblich an Gewicht verloren.

Denn fest stand: Paige begehrte ihn und er begehrte sie. Sie waren beide ungebunden und erwachsen und sie könnten beide ein Geheimnis wahren. Was machte es schon aus, dass auch den Bossen daran lag, dass zwischen ihnen beiden etwas lief? Wen interessierte schon, dass die Affäre, die sie haben würden, in Bezug auf ihre Karriere reiner Selbstmord war? *Okay, das störte sie durchaus.* Und deshalb dachte sie am besten nicht darüber nach. Sie hatte einen Haufen anderer Dinge, um die sie sich Gedanken machen musste, und zum Glück war Gannon nicht am Set, um sie noch mehr von ihrer Arbeit abzulenken. Er drehte am Nachmittag die Herstellung des Baldachingestänges in einer Metallwerkstatt in einem Nachbarort.

Im Haus Dufour hatte Paige die Aufgabe, Malias Klasse dazu zu bewegen, Cat bei der Erstellung eines riesengroßen Wandgemäldes für das Schlafzimmer ihrer Schulfreundin zur Hand zu gehen. Bisher rannten die dreiundzwanzig Kinder wie die Wilden hin und her, während Rico und Tony sie dabei filmten und Cat ein Selfie mit den Kindern aufnahm.

Am Himmel hingen drohend dunkle Wolken, doch Paige hoffte, dass sie weiterziehen würden, denn das Letzte, was sie brauchten, wären Dreharbeiten mit so vielen Kindern, über denen ein Gewitter niederging.

»Okay, am besten bringen wir die Horde in ein Zelt.« Paige winkte Sam zu sich heran und gemeinsam scheuchten sie die Kinder in das zweite Zelt, das in der Einfahrt stand. Die Eltern wurden alle in das Cateringzelt geführt, in dem es Kaffee, Kuchen und belegte Brote gab. Sie hätten dort nur wenig Platz zum Filmen, aber falls es anfing zu regnen, bräuchten sie nun mal ein Dach über dem Kopf.

Paige wünschte sich, Cat hätte diesen Geistesblitz ein wenig eher gehabt. Dann hätten sie die Szene in der Schule drehen können, statt die ganze Klasse auf die Baustelle zu holen. Nun, zumindest wüssten sie jetzt bei zukünftigen Drehs von vornherein Bescheid.

Unauffällig stellte Paige sich in die Mitte des Zelteingangs, um somit mitzubekommen, falls ein Kind die Absicht hatte, sich noch einmal außerhalb des Zeltes umzuschauen. Es hätte keinen Sinn, den Eingang abzusperren, da Cat sich würde bewegen müssen und die Kameraleute sich die größte Mühe gaben, ein paar kurze, süße Kinderszenen zu bekommen, die sie dann im Zusammenschnitt der Sendung verwenden könnten.

Zusammen mit Billie Brunelli – dessen Sohn, ein kleiner Kerl mit Brille und Sommersprossen, auch in Malias Klasse war – stand Cat mitten im Zelt, teilte leere Leinwände an Dreiergruppen aus und erklärte, wie die besten Handabdrücke zu erzielen waren. Die Eltern waren vorgewarnt gewesen, dass sie ihren Kindern alte Klamotten anziehen sollten. Außerdem hatte die Produktionsfirma zusätzlich noch einen Hunderter für Helfershirts in Kindergröße springen lassen, die bald schon unter all der Farbe, die auf ihnen landen würde, nicht mehr zu erkennen wären.

Es herrschte das totale Chaos und eine Geräuschkulisse wie in einer Großkantine um die Mittagszeit. Es war so laut, dass Paige sogar das Donnergrollen, das mit einem Mal ertönte, irrtümlich für einen Laster hielt, der allzu dicht am Haus vorüberfuhr. Als sie das beharrliche Vibrieren ihres Handys in der Tasche spürte, zog sie es in der Erwartung eines Anrufes von Mel hervor, wurde dann aber von einer Sturmwarnung begrüßt. *Es drohen schwere Unwetter in der Region.*

Wie um die Warnung noch zu unterstreichen, ließ der aufkommende Wind die Zeltwände beben und die Kinder kreischten, als hinter der offenen Tür ein Blitz über den dunklen Himmel zuckte, dicht gefolgt von einem weiteren langgezogenen Donnerhall.

»Scheiße«, murmelte Paige in ihr Headset. »Andy, wie es aussieht, bringen wir die Kids am besten schnellstmöglich ins Haus.«

Er nickte ihr quer durch das Zelt zu, stellte die Dreharbeiten ein, und Cat, die gerade zweien der Kinder bei der Arbeit half, sah auf.

»Alle mal herhören«, rief Paige und klatschte in die Hände. »Wir machen jetzt eine kurze Pause und gehen ins Haus.«

Wieder krachte draußen lauter Donner und die ersten Kinder schrien auf. Cat und Andy wurden sofort aktiv und wiesen ihre jungen Schützlinge mit lauten Stimmen an, sich in einer Reihe aufzustellen.

Über ihr Headset brüllte Paige nach Sam. »Bring die Erwachsenen ins Haus. Wir erwarten einen Sturm.«

Rico ging mit seiner Kamera als Erster raus, um aufzunehmen, wie Cat mit den Kindern im Schlepptau das Zelt verließ.

»Immer weitergehen!«, brüllte Cat über den Sturm hinweg. Andy rannte unterdessen in das Zelt, in dem die Eltern waren, und während schon die ersten dicken Regentropfen auf die Erde klatschten, führte er sie ebenfalls ins Haus.

Paige und Tony hatten sich neben dem Zeltausgang positioniert und zählten die vorbeilaufenden Kinder durch.

»Einundzwanzig«, meinte sie, nachdem der letzte kleine Kerl an ihr vorbeigestolpert war. »Verdammt. Wenn ich mich nicht verzählt habe, fehlen uns zwei.«

Cat und Andy scheuchten ihre Schützlinge ins Haus und schauten nach draußen. Das Gewitter war inzwischen nah genug, dass Paige vom nächsten grellen Blitz eine Gänsehaut bekam.

»Ihr müsst die Kinder noch mal durchzählen«, schrie sie in ihr Headset, obwohl bei dem furchtbaren Gedränge innerhalb des Hauses sicher kein eindeutiges Ergebnis zu erzielen war. »Verdammter Mist«, murmelte sie. »Geh du schon mal ins Haus, Tony, ich sehe schnell noch nach, ob niemand hier vergessen worden ist.«

Ohne seine Antwort abzuwarten, rannte sie zum hinteren Teil des Zelts. Die Wand, vor der die hohen Studiolampen standen, blähte sich im Wind, als starte hinter ihr ein Düsenjet. Dennoch stürzte Paige sich achtlos daran vorbei bis zu den beiden Tischen voller Farben, Pinsel und Kartons. Unter einem Tisch lugte ein kleiner, mit Enten verzierter Schuh hervor, worauf sie eilig über die noch feuchten Leinwände hinwegsprang, in die Hocke ging und in zwei vor Entsetzen aufgerissene Augen eines kleinen Jungen sah, der dort neben einem kleinen Mädchen saß. Er hielt sich angsterfüllt die Ohren zu, das kleine Mädchen aber streichelte sein Bein und sagte ihm wieder und wieder, dass alles gut werden würde.

»Ich habe sie gefunden!«, rief Paige in ihr Headset und wandte sich abermals den Kindern zu.

»Hallo, ihr beiden, ich bin Paige. Ich bringe euch ins Haus, damit wir hier draußen nicht nass werden, okay?«

Das kleine Mädchen nickte zustimmend. »Ich bin Regina und das hier ist Ashton. Er hat ein bisschen Angst.« Sie sprach das »R« in ihrem Namen wie ein »L«, was wirklich niedlich war.

»Okay, ihr zwei. Ihr gebt mir jetzt die Hände und dann rennen wir ganz schnell zu allen anderen ins Haus, okay?«

Regina nickte ernst, gab Paige ihre Hand, und widerstrebend löste auch der kleine Junge eine Hand von seinem Ohr und klammerte sich hilfesuchend an Paiges Arm.

Paige versuchte, sich nicht anmerken zu lassen, dass sie ebenfalls verängstigt war, und führte die zwei Kinder in Richtung Zeltausgang. Tony hatte ihre Anweisung, ins Haus zu gehen, ignoriert und wartete auf sie.

Sie sah an ihm vorbei zum Haus, das hinter einer dichten Regenwand verborgen war. »Wahrscheinlich werden wir ein bisschen nass«, warnte sie die Kinder, »aber sobald wir drinnen sind, wird's trocken und warm sein.«

»Wo steckt ihr denn, St. James?«, drang Andys Stimme an ihr Ohr. »Wir haben den ganzen Trupp in den Keller geschafft.«

»Wir kommen gleich«, gab sie in ruhigem Ton zurück und sah

die beiden Kinder an. »Seid ihr bereit? Dann rennen wir jetzt so schnell es geht zum Haus.«

Regina nickte tapfer, aber Ashton verzog angsterfüllt das Gesicht.

»Also dann, auf drei. Eins, zwei, drei.«

Sie rannten los, wobei Paige und Tony die Geschwindigkeit, mit der sie liefen, an die kurzen Kinderschritte anpassen mussten. Nach ein paar Metern aber wurden sie von einer starken Windböe überrascht. Ashton riss sich von ihr los und stürzte zu dem Zelt, in dem die Eltern kurz zuvor gewesen waren. Bevor er es jedoch erreichte, riss ein Halteseil des Zelts und peitschte durch die Luft. *Oh Gott, das Zelt wird zusammenbrechen und der kleine Junge rennt direkt darauf zu.*

»Mami«, brüllte er mit angsterfüllter Stimme, während Paige über den Lärm des Donners und des Winds hinweg schrie: »Regina, Tony nimmt dich mit ins Haus!« Entschlossen sprintete sie los. Sie hatte keine Zeit zu verlieren, denn inzwischen war das zweite Halteseil gerissen und das halbe Zelt flog in die Luft.

Sie warf sich über Ashton, der wie angewurzelt stehen geblieben war, und spürte, dass ein schwerer Gegenstand auf ihren Rücken fiel. Wenn sie noch gestanden hätte, hätte dieser Stoß sie umgeworfen. Doch so lag sie schützend auf dem Jungen, während die Zeltwand, die auf sie herabgestürzt war, jegliches Licht und Regen aussperrte. Am liebsten hätte sie vor Schmerz geschrien, doch sie biss sich auf die Lippe, um den Jungen nicht noch mehr zu verschrecken.

»Paige!«

Der Wind heulte so laut, dass sie die Stimme nicht sofort zuordnen konnte. Ihr Headset hatte sie verloren, und das Einzige, was sie noch wahrnahm, war, dass Ashton zitterte und etwas Schweres auf ihr lag. Dann hörte sie eine Art lautes Rumpeln und hatte plötzlich das Gefühl, als stächen hundert Bienen in ihr nacktes Bein. Etwas Hartes krachte gegen ihren Kopf und sie sah einen grellen Blitz, bevor ihr Schädel schlaff zur Seite fiel.

Sie war nicht bewusstlos geworden, sondern trieb auf einer Woge aus Verwirrung und Schmerz dahin. Paige roch und schmeckte Blut oder vielleicht das Salz des Tränenstroms, der ihr über die Wangen lief, und hörte Ashton hemmungslos schluchzen. Das arme Kind, das sich schon vor dem Donnergrollen gefürchtet hatte, hatte jetzt wahrscheinlich Todesangst. Sie hoffte nur, dass die Erwachsenen alle aus dem Zelt sicher ins Haus gekommen waren.

Über den peitschenden Wind und den grollenden Donner drang das Heulen von Sirenen an ihr Ohr. Ein warmes Rinnsal lief ihr über das Gesicht und sie konnte nur hoffen, dass sie nicht tatsächlich so viel Blut verlor, wie es ihr schien. Die Schmerzen waren erträglich, aber vielleicht wurden sie auch durch den Schock gedämpft. Hauptsache, sie war nicht so schwer verletzt, dass dieser Zwischenfall den Plänen, die sie für den Abend hatte, in die Quere kam.

»He, Ashton? Kleiner? Alles klar?«, erkundigte sie sich und fuhr zusammen, als ihr klar wurde, wie jämmerlich sie klang.

»I-ich ha-habe A-angst«, stieß er mit tränenerstickter Stimme aus.

»Es ist in Ordnung, Angst zu haben, aber gleich ist alles wieder gut. Versprochen«, sagte sie ihm zu.

Sein nächster Schluchzer klang schon nicht mehr ganz so laut.

»Kannst du das Abc?«

»Hm.« Er nickte leicht.

»Dann singen wir jetzt das Abc, bis unsere Freunde uns hier finden«, schlug sie vor.

»Ich will meine Mama«, schniefte er, und auch Paige selbst hätte in diesem Augenblick tatsächlich gerne ihre Mutter bei sich gehabt.

»Dann lass uns einfach singen, bis deine Mama kommt.«

Der Duft des Kaugummishampoos, der seinem Haar entströmte, hatte etwas seltsam Tröstliches, dachte Paige. Sie versuchte, ihr Gewicht ein wenig zu verlagern, um das Kind nicht zu erdrücken, aber etwas lastete so schwer auf ihrem Rücken, dass sie es nicht schaffte, sich zu bewegen.

»A, B, C …« stimmte der Kleine zitternd an, und Paige sang leise mit. Sie fragte sich, warum sie hinter ihren fest geschlossenen Lidern Farben sehen konnte, doch vor allem war sie dankbar, weil sie plötzlich nicht mehr fror.

Kapitel 18

Gannon setzte seine Schweißerbrille auf und schaute Rocco, einem klapperdürren Mann von Mitte fünfzig mit beeindruckendem Schnauzbart, bei der Arbeit zu. Die Dreharbeiten fanden in einer Metallwerkstatt gut 60 Meilen außerhalb von Portland statt, und Gannon freute sich wie jedes Mal über die Werbung, die ein anderer Handwerker dadurch bekam, dass er ihm bei der Arbeit zusah. Dass Gannon sich mit dessen Hilfe selbst an einer Tätigkeit versuchte, die ihm bisher fremd gewesen war, war nur ein Bonus. Aus seiner Sicht waren diese Szenen mit die besten, die es in der ganzen Sendung gab. Es zahlte sich für alle aus, dem Publikum auch einheimische Künstler oder Handwerker zu präsentieren, denn die Zuschauer waren immer ganz begeistert von den wunderbaren Einzelstücken, die in deren Werkstätten gefertigt wurden. Nach Ausstrahlung der Folge gingen für gewöhnlich reihenweise Aufträge bei ihnen ein.

Natürlich gäbe Gannon niemals zu, dass es ihm Spaß machte, die Szenen in den Werkstätten zu drehen. Es war ihm einfach lieber, wenn die anderen dachten, die gesamten Filmarbeiten wären ihm ein Gräuel, denn wie es wirklich in ihm aussah, ging den Rest der Crew nichts an.

Paige und ich werden uns heute Nacht erheblich besser kennenlernen, dachte er, und sofort schoss das Blut aus seinem Kopf in Richtung Unterleib. Wahrscheinlich war ihm die Ungeduld deutlich anzusehen, und falls er jemals selbst die Folge sehen würde, dächte er auf jeden Fall daran zurück, dass ihm in diesem Augenblick ihr Name durch den Kopf gegangen war.

Rocco schaltete den Brenner aus, schob sich die Maske in die Stirn und sah sich die perfekte Schweißnaht an.

Gannon schlug ihm anerkennend auf den Rücken. »Mann, das sieht echt klasse aus.«

»Hätte schlechter werden können«, stimmte Rocco ihm mit einem scheuen Grinsen zu.

»Können wir uns jetzt vielleicht den endgültigen Entwurf ansehen?«

»Na klar.«

Der Schweißer führte ihn zu einem schweren, mit Flecken übersäten Arbeitstisch und rief das Designprogramm auf einem der drei Flachbildschirme auf, während Louis ihn mit seiner Kamera filmte.

»Ich habe mir die Skizze, die Sie mir geschickt haben, angesehen und hier und hier noch ein paar kleine Änderungen vorgenommen.« Er zeigte auf die Eckpunkte des Baldachingestänges und erklärte Gannon das veränderte Design.

Plötzlich aber legte Mel eine Hand auf Gannons Schulter, und ein Blick in ihr ungewöhnlich blasses Gesicht genügte, um zu sehen, dass irgendetwas nicht in Ordnung war. Gannon sprang so eilig auf, dass der Rollhocker, auf dem er vor dem Monitor gesessen hatte, zwei Meter nach hinten rollte, und fragte mit besorgter Stimme: »Was ist? Was ist passiert?«

Mel holte zitternd Luft. »Es gab einen Unfall am Set. Paige –«

Er packte ihre Schultern. »Geht's ihr gut?«

Mels Augen füllten sich mit Tränen und sein Herzschlag setzte aus.

»Ich weiß es nicht.« Mel schüttelte den Kopf und eine erste Träne rollte ihr die Wange hinab. »Andy hat nur eine kurze Nachricht geschrieben, und jetzt geht er nicht ans Telefon. Er hat nur geschrieben, dass es ›schlecht aussieht‹.«

Gannon wartete nicht länger ab. »Schlüssel!«, brüllte er und fing die Autoschlüssel, die Louis ihm zuwarf, in der Luft auf.

»Ich lasse euch von jemand anderem abholen«, rief er seinen Kollegen über die Schulter zu, und dann war er schon aus der Tür heraus. Erst versuchte er, Andy zu erreichen, und als Nächstes seine Schwester, aber keiner von den beiden ging ans Telefon. Eilig schwang er sich auf den Fahrersitz des Vans, warf sein Handy auf den leeren Platz an seiner Seite und trommelte mit seinen Händen auf das Lenkrad ein. Mit einem »Scheiße, Scheiße, Scheiße« ließ Gannon den Motor an und trat das Gaspedal bis auf den Boden durch. *Ihr durfte nichts passiert sein! Nein, ihr durfte einfach nichts passiert sein.* Aber was, wenn doch? Was, wenn Andy nicht gewagt hatte, ihnen am Handy mitzuteilen, wie schlimm es wirklich um sie stand? Verdammt, verdammt, verdammt.

Zitternd streckte er die Hand nach seinem Handy aus und gab erneut erst Andys und danach die Nummer seiner Schwester ein.

• • •

Paige ließ sich das heiße Wasser auf die Schultern trommeln und versuchte, dabei etwas anderes zu spüren als den grauenhaften Schmerz, der sich von ihrem Schädel bis in ihre Zehenspitzen zu erstrecken schien. Ihre Verbände sollten trocken bleiben, doch mit all dem Blut und Dreck am Körper würde sie bestimmt nicht schlafen gehen.

Sie hatte der besorgten Cat, die sie nicht hatte aus den Augen lassen wollen, eigentlich versprochen, sich sofort ins Bett zu legen, so wie man es ihr in der Klinik dringend angeraten hatte. Nachdem ihre Freundin gegangen war, hatte sie sich dann aber doch ins Bad geschleppt. Die Untersuchung in der Klinik hatte sie wie im Nebel wahrgenommen. Gott sei Dank war Ashton unversehrt. Er hatte einen aufgeschürften Ellbogen und einen seiner Ententurnschuhe verloren, aber davon abgesehen war er wohlauf. Tony, dem Helden und Kinderretter, hatten sie den Arm mit ein paar Stichen nähen müssen, aber davon abgesehen war er ebenfalls okay. Wenn Paige es richtig mitbekommen hatte, hatte er sich Ashtons kleine Freundin kurzerhand wie einen Football unter den Arm geklemmt, war mit ihr zum Haus gesprintet und hatte sie dort einem von Brunellis Männern übergeben. Danach hatte er schnell seine Kamera auf die Veranda fallen lassen und war auf direktem Weg zurück zum Zelt gerannt, um Paige und Ashton unter der bleischweren umgestürzten Seitenwand hervorzuzerren.

Ihr Handy und ihr Mikro waren hin. Der Handybildschirm war gesprungen, als eine der Zeltstangen auf ihm gelandet war, und das Wasser hatte dem Gerät dann den Rest gegeben. Und auch wenn Paige der Verlust des Mikros ganz bestimmt nicht wehtat, hatte sie sich über den ihres Handys furchtbar aufgeregt. Jetzt aber war sie nur noch müde, abgrundtief erschöpft und alles tat ihr weh. Sie fühlte sich, als wäre sie von einem Laster überfahren worden, und war nur froh, dass sie im Servicezelt und nicht in einem der Pavillons der Handwerker mit all den scharfen oder spitzen Werkzeugen gewesen war.

Das Set oder die Dreharbeiten hatte bisher kein Mensch auch nur mit einem Wort erwähnt. Paige ging zwar sicher davon aus, dass es eine Weile dauern würde, die entstandenen Schäden zu beheben, aber Andy hatte sie inzwischen mehrfach auf Cats Handy angerufen und gesagt, es gebe keinen Grund zur Sorge und am besten ruhe sie sich erst mal aus.

Was der totale Schwachsinn war. Zwar fühlte sich ihr Gesicht dank der Kollision mit einer Holzkiste noch etwas seltsam an, aber ansonsten war nichts gebrochen und beim Nähen ihres Unterschenkels hatten ein paar Stiche ausgereicht. Trotzdem taten alle so, als ob sie plötzlich eine Invalidin wäre. Vor allem nachdem sie sich geweigert hatte, zur Beobachtung die Nacht über im Krankenhaus zu bleiben, hatte Cat sie auf der Rückfahrt zum Hotel wechselweise mit ängstlichen oder bösen Blicken bedacht. Sie brauchte einfach nur eine Dusche und ein bisschen Schlaf. Oder besser, jede Menge Schlaf. Dann wäre sie ganz sicher wiederhergestellt und könnte ihre Arbeit fortsetzen, als wäre nichts geschehen. Nur gut, dass sie für diesen Dreh zwei Tage mehr hatten als sonst. Wahrscheinlich ginge bereits für die Aufräumarbeiten einer der beiden Tage drauf.

Müde lehnte Paige den Kopf gegen die kühle Fliesenwand. Das warme Wasser war Balsam für ihre verkrampften Muskeln. Nur hatte sie leider nicht vorhergesehen, dass sie ihre Arme nur bis zu den Schultern heben könnte und es alleine nicht schaffen würde, ihre Haare von dem Blut und all dem anderen Zeug, das daran klebte, zu befreien. Sie hob vorsichtig ein Bein und fuhr zusammen, als ein greller Schmerz in Richtung ihrer Hüfte schoss.

Wie zum Teufel soll ich jetzt alleine aus der Wanne kommen?

Toll. Sie würde in der Wanne bleiben und im Duschwasser ertrinken. Statt mit siebenundneunzig einfach friedlich einzuschlafen, würde sie an dieser cremefarbenen Fliesenwand herunterrutschen und ertrinken oder irgendwann die Dusche abstellen und erfrieren.

Dieser erbärmliche Tod wurde ihr jedoch erspart, als plötzlich die Tür des Badezimmers aufflog und wenig sanft gegen die Wand prallte.

»Meine Güte, Cat!« Paige stieß ein jämmerliches Stöhnen aus. »Was zum Teufel machst du hier?« Obwohl sie genervt war, dass Cat ihren ausdrücklichen Wunsch nach Ungestörtheit einfach ignorierte, war sie gleichzeitig erleichtert, weil jetzt jemand da war, der ihr aus der Wanne helfen könnte.

Nur, dass die Person, die schlecht gelaunt den Duschvorhang zur Seite riss und sie düster anstarrte, nicht Cat, sondern Gannon war.

Kapitel 19

Sie stützte sich mit ihren Händen an den Fliesen ab, während das Wasser über ihren malträtierten, bandagierten Körper floss. Aber sie war am Leben, und zum ersten Mal, seit Mel die Nachricht von dem Unfall übermittelt hatte, atmete Gannon auf.

Als sie ihn jedoch weder anschrie noch versuchte, sich vor seinem Blick zu schützen, kam erneut Panik in ihm auf. Ihr Rücken war fast durchgehend violett verfärbt, und es sah so aus, als würde sie nur noch durch die Verbände zusammengehalten werden, die sie an verschiedenen Stellen ihres Körpers trug.

»Ich kann mir alleine die Haare nicht waschen«, stieß sie schließlich aus. Statt wie gewohnt autoritär, klang ihre Stimme bodenlos erschöpft, und ihr war deutlich anzuhören, dass sie Schmerzen hatte. Es tat Gannon in der Seele weh, sie so leiden zu sehen.

Am liebsten hätte er sie in den Arm genommen und ihr einen Vortrag über Sicherheit am Set gehalten. Doch das war es nicht, was sie jetzt brauchte. Statt Vorhaltungen brauchte sie jetzt erst mal dringend etwas Trost. Er stemmte seine Hände in die Hüften, unterzog sie einer eingehenden Musterung und zog dann mit einem leisen Seufzer seine Stiefel und sein T-Shirt aus.

»Oh mein Gott! Was tust du da?« Durch das Rauschen des Wassers war Paiges Stimme fast nicht zu verstehen.

»Ich wasche deine verdammten Haare.«

Er stieg aus seiner Jeans und schob die Daumen in den Bund seiner Boxershorts, woraufhin Paige erschrocken ihren Kopf so weit herumriss, bis sie mit dem Gesicht zur Wand stand. Das Letzte, was sie jetzt noch bräuchte, war ein Schleudertrauma, dachte er, bevor er zu ihr in die Wanne stieg.

»Gannon –«

»Erspar dir die Proteste. Wir werden später darüber streiten.« Er drehte ihren Kopf unter den Wasserstrahl und strich ihr sanft das Haar aus dem Gesicht.

»Das ist ja wohl nicht wahr«, stieß sie so leise aus, dass er nicht sicher sagen konnte, ob sie wusste, dass er ihre Worte mitbekam.

Er gab etwas Shampoo in seine von Schwielen übersäte Hand. Es duftete nach Kokosnuss, und plötzlich wusste er, warum er permanent Visionen von ihr hatte, wie sie nur in einem winzigen Bikini irgendwo an einem Tropenstrand lächelnd aus den Fluten stieg. Er verdrängte den Gedanken, denn dies war eindeutig nicht der richtige Augenblick, um sich in derartigen Fantasien zu verlieren.

Er schob den Duschkopf etwas tiefer, damit ihr Gesicht im Trockenen war, und begann, sanft das Shampoo in die feuchten Haare einzumassieren. Als ein Seufzer über ihre Lippen drang, huschte ein Lächeln über sein Gesicht. Er massierte ihren Kopf, bis weißer Schaum in Richtung Wanne floss, nahm den Duschkopf von der Halterung und spülte ihre Haare aus. Das warme Wasser ließ das Shampoo über ihren nackten Rücken strömen bis zu ihren runden –

Gannon biss die Zähne aufeinander. Ein verdammtes Zelt hatte sie unter sich begraben und bei den Verletzungen, die sie davongetragen hatte, würde sie sicherlich von seinem Riesenständer alles andere als begeistert sein. Aber da er nun mal bei ihr in der Badewanne stand, wusch er sich ebenfalls das Haar, spülte das Shampoo wieder aus und fragte dicht an ihrem Ohr: »Und jetzt?«

»Spülung.« Sie wies schwach auf eine schmale blaue Flasche auf dem Wannenrand. Er griff an ihr vorbei und spürte, wie er hart wurde, als seine Haut auf ihren nassen Körper traf.

»Verdammt.« Er schnappte sich die Flasche, während er um Selbstbeherrschung rang. Er wusste, dass sie ihn im Rücken spürte. *Gottverdammt.* Er konnte seinen Körper in ihrer Gegenwart einfach nicht kontrollieren. Plötzlich war er wieder vierzehn und wurde bereits bei einer leichten Brise hart.

Zähneknirschend kippte er sich etwas von der Spülung in die Hand und stellte die Flasche hinter sich. Er wollte es nicht noch mal riskieren, Paiges nassen Körper zu berühren, aber verdammt, sie hatte plötzlich eine Gänsehaut, und als er abermals an ihr vorbeigriff, um das heiße Wasser aufzudrehen, stieß er dabei erneut mit seinem Schwanz gegen ihr straffes, wohlgeformtes Hinterteil.

»Verzeihung«, stieß er mit belegter Stimme aus. *Die Frau ist nicht in der Verfassung, sich von meinem Ständer pieksen zu lassen,* erinnerte er sich und zwang sich, die verfluchte Spülung möglichst sanft und vorsichtig in ihren Haaren zu verteilen.

»Ich hatte mir den Abend … und das erste Mal, dass wir uns nackt sehen, irgendwie … anders vorgestellt«, räumte sie ein.

»Dann hast du also schon darüber nachgedacht?«

Er konnte praktisch hören, wie sie mit den Augen rollte.

»Ach, halt die Klappe. Ich bin noch im Delirium und weiß nicht, was ich sage.«

Gannon drehte einen Pferdeschwanz aus ihrem Haar und knetete die Spülung in die Enden ein. »Nur, damit du's weißt. Du bist verletzt und deswegen benehme ich mich jetzt wie ein Gentleman und lasse diese Angelegenheit auf sich beruhen. Aber sobald es dir wieder besser geht, lasse ich mich nicht mehr so leicht abwimmeln und dann wirst du mir erzählen, wie du mich das erste Mal hättest nackt sehen wollen.«

Ehe sie ihm eine Antwort geben konnte, schob er ihr Gesicht unter den warmen Wasserstrahl.

»Willst du mich ertränken?«, stieß sie wasserspuckend aus.

»Oh nein, Prinzessin, ich habe ganz andere Dinge mit dir vor. Was kommt als Nächstes dran?«

»Meine Beine lasse ich mir ganz sicher nicht von dir rasieren.«

»Da bin ich aber froh.« Denn damit käme sein verdammter Schwanz ganz sicher nicht zurecht. »Seife?«

»Duschgel«, korrigierte sie und wies auf eine andere Flasche und den seltsamen, an einer Schnur hängenden Duschschwamm, den offenkundig jede Frau besaß.

Gannon quetschte etwas von dem Gott sei Dank nicht parfümierten Duschgel auf den Schwamm.

»Sag mir, wenn ich dir wehtue«, wies er sie mit rauer Stimme an. Und da sie bereits wusste, dass er einen Ständer hatte, schlang er ihr, damit sie nicht umfiel, von hinten einen seiner Arme um die schlanke Taille, seifte ihr die Schultern und den Rücken ein und sparte die Verbände dabei aus. Er näherte sich langsam ihrem Hinterteil und abermals bekam sie eine Gänsehaut.

»Ist dir kalt?«, erkundigte er sich und legte eine kurze Pause ein.

Sie schüttelte den Kopf, blieb aber stumm.

»Stütz dich mit den Händen an der Wand ab, ja?« Entschlossen kniete er sich hinter sie und nahm sich die untere Hälfte ihres Körpers vor. Trotz des riesengroßen Blutergusses auf ihrer rechten Pobacke war nicht zu übersehen, wie makellos gerundet und straff ihr Hintern war. Gannon ließ sanft den Schwamm darüber kreisen, bahnte sich den Weg über die Rückseiten der Oberschenkel und die noch gesunde Wade und ließ die andere, mit blutgetränkter Gaze sorgfältig verbundene Wade aus. Er atmete einmal tief durch.

»So, jetzt dreh dich um.«

Sie reagierte nicht, doch gerade, als er dachte, dass sie der Aufforderung nicht nachkommen wollte, stemmte sie sich von den Fliesen ab und wandte sich ihm langsam zu. Plötzlich aber fingen ihre Knie an zu zittern und sie streckte instinktiv die Arme aus, um sich an ihm festzuklammern.

»Alles in Ordnung?«, fragte er und klang dabei, als hätte er ein Stück Sandpapier im Hals.

Sie kniff die Augen zu und nickte knapp.

Er fing mit ihren Füßen und den Knöcheln an und bahnte sich von da aus langsam den Weg an ihr herauf. Das Jod, mit dem die Ärzte sie behandelt hatten, hatte Teile ihrer wunderbar gebräunten Haut orange verfärbt, und als er mit dem schaumigen Schwamm erst über ihre Knie und dann weiter über ihre Oberschenkel glitt, spannte sie reflexartig die Finger an. Ihre kilometerlangen Beine führten seine Hände immer höher und sie keuchte leise, als er über ihren Bauch und ihre Rippen glitt.

Dann stand er wieder auf und registrierte überrascht, dass sie die Hände immer noch auf seinen Schultern liegen ließ. Um sie zusätzlich zu stützen, schlang er ein weiteres Mal den Arm um ihre Taille, und als er den Schwamm ganz sachte über ihren Brüsten kreisen ließ, versuchte er zu ignorieren, wie prall sie waren und wie hart ihre Nippel wurden, als er mit der Hand darüber glitt.

Sein wild pochender Schwanz jedoch bemerkte es sehr wohl und drückte sich voller Enthusiasmus gegen ihren nassen Bauch. »Gleich haben wir's geschafft«, wisperte er und seifte vorsichtig noch ihren bandagierten Arm und Brustkorb ein.

Jetzt sah sie ihn aus müden Augen an. Der Wasserdampf hüllte das kleine Bad in weißen Nebel, und am liebsten hätte Gannon seinen Kopf geneigt und ihr die Lippen auf den halb offenen Mund gepresst. Um ihn zu kosten und um die geheimen Welten ihres Körpers zu erforschen, doch vor allem, um ihr die Schmerzen zu nehmen, die ihr deutlich anzusehen waren. Er griff hinter sie, stellte die Dusche aus, öffnete den Vorhang und schaute sie fragend an. »Meinst du, du schaffst es, auszusteigen?«

Sie errötete und nickte, blieb aber weiter völlig reglos stehen.

Er gab ihr drei Sekunden und als sie sich immer noch nicht rührte, zog er sie an seine Brust und stieg mit ihr zusammen aus der Wanne aus. Dann setzte er sie auf dem Toilettendeckel ab und hüllte sie, bevor sie überhaupt die Gelegenheit bekam, ihn anzufahren, in ein Handtuch ein. Als er merkte, dass sie wie gebannt auf seinen Monsterständer starrte, zerrte er ein zweites Handtuch aus dem Wandregal und baute eilig eine Frotteebarriere zwischen ihnen auf.

Dann kniete er sich vor sie, tupfte ihren nassen Körper vorsichtig mit ihrem Handtuch ab und zog ihr sein eigenes T-Shirt an. Erst als er ihre wunderbaren, nackten Brüste endlich nicht mehr direkt vor der Nase hatte, atmete er auf.

»Und jetzt?« Er hatte nicht so genervt klingen wollen, doch er sah ihr deutlich an, dass sie gedanklich durchging, was sie alles nach dem Duschen tun würde, und überlegte, welche dieser Arbeiten ihm zuzumuten waren. Er hoffte nur, sie cremte sich nicht täglich nach dem Duschen ein, denn wenn er jeden Zentimeter ihres Körpers mit Lotion einreiben müsste, wäre das sein Tod.

Sie blickte auf sein kurz geschorenes Haar. »Ich glaube nicht, dass du mit einem Föhn umgehen kannst.«

Er sah sich suchend um und fand den Föhn in einem Fach neben dem Waschbecken.

»War nur ein Spaß. Das brauchst du nicht zu tun«, beruhigte sie ihn und riss die Augen auf, als er den Stecker in die Dose schob.

»Du hast doch nur Angst, ich vermassle es vielleicht.«

»Wenn man diese Dinger falsch verwendet, kann's bestimmt passieren, dass das Haar plötzlich in Flammen steht«, mutmaßte sie und blickte furchtsam auf den Föhn in seiner Hand.

»Entspann dich. Als wir jünger waren, hat mich Cat des Öfteren dazu gezwungen, ihr die Haare zu machen. Aber falls du davon jemals irgendwem erzählst, bin ich gezwungen, dich zu töten«, warnte er und hielt den Haartrockner drohend über den Kopf.

»Meine Lippen sind versiegelt«, sagte sie und sah mit einem leisen Lächeln zu ihm auf. »Kannst du auch Zöpfe flechten?«

»Besser als Cat.« Er schnaubte auf. »Sie hat mich dazu gezwungen, aber dafür habe ich sie dann im Gegenzug zur Paintballkriegerin ausgebildet.«

»Du bist ein Mann mit vielen Talenten.«

Und er freute sich bereits darauf, wenn sie erforschen würde, welche anderen, ganz besonderen Fähigkeiten er womöglich noch besaß.

»Hast du irgendwelches …« Er tat so, als drücke er sich eine Flüssigkeit aus einer Flasche in die Hand.

» … Zeug, was in die Haare soll?«, beendete Paige seinen Satz.

»Genau. Könnte ja sein, dass du so was wie Haargel oder Schaum benutzt.«

Sie wies auf eine Dose, die auf dem Frisiertisch stand. »Weißt du, was man damit macht?«

»Ich verdiene meinen Lebensunterhalt, indem ich tolle Möbel baue und die Hauptrolle in einer Fernsehserie spiele, da bekomme ich es ja wohl sicher hin, dieses Zeug aus einer Dose rauszuquetschen.« Trotzdem las er erst die Anweisung, die auf der Dose stand, bevor er eine walnussgroße Menge Schaum zwischen den Handflächen verrieb.

Sie schloss die Augen und er nutzte die Gelegenheit, sich auch die blauen Flecken, die sie im Gesicht davongetragen hatte, und die riesengroße Beule direkt unterhalb ihrer Schläfe anzusehen. Dann fing er an, das weiße Zeug zwischen den feuchten Strähnen zu verteilen, und als sie zusammenzuckte, als er in die Nähe der verdammten Schwellung kam, fuhr er behutsam fort.

Sie seufzte, während er den Schaum mit seinen Fingerspitzen vorsichtig in ihre Haare einmassierte, und er konnte spüren, wie ihre Anspannung sich langsam legte.

Er wusste, dass sie trotzdem immer noch Schmerzen erlitt, und es tat ihm weh, sie so zu sehen. Mit rauer Stimme fragte er: »Gehirnerschütterung?«

Sie schüttelte den Kopf. »Ich schätze, dass mein Schädel härter als die blöde Kiste war.«

Er schaltete den Föhn auf der niedrigsten Stufe ein und hielt die Strähnen ihrer Haare in die Luft, bis sie getrocknet waren. Als er fertig war, fuhr Paige sich seufzend mit den Händen durch das Haar und fragte: »Will ich wissen, wie ich aussehe?«

»Prinzessin, du hast gerade größere Probleme als vielleicht nicht ganz perfekt sitzendes Haar«, konterte er.

»Daran will ich gar nicht denken«, stöhnte sie und fuhr sich mit den Fingerspitzen durchs Gesicht. »Wie schlimm sieht mein Gesicht aus?«

Er zog ihre Hand von ihrer Wange und versprach: »Ich habe schon eindeutig Schlimmeres gesehen.« Er hatte schon einige Mixed-Martial-Arts-Kämpfer im Fernsehen gesehen, die schlimmer aussahen, doch die Verletzungen hatten ihn nicht annähernd so mitgenommen wie der Anblick der Verbände, Schürfwunden und Hämatome, die Paige jetzt am Körper trug.

Er zog am Saum des T-Shirts, das sie trug. »Und jetzt ziehen wir dich erst mal wieder aus.«

Sie schlug ihm kraftlos auf die Hand. »Ich werde heute Nacht bestimmt nicht mit dir schlafen, Gannon!«

»Mit dir hat man es echt nicht leicht. Ich will nur die Verbände wechseln, denn die hätten doch wahrscheinlich trocken bleiben sollen.«

Zum ersten Mal wirkte sie etwas schuldbewusst. »Das brauchst du nicht.«

»Du kannst mir doch nicht ernsthaft erzählen, dass du gerne die ganze Nacht in diesen nassen Verbänden verbringen willst.«

Obwohl der warme Wasserdampf der Dusche noch nicht abgezogen war, zitterte sie bereits und schüttelte bei seinen Worten kleinmütig den Kopf.

»Braves Mädchen.«

»Aber ich möchte nicht, dass du –«

»Im Augenblick ist niemand anderes in der Nähe, der dir die Verbände wechseln kann. Also bringen wir es einfach hinter uns und schaffen dich ins Bett.«

Kapitel 20

Ihr Widerstand verflog genauso schnell, wie er gekommen war, und zähneklappernd meinte sie: »Das Zeug liegt draußen auf dem Tisch.«

»Okay, dann komm. Wir wechseln die Verbände auf dem Bett, damit du dich hinlegen kannst.«

Gegen ihren Willen blickte sie ihn dankbar an. Inzwischen war Paige wirklich erschöpft und Gannon wollte ihr die ganze Aktion so angenehm wie möglich machen. Halb führte und halb trug er sie ins Schlafzimmer zurück, holte das Verbandszeug, las eilig den Zettel mit den Anweisungen des Arztes durch, ließ die Mullbinden auf die Matratze fallen und machte sich ans Werk. Sie war an verschiedenen Stellen bandagiert, und um sämtliche Verbände zu erreichen, zog er ihr ohne Vorwarnung das T-Shirt wieder aus.

»Verdammt noch mal, Gannon!« Eilig hüllte Paige sich in die Decke ein.

»Also bitte, Süße, da ist nichts, was ich nicht eben schon gesehen hätte, und ich freue mich schon ungemein darauf, mir das alles noch mal anzusehen, wenn es dir wieder besser geht. Also lass uns den Prozess beschleunigen.« Er riss ein Stück Klebeband mit seinen Zähnen in vier Teile und befestigte damit die frische Mullbinde in Höhe ihres Schulterblatts.

Sie murmelte etwas von wegen dämlich, und er tauschte eilig eine der Bandagen nach der anderen aus. An zwei Stellen hatte Paige genäht werden müssen und an einer Reihe anderer Stellen hatte sie starke Abschürfungen. Am schlimmsten aber war die tiefe Schnittwunde an ihrer Wade, die mit beinahe einem Dutzend Stiche sorgfältig geschlossen worden war.

»Sie haben gesagt, dass dort wahrscheinlich eine Narbe bleiben wird«, stieß sie mit durch das Kopfkissen gedämpfter Stimme aus.

»Narben zeigen, dass man tough ist«, antwortete Gannon, während er die Wunde sanft verband.

»Das hast du auch zu Malia gesagt.«

»Die ein unglaublich toughes, kleines Mädchen ist.« Sorgsam klebte er den Mull an ihrer Wade fest.

»Das Bett, das du ihr baust, sieht fantastisch aus.«

Gannon hob die Hand, um ihr durch einen sanften Schlag auf ihren Hintern zu verstehen zu geben, dass sie sich jetzt auf den Rücken drehen sollte, zog dann aber seinen Arm zurück und meinte nur: »Jetzt ist die Vorderseite dran.«

Sie fing an, sich umzudrehen, stöhnte leise auf und rollte sich behutsam weiter, bis sie auf dem Rücken lag.

»Gleich hast du es geschafft.« Er tauschte eilig die Verbände auch an ihrem Arm, der Hüfte und dem Oberschenkel aus, bevor er ihr wieder in sein T-Shirt half. Trotzdem zitterte sie immer noch wie Espenlaub, woraufhin er ihr schnell die Decke bis zum Hals zog und die Flasche mit den Schmerztabletten aus der Apothekentüte nahm.

»Wie viele von den Dingern sollst du nehmen?«

Sie schüttelte den Kopf. »Ich kann das Zeug nicht leiden. Davon wird mir total schwummerig.«

»Aber du musst doch Schmerzen haben.«

Sie hob mühsam eine Schulter an. »So schlimm ist es nicht. Alles in Ordnung.«

Stur wie ein Esel. Und auch wenn er diese Haltung durchaus respektierte, schüttete er drei Ibuprofen in seine Hand und legte seine andere Hand auf eine noch gesunde Stelle ihres Arms. »Hier. Die sind rezeptfrei und vollkommen harmlos.«

Sie schob sich die Tabletten in den Mund, spülte mit Wasser nach und trank, nachdem sie einmal angefangen hatte, fast die ganze Flasche aus.

»Hast du Hunger?«

Sie war bleicher als das Kopfkissen, auf dem sie lag, schüttelte aber den Kopf und hielt ihm matt die leere Flasche wieder hin.

»Wann hast du zum letzten Mal etwas gegessen?«, hakte Gannon nach.

»Uh. Ich weiß nicht.« Vor Erschöpfung fielen ihr die Augen zu. »Frühstück?«

»Du frühstückst nie«, rief er ihr in Erinnerung.

»Das hatte ich vergessen. Dann wahrscheinlich gestern Abend. Ich hätte was zu Mittag essen wollen, nachdem die Kinder …« Sie brach ab, denn selbst das Sprechen schien sie entsetzlich anzustrengen.

»Du brauchst selbst einen verdammten Babysitter«, stieß er knurrend aus, griff nach dem Telefon und der Speisekarte des Hotels und gab eine Bestellung für sie beide auf.

Sie versuchte nicht mal, ihn daran zu hindern, was ein neuerlicher Grund zur Sorge für ihn war. Entschlossen kehrte er zurück ins Bad und stieg in seine Boxershorts und seine Jeans. Als er wiederkam, entdeckte er, dass seine Patientin eingeschlafen war.

Er setzte sich zu ihr aufs Bett, zog sein Handy aus der Tasche und schrieb eine Nachricht an Cat. Er hatte seine Schwester erreicht, nachdem er ins Krankenhaus gekommen war und dort hatte feststellen müssen, dass man ihm aufgrund des Datenschutzes leider keinerlei Auskunft erteilen durfte, ob eine Paige St. James nun dort eingeliefert worden war oder nicht. Zum Glück war Cat dann aber endlich an ihr verdammtes Telefon gegangen, ehe er die Klinik hatte stürmen müssen, um zu sehen, ob Paige dort irgendwo in einem Zimmer lag. Sie war gerade losgefahren, um Paiges Medikamente aus der Apotheke zu besorgen, und sie hatte ihm erklärt, dass Paige auf eigenen Wunsch bereits wieder entlassen worden war.

Sie hatte einen kleinen Jungen vor Verletzungen und Schlimmerem bewahrt. Wahrscheinlich würde er sich für den Rest des Lebens vor Gewittern fürchten, aber dank der Frau, die jetzt an Gannons Seite lag und sich an seinen warmen Körper schmiegte, war sein Leben nicht vorbei.

Zum ersten Mal, seit er den Vorhang ihrer Dusche aufgerissen hatte, atmete er auf. Paige hatte überlebt und würde sich jetzt unter seiner Aufsicht von ihren Verletzungen erholen, bis sie wieder ganz die Alte war. Er fuhr sich mit der Hand über die Brust. Hoffentlich würde sein Herz sich ebenfalls von diesem Schreck erholen. Er war vom Schlimmsten ausgegangen und seine Panik hatte sich erst in dem Augenblick gelegt, als er sie mit eigenen Augen unter der verfluchten Dusche hatte stehen sehen.

Während er sich zur Ablenkung die Anweisungen aus dem Krankenhaus zur Wundbehandlung und Genesung durchlas, vibrierte sein Telefon.

> Falls du sehen willst, was passiert ist – Tony
> hat den Unfallort gefilmt. Sieht ganz schön
> übel aus.

Noch ehe Gannon wütend fragen konnte, warum Tony seelenruhig gefilmt hatte, statt Paige zu helfen, traf die nächste Nachricht seiner Schwester ein.

> Beruhig dich, Lover Boy. Es ist nicht, wie du denkst. Tony war ein echter Held. Erst hat er ein kleines Mädchen aus dem Zelt gerettet und dann hat er Paige dort rausgeholt. Aber als die Bosse von dem Unfall hörten, haben sie die Aufnahmen verlangt. Das wird auf jeden Fall gesendet werden.

Paige würde wütend und beschämt sein, wenn sie von den Aufnahmen erfahren würde, und Gannon wurde stocksauer, wenn er daran dachte, dass die Bosse sie wahrscheinlich zwingen würden, sich in einem ausführlichen Interview zu den Geschehnissen zu äußern, um dadurch die Einschaltquoten zu erhöhen.

Es klopfte an der Tür. Ohne Paige zu wecken, stand er auf und öffnete dem Zimmerservice, der aus einem dürren Teenager mit unzähligen Sommersprossen im Gesicht und stacheligem weizenblonden Haar bestand, die Tür. Gannon nahm ihm das Tablett mit ihrem Essen ab, drückte ihm zehn Dollar Trinkgeld in die Hand und schob die Tür mit seinem Ellenbogen wieder zu.

»Sag mir bitte, dass du gerade nicht in diesem Outfit an die Tür gegangen bist«, forderte Paige aus Richtung Bett.

Er sah auf seine nackte Brust und seine offene Jeans und stellte achselzuckend fest: »Ich gehe davon aus, dass du im Augenblick ganz andere Probleme hast, Prinzessin, und außerdem ist der Junge sicher eher ein Fan von meiner Schwester als von meiner Wenigkeit.«

Sie schnupperte und sah ihn fragend an. »Was riecht denn da so gut?«

»Mein Hamburger und meine Zwiebelringe. Du kriegst Hühnersuppe.«

»Bäh.«

»Geschieht dir recht, denn schließlich predigst du uns allen ständig, dass wir uns gesünder ernähren sollen.«

Er setzte sich zu ihr aufs Bett und während sie gemeinsam aßen, warf sie derart sehnsüchtige Blicke auf seinen Burger, dass er ihr die Hälfte überließ.

»Jetzt zufrieden?«

»Mmm.« Sie biss genießerisch hinein, doch während sie noch kaute, ließ sie sich zurück aufs Kissen fallen und schloss ihre Augen wieder. »Okay, das Kauen macht mich müde.«

»Dann solltest du jetzt schlafen«, pflichtete ihr Gannon bei, stand aber selbst noch einmal auf und stellte das Tablett mit ihren leeren Tellern vor die Tür. Sie hatten morgen einen langen, anstrengenden Tag vor sich, und vorher würde er mit Andy reden und ihm deutlich zu verstehen geben, dass ein Ausschlachten des Unfalles zur Steigerung der Einschaltquoten nicht in Frage kam.

Er löschte das Licht, verschloss die Tür und zog sich aus, bevor er sich zu Paige unter die Decke schob. Um ihr etwas von seiner eigenen Körperwärme abzugeben, rückte er so nah es ging an sie heran. Sie war noch immer eisig.

Sie riss den Mund zu einem Gähnen auf. »Was machst du da?« Im Grunde aber war sie viel zu schwach, um sich zu wehren, und gab sich schlussendlich damit zufrieden, dass Gannon sie in diesem Zustand sowieso nicht allein lassen würde, egal wie sehr sie protestierte.

»Ich schlafe hier. Versuch am besten gar nicht erst zu widersprechen.«

»Das erste Mal mit dir im Bett hatte ich mir ein bisschen anders vorgestellt.«

Er konnte hören, dass sie lächelte, und nickte zustimmend. »Da sind wir schon zwei.«

Noch während er versuchte, nicht daran zu denken, wie die Nacht hätte verlaufen *sollen,* verstummte sie. Doch gerade als er dachte, dass sie wieder eingeschlafen wäre, drehte sie sich mühsam um und unterdrückte einen Schmerzensschrei.

»Was machst du da?«

»Ich suche eine annähernd bequeme Position«, erklärte sie in einem Ton, dem die Erschöpfung und die Schmerzen, die sie hatte, deutlich anzuhören waren.

Er schob einen seiner Arme unter sie und zog sie so eng an seine Brust, dass ihr Hinterteil direkt an seinen Oberschenkeln lag.

»Besser?«, fragte er und nahm ein leichtes Nicken wahr.

»Gannon?«

»Hmm?«

»Danke, dass du dich um mich kümmerst.«

»Obwohl du das im Grunde gar nicht brauchst?«

»Ja, denn es ist trotzdem nett.«

»Auch wenn du meiner Meinung nach in dem Versuch, Sex mit mir zu entgehen, eine Spur zu weit gegangen bist.«

»Haha.«

Kapitel 21

Paige durchlief verschiedene Bewusstseinsstufen, als sie langsam wieder zu sich kam. Unter ihrer Decke war es wohlig warm und sie fühlte sich wunderbar geborgen, bis ein leises Schnarchen sie erstarren ließ und ihr bewusst wurde, dass ein Paar starker Arme sie umschlang.

Gannon.

Er hatte ihr das Haar gewaschen und geföhnt, sie neu verbunden, seinen Hamburger mit ihr geteilt und sich danach zu ihr ins Bett gelegt, als wäre nichts dabei. Sie ließ diesen Gedanken auf sich wirken, aber die Scham, weil er sie so verletzlich und so schwach gesehen hatte, wurde durch das leichte Zucken seiner Erektion an ihrem Hinterteil verdrängt.

Er hatte sich ihr schon am Vorabend mit einem Riesenständer präsentiert und die beeindruckende Größe, die auch dieses Körperteil von Gannon King besaß, hatte sich ihr unauslöschlich eingeprägt. Es gab bei Gannon eben keine halben Sachen, auch wenn es für sie beide statt einer Nacht voll atemberaubendem Sex nur Bettruhe und Krankenpflege gegeben hatte, was wirklich ätzend war.

Genauso ätzend wie die tausend imaginären Messerstiche, die wie eine Wolke wild gewordener Heuschrecken auf ihren Körper niedergingen, als sie wieder zu sich kam. Es gab nicht eine Stelle, die ihr nicht wehtat, und elend wie bei einer tausendfach verstärkten Grippe hob sie vorsichtig den Kopf, um sich im Zimmer umzusehen.

Es war noch dunkel und sie sollte Gannon wirklich wecken, damit er in seinem eigenen Zimmer weiterschlief. Doch in seinen Armen war es herrlich warm, sein ruhiger Atem und die gleichmäßigen Schläge seines Herzens waren wunderbar beruhigend und vor allem war sie nicht allein.

Er rührte sich und schob die Nase in ihr Haar. »Schlaf weiter, Süße«, murmelte er zärtlich, und zum ersten Mal in ihrem Leben tat sie, was ihr jemand anderes befahl.

Gannon wurde durch das aufdringliche Läuten eines Telefons geweckt und zwängte eines seiner Augen einen Spalt weit auf. Paige lag immer noch in seinen Armen, aber draußen wurde es allmählich hell.

Er richtete sich auf, zog seinen Arm unter Paiges Bauch hervor, tastete blind nach dem Gerät und krächzte leise: »Ja?«

»Ich würde gern mit meiner Tochter sprechen, die es nicht für nötig hielt, mir mitzuteilen, dass sie gestern einen Unfall hatte«, wurde er von einer Stimme angeherrscht, in der genügend Kälte zum Einfrieren eines schmelzenden Eisbergs lag.

Gannon riss den Mund zu einem Gähnen auf. »Sie sind bestimmt Dr. St. James.«

»Und wer sind Sie?«

»Gannon King, ein …« Er sah die schlafende Gestalt an seiner Seite an. » … Freund von Paige.«

»Ich würde es sehr zu schätzen wissen, wenn Sie sie mir geben könnten«, fuhr die Frau mit kühler Stimme fort. Bestimmt war dies der Ton, in dem sie für gewöhnlich mit begriffsstutzigen Hausmädchen und Dienern sprach.

»Sie schläft noch –«

»Ich hätte nie erlauben sollen, dass sie diesen lächerlichen Job annimmt. Reality-TV.« Paiges Mutter stieß ein wenig elegantes Schnauben aus. »Sie hätte Medizin studieren sollen wie ihre Schwester oder –«

»Hören Sie, Dr. St. James. Ich kann verstehen, dass Sie verärgert und besorgt sind, aber Sie sind Psychologin, stimmt's?«

Nach einer überraschten Pause meinte sie: »Das ist korrekt.«

»Dann können Sie sich doch wahrscheinlich vorstellen, dass es Ihrer Tochter auch nicht hilft, wenn sie nach einem so traumatischen Erlebnis auch noch Vorwürfe gemacht bekommt.«

Sie rang nach Luft, wobei ihr neben ihrem Ärger auch die Sorge um die Tochter deutlich anzuhören war. Sie wusste nur nicht, wie sie diese Sorge zeigen sollte. Manchmal war auch Gannons eigene Mutter, die sich selbst als herzlich-raue Italienermamma titulierte, so.

»Übrigens wird Paige wieder völlig gesund. Im Augenblick ist sie noch ziemlich angeschlagen, aber sie wird's überstehen. Genauso wie der Junge, dessen Leben sie gerettet hat.«

»Ich wusste nicht –«

»Hören Sie, erst einmal braucht Paige noch etwas Schlaf. Am besten melden Sie sich einfach heute Nachmittag noch mal und fragen zur Eröffnung des Gesprächs, wie es ihr geht.«

»Mr. King«, setzte sie an.

»Gannon.«

»Gannon, ich weiß es zu schätzen, dass Sie sich um meine Tochter kümmern, aber Ihr Ton ist alles andere als angebracht und zeugt von mangelndem Respekt.«

»Dasselbe wollte ich gerade zu Ihnen sagen«, klärte er sie gähnend auf. »Ich werde Ihrer Tochter sagen, dass Sie sich nach ihr erkundigt haben, und bin mir sicher, dass sie das zu schätzen wissen wird.« Damit legte er auf und fuhr sich mit der Hand durch das Gesicht.

Zumindest hatte ihn der Anruf vollends aufgeweckt. Und so gerne er bei Paige im Bett geblieben wäre, er musste so schnell wie möglich in sein eigenes Zimmer, ehe jemand ihn mit nacktem Oberkörper hier aus ihrem Zimmer schleichen sah. Ihm war egal, was andere dachten, aber Paige wäre bestimmt nicht glücklich, wenn die Leute mitbekämen, dass er über Nacht bei ihr geblieben war. Also würde er das Spiel nach ihren Regeln spielen. Zumindest für den Augenblick.

Er schaltete die Nachttischlampe ein und sah sie an. Beim Anblick ihrer Schürfwunden, der zwischenzeitlich bläulich-violett verfärbten Beule an der Stirn und all der anderen Verletzungen, die sie erlitten hatte, schnürte sich sein Hals von Neuem zu. Er hätte sie verlieren können, noch bevor er sie jemals richtig gehabt hatte. Und es ging nicht nur um eine bloße Bettgeschichte. Die Gefühle, die sie füreinander hatten, waren echt und hatten es verdient, dass sie ihnen genauer auf den Grund gingen.

Sie waren jetzt ein Paar, egal, ob Paige das wollte oder zugab oder nicht. Und er würde sie jetzt ganz sicher nicht im Stich lassen.

»Paige.« Er neigte seinen Kopf und glitt mit seinen Lippen sanft über ihr Ohr. »Prinzessin.«

»Mmm.«

»Ich gehe in mein eigenes Zimmer, Paige.«

»Du gehst?«, stieß sie krächzend aus.

»Es wird allmählich hell«, erklärte er und schob ihr sanft die Haare aus der Stirn.

»Dann muss ich aufstehen«, meinte sie, aber ihr Körper sah so aus, als hätte er sie nicht gehört.

»Warum ruhst du dich nicht noch ein bisschen –«

Eilig schoss sie hoch und versuchte, die Schmerzen, die sie so offensichtlich noch hatte, mit einem Gähnen zu kaschieren.

»Wenn du dich überanstrengst, nehmen deine Schmerzen sicher wieder zu.«

Sie schob sich bis zum Rand des Bettes, wo sie erst mal sitzen blieb. Wahrscheinlich tat ihr alles weh. Ihr Körper war mit Abschürfungen und blauen Flecken übersät und Gannon wagte kaum, sich vorzustellen, wie ihre Muskeln bei der winzigsten Bewegung schreien mussten.

»Ich muss ans Set«, erklärte sie, ohne ihn anzusehen.

Augenrollend stand er auf, blieb vor ihr stehen und legte ihr eine Hand unter das Kinn. Er versuchte, ihren Blick auf sein Gesicht zu lenken, aber ihre Augen hingen irgendwo auf Höhe seines Unterleibes fest und plötzlich fiel ihm ein, dass er noch immer nur mit seinen Boxershorts bekleidet war.

»Augen nach oben, Prinzessin«, wies er sie mit rauer Stimme an.

Der böse Blick, mit dem sie ihn bedachte, tat ihm gut. Sie käme wieder auf die Beine. Sie müsste auf sich achten, und er würde ihr dabei behilflich sein.

»Du solltest heute noch –«

»Ich bleibe sicher nicht den ganzen Tag im Bett, während alle anderen arbeiten und sich Gedanken machen«, klärte sie ihn trotzig auf.

Er hatte schon vorausgesehen, dass sie auf jeden Fall zur Arbeit würde gehen wollen, und im Grunde war es ihm auch lieber, wenn sie in seiner Nähe wäre. So könnte er immerhin dafür sorgen, dass sie es ein bisschen ruhiger angehen ließ. Und auch für die anderen, die sie blutend und bewusstlos auf dem Boden hatten liegen sehen, wäre es das Beste, sie zwar angeschlagen, aber auf dem Weg der Besserung zu sehen.

»Du kannst zur Arbeit gehen, solange du dich an bestimmte Regeln hältst.«

Sie versuchte abermals, ihn böse anzusehen, doch dazu fehlte ihr die Energie. »Aha. Und die wären?«

»Du sitzt den ganzen Tag auf einem Stuhl und rührst nicht einen Finger. Du frühstückst und du isst zu Mittag und danach fährst du zum Ausruhen hierher zurück. Nach dem Nickerchen werden wir dann sehen, ob deine Kräfte reichen, um noch mal ans Set zu fahren.«

Sie widersprach ihm schwach. »Ich habe tausend Dinge zu erledigen. Ich kann nicht nur herumsitzen und –«

»Entweder du tust, was ich dir sage, oder du bleibst in den nächsten beiden Tagen im Hotel. Was Andy ganz genauso sehen wird wie ich«, beharrte er auf seiner Position und sah sie abwartend an.

Geschwächt, wie sie noch immer war, hatte er ungewöhnlich leichtes Spiel mit ihr.

»Du bist ein furchtbarer Diktator«, sagte sie resigniert, bevor sie dann aber folgsam mit dem Kopf nickte.

»Ach ja? Und was ist es für ein Gefühl, wenn plötzlich jemand anderes die Peitsche schwingt?«, fragte er sie gut gelaunt, während er ihr auf die Füße half.

Sie verzog dabei nicht eine Miene, doch er merkte, wie sich ihr Körper vor Schmerzen anspannte.

»Paige.«

Sie schüttelte den Kopf. »Ich bin ein bisschen steif und wund, aber ansonsten geht's mir gut.«

»Brauchst du noch irgendwas?«

»Du solltest dir am besten wieder deine Hose anziehen, bevor du gehst.«

»Vor allem sollte ich mir vorher noch mal all die Beulen und die blauen Flecken ansehen, die du hast«, gab er zurück. Doch als er ihr sein T-Shirt ausziehen wollte, schlug sie ihm entschlossen auf die Hand.

»In einer halben Stunde hole ich dich ab.« Er küsste sanft ihr Haar, stieg in seine Jeans und seine Stiefel und griff sich auf dem Weg zur Tür noch ihre weite Windjacke, die er beim Anziehen mit seinen muskulösen Oberarmen ausbeulte.

»Halbe Stunde«, wiederholte er und trat entschlossen in den Flur.

»Zerreiß mir bloß nicht meinen Anorak«, rief sie ihm hinterher.

Gannon ersparte sich ein zartes Klopfen an der Tür seiner Schwester. Cat würde selbst ein Erdbeben verschlafen, bei dem eine sechsspurige Autobahn zusammenbrach. Erst nach mehrmaligem Trommeln mit der Faust gegen die Tür machte sie auf und funkelte ihn zornig an. Unter ihren rot verquollenen Augen zeichneten sich dicke schwarze Ringe ab, so als hätte sie die Nacht in einer Kneipe durchgemacht.

»Himmel, Herrgott. Warum rennst du mir um sechs Uhr in der Früh die Bude ein?«, stieß sie mit rauer Stimme aus.

»Wir beide bringen Paige zum Set.«

Danach schlich er sich wie ein Teenager während der Ausgangssperre weiter in sein angrenzendes Zimmer, zog sich um und schrieb Andy eine ausführliche Textnachricht darüber, welche Dinge Paige nach dem Unfall arbeitstechnisch untersagt oder gestattet wären. Andy war auf seiner Seite, aber um ein ausführliches Interview über den Unfall und die Nachwirkungen kämen sie ganz sicher nicht herum.

»Mir war klar, dass sie dich dazu überreden würde«, meinte Cat mit einem Gähnen und zog frische Kleider aus dem Schrank.

»Woher willst du wissen, dass sie mich zu irgendetwas überredet hat?«, fragte er durch die geöffnete Verbindungstür und seine Schwester sah ihn über ihre Schulter hinweg an.

»Du bist der Einzige im Team, dem es gelingen würde, ihr was auszureden, und wenn sie zur Arbeit geht, dann nur, weil du dein Okay gegeben hast.«

»Ich habe mir die Mühe eines Streits mit ihr erspart. Außerdem habe ich sie lieber dort, wo ich sie sehen und verhindern kann, dass ihr noch mal etwas passiert.«

»Gannon King geht einer Auseinandersetzung aus dem Weg?« Cat zog spöttisch eine Braue hoch, während sie aus dem Dutzend Shorts in der Kommode eine auswählte. »Dann hat der Unfall dich anscheinend ganz schön aus dem Gleichgewicht gebracht.«

»Du bist diejenige, die wirkt, als hätte sie die ganze Nacht kein Auge zugemacht.«

»Es war auch wirklich schlimm, Gan.« Seine Schwester schüttelte den Kopf. »Tony und ein paar der anderen Jungs mussten sie praktisch ausgraben, als sie auf dem Boden über diesem Jungen lag. Ich dachte nicht, dass sie oder der Kleine noch am Leben wären. Es war totenstill unter der Plane, und dann haben wir mit einem Mal gehört, wie er das Abc gesungen hat.«

»Verdammt.« Gannon kam aus seinem Zimmer und ließ sich auf ihr ungemachtes Bett plumpsen.

»Genau«, stimmte sie zu und ging ins Badezimmer, um sich umzuziehen. »Dann hast du sie also heute früh gesehen? Ich wollte gestern Abend noch mal nach ihr schauen, aber hab's mir dann doch anders überlegt, weil ich mir dachte, dass sie vor allem Ruhe braucht.«

»Ihr werden heute alle Knochen wehtun«, meinte Gannon,

ohne auf Cats Frage einzugehen. »Aber ich schätze, dass sich heute am Set alle besser fühlen werden, wenn sie in der Nähe ist.«

»Bestimmt. Denkst du, dass es wegen der Sache Schwierigkeiten geben wird?«, rief seine Schwester durch die offene Badezimmertür.

Gannon wusste genau, was sie meinte. Die Haie bei der Produktionsfirma hatten Blut gerochen, und wenn sie nicht die Gelegenheit bekämen, die Geschichte und Paiges Schmerzen auszuschlachten, wäre jemand anderes wegen des verfluchten Unfalls dran.

»Ich bin mir sicher, dass die Arschlöcher aus der Chefetage ihre Nase in die Sache stecken werden.«

Cat kam gähnend aus dem Bad heraus, stopfte ihr Haar unter eine Baseballmütze, die das Logo ihrer Sendung trug, und verkündete kriegerisch: »Aber um an Paige heranzukommen, müssen diese Arschlöcher erst mal an uns vorbei.«

Durch ihre Worte aufgemuntert, stand auch Gannon wieder auf. Auf seine Schwester war einfach in jedem Fall Verlass. Er legte ihr die Hände auf die Schultern und schob sie, bevor sie sich noch eine halbe Stunde schminken konnte, Richtung Tür. »Jetzt hoffe ich direkt, dass sie auf Streit aus sind.«

Lachend sah ihn seine Schwester über ihre Schulter an. »Wann hättest du mir übrigens erzählen wollen, dass du die ganze Nacht bei ihr warst?«

»Was redest du denn da?«

»Du riechst nach ihrem Kokosshampoo.«

Kapitel 22

Gannon drückte sie in einen Campingstuhl.

»Du bleibst auf jeden Fall hier sitzen, ganz egal, was auch passiert.«

Sie protestierte aus Prinzip, auch wenn sich niemand davon täuschen ließ. Cat war in der Tür ihres Hotelzimmers in Tränen ausgebrochen, als sie ihr geschundenes Gesicht gesehen hatte, und auch allen anderen am Set war deutlich anzusehen, dass sie von den Vorfällen des Vortages noch ziemlich mitgenommen waren.

Fürsorglich strich Gannon eine Decke über ihren Beinen glatt, drückte ihr einen Kaffeebecher in die Hand und warnte mit erhobenem Zeigefinger: »Falls du diesen Stuhl verlässt, egal aus welchem Grund, werde ich die Dreharbeiten unterbrechen und dir eine solche Szene machen, dass du dir wünschen wirst, den ganzen Tag im Bett verbracht zu haben.«

Paige funkelte ihn wütend an, bis Felicia mit ihrem Mikro kam. »Sorry, Paige. Befehl der Bosse«, murmelte sie leise, während sie den Akku mit zitternden Händen in den Bund ihrer Hose schob.

»Es geht mir gut, Felicia«, erklärte Paige, als sie auch noch Felicias Unterlippe zittern sah.

»Ich hatte gestern fürchterliche Angst.«

»Wem sagst du das?«, gab Paige zurück, worauf ihre Freundin auf einmal ihre starken Arme um sie schlang.

»Dein Haar sieht wirklich gut aus«, leise schniefend tätschelte Felicia ihren Arm und machte sich dann wieder von ihr los.

Über ihre Schulter hinweg sah Paige Gannons Grinsen, und in dem Bemühen, Felicia abzulenken, fragte sie: »Wie habt ihr es nur angestellt, alles so schnell wieder aufzuräumen?«

»Du ahnst ja nicht, wie viele freiwillige Helfer bis zum Morgen hiergeblieben sind, um das Chaos zu beseitigen und die neuen Zelte aufzubauen.«

Paige zwang sich zu einem Lächeln. »Dann kriegen die Dufours also trotz allem noch ihr Traumhaus von uns gestellt.«

»Wenn's nach uns geht, unbedingt«, stimmte Felicia ihr zu und wandte sich zum Gehen, als Andy mit dem Drehplan kam. Er wollte von Paige wissen, was sie ändern sollten, um die Zeit, die sie aufgrund des Unwetters verloren hatten, wieder aufzuholen. Dann kam ihr Held Tony, hielt ihr einen Teller Haferflocken zum Frühstück hin und nahm sie etwas unbeholfen in den Arm. Auch Mel und Sam drückten sich so lange bei ihr herum, bis Paige sich irgendwelche Tätigkeiten für die beiden aus den Fingern saugte, einfach, um sie loszuwerden. Und während Sam ein neues Handy für sie kaufen ging und Mel den neuen Drehplan an die Crew verschickte, tauchten nacheinander alle Mitglieder des einheimischen Bautrupps bei ihr auf und nahmen sie begeistert wieder in Empfang.

Sie alle, auch Paige, hatten das Gefühl, als wäre sie nicht ein paar Stunden, sondern ewig fort gewesen, und es dauerte ein wenig, bis das Team seinen gewohnten Rhythmus wiederfand und Paige die Gelegenheit bekam, sich die Unglücksstelle vor dem Haus anzusehen. Verschiedene kleine, mit zahlreichen Seilen und

Haken festgemachte Pavillons hatten das Cateringzelt ersetzt, und auch das Zelt, in dem die Kinder hätten malen sollen, war nirgends mehr zu sehen. Es war anscheinend ebenfalls beschädigt worden oder vielleicht sogar vollständig zerstört.

Und neben all den gutherzigen freiwilligen Helfern hatten offenbar auch ihre eigenen Leute und die Leute von Brunelli tatkräftig mit angefasst. Die Erschöpfung war ihnen allen deutlich anzusehen. Vielleicht machten sie Reality-TV, aber sie waren trotzdem alle wirklich anständige Menschen, dachte Paige und schob sich einen Löffel Haferflocken in den Mund.

»Oha. Du siehst wirklich scheiße aus.«

»Eddie?« Paige verrenkte sich den Hals nach ihrem Produktionsleiter, der sich auf einen Stuhl an ihrer Seite fallen ließ. »Was machst du denn hier?« Eddie Garraza tauchte nur am Drehort auf, wenn etwas wirklich wichtig war.

Er schob seine Brille etwas höher, legte seinen rechten Knöchel auf sein linkes Knie und ließ sie einen seiner Mokassins aus braunem Leder sehen. »Ich will gucken, wie's dir geht, Kleine. Es heißt, du hättest einen ereignisreichen Tag gehabt.«

»Das Wetter hat uns einen Streich gespielt, aber inzwischen sind wir wieder in der Spur.« Sie wusste, dass sie unhöflich klang, aber sie hatte einen Kloß im Hals. Eddies plötzliches Erscheinen konnte nur bedeuten, dass es schlechte Neuigkeiten gab. Sie atmete tief durch und zwang sich zu entspannen. Eddie war kein schlechter Kerl, und ganz egal, was es auch war, sie bekämen es sicher in den Griff.

»Du siehst aus, als ob du unter einen Müllwagen gekommen wärst«, erklärte er und stützte sich mit seinen Ellenbogen auf den Knien ab.

»Ungefähr so fühle ich mich auch.«

»Irgendwas gebrochen?«

Sie schüttelte den Kopf. »Ich hatte wirklich Glück. Es ist nichts Ernstes, und ich bin bestimmt im Handumdrehen wieder auf den Beinen.«

Er nickte zustimmend und starrte Richtung Haus, wo Louis gerade mit den Aufnahmen des neuen Anstriches beschäftigt war. »Das Haus sieht gut aus.«

»Eddie, warum sagst du mir nicht einfach, warum du hier bist?«

»Ich bin vor allem hier, um potenzielle Klagen wegen dieses ›Vorfalls‹ abzuwehren. Ich muss verschiedene Formulare mit den Leuten ausfüllen, und die Bosse wollen, dass ich mich mit Andy oder dir zusammensetze, um die ›Angelegenheit‹ noch mal in allen Einzelheiten durchzugehen. Ich soll mit dir darüber sprechen, was für ein Gefühl es war, beinah zu sterben, und es wäre gut, wenn man dabei in deinen Augen ein paar Tränen schimmern sehen würde oder so. Du weißt ja, wie das läuft.«

Oh ja, sie wusste, wie das lief, und hatte sich bereits darauf gefasst gemacht.

»Aber das ist noch nicht alles, oder?«

Eddie zerrte sich die Orioles-Baseballmütze von den grauen Locken und stieß tonlos aus: »Sie wollen, dass Tony geht.«

»Was?« Paige rang derart nach Luft, dass ihre Rippen und auch alles andere noch mehr schmerzten als zuvor. »Auf gar keinen Fall«, erklärte sie. »Er hat uns dort rausgezogen. Er hat dieses kleine Mädchen bis ins Haus getragen, dann noch einmal kehrtgemacht und mich praktisch ganz allein unter zwei verdammten Zirkuszelten vorgeholt.«

»Nun, die Bosse haben das Gefühl, dass er, statt sich einzumischen, hätte weiterfilmen sollen.«

»Du weißt genauso gut wie ich, dass das totaler Schwachsinn ist.«

»Hast du die Aufnahmen gesehen?«

»Nein, ich musste erst mal ins Krankenhaus«, fuhr sie ihn an.

»Hör zu, mir gefällt die Sache auch nicht, und ich brauche deine Hilfe, wenn ich etwas daran ändern will.«

Ihr wurde bewusst, dass er nicht hier war, um von ihr zu verlangen, Tony zu feuern. Er bat sie, ihm zu helfen, den Befehl der Bosse zu umgehen.

»Ich werde kündigen und klagen, wenn sie Tony feuern«, bot sie an.

Er schüttelte den Kopf. »Dafür ist die Rolle, die du selbst hier spielst, nicht groß genug.«

Das war nicht böse von ihm gemeint. Aber Aufnahmeleiter gab es wie Sand am Meer, und wenn sie hier hinschmiss, würde sie bereits am nächsten Tag durch jemand anderen ersetzt werden. Okay, wenn sie nicht wichtig genug war, dann würde sie jemand anderen finden, der unersetzlich war.

»Andy, könntest du mir Cat und Gannon schicken, wenn die Szene abgedreht ist?«, sagte sie in ihr Headset. Eddie sah sie fragend an. »Tony wird ganz sicher nicht gekündigt«, sagte sie zu ihm.

»Wir legen eine kurze Pause ein. Du kannst die beiden zehn Minuten haben«, bot ihr Andy an.

»Das reicht.«

Von Kopf bis Fuß mit Staub und Dreck bedeckt, kamen die beiden Stars der Sendung aus dem Haus. Cat lächelte und tänzelte wie eine Ballerina, während Gannon mit seinen gewohnten großen Schritten auf sie zukam und die Zähne sichtlich aufeinanderbiss, als er den Produktionsleiter bei Paige sitzen sah.

»Eddie«, grüßte er und reichte ihm die Hand.

Eddie schüttelte sie begeistert und erklärte: »Freut mich, dich und Cat zu sehen. Wie es aussieht, wird die neue Staffel wirklich toll.«

Gannon sagte nichts, doch Cat setzte ihr strahlendstes Lächeln auf.

»Und was verschafft uns die Ehre eines so hohen Besuchs?«, erkundigte sich Cat und Paige war klar, dass sie hinter der freundlichen Fassade mindestens genauso kampflustig wie Gannon war.

»Eddie hat Neuigkeiten«, klärte Paige die beiden auf und wandte sich ihm zu. »Na los, nun spuck's schon aus.«

»Nun, ich habe gerade Paige gesagt, dass mich die Bosse angewiesen haben, Tony freizustellen«, fing er an.

»Einen Teufel wirst du tun«, fiel Gannon ihm ins Wort. Wenn Gannon wütend wurde, war er wirklich furchteinflößend, und so wütend hatte Paige ihn nie zuvor erlebt.

Eilig baute Cat sich zwischen ihrem vor Zorn bebenden Bruder und dem Überbringer der tatsächlich mehr als schlechten Nachricht auf. »Eddie, Eddie, Eddie. Das ist eine echt schlechte Idee. Denn wenn du Tony feuerst, schmeißen ich und Gannon auf der Stelle hin und geben danach jede Menge Interviews, in denen wir erzählen, dass den Arschlöchern von *Summit-Wingenroth* ihre Einschaltquoten wichtiger als Menschenleben sind. Richtig, Gan?«

Er nickte zustimmend. »Genau. Und haben wir schon erwähnt, dass wir ein Angebot von Netflix haben? Für eine eigene Show, bei der wir selbst die Bosse sind.«

Cat verschränkte ihre Arme vor der Brust. »Also, wie sieht's aus, Eddie?«

Auch Paige sah Eddie an. »Genügt dir das?«

Er nahm die Mütze ab und wischte sich die Schweißperlen von der Stirn. »Oh ja. Jetzt werden sie sich in die Hosen machen.« Fröhlich stand er auf, zog sein Handy aus der Tasche, wanderte davon und rief die Bosse an.

»Das habt ihr wirklich sauber hingekriegt.« Paige strahlte wie ein Honigkuchenpferd, doch Gannon funkelte sie an.

»Du intrigante kleine Strippenzieherin.«

»Eddie brauchte einen Grund, um Tony nicht zu feuern, und den habt ihr ihm gegeben.«

»Schön zu sehen, dass deine Beule dein manipulatives Superhirn nicht beeinträchtigt«, erklärte Cat beeindruckt.

Im selben Augenblick kam Eddie wieder, schob sein Handy in die Hosentasche und berichtete: »Tony bleibt. Und meiner Meinung nach ist es das Beste, wenn er nicht erfährt, wie kurz er davor war, gefeuert zu werden.«

»Auf jeden Fall«, pflichtete Paige ihm bei und Cat und Gannon nickten ebenfalls.

»Und jetzt zu den schlechten Nachrichten«, fuhr Eddie fort und schob die Hände in die Taschen seiner Jeans. »Außer einem Interview wollen sie auch noch Aufnahmen der zahlreichen Blessuren, die du davongetragen hast.«

Drohend baute Gannon sich vor Eddie auf, doch eilig legte Paige die Hand auf seinen Arm. »Er ist nur der Bote, der die Nachricht überbringt«, rief sie ihm ins Gedächtnis und wandte sich dann Eddie zu. »Wenn die ganze unselige Sache damit abgeschlossen ist, okay. Dann heule ich ein bisschen vor der Kamera, zeige euch meine blauen Flecken und dann reden wir nicht mehr davon.«

Gannon runzelte die Stirn. »Warum musst du die ganze Scheiße jetzt allein ausbaden?«

»Tony hat mich unter einer Tonne Schutt hervorgezerrt. Ich schulde ihm was.«

Da Eddie spürte, dass sich ein Streit anzubahnen schien, ließ er die Hand auf Gannons Rücken fallen und schlug vor: »Wenn ich schon einmal hier bin, könntest du mir doch mal zeigen, wie ihr auf der Baustelle bisher vorangekommen seid.«

Sie gingen los in Richtung Haus, als Eddie plötzlich innehielt, schnupperte und fragte: »Kann es sein, dass es hier nach Piña Coladas riecht?«

In den Drehpausen klebte Gannon an Paiges Seite und lud am Ende sogar eine ganze Küchenszene auf seine Schwester und Brunelli ab, um wie ein Schießhund während Eddies Interview mit ihr hinter der Kamera zu stehen.

Bei all den Schmerzen, die Paige haben musste, hätte es ihr niemand verdenken können, wenn sie schlecht gelaunt und weinerlich gewesen wäre. Stattdessen hatte sie jedoch schon den ganzen Morgen tapfer durchgehalten. Gannon konnte nicht anders, als sie dafür zu bewundern. Vor allem, als er sie jetzt über einen sicherlich traumatischen Moment in ihrem Leben sprechen hörte, ohne dass sie während des Gesprächs auch nur eine Träne vergoss oder es zu anderen größeren Gefühlsausbrüchen kam. Paige biss die Zähne zusammen, reagierte mit Humor und Ehrlichkeit auf allzu aufdringliche Fragen und lobte die tapfere Regina, die in einem Augenblick der Not bei ihrem kleinen Freund geblieben war. Gannon sah, dass sie gelegentlich zusammenzuckte, wenn sie sich auf ihrem Stuhl bewegte, doch obwohl sie sicher große Schmerzen hatte, zog sie die ganze Sache wie ein echter Profi durch.

Er selbst hingegen hätte liebend gerne Rico die verdammte Kamera entrissen und sie Eddie auf den Kopf geknallt. Es war nicht seine Schuld, dass Paige sich ausführlich zu dem von Eddie angesprochenen ›Vorfall‹ äußern musste. Und trotzdem warf er ihn irgendwie in denselben Topf wie seine verdammten Bosse, denen Paiges Genesung und ihr Stolz nicht halb so wichtig wie die Einschaltquoten waren.

»Du machst das wirklich super«, lobte Eddie sie, als er durch seine Brille auf das Blatt in seinen Händen sah. »Nur noch zwei Fragen und dann haben wir's geschafft.«

Gannon schüttelte verständnislos den Kopf, als Eddie von

Paige wissen wollte, wofür sie im Rückblick ganz besonders dankbar war.

Dachten sie vielleicht, sie würde sagen, dass sie jetzt früher Feierabend machen könnte, oder was? Arschlöcher. Das hatte er nur denken wollen, statt es hörbar vor sich hinzumurmeln, und als Paige ihn hörte, schüttelte sie unmerklich den Kopf.

»Vor allem bin ich froh, dass Ashton unverletzt dort rausgekommen ist. Er ist ein zäher kleiner Bursche«, stellte sie mit ruhiger Stimme und neutraler Miene fest. Sie würde ihre Emotionen nicht zur Schau stellen, nur damit die Produktionsgesellschaft sie vermarkten könnte, und in seinem ganzen Leben hatte Gannon keinem Menschen mehr Respekt gezollt als ihr in diesem Augenblick.

»Freust du dich, dass du noch am Leben bist?«

»Ich freue mich über jeden Tag, an dem ich am Leben bin«, gab sie zurück. »Auch wenn meine Freude heute vielleicht noch ein bisschen größer ist als sonst.«

»Okay, Paige. Noch eine letzte Frage.« Eddie blätterte in den Papieren, die er in den Händen hielt. »Wer kümmert sich um dich, bis du wieder genesen bist?«

Damit hätte er sie fast gehabt, erkannte Gannon. Auch wenn ihm klar war, dass Eddie – auf Befehl der Bosse – nur im Trüben fischte und dass Paige niemals erzählen würde, dass der Star der Sendung, Gannon King, am Abend zuvor in ihr Bad gestürzt war, um sie zu waschen, zu verbinden und die ganze Nacht an ihrer Seite zu verbringen.

»Wir sind wie eine Familie hier bei *Kings*«, erwiderte sie brav. »Wir geben alle aufeinander acht.«

Jetzt hatte Gannon endgültig genug gehört und stellte sich dem armen Rico in den Weg. »Okay, das reicht«, erklärte er und wandte sich an Paige. »Na komm, ich fahre dich jetzt wieder ins Hotel.«

Erleichtert zerrte sie das Mikrofon von ihrem Shirt. Sie tat zwar so, als würde sie sich sträuben, aber ihr war deutlich anzusehen, wie erschöpft sie von der Anstrengung des Tages war. Während Gannon seine Schwester bat, Paiges Tasche in den Truck zu packen, stapfte sie noch mal zurück ins Zelt, wo jetzt der arme Tony vor der Kamera saß.

»Verdammt«, entfuhr es Gannon, aber ehe er dazwischengehen konnte, hielt ihn Paige zurück und blieb am Rand des Zeltes stehen. Tony sollte wissen, dass er während des Gesprächs mit Eddie nicht alleine war.

Er war ein gutmütiger Riese, der gern lachte und sich besser als die meisten auf seinen Job verstand. *Vor der Kamera ist er aber ein wenig unbeholfen,* merkte Gannon, aber Eddie machte ihm die Sache möglichst leicht und ging die Fragen extra mehrmals mit ihm durch.

Während Gannon schon überlegte, ob er Paige zur Not zum Wagen tragen sollte, kam der Produktionsleiter mit seiner letzten Frage auf den Punkt:

»Bestimmt gibt es Kameramänner, die in einer solchen Situation weitergefilmt hätten, statt sich aktiv ins Geschehen einzumischen.«

»Solche Kameramänner sind dann echte Arschlöcher«, gab Tony ungerührt zurück, während er zu Paige hinübersah und ihr zuzwinkerte. »Meine Aufnahmen könnten niemals so wichtig wie ein Menschenleben sein. Schließlich retten wir hier nicht den Amazonas, sondern drehen eine Fernsehserie, und nicht mal die allerhöchsten Einschaltquoten wären den Verlust unserer Sklaventreiberin da drüben wert.«

Entschlossen ignorierte Paige das Protokoll, bahnte sich den Weg an Felicia und ihrem Galgenmikrofon vorbei und fiel ihrem Retter um den Hals.

Eddie lächelte, und als sich Paige und Tony kurz die Tränen aus den Augen wischten, stellte Gannon fest, dass er genau das bekommen hatte, was die Bosse hatten haben wollen, und das ohne allzu aufdringlich zu sein.

Kapitel 23

Paige erwachte in den frühen Morgenstunden, nahm die ihr inzwischen angenehm vertraute Hitze eines anderen Körpers dicht an ihrer Seite wahr und sog begierig Gannons Duft in ihre Lungen ein. Er hatte jetzt die dritte Nacht in ihrem Bett verbracht, und jeden Morgen war sie eingehüllt in seine starken Arme, seine Wärme und den tröstlichen Duft, den er verströmte, aufgewacht.

Sie hatten dieses Thema bisher nicht besprochen. Es war einfach zu … intim.

Und auch wenn sie es nur ungern zugab, befürchtete ein kleiner Teil von ihr, dass er vielleicht damit aufhören würde, bei ihr zu übernachten, wenn die Angelegenheit zur Sprache kam. Und obwohl sie wusste, dass es unklug war, widerstrebte ihr dieser Gedanke. Langsam, aber sicher wurde sie wieder gesund. Das anfängliche Stechen überall in ihrem Körper hatte einem dumpfen Pochen Platz gemacht, und die Abschürfungen und die blauen Flecken änderten ihre Farbe und waren deutlich weniger empfindlich als zuvor. Die Nähte würden sich von selbst auflösen, und wenn sie nicht noch mal unter einem Zelt begraben würde, wäre sie in einer Woche wieder völlig genesen. Sie hatte also nur noch ein Problem.

Das glühende Verlangen, das sie jedes Mal empfand, wenn sie in Gannons Nähe war.

Der Anblick seines nackten Körpers hatte ihre Neugier darauf, ihn zu berühren, nur noch verstärkt, und wenn sie morgens ihre Augen aufschlug und seine harte Erektion im Rücken spürte … Nun, das machte es nicht leichter, ihn auch weiterhin als einfachen Kollegen anzusehen. In ihrem ganzen Leben hatte sie noch niemand derart *fasziniert*. Ein besseres Wort fiel ihr dafür einfach nicht ein. Am Set sah sie sich ständig suchend nach ihm um, und die langen Blicke, die sie beide sich immer wieder zuwarfen, riefen ein leises, aber wohlig warmes Kribbeln in ihr wach. Am liebsten hätte sie ihm dann die Arme um den Hals geworfen und ihm die Lippen auf den Mund gedrückt.

Gannon hingegen hatte seit dem Unfall keinerlei Anstalten mehr gemacht, sie zu küssen, und sie hatte Angst, er könnte sie, nachdem er sie verarztet hatte, nur noch als gute Freundin sehen. Im Grunde genommen sollte sie erleichtert sein, falls es so war. Sie hatte kein Interesse an unnötigen Komplikationen, und wenn sie ehrlich zu sich war, wäre es wohl das Beste, wenn alles zwischen ihnen so bliebe, wie es gerade war. Sie musste gesund werden, noch ein Jahr mit der Sendung überstehen, und dann könnte sie endlich tun, woran ihr wirklich etwas lag.

Und trotzdem …

Irgendwie kam es ihr völlig richtig vor, wenn sie in seinen Armen lag. Sie hatte bisher nie besonders gern gekuschelt, sondern immer jede Menge Platz im Bett gebraucht. Trotzdem hatte sie in ihrem ganzen Leben nie so gut geschlafen wie in den vergangenen drei Nächten: mit seinem warmen Körper so dicht an ihrer Seite, der so herrlich tröstlich und zugleich die wunderbarste Folter für sie war.

Sie spürte sein steinhartes Glied in ihrem Rücken, schmiegte sich mit ihren Hüften an ihn an und – Himmel – biss die Zähne aufeinander, weil das heiße Pochen seines Schwanzes unmöglich zu ignorieren war. Am liebsten hätte sie sich zu ihm umgedreht, ihn mit einem Bein umschlungen und auf der Matratze festgehalten und ihm dann die unnötigen Boxershorts, die er zum Schlafen trug, vom Leib gerissen und ihn geritten wie bei einem Rodeo.

Inzwischen war der Wunsch, mit ihm zu schlafen, größer als der Wunsch, privat auch weiter auf Distanz zu ihm zu bleiben. Sie bewegte sich damit auf ganz dünnem Eis. Gannon war jedoch auch weiterhin im Krankenpflegermodus und achtete darauf, dass sie es am Set nicht übertrieb und regelmäßig aß und schlief. Was ziemlich lästig, aber irgendwie auch niedlich war.

Im Gegensatz zu ihr war ihre Mutter während ihres Telefongesprächs mit ihm alles andere als fasziniert von Gannon gewesen. Paige war gleichzeitig entsetzt und stolz auf ihn gewesen, als sich ihre Mutter über das ›Benehmen ihres Freundes‹ ausgelassen hatte, doch zumindest hatte Leslie vorher von ihr wissen wollen, ob es ihr nach ihrem Unfall körperlich schon wieder etwas besser ging.

Nach Ansicht ihrer Mutter rebellierte Paige, seit sie erwachsen war, vollkommen grundlos gegen alles, was ihr von klein auf mitgegeben worden war. Leslie war der festen Überzeugung, dass sie eines Tages wieder zu sich kommen und beschließen würde, etwas Ordentliches zu studieren. Wobei ihre Mutter nicht auf sie herunterschaute, sondern einfach die Meinung vertrat, dass die St.-James-Frauen einen achtbaren Beruf ergreifen sollten, um der Welt mit ihrer Arbeit ihren Stempel aufzudrücken, so wie sie es selbst als Psychologin und ihre andere Tochter es als Hirnchirurgin tat. Ganz im Gegensatz zu Paige natürlich, die mit ihrem jämmerlichen Job eine Show produzierte, die wenig anspruchsvoller war als all das Gezänk, das man in vielen anderen grauenhaften Reality-Shows zu sehen bekam. Wobei Paige sich ziemlich sicher war, dass in den Augen ihrer Mutter ihr Traum von einem eigenen Dokumentarfilm auch nicht viel besser war als ihr jetziger Job bei *Summit-Wingenroth*. Nur leider vergaß ihre Mutter immer wieder, dass sie selbst diese zwei willensstarken, eigenständigen Persönlichkeiten großgezogen hatte und Paige deshalb ihr eigenes Leben genau so gestalten würde, wie es ihr gefiel.

Noch während Paige dies dachte, schrillte Gannons Wecker und er wälzte sich herum. Und in diesem einen kurzen Augenblick gestattete sich Paige, so zu tun, als wäre dies ein fauler Sonntagmorgen außerhalb der Drehzeit und sie hätte Zeit, um sich herumzurollen und Gannon auf die Art zu wecken, wie sie bei Frischverliebten so üblich war.

Er schlug nach seinem Handy, das auf ihrem Nachttisch lag, ließ den Kopf wieder aufs Kissen fallen und zog sie eng an seine Brust.

»Nope.« Paige riss den Mund zu einem Gähnen auf. »Du musst hier raus, bevor jemand hereinplatzt und die falschen Schlüsse zieht.«

Er gähnte ebenfalls und streckte sich. »Es wäre deutlich witziger, wenn es so wäre, wie es aussieht, aber leider musste jemand ja losziehen und sich unter einem Zelt begraben lassen.«

»Haha. Und jetzt verschwinde, ja?«

Er küsste spöttisch ihre Schulter und stand auf. »Also gut, Prinzessin, ich bin weg. Wir sehen uns dann am Set.«

• • •

Der fünfte Drehtag brach so warm und freundlich an, dass Paige zum ersten Mal seit ihrem Unfall in Shorts am Set erschien. Bei dieser Hitze konnte sie sich Eitelkeit einfach nicht leisten, denn um möglichst lange bei der Arbeit durchzuhalten, brauchte sie's bequem.

Das Haus verwandelte sich rasch. Statt der alten, schiefergrauen Wandverkleidung wies die Front jetzt einen frischen, weißen Anstrich auf, eine Gruppe Maurer führte ein paar letzte Arbeiten an der erweiterten Veranda durch, und neue Gauben lockerten das neu gedeckte Dach auf ansprechende Weise auf. Nur den Vorgarten hatten die Zelte und die vielen Menschen, die ständig über die Beete und das Gras getrampelt waren, ruiniert.

Paige sah auf ihrem iPad nach, für wann die Arbeiten der Landschaftsgärtner vorgesehen waren. Auf alle Fälle bräuchten sie noch einen zusätzlichen Tag, und sie war froh, dass sie die Bosse dazu hatte überreden können, ihnen neun statt der gewohnten sieben Tage Drehzeit zu gewähren. Trotzdem hatten alle im Team bereits jede Menge Überstunden eingelegt und rissen sich die sprichwörtlichen Hintern auf, um Brunellis Crew zu helfen, die aufgrund des schlechten Wetters und des Unfalls mit den Zelten in Verzug geraten war. Es gab in jeder Staffel ein bis zwei Familien, zu denen ihre Leute eine ganz besonders innige Beziehung hatten, und in dieser Staffel waren es die Dufours. Die Handvoll Stunden, die sie alle mit Carina und der kleinen Malia hatten verbringen können, bestärkten sie nur darin, für sie alles zu tun, was möglich war.

Froh, dass der Zeitplan eingehalten werden konnte, sah sich Paige die Facebook-Seite ihrer Sendung an. Neben dem Blog von Cat waren dort Aufnahmen hinter den Kulissen sowie Fotos von den Fortschritten, die sie bei ihrer Arbeit machten, eingestellt worden. Doch plötzlich sprang der Name Meeghan Traxx sie an. Sie hatte keine Lust, den Link zu öffnen, aber ihr verdammter Zeigefinger machte einfach, was er wollte, und rief den Artikel auf.

Unter einem Bild des blonden It-Girls in einem hautengen roten Kleid, mit blutrot geschminkten Lippen, Schutzbrille und Vorschlaghammer in den langen, passend zu dem Kleid lackierten Krallen, stand ein Text, der ihr wie auf den Leib geschrieben war.

Meeghan Traxx lässt sich von den Gerüchten über ihren Lieben nicht erschüttern. »Zwischen mir und Gannon läuft es einfach rund«, erklärt sie lachend. »Er ist die Art Mann, die meine Tasche hält, während ich Kleider anprobiere, weil er mich nicht mal für drei Minuten aus den Augen lassen will.«

Am liebsten hätte Paige sich übergeben und Gannon geradewegs ihr iPad an den Kopf geknallt. Aber da er gerade einen Helm aufhatte, um mit den Kollegen eine Trockenwand zu ziehen, hätte er davon wahrscheinlich kaum etwas gespürt. Hin- und hergerissen zwischen selbstgerechtem Zorn und krankem Masochismus, wandte sie sich wieder dem Artikel zu.

Die Beziehung zwischen Traxx und Gannon King, dem aufgehenden Stern am Reality-TV-Himmel, stand auf der Probe, als es hieß, er hätte sich in die Produktionsassistentin Paige St. James verguckt.

»Ich bin Aufnahmeleiterin und keine kleine Assistentin«, zischte Paige erbost.

Derartige Gerüchte aber tut Traxx mit einem Lachen ab. »Sie können mir glauben, es gibt nichts, womit ihn ein kleines Fangirl, das am Set den Kaffee holt, in Versuchung führen kann. Gannon ist mir treu …«

Statt das Tablet quer über den Zaun im nachbarlichen Koiteich zu entsorgen, knallte sie es auf den Tisch, unterdrückte wegen des verdammten Mikros, das sie wieder einmal trug, sogar den Strom an Flüchen, der ihr auf den Lippen lag, und fuhr mit ihrer Arbeit fort.

Den ganzen Vormittag hielt sie den Kopf gesenkt, wich jedem Blickkontakt mit Gannon aus und konzentrierte sich auf ihren Job. Das Errichten einer Trockenwand war bereits ohne Filmaufnahmen ätzend, und wenn sich die Handwerker zusammen mit dem Filmteam in die Wohnung drängen mussten, brach normalerweise das totale Chaos aus. Zum Glück wollten die Zuschauer jedoch nicht wirklich sehen, wie diese Wände abgeschmirgelt wurden, sodass der Crew während dieser Arbeitsphase eine kleine Atempause vergönnt war. Und da die Handwerker auch noch unglücklicherweise vorher sicherstellen mussten, dass kein Kabel oder Wasserrohr die Aufstellung der Wand behinderte, hatte das ganze Fernsehteam so lange nichts zu tun, bis ein bebrillter Tim-Conway-Doppelgänger sicherstellte, dass leitungstechnisch die gesamte Vorarbeit erledigt worden war.

Paige marschierte durch das zwischenzeitlich offene Wohnzimmer des Hauses und versuchte mit aller Kraft, nicht dorthin zu schauen, wo Gannon sich gerade mit Conway Junior unterhielt. Kurz darauf fing Andy ihren Blick ein und wies mit dem Kopf in Richtung Tür. Sie folgte ihm vors Haus, als er ihr sein Handy in die Hand drückte. »Sie haben mir gerade die Vorschau für die Staffel zugeschickt.«

»So, wie du mich anguckst, kann ich mir nicht vorstellen, dass sie mir gefallen wird«, antwortete Paige.

Andy kratzte sich hinter dem Ohr und zog den riesigen Hammer, der auf dem Geländer lag, so weit zurück, dass er für sie nicht mehr so einfach zu erreichen war.

Oh je.

Trotzdem drückte sie auf Play und hörte mit ausdrucksloser Miene, wie die Titelmelodie der Serie erklang. Dann sah man Gannon, grüblerisch und heiß wie eh und je, Cat, die gut gelaunt Grimassen schnitt, bevor sie mit der Axt auf eine Trockenwand losging, Gannons Vorarbeiter Flynn, der eine Kloschüssel durchs Fenster warf, und Glas- und Porzellanscherben, wie sie in Zeitlupe in den Container regneten, der unterhalb des Fensters stand. Dann kam die Sprecherin, die wegen ihrer Stimme und vor allem wegen ihres Aussehens einer der Lieblinge der Bosse war.

»Man weiß nie, welche Katastrophen es bei einer Renovierung alles gibt …«

Clips von Termitenschäden und von undichten Rohren gipfelten in einer hitzigen Debatte zwischen Paige und Gannon King. Im nächsten Augenblick marschierte Paige davon und Gannon sah ihr lächelnd hinterher. Am Ende kamen Ricos Aufnahmen des Sturms, von Tony, der mit dem kleinen Mädchen unter einem Arm zur Haustür sprintete, und von dem Zelt, das hinter ihm zusammenbrach. Dann wurde alles schwarz und man hörte nur noch Gannons Stimme, die verzweifelt ihren Namen rief.

»Auf der Baustelle sprühen die Funken«, schloss die Sprecherin und Paige sah Andy böse an.

»Gib mir den verdammten Hammer.«

»Nope.« Er schüttelte den Kopf und nahm ihr vorsichtshalber auch sein Handy wieder ab.

Sie stand wie angewurzelt da und schüttelte den Kopf. Am liebsten hätte sie geschrien, mit irgendwas um sich geworfen, irgendwas getan, bevor der heiße Zorn, der in ihr aufstieg, sie zerriss. Am liebsten hätte sie in diesem Augenblick einen auf Gannon King gemacht und einfach vor sich hin getobt. Die Bosse hatten etwas zwischen ihnen konstruiert und absichtlich mit der Veröffentlichung abgewartet, bis sich Meeghan Traxx zu ihrer angeblichen Liebelei geäußert hatte, weil das ein Garant für hohe Einschaltquoten war. Ihr Vorgehen war einfach hinterhältig und fies. Vor lauter

Wut trat Paige gegen das frisch gestrichene Geländer, nur um sofort danach zusammenzuzucken, weil der Schnitt an ihrem Bein ihr diese heftige Bewegung übelnahm.

Jetzt machten ihr die dämlichen Gerüchte zum zweiten Mal das Leben schwer. Wieder würde ihr Name bei den Internetsuchen im Zusammenhang mit der Serie ganz oben stehen, und wie die abscheulichen Aasgeier, die sie nun mal waren, würden ihre Bosse sich auch weiter auf diese Geschichte stürzen und sie ausschlachten, bis nichts mehr herauszuholen war. Und dieses Mal gäbe es kein *#NickerchenMitGannon* mehr, um davon abzulenken, dass angeblich etwas zwischen ihnen lief.

»Ich dachte mir, dass du es lieber jetzt sehen solltest, anstatt …« Unsicher, wie er den Satz beenden sollte oder ob es ratsam wäre, fortzufahren, brach Andy ab, und einen Moment später schaute Mel zur Tür heraus.

»He, Paige –«

Bevor sie sagen konnte, was sie wollte oder brauchte, meinte Andy: »Jetzt ist gerade schlecht.«

Genau, jetzt war es gerade schlecht. Jetzt war ein echt verdammt beschissener Scheißmoment. Denn ihre Karriere und ihr Ruf waren keinen Pfifferling mehr wert. Paige atmete tief durch, riss sich das Mikro und die Batterie vom Leib und stapfte los. Sie brauchte einfach fünf Minuten Zeit für sich. Fünf Minuten, in denen sie versuchen musste, keinen Hirnschlag zu bekommen, und dann musste sie nur noch den Rest des Tages überstehen. Und heute Abend ginge sie *allein* ins Bett und würde überlegen, welchen Ausweg es aus dieser Katastrophe gab.

Sie hatte einen halben Block geschafft, als sie ihn ihren Namen rufen hörte.

»Paige!«

Sie zog die Schultern hoch und wünschte sich, sie wäre wieder fit genug, um einfach loszurennen, denn so holte er sie ohne Mühe ein und hielt sie an der gesunden Schulter fest. Trotz der Wut, die ihr Hirn umwogte, wusste sie, dass seine Hand nicht zufällig an dieser Stelle lag. Er hatte sich mit all ihren Verletzungen vertraut gemacht, um ihr nicht aus Versehen wehzutun. Aber auf andere Weise hatte er sie absichtlich verletzt.

»Was willst du, King?«

Er zog verwundert eine Braue hoch. »Ich dachte schon, du wärst wegen irgendwas wütend, *St. James*. Aber vielleicht hab ich mich ja geirrt.«

Sie stieß sein Mikrofon mit ihrem Zeigefinger an und augenrollend riss er den Akku aus dem Bund seiner Shorts und schaltete ihn aus. »Besser?«

Sie wollte über diese Sache sprechen, aber wenn sie erst einmal damit anfing, würde sie wahrscheinlich nicht mehr aufhören können, und dann bräche eine ganze Ladung unverständlichen verbalen Mülls aus ihr heraus.

»Es geht mir gut. Ich brauchte einfach etwas frische Luft.«

»Weißt du, ein Mann erträgt pro Tag nur ein gewisses Maß an Schwachsinn, und in unserer Branche ist die Grenze meistens schon um acht Uhr morgens erreicht.« Der nachsichtige Ton, in dem er mit ihr sprach, brachte für sie das Fass zum Überlaufen und am liebsten hätte sie ihm mit einem Schlag das Lächeln aus dem ach so hübschen Gesicht gewischt. »Warum also ersparst du mir nicht diesen Blödsinn und sagst, warum du plötzlich einfach weggehumpelt bist?«

»Was könnte es wohl geben, wovor ich davongehumpelt bin? Was könnte es wohl geben, weshalb ich so sauer bin?« Jetzt war es endgültig um sie geschehen. Aber, verdammt, warum eigentlich nicht? Wütend baute sie sich vor ihm auf und piekste ihm mit einem Finger in die Brust. »Könnte es womöglich daran liegen, dass du eine Freundin hast, die gerade öffentlich bekannt gegeben hat, was für ein treuer Freund du bist, obwohl du in den letzten Nächten nicht bei ihr, sondern bei mir geschlafen hast? Oder dass sie sagt, ich wäre ein kleines Fangirl, das am Set den Kaffee für die anderen holt. Wobei mein Job in deiner Welt wahrscheinlich kaum etwas anderes ist. Oder liegt es vielleicht an dem Trailer, den die Produktionsgesellschaft gerade rausbringt, in dem es eine nette kleine Lovestory zwischen uns beiden gibt.«

Ihre Stimme war so laut geworden, dass die Hunde in der Gegend anfingen zu bellen, aber Gannon schaute sie mit einem breiten Grinsen an und stellte fröhlich fest: »Wow. Na dann weiß ich ja jetzt, wie der Hase läuft.«

Am liebsten hätte Paige vor lauter Zorn mit einem ihrer Füße auf den Bürgersteig gestampft. »Du hast gesagt, dass du und Meeghan nicht zusammen seid.«

»Nicht schon wieder.« Gannon rollte seine Augen himmelwärts, als flehe er den lieben Gott um Beistand an.

»Hör zu, Gannon.« Sie knirschte mit den Zähnen. »Ich weiß zu schätzen, was du in der letzten Zeit für mich getan hast, aber an mehr als einer rein beruflichen Beziehung zwischen uns bin ich nun mal nicht interessiert.«

»Jetzt belügst du mich schon wieder, Paige.«

Ohne auf die Warnung, die in seiner Stimme lag, zu achten, fuhr sie voller Nachdruck fort. »Ich fange ganz bestimmt nichts mit dir an. Du bist der ›aufgehende Stern am Reality-TV-Himmel‹, und ein anderer Stern an diesem Himmel ist anscheinend davon überzeugt, dass ihr zusammen seid. Dadurch steht ihr zwei im Rampenlicht, aber ich will an diesem Schauspiel nicht beteiligt sein.«

»Wovor hast du solche Angst?«

»Vor allem, was bisher passiert ist und was noch passieren

kann.« Sie ballte die Hände zu Fäusten. »Du bist wie Kryptonit für meine Karriere, und außerdem kann ich mir nicht vorstellen, dass sich deine *Freundin* darüber freuen würde, wenn sie hören würde, dass tatsächlich was zwischen uns läuft.«

Jetzt war Gannon es, der um Beherrschung rang. »Verdammt, sie ist nicht meine Freundin und das war sie auch niemals. Die Produktionsfirma hat uns etwas angedichtet, weil das gute Werbung für die Sendung war. Das ist alles. Und ich habe ihnen zu Beginn der Staffel deutlich zu verstehen gegeben, dass die Angelegenheit für mich erledigt ist. Inzwischen läuft die Sendung wie von selbst. Sie hat es nicht mehr nötig, ihre Einschaltquoten künstlich hochzutreiben, indem man so tut, als ob was zwischen mir und Meeghan läuft.«

»Wenn das so ist, hat man dir die Vorschau auf die Staffel offenbar noch nicht gezeigt. Gott, du ruinierst meine Karriere, und es ist dir vollkommen egal!«

»Und warum bist du so schnell bereit, auf Tauchstation zu gehen und dich totzustellen? Warum kämpfst du nicht um deinen Job?«

Als ihr Handy in der Tasche ihrer Shorts vibrierte, riss sie es hervor, überflog die kurze Textnachricht, die sie bekommen hatte, und bemerkte, dass ihr Blutdruck durch die Decke schoss.

»Na super. Toll. Das hat mir gerade noch gefehlt. Eddie schreibt, die Bosse wollen ein Interview mit uns.«

»Das wird sicher lustig«, stellte er mit einem ironischen Lächeln fest.

Bei seinen Worten hätte sie endgültig platzen können, aber plötzlich wurde ihre Wut durch ein Gefühl der Schwere und die Akzeptanz, dass sie verloren hatte, ersetzt.

»Schlaf heute Nacht in deinem eigenen Zimmer, Gannon, und

lass mich in Ruhe«, bat sie ihn resigniert und ließ ihn mit diesen Worten stehen.

Kapitel 24

Die nächsten beiden Nächte wälzte Paige sich unruhig auf der riesigen Matratze ihres Bettes und verfluchte Gannon King und seinen wunderbaren Körper, der scheinbar dafür gesorgt hatte, dass sie ohne seine Nähe nicht mehr einschlafen konnte. Die einzige Genugtuung, die sie in dieser Zeit erfuhr, war, dass auch er erschöpft und schlecht gelaunt am Set erschien, was bedeutete, dass sie zumindest nicht alleine litt.

Über eine Million Leute hatten sich die Vorschau angesehen und die Überzeugung der Bosse zementiert, dass das angebliche Techtelmechtel zwischen Paige und Gannon hinsichtlich der Einschaltquoten Gold wert war. Sie verbrachte jede Menge Zeit damit, darüber nachzudenken, was Gannon mit Blick auf sich und Meeghan Traxx behauptet hatte. Stimmte es? Lief da wirklich nichts? Aber weshalb tat dann Meeghan standhaft so, als wären sie ein Paar?

Am Set herrschte inzwischen Hochspannung. Ihnen lief die Zeit davon. Morgen würde die Familie zurückkommen, und es mussten noch fünfzig Millionen Dinge getan werden. Wobei Paiges und Gannons schlechte Laune diesbezüglich nicht sonderlich förderlich war. Die anderen gingen ihnen aus dem Weg, als wären sie die Überträger einer hochansteckenden Magen-Darm-Grippe. Und während Gannons Laune einem Vulkan glich, der kurz vor dem Ausbruch stand, gab sich Paige als die Eiskönigin, sodass die beiden, als sie sich zum ersten Mal gemeinsam filmen lassen sollten, derart ungehalten waren, dass Andy sie nach gerade einmal einer halben Stunde wieder erlöste und getrennter Wege gehen ließ. Dann fuhr er schwere Geschütze auf.

»Kann ich dich kurz sprechen?«, fragte Cat, als Paige am Nachmittag im Cateringzelt darüber grübelte, ob ihr nach einem Apfel oder eher nach einer Packung Jellybeans zumute war. »Es ist wirklich wichtig und sonst gibt es niemanden, mit dem ich reden kann.«

»Sicher.« Eilig legte Paige die Jellybeans zurück und überlegte, was der Grund für die Besorgnis ihrer Freundin sein könnte. Die Probleme, die sie hatte, konnten manchmal ziemlich … überraschend sein. Sei es, dass sie einen Streuner von der Straße retten wollte, oder Männerprobleme.

Cat öffnete die Schiebetür des Produktionsvans und schob Paige hinein.

»Du bist doch wohl nicht schwanger?«, fragte Paige über die Schulter.

»Schwanger?«, erklang Gannons Stimme wie ein Donnerschlag.

»Was macht der denn hier?«, erkundigte sich Paige und wandte sich zum Gehen, doch Cat versperrte ihr den Weg und zog die Tür hinter sich zu.

»Was hast du eigentlich für ein Problem? Meine Schwester hat mich hergebeten. Sag mir also lieber, was du hier machst«, schnauzte er schlecht gelaunt zurück.

Cat klatschte in die Hände. »So, Leute, jetzt reicht's. Ich wurde von der Crew dazu bestimmt, euch zusammenzubringen und euch zu erklären, dass euer kindisches Verhalten das gesamte Team betrifft und uns allen entsetzlich auf die Nerven geht.«

Paige starrte sie mit großen Augen an, doch Gannon warf sich auf den einzigen, am Arbeitstisch stehenden Stuhl, lehnte sich zurück und verzog gespielt gelangweilt das Gesicht.

Cat stemmte die Hände in die Hüften und baute sich vor den beiden auf. »Bei aller Liebe, aber ihr müsst euch echt mal wieder zusammenreißen. Ihr treibt uns alle in den Wahnsinn, und das können wir bei so einem harten Dreh wie dieses Mal echt nicht gebrauchen. Du wurdest verletzt«, wandte sie sich an Paige. »Und das vor unser aller Augen. Und ein paar Sekunden lang hatten wir echt Angst, dich verloren zu haben.«

»Tut mir leid –«, setzte Paige an, doch Cat war noch nicht fertig.

»Wir arbeiten an einem Haus für ein kleines Mädchen, das sich vielleicht nur für kurze Zeit darüber freuen kann, falls seine Krankheit wieder die Oberhand gewinnen sollte. Und momentan können wir uns mit dem blöden Eiertanz, den wir alle vollführen, sobald ihr zwei Idioten in der Nähe seid, nicht auf unsere eigentliche Arbeit konzentrieren.«

Gannon wollte widersprechen, aber seine Schwester schüttelte den Kopf. »Oh nein. Jetzt rede ich und du hörst zu. Ich weiß nicht, was zwischen euch läuft, aber seht zu, dass ihr euch wieder einkriegt, denn wenn Malia das Haus bekommen soll, das sie verdient, müssen nicht nur wir anderen, sondern auch ihr zwei in Bestform sein. Also benehmt euch, rauft euch zusammen und kriegt eure Ärsche wieder hoch!«

»Tut mir leid«, murmelte Paige kleinlaut, und ihr Widersacher wich den Blicken beider Frauen unbehaglich aus.

»Und jetzt noch was Persönliches. Ich weiß, dass ihr Gefühle füreinander habt. Klappe«, fauchte sie, als beide etwas sagen wollten. »Meiner Meinung nach wärt ihr bescheuert, wenn ihr nur auf Abstand zueinander gehen würdet, um gegen die Bosse und die Klatschseiten im Internet zu rebellieren. Überlegt euch, was ihr wollt, versucht es zu bekommen, und vergesst den Rest. Okay?«

Paige und Gannon nickten brav.

»Gut. Und jetzt schwingt eure Hintern hoch, damit unser Team das Haus bis morgen fertig kriegt.« Cat riss die Tür des Vans wieder auf und stapfte los, ohne sich noch einmal nach den beiden anderen umzudrehen.

• • •

Sie schafften es tatsächlich, bis zum Abend eine vorläufige Waffenruhe zu bewahren, und trotz des gleichmäßigen Regens, der den ganzen Nachmittag lang auf sie niederging, kamen sie mit der Arbeit gut voran. Paige trieb alle dazu an, sich möglichst häufig bei den letzten Tätigkeiten aufnehmen zu lassen, Gannon hängte die neuen Küchenschränke auf und Cat half bei der Anbringung des Fliesenspiegels aus. Sie filmten Flynn, wie er die Deckenlampen installierte, und Brunellis Crew beim Aufbau der speziell gefertigten Regale, die für Fernseher und Bücher vorgesehen waren, während der Rest des Trupps die Wände strich.

Das Anliefern der Möbel müssten sie bei Tageslicht und möglichst ohne Regen filmen, also stellten Paige und Andy abermals den Drehplan um, der sorgfältig nach Stunden unterteilt war. Es war der finale Sprint, und alle waren erschöpft und hatten das Gefühl, als hätten sie noch derart viel zu tun, dass es niemals zu schaffen war. Die Pizzeria in der Stadt spendierte der Armee aus Handwerkern und freiwilligen Helfern vierzig Pizzen, und das Mädchen, das sie brachte, wurde von dem Trupp wie eine Lebensretterin empfangen. Paige knirschte hingegen mit den Zähnen, als

Gannon ihr den Gefallen tat, mit ihr ein Selfie zu machen, bevor er ihr einen Pinsel reichte.

Es war nach Mitternacht, bis sie mit ihrer Arbeit fertig waren. Müde, aber stolz begutachtete Paige das fast fertige Haus. Sie hatten es auch dieses Mal geschafft. Vorausgesetzt, die Lieferung der Möbel liefe glatt, könnten sie am frühen Nachmittag die Übergabe filmen, und dann konnten Malia und ihre Mom die erste Nacht in ihrem neuen Heim verbringen, und Paige und ihre Leute würden wie die Toten schlafen, ehe es am nächsten Nachmittag zum nächsten Drehort ging.

In der oberen Etage wurden noch die letzten Quadratmeter Teppich verlegt, und die Fliesenleger legten letzte Hand an Carinas wunderschönes neues Bad. Malias Zimmer hatte pinkfarbene Wände, einen Fenstersitz mit rosafarbenen und violetten Kissen, und das Bett, das Gannon morgen früh zusammenbauen würde, war auf jeden Fall prinzessinnengerecht.

Paige sprach ein letztes Mal mit Brunellis Vorarbeiter, und nachdem er ihr versicherte, dass bis zum Morgen alle Arbeiten erledigt sein würden, fuhr sie endlich ins Hotel.

• • •

Bis auf die Haut durchnässt und vollkommen erschöpft hinterließ sie eine Spur aus nassen Kleidern auf dem Weg zu ihrem Bett und schaltete als einzige Beleuchtung die winzige Lampe auf dem Nachttisch ein. Sie hatte einfach keine Energie mehr, um ins Bad zu gehen, überprüfte aber dreimal, ob sie ihren Wecker eingeschaltet hatte, der auf 6:30 Uhr stand. *Oh Mann.*

In der festen Überzeugung, dass sie viel zu müde wäre, um noch lange wach zu liegen, nachzudenken und vor Sehnsucht zu vergehen, ließ sie sich auf die Matratze fallen. Sie würde nicht über

Cats Vortrag und Gannons Behauptung nachdenken, dass die Geschichte zwischen ihm und Meeghan ein einziger PR-Gag ihrer Bosse war. Oh nein. Sie würde definitiv nicht darüber nachdenken. Sie machte ihre Augen zu und wartete vergeblich auf den Schlaf. Sie wartete und wartete, bis sie ein paar Minuten später ein verstohlenes Klopfen an der Tür vernahm.

Sie könnte so tun, als hätte sie es nicht gehört.

»Nun mach schon auf«, drang Gannons müde, schlecht gelaunte Stimme an ihr Ohr.

Knurrend zerrte Paige ein Tanktop über ihren Kopf und stolperte zur Tür.

»Was willst du?«, fragte sie und machte die Tür einen Spalt weit auf.

Grummelnd schob er sich an ihr vorbei. Sein nasses T-Shirt klebte an seiner muskulösen Brust, seine Turnschuhe quietschten bei jedem Schritt, und ohne sich auch nur noch einmal nach ihr umzudrehen, zog er das T-Shirt aus und ließ es auf den Boden fallen.

»Was machst du da?« Sie war zu müde, um sich aufzuregen, als er auch aus seinen Schuhen stieg und sich die feuchten, schmutzigen Socken von den Füßen zog.

Er schob die Daumen in den Bund seiner Shorts und sah sie böse an. »Willst du schlafen? Ich weiß nicht, wie's dir geht, aber ich will endlich wieder einmal eine Nacht durchschlafen, und ich bin nicht in der Stimmung, noch mal eine Nacht lang die verdammte Decke anzustarren und darüber nachzugrübeln, warum ich erheblich besser schlafe, wenn du an meiner Seite liegst.« Er zog die Hose aus und stand herausfordernd, nur noch in seinen grauen Boxershorts neben dem Bett.

Sie war hypnotisiert von seinem praktisch nackten Körper. Eine andere Erklärung konnte es nicht dafür geben, als sie tatenlos mit ansah, wie er sich auf die Matratze fallen ließ. Was zum Teufel sollte sie jetzt machen? Er war einfach hier hereingeplatzt und hatte ihren Schlafplatz in Beschlag genommen. Wenn sie sich jetzt zu ihm legte, würde das bedeuten, dass sie sich geschlagen gäbe. Aber hatte sie tatsächlich noch genügend Energie, um sich zu wehren?

Gannon hielt die Decke hoch, und nach einer kurzen inneren Debatte gab Paige nach, krabbelte zu ihm ins Bett und schmiegte ihren Rücken an seinen herrlich warmen Männerkörper. Seine breite Brust und seine harten Schenkel hüllten ihren Körper in sich ein, und sie musste einen Seufzer unterdrücken. Er hatte recht, aus welchem Grund auch immer schlief sie deutlich besser, wenn sie warm in Gannons starken Armen lag, und heute Abend war sie viel zu erschöpft, um sich zu fragen, ob es besser wäre, wenn sie zwar nicht schliefe, dafür aber standhaft blieb.

Gannon schaltete die Nachttischlampe aus, und als es diesmal dunkel wurde, wusste Paige, sie würde ohne Mühe einschlafen. Er rutschte hinter ihr herum, bis sein Gesicht an ihren Haaren lag, und gähnend meinte sie: »Ich kann deine Freude hören, aber morgen diskutieren wir diese Sache aus.«

»Ach, Prinzessin, halt einfach den Mund und schlaf.«

Kapitel 25

Es war noch dunkel, als Paige flatternd ihre Augen öffnete. Sie hatte tief und fest geschlafen, und obwohl der Wecker auf dem Nachttisch erst auf 5:30 Uhr stand, fühlte sie sich ausgeschlafen und erholt. Sie fragte sich jedoch, warum ihre rechte Brust so ungewöhnlich angespannt war, als ihr plötzlich bewusst wurde, dass Gannons große Hand direkt auf ihrem Busen lag. Im Schlaf hatte er sich so dicht an sie herangeschoben, dass die pralle Länge seiner Erektion an ihrem Hinterteil nun überdeutlich zu spüren war.

Mit einem Mal war sie hellwach, und zwischen ihren Schenkeln breitete sich ein glühendes Verlangen aus. Sie biss sich auf die Lippe und versuchte wieder einzuschlafen, doch ihr Körper hatte andere Gedanken. Es gab nur eine Sache, die er wollte, und die war zum Greifen nah. Vorsichtig kreiste sie mit ihren Hüften und wurde sofort mit dem Pochen seines Glieds belohnt.

Das machte ihre Situation nicht gerade besser. Pulsierend forderte die Leere, die sie bereits allzu lange in sich spürte, endlich, ausgefüllt zu werden. Im Zimmer war es totenstill und durch die Dunkelheit hatte Paige das Gefühl, als wären sie und Gannon ganz allein auf der Welt. Als könnte das, was in dem Raum geschah, für alle Zeit hier bleiben, während alles andere weiterging, als wäre nie etwas passiert. Als würden die Geschehnisse in diesem Bett wie in einem Vakuum bewahrt, während außerhalb der Tag anbrach und alle so weitermachten wie bisher.

Mit diesen Sätzen machte sie sich selber Mut. Die Bedürfnisse, die sie mit einem Mal verspürte, waren zu schmerzlich, um ihnen dauerhaft zu widerstehen. Aber wollte Gannon sie überhaupt noch auf diese Art? Begehrte er sie in derselben Weise wie sie ihn? Und war sie tatsächlich bereit dafür, eine Antwort auf diese Frage zu bekommen und nicht länger gegen ihre Gefühle anzukämpfen?

Wie zur Antwort spannten sich Gannons Finger rastlos um ihren Nippel. Abermals biss Paige sich auf die Lippe, rollte sich zu ihm herum, glitt mit einer ihrer Hände über seine Brust und seinen straffen Bauch und schaute in ein Paar wachsame Augen. Ihre eigene Brust brannte dort, wo seine Hand sie fest umschlossen gehalten hatte. Wortlos schob er ihre Hand vorbei an seinem Nabel, entlang der dünnen Spur aus Haar in Richtung seines Unterleibs bis hin in den Bund seiner Boxershorts. Dann stockte ihm der Atem, als sie ihre Finger um ihn schloss. Er fühlte sich so dick und heiß an wie glühender Stahl, und nach kurzem Zögern schloss sie gierig ihre Hand zur Faust. Ohne von ihm abzulassen, zerrte sie den Bund der Boxershorts an ihm herab, befreite seinen Schwanz und befühlte seine Hoden. Zischend holte er Luft. Als sie anfing, ihn zu massieren, spannte er seinen Kiefer an, und als sie die Finger erst an ihm herauf- und dann wieder heruntergleiten ließ, nahm sie in ihrem eigenen Unterleib ein gleichmäßiges, warmes Pochen wahr.

»Bist du sicher, Paige?«, stieß er mit vor Verlangen rauer Stimme aus.

Ob sie sich sicher war? In diesem Augenblick war sie sich so sicher wie noch nie zuvor in irgendeiner Angelegenheit. Aber würde sie sich später noch genauso sicher sein?

»Gib mir eine Antwort, Paige. Ich muss es wissen.«

»Ja.« Das eine Wort schien Gannon aus seinen unsichtbaren Fesseln zu befreien. Eilig streckte er den Arm nach dem Schalter der Nachttischlampe aus.

»Ich muss dich sehen.«

Seine Augen waren glasig und erneut glitt sie mit ihrer Hand an seinem steifen Glied herauf, drückte die Spitze vorsichtig zusammen und spürte einen ersten Tropfen Feuchtigkeit.

»Willst du mich?«, flüsterte sie, aus Angst, sonst möglicherweise den Zauber zu brechen.

Er schob eine seiner Hände zwischen ihre Körper, wischte sich das Sperma vom Schwanz und presste ihr die feuchten Finger an die Lippen. »Na, was denkst du?«, stieß er heiser aus.

Sie leckte seine salzigen Fingerspitzen ab, und während er stöhnte, nahm sie das Pulsieren seines Bluts unter ihren Fingern wahr.

»Wir haben nicht viel Zeit«, murmelte er.

»Ist mir egal. Ich will dich, Gannon. Jetzt.«

Ungeduldig streckte er die Arme nach ihr aus, rollte sich auf den Rücken und zog sie auf sich.

»Ich will dir nicht wehtun«, warnte er, und gegen ihren Willen fragte sie sich, ob er von ihren Blessuren oder von ihrem Herzen sprach. Aber als kurz darauf die breite Spitze seines Schwanzes gegen ihre heiß geschwollene Klitoris stieß, warf sie auch noch die letzten Vorbehalte über Bord.

»Verdammt, Süße. Ich habe kein Kondom dabei.« Er spannte seinen Körper an und vergrub die Finger tief in ihrem Fleisch.

Zum Glück hatte sie selber immer ein Paket in ihrem Notfallpack. Doch dies war sicher nicht der richtige Augenblick, um

Gannon zu erklären, dass sie diese Dinger immer bei sich hatte, um seine Schwester im Fall aller Fälle mit Kondomen zu versorgen. Es gab einfach ein paar Dinge, die ein Bruder nicht von seiner Schwester wissen musste, dachte Paige.

»Bleib liegen.« Widerstrebend ließ sie von ihm ab, stand auf und wühlte in der Tasche, die ein Stück entfernt auf dem Boden lag. Schließlich fand sie die Kondome in der Innentasche, schwenkte sie triumphierend durch die Luft und ging zurück zum Bett. Dann hielt sie inne, um den Anblick, der sich ihr bot, für einen Moment festzuhalten: Gannon, wie er nackt mit schwerem Schwanz quer über dem Bauch auf ihrem weißen Laken lag, zog sie in den Bann.

»Wenn du mich noch länger anstarrst, Prinzessin, bleibt nicht mehr genügend Zeit, um dich mehr als einmal kommen zu lassen«, warnte er, worauf sie eilig ihre Unterwäsche auszog und zufrieden grinste, als ein lautes Stöhnen über seine Lippen drang.

Er packte seinen Schwanz und richtete ihn auf, während sie zurück auf die Matratze kroch und vorsichtig ein Bein über ihn schob, bis sie wieder rittlings auf seinen harten Schenkeln saß.

»Du bist so verdammt schön, Paige«, wisperte er und glitt jetzt langsamer mit seiner Hand über sein Glied.

Als sie ihm das Kondom überzog, atmete er zischend aus und schloss die Augen, als sie abermals an ihm heraufglitt und ihn dann in Richtung ihrer feuchten Mitte zog. Kurz darauf zerrte Gannon ihr das Tanktop bis zum Hals und entblößte ihre Brüste. Erregt tastete er nach ihren runden Brüsten, während Paige sich langsam auf ihm niederließ. Aufgrund des Winkels und seiner Größe musste sie es langsam angehen lassen und sich vollkommen entspannen, um ihn in sich aufnehmen zu können. Hungrig legte er die Hände um ihren Hintern und schob sich endgültig in sie hinein.

Sie schwankte mit ihren Hüften, um sich ein wenig Platz zu verschaffen – denn er war tatsächlich riesig und füllte sie zur Gänze aus. Dann jedoch blieb sie mit dem Gefühl, als wäre sie mit ihm verschmolzen, reglos auf ihm sitzen und atmete keuchend aus und ein.

Er fragte rau: »Alles okay?«

Es war viel mehr als nur okay. Es war viel mehr als nur perfekt. Ihr fehlten die Worte, um dieses Gefühl zu beschreiben, also zeigte sie es ihm. Sie richtete sich zögernd auf, spürte, wie sie aus ihm rausglitt, senkte sich dann abermals auf ihn herab und nahm ihn wieder in sich auf. Sein Stöhnen klang, als ob er wunderbare Qualen litt, und eilig zog er ihren Kopf zu sich herab. Er küsste sie leidenschaftlich und schob ihr zeitgleich mit den aggressiven Stößen seines Schwanzes seine Zunge in den Mund, bis Paige fast ohnmächtig vor Verlangen war.

Das war es, was sie wollte, und wogegen jede Gegenwehr vergeblich war. Das war es, was sie begehrte und worauf sie niemals mehr würde verzichten wollen.

Sie war oben, doch es war Gannon, der das Tempo vorgab, seinen Mund von ihren Lippen riss und mit der Zungenspitze über einen ihrer steinharten Nippel fuhr. Sie rang nach Luft, denn seine raue Zunge und das gleichzeitige sanfte Saugen seiner Lippen brachten sie um den Verstand. Sie kam sich vor wie im Himmel. Es war so, als nutzte sie zum ersten Mal in ihrem Leben ihren Körper zu dem Zweck, zu dem er ihr gegeben wurde. Um Lust zu empfangen und zu geben.

Sie wiegte sich im Takt von Gannons Stößen und keuchte: »Gannon, ich –«

Bevor sie ihren Satz beenden konnte, war es endgültig um sie geschehen. Sie spürte den Orgasmus überall. In ihren Brustwarzen, an denen er leckte, in den Muskeln, die sich fest um seinen

Schwanz schlossen, während er noch tiefer in sie eindrang, und in den Zehen, die sich aufrollten, während ein heißer Blitz durch ihren Leib zu zucken schien. Ihre Lust glich einer Flut, die in ihr aufbrandete und dann wieder brach, und unter jeder Woge stieß Gannon sich gewaltsamer in sie hinein. Keuchend warf sie ihren Kopf zurück und ergab sich ihm.

»Noch mal«, verlangte er.

Behutsam zog er sie von sich herunter und drückte sie in die Matratze. Er kniete sich entschlossen zwischen ihre Schenkel und ließ seinen Schwanz an ihrer Öffnung ruhen.

»Sag mir, wenn ich dir wehtue.«

Paige nickte ihm zu, denn in diesem Augenblick hätte sie allem zugestimmt, worum er bat.

»Ich werde versuchen, vorsichtig zu sein, aber ich kann nicht garantieren, dass das klappt«, erklärte er ihr keuchend, während er mit seinen Händen sanft über die Innenseiten ihrer Schenkel glitt. »Bist du bereit?«

Wieder nickte sie und starrte ihn mit großen Augen an. Sie war für alles bereit, was Gannon ihr geben wollte. Endlich drang er kraftvoll in sie ein und ihre Hüften passten sich entschlossen an den Rhythmus seiner Stöße an. Das biologische Verlangen danach, abermals zu kommen, trieb sie an. Sie öffnete sich ihm und er schob ihre Knie bis hinauf zu ihren Schultern, hielt sie fest und legte ihre Schenkel über seinen Oberarmen ab.

Sie war ihm völlig ausgeliefert, doch statt Panik spürte Paige nur das glühende Verlangen nach ihm. Sie war bereits gekommen, doch das reichte ihr noch lange nicht.

»Das ist noch nicht genug«, griff Gannon den Gedanken auf. »Ich brauche viel mehr Zeit mit dir. Ich muss dich kosten und jeden Zentimeter deines Körpers erforschen.«

Er vergaß, dass er es hatte langsam angehen wollen, und rammte sich mit aller Kraft in sie hinein, sodass ihre Brüste unter der Gewalt seiner Stöße auf und ab hüpften.

Sie fanden beide keine Worte mehr, um auszudrücken, was sie fühlten, doch als ihre Blicke sich begegneten, erkannte Paige, dass die Gedanken und Gefühle, die sie hatten, vollkommen in Einklang miteinander waren. Sie jagten beide ihrer Erlösung hinterher, bis der Blick aus Gannons braunen Augen deutlich zeigte, dass das Ziel zum Greifen nahe war.

»Ja«, stimmte sie zu, und plötzlich waren sie beide wie befreit.

Er stieß noch einmal kraftvoll in sie ein, und als er knurrend kam, spannten sich ihre Muskeln fest um seinen Schwanz und hielten ihn dort fest, während die Welt rund um sie herum zu explodieren schien. Zitternd brach er über ihr zusammen und presste den schweißnassen Bauch auf ihre Brust. Keuchend rangen sie beide nach Luft.

Dann küsste er sie auf Gesicht und Haare, und mit ungläubiger Stimme meinte sie: »Ich brauche mehr.«

»Keine Angst, Prinzessin. Ich verspreche dir, dass das erst der Anfang ist«, erklärte er. Doch ehe sie ihn bitten konnte, es ihr zu beweisen, klopfte es vernehmlich an der Tür.

Kapitel 26

»Paige?«, erklang Mels Stimme durch die Tür.

»Dafür bringe ich sie um«, murmelte Gannon. »Sie ist eine tote Frau.«

Eilig hielt ihm Paige den Mund zu, sah ihn warnend an und sprang aus dem Bett. »Was gibt's denn?«

»Billie hat gerade angerufen«, brüllte Mel. »Sie ist auf der Baustelle und meint, dass sie dich nicht erreichen kann. Der Möbelwagen ist schon da und versperrt die Straße, also müssen wir so schnell wie möglich ausladen, damit der Fahrer keinen Strafzettel bekommt.«

»Mist, Mist, Mist!« Paige zerrte eine kurze Hose und ein Tanktop aus dem Schrank und rief in Richtung Tür: »Bin sofort da!«

»Wir treffen uns dann auf dem Parkplatz«, antwortete Mel.

»Verdammt.« Paige zog das Tanktop über ihren Kopf. »Ich hasse diesen Job.«

»Zieh dir bitte einen BH an«, bat Gannon sie. »Sie werden meinen Schwanz sonst verpixeln müssen, wenn ich weiß, dass du den ganzen Tag nichts unter dem Tanktop trägst.«

Paige sah auf seinen Unterleib und zog die Brauen hoch. »Ich weiß nicht, ob's dafür genügend Pixel gibt.«

Entschlossen packte er den Bund ihrer Shorts und gab ihr einen kurzen, harten Kuss. »Es ist noch nicht vorbei.«

»Das will ich doch hoffen.«

• • •

Als Paige ankam, herrschte das totale Chaos, aber irgendwie gelang es ihnen, den verfluchten Laster zu entladen und die Straße wieder freizumachen, ehe sich jemand vom Ordnungsamt am Drehort blicken ließ. Zwar waren sie gezwungen, einmal um den Block zu fahren und extra für die blöden Kameras ein paar der Möbel noch mal ein- und wieder auszuladen, doch zumindest kamen sie um einen Strafzettel und ein fettes Bußgeld herum. Und Gannon war so gut gelaunt, dass er das wiederholte Schleppen einiger der Teile fast ohne zu murren über sich ergehen ließ.

Nach vier Stunden Schlaf und dem Orgasmus seines Lebens war er so gut drauf wie schon seit einer Ewigkeit nicht mehr. Und dass er den Tag damit verbringen konnte, Paige in ihrer kurzen blauen Sporthose und ihrem #Sklaventreiberin-Tanktop am Set herumlaufen zu sehen, war auch nicht gerade schlecht.

Paige hatte ihn in vielen Dingen auf das Positivste überrascht. Sie war tough und humpelte trotz ihrer zahlreichen Verletzungen von früh bis spät am Set herum. Im Bett war sie die reinste Göttin. Sie war unabhängig, nicht auf den Mund gefallen, und egal, wie mies er manchmal drauf war, sie kam mühelos mit ihm zurecht und trieb ihn am Set dazu an, sein Bestes zu geben. Auch außerhalb der Arbeit hatte sie bisher nicht die geringsten Ansprüche an ihn gestellt. Warum nur hatte er ein ganzes Jahr damit gewartet, sie näher kennenzulernen?

Als sie mit der Show angefangen hatten, hatte er sich mit voller Absicht aus den produktionstechnischen Vorgängen herausgehalten und sich ganz auf seine Schwester und auf seine eigenen Leute konzentriert. Sie hatten bereits viel mit ihm durchgemacht, ihn nie im Stich gelassen und sich demnach seine Loyalität mehr als verdient.

Trotzdem war es falsch gewesen, Paige und all die anderen Leute von der Produktionsfirma deshalb während der gesamten ersten Staffel weitestgehend zu ignorieren. Er hatte dadurch nicht nur zu viel Zeit mit ihr verloren, sondern obendrein die Chance vertan, ihr und allen anderen von Beginn an deutlich zu verstehen zu geben, dass nichts zwischen ihm und Meeghan lief. Er war zu faul gewesen, um in dieser Sache Stellung zu beziehen, also hatte er sie einfach ignoriert. Und jetzt war die Geschichte derart hochgekocht, dass der Schaden nur noch mühsam zu begrenzen war. Er würde diese Sache klären, aber erst mal hatte er andere Pläne. Pläne, die Paige involvierten.

Sie beide würden die nächsten Tage freihaben, und er war fest entschlossen, den Großteil dieser Zeit mit ihr im Bett zu verbringen. Weshalb er heute bei den Dreharbeiten beinah übertrieben fröhlich war. Er beschwerte sich nicht einmal, als Paige ihn bat, das Baldachingestänge über Malias Bett noch mal zusammenzubauen, weil während der Montage keine Kamera dabei gewesen war. Er war viel zu gut drauf, um sich daran zu stören, und steckte alle anderen mit seiner guten Laune an.

Und selbst Mutter Natur bewies Sinn für Humor, denn nachdem es gestern pausenlos geregnet hatte, war es heute sonnenhell und drückend schwül. Sein Team riss sich den Hintern auf, um in den letzten Stunden vor der Übergabe alles fertigzubekommen. Sie alle pfiffen dabei irgendwelche Popsongs und zogen sich gegenseitig auf, und überall roch es nach frischer Farbe, neuen Teppichen und einem generellen Neubeginn.

Die Filmcrew ließ den Bautrupp einfach machen, filmte ihn beim Aufbau des am Vormittag ins Haus geschleppten Mobiliars und konzentrierte sich dabei vor allem auf Cat, die der Behausung ihren letzten Schliff verlieh. Zwar war sie handwerklich nicht weniger begabt als Gannon, aber da sie eine Frau war, hatten die Bosse sie kurzerhand zur Designerin der Show ernannt.

Im Haus war kaum noch was zu tun. Brunellis Leute hatten ihre Sache so hervorragend gemacht, dass sie auf Andys Bitte hin noch einmal ein paar Dinge zurückbauen mussten, damit Cat und Gannon vor der Kamera so tun konnten, als legten sie sich fürchterlich ins Zeug, um alles gerade noch rechtzeitig fertigzubekommen. Was natürlich gelogen, aber gut für die Geschichte war. »Los, los, das Haus des kleinen Krebsmädchens muss fertig werden«, würde es im Trailer heißen, damit diese Folge bis zum Ende spannend blieb.

Mit einem Mal ging ihm Paiges Mantra durch den Kopf. *Noch eine Staffel und dann hab ich's geschafft.* Im Gegensatz zu seiner Schwester, die es liebte, gefilmt zu werden, war er einfach nicht fürs Fernsehen gemacht. Mit dem Geld der nächsten Staffel könnte er das Unternehmen seines Opas aus den roten Zahlen führen und sich dann endlich seinen eigenen Traum erfüllen.

Wieder wanderte sein Blick zu Paige, die hinter Louis in der Tür stand, um den Filmaufnahmen zuzusehen. Sie war wirklich eine wunderschöne Frau. Nicht wie ein Model, dessen Schönheit einem bereits auf den ersten Blick den Atem raubte, und vor allem nicht wie Meeghan Traxx. Wofür er wirklich dankbar war. Einen derartigen Fehler machte er bestimmt kein zweites Mal. Inzwischen war ihm klar, dass es für diese Art von Schönheit einen allzu hohen Preis zu zahlen galt, während man kaum etwas zurückbekam.

Paige hingegen war die Art von Frau, die man mit nach Hause bringen und problemlos seinen Eltern vorstellen könnte, denn sie war völlig echt. Wenn das nicht Ironie des Schicksals war. Da war er beim Reality-TV – dem unehrlichsten Genre, das es gab – und hatte jemanden getroffen, für den er tatsächlich was empfand.

Er fuhr sich mit den Händen übers Gesicht und wandte sich entschlossen ab. Er hatte gerade ein einziges Mal Sex mit ihr gehabt, und schon jetzt ging sie ihm einfach nicht mehr aus dem Kopf. Aber würde sie versuchen, sich, sobald die Staffel zu Ende war, einfach wieder zu verziehen? Und würde er sie dann einfach gehen lassen können und so tun, als wäre nie etwas geschehen?

• • •

Am Tag der Übergabe herrschte eine andere Art von Chaos als während der Aufnahmen der Renovierung. Die Leute hatten es dann nicht mehr eilig, alles fertigzubekommen, und die Kameras nahmen, statt handwerklicher Tätigkeiten, Tränen, überraschte Mienen und den überschwänglichen Dank der Hausbesitzer auf. Und wenn die Aufnahmen beim ersten Mal nicht reichten, hatte Paige die Aufgabe, die Energie und Aufregung der Leute aufrechtzuerhalten, damit sie auch bei der wiederholten Aufnahme der Übergabe möglichst echt aussahen.

Mels Textnachricht zufolge waren Carina und ihre Tochter auf dem Weg. Das Team hatte also nur noch eine gute Viertelstunde, um die Schar der freiwilligen Helfer, die begeistert ihre selbst gebastelten Willkommensschilder schwenkten, davon abzuhalten, von der anderen Straßenseite aus in den Vorgarten zu stürmen, um bei der Ankunft der Familie noch ein wenig näher am Geschehen dran zu sein. Paige wusste aus Erfahrung, dass es besser war, wenn sich die beiden Kings erst blicken ließen, wenn auch die Familie kam, denn einmal waren zwei Frauen über die Absperrung gesprungen, um sich Gannons T-Shirt anzueignen … während er es noch am Körper trug. Seither schirmten sie den Drehort vor der Übergabe deutlich besser ab, und Paige gab sich große Mühe, um zu verhindern, dass es abermals zu irgendwelchen Übergriffen kam.

Sie sah zum achten Mal auf ihre Uhr, als ihr Handy klingelte. Das war nun das dritte Mal, dass ihre Schwester versuchte, sie zu erreichen. Bei den ersten beiden Malen war sie nicht drangegangen, denn wahrscheinlich wollte Lisa sowieso nur wissen, ob ihre Verletzungen inzwischen abgeklungen waren. Nach kurzem Überlegen nahm sie den Anruf diesmal jedoch an. »Hallo, Lisa, jetzt ist gerade schlecht«, rief sie über den Lärm der Umstehenden hinweg.

»Wag es ja nicht, einfach aufzulegen!«, schimpfte ihre Schwester und klang dabei, im Vergleich zu ihrer sonst so kühlen und distanzierten Art, fast menschlich. Man könnte sogar sagen, dass sie ungewöhnlich aufgeregt wirkte.

»Was ist los?«, erkundigte sich Paige und presste sich das Handy möglichst fest gegen das Ohr, damit sie trotz des Lärms etwas verstand.

»Hör zu, du weißt, was Mom und ich von deiner Arbeit halten.« Lisa seufzte laut auf, als laste die Enttäuschung über ihre Schwester schwer auf ihr. »Aber vielleicht hat sie ja auch ihr Gutes.«

»Es bedeutet mir sehr viel, dass du das sagst«, sagte Paige trocken.

»Du solltest dir deinen Zynismus sparen, denn ich rufe dich nicht grundlos an.«

»Dann komm am besten auf den Punkt. Oder hast du das im Rahmen deines Studiums verlernt?«

»Sloan Kettering startet eine Testreihe mit krebskranken Kindern, und ich denke, Malia wäre die ideale Kandidatin.«

»Was?«, brüllte Paige aus Angst, sich vielleicht verhört zu haben.

»Hör zu, ich lese Cats Blog zu eurer Sendung –«

»Warum denn das?«

»Weil ich als deine Schwester einfach gerne weiß, was du so treibst«, stieß Lisa genervt aus. »Auf alle Fälle habe ich das Interview gesehen, in dem die Kleine über ihre Krankheit spricht, und es meinem Kollegen Dr. Singh geschickt. Er ist jung, aber brillant, und er startet diese Versuchsreihe hier in New York. Also, lange Rede, kurzer Sinn – die Testreihe fängt in drei Wochen an, deswegen hätten wir die Sache am besten gestern schon mit Malias Mutter und den Ärzten dort geklärt.«

Eingehüllt in Werkzeuglärm und den Geruch von Farbe stand Paige da und wie aus weiter Ferne drangen die Worte *Stammzellen, Remission* und *große Chance* an ihr Ohr.

»Lisa, das wäre einfach … unglaublich.«

»Ja. Aber es ist mein voller Ernst. Und jetzt gib mir die Telefonnummer der Mutter.«

»Meine Güte, ja, okay. Aber hör zu, wir fangen gleich an zu drehen, also hat Carina erst mal alle Hände voll zu tun.«

»Lass mich nur zehn Minuten mit ihr sprechen. Und zwar heute noch, okay?«

»Heute. Sicher. Alles klar. Lass dein Handy an.«

»Und, hast du was mit ihm?«, wechselte Lisa so abrupt das Thema, wie es sonst nur autofahrende Rentner in Miami taten, wenn sie die Fahrspuren wechselten.

»Was? Mit wem?«

»Mit Gannon King.«

»Ich hätte nicht gedacht, dass jemand wie du was von derartigen Klatschgeschichten mitbekommt«, murmelte Paige.

»Das ist auf keinen Fall ein Nein.«

»Ich habe gerade ziemlich viel zu tun.«

»Mom ist von der Vorstellung natürlich nicht begeistert, aber wenn du dir schon jemanden aus deiner Branche suchen musst, hättest du es schlechter treffen können«, stellte Lisa fest.

»Ich muss jetzt wirklich los. Ich rufe dich dann später mit Carina an.«

»Bis dann.« Ihre Schwester legte auf, und Paige zuckte zusammen, als jemand am Saum von ihrem Tanktop zog.

»Ashton!«, rief sie freudig und der kleine Junge blickte grinsend zu ihr auf. Er stand zwischen seinen Eltern und verschwand fast völlig hinter einem dicken Blumenstrauß.

»Die hier haben wir Ihnen mitgebracht, Miss Paige«, erklärte er und drückte ihr die Blumen in die Hand.

»Die sind für mich?« Lächelnd vergrub Paige die Nase in dem wunderschönen Strauß.

»Wir werden Ihnen ewig dankbar sein«, erklärte seine Mutter, eine hübsche Frau mit braunem Haar und einem scheuen Lächeln. »Wenn Sie nicht gewesen wären …« Sie brach ab und Ashtons Vater legte einen Arm um ihre Schultern. Er war ein großer, schlanker Mann mit denselben leuchtend blauen Augen wie sein Sohn und bedachte Paige mit einem warmen Blick.

»Wir stehen tief in Ihrer Schuld. Falls wir uns also in irgendeiner Weise revanchieren können, brauchen Sie es nur zu sagen.«

»Danke. Ich bin völlig … sprachlos«, gab sie zu.

»Du hast ganz schön viel Aua«, stellte Ashton fest, als er die Abschürfungen und die Hämatome an Paiges Armen und Beinen sah, und plötzlich wünschte sie, sie hätte trotz der Hitze eine lange Hose angezogen.

»Ein paar blaue Flecke, weiter nichts«, versicherte sie ihm.

»War ich tapfer, Miss Paige? Meine Mom sagt, dass ich tapfer war.« Er sprang in neuen Dinosaurier-Turnschuhen vor ihr auf und ab und eilig hockte Paige sich vor ihn hin.

»Du warst unglaublich tapfer«, stimmte sie seiner Mutter zu. »Du bist ganz ruhig geblieben und das hat mich auch beruhigt.«

Freudestrahlend schlang er ihr die Arme um den Hals und zerdrückte dabei ihren Blumenstrauß. Ohne darauf zu achten, zog Paige ihn lachend an ihre Brust.

Erst als sie Andys »nur noch fünf Minuten« durch das Headset vernahm, stand sie mit einem Lächeln auf den Lippen wieder auf.

»Die Dufours sind unterwegs. Bleiben Sie zur Übergabe?«

»Unbedingt«, versprach ihr Ashtons Dad und wandte sich an seinen Sohn. »Komm mit, Kumpel. Wir sollten jetzt das Schild, das du für Malia gemalt hast, aus dem Wagen holen.«

Sie ließen Paige mit ihren zerknitterten Blumen und feuchten Augen stehen, doch dafür tauchte Sam an ihrer Seite auf und bot ihr lächelnd an: »Wenn du die Kings holen gehst, besorge ich dir Wasser für den schönen Strauß.«

»Du bist einfach der Beste, Sam. Versprich mir, dass du diese Show nie verlassen wirst.«

Er verzog den Mund zu einem strahlend weißen Lächeln und gab kopfschüttelnd zurück: »Das sagst du doch zu allen Assistenten, die hier jemals rumgelaufen sind.«

Sie selbst ging Richtung Kaffeezelt, wo sie Cat und Gannon sitzen sah, die gerade damit beschäftigt waren, sich gegenseitig Popcorn in den Mund zu werfen, um zu sehen, wer der bessere Fänger war.

»Wir sind so weit«, rief Paige den beiden zu, während Cat ein Stück zwischen ihren Zähnen auffing und ihre Fäuste stolz in die

Luft reckte. »Ich bin der absolute Popcorn-Auffang-Champion!«, verkündete sie selbstüberzeugt.

»Ich fordere eine Revanche«, erklärte Gannon und schleuderte eine Handvoll Popcorn quer über den Tisch.

»Die wird noch ein paar Stunden warten müssen«, meinte Paige in strengem Ton und pflückte ein paar weiße Körner aus Cats Haar. »Denn vorher warten noch zweihundert Leute darauf, dass ihr sie mit eurem Charme verzaubert.«

»Das ist wirklich hart.« Cat trug noch schnell ein wenig pinkfarbenen Lipgloss auf und sah dann ihren Bruder fragend an. »Bist du bereit?«

»Bringen wir es hinter uns«, stieß Gannon seufzend aus. Das sagte er vor jeder Übergabe, sodass Paige schon des Öfteren gescherzt hatte, dass er am besten ein T-Shirt mit dem Spruch tragen sollte, wenn er einer Familie ihr frisch renoviertes Zuhause übergab.

Er folgte seiner Schwester aus dem Zelt und bedachte Paige im Vorbeigehen mit einem vielsagenden Blick, der eine Fortsetzung der sinnlichen Vergnügungen der letzten Nacht versprach.

Es würde also ein rundum phänomenaler Tag werden.

Kapitel 27

Eine derart wundervolle Übergabe hatte Gannon bisher noch nicht erlebt. Carina war bereits in Tränen aufgelöst, ehe er und Cat das riesengroße Leintuch überhaupt fallen lassen konnten. Und Malia war derart aufgeregt im Kreis gerannt, dass Paige sie schließlich einfangen und zurück an eine Stelle locken musste, wo sie für die Kameras erreichbar war.

Bei Betreten ihres Zimmers brachte Malia dann keinen einzigen Ton heraus, was nach Aussage ihrer Mutter während ihres ganzen sechsjährigen Lebens noch nie vorgekommen war.

Nach Gannons Meinung hatte kaum eine Familie dieses Glück mehr verdient als diese beiden. Er und Cat suchten die Familien stets mit Sorgfalt aus, doch die Dufours würden für ihn und das ganze Team immer einen ganz besonderen Platz im Herzen haben. Malia und Carina bedankten sich bei jedem Crewmitglied persönlich und die Mienen aller machten deutlich, dass sie nur diesem kleinen Mädchen und deren Mutter zuliebe unzählige Überstunden abgeleistet hatten und dass einzig ihretwegen noch mehr freiwillige Helfer als bei allen anderen bisherigen Baustellen erschienen waren. Die alle sicherlich genauso stolz wie Gannon darauf waren, dass sie ein Teil dieses Projekts sein durften.

Dennoch schlich er sich jetzt heimlich aus dem Haus. Er war auch sonst nicht unbedingt ein Menschenfreund, und diese Woche, während der er praktisch nie allein gewesen war und ständig irgendwas hatte erklären oder machen sollen, hatte ihn entsetzlich angestrengt. Er freute sich auf die kommenden Tage, aber erst mal würde er sich eine Ecke suchen, in der er zumindest für ein paar Minuten vollkommen alleine war. Am besten ging das im Kaffeezelt, denn sicher hätte gerade niemand anderes Lust auf kalten Kaffee oder abgestandenes Gebäck.

Erschöpft schenkte er sich einen Kaffee ein und nahm auf einem unbequemen Klappstuhl Platz. Dieser Moment der Ungestörtheit sollte jedoch nicht von Dauer sein.

»Gannon!«

Malia streckte ihren kahlen Schädel, auf dem eine pinkfarbene Baseballmütze saß, zur Tür des Zelts herein. Sie hatte immer noch den Eisprinzessinnenrucksack auf, den sie bereits getragen hatte, als sie angekommen war.

Gannon zeigte auf die Donuts auf dem Tisch. »Willst du einen?«

Fröhlich sprang sie auf ihn zu und während er gedanklich noch den Krebs verfluchte, der die Kleine ein zweites Mal befallen hatte, nahm sie einen Donut und biss herzhaft davon ab. »Was machst du eigentlich hier?«, erkundigte er sich.

»Ich will dir danke sagen.«

Gannon lachte. »Das hast du inzwischen doch schon hundertmal gemacht.«

»Ja, aber da waren all die Kameras und all die anderen dabei, und ich wusste nicht, ob du es wirklich mitbekommen hast.«

Schlaues Mädchen, dachte er und seufzte innerlich. »Tja nun, jetzt kriege ich's auf alle Fälle mit.«

Sie biss erneut in ihren Donut und da sie noch in dem Alter war, in dem Erwachsene nicht nur Menschen, sondern gleichzeitig auch Möbelstücke waren, kletterte sie kurzerhand auf seinen Schoß und blickte ihn mit großen Augen an. »Vielen Dank. Vor allem für mein Bett!«

Er stupste leicht gegen den Schirm der Mütze. »Es gefällt dir also?« Er hatte etwas bauen wollen, was genau ihrer Vorstellung entsprach.

»Es ist echt super«, meinte sie und nickte nachdrücklich. »Das coolste Bett der Welt!«

»Und was ist mit dem Rest des Hauses?«, fragte er.

»Irgendwie ist alles total anders.« Wieder schaute sie aus großen braunen Augen zu ihm auf. »Als Mama in die Küche kam, hat sie geweint. Aber sie hat gesagt, dass sie aus Freude weint.«

»Das habt ihr zwei verdient, denn schließlich habt ihr eurerseits auch schon sehr viel für andere getan.«

»Mama sagt, wenn wir genügend Geld zusammenkriegen, werden kleine Kinder eines Tages nicht mehr krank.«

Gannons Kehle schnürte sich bei diesen Worten zu. »Oh ja, das wird ein guter Tag.«

»Ich habe was für dich gemacht.« Sie hüpfte wieder von seinem Schoß und nahm den kleinen Rucksack ab. »Als wir in Washington, D.C., waren.«

Sie hielt ihm ein zusammengerolltes Stück Papier mit einer pinkfarbenen Schleife hin und als er es aufrollte, schnürte sich sein Hals tatsächlich noch mehr zu. Sie hatte ihn gemalt. Er flog über ein mit Wachsmalstiften gemaltes Haus, vor dem auf einem violetten Rasen Malia und ihre Mom als breit lächelnde Strichmännchen zu sehen waren.

»Was ist denn das?«, erkundigte er sich.

»Das ist dein Cape, denn schließlich bist du unser Superheld und hast ein neues Haus für uns gebaut.« Aufgeregt tänzelte Malia auf der Stelle, während sie mit einem Finger auf vier große Druckbuchstaben wies. Ein H, ein E, ein L sowie ein D. »Siehst du? Du bist mein Held und deshalb steht das da.«

Verdammt! Plötzlich hatte er einen dicken Kloß im Hals und spürte, wie ihm die Tränen in die Augen stiegen. »Und du bist meine Heldin, Kleine«, stieß er krächzend aus.

Sie runzelte die Stirn. »Aber ich bin erst sechs und habe bisher nichts geleistet, während du ein ganzes Haus neu gemacht hast.«

»Du bist ein heldenhaftes Beispiel«, meinte er und sie bedachte ihn mit einem sorgenvollen Blick.

»Weinst du auch vor Freude?«

Er umarmte sie und nickte stumm.

»Danke für mein Haus, Gannon.«

»Nichts zu danken, Winzling«, gab er rau zurück und stand entschlossen wieder auf.

• • •

Auch Paige verspürte einen Kloß im Hals und presste sich die Finger an die Lippen. Sie hatte Gannon eigentlich nur schnell noch für ein paar Fotos holen wollen, als sie ihn im Servicezelt mit Malia entdeckt hatte.

»Soll ich …« Tony legte seine Kamera auf seiner Schulter ab und nickte mit dem Kinn dorthin, wo Gannon Malia gegenüberstand.

Paige schüttelte den Kopf. »Am besten gehst du erst mal los und machst noch ein paar letzte Aufnahmen im Bad. Ich nehme an, das ist jetzt frei«, schlug sie mit leiser Stimme vor.

»Du bist der Boss.« Er zwinkerte ihr zu und schlenderte davon.

Im selben Augenblick verspürte Paige ein Kribbeln auf der Haut und wusste, dass Gannon sie beim Lauschen erwischt hatte. Langsam drehte sie sich in der Tür des Zeltes um und begegnete dem warmen Blick, mit dem er über Malias Kopf hinweg in ihre Richtung sah.

Eilig löste sich das Kind aus seinem Arm und hüpfte auf sie zu. »Hallo Paige! Ich gehe mal Mama suchen!«, rief sie fröhlich und Paige zwinkerte ihr zu.

»Ich glaube, sie ist oben.«

Gannon zog das rote Halstuch, das er immer bei sich hatte, aus der Hosentasche, fuhr sich über seine feuchten Augen und steckte es dann wieder ein. Er lehnte sich gegen den Tisch. »Die fünf Riesen hätte ich kassieren sollen.«

»Das wusstest du?«, erkundigte sich Paige verblüfft.

»Früher oder später findet meine Schwester alles raus, was hier geredet wird, und gibt es an mich weiter, selbst wenn ich es gar nicht hören will.«

»Ich hätte nicht zugelassen, dass sie dich in dem Moment filmen«, protestierte Paige.

Er schüttelte den Kopf. »Ich habe ja auch nicht gesagt, dass du das getan hättest.« Er versuchte, die Gefühle, die in seinem Inneren miteinander rangen, zu entwirren und sah sie fragend an. »Aber warum eigentlich nicht?«

»Weil ich es einfach nicht richtig gefunden hätte, diesen kleinen Moment der Menschlichkeit auszuschlachten«, gab sie mit einem schmalen Lächeln zu.

»Es ist nicht so, dass andere Menschen mir egal sind«, tastete sich Gannon langsam vor. »Es fällt mir einfach schwer, im Rahmen dieses Jobs eine Beziehung zu den Leuten aufzubauen. Ich soll etwas für Menschen empfinden, die ich eigentlich kaum kenne und mit denen ich nur die Unterhaltungen führe, die im Drehbuch vorgesehen sind. Aber so läuft das bei mir, oder eher, so läuft das Leben nun mal nicht.«

»Du brauchst eine authentische Umgebung, um eine Beziehung aufzubauen.«

»Genau.« Er nickte zustimmend und machte eine ausholende Armbewegung, die den ganzen Drehort zu umfassen schien. »Das alles ist nur Show. Im Grunde sind die Einschaltquoten doch das Einzige, worum es geht. Vielleicht helfen wir den Leuten, doch vor allem kommt es darauf an, dass sich das Zeug, für das wir in der Sendung und in den Pausen Werbung machen, möglichst gut verkauft. Und mir fällt's einfach schwer, die Menschen, die mit diesem Vorhaben verbunden sind, als echte Menschen anzusehen.«

»Ich weiß«, stimmte sie ihm nickend zu. Und nachdem sie beide ihre Mikrofone bereits abgegeben hatten und sonst niemand in der Nähe war, trat sie kurzerhand auf ihn zu und nahm ihn in den Arm.

Er spannte sich kurz an, doch schließlich legte er das Kinn auf ihren Kopf und zog sie eng an seine Brust.

»Ich hätte nie versucht, diese fünf Riesen zu verdienen«, wiederholte Paige, denn es war wichtig, dass er das verstand.

»Ich weiß. Du bist nicht wie die anderen *Summit-Wingenroth*-Leute«, stimmte er ihr zu und küsste sie aufs Haar. »Was stellst du übrigens mit deinen freien Tagen an?«

»Ich muss dringend Wäsche waschen und vor allem schlafen«, klärte sie ihn mit einem frechen Funkeln in den Augen auf. »Und du?«

»Ach, ich hatte mir nur überlegt, dass du die Wäsche ja vielleicht in meiner Waschmaschine waschen und den Schlaf, der dir entgangen ist, in meinem Bett nachholen kannst.«

Kapitel 28

Gannons Wohnung lag im vierten Stock eines kompakten Backsteinhauses. Es war zwei Blocks vom familieneigenen Unternehmen *King Construction* und drei Blocks vom Haus seiner geliebten Großmutter entfernt.

»*So* hatte ich mir deine Wohnung ganz bestimmt nicht vorgestellt«, meinte Paige, als er den Schlüssel in das Schloss der schweren Holztür schob. Sie war entsetzt, wie nervös sie plötzlich war.

»Keine Angst«, erklärte er sichtlich belustigt. »Es gibt eine Waschmaschine und ein Bett.«

»Ich habe damit etwas anderes gemeint. Warum lebst du nicht in einem Loft mit jeder Menge Glas und Beton irgendwo in der Innenstadt?«

»Weil meine Familie hier in der Gegend lebt«, gab er zurück und öffnete die Tür.

Die Wohnung war nicht groß, doch Gannon hatte ihr eindeutig seinen Stempel aufgedrückt und nutzte den begrenzten Platz erheblich besser aus, als es ihr und Becca in dem jämmerlichen, winzigen Apartment, das sie teilten, je gelungen war. Links und rechts des riesengroßen Flachbildschirms, der gegenüber einem abgewetzten Ledersofa an der Wand hing, war in handgefertigten Regalen eine, wenn auch recht bescheidene, Büchersammlung aufgereiht, und der Couchtisch mit der dicken Holzplatte und den schweren Beinen aus Metall war offenbar ebenfalls ein King'sches Original.

Die Küche verlief in einer schmalen L-Form und war nicht viel größer als ein mittelgroßer Abstellraum, wohingegen das Schlafzimmer hinter einer schimmernd schwarz lackierten Schiebetür versteckt war. Nach irgendwelchen Pflanzen, heimeligen Ziergegenständen oder Bildern sah sich Paige vergeblich um.

»Bist du Minimalist?«, zog sie ihn auf, bevor sie mit verschränkten Armen an eins der drei Fenster trat und auf die Straße sah.

Er ging ins Schlafzimmer und warf dort ihre Tasche auf sein ordentlich mit einer dunkelblauen Tagesdecke überzogenes Bett.

»Nein, Fräulein Naseweis.« Er schüttelte den Kopf. »Ich habe nur einfach keine Lust, mir Gedanken über irgendwelches Zeug zu machen, wenn die Wohnung leer steht, weil ich wochenlang bei Dreharbeiten bin.«

Lächelnd trat sie auf ihn zu und schlang die Arme um seinen Hals. »War nur ein Witz. Den du sofort verstehen wirst, wenn du meine Wohnung siehst. Sie ist einfach ein Ort, an dem ich absteige, wenn ich gerade mal nicht bei der Arbeit bin. Wir haben nicht mal einen Couchtisch und als Schreibtisch nutze ich mein Bett.«

»Du bist nervös«, zog er sie auf, während er seine Hände über ihren Rücken bis hinab auf ihre Hüften gleiten ließ.

Sie nickte und gab zu: »Das ist das erste Mal, dass wir uns außerhalb der Arbeit sehen, und ich habe keine Ahnung, wie ich mich verhalten soll.«

Er atmete hörbar aus. »Daran habe ich noch nicht gedacht. Aber sieh es doch mal so: Wenn wir es bisher geschafft haben, bei der Arbeit, trotz des furchtbaren Termindrucks, all der Dramen und dem ganzen anderen Scheiß, der sich dort ereignet, dann sollte es doch möglich sein, hier zusammen ein paar ruhige Tage zu genießen, oder nicht?«

Sie biss sich auf die Lippe. »Ich würde dir ja gerne zustimmen, aber im Grunde blühen wir beide unter dem Termindruck, bei den Dramen und dem ganzen anderen Scheiß, der bei Dreharbeiten vorkommt, doch erst richtig auf.«

Er stieß ein leises Lachen aus. »Dann hilft ja vielleicht das hier gegen deine Aufregung.« Zärtlich presste er ihr seine Lippen auf den Mund und ließ damit ihre Anspannung im Nu verfliegen.

»Wie wäre es mit einem Glas Wein?«, bot er ihr an, während er sachte mit dem Daumen über ihre frisch geküssten Lippen glitt.

Sie nickte abermals, und als er in die Küche ging, erkundete sie das Schlafzimmer sowie das angrenzende Bad, bevor Gannon wenig später mit zwei Gläsern Rotwein wiederkam.

Er hielt ihr eins der Gläser hin, worauf sie es sich eilig an den Mund hob und einen vorsichtigen Schluck nahm.

»Es gefällt mir, dich nervös zu sehen«, stellte er schelmisch fest. »Das macht dich menschlich.«

»Darf ich dich daran erinnern, dass unsere Chefs nicht von mir, sondern von dir einen Beweis dafür verlangt haben, dass sich unter deiner harten Fassade ein tatsächlicher Mensch mit Gefühlen befindet?«

Entschlossen nahm er erst ihr Gepäck vom Bett und ihr dann das Weinglas wieder aus der Hand und stellte beide Gläser auf dem Nachttisch ab.

»Wollen wir doch mal sehen, wer von uns beiden mehr Gefühl besitzt.« Er umfasste ihr Gesicht und diesmal war sein Kuss nicht liebevoll und sanft. Roh und besitzergreifend schob er ihr die Zunge in den Mund, worauf sie atemlos ihre Hände in seinem Shirt vergrub und ihn nicht weniger brutal zurückküsste. Sie konnte seiner Intensität problemlos mit ihrer eigenen Wildheit begegnen, denn das Feuer seiner Leidenschaft hatte in ihrem Inneren ein genauso hell loderndes Flammenmeer entfacht.

»Ich habe mir schon x-mal ausgemalt, dich mit hierher zu nehmen«, murmelte er dicht an ihrem Mund.

»Aber wir sind doch erst –«

»Für mich hat es bereits vor einer ganzen Weile angefangen«, fiel er ihr ins Wort und schob ihr kurzerhand das ärmellose brombeerfarbene Top über den Kopf. Dann konzentrierte er sich auf den Reißverschluss ihrer Caprihose, und genauso eilig zerrte sie ihm ihrerseits sein Shirt vom Leib.

»Gott, wie schön du bist«, stieß sie mit ehrfürchtiger Stimme aus.

»Ich bitte dich, Prinzessin, das ist mein Text.«

Er zog sie vollends aus, warf sie aufs Bett, schob sich über sie und rollte sich mit ihr herum, bis sie am Ende rittlings auf ihm saß. Seine Halssehnen spannten sich sichtbar an, als er ihr Hinterteil umfasste und sich an ihr rieb.

»Ich kann einfach nicht glauben, was ich mir bisher habe entgehen lassen«, rutschte es ihr unbewusst heraus.

»Wir müssen sehr viel nachholen«, stimmte er ihr zu und rollte sich erneut mit ihr herum, bis sie an seiner statt rücklings auf der Matratze lag. »Wenn du mich so ansiehst …«, fing er an und schüttelte den Kopf.

»Wie?«, stieß sie mit vor Verlangen belegter Stimme aus.

»Mit diesem Blick und diesen vollen Lippen. So, als würdest du mich anflehen, in dir zu sein. Das macht mich vollkommen wahnsinnig.« Wie um es zu beweisen, rückte er sein pralles Glied an ihrem Eingang zurecht. Sie bäumte sich auf vor Begehren.

Eine Hand auf ihrer Schulter und die andere auf ihrer Brust

drückte er sie sanft zurück aufs Bett. »Noch nicht, Schätzchen. Noch nicht.«

Paige nahm an, er suche ein Kondom, stattdessen aber bahnte er sich einen Weg an ihrem Oberkörper herab, biss ihr zärtlich in den Bauch, den Hüftknochen und in die Innenseite ihres Oberschenkels und bat sie mit rauer Stimme: »Öffne dich für mich, Prinzessin.«

Mühsam zwängte sie die Beine auseinander. Sie erbebte, als sein heißer Atem sie zwischen ihren Schenkeln traf. »Gannon.«

»Sag das noch mal. Ich höre meinen Namen furchtbar gern aus deinem Mund.«

»Gannon!«, stieß sie ungeduldig aus.

»Fuck«, entfuhr es ihm. Als sie spürte, wie er seine Lippen gegen ihre Mitte presste, reckte sie sich ihm entgegen und kämpfte vergeblich gegen das Verlangen, das sich mit der plötzlichen Verletzlichkeit, die sie empfand, verband. Seine großen, rauen Hände aber hielten ihre Beine fest, während er sich mit seiner Zunge einen Weg durch ihre Feuchtigkeit bahnte, die der Beweis ihrer verzweifelten Lust war. Und als er dann mit der Zungenspitze über ihren Venushügel glitt, rang sie erstickt nach Luft.

»So ist es gut, Süße. Gib dich mir hin«, befahl er ihr, ohne dass er die Arbeit seiner Lippen unterbrach.

Ihr Blut fing an zu kochen und ihre Brüste schmerzten. Sie wollte, nein, sie brauchte mehr von diesem atemberaubenden Mann. Und als Gannon vorsichtig zwei raue Finger in sie schob, stellte sie vorübergehend die Atmung ein. Er schob seine Finger in ihren engen, feuchten Gang und folgte mit seiner Zunge nach. Wieder rief sie heiser seinen Namen.

Er hatte ihren Körper erobert, und das Einzige, was jetzt noch zählte, war das helle Licht des strahlenden Höhepunkts am Horizont. Er spannte seine Finger in ihr an, glitt über den geheimen

Punkt weit in ihr, und begierig bäumte Paige sich unter seiner Berührung auf.

Als sie das erste Zittern ihres Unterleibs vernahm, versuchte sie, die Beine abermals zu schließen, doch er zwang sie erbarmungslos wieder auseinander und saugte begierig auch den letzten süßen Tropfen, der sich tief in ihrem Inneren gebildet hatte, auf. Es fiel ihr schwer, ihre aufsteigende Lust noch länger zu bezähmen, und unter Missachtung aller anderen Gefühle brach der Orgasmus über sie hinweg. Gannon stöhnte und fuhr mit der Verkostung fort. Unbarmherzig trieb er sie immer weiter an und unter wilden Zuckungen vergrub Paige ihre Hände in der Decke, auf der sie lag.

»Das wollte ich schon seit einer Ewigkeit mit dir machen«, stieß Gannon keuchend aus, bevor er seinen hoffnungslos verruchten Mund über die Innenseiten ihrer Schenkel wandern ließ.

Paige seufzte. »Mehr.«

»Du hast ja keine Ahnung, was dich noch alles erwartet, Baby«, klärte er sie auf und machte sich von ihr los.

Ihr Körper lag verlassen auf dem Bett, als sie träge ein Auge öffnete und sah, dass er verzweifelt in den Taschen seiner Shorts nach etwas suchte.

»Meine Tasche«, stieß sie aus.

»Was, Süße?«

Sie wies auf ihre Tasche, die ein Stückchen weiter auf dem Boden stand. »Kondome. Eine ganze Schachtel.«

Eilig stürzte er sich auf die Tasche und zog triumphierend die Kondomschachtel daraus hervor. »Habe ich dir je gesagt, dass du die klügste Frau der Welt bist?«

»Nein, aber ich gehe davon aus, dass du das von jetzt an regelmäßig tust.« Genüsslich rollte sie sich auf die Seite, um ihm dabei zuzusehen, wie er das Kondom über seinen erigierten Penis schob.

Ihr Puls beschleunigte sich bei dem Anblick noch, denn sie berauschte der Gedanke, dass sie selbst der Grund dafür war.

»Roll dich auf den Bauch«, sagte er heiser, und als sie gehorchte, presste er ihre Schultern auf das Laken und es wogte erneut Adrenalin in ihr auf, und sie drückte ihr Gesicht in die Decke, die noch warm von ihrem eigenen Körper war.

»Ich will dich auf all die Arten nehmen, die mir, seit ich dich kenne, durch den Kopf gegangen sind.«

»Dann nimm mich«, forderte sie ihn auf. Und als er daraufhin ein weiteres Mal in sie eindrang, stockte ihr der Atem und sie musste sich entspannen, bis sein praller Schaft genügend Platz in ihrem Innern fand.

Er stieß ein dumpfes Knurren aus, doch wieder spannte sie sich an und ihr Körper flehte ohne jede Scham darum, dass er ihr alles von sich gab, was er hatte.

»Ist das okay für dich?«

»Gott, ja.« Sie stützte sich auf ihren Händen ab, warf ihren Kopf zurück und sah ihn über ihre Schulter hinweg an.

Fluchend fing er an, sich zu bewegen. Er vergrub eine Hand in ihrem Haar, umfasste mit der anderen ihre Hüfte und trieb sie mit seinen harten Stößen unermüdlich weiter an. Sie war so voll von ihm. Er dominierte sie, und die verzweifelte Beherrschung, die er sich noch immer auferlegte, wirkte wie ein Liebestrunk auf sie.

Aus diesem Winkel drang er tiefer in sie ein als je zuvor und füllte sie so vollkommen aus, dass sie laut nach Luft rang. Ihr Körper brannte vor Verlangen, und dass ein so heißes, loderndes Feuer nicht lange brennen würde können, kümmerte sie nicht. Das Einzige, was in diesem Moment zählte, war der Mann, der dieses Feuer schürte, während er sie komplett vereinnahmte.

Mit einem langgezogenen, dumpfen Stöhnen drückte Gannon

sie zurück aufs Bett und schlug ihr auf den Hintern. Gehorsam drehte sie sich um. »Ich muss dich sehen«, raunte er.

Sie öffnete sich ihm und akzeptierte sein Gewicht mit einer ihr bisher unbekannten Gier. Sie wollte, dass er auf ihr lag und in ihr war. »Bitte«, flüsterte sie.

Wieder drang er in sie ein und dehnte ihre Muskeln abermals mit seiner Größe. »Alles, was du willst, Paige. Ich geb dir alles, was du willst«, versprach er ihr und glitt mit seinen Lippen über ihren Hals und ihren Kiefer bis zu ihrem Mund.

Sie küsste ihn mit geradezu verzweifeltem Verlangen, und während ihr Unterleib sich unter seinen Stößen wechselweise dehnte und zusammenzog, legte er eine Hand an ihre Brust. »Gib mir alles, was du hast«, flüsterte er und tastete sich mit den Lippen bis zu ihrem harten Nippel vor, bevor er ihn mit seiner Zunge umkreiste und ihr ein lautes Keuchen entlockte.

»Gannon, bitte!«

Er ließ von dem einen Nippel ab und wandte sich dem anderen zu. Er war so tief es ging in ihr vergraben, und ihre Sehnsucht nach ihm nahm mit jedem seiner Stöße zu. Sie hob die Hüften an, damit er schneller machte, und in seiner Kehle stieg ein dunkles Lachen auf.

»Du bist ganz schön gierig«, neckte er sie. Doch sie war dem neuerlichen Höhepunkt schon so nah, dass sie an nichts anderes mehr denken konnte und ihr nichts anderes mehr wichtig war.

Trotzdem zog er sich aus ihr zurück, leckte sanft über ihre Brustwarze und drang nur mit der Spitze seines Schwanzes wieder in sie ein.

Sie murmelte unverständliche Worte, vergrub die Finger fest in seinem makellosen, straffen Hinterteil und flehte ihn stumm an, sie abermals auszufüllen. Sie zu *ficken* und von ihr Besitz zu ergreifen, wie es wahrscheinlich der Traum von Tausenden anderen

Frauen im Land war, die ihn im Fernsehen gesehen hatten. Aber die braunen Augen, die schon unzählige fremde Frauen in ihren Bann gezogen hatten, bohrten sich gerade in *sie* und keine andere hinein.

»Jetzt, Paige.« Unermüdlich und kraftvoll drang er wieder in sie ein. Immer wieder zwang er ihren Körper, ihn zu akzeptieren, während sie sich an ihm festklammerte und ihm ihre Nägel in das wunderschöne bronzefarbene Fleisch grub. »Jetzt«, wiederholte er, wobei ihm die Verzweiflung deutlich anzuhören war.

Sie gehorchte ihm, wobei der leise Schauder, der durch ihren Körper zuckte, ihn im nächsten Augenblick schon in den Abgrund stürzen ließ. Und als er sich zum ersten Mal in ihr ergoss, spannte sich Paige in dem Bewusstsein der gemeinsamen Erfüllung an. Selbst als er stöhnend kam, ging es ihm weiter um ihr Vergnügen, und er dehnte ihren Höhepunkt so lange aus, bis sie erschöpft und mehr als zufriedengestellt in den Kissen lag.

Er brach auf ihr zusammen und drückte sie mit seiner harten Brust auf das Bett.

»Paige?«

»Mmm?«

»Das war nur ein kleiner Vorgeschmack darauf, was ich mit dir noch in diesem Bett anstellen will.«

Kapitel 29

»Das Prinzessinnen-T-Shirt«, erklärte er und stocherte mit seiner Gabel in dem Pappkarton vom Thailänder herum, der zwischen ihren Beinen stand. »Als du mit diesen superknappen Shorts und diesem viel zu engen weißen T-Shirt am Set erschienen bist, bin ich so schnell hart geworden, dass ich befürchtete, ich würde jeden Moment ohnmächtig.«

Lachend lehnte Paige sich an das Kopfteil seines Betts. »Ihr Männer seid doch alle gleich!«

»Also bitte, Schätzchen, wie zum Teufel hätte ich wohl einen solchen Körper nicht begehren sollen?«

»Du wirst dich wie ein Arschloch ohne jeden Tiefgang fühlen, wenn ich dir sage, dass ich meinerseits zum ersten Mal etwas für dich empfunden habe, als du in der vierten Folge mit dem Esstisch um die Ecke kamst. Für die Ratakowskis«, fügte sie nach kurzem Forsten in ihren mentalen Akten noch hinzu.

»Richtig. Der Backsteinbungalow.«

»Du hast stundenlang an diesem Tisch gearbeitet, und als du damit fertig warst, war er für mich das begehrenswerteste Möbelstück der Welt. Du hattest diesen Tisch mit deinen eigenen, ausnehmend geschickten Händen hergestellt.« Sie stieß eine dieser Hände mit der Spitze ihres nackten Fußes an. »Ich hätte diesen Tisch so gern gehabt und wäre, nur um ihn zu bekommen, schon in diesem Moment mit dir ins Bett gehüpft.«

»Hast du denn überhaupt genügend Platz für einen solchen Tisch?«

»Himmel, nein. Dafür müssten Becca und ich unsere Couch aufgeben und wahrscheinlich auch noch eine Wand einreißen, aber eines Tages werde ich ein Haus besitzen, das eines von dir gebauten Tisches würdig ist.«

»Was hättest du denn gerne für ein Haus?«, erkundigte sich Gannon, während er in eine Frühlingsrolle biss.

Sie zuckte mit den Achseln. »Los, Prinzessin. Du hast doch für sämtliche Aspekte deines Lebens einen ganz genauen Plan im Kopf.« Jetzt stupste er sie seinerseits mit einem seiner nackten Füße an.

Kauend dachte Paige darüber nach. »Natürlich werde ich mir so was niemals leisten können, aber ich hätte schon immer gerne eins von diesen großen Stadthäusern aus Sandstein gehabt. Mit drei Etagen, einem eigenen Kamin in jedem Zimmer, jeder Menge Nischen, hohen Decken und einem großen Raum für eine unglaubliche Küche, in der ich dann endlich kochen lernen würde. Und natürlich noch einen Garten voller Bäume, Gras und mit einer Terrasse, auf der man im Sommer sitzen kann.«

»Das sind ziemlich ambitionierte Träume«, stimmte Gannon zu.

»Und wie steht's mit dir? Ich weiß, dass diese Wohnung eigentlich nicht deinem Stil entspricht.«

Achselzuckend meinte er: »Darüber habe ich ehrlich gesagt noch gar nicht wirklich nachgedacht. Nachdem das Unternehmen meines Großvaters so in Schieflage geraten ist, ging's in den letzten Jahren ziemlich hektisch bei uns zu.«

»Und nun, da es allmählich wieder besser wird?«, hakte Paige nach.

»Ist es wahrscheinlich an der Zeit für langfristige Pläne«, stimmte er ihr zu. »Ich hätte gerne etwas mit Geschichte und Charakter, das nicht allzu weit von meiner Familie und der Firma weg ist. Die Sache mit dem Fernsehen ist nämlich auf Dauer garantiert nichts für mich.«

»Dann willst du also längerfristig in der Firma weitermachen?«, fragte sie und schob sich einen Bissen des süßsauren Hühnchens in den Mund.

»Wahrscheinlich ja. Wobei es mir am liebsten wäre, nur noch hochwertige Einzelstücke anzufertigen. Also genau so was wie den Tisch, dem du so verfallen bist.«

Während er von seiner Zukunft sprach, schaute er nicht einmal auf, sondern blickte die ganze Zeit starr auf den Pappkarton in seinen Händen. Paige spürte, dass Gannon zum allerersten Mal darüber sprach.

»Willst du wissen, was ich denke?«, fragte sie und endlich sah er sie an.

»Na klar.«

»Du wärst verrückt, wenn du was anderes machen würdest. Vielleicht ist's dir ja bisher nicht aufgefallen, aber du bist unglaublich talentiert.«

»Oh, das ist mir bereits aufgefallen«, gab er grinsend zurück.

»Nur gut, dass dieses Zimmer so eine breite Tür hat, denn mit deinem Riesenego kämst du sonst vielleicht nicht mehr hier raus.«

»Eine Sklaventreiberin, die Witze macht, kann niemand leiden«, stellte Gannon trocken fest und als er sie mit seinen Stäbchen kniff, jaulte sie leise auf.

»Deine blauen Flecken sind inzwischen fast nicht mehr zu sehen«, bemerkte er und riss das nächste Tütchen Sojasoße auf.

Paige schob sich eine Ladung Nudeln in den Mund und nickte zustimmend. »Ich fühle mich auch fast wieder normal.«

»Ich habe übrigens die Aufnahmen gesehen«, erklärte er und sah sie forschend von der Seite an.

»Mmm.« Sie hatte, abgesehen von den Ausschnitten im Trailer, bis jetzt noch nichts davon gesehen und würde es auch weiterhin nicht tun. Zum einen wollte sie den Unfall nicht noch mal durchleben, und zum anderen hasste sie es, dass man sie gezwungen hatte, in der zweiten Staffel nicht nur hinter, sondern ab und zu auch vor der Kamera zu stehen.

»Du warst unglaublich mutig. Vielleicht auch ein bisschen dämlich, doch vor allem furchtbar mutig. Es ist das reinste Wunder, dass du nicht erheblich schlimmere Verletzungen davongetragen hast.«

Sie runzelte die Stirn und wandte sich entschlossen wieder ihrem Essen zu. »Es war eine Verkettung unglücklicher Ereignisse, die – haha – wie das berühmt-berüchtigte Gewitter über uns hereingebrochen sind.«

»Und spontan, wie du nun einmal bist, hast du dich kopfüber in das Geschehen gestürzt.«

Sie rollte mit den Augen. »Es ist ganz bestimmt kein Fehler, wenn man gerne möglichst gut organisiert ist und die Dinge plant. Es ist schließlich immer gut zu wissen, was als Nächstes kommt.«

»Wobei für dich als Nächstes eine letzte Staffel kommt.«

Sie nickte und jonglierte mit den Stäbchen, die sie zwischen ihren Fingern hielt. »Im Grunde hatte ich gehofft, dass ich zwischen den Staffeln noch ein Special oder so bekommen würde, um ein bisschen zusätzliche Kohle dazuzuverdienen. Aber ich gehe davon aus, dass ich nach dieser Staffel nicht mehr zu vermitteln bin, weil niemand eine Aufnahmeleiterin beschäftigen will, die mit einem ihrer Stars ins Bett geht.«

»Hör auf, dir selber gegenüber derart hart zu sein. Verdammt, wie du es formulierst, könnte man meinen, dass das hier deine Karriere ruiniert hätte.«

»Ich nehme an, das wird sich erst noch zeigen«, stellte sie düster fest. »Aber ich hasse es, mich wie eine Marionette zu fühlen, bei der jemand anderes die Fäden zieht.«

»Willkommen im Club«, erklärte er und prostete ihr zu. »Und jetzt hör auf zu schmollen. Dass etwas nicht nach Plan verläuft, bedeutet schließlich nicht, dass es in einer Katastrophe enden muss.«

»Seit wann bist du so positiv?«

»In meiner Position fällt es mir schwer, die Sache allzu negativ zu sehen.«

Sie legte ihren Kopf ein wenig schräg und tat, als dächte sie darüber nach. »Wenn das so ist, sollten wir vielleicht die Plätze tauschen.« Mit diesen Worten schob sie eines ihrer langen Beine über ihn und schwang sich auf seinen Schoß. Anschließend stellte sie die Kartons mit ihrem Essen auf den Nachttisch, legte ihm die Hände auf die nackte Brust und lächelte, als sein verräterisches Herz sofort ein wenig schneller schlug.

»Du hattest recht«, erwiderte sie. »Von hier aus sieht die Sache deutlich besser aus.«

• • •

Sie legten eine Bett- und Wäschepause ein, und während Gannon sich mit seiner Großmutter, Cousinen und Cousins zum Abendessen traf, fuhr Paige in ihre eigene Wohnung. Nachdem sie sich versichert hatte, dass sie noch stand, tauschte sie einen Teil ihrer Garderobe gegen frische Kleider und suchte ein paar Klamotten raus, die geeigneter für Drehs bei sommerlicher Hitze sein würden. Es war nicht so, dass Gannon sie nicht dabeihaben wollte. Er hatte sie zu diesem Abendessen eingeladen und sogar versucht, sie mit der Aussicht auf ein Kennenlernen seiner berühmten Großmutter zu locken. Paige hatte jedoch dankend abgelehnt. Seitdem der Trailer zu der neuen Staffel freigegeben worden war, hatte sie einfach Angst, etwas zu tun, das die Gerüchte noch mehr anheizte.

Zum ersten Mal seit Wochen waren sie mehr als ein paar Stunden voneinander getrennt, und Paige kämpfte gegen das Verlangen an, ihm sofort eine Textnachricht zu schicken.

Sie öffnete die Wohnungstür und rümpfte ihre Nase, als ihr abgestandene Luft entgegenschlug. Was sie allerdings nicht überraschte, da Becca seit drei Wochen für Dreharbeiten in Vancouver war. Sie schleifte ihren Koffer durch den schmalen Flur in ihr winziges Schlafzimmer und stellte ihn aufs Bett. *Zuhause.* Wobei dieses jämmerliche, winzige Apartment eindeutig kein richtiges Zuhause für sie war. Genauso wenig wie das Haus, in dem sie aufgewachsen war. Aber hatte sich dort jemals irgendwer daheim gefühlt?

Sie dachte kurz an ihren Vater. An die Art von Mann, der einfach zugelassen hatte, dass Leslie St. James ihn vor die Tür setzte und jeglichen Kontakt zu seinen Töchtern unterband. Als Astrophysiker hatte er die Gelegenheit bekommen, in Deutschland einen Lehrstuhl zu bekleiden, aber ihre Mutter hatte sich beruflich keine großen Chancen in Europa ausgerechnet, ihre eigene Karriere nicht für die Familie opfern wollen und deshalb die Scheidung eingereicht. Paige war damals fünf gewesen und Lisa drei.

Die St.-James-Frauen sollten niemals abhängig von irgendwelchen Männern sein. Diese Lektion hatten die beiden Schwestern bereits früh gelernt, und anders als die Dutzende anderer Lektionen, wie das richtige Benehmen auf irgendwelchen Dinnerpartys oder dass man schon mit seiner äußeren Erscheinung Eindruck machen sollte, hatte Paige sich diesen Lehrsatz zu Herzen genommen.

Ihre Mutter war zutiefst enttäuscht vom bisherigen Verlauf ihrer Karriere, und Paige musste einfach hoffen, dass aus Leslies Sicht die Produktion eines Dokumentarfilms etwas wertvoller als ihre momentane Arbeit war. Aber sicher war sie sich nicht. Wahrscheinlich sähe sie auch diesen Film als Akt der Rebellion und würde angesichts des Themas ungläubig mit ihrer Zunge in ihr Weinglas schnalzen, weil ihr Kind derart aus der Art geschlagen war. Was nicht bedeutete, dass Paige ihrerseits nicht weniger enttäuscht von ihrer Mutter war. Denn welche Frau erzog ihre Töchter ausschließlich dazu, um ihre eigenen Erfolge weiterzutragen?

Ihr Handy piepte und Paige sah eine Nachricht von Carina, die ihr ein Bild von Malia geschickt hatte, auf dem das kleine Mädchen selig in dem pinkfarbenen Bettzeug in ihrem neuen Prinzessinnenbett schlief.

> Noch ein paar Nächte in unserem rundherum
> perfekten Haus und dann geht's nach New
> York! Dr. Singh ist wegen dieser Testreihe
> beinahe genauso aufgeregt wie wir!

Lächelnd schrieb Paige zurück und steckte dann ihr Handy wieder ein. Nach dem, was Lisa ihr über die Testreihe und über Dr. Singh berichtet hatte, würde Malia bei dem jungen Arzt in wirklich guten Händen sein.

Genug getrödelt, tadelte sie sich und öffnete den Koffer. Sie tauschte Jacken und Pullover gegen T-Shirts und Tanktops aus und dachte an Cat oder – okay – an Gannon und packte auch noch zwei ärmellose Sommerkleider ein. Innerhalb von weniger als zehn Minuten war der Koffer umgepackt und Paige ließ sich auf die Matratze fallen. Sie starrte kurz die Decke an und zog dann abermals ihr Handy aus der Tasche, um Beccas Nummer zu wählen. Zu ihrer Freude ging ihre Mitbewohnerin schon nach dem zweiten Klingeln ans Telefon.

»Heilige Scheiße, Paige! Wir haben so viel zu bereden, dass ich gar nicht weiß, wo ich beginnen soll«, begrüßte Becca sie freudig.

»Bist du gerade beschäftigt oder kannst du reden?«, fragte Paige und freute sich über die Energie, die in der Stimme ihrer Freundin lag.

»Zehn Minuten habe ich auf jeden Fall. Wir bauen gerade für eine große Actionszene um, die uns alle schon jetzt völlig fertig macht«, erklärte sie, wobei sie alles andere als entmutigt klang. »Wie fühlst du dich? Sind die Verletzungen verheilt?«

»Ach ja, es geht mir wieder gut«, gab Paige zurück und lenkte ihren Blick auf einen hässlich gelben Fleck an ihrem Bein.

»Bist du sicher? Ich habe mir die Vorschau angesehen und du sahst darin ganz schön übel aus.«

»Du weißt doch selbst, wie das beim Fernsehen läuft. Es sieht dort immer alles viel schlimmer aus, als es tatsächlich ist.«

»Okay, verstanden. Du willst anscheinend nicht drüber reden. Dann lass uns über was anderes reden«, antwortete Becca großmütig und fragte dann geradeheraus: »Hast du wirklich was mit Gannon King?«

»Können wir nicht doch noch etwas länger über meinen Unfall reden?«, fragte Paige in hoffnungsvollem Ton und Becca jubelte auf.

»Ich wusste es! Ich wusste es. Schon, als du mich zur Abschlussparty nach der ersten Staffel mitgenommen hast, habe ich dir gesagt, dass er auf dich steht.«

Tatsächlich hatte Becca nach dem Fest darauf bestanden, dass

Gannon auf Paige stand. »Ja, das hast du mir gesagt, aber selbst wenn sich etwas zwischen uns entwickelt haben sollte, würde ich noch nicht darüber reden wollen.«

»Okay, schon gut. Dann werde ich so tun, als ob ich die von dir gezogene Grenze respektiere, aber wie passt Traxx, die Supertitte, ins Bild?«

»Gannon sagt, dass nie was zwischen ihnen war.«

»Und du glaubst ihm?«

»Das tue ich. Er hätte keinen Grund zu lügen und es klingt tatsächlich so, als hätten unsere Chefs die Geschichte in die Welt gesetzt, um das Interesse an der neuen Serie zu steigern.«

»Und jetzt legen sie mit diesem angeblichen Liebesdreieck noch einmal mehr Brennstoff nach.«

»Jup. Okay, genug von mir. Erzähl mir erst mal, wo du steckst und was du gerade treibst.«

»Dafür reicht die Zeit nicht aus. Aber ich habe eine wunderbare Neuigkeit für dich. Sarah Holden ist an Bord.«

»Wobei? Bei eurem Film?« Paige wackelte mit ihren Zehen und überlegte kurz, ob sie noch ein Paar Sandalen einpacken sollte.

»Nein, bei unserem«, korrigierte Becca sie.

Paige fuhr hoch und stellte krachend ihre Füße auf dem Boden ab. »Bei unserem Film? Bei dem Dokumentarfilm, den wir beide produzieren wollen?«

»Genau bei dem. Sie hatte einen Kurzauftritt hier und ich habe ihr erzählt, dass ich gelesen hätte, was sie im *New Yorker* darüber geschrieben hat, dass Männer in der Branche immer noch viel mehr bezahlt bekommen als wir Frauen. Ich war total euphorisch und dann habe ich ihr kurz von unserem eigenen Projekt erzählt.«

»Und dann? Hast du sie an einen Stuhl gefesselt und sie so lange bedroht, bis sie bereit war, mitzuziehen?«

»Das war gar nicht erforderlich. Sie war total begeistert und sie hat mir ihre E-Mail und die Telefonnummer ihrer Agentin aufgeschrieben, damit wir uns bei ihr melden können, wenn es so weit ist. Und das ist noch nicht alles –«

»Nein?«

»Oh nein. Denn unsere neue Freundin Sarah ist mit einer Reihe Fernsehstars befreundet und hat angedeutet, dass vielleicht noch ein paar andere Frauen bereit wären, vor unseren Kameras zu sprechen.«

»Ich liebe dich, Becca.«

»Ich weiß«, stellte die Freundin lachend fest. »Ich hätte nie gewagt zu hoffen, dass wir diese Sache so groß aufziehen können, und am liebsten würde ich gleich morgen damit anfangen.«

»Noch eine Staffel«, seufzte Paige. Sie fühlte sich wie ein kleines Kind, das es kaum erwarten konnte, bis endlich Weihnachten war.

SOMMER

Kapitel 30

Paige fragte sich, wer wohl auf die bescheuerte Idee gekommen war, im Juli in New Mexico zu drehen. Die trockene Hitze im Südwesten war genauso unerträglich wie die drückende Schwüle, die im Süden an der Tagesordnung war. Sie rief eine besondere Form des Elends in den Leuten hervor und zwang die gesamte Crew dazu, fast nackt vor der Kamera herumzulaufen, was die Einschaltquoten natürlich noch mehr in die Höhe treiben würde. Vor allem Gannon war, wenn er sich mit einem Arm über die Stirn fuhr und der glitzernde Schweiß in dichten Strömen über seinen nackten muskulösen Oberkörper floss, die reinste Augenweide.

Es war die letzte Folge dieser Staffel, aber unglücklicherweise drückten Temperaturen von über vierzig Grad im Schatten auf die allgemeine Stimmung. Und auch der Gedanke, dass sie alle bald getrennter Wege gehen würden, rief keine echte Freude in den Handwerkern und Mitgliedern des Filmteams wach. In drei Tagen wäre es vorbei und Paige war – wie die anderen – nicht bereit, die Arbeit hinter sich zu lassen und alleine nach New York zurückzukehren. Vor allem war sie nicht bereit, nicht mehr jeden Morgen neben Gannon aufzuwachen.

Noch immer schlich er sich morgens in sein eigenes Zimmer, damit niemand aus dem Team etwas mitbekam. Die Gerüchte waren noch immer nicht verstummt, und die Ausstrahlung der ersten Folge – in der auch verschiedene Interviews mit Paige und Gannon gezeigt worden waren – hatte die Gerüchteküche noch weiter angefacht. Früher oder später würde Paige die Konsequenzen dafür tragen müssen, auch wenn ihre Chefs momentan noch voll des Lobes für sie und die Sendung waren. Aber Ende dieser Woche würden die Dreharbeiten zur Staffel abgeschlossen sein und dann müsste sie sich eine andere Arbeit suchen, um die Zeit bis zum Beginn der nächsten Staffel finanziell zu überstehen. Was nach dieser Staffel sicher nicht so einfach werden würde wie beim letzten Mal. Zumindest aber blieb ihr die Genugtuung, dass sie tatsächlich verbrochen hatte, was die Produktionsfirma ihr quasi vorwarf – nämlich, dass sie mit dem Star der Serie ins Bett gegangen war.

Manchmal fragte sie sich, ob sich überhaupt noch irgendjemand von dem Abstand, den sie bei der Arbeit voneinander hielten, täuschen ließ. Andys selbstzufriedenes Lächeln hinter den Monitoren machte deutlich, dass auch ihm die zahlreichen verstohlenen Blicke und die geradezu erschreckend gute Laune der beiden aufgefallen waren. Doch Paige konnte einfach nichts dagegen tun.

Sie war glücklich. Wirklich glücklich.

Und auch Gannon war mit seinem Leben offensichtlich rundherum zufrieden, denn er hob zum x-ten Mal den Kopf von seiner Arbeit an einem Regal und zwinkerte ihr gut gelaunt zu. Wahrscheinlich dachte er genau wie sie an die phänomenale Viertelstunde gestern Abend unter ihrer Dusche. Langsam und verführerisch war sie an seinem nassen Körper herabgeglitten und hatte ihn sanft in den Mund genommen, bis er eine Hand in ihrem Haar vergraben hatte und mit wackeligen Knien gekommen war. Bis sie endlich voneinander abgelassen hatten, war das Wasser kalt geworden, aber bei der Hitze, die auch nachts noch herrschte, hatte sie das nicht im Mindesten gestört.

Es läuft wirklich super zwischen uns, dachte Paige. Wie würde es aber wohl in der Zeit zwischen den Dreharbeiten für sie beide weitergehen? Sie waren wochenlang zusammen kreuz und quer durchs Land geflogen und hatten aufgrund der vielen Arbeit und des ständigen Termindrucks nur ein Minimum an freier Zeit gehabt. Aber würde das, was zwischen ihnen lief, den Weg in das wahre Leben überstehen? Bisher noch nicht. Aus ihrer Sicht waren sie Kollegen, die eine Affäre hatten, aber wären sie auch in der Lage, eine richtige Beziehung zu führen? Und vor allem, wollte er das überhaupt? Das Thema hatten sie bei ihren zahlreichen ausführlichen Gesprächen bisher ausgespart. Und solange sie hier in der Sonne brieten und kein Lüftchen wehte, hätten sie auch ganz sicher nicht die Energie, sich darüber auszutauschen, wie der jeweils andere ihrer beider Zukunft sah.

Glucksend kippte Andy kaltes Mineralwasser in sich hinein, während Tony Gannon filmte. Felicia wischte sich unterdessen mit einem Arm den Schweiß aus ihren Brauen und schob das Galgenmikrofon so dicht an ihn heran, dass sein wütendes Gemurmel wegen der Gluthitze, unter der sie alle litten, deutlich zu verstehen war.

Dann hielt mit einem Mal ein weißer Escalade am Rand des Sets. Blinzelnd blickte Paige durch die flirrende Luft auf den fremden SUV, und auch Rico wandte sich von Gannon ab und lenkte seine Kamera auf das Gefährt. Ein Chauffeur in Anzug und Krawatte öffnete die hintere Tür und ein gebräuntes, wohlgeformtes Bein, das in einem leuchtend roten Schuh mit mörderischem Absatz endete, schob sich durch die offene Tür.

Was. Zum. Teufel.

In einem hautengen, ebenso roten Bleistiftrock und einer beinah durchsichtigen, ärmellosen weißen Bluse, deren Ausschnitt sich gleich einem durchschimmernden Wasserfall auf ihrem Riesenvorbau ergoss, stieg Meeghan Traxx aus dem Geländewagen. Sie strich kurz mit einer Hand über ihr perfekt gewelltes, platinblondes Haar. Ihr Gesicht war hinter ihrer Filmstarsonnenbrille kaum zu sehen, was jedoch die perfekt geschminkten roten Lippen vorteilhaft zur Geltung kommen ließ. Sie klopfte sich mit einem ihrer falschen roten Fingernägel gegen ihre volle Unterlippe und winkte fröhlich in die Kamera. Andy fiel daraufhin vor Schreck die Kinnlade herunter, ohne dass er Rico anwies, die verfluchten Filmaufnahmen einzustellen.

Wütend wandte Paige sich Rico zu, aber der hielt weiter drauf, als Meeghan lächelnd über ein paar Kabelstränge stieg und an Ventilatoren vorbeimarschierte, die nichts anderes taten, als die Hitze umzurühren. Dann baute sie sich lächelnd hinter Gannon auf, hielt ihm die Augen zu und Paige warf eine Hand vor ihren Mund, als er vor Schreck beinah die Schleifmaschine fallen ließ. So viel zur Sicherheit am Arbeitsplatz.

»Was zum Hen–« Er machte wütend auf dem Absatz kehrt und sofort ging Meeghan zum Angriff über, schlang ihm beide Arme um den Hals und küsste ihn. Ohne dass er sich dagegen wehrte, bemerkte Paige. Oder zumindest erst, nachdem die Luft, die sie seit Meeghans Auftritt angehalten hatte, explosionsartig aus ihrem Mund entwichen war.

Dieser verlogene Dreckskerl.

»Kitty Cat!«, jauchzte die andere Frau, als Gannons Schwester auf der Bildfläche erschien. Sie ließ von Gannon ab und nahm stattdessen seinen Zwilling in den Würgegriff. »Ich freue mich so, dich zu sehen!«

Cats Augen schossen Giftpfeile in Gannons Richtung ab, doch er sah völlig reglos zwischen den beiden Frauen hin und her. Schlussendlich gelang es Cat, sich dem Griff des blöden Weibs zu entwinden, und entschlossen baute sie sich neben ihrem Bruder auf.

»Überraschung!« Meeghan wirbelte herum und strahlte in die Kameras.

»Ähm, Cut?«, rief Andy schwach und wandte sich an Paige, wobei ihm die Verwirrung und das Unbehagen deutlich anzusehen waren.

Eifrig kam der Fahrer des Geländewagens angetrottet und hielt seiner Herrin ihre riesengroße Michael-Kors-Handtasche hin.

»Hier, Süße.« Achtlos drückte Meeghan Paige die Tasche in die Hand. »Tu mir den Gefallen und hol mir einen eisgekühlten Magersojamilch-Vanille-Latte, ja?«

Paige starrte auf die Tasche, ließ sie dann so angewidert fallen, als hätte man ihr eine tote Ratte in die Hand gedrückt, und weigerte sich, Gannon oder dessen Schwester anzusehen.

Meeghan warf sich gut gelaunt das blonde Haar über die Schulter und stolzierte dorthin, wo der arme Andy immer noch wie angewurzelt stand. »Kann ich vielleicht mal sehen, wie die Aufnahmen geworden sind?«

»Äh, warum machen wir nicht alle eine Stunde Pause?«, hörte Paige ihn durch ihr Headset sagen, und ohne auf die Reaktionen der anderen zu warten, riss sie sich das Headset und das Mikro vom Leib und stürzte los.

»Paige«, rief Gannon, aber sie hob abwehrend eine Hand. Er konnte ihr nichts sagen, was sie hören wollte. Nicht mit einem Mund, der beschmiert war mit dem Lippenstift von Meeghan Traxx.

• • •

Obwohl es sich ganz sicher nicht gehörte, einfach mit dem Produktionsvan zum Hotel zu fahren, hätte Paige es einfach nicht ertragen, sich von jemandem chauffieren zu lassen. Sie musste jetzt erst einmal alleine sein. Unterwegs hielt sie noch einmal an, holte sich zum Trost eine eisgekühlte Cola und fuhr dann weiter zum Hotel. Dort stieg sie in den Fahrstuhl, drückte auf den Knopf für ihren Stock, lehnte sich ermattet an die Wand des Lifts und setzte den inneren Dialog der letzten zehn Minuten fort.

Was zum Teufel war da gerade passiert?

Gannon hatte sie belogen. Hatte wiederholt gelogen, als es um die Sache zwischen ihm und dieser … Person gegangen war. War Meeghan ihr derart verhasst, weil sie sein »Was auch immer« war? Oder gab es für die Abscheu, die sie für sie empfand, einen anderen legitimen Grund? Lautlos glitt die Tür des Fahrstuhls auf und Paige schlurfte müde über den rot-goldenen Teppich, der sie jedes Mal an ein Casino denken ließ.

Dann begann ihr Herz wie wild zu rasen, bis ihr schließlich bewusst wurde, dass die beiden sie noch gar nicht gesehen hatten. Paige sah, wie Gannon mit seiner Schlüsselkarte kämpfte, während Meeghan abermals wie eine Klette an ihm hing.

»Ich mag es, wenn ein Mann es gar nicht erwarten kann«, säuselte Meeghan in sein Ohr und Paige kam die Galle hoch.

»Los, rein mit dir.« Er zerrte sie über die Schwelle und knallte die Tür hinter sich zu.

In Paiges Augen brannten heiße Tränen. Sie machte auf dem Absatz kehrt, rannte den Flur hinab zu ihrem eigenen Zimmer und stürzte durch die Tür. Sie warf sich aufs Bett und zog sich eins der Kissen vors Gesicht.

In ihrem Kopf hörte sie die selbstgerechte Stimme ihrer Mutter fragen, was sie sich dabei gedacht hatte. *Was zum Teufel hast du erwartet, als du dich mit Gannon eingelassen hast? Du hättest es besser wissen müssen.*

Ihr war schlecht und schwindlig, und sie war so unglücklich wie nie zuvor. Erst jetzt wurde ihr klar, wie stark ihre Gefühle für diesen blöden Typen geworden waren. Ohne dass es ihr bewusst gewesen war. Sie hatte sich wie eine Närrin aufgeführt. Oder viel besser gesagt: Sie hatte sich zum Narren halten lassen, denn was anderes hatte Gannon nicht getan. Auch wenn sie es noch immer nicht verstand, auch wenn der Gannon, der sie liebevoll im Arm gehalten und ihr zahlreiche Geschichten aus seiner Kindheit erzählt hatte, ein gänzlich anderer Gannon war als der, der gerade mit der Fernsehbarbie durch die Tür seines Hotelzimmers verschwunden war. Sie wollte wütend auf ihn sein, wollte mit den Fäusten auf ihn eintrommeln, bis er sich mindestens so schlecht fühlte wie sie sich selbst.

Aber so ging sie niemals mit Problemen um. Sie musste ihre Arbeit machen, und sie würde sich ganz sicher nicht von einem hoffnungslos verlogenen, betrügerischen Arschloch daran hindern lassen, sie zu tun. Nein, sie würde abermals die Eiskönigin geben, bis dem Kerl inmitten der hochsommerlichen Hitze in New Mexico der Arsch auf Grundeis ging. Fünf Minuten. Länger würde sie sich nicht in ihrem grauenhaften Schmerz ergehen.

Ehe sie jedoch zurück zum Set fuhr, ging sie noch nach unten an die Rezeption und ließ sich ein Zimmer in einem anderen Stockwerk geben. Außerdem ließ sie sich von dem jungen Mann, der gerade Dienst hatte, versprechen, niemandem zu sagen, welches ihre neue Zimmernummer war. Natürlich war sie sich nicht sicher, ob die jungen Frauen am Empfang sich gegen Gannons Charme würden behaupten können, aber einen Versuch war's wert. Sie brachte ihr Gepäck ein Stockwerk höher, und da ihr noch immer schlecht war, setzte sie sich kurz aufs Bett, atmete zitternd aus und bereute es sofort.

»Scheiße«, murmelte sie schwach, stürzte ins Bad und spuckte dort ihr ganzes Mittagessen wieder aus. *Ich schluchze nur, weil mir gerade so übel ist,* versuchte sie sich selber Mut zu machen, *und ganz bestimmt nicht, weil ich Gannon liebe und er mir das Herz gebrochen hat.* Elend streckte sie sich auf den kühlen Fliesen aus und sog den schwachen, aber tröstlichen Geruch des Putzmittels in sich auf.

Ihr Handy vibrierte zum wiederholten Mal, doch sie hatte keine Lust zu reagieren, als sie seinen Namen auf dem kleinen Bildschirm sah. Inzwischen hatte Gannon bereits zwölfmal bei ihr angerufen und ihr fast ebenso viele Nachrichten geschickt. Sie war überrascht, dass er überhaupt die Zeit dafür fand, während er damit beschäftigt war, die blöde Meeghan Traxx ins Nirwana zu vögeln.

Ihr wurde wieder schlecht, aber sie hatte nichts mehr auszuspucken, denn inzwischen hatte sich die Leere ihres Herzens bis auf ihren Magen ausgedehnt.

Bitte, Paige, geh dran. Ich kann es dir erklären.

Erklären? Was gab's da zu erklären? Der Mann, mit dem sie Nacht für Nacht geschlafen hatte, brauchte ihr nicht extra zu erklären, dass er ein verlogener Drecksack war. Gott, er hatte ihr die ganze Staffel über etwas vorgemacht, und sie hatte ihm die Lüge, dass ihm etwas an ihr läge, einfach abgekauft.

Bist du okay? Bitte, bitte sprich mit mir.

Verdammt, Paige. Geh an dein verfluchtes
Telefon, damit ich weiß, ob es dir gut geht.

Die vielen Seiten des Gannon King, ging es ihr traurig durch den Kopf. Sie schaltete ihr Handy aus und legte es entschlossen zur Seite. Oh

Gott, es ging ihr wirklich schlecht. Sie hatte das Gefühl, als drücke eine Zentnerlast auf ihren Brustkorb, und das Dröhnen ihres Schädels würde sicherlich noch zunehmen. Nur schade, dass es keine Pille gegen diese Art der Schmerzen gab. Das war eben der Preis, den sie dafür bezahlen musste, dass sie sich in einen Kerl verliebt hatte, der ein verlogener Arsch und obendrein bereits vergeben war.

Sie zwang sich, aufzustehen und sich im Spiegel anzuschauen. Ihre bleiche Stirn glänzte vor Schweiß, und sie klatschte sich schnell etwas kaltes Wasser ins Gesicht und streckte ihre Hand nach dem Kosmetiktäschchen aus. Ein bisschen Kriegsbemalung wäre jetzt bestimmt nicht schlecht. Sorgfältig trug sie eine getönte Sonnencreme auf ihre eingefallenen Wangen und wasserfeste Mascara auf ihre dichten Wimpern auf. Noch immer wirkte sie ein bisschen bleich, aber sobald sie wieder in die Sonne käme, würde ihre Bräune sicher wieder aufgefrischt. Ihre Haare waren ein einziges Chaos, sodass sie sie sich kurz durchkämmte und dann einfach offen ließ. Danach entschied sie sich zu einer frischen kurzen Hose und wählte ihr Lieblingstanktop mit dem Aufdruck #Sklaventreiberin, das ein Geschenk des King'schen Vorarbeiters Flynn an sie gewesen war.

Sie konnte das schaffen. Sie nickte kurz dem Spiegel zu.

Auch wenn ihr der riesengroße, kolossale Fehler, der ihr unterlaufen war, das Herz gebrochen hatte, könnte sie auch weiter ihre Arbeit tun. Selbst wenn die Freundin dieses riesengroßen, kolossalen Fehlers sich am Set rumtrieb.

Sie musste schlucken.

Gott im Himmel. Paige St. James war das, was sie niemals im Leben hatte werden wollen. Sie war die *andere* Frau.

Kapitel 31

Reglos starrte Paige die Reste ihres Bourbons an. Sie spürte nichts, doch das Gefühl der Taubheit war erheblich besser als der grauenhafte Schmerz, von dem sie in den letzten Stunden dieses Drehtages begleitet worden war.

Er hatte sich entschlossen vor ihr aufgebaut, als sie zurück ans Set gekommen war, aber sie hatte ihn mit einem kalten Blick bedacht und in genauso kaltem Ton erklärt: »Nicht hier und nicht jetzt. Das wäre nicht professionell.« Er hatte ihr widersprechen wollen und war bereit gewesen, sich vor allen mit ihr anzulegen, aber gerade noch zur rechten Zeit hatte sich seine Schwester eingemischt und ihn eilig weggezerrt. Paige wusste nicht, was Cat ihrem Bruder empfohlen hatte, doch ihr schwesterlicher Rat hatte ihn auf Distanz zu ihr gehalten, und bevor die letzten Aufnahmen beendet waren, hatte sie sich bereits auf den Rückweg ins Hotel gemacht.

Allein in ihrem Zimmer war es ihr aber so vorgekommen, als kämen die Wände auf sie zu, und ihr war klar gewesen, dass er früher oder später herausbekommen würde, wo sie war. Oder vielleicht auch nicht. Vielleicht hatte er auch zu viel damit zu tun, sich mit der blöden Meeghan Traxx zu amüsieren. Die Frau war nicht noch mal am Drehort aufgetaucht, und niemand hatte sie auch nur mit einem Wort erwähnt. Paige konnte also nur vermuten, dass sie in der klimatisierten Luft seines Hotelzimmers auf ihrem wohlgeformten Hintern gesessen hatte, um sehnsüchtig darauf zu warten, dass er nach der Arbeit wiederkam.

Ihr Handy hatte sie absichtlich ausgelassen. Und da sie nicht hatte in Versuchung kommen wollen, sich die Nachrichten von Gannon anzuhören oder durchzulesen, hatte sie es nicht mal mitgenommen, als sie das Hotel wieder verlassen hatte, um ziellos herumzulaufen. Irgendwann war sie dann in einer schmuddeligen Eckkneipe gelandet. Der Tresen klebte und das Kissen auf dem Barhocker war zerschlissen, aber niemand wusste, wer sie war, und dass sie unter einem frisch gebrochenen Herzen litt.

Die Frau hinter dem Tresen, eine Schönheit mit perfekt geschminkten Katzenaugen, zeigte auf ihr beinah leeres Glas. »Noch eins?«

»Ja sicher«, antwortete Paige. Sie war nicht unbedingt erpicht darauf, ihr Elend zu ertränken, doch warum eigentlich nicht? Das Bier, mit dem sie angefangen hatte, war nicht stark genug gewesen, also hatte sie sich einen Brandy geben lassen. Und zwar einen von der Sorte, mit dem Gannon mal in einer anderen Stadt in einem anderen Hotel bei ihr erschienen war.

Die Barkeeperin schenkte ihr nach. »Ein Kerl?«

Paige blinzelte verwirrt. »Wie bitte?«

»Normalerweise sehen Frauen nur so aus, wenn sie gerade herausgefunden haben, dass ein Typ ein Arschloch ist.«

Paige stieß ein zustimmendes Schnauben aus. »Jup, genau so sieht's aus.«

Die Frau stellte die Flasche wieder ins Regal. »Früher oder später lernen alle Frauen, dass jeder Mann auf seine Art ein Arschloch ist.«

Paige fand es nicht besonders überraschend, dass sie keinen Ehering am Finger trug. »Und was soll man dagegen tun?«

Die Frau hinter dem Tresen hob die schmalen, aber starken Schultern an. »Entweder die Seite wechseln oder sie so lieben, wie sie sind.«

Paige prostete ihr zu.

»Der Kerl, um den es geht, hat nicht zufällig jede Menge Muskeln und Tattoos und sieht so aus, als ob er jeden umbringen will, der ihm in die Quere kommt?«, fragte die Barkeeperin im Plauderton.

Paiges Blick flog Richtung Tür, wo Gannon mit zusammengebissenen Zähnen und geballten Fäusten stand. »Verdammt.«

»Soll ich die Polizei rufen?«, bot ihr die Barkeeperin mit ausdrucksloser Stimme an.

Paige schüttelte den Kopf. »Nein, am besten bringe ich die Sache einfach hinter mich.«

»Wenn nötig, kommst du auch durch die Küche raus.«

Gannon stapfte auf sie zu und schien mit sich zu kämpfen, als er vor sie trat. »Was zum Teufel ist bloß mit dir los?«, fuhr er sie an.

Wenn er sich halbherzig bei ihr entschuldigt oder sie gebeten hätte, sich seine Version dieser unsäglichen Geschichte anzuhören, hätte Paige ihm mühelos die kalte Schulter zeigen können. Aber sein barscher Ton, nachdem nicht sie, sondern er selbst der Übeltäter war, brachte das Fass für sie zum Überlaufen. Zornig funkelte sie ihn an.

»Willst du mich verarschen?«, fauchte sie, während die Barkeeperin neben dem fettglänzenden Telefon, das an der Wand hing, Position bezog und argwöhnisch in ihre Richtung sah. »Du fragst mich, was zum Teufel mit mir los ist? Das kann ich dir sagen. Es hat sich herausgestellt, dass der Kerl, mit dem ich Nacht für Nacht geschlafen habe, obwohl er etwas anderes behauptet hat, eine Freundin hat. Eine Freundin, die zu allem Überfluss auch noch an meinem Arbeitsplatz erschienen ist und mich dort fürchterlich erniedrigt hat. Das ist mit mir los, du blödes Arschloch!«

»Du bist wegen eines Missverständnisses sauer, zwingst mich, dich zu suchen, und jetzt finde ich dich hier, wie du ganz allein in einer fremden Bar in einer fremden Stadt einen Bourbon nach dem anderen becherst«, zählte er mit wutentbrannter Stimme die von ihr begangenen Sünden auf.

»Ein Missverständnis?« Ihre Stimme wurde schrill und eilig leerte sie ihr Glas, warf ein paar Scheine auf den Tresen und stand auf. Sie schwankte leicht, aber entschlossen baute sie sich vor ihm auf und fuhr ihn an. »Du willst dich mit mir streiten? Meinetwegen! Lass uns gehen.«

Sie salutierte kurz der Barkeeperin und stürmte durch die Tür. Nach drei Schritten packte er sie aber wenig sanft am Oberarm und schüttelte sie durch. »Hör auf!«

Vor Zorn bebend fuhr sie zu ihm herum. »Du willst dich streiten? Lass uns streiten!«, drohte sie ihm und genoss die Mischung aus Wut und Alkohol, die sich langsam auf ihren gesamten Körper ausbreitete.

Er zerrte sie den Bürgersteig entlang und ignorierte die besorgten Blicke einer Handvoll Leute, die ihnen entgegenkam. Verwundert registrierte Paige, dass keiner dieser Menschen von ihr wissen wollte, ob sie vielleicht Hilfe bräuchte, und rief wütend: »Lass mich los!«

Sie versuchte, sich ihm zu entwinden, und als er als Reaktion darauf den Griff um ihren Arm verstärkte, wollte sie ihm wie ein Kleinkind gegen das Schienbein treten, traf jedoch nur seine muskulöse Wade. Entschlossen warf er sie sich daraufhin über eine Schulter und trug sie den halben Block zu seinem Pick-up.

Dort stellte er sie wieder ab und stemmte seine Arme links und rechts von ihr gegen die Tür. »Du wirst in diesen Truck steigen, brav sitzen bleiben und mir zuhören«, wies er sie mit kalter Stimme an.

Sie funkelte ihn an, und als ihr dabei eine Strähne ihrer Haare in die Augen fiel, schob er sie ihr aus der Stirn.

»Bitte«, stieß er schmerzlich aus, doch ohne abzuwarten, ob sie einverstanden wäre, zwängte er sie auf den Sitz, schnallte sie an und schloss von außen ab. Dann umrundete er die Kühlerhaube und nahm selbst hinter dem Lenkrad Platz. Doch er hätte gar nicht abzusperren brauchen, denn zum ersten Mal in ihrem Leben war die ruhige und besonnene Paige St. James auf eine Auseinandersetzung aus.

Nachdem er selbst eingestiegen war, schloss er erneut die Türen ab, ließ aber noch nicht den Motor an. »Was zum Teufel hast du dir dabei gedacht?«

Verletzt und wütend fauchte sie zurück: »Ich könnte dich dasselbe fragen, nur, dass ich mir das nach Meeghans Auftritt bereits denken kann.«

Er ließ die Faust aufs Lenkrad krachen und stieß wütend aus: »Ich habe nichts mit dieser Frau!«

Sie rang empört nach Luft. »Hältst du mich für blöd? Denkst du wirklich, dass ich so bescheuert bin, dass ich darauf ein zweites Mal reinfalle? Oder denkst du etwa, dass mir die Rolle einer heimlichen Geliebten gefällt?«

»Ich erwarte, dass du mir vertraust! Glaubst du im Ernst, ich würde dich in eine solche Lage bringen? Wie kannst du so was denken?«, explodierte er, doch diesmal war es nicht ihr Job, ihn zu beruhigen, weshalb sie mit zornbebender Stimme konterte: »Ich soll dir vertrauen? Deine *Freundin* – nach der ich dich wiederholt gefragt habe – taucht überraschend bei den Dreharbeiten auf, schiebt dir die Zunge in den Mund, demütigt mich vor allen Kollegen und kurz darauf zerrst du sie durch die Tür deines Hotelzimmers! Ich habe euch gesehen!«

Das verschlug ihm kurz die Sprache, aber schließlich meinte er: »Um Gottes willen. Es war nicht so, wie es ausgesehen hat.«

Wenn Blicke hätten töten können, hätte ihn der Blick, den sie ihm zuwarf, auf der Stelle umgebracht.

Er ballte ohnmächtig die Fäuste, atmete tief durch und fuhr mit rauer Stimme fort. »Hör zu, ich weiß genau, wie das auf dich gewirkt haben muss. Es tut mir leid. Okay? Es tut mir leid, dass du in diese Lage gebracht wurdest. Aber bisher dachte ich, dass du mich gut genug kennen würdest, um zu wissen, dass ich so etwas niemals mache. Ich dachte, dass du mir vertraust.«

»Du hast bisher mit keinem Wort gesagt, dass nichts an dieser Sache dran ist, Gannon.«

»Was zum Teufel soll ich sagen? Dass bei allem guten Willen niemals etwas an der Sache dran gewesen ist? Dass zwischen mir und Meeghan nie was war und dass mich der Gedanke umbringt, dass du mir nicht glaubst oder dass sie denkt, sie könnte einfach hier erscheinen und dir Ärger machen, um im Mittelpunkt zu stehen und hohe Einschaltquoten zu erzielen? Verdammt, die Frau ist ein Piranha. Sie bedeutet mir nicht das Geringste und ich habe dir bereits gesagt, dass diese ganze dämliche Geschichte auf dem Mist von *Summit-Wingenroth* gewachsen ist.«

Ein unwillkommener Funken Hoffnung stob in ihrem angeschlagenen Herzen auf, aber sie schüttelte den Kopf und wehrte ihn entschlossen ab. Er hatte sie belogen, hatte sie wie eine Närrin dastehen lassen, und nur weil er unbedingt seine Spielchen mit ihr spielen musste, waren ihr Ruf und ihre Arbeit in Gefahr.

»Schüttle nicht den Kopf, Paige. An der Sache zwischen mir und dieser Frau war niemals etwas dran. Aber das, was ich für dich empfinde und was du aus meiner Sicht für mich empfindest? Das ist echt. Verstehst du denn nicht, Paige? Ich brauche dich. Ich …«

Auf der Suche nach den rechten Worten brach er ab.

»Sprich's einfach aus«, murmelte Paige und starrte reglos auf das Armaturenbrett.

»Ich liebe dich.«

Es fühlte sich an wie ein Schlag in die Magengrube. Nichts, was er hätte sagen können, hätte ihr so wehgetan wie dieser kurze Satz.

»Ich hatte es bereits vermutet«, fuhr er fort. »Aber als du heute Nachmittag vom Set verschwunden bist, hatte ich das Gefühl, als liefe mir mein Leben davon. Und da ist mir klargeworden, dass ich dich liebe, Paige. Und wenn du mir nicht mehr vertraust, bringt mich das um.«

»Wag es ja nicht, so etwas zu sagen! Nicht in diesem Augenblick und nicht, weil Meeghan auf der Bildfläche erschienen ist. Das ist grausam und das ist so ungefähr das Einzige, von dem ich angenommen hätte, dass du es nicht bist«, stieß sie mit einem Schluchzen aus. Nein, sie wollte nicht, dass er ihr Herz in noch kleinere Stücke brach. Sie wollte nicht, dass Gannon sie mit diesen Worten um Verzeihung bat. Sie wollte wieder wütend auf ihn sein, denn das war sicherer und vor allem tat es nicht so weh.

Sie legte eine Hand auf ihren Türgriff, aber Gannon hielt sie fest. »Geh nicht.«

Sie hörte die Verzweiflung und den Schmerz in seiner Stimme und verabscheute die Hitze seiner Hand auf ihrer Haut.

»Du kannst nicht gehen«, erklärte er, als hätte er für sie entschieden, und als sie versuchte, seine Hand zurückzustoßen, zog er sie an seine Brust. Sie drehte ihren Kopf, um ihm zu sagen, wie sehr sie ihn hasste, aber plötzlich sah sie nur noch seinen Mund.

Rückblickend betrachtet konnte sie sich nicht daran erinnern, wie es hatte dazu kommen können, aber während sie noch miteinander rangen, verschmolz dieser Mund mit einem Mal mit ihren Lippen und sie küssten sich voller Verzweiflung, Zorn und gleichzeitiger Leidenschaft. Seine Hände waren überall und vage registrierte Paige, dass ihre eigenen Hände voller Gier versuchten, ihn an sich heranzuziehen. Sie *brauchte* Gannon wie die Luft zum Atmen, ganz egal, was auch geschehen war.

Er glitt mit den Zähnen über ihre Lippen und zog mit der Zunge die Konturen ihres Gaumens nach. »Paige, ich liebe dich. Verdammt, ich liebe dich so sehr.«

Über das Trommeln ihres Herzens und das Rauschen ihres Bluts in ihren Adern waren seine Worte fast nicht zu verstehen. Sie schmeckte etwas Salziges, doch das war ihr egal. Sie ging ganz in der Verschmelzung ihrer Münder auf, doch schließlich machte er sich widerstrebend von ihr los.

»Süße«, bat er sie mit schmerzerfüllter Stimme, während er mit seinen Daumen über ihre Wangen glitt. »Bitte weine nicht. Wenn ich dich weinen sehe, bricht mir das das Herz.«

Wieder zog er sie an seine Brust, presste seine Lippen auf ihr Haar und ihr Herz brach noch ein wenig mehr. Das war der Gannon, den sie kannte und den sie an ihrer Seite wissen wollte. Aber wer war dann der Mann, der mit der widerlichen Meeghan in seinem Hotelzimmer verschwunden war?

Er konnte schwerlich beide Männer zugleich sein.

»Bitte fahr mich zum Hotel.« Sie lehnte sich gegen die Tür und starrte reglos geradeaus.

»Paige –«

»Ich kann das nicht, Gannon. Es gibt da offensichtlich Dinge, die du klären musst, und ich kann es nicht riskieren, meinen Ruf wegen einer so hässlichen Geschichte zu verlieren. Ich stehe kurz davor, etwas zu tun, was wirklich wichtig ist.«

Ohne seine Wärme fühlte sie sich kalt und leer und fürchterlich allein.

»Das zwischen uns ist nicht vorbei.«

»Für heute Abend schon.«

Kapitel 32

Ich bin kein Feigling, dachte Paige, während sie ihren Koffer durch den Flur zur Tür ihres Apartments zog. Sie hatte einfach keine unnötige Szene machen wollen.

Während des Drehs am Tag der Übergabe war sie derart angespannt gewesen, dass es Andy irgendwann zu bunt geworden war. Aber statt sie wie erwartet zu feuern, hatte er ihr tatsächlich einen Ausweg aus ihrem Dilemma angeboten. »Ich werde nicht so tun, als ob ich wüsste, was hier vor sich geht«, hatte er erklärt. »Und die Bosse haben mir auch nichts davon gesagt, dass sie Meeghan hierher schicken würden, und ich will auch gar nicht wissen, was zum Teufel sie damit hätten erreichen wollen. Aber ich denke, dass dir eine kurze Auszeit guttun würde, und habe Mel schon gesagt, dass sie dir ein Flugticket besorgen soll. Ich habe ihr erzählt, ihr hättet einen familiären Notfall. Also flieg nach Hause und versprich mir nur, rechtzeitig zur nächsten Staffel wieder da zu sein.«

Sie hatte ihn umarmt und so getan, als würde sie nicht mitbekommen, dass Gannon sie und Andy die ganze Zeit über grimmig beobachtete. Normalerweise hätte sie den Drehort niemals vorzeitig verlassen. Nicht am Tag der Übergabe und nicht, wenn es um eine so nette Familie ging wie diese beiden Militärs, die kurz davor waren, ihre beiden Pflegekinder offiziell zu adoptieren. Aber sie hatte es nicht mehr ertragen, auch nur eine Sekunde länger in der Nähe dieses Mannes zu sein. Er hatte ihr noch immer nichts erklärt. Auf alle Fälle nicht, warum die blöde Meeghan, wenn sie nicht zusammen waren, quer durchs Land gejettet war, nur, um ihm um den Hals zu fallen und ihn zu küssen. Genauso wenig hatte er sich dazu geäußert, warum er sich besagter Zärtlichkeit nicht entzogen hatte und sie zu allem Überfluss auch noch mit auf sein Hotelzimmer genommen hatte. Das konnte man ja wohl nicht falsch verstehen.

Aber warum hatte sie dann den gesamten Flug von Albuquerque nach New York damit verbracht, darüber nachzugrübeln, ob es nicht womöglich doch noch eine andere Erklärung gab?

Bin ich etwa so verzweifelt, dass ich gewillt bin, über all diese Lügen einfach so hinwegzusehen? Das ist einfach erbärmlich.

Und wenn ihre Mutter je etwas davon erführe, wäre sie entsetzt.

Sie öffnete die Wohnungstür und wurde von einem zwar kleinen, aber energiegeladenen Latinawirbelwind begrüßt.

»Was machst du denn schon zu Hause?« Becca hüpfte von der Couch, nahm in Rekordzeit die drei Meter bis zur Tür und fiel ihr um den Hals. »Oh mein Gott, Paige. Sie haben dich doch wohl nicht gefeuert, oder?!«, fragte Becca besorgt.

Fast hätte sich Paige gewünscht, dass es so einfach wäre, und blieb erst mal stehen, um sich umzusehen. Sie wollte nicht mehr in der Welt dort draußen sein, aber auf die traurige Matratze in ihrem noch traurigeren Zimmer freute sie sich auch nicht unbedingt.

»Okay«, nahm ihre Freundin die Zügel in die Hand. »Dann nehme ich dir erst mal deinen Koffer ab und du setzt dich aufs Sofa. Du brauchst nicht einmal mit mir zu reden, wenn dir nicht danach zumute ist.« Becca nahm den Koffer in die eine Hand und zerrte mit der anderen Paige in Richtung Couch. »Setz. Dich. Hin.«

Paige tat, wie ihr geheißen, ließ sich auf die abgewetzten Kissen fallen, die unter einem goldfarbenen Überwurf verborgen waren, und schlug sich die Hände vors Gesicht. Als sie sie wieder sinken ließ und ihre Augen aufschlug, schwebte direkt vor ihr ein Glas Rotwein in der Luft.

»Nimm erst mal deine Medizin, Babe«, bat Becca sie und drückte ihr das Weinglas in die Hand.

»Danke, Bec.«

»Okay, ich weiß, ich habe angeboten, dass du erst einmal nicht drüber reden musst, aber das ziehe ich jetzt offiziell zurück. Hat diese Sache irgendwas mit Gannon King zu tun?«

Paige sah sie über den Rand des Glases hinweg an. »Kann sein.«

»Und hat es auch etwas mit einer geistlosen Blondine namens Meeghan Traxx zu tun?«

Paige ließ ihren Kopf gegen die Rücklehne des Sofas fallen. »Oh Mann. Weiß inzwischen etwa schon die ganze Welt Bescheid?«

»Natürlich nicht. Aber ich als deine dich liebende Mitbewohnerin habe die blöde Tussi – deren Name übrigens echt dämlich klingt – in den sozialen Medien gestalkt, seit du und Gannon …«

» … heimlich hinter ihrem Rücken wahnsinnig guten Sex hatten?«, schlug Paige ihr vor.

Becca tätschelte ihr aufmunternd den Arm. »Hat nicht jeder schon irgendeine Trennung hinter sich, die nie offiziell vollzogen wurde, oder eine Fernbeziehung, die dann einfach irgendwann vorbei war?«

»Ich habe ihn mehrfach direkt auf die Sache angesprochen und er hat mir jedes Mal erklärt, dass er und Meeghan nicht zusammen wären. Er hat gesagt, diese Geschichte hätten sich unsere Chefs nur zu Werbezwecken ausgedacht, bis seine Sendung richtig läuft.«

»Ich habe gesehen, wie sie bei Instagram gepostet hat: ›Habe meinen Liebsten bei der Arbeit überrascht!‹« Becca ahmte Meeghans schrille Stimme nach. »Hat sie sich inzwischen Autoreifen in die Lippen spritzen lassen, oder was? Mit dem Mund, den sie inzwischen hat, sieht sie aus wie eine Ente.«

»Gerade als ich beschlossen hatte, Gannon darauf anzusprechen, ob wir diese Sache zwischen uns vielleicht auch außerhalb der Drehzeit weiterführen wollen, ist sie plötzlich am Set erschienen und hat angefangen, ihn vor den Kameras dermaßen abzuknutschen, als würden wir dort einen Porno drehen.«

»Und was hat er gemacht?«

»Er hat sich kaum gewehrt.«

»Aber hat er sie auch zurückgeküsst? Hat er sie auf einen Sägebock gelegt und sich über sie hergemacht?«

»Igitt! Das mit dem Sägebock ist nicht passiert. Aber ob er sie zurückgeküsst hat, weiß ich nicht.«

»Dann könnte sie also vielleicht einfach ein Psycho sein, der es so aussehen lassen will, als ob sie tatsächlich zusammen wären?«

»Das hätte ich ihr durchaus zugetraut, wenn ich nicht danach mitbekommen hätte, wie er sie so schnell in sein Hotelzimmer gezerrt hat, als ob er es kaum erwarten könnte, endlich mit ihr allein zu sein.«

»Das klingt relativ eindeutig«, stimmte Becca widerstrebend zu.

»Das habe ich ihm auch gesagt.«

»Dann hast du dich also mit ihm gestritten?« Becca beugte sich gespannt vor. »Dann hast du also nicht die frostige Leslie St. James herausgekehrt?«

»Die Eiskönigin in mir habe ich vorher noch mit ein paar alkoholischen Getränken aufgetaut.«

»Hast du nicht.«

»Habe ich doch! Und dann wollte ich ihm gegen das Schienbein treten.«

Becca nickte zustimmend. »Sehr elegant und würdevoll gelöst und überhaupt nicht übertrieben.«

»Und es blieb auch weiter elegant, bis er mir vorgehalten hat, dass ich ihm nicht vertrauen würde, und gesagt hat, dass er mich liebt.«

Becca starrte sie mit großen Augen an und sofort wünschte Paige, sie hätte nichts gesagt, weil das Gespräch darüber ihr im Grunde auch nicht half.

»Und, liebt er dich?«, hakte ihre Freundin nach.

Paige schüttelte den Kopf. »Wenn er mich lieben würde, wäre er bestimmt nicht mehr mit Meeghan Traxx zusammen und hätte mich nicht vor der gesamten Crew gedemütigt.«

»Wissen denn die anderen Bescheid?«

Paige nippte nachdenklich an ihrem Glas. »Ich weiß es nicht. Wir waren vorsichtig, aber offensichtlich wusste Andy, dass da etwas läuft, und hatte immerhin so viel Mitgefühl mit mir, dass er behauptet hat, wir hätten einen familiären Notfall, damit ich schon vor der Übergabe unseres letzten Hauses meine Sachen packen und verschwinden konnte.«

»Autsch.«

Paige stieß mit dumpfer Stimme aus: »Ich habe zugelassen, dass meine Arbeit unter dieser Sache leidet, aber ich brauche diesen Job.«

»Wir werden eine Lösung finden, Baby. Das verspreche ich.«

»Ich muss mir eine andere Sendung suchen, denn noch eine Staffel mit Gannon und all den anderen halte ich nicht durch.«

Becca schüttelte verständnisvoll den Kopf. »Das stimmt.« Dann aber packte sie Paiges Hand und sagte ihr noch einmal: »Wir werden eine Lösung finden, das verspreche ich. Und eines Tages werden wir zurückblicken und uns darüber schieflachen, weil uns nicht klar war, dass dieses vermeintliche Desaster nur der Auftakt zu etwas viel Größerem und Besserem war.«

Paige hoffte es. Auch wenn sie sich momentan nicht vorstellen konnte, dass es ihr tatsächlich je wieder besser gehen würde als in diesem Augenblick.

• • •

Paige war noch wach, als das Vibrieren ihres Handys ihren Blick in Richtung der jämmerlichen Sperrholzkiste, die als ihr Nachttisch fungierte, wandern ließ. Bisher hatte sie standhaft Gannons unzählige Anrufe und Textnachrichten ignoriert, jetzt aber sah sie sich die Nachricht auf dem kleinen Bildschirm an.

> Wir haben es geschafft. Die anderen feiern
> alle noch in irgendeiner Bar, aber ich liege hier
> und denke pausenlos an dich. Du hättest nicht
> einfach verschwinden sollen.

Vielleicht lag es daran, dass es zwei Uhr morgens war. Oder vielleicht auch daran, dass er ihrer Meinung nach noch immer nicht verstand, wie abgrundtief verletzt sie war. Aus welchem Grund auch immer streckte sie die Hand nach ihrem Handy aus.

> Ich wünschte mir, dass es nicht so geendet
> hätte. Es wäre besser gewesen, wenn wir
> niemals etwas miteinander angefangen
> hätten.

Das war die Wahrheit. Zwar tat es weh, doch diese Worte waren ehrlich und nur allzu wahr.

Dann rief er sie auf ihrem Handy an, und während sie noch überlegte, ob sie seinen Anruf ignorieren oder ihm womöglich eine kurze Nachricht schicken sollte, drückte sie den grünen Knopf und sagte müde: »Hi.«

»Paige«, stieß er erleichtert aus. Traurig kniff sie ihre Augen zu.

»Ich weiß nicht, warum ich drangegangen bin.«

»Leg nicht auf«, bat er und fügte noch ein eindringliches »Bitte.« hinzu.

Obwohl sie seufzte, blieb sie weiter dran.

»Hast du meine Nachrichten bekommen?«, fragte er mit leiser, rauer Stimme.

»Ja, aber angehört oder gelesen habe ich sie nicht.«

»Ich kann einfach nicht glauben, wie beschissen diese ganze Angelegenheit geendet hat.«

»Wem sagst du das?« Sie stieß ein bitteres Lachen aus.

»Du hast mir keine Chance gegeben, dir die Sache zu erklären. Du hast einfach deine Sachen gepackt und dich dann klammheimlich aus dem Staub gemacht, als wäre ich dir vollkommen egal.«

»Was gibt es da schon zu erklären?«

»Paige.«

»Wusstest du, dass Meeghan kommt? Hast du dir mit mir nur einen kranken Scherz erlaubt?«

»Mein Gott! Das denkst du doch wohl nicht wirklich, oder?«

»Ich würde gerne denken, dass du wahrscheinlich doch kein so guter Schauspieler bist«, räumte sie ein.

»Das bin ich nicht. Das weißt du mindestens so gut wie ich. Du kennst mich, Paige.« Er klang frustriert. »Ich hasse das. Ich bin nicht gut im Reden, wenn ich sauer bin.«

»*Du* bist sauer?«

»Ja, ich bin sauer. Sie versucht, alles kaputt zu machen, weil ich mich geweigert habe, mitzuspielen. Und du lässt zu, dass sie das schafft.«

»Redest du von Meeghan?«, fragte Paige.

»Von wem wohl sonst? Ich habe dir von Anfang an gesagt, auf wessen Mist diese ganze Sache gewachsen ist. Und dann habe ich den Bossen deutlich zu verstehen gegeben, dass ich keine Lust mehr habe, bei dieser angeblichen Beziehung mitzuspielen. Die Sendung, die wir drehen, ist so gut, dass wir keinen derartigen Schwachsinn brauchen.«

»Wobei diese Botschaft offenbar bei ihr nicht angekommen ist.« Im Dunkeln fuhr sich Paige mit einer Hand über die Stirn.

»Ich habe nicht darauf geachtet, was sie in der letzten Zeit alles gepostet hat. Aber das ist jetzt das Problem der Bosse, nicht mehr meins. Und als sie plötzlich aufgetaucht ist, mich geküsst und dich behandelt hat wie einen gottverdammten Fußabtreter …« Zornig brach er ab.

»Hast du jemals mit ihr geschlafen?«

Die lange Pause war verräterisch. »Ja, aber–«

»Vielleicht ist es ja in deiner Welt okay, mit einer Frau ins Bett zu gehen und sie denken zu lassen, dass ihr zwei zusammen seid, bis du was Besseres findest. Aber in der Welt, in der ich lebe, ist so etwas alles andere als okay. Ich hätte nie mit dir geschlafen, wenn ich angenommen hätte, dass du noch mit einer anderen zusammen bist. Selbst wenn diese andere Meeghan ist.«

»Verdammt, Paige. Ich bin und war niemals mit ihr zusammen.«

»Aber du warst mit ihr im Bett.« Inzwischen wusste sie genau, er würde ihre Sicht der Dinge nie verstehen.

»Hör zu, es tut mir leid, dass ich einfach so gegangen bin, denn es hätte sich gehört, zu bleiben und dieses Gespräch von Angesicht zu Angesicht zu führen. Was immer auch passiert ist, spielt jetzt keine Rolle mehr. Das Einzige, worum es jetzt noch geht, ist, wie ich mich bei dieser Sache fühle. Und da ich mich dabei elend fühle, bin ich raus, Gannon.«

»Du kannst doch nicht–«

»Ich danke dir, dass du meine Entscheidung respektierst. Gute Nacht, Gannon.«

Sie legte auf und schaltete ihr Handy aus. Sie hatte keine Lust, noch länger seinetwegen wach zu liegen. Aber das Gefühl seiner Arme, die sie hielten, fehlte ihr so sehr, dass sie trotzdem erst im Morgengrauen einschlief.

Kapitel 33

Er war komplett verrückt geworden. Das war die einzige Erklärung dafür, dass er sich gerade wie ein gottverdammter Stalker aufführte. Paige hatte ihm – mehr als deutlich – zu verstehen gegeben, dass sie keinerlei Interesse daran hatte, zu erfahren, wie die Dinge wirklich waren. Aber trotzdem stand er jetzt vor ihrer Tür. Er musste sie auf irgendeine Weise dazu bringen, zu verstehen … und ihr dann verständlich machen, wie verletzend und beleidigend es war, dass sie ihm nicht einmal ansatzweise zu vertrauen schien.

Seine Schwester hatte auf dem Rückflug nach New York versucht, ihm diese Sache auszureden, und trotzdem hatte er sich sofort nach der Landung mit dem Taxi auf den Weg zu Paige gemacht.

Er hatte definitiv nicht mehr alle Tassen im Schrank.

Verdammt. Er klopfte an die Tür und sah sich um. Sie waren seit ungefähr zwei Monaten so etwas wie ein Paar gewesen, aber trotzdem war er jetzt zum ersten Mal bei ihrer Wohnung. War das seltsam? Sicher auch nicht seltsamer als alles andere, was zwischen ihnen war. Während er die Hand hob, um noch einmal anzuklopfen, zog jemand die Tür der Wohnung auf.

Die Frau war höchstens 1,50 Meter groß, hatte sich die wilden schwarzen Locken nachlässig mit einem breiten violetten Haarband aus der Stirn geschoben und war eindeutig nicht Paige. Aber sie kannte Paige, denn sie bedachte ihn mit argwöhnischem Blick und stellte fest: »Du bist bestimmt der Typ, der sie betrogen hat.«

Statt sich zu verteidigen, fragte er: »Ist Paige da?«

Sie schüttelte so vehement den Kopf, dass eine der dicken Kreolen, die an ihren Ohren hingen, sich in ihrem Haar verfing. »Nope, sie ist nicht da. Sie hat eine anonyme SMS bekommen, in der es hieß, so ein verlogener Tischler wäre auf dem Weg hierher.«

Dafür brächte Gannon seine Schwester um.

»Aber komm ruhig trotzdem rein.« Sie machte einen Schritt zurück und Gannon folgte ihr, ließ seine Tasche auf den Boden fallen und nahm den Rucksack ab.

Sie ging weiter bis zum Kühlschrank, kehrte wenig später mit zwei Flaschen Bier zurück und zeigte mit dem Kinn in Richtung Couch, die neben zwei halb unter dem Küchentresen versteckten, wackeligen Barhockern die einzige Gelegenheit zum Sitzen bot. Also setzte er sich hin, nahm ihr eins der Biere ab und starrte grüblerisch die Flasche an.

»Warum lässt du mich rein und bietest mir sogar ein Bier an, wenn du denkst, dass ich Paige betrogen habe?«

»Ich bin übrigens Becca.« Sie reichte ihm eine ihrer winzig kleinen Hände und er schüttelte sie kurz.

»Gannon. Und ich habe Paige nicht hintergangen.«

»Das hatte ich mir schon gedacht.«

»Dann hat sie dir von der ganzen Sache also nichts erzählt?«

»Oh doch, aber ich bin nicht erst seit gestern in der Branche, und dort gibt es jede Menge Menschen, die unberechenbar und so narzisstisch sind, dass ihnen vollkommen egal ist, wer über die Klinge springen muss, damit sie kriegen, was sie wollen.«

»Meeghan«, spuckte er verächtlich aus. »Die Frau ist völlig durchgeknallt.«

»Dann warst du also nicht mit ihr zusammen.«

»Natürlich nicht.«

»Aber Paige glaubt dir nicht oder fühlt sich auf jeden Fall derart erniedrigt, dass es keine Rolle für sie spielt, dass du mit dieser Tussi niemals zusammen warst. Weil diese Frau einfach aufgetaucht ist, um aller Welt zu demonstrieren, dass sie angeblich Anspruch auf dich hat, und Paige wie Dreck behandelt hat.«

»Genau.«

»Und wie hast du auf Meeghans Auftritt und ihr Verhalten Paige gegenüber reagiert?«

Gannon raufte sich das kurze Haar und räumte widerstrebend ein: »So gut wie gar nicht.«

»Und warum?« Entspannt und gut gelaunt zog Becca ihre Füße auf das Kissen unter sich.

»Paige und ich haben versucht, unsere …«

»Na los, nun sprich's schon aus. Eure Beziehung«, half sie nach.

»Unsere Beziehung noch geheim zu halten. Damit niemand denkt, dass sie mit einem der Stars der Serie schläft, um irgendwelche vermeintlichen Vorteile daraus zu ziehen.«

»Das klingt total nach Paige.«

»Ich hab's ja selber erst gar nicht gecheckt. In einem Moment hatte ich noch die Schleifmaschine in der Hand und im nächsten presste mir eine Frau die Lippen auf den Mund. Als ich meinen Kopf zurückgezogen habe, sah ich Paiges Gesicht …« Er schüttelte den Kopf. »Und dann stolziert die Meeghan auch noch auf sie zu, wirft ihr ihre Tasche hin und bestellt bei ihr einen Kaffee.«

»Was für ein Miststück«, stellte Becca fest.

»Und das, nachdem Paige verkabelt wurde und sich dazu noch mehrfach interviewen lassen musste, um dem angeblichen Techtelmechtel, das wir beide hatten, Nachdruck zu verleihen. Deshalb konnte ich nichts sagen. Denn wenn ich den Mund geöffnet hätte, hätte ich ihn sicher nicht mehr zubekommen, und dann hätte alle Welt von uns erfahren.«

»Also hast du es vermasselt«, meinte Becca und nahm einen großen Schluck von ihrem Bier.

»Ich liebe sie.«

»Was du ihr besser nicht bei einem Riesenstreit hättest gestehen sollen. Sie dachte, dass du sie betrogen hast, und du kommst mit so was um die Ecke?«

»Verdammt.«

Jetzt trank auch er von seinem Bier und sah sich um. »Es war eindeutig kein Scherz. Ihr habt tatsächlich nicht mal einen Couchtisch.« Aber schließlich hätte der in diesem winzig kleinen Wohnzimmer, das nicht einmal so groß war wie sein altes Kinderzimmer, praktisch nirgendwo mehr hingepasst.

»Willst du uns einen bauen?«

»Bekomme ich sie dann zurück?«

Becca verzog skeptisch das Gesicht. »Hör zu. Auch wenn ich es hasse, so direkt zu sein: Paige ist die Art von Frau, die keinen Fehler zweimal macht. Ihrer Meinung nach war das mit dir ein Fehler, und deshalb wird sie den ganz bestimmt nicht wiederholen wollen.«

»Aber das kann doch nicht das Ende sein.« Er wollte aufstehen, um im Zimmer auf und ab zu gehen, aber auch dafür gab es keinen Platz.

»Das braucht es ja auch nicht zu sein, aber du wirst sie nicht einfach mit ein paar Blumen wieder zurückgewinnen. Bei mir würde das garantiert funktionieren«, meinte sie und deutete mit ihrem Daumen auf ihre Brust, »aber bei Paige reicht das halt nicht. Aber keine Sorge, es ist kein hoffnungsloser Fall. Zumindest, wenn du sie wirklich wiederhaben willst und nicht nach einem einzigen Versuch, dich mit ihr zu versöhnen, schon die Sache hinschmeißt.«

»Was muss ich tun?«

Verschwörerisch beugte sich Becca zu ihm vor und sah ihn aufmerksam an. »Was auch immer nötig ist. Aber wenn du nicht wirklich alles gibst, wirst du am Schluss nichts gewinnen.«

• • •

Nach dem Gespräch fuhr er zwar immer noch allein, doch etwas hoffnungsvoller wieder zurück nach Hause. Becca hatte ihm zum Abschied noch das Versprechen abgenommen, zu behaupten, falls die Sprache je auf dieses Thema käme, dass sie ihm die Tür vor der Nase zugeworfen hätte. Und nicht stattdessen mit ihm zusammen ein Bier getrunken und sich mit ihm gegen ihre Freundin verschworen hatte.

1. Hör auf, sie ständig anzurufen oder anzuschreiben.
2. Meide aber auch nicht jeglichen Kontakt zu ihr, sondern versuche, auf ihrem Radar zu bleiben.
3. Finde heraus, was ihr im Leben wichtig ist, und such nach einer Möglichkeit, an diesen Dingen teilzuhaben.
4. Hab Geduld.
5. Bau den Couchtisch, den sie haben will.

Der vierte Punkt war ihm verhasst und hinsichtlich des fünften Punktes ging er ziemlich sicher davon aus, dass Becca diesen Tisch als Lohn für ihre »gratis Ratschläge« sah.

Die Dinge, die Paige wichtig waren, kannte er bereits. Am

wichtigsten war ihr der Job, doch unglücklicherweise hatten sie die Staffel gerade abgedreht, und wenn er Becca recht verstanden hatte, suchte Paige nach einer anderen Tätigkeit, um ihn nicht bei der Produktion der dritten Staffel wieder Tag für Tag zu sehen.

Er ging den mit einem abgewetzten Teppich ausgelegten Flur hinab in Richtung Treppenhaus, in dem die Farbe von den Wänden blätterte, und setzte seinen Rucksack wieder auf. Dies war ganz sicher nicht das letzte Mal, dass er in diesem Haus gewesen war. Denn Paige St. James gehörte ihm. Und sie müsste sich ganz einfach dran gewöhnen, dass er niemals einfach etwas aufgab, was ihm wirklich wichtig war.

Kapitel 34

Wenn man am Esstisch von Leslie St. James saß, vermittelte das zarte Grün und Blau der teuren Stofftapeten das Gefühl, als ob man unter Wasser säße, und durch die gedämpfte Unterhaltung, die dort stattfand, wurde das Gefühl bei Paige nur noch verstärkt. Frisch und wunderschön in einem ärmellosen, cremefarbenen, engen Kleid, setzte Mrs. St. James ihre wohlbegründete, methodische Erläuterung fort, wo und warum Paige aus ihrer Sicht falsch abgebogen war, um beim Reality-TV zu landen.

»Wirklich, Paige.« Behutsam tupfte ihre Mutter sich die Mundwinkel mit ihrer Stoffserviette ab. »Ich verstehe einfach nicht, warum du dir nicht erst mal eine Auszeit nimmst, um dich von deinem Unfall zu erholen und dir zu überlegen, wie's in deinem Leben weitergehen soll.«

Paige war die ständige Kritik gewohnt und schnitt sich gleichmütig ein Stück des von der Köchin ihrer Mutter auf den Punkt gegarten Thunfischsteaks mit Pfefferkörnern ab.

»Mir gefällt die Arbeit, die ich mache«, rief sie Leslie in Erinnerung. Sie würde ihr und ihrer Schwester sicher nicht verraten, wie verzweifelt sie sich schon nach einem neuen Job umsah. Sie würde praktisch alles tun. Hauptsache, sie müsste nicht noch eine Staffel dieser gottverdammten Show drehen. Der Gedanke, abermals mit Gannon zusammenarbeiten zu müssen, war ihr unerträglich, und je mehr sie sich von dem Geschehen distanzierte, umso deutlicher erkannte sie, dass sie im Grunde auf Anweisung ihrer Bosse so dermaßen erniedrigt worden war. Die Interviews und all die Andeutungen in der Vorschau auf die Staffel? Es war völlig ausgeschlossen, dass die blöde Meeghan Traxx rein zufällig an jenem Tag am Set erschienen war.

Leslie rollte übertrieben mit den Augen. »Ich verstehe nicht, was einem da gefallen kann«, beharrte sie auf ihrer Position.

Offen gestanden war das Einzige, was Paige im Augenblick an ihrem Job gefiel, die Tatsache, dass ihre Mutter Anstoß daran nahm.

Ihre Schwester Lisa, der das lange dunkle Haar in einem schlanken Flechtzopf über eine Schulter fiel, grinste sie vielsagend über den Rand von ihrem Weinglas hinweg an. »Ich nehme an, den Star der Sendung hast du dir bisher noch nicht genauer angesehen, Mom.«

Obwohl Paige sie warnend ansah, war es bei den Essen ihrer Mutter üblich, permanent übereinander herzufallen. Leslie und auch ihre Töchter tauschten für gewöhnlich unermüdlich irgendwelche Seitenhiebe aus, bis eine von den dreien sich am Schluss geschlagen gab.

»Ich schätze, damit meinst du diesen Gannon King.« Die Verachtung, die in Leslies Stimme lag, war nicht zu überhören.

»Es gibt Gerüchte, nach denen Paige etwas mit ihm hat.« Fröhlich schenkte Lisa sich ein Schlückchen von dem wirklich guten spanischen Roséwein nach und hielt dann Paige die Flasche hin.

Entschlossen füllte Paige ihr eigenes Weinglas bis zum Rand, ehe sie die Flasche an die Mutter weitergab.

»Du bist mit ihm zusammen?« Mit hochgezogener, elegant gezupfter Braue wandte Leslie sich der – ihrer Meinung nach – unberechenbaren Tochter zu. »Ich hoffe doch, dass es in diesem Fall bei den Gerüchten bleibt.«

Paige piekste eine grüne Bohne mit der Gabel auf. »Ich hatte was mit ihm, aber das ist vorbei. Zufrieden?«

Paige registrierte befriedigt, wie Lisa sich an ihrem Wein verschluckte, doch falls Leslie überrascht war, zeigte sie es nicht.

»Sex ist eine Sache, aber eine richtige Beziehung mit so einem Mann wäre bestimmt nicht ratsam, und anscheinend warst du wenigstens noch schlau genug, dass du dich an so jemanden nicht gebunden hast«, stellte ihre Mutter kühl fest, während Lisa sie fragend ansah.

»Und was hast du gegen Gannon, Mom? Abgesehen davon, dass er dich am Telefon auf deine Unhöflichkeit hingewiesen hat?«, bohrte Lisa nach.

»Er hat mich *beschuldigt,* unhöflich zu sein, ohne dass ich unhöflich gewesen wäre«, korrigierte Leslie, der wie immer viel an der korrekten Wortwahl lag. »Ich habe vollkommen angemessen auf die Mitteilung, dass eine meiner Töchter einen Unfall hatte, reagiert.«

Paige zählte stumm bis drei.

»Die Tatsache, dass sie es nicht für nötig hielt, ihre eigene Mutter anzurufen, um sie zu beruhigen, wirft wohl eher ein schlechtes Licht auf sie als auf mich.«

Paige unterdrückte einen Seufzer. Ihre Mutter konnte wirklich ausnehmend stur sein.

»Dann kannst du ihn also nicht leiden, weil er dich *beschuldigt* hat, unhöflich zu sein?«, hakte sie trotzdem noch mal nach. Im Grunde sollte ihr egal sein, dass ihre Mutter einen Mann nicht mochte, den sie selber nicht mehr ausstehen konnte, aber es war einfach so, dass er ihr dank der Abneigung, die Leslie ihm entgegenbrachte, plötzlich wieder eine Spur sympathischer erschien. Wobei das sicher einfach die Rebellin war, die aus ihr sprach. Und sie sollte langsam alt genug sein, um zu wissen, dass sie sich nicht automatisch irren musste, nur weil sie und ihre Mutter einer Meinung waren.

Leslie wies mit ihrer Gabel dorthin, wo ihre Tochter saß. »Das ist es nicht allein. In meiner Branche braucht man ein Gefühl für Menschen, und aus meiner Sicht ist dieser Gannon ein wandelndes Pulverfass. Und um dir zuvorzukommen, nein, es liegt nicht daran, dass er Tischler ist. Denn schließlich ist es keine Schande, wenn jemand mit seiner Hände Arbeit seinen Lebensunterhalt verdient.«

»Mmm.« Anscheinend hatte Leslie sich gemerkt, dass Paige ihr hin und wieder vorgehalten hatte, sie wäre ein fürchterlicher Snob.

»Um Himmels willen, Paige. Sitz zumindest gerade, wenn du schon so passiv-aggressiv sein musst.«

Automatisch straffte Paige die Schultern, denn die Reaktion auf den Befehl hatte ihr ihre Mutter schon in jungen Jahren antrainiert.

»Ich weiß nicht, Mom. In der Sendung wirkt er alles andere als unberechenbar«, mischte sich jetzt auch wieder Lisa ein.

»Du guckst meine Show?«, fragte Paige und zog verblüfft die Brauen hoch.

»Natürlich. Auch wenn sie nicht gerade meine Lieblingssendung ist, drehst du sie schließlich mit. Du liest ja auch meine Artikel in den Fachzeitschriften.«

»Die ich ebenfalls nicht wirklich liebe, aber trotzdem lese, weil du sie geschrieben hast.« Paige prostete der Schwester zu.

»Ich kann einfach nicht glauben, dass meine beiden Töchter

ihre Zeit mit dieser Show vergeuden.« Leslie schüttelte enttäuscht den Kopf.

»Wir lesen ja auch deine Bücher«, gaben beide einstimmig zurück.

»Natürlich tut ihr das«, stellte die Mutter empört fest.

Sie wandten sich dem Thema ihres neuesten Buches zu und Paige atmete auf. Im Grunde war sie es gewohnt, dass ihre Mutter sie für ihre Arbeit kritisierte, und normalerweise war ihr das egal. Aber während dieser Teil ihres Lebens noch wie eine offene Wunde schwelte, hätte sie ein Übermaß an Seitenhieben heute Abend sicherlich nicht überlebt.

Und wenn ihre Mutter auch nur ahnen würde, dass sie das Interesse an dem Job verloren hatte, machte sie wahrscheinlich innerhalb der nächsten vierundzwanzig Stunden gleich bei einem halben Dutzend Universitäten Vorstellungstermine für sie aus.

• • •

Bis zum Nachtisch hatte sich die Streitlust der drei Frauen gelegt. Lisa referierte über einen Artikel über Epilepsie, den sie im Auftrag einer Fachzeitschrift verfasst hatte, und Paige erkundigte sich nach der Testreihe mit Kindern, die von Krebs befallen waren, worauf ihr ihre Schwester, wie nicht anders zu erwarten, zu verstehen gab, dass sie zu absolutem Stillschweigen verpflichtet war.

Die Audienz bei ihrer Mutter endete um neun. Wie fast jeden Abend begab Leslie sich noch in ihr Arbeitszimmer, um verschiedene Fallnotizen abzuschreiben, und Lisa fuhr nach Hause, um sich dort aufs Ohr zu hauen, bevor am nächsten Tag um sechs ihr Dienst im Krankenhaus begann. Paige hingegen marschierte Richtung U-Bahn, weil sie keine Ahnung hatte, was sie hätte anderes machen sollen oder wollen. Dann aber klingelte ihr Handy, und um sich ein wenig von dem monotonen Fußmarsch bis zum Bahnhof abzulenken, zog sie es hervor.

Das Bild von Cat, die gut gelaunt Grimassen schnitt, erschien auf dem Display, und Paige war sich nicht sicher, ob sie drangehen sollte oder nicht. Seit ihrer Rückkehr nach New York war sie Cat beharrlich aus dem Weg gegangen, um sie nicht zu zwingen, Stellung in der Auseinandersetzung zwischen ihrem Bruder und ihr zu beziehen, aber auch oder vor allem, weil sie selbst auf diese Art so tun konnte, als würde es Gannon King überhaupt nicht geben.

Sie seufzte, weil sie wusste, dass das dämlich und ziemlich kindisch war, und drückte auf den grünen Knopf. »Hi, Cat. Was gibt's?«, erkundigte sie sich und hoffte, dass sie möglichst unbekümmert klang.

»Wo bist du?«, fragte Cat und fügte wenig schmeichelhaft hinzu: »Du klingst echt fürchterlich.«

»Ich komme gerade vom Abendessen mit meiner Mutter und Schwester in Great River.«

»Dann verstehe ich, warum du so fürchterlich klingst«, stellte sie scherzhaft fest. Bei den Kings schrie jeder jeden an und dann setzten sich alle gut gelaunt zusammen an den Tisch. Die vollkommen andere Dynamik, die in Paiges Familie herrschte, hatte Cat schon immer fasziniert.

»Dich hat doch hoffentlich nicht der, dessen Name nicht genannt werden darf, vorgeschickt?«, erkundigte sich Paige.

»Aus dem Liebesleben meines Bruders halte ich mich schon seit Jahren grundsätzlich raus. Aber aus deinem …«

»Haha. Wie ist deine Drehpause? Was treibst du so?«

»Dann tun wir also einfach so, als hätten du und Gannon nicht die heißeste Affäre des Jahres gehabt, bis irgendein Idiot von *Summit-Wingenroth* diese schwachköpfige, aufblasbare Sexpuppe ans Set geschickt hat, um dich zu blamieren?«

»So ungefähr, ja«, stimmte ihr Paige mit einem abgrundtiefen Seufzer zu.

»Okay. Ich wollte nur ganz sicher gehen. Also, ich habe diesen supertollen Werbevertrag für Frauenarbeitskleider an Land gezogen – Jeans, in denen man nicht seine Poritze zur Schau stellt und die nicht zerreißen, wenn man sich darin bewegt, und süße Flanellhemden und Tanktops, die dir nicht bis zu den Achseln hochrutschen, wenn du den Arm ausstreckst. Außerdem waren meine Eltern eine Woche hier. Sie haben sich bis zu ihrer Rückreise nach Florida gefragt, was zum Teufel mit Gannon los ist, nachdem er sich die ganze Zeit in seiner Werkstatt eingesperrt und sich nicht blicken lassen hat, außer um sich frisches Bier zu holen oder sich etwas Essbares zu besorgen. Und wie steht es mit dir?«

»Meine Mom und meine Schwester sind noch immer fürchterlich enttäuscht von mir und meinem Job. Wobei ich diesen Job natürlich nicht mehr machen kann. Wieso? Nett, dass du fragst. Ich hatte eine Affäre mit dem Star der Sendung, und dann stellte sich aber heraus, dass er mir dreist vorgegaukelt hat, er wäre ungebunden, und nachdem die Produktionsfirma mich während der Staffel immer wieder erniedrigt hat, nur um die Einschaltquoten zu erhöhen, habe ich beschlossen, da nicht mehr arbeiten zu wollen. Deshalb bleibt mir jetzt nichts anderes mehr übrig, als mich irgendwo nach einer anderen Arbeit umzusehen, auch wenn sich kaum was Besseres als eine Assistentenstelle bei einer möglichst flachen, widerlichen Datingshow mehr finden lassen wird.«

»Dann herrscht also der normale Wahnsinn?«

»So in etwa«, stimmte Paige ihrer Freundin zu.

»Dann freut es dich bestimmt zu hören, dass die Einladungen zu der Firmenfeier mit den heißen Innenarchitekten rausgegangen sind, und du, Gannon und Meeghan auf der Gästeliste stehen.«

Am liebsten hätte Paige das Thunfischsteak und den Rosé, den sie getrunken hatte, wieder ausgespuckt. »Rate mal, wer von den Dreien ganz bestimmt nicht kommen wird?«

»Rate lieber selbst, wem gar nichts anderes übrig bleiben wird, als zu kommen? Es heißt, dass du mit Konsequenzen rechnen musst, wenn du dich dort nicht blicken lässt.«

»Und was wollen sie dann tun? Mich feuern?« *Na toll. Dann würde ich noch nicht einmal mehr einen Job bei einer Datingshow bekommen.*

»Wahrscheinlich. Oder vielleicht drohen sie auch damit, den Rest des Filmteams zu entlassen, wenn du dich nicht fügst.«

Paige knurrte derart laut, dass ein Mann in Tanktop und Sportshorts, der seinen kleinen, knapp drei Kilo schweren Hund spazieren führte, möglichst eilig weiterging. »Das ist nicht fair. Und ja, ich weiß, das Leben ist nun mal nicht fair, aber ich habe einen Job hinter der Kamera bei diesem Laden übernommen, und dann haben sie mich plötzlich gegen meinen Willen vor die Kameras gezerrt und die reinste Marionette aus mir gemacht.«

»Am besten treffen wir uns irgendwo auf einen Drink«, schlug Cat pragmatisch vor.

Kapitel 35

Stirnrunzelnd stellte Paige sich auf die Zehenspitzen, um im winzig kleinen Spiegel ihres Badezimmers mehr als nur das Dekolleté ihres Kleids zu sehen. »Wir müssen wirklich dringend umziehen.«

Becca schob den Kopf durch die halb offene Tür. »Du siehst echt super aus. Warum müssen wir umziehen?«

»Weil wir einen größeren Spiegel brauchen, einen Esstisch und weil ich mit meinen achtundzwanzig Jahren statt einer Matratze endlich mal ein echtes Bett und andere echte Möbel haben will. Mein Leben ist das reinste Trauerspiel, und wenn wir auf der Stelle umziehen würden, bräuchte ich zumindest nicht auf diese blöde Party zu gehen.«

Ungerührt ließ Becca ihren Zeigefinger kreisen. »Na los, Schatz, lass mich dich von hinten sehen.«

Paige machte eine Drehung, ohne sich über den Beifall ihrer Mitbewohnerin zu freuen.

»Perfekt.«

Das Kleid hatte die Farbe von zerdrückten Cranberrys, einen leicht ausgestellten Rock, der bis zur Mitte ihrer Oberschenkel reichte, und ein züchtig hochgeschlossenes Top. Die Rückseite des besagten Tops hingegen ließ den Rücken dank des ausladenden Ausschnitts, der vom Nacken bis zur Taille reichte, praktisch völlig frei. Es war ein wunderbares Kleid, aber Paige wünschte sich, sie könnte es zu irgendeinem anderen Anlass tragen als der Party, zu der sie an diesem Abend eingeladen war.

»Ich will da nicht hin.«

Becca verschränkte ihre Arme vor der Brust und klopfte sich mit ihren Fingernägeln auf den Arm. »Okay. Ich werde dir jetzt etwas sagen, ob du's hören willst oder nicht.«

»Egal, worum es geht, ich will es ganz bestimmt nicht hören. Ich will mich einfach nur weiter in meinem Selbstmitleid suhlen.«

»Das tust du jetzt seit fünfundzwanzig Tagen, aber damit ist jetzt Schluss. Du gehst auf diese Party und lächelst in die Kameras. Du wirst nicht anfangen zu heulen, wenn du Gannon siehst, und du wirst dich auch nicht klein machen und sterben, wenn du Meeghan gegenüberstehst. Du wirst die wunderschöne, professionelle, starke, unabhängige und heiße Frau sein, die du bist.«

»Aber ich will nicht.«

Becca fuchtelte mit dem Zeigefinger vor ihrem Gesicht und meinte streng: »Ich glaube nicht, dass sich die Regisseurin einer preisgekrönten, die Gesellschaft umwälzenden Doku je so gehen lassen würde, oder was meinst du?«

»Wahrscheinlich nicht«, pflichtete Paige ihr kleinlaut bei.

»Und was würde die Regisseurin einer preisgekrönten, die Gesellschaft umwälzenden Doku sagen?«

»Ihr könnt mich alle mal«, erklärte Paige und setzte passend zu dem neuen Ton ein strahlendes, wenn auch nicht wirklich echtes Lächeln auf.

»Und genau das wird dein Blick zu Meeghan und den Fotografen sagen, wenn du auf der Party erscheinst.«

Gannon King erwähnte Becca nicht. Wahrscheinlich lag das

an dem wunderbaren Couchtisch, der von ihm persönlich in die Wohnung geliefert worden war. Wie alle Möbelstücke, die er baute, war er praktisch, wunderschön und einzigartig, doch er passte so gut in die Wohnung, dass sich Paige nicht mehr so sicher war, ob Becca Gannon nicht womöglich doch hereingelassen hatte, als er nach New York zurückgekommen war. Denn dass ihre Freundin ihm die Maße für den Tisch einfach zwischen Tür und Angel mitgegeben hatte, war nur schwer vorstellbar.

Paige knirschte mit den Zähnen, nickte aber zustimmend. »Okay.«

»Image ist alles, und auf dieser Party wirst du deinen Ruf als Profi zementieren.«

»Weil ich, verdammt noch mal, ein Profi bin«, verkündete Paige ihrem Spiegelbild an der Wand.

»Genau so ist es. Also lass dich heute Abend nicht zum Fußabtreter machen, und wer weiß, vielleicht kommst du ja sogar mit einem neuen Job zurück.«

• • •

Paige stieg aus dem Taxi und betrachtete das zwanzigstöckige Gebäude in Manhattan, in das neben ihr auch ihre schlimmsten Feinde eingeladen worden waren. Die Party fand in einer Wohnung statt, die von Drake Mackenrowe, einem beliebten Innenarchitekten, der bei ihrer Produktionsfirma eine eigene Sendung hatte, eingerichtet worden war. Und in dem Bewusstsein, dass erstens im Finale seiner Show Filmaufnahmen von der Party zu sehen wären, zweitens Meeghan Traxx und Gannon auf der Gästeliste standen und dass es drittens völlig sinnlos wäre, abzulehnen, hatte sie anfangs höflich nein gesagt. Wie nicht anders zu erwarten, hatte man bei *Summit-Wingenroth* darauf bestanden, dass sie käme, weil sie durch die zweite Staffel selbst zum Star geworden war. Und als sie sich weiterhin geweigert hatte, zu erscheinen, hatten sie die ganz großen Geschütze aufgefahren und Eddie angewiesen, ihr bei einem freundschaftlichen Mittagessen zu erklären, dass die Produktionsfirma sie in keiner ihrer Shows mehr bräuchte, wenn sie nicht bereit wäre, ihr nettestes Lächeln auf der Party zu zeigen und noch einmal bei dem bösen Spiel, das ihre Bosse und vor allem Meeghan mit ihr trieben, mitzuspielen.

Sie hatte keine andere Wahl gehabt, als zähneknirschend zuzusagen, und jetzt war es so weit. Gannon hatte ihr zwei Nachrichten geschrieben, um sich zu versichern, dass sie auch wirklich kommen würde, aber davon abgesehen hatte er sie in der letzten Zeit so selten angerufen oder angeschrieben, dass sie davon ausging, dass die Sache für ihn endgültig erledigt war. Trotzdem würden sie sich heute auf der Feier zum ersten Mal nach ihrer überstürzten Abreise vom letzten Drehort wiedersehen, und sie würde ihre linke Niere dafür geben, heute Abend nicht an diesem Ort sein zu müssen. Paige biss derart heftig die Zähne aufeinander, dass ihr einfiel, dass sie längst schon mal wieder zum Zahnarzt hätte gehen sollen.

Ich bin kein Feigling, dachte sie und straffte ihre Schultern auf dem Weg zur Tür. Sie hasste einfach Dramen jeder Art.

Aber ich werde diesen Abend überstehen, verdammt noch mal. Denn schließlich bin ich eine verdammte St. James.

»Hallo. Ich bin wegen der Welcome-Home-Geschichte hier.« Der Türsteher in seinem eleganten schwarzen Anzug tippte sich, wie in Manhattan üblich, höflich an den Hut und zog die breite Glastür für sie auf.

»Ich wünsche Ihnen einen schönen Abend, Miss.«

In der eleganten Eingangshalle lag ein roter Teppich für die Fotos und die Interviews mit den geladenen Stars. Da sie nicht die Absicht hatte, sich dort fotografieren zu lassen, stapfte Paige entschlossen auf die Fahrstuhlreihe zu, als ihr plötzlich ein junger Praktikant mit Headset und mit einem Clipboard in der Hand den Weg versperrte.

»Sie müssen Paige sein«, stellte er mit einem unnatürlich weißen Lächeln fest.

»Sieht ganz so aus.«

»Super. Bitte gehen Sie noch kurz zum roten Teppich, lassen dort ein Foto von sich machen, unterhalten sich kurz mit Esme und fahren dann rauf.«

»Ich bin aber keiner der Stars«, rief Paige ihm in Erinnerung. Er war ein netter, umgänglicher Kerl, genau die Art Mensch, die ihr als Assistent am liebsten war.

Er lächelte sie weiter freundlich an. »Aber Sie stehen auf der Liste für die Fotos und die Interviews und sehen echt fantastisch aus.«

In diesem Kleid auf jeden Fall. Und wenn die Bosse sie als liebeskrankes Aschenputtel ihrer strahlenden Heldin Meeghan gegenüberstellen wollten, wären ihre beiden ausgestreckten Mittelfinger alles, was sie von ihr sähen.

Sie sah den jungen Typen fragend an. »Wie heißen Sie?«

»Bradley.«

»Bradley, wenn Sie mich hier durchschleusen, ohne dass mich irgendjemand vorführt, habe ich in ein paar Monaten womöglich einen Job für Sie.«

»Wenn Sie mich vom Roten-Teppich-Dienst befreien, tue ich alles, was Sie wollen.«

Sie wühlte kurz in ihrer Clutch und hielt ihm eine Karte hin. »Schreiben Sie mir einfach eine Mail. Ich plane gerade ein Projekt, bei dem ich jede Menge schlecht bezahlter Enthusiasten brauchen kann.«

»Sie sind eine Göttin. Und nur, damit Sie's wissen, mit dem Videointerview wollen die Bosse Ihnen eine Falle stellen.«

»Bradley, Sie sind eingestellt.«

Kampfbereit marschierte sie zurück zum Roten Teppich, trat mit einem breiten Lächeln vor die Kameras und folgte der gestressten Assistentin, die dort tätig war, dorthin, wo Esme mit ihren Gästen sprach. Vor ihr kamen noch eine Moderatorin, ein Designer und der Onlineredakteur von *Summit-Wingenroth*. Folgsam reihte Paige sich in die kurze Schlange ein.

Esme stand mit vollem Kamera-Make-up und frisch geföhntem Haar parat. Ihre Assistentin trat auf sie zu und raunte ihr etwas ins Ohr, worauf die Frau eilig zu Paige herumfuhr. Sie winkte sie zu sich heran. Unbehaglich schaute Paige sich um. »Tut mir leid. Entschuldigung«, bat sie und schob sich an den anderen vorbei.

»Paige«, begrüßte Esme sie wie eine jahrelang verschollene gute Freundin, und sofort wünschte sich Paige, sie stünde wie gewöhnlich hinter und nicht vor der Kamera. »Wie wunderbar, Sie heute hier zu haben. Stellen Sie sich bitte hier auf diesen Punkt und dann geht's sofort los.«

Esme strahlte in die Kamera und Paige behielt ihr eigenes unehrliches, breites Lächeln bei.

»Ich stehe hier mit Paige St. James, Aufnahmeleiterin der von uns allen heiß geliebten Überraschungsrenovierungsshow *Kings of Construction*! Wie ich hörte, gab es bei den Dreharbeiten dieser Staffel einiges an Aufregung.«

Natürlich hatte sie davon gehört. »Die Dreharbeiten haben wie immer Riesenspaß gemacht«, wich Paige dem Köder aus. »Wir hatten abermals das Glück, mit wirklich wundervollen Familien und sehr talentierten einheimischen Handwerkern zu arbeiten, und ich kann's kaum erwarten, dass die Leute endlich die Geschichten dieser Menschen und die wunderbare Arbeit, die die Handwerker geleistet haben, zu hören und zu sehen bekommen.«

»Sie sehen aus, als wären die Verletzungen, die Sie sich während eines Unfalls bei den Dreharbeiten zugezogen haben, gut verheilt«, stellte Esme mit falscher mitfühlender Stimme fest.

»Es waren nur ein paar Abschürfungen und blaue Flecke, und die waren im Handumdrehen wieder verschwunden.« Langsam drehte Paige sich einmal um sich selbst, wie um den Zuschauern zu zeigen, dass sie wieder ganz die Alte war.

»Ihr Kleid ist einfach umwerfend«, brach es aus der Reporterin heraus.

»Danke –«

Plötzlich wurde sie von hinten angerempelt, und als Paige ihren Kopf drehte, merkte sie, dass ihr Meeghan Traxx, mit den Händen in den Hüften und in einem engen weißen Spitzenkleid, aus dem ihre Riesenbrüste quollen, direkt gegenüberstand. Die Frau sah aus wie ein Flittchen, das auf Jungfrau machte, und das Trommeln ihrer langen falschen Fingernägel und das Blitzen ihrer Augen zeigten, dass sie, wie schon in New Mexico, auch heute auf dem Kriegspfad war.

»Warum fragen Sie sie nicht nach Gannon King? *Angeblich* hatte sie doch was mit ihm«, mischte Meeghan sich ein.

Als Bradley von dem Hinterhalt gesprochen hatte, hatte er eindeutig keinen Witz gemacht.

»Wahrscheinlich wüssten alle gern, ob Sie und Gannon –« setzte Esme an, woraufhin ihr Meeghan jedoch erneut dazwischen grätschte.

Sie warf sich ihre schweren blonden Locken über eine Schulter, traf mit ihren Extensions Paige am Arm und sah entschlossen in die Kamera. »Es ist nicht wahr. Unsere kleine Paige hier hat für meinen Mann geschwärmt, was man ihr nicht verdenken kann. Ich meine, seht ihn euch doch nur an.«

Paige überlegte kurz, ob sie sich wehren sollte, dachte aber dann, dass es am besten wäre, einfach abzuwarten und zu sehen, wie weit die andere Frau mit ihrem Schwachsinn ging.

»Dann waren Sie und Gannon also nie zusammen?«, fragte Esme in Paiges Richtung, doch Meeghan zog das Mikrofon vor ihren Mund.

»Natürlich nicht. Im Grunde ist es wirklich traurig, dass sie dachte, eine kleine Assistentin ohne jeden Wert könnte Gannon in Versuchung führen, das hier zu verlieren.« Sie glitt mit einer Hand über ihr viel zu enges Kleid.

»Ich habe das Gefühl, wir sollten ein paar Dinge klären, Meeghan«, setzte Paige mit einem süßen Lächeln an. »Erstens haben Assistentinnen und Assistenten durchaus ihren Wert. Wer würde dir sonst wohl deine Magersojamilch-Vanille-Latte holen? Zweitens bin ich zwischenzeitlich Aufnahmeleiterin der Sendung, und drittens interessiert mich deine Meinung über mich oder mein Leben, gelinde gesagt, gar nicht.«

»Du bist doch nur eifersüchtig, weil er *mich* will.« Paige verspürte eine leichte Brise, als sich Meeghan abermals das schwere Haar über die Schulter warf.

»Es ist mir völlig gleich, mit wem du zusammen bist und mit wem nicht. Ich bin hier, um meinen Job zu machen, und ich nehme meine Arbeit ernst«, gab Paige im betont kühlen Ton zurück.

»Hör zu, du jämmerliches kleines Nichts.« Wütend piekste Meeghan Paige mit einem Finger an. »Jemand wie du bringt mich und Gannon niemals auseinander. Und wenn ich das sage, Schätzchen, ist das nicht mal böse gemeint.«

Paige ballte eine Hand zur Faust. Bevor sie aber die Gelegenheit bekam, sie Meeghan ins Gesicht zu rammen, legte sich ein Arm um ihre Taille und eine sonore Männerstimme stellte fest: »Da lasse ich dich einen kurzen Augenblick alleine und schon macht dir jemand Scherereien.«

Langsam blickte Paige an ihrem Retter auf. Er war groß und schlank, blond und gut gebaut, mit leuchtend blauen Augen und mit einem schiefen Grinsen im Gesicht. Im wahren Leben war Drake Mackenrowe auf elegant-legere Art noch deutlich attraktiver als im Fernsehen. Und im Gegensatz zu Gannon, dem eher rauen Bad Boy des Reality-TVs, kehrte Drake in seiner Sendung wie anscheinend auch in Wirklichkeit den edlen Ritter in glänzender Rüstung raus.

Er löste seinen Blick auch nicht von Paige, als er mit Meeghan sprach. »Ich weiß nicht, was du für ein Problem mit Paige hast, Megan, denn so wie es aussieht, bist du ihr vollkommen egal.«

»Ich heiße *Meeghan*«, fuhr sie ihn mit schriller Stimme an.

»Ja, natürlich«, seufzte er und wandte sich ihr endlich flüchtig zu. »Übrigens gehen deine Wimpern ab.«

Keuchend tastete sie nach ihren Augen und mit einem schiefen Grinsen sagte Drake zu Paige: »Nun komm schon, Babe, sonst wird der Champagner noch warm.«

Kapitel 36

»Ich bin übrigens Drake.« Als sich die Tür des Fahrstuhls schloss, bot er ihr höflich seine Hand. Er trug einen gut sitzenden grauen Anzug ohne Krawatte und weiche, glänzende Schuhe in der Farbe feinen Karamells.

Noch immer wogte heißer Zorn in Paiges Innerem, doch um ihre Wut nicht an dem einen Menschen auszulassen, dem sie es verdankte, gerade nicht erneut vor laufenden Kameras erniedrigt worden zu sein, stützte sie sich kurz auf ihren Oberschenkel ab und atmete einmal tief durch. Dann aber ergriff sie die ihr angebotene Hand und richtete sich wieder auf.

»Ich weiß, wer Sie sind.« Sie schüttelte seine Hand, und auch wenn sie nicht so schwielig und rau wie die von Gannon war, lag trotzdem eine gewisse Stärke in seinem Griff. »Sie sind der König der New Yorker Innenarchitekten. Ich bin Paige.«

»Willkommen im siebten Kreis der Hölle, Paige.«

Zu ihrer eigenen Überraschung lachte sie trotz ihres Zorns, lehnte sich gegen die Fahrstuhlwand und holte abermals tief Luft. »Vielen Dank für Ihre Hilfe.«

»Ich stand mit Meeghan bereits mehrmals vor der Kamera und weiß, was für ein Biest sie manchmal ist.«

Paige schüttelte den Kopf. »Ich arbeite hauptsächlich hinter der Kamera und habe wirklich keine Lust auf diesen Mist.«

»Die hat niemand. Sie ist eine narzisstische, vollkommen unzurechnungsfähige Person, macht regelmäßig eine Szene und wechselt ihre Assistentinnen und Assistenten schneller als John Mayer seine Freundinnen.«

»Retten Sie also des Öfteren junge Frauen aus ihren Klauen?«

Der Fahrstuhl öffnete sich direkt im Penthouse, einem luftigen und hellen Raum ganz aus Beton und Stahl, dem Inbegriff der Junggesellenbude eines in New York lebenden Milliardärs.

Als ein Ober mit einem Tablett voller Champagnerflöten vor sie trat, nahm Drake dem Mann zwei Gläser ab.

»Im Grunde habe ich Sie nur vor einer Anzeige wegen Körperverletzung und dem damit einhergehenden Medienrummel bewahrt. Die Nase, die Sie ihr gebrochen hätten, hat sie nämlich erst seit einem Jahr.«

Paige prostete ihm zu. »Dann danke ich vor allem im Namen des Chirurgen, dem sie die neue Nase zu verdanken hat.«

Lächelnd stieß er mit ihr an und sie nahm einen großen Schluck aus ihrem Glas. Wenn Drake nicht rechtzeitig erschienen wäre, wäre ihr wahrscheinlich eine Riesendummheit unterlaufen. Anscheinend hatte die Zusammenarbeit mit dem aufbrausenden Gannon King sie selbst zu einer jähzornigen, unberechenbaren Frau gemacht.

»Darf ich Ihnen einen ungebetenen Rat erteilen?«, fragte Drake.

»Ich schätze, dass ich Ihnen etwas schuldig bin. Also schießen Sie los.«

»Nehmen Sie das bitte nicht persönlich. Es stimmt. Die Chefs wollen Sie an der kurzen Leine halten, aber das tun sie nicht, um Ihnen weh zu tun. Sie wollen lediglich die Einschaltquoten in die Höhe treiben, um auf diese Weise neue Werbekunden anzuziehen. Dafür ist ihnen praktisch jedes Mittel recht. Das geht also ganz sicher nicht persönlich gegen Sie.«

Das war Paige bewusst. Ebenso wie die Tatsache, dass sie die beständige Kritik, die ihre eigene Mutter an ihr übte, nicht persönlich nehmen sollte. Aber es zu wissen und sich davon nicht berühren zu lassen, waren zwei Paar Schuhe. »Ich weiß Ihren Rat zu schätzen«, antwortete sie, war aber nicht bereit, noch näher auf das Thema einzugehen.

Auch hier oben auf der Party liefen Fotografen und Leute mit Kameras herum, denen sie hilflos ausgeliefert war. Von Gannon oder Meeghan hatte sie hier bisher noch nichts gesehen. Sie wagte es aber auch nicht, sich allzu gründlich nach den beiden umzuschauen.

»Na, was halten Sie von dieser Wohnung?«, fragte Drake und zeigte auf die Treppe aus Metall und Glas, über die man in die obere Etage kam.

»Beeindruckend«, erklärte Paige, da sie ihn nicht verletzen wollte. Ihr selbst waren jedoch Wärme und Charakter lieber als die industrielle Kälte, die sie hier umgab.

Er beugte sich ein wenig vor und flüsterte verschwörerisch: »Sie können mir ruhig sagen, dass es aussieht wie das Lager eines James-Bond-Schurken. Damit verletzen Sie mich nicht.«

Sie biss sich auf die Lippe. »Ja, okay, genau so sieht es aus.«

»Wollen Sie wissen, wem die Bude hier gehört? Dem Boss von *Summit-Wingenroth*. Er hat sie gekauft, entkernen lassen und dann jede Menge Geld gespart, indem er sie von mir für meine Sendung renovieren lassen hat.«

Paige riss die Augen auf. »Sie haben das Penthouse hier für Angus Pearson renoviert?«

Erschaudernd blickte Drake sich um. »Ich habe mich bemüht, der Wohnung einen etwas menschlicheren Anstrich zu verleihen, aber er hat darauf bestanden, selbst den Plan zu machen, und er hat einen entsetzlichen Geschmack. Also habe ich dem Ganzen eine leichte Dosis Ironie verpasst. Zum Beispiel gibt's im Bad ein Urinal ganz aus Beton, das aussieht wie ein Trog.«

»Sie machen Witze!«, lachte sie und hielt sich, als ein Fotograf in ihre Richtung blickte, eilig eine Hand vor den Mund.

»Ist mein voller Ernst«, erklärte Drake. »Ich kann es Ihnen zeigen.« Eine warme Hand auf ihrem Rücken, führte er sie auf die schauerliche Treppe zu, als ein verräterisches Kribbeln sie urplötzlich innehalten ließ.

Gannon stand am Fuß der Treppe und durchbohrte sie mit seinem Blick. Er hatte sich seit ein, zwei Tagen nicht rasiert, trug über einem weißen, kragenlosen Hemd ein marineblaues Jackett, das die breiten Schultern vorteilhaft zur Geltung kommen ließ, und unter seinen engen Jeans zeichneten sich seine muskulösen Oberschenkel überdeutlich ab. Er war so männlich und so rau, dass ihm sogar in dieser beinah eleganten Aufmachung das Raubtier deutlich anzusehen war. Paige hatte das Gefühl, als hätte er den ganzen Sauerstoff im Zimmer aufgesaugt, und rang erstickt nach Luft.

»Paige«, sagte er und beugte sich zu ihr vor. Als er ihre Wange küsste, brannten seine Lippen auf ihrer Haut.

»Hallo, Gannon«, grüßte sie ihn schwach und vernahm das Klicken unzähliger Kameras im Hintergrund.

Drake reichte ihm die Hand. »Gannon King. Ich glaube, bisher hat uns offiziell noch niemand miteinander bekannt gemacht. Ich bin Drake Mackenrowe.«

»Ich vermeide solche Partys, soweit es geht«, erklärte Gannon locker, während Paige unter dem spürbaren Gewicht seines durchdringenden Blicks fast zusammenbrach.

»Nehmen Sie auch Aufträge für Einzelstücke an? Ich habe da diese Idee für ein Büfett und keine Ahnung, wie man so was baut.« Mackenrowe breitete hilflos seine makellosen Hände aus.

»Kommt auf den Kunden an.«

»Für meine Großeltern. Sie haben bald goldene Hochzeit.«

»Für Großmütter hat Gannon eine ausgemachte Schwäche«, warf Paige ein.

»Wobei es auch noch jede Menge anderer Leute gibt, für die ich eine Schwäche habe.« Abermals durchbohrte Gannon sie mit seinem Blick.

»Hören Sie nicht auf ihn.« In einem Designerkleid, das sie genauso lässig wie all ihre anderen Sachen trug, trat seine Schwester neben ihn. »Es gibt nur wenige, die Gannon wirklich leiden kann.« Sie zwinkerte Drake zu und fiel ihrer Freundin um den Hals. »Du hast mir gefehlt, Paige. Wann gehen wir endlich wieder mal zusammen shoppen?«

»Wenn du in dieselben Billigläden gehst wie ich«, gab Paige zurück.

»Wie sieht es dann mit einem Mittagessen aus? Ich hasse es, dass wir uns nicht mehr täglich sehen. Paige macht nicht nur einen ganz hervorragenden Job am Set, sondern ist obendrein auch ein ganz wunderbarer Mensch«, fügte Cat an Drake gewandt hinzu.

Inzwischen waren sie regelrecht von Fotografen eingekreist und Paige stieg eine leichte Röte ins Gesicht.

»Kennt ihr zwei euch schon?« Sie stellte Cat und Drake einander vor und gleich entspann sich zwischen ihnen ein Gespräch. Paiges Nervenenden brannten, denn noch immer starrte Gannon sie durchdringend an, wobei die Botschaft, die in seinen Augen lag, eindeutig war. *Es tut mir leid. Du fehlst mir. Lass uns miteinander reden.*

Erst mal musste sie aber weg von hier. Sie hatte sich auf der Party gezeigt, die Bosse hatten ihren Spaß gehabt und die Fotografen hatten sogar Aufnahmen von ihr mit Gannon und mit Drake gemacht. Mehr konnte man ganz sicher nicht von ihr verlangen, und wenn die Anzugträger nicht zufrieden wären, sollten sie zur Hölle fahren.

»Würdet ihr zwei uns kurz entschuldigen? Ich würde gern mit Paige alleine reden«, unterbrach er ihren Gedankengang.

Cat und Drake sahen einander an, doch ehe Paige die Flucht ergreifen konnte, schloss sich seine Hand um ihren Arm. Ihr war klar, dass sie ihn nicht mehr hätte zurückreißen können, ohne dadurch erneut einen Eklat heraufzubeschwören.

• • •

Gannon spürte deutlich, dass sie sich am liebsten losgerissen hätte, als er sie über die schauerlichste Treppe aller Zeiten in die obere Etage zog. Sie sah aus wie das Ergebnis eines alkoholisierten One-Night-Stands zwischen einer Rolltreppe und einem Glasfahrstuhl.

»Reiß dich zusammen, Prinzessin«, raunte er ihr zu und nickte dorthin, wo die Schar der Fotografen stand. Lächelnd hatte seine allerbeste Schwester Cat sich den Kerlen in den Weg gestellt, als sie ihnen hatten folgen wollen.

In der nutzlosen, mit schwarzem Teppich ausgelegten, offenen Galerie hinter dem gläsernen Geländer waren ein paar wenig ansehnliche Kunstwerke verteilt, und in den beiden Schlafzimmern sahen sich gerade ein paar andere Gäste um, weshalb er ein Stück weiterging und Paige in eine leere Kammer zog.

»Willst du mich entführen?« Paige riss sich von ihm los und nahm in der beengten Kammer einen möglichst großen Abstand zu ihm ein.

»Das hier ist kein Geheimgang, sondern ein normaler Wäscheschrank«, gab er zurück. »Im Übrigen siehst du unglaublich aus.« Bereits in ganz normalen Shorts und Tanktops, ungeschminkt und mit zerzaustem Haar sah sie fantastisch aus, aber in diesem eleganten Outfit war sie einfach nur atemberaubend schön.

»Was zum Teufel hast du vor?«

Früher hatte er sie oft mit Absicht aufgezogen, um die Wut in ihren Augen aufblitzen zu sehen und zu erforschen, was sich unter der stets ruhigen, kühlen Oberfläche dieser Frau verbarg. Jetzt hingegen musste er sehen, wie er die Bestie wieder eingesperrt bekam.

»Ich will dir was erklären.«

»Was gibt's da zu erklären? Du hast mich angelogen und ich bin drauf hereingefallen. Aber das passiert mir garantiert kein zweites Mal.«

Er packte ihre Arme, denn, verdammt noch mal, er schaffte es ganz einfach nicht, die Hände von der Frau zu lassen, wenn er ihr so nahe war. »Du hast jetzt mal Sendepause und hörst einfach mal zu. Meeghan und ich waren nie zusammen –«

»Aber du warst mit ihr im Bett.«

»Paige.« Er atmete tief durch, aber sein Blutdruck blieb auch weiterhin auf 180. Als sie versuchte, sich an ihm vorbeizuzwängen, reagierte er spontan und schlang ihr von hinten seine Arme um den Bauch, sodass sie zwischen ihm und den leeren Regalen gefangen war.

»Verdammt, Paige. Jetzt hör mir endlich zu. Ich war einmal mit ihr aus. Unsere Chefs hatten uns zusammen auf genauso eine blöde Party wie die hier geschickt.«

Sie beendete vorübergehend ihre Gegenwehr.

»Das war eine PR-Veranstaltung wie heute auch. Die Dreharbeiten zu der Sendung sollten anfangen und wir haben versucht, den Hype um das Format ein bisschen zu erhöhen. Ich hatte gerade erst das Wort Konkurs gegoogelt, und dann saß ich urplötzlich in einer schicken Limousine, stand auf einem roten Teppich rum, der Champagner und das Bier flossen in Strömen, und als sie mich angemacht hat, habe ich mich nicht gewehrt. Ich …« Er schüttelte den Kopf, weil die Erinnerung ihm offenkundig unangenehm war. »Ich dachte, dass ich endlich vor dem großen Durchbruch stehe und das Unternehmen meines Opas retten und zugleich das Leben unter all den Stars genießen kann. Aber ich hatte keine Ahnung, was damit verbunden war.«

Endlich ließ er von ihr ab und langsam drehte sie sich zu ihm um.

»Sofort danach bin ich gegangen. Diese Frau ist wirklich furchteinflößend, notgeil und fies. Weshalb es auch bei diesem einen Ausrutscher geblieben ist. Aber die Presse und die Zuschauer waren begeistert von der Vorstellung, dass wir zusammen sind. Also haben wir weiter ab und zu zusammen irgendwelche Partys oder so besucht, damit die Leute denken, dass da etwas zwischen uns läuft. Aber die ganze Sache war von Anfang an eine beschissene Lüge. Ich habe sie nach dem einen Mal nie wieder angerührt.«

Paige biss sich auf die Unterlippe und verschränkte ihre Hände vor dem Bauch.

»Meeghan wusste ebenfalls, dass das Ganze nur ein PR-Gag war, aber trotzdem hat sie das Ganze benutzt, um zu bekommen, was sie wollte. Sobald wir irgendwo zusammen waren, ging sie einfach davon aus, dass ich mit ihr nach Hause fahren würde, um erneut mit ihr ins Bett zu gehen. Sie hat gebettelt und gedroht und versucht, mich zu verführen, aber nachdem ich wusste, was sich unter ihrem falschen Äußeren verbirgt, hatte ich ganz sicher nicht den Wunsch, noch mal mit ihr in die Kiste zu steigen. Ich habe mich für diesen einmaligen Fehltritt fürchterlich geschämt.«

Sie streckte ihre Hand in seine Richtung aus und zog sie schnell wieder zurück, aber er hatte den Versuch bemerkt und atmete erleichtert auf.

»Warum hast du mir all das nicht schon viel eher erzählt, Gannon?«

»Babe, das habe ich die ganze Zeit versucht. Ich war völlig fertig, als du das, was in New Mexico passiert ist, in den falschen Hals bekommen hast, aber ich war auch stocksauer, weil dich Meeghan so herablassend behandelt hat. Weil sie versucht hat, so zu tun, als ob wir tatsächlich zusammen wären, und dich vor deinen Freunden und Kollegen bloßgestellt hat. Ich war so verdammt wütend. Ich bin bereits am Set vollkommen ausgeflippt, und Andy meinte, dass ich sie ihm aus den Augen schaffen und die Sache mit ihr klären soll. Also bin ich mit ihr ins Hotel, wo keine Kameras und Zeugen waren, und habe ihr gesagt, dass sie uns beide ein für alle Mal in Ruhe lassen soll.«

In ihren wunderschönen blauen Augen stiegen Tränen auf und wieder fragte sie: »Warum hast du mir das nicht gleich erzählt?«

»Ich habe es versucht«, beharrte er auf seiner Position, »aber du bist sofort völlig ausgerastet und hast dich geweigert, dir meine Erklärung anzuhören.«

Sie lachte traurig auf. »Das habe ich von dir gelernt. Als sie mich eben auf dem roten Teppich in der Eingangshalle in die Falle locken wollten, hätte ich Meeghan fast eine reingehauen.«

Gannon ballte seine Hand zur Faust und fragte zähneknirschend: »Sie haben *was* gemacht?«

Sie schüttelte den Kopf. »Das spielt jetzt keine Rolle mehr. Es ist vorbei. Ich steige aus. Ich kann nicht mehr für Leute arbeiten, die denken, dass Einschaltquoten wichtiger als meine Würde sind.«

In seinem Innern wogte die nackte Panik auf. »Und was ist mit der nächsten Staffel?«

Sie verschränkte ihre Arme vor der Brust, als ob ihr plötzlich kalt wäre, und stieß leise aus: »Die kann ich nicht mehr drehen. Nicht mit all diesen Leuten. Nicht mit dir.«

»Und warum nicht mit mir? Warum können wir nicht noch mal ganz von vorn beginnen?«, fragte er, aber sie schüttelte bereits den Kopf.

»Ich wollte nie eine Beziehung haben und ich wollte mich ganz sicher nicht verlieben. Das ist einfach so passiert. Am besten schieben wir es einfach darauf, dass so was in unserer Branche einfach an der Tagesordnung ist. Dort gibt's Affären wie Sand am Meer. In diesem Fall hat's eben uns getroffen, doch inzwischen ist mir klar, dass die Geschichte zwischen uns ein Fehler war.«

»Was redest du da für einen Schwachsinn, Paige? Das zwischen uns war ganz bestimmt kein Fehler. Du bist meine Zukunft. Gib mir eine Chance, Prinzessin.«

Als er eine Hand an ihre Wange legte, schloss sie ihre wunderschönen Augen, schlug sie dann aber wieder auf und sah ihn traurig an. »Ich kann dir nicht vertrauen.«

»Es tut mir leid, dass ich dir die Geschichte nicht schon eher erzählt habe. Ich wollte diese grässliche Erfahrung einfach nicht in Worte fassen. Das Ganze hat mich beschämt. So tief bin ich weder zuvor noch später je wieder gesunken, und nach der Angelegenheit mit ihr warst du die erste Frau, mit der ich überhaupt wieder ins Bett gegangen bin.«

Sie legte eine Hand auf seine Brust. »Ich verstehe das. Wirklich. Und dass du diese schreckliche Erfahrung machen musstest, tut mir leid.«

Er bedeckte ihre Hand mit seiner, und mit frischen Tränen in den Augen starrte sie die Decke an. »Warum ist das nur zu verdammt schwer?«

»Weil diese Sache zwischen uns was ist, für das es sich zu kämpfen lohnt. Ich kann dich nicht verlieren.«

Sie lenkte ihren Blick auf die verführerischen goldenen Schnürsandalen, die sie trug. »Du hast mir wehgetan und zugelassen, dass ich immer wieder erniedrigt worden bin.«

Als ihre Stimme brach, hielt er es nicht mehr aus. Er nahm sie in den Arm und presste ihr Gesicht an seine Brust. Er hatte sie zutiefst verletzt und seine Ehrlichkeit und eine einfache Entschuldigung reichten nicht aus. Das wusste er. Er brauchte einfach Zeit, um sie davon zu überzeugen, dass das zwischen ihnen wichtiger als alles andere für ihn war.

Als sie leise schniefte, legte er ihr seine Wange auf den Kopf und sog ihren Duft in seine Lungen ein.

»Ich habe keine Lust, im Rampenlicht zu stehen. Ich habe keine Lust auf Kameras und auf Interviews und darauf, dass vollkommen fremde Menschen denken, dass sie wissen, wer ich bin. Es gibt da Dinge, die ich tun möchte und muss, und wegen dieser Sache bekomme ich vielleicht niemals die Chance dazu.«

Er hielt sie weiter fest und wünschte sich, sie gäbe endlich zu, wie echt und richtig es sich anfühlte, wenn sie in seinen Armen lag. »Das werde ich nicht zulassen«, raunte er ihr ins Ohr. »Meeghan wird nie wieder die Gelegenheit bekommen, dir gegenüber ihre Krallen auszufahren. Das werde ich nicht zulassen.«

Doch sie schüttelte erneut den Kopf. »Ich kann auch noch aus anderen Gründen nicht mit dir zusammen sein. Und diese Gründe haben nichts mit dir zu tun.«

»Mach mir eine Liste und ich räume all diese Hindernisse aus dem Weg.«

Seufzend machte sie sich wieder von ihm los, wischte sich die Tränen fort und richtete sich kerzengerade auf. »Du überwältigst mich. Du laugst mich aus. Du bist einfach zu viel für mich. Wie soll ich mich auf meine Arbeit und auf meine Träume konzentrieren, wenn ich im Grunde nur mit dir zusammen sein und gar nichts anderes mehr will?«

»Oh, Schatz, warum gelingt es dir denn nicht, das positiv zu sehen? Du kennst mich und du weißt, was ich für dich empfinde. Du weißt, dass ich dich liebe, immer für dich da sein und es miterleben möchte, wenn du deine Träume lebst.«

»Gannon, diese Sache zwischen uns funktioniert ganz einfach nicht. Vielleicht würde sie das, wenn wir beide Zeit und Mühe investieren würden, aber erst mal muss ich mich nach einem neuen Job umsehen. Wenn ich sofort was finde – eine kurze Serie, ein Special oder so – können Becca und ich Anfang nächsten Jahres unser Vorhaben in Angriff nehmen und dann fängt mein Leben endlich richtig an. Dann muss ich nicht mehr ›nur noch eine Staffel‹ machen und es nicht mehr über mich ergehen lassen, dass die Produktionsfirma mich erniedrigt, nur weil es die Einschaltquoten in die Höhe treibt. Dann bin ich selbst die Chefin und kann die Geschichten erzählen, die mir wirklich wichtig sind.«

»Aber all das will ich doch auch für dich. Ich kann dir dabei helfen oder einfach zusehen und dich anfeuern, bis du dein Ziel erreichst. Was immer dir lieber ist.« Inzwischen flehte er sie richtiggehend an, aber sie war es ihm wert. Sie war ihm wichtig und sie sollte verstehen, dass er ihre Hoffnungen und Träume längst zu seinen eigenen gemacht hatte.

»Es tut mir wirklich leid, Gannon. Ich weiß, das alles ist nicht deine Schuld. Das weiß ich wirklich. Aber trotzdem wird das zwischen uns niemals funktionieren.«

Verdammt. Sie würde nicht klein beigeben. Dazu war sie einfach noch nicht bereit.

»Dann lass uns Freunde sein.« Er war verzweifelt. Er würde niemals zulassen, dass sie auch diese Tür vor ihm verschloss.

»Ich weiß nicht«, sagte sie und starrte wieder auf ihre Füße. »Ich glaube nicht, dass das eine gute Idee ist.«

»Du bist auch mit Cat befreundet. Es ist doch sowieso unvermeidlich, dass wir uns zumindest hin und wieder sehen werden.« Er war einfach nicht bereit, sich ganz aus ihrem Leben ausschließen zu lassen. *Nein*. Das konnte er nicht zulassen.

»Das ist dir gegenüber doch nicht fair«, gab sie zurück. »Bei den Gefühlen, die du für mich hast.«

Verdammt, auch sie empfand etwas für ihn. Sie war einfach nur zu stur, um sich das auch selbst einzugestehen.

»Es wäre noch viel unfairer, wenn du einfach aus meinem Leben verschwindest«, widersprach er ihr und konnte deutlich sehen, wie sie mit sich rang.

»Also gut. Versuchen wir's als Freunde. Aber ohne dass wir erst zusammen was essen und danach als gute Freunde wieder miteinander in die Kiste gehen«, warnte sie ihn.

»Okay, versuchen wir es ohne Sex und sehen, wie das funktioniert.«

»Vielen Dank, dass du mein Freund sein willst.« Sie lächelte ihn wehmütig an, woraufhin er sie erneut in den Arm nahm.

»Ich tue alles, was du willst, Prinzessin. Dafür sind Freunde schließlich da.«

»Es tut mir leid, dass ich dir nicht das geben kann, was du in Wahrheit von mir willst.«

»Eine Sache wäre da …«

»Ich blase dir bestimmt keinen in einem Wäscheschrank.«

»Sehr witzig. Vielleicht solltest du Comedian werden. Aber nein, ich will etwas anderes von dir. Bei unserem letzten Kuss. Da hast du geweint. So möchte ich mich nicht an uns erinnern. Gib mir bitte etwas anderes, woran ich mich erinnern kann.«

Sie bedachte ihn mit einem argwöhnischen Blick. Ihr war klar, was er im Schilde führte, aber sicher war ein letzter Kuss, bevor sie bloße Freunde sein würden, nicht zu viel verlangt.

»Ein Kuss?«

»Ein Kuss«, versprach er ihr.

»Sonst nichts?«

»Kein Gefummel, keine Blowjobs und keine Orgasmen«, stichelte er.

Entschlossen legte Paige ihm ihre Hände auf die Schultern, stellte sich auf die Zehenspitzen, legte ihm die Lippen auf den Mund und gab ihm einen sanften, süßen Kuss.

Mit diesem einfachen Kuss entfachte sie jedoch aufs Neue ein Feuer in ihm, und als er ihr die Hände an die Hüften legte, musste er sich zwingen, nicht mit seinen Fingern die Konturen ihres wohlgeformten, straffen Hinterns nachzuziehen. Als er ihr jedoch die Zunge in den Mund schob, um sie zu liebkosen und zu kosten, wogte die bekannte Hitze zwischen ihnen auf. Auch Paige verlor sich ganz in diesem Kuss, und Gannon musste ihn beenden, ehe er das ihr gegebene Versprechen brach. Vorsichtig, als wäre sie aus kostbarem Kristall, rahmten seine Hände ihr Gesicht und widerstrebend machte er sich von ihr los.

Sie wirkte wie betäubt, und froh, dass seine Botschaft bei ihr angekommen war, fuhr er sanft mit seinem Daumen über ihren halb offenen Mund. »Danke. Jetzt habe ich was deutlich Schöneres, woran ich mich erinnern kann.«

»Freunde«, wiederholte sie und holte zitternd Luft.

»Freunde«, stimmte er ihr zu, als sie seinen Unterleib mit einem vielsagenden Blick bedachte.

»Reagierst du immer so, wenn du auf einen Freund oder auf eine Freundin triffst?«

Er blickte auf die Ausbeulung in seiner Jeans und rückte seinen

Schwanz zurecht. »Oh ja. Wenn Flynn mich küsst, passiert das jedes Mal.«

Sie stupste seine Schulter an und lachte sogar heiser auf. »Danke, dass du ehrlich zu mir warst.«

»Wobei der Satz mit Flynn gelogen war.«

HERBST

Kapitel 37

Die flirrende Sommerhitze machte langsam frischer Herbstluft Platz, und die New Yorker nahmen die neue Jahreszeit mit Stiefeln und mit Lebkuchengewürz in praktisch sämtlichen Gerichten in Empfang. Für Paige bedeutete der Herbst wie jedes Jahr die freudige Erwartung, Aufregung und das Versprechen eines Neuanfangs. Diese Empfindung stammte noch aus ihrer Kindheit, denn im Herbst hatte immer das neue Schuljahr angefangen und ihr die Chance geboten, neue Dinge zu lernen und vor allem ein neuer Mensch zu sein.

Wobei der Neuanfang in diesem Jahr noch auf sich warten ließ.

Ihr Zusammenstoß mit Meeghan auf der Party war inzwischen einen Monat her. Sie hatte Eddie deutlich zu verstehen gegeben, dass ihre Bosse sich ein anderes Bauernopfer suchen müssten, um die Einschaltquoten zu erhöhen. Sie würde eine andere Produktionsfirma sowie eine andere Sendung finden und sich dort acht Monate den Arsch aufreißen, bis genügend Geld auf ihrem Konto wäre, um ihr eigenes Projekt mit ihrer Freundin anzugehen. Was für einen Job sie machen würde, war ihr vollkommen egal, doch unglücklicherweise stellte sich heraus, dass es nicht nur keine große Auswahl, sondern eher gar keine freie Stelle für sie gab.

Während sie ganz New York nach einem Job absuchte, fing sie mit der ersten vorsichtigen Planung ihres eigenen Dokumentarfilms an. Inzwischen hatte Sarah Holden offiziell ihre Mitarbeit an dem Vorhaben zugesagt und dadurch Paige dazu ermutigt, sich auch an andere Frauen innerhalb der Branche zu wenden: darunter Schauspielerinnen, ein paar Mitglieder verschiedener Produktionsteams, Regisseurinnen und Produzentinnen, Frauenrechtsvertreterinnen, Professorinnen, Autorinnen und Frauen aus der Politik. Sie hatte ihre Mutter darauf angesprochen, wen sie interviewen könnten, und zu ihrer Überraschung hatte Leslie ihr tatsächlich eine Liste mit fünf Fachfrauen auf diesem Gebiet mitsamt deren Lebensläufen und Kontaktinformationen zugesandt. Natürlich hatte ihre Mutter sie in ihrem Schreiben ausdrücklich dazu ermahnt, dass sie dem Familiennamen keine Schande machen sollte, aber trotzdem schien sie durchaus stolz auf das Projekt zu sein.

Es machte Paige euphorisch, wenn sie merkte, dass sie sich mal wieder einen ganzen Nachmittag in das Projekt vergraben konnte und jede Sekunde ihrer Arbeit ausgekostet hatte. Auch wenn sich die Begeisterung sofort wieder legte, wenn sie einen neuen Kontoauszug oder eine neue Absage bei ihrer Jobsuche bekam.

Gerade hatte sie die achte Absage erhalten und ließ den Kopf auf den phänomenalen Couchtisch sinken, den Gannon extra für sie angefertigt hatte. Der schwere Tisch aus recyceltem Pinienholz diente als Schreibtisch oder wie jetzt in diesem Fall als Trostkissen. Sie atmete den schwachen Duft von Holz und Beize ein. Paige liebte dieses Möbelstück mit der robusten, dicken Platte und den beiden Sockeln, denn es passte haargenau zu ihr. Und leider auch zu Gannon King.

Er schien tatsächlich akzeptiert zu haben, dass sie nur noch gute Freunde waren, aber seine wiederholten Einladungen zum Essen oder nur auf einen Kaffee hatte sie bisher beharrlich abgelehnt. Die neuen Folgen der Show hatten die Gerüchte über eine mögliche Beziehung zwischen ihnen weiter angefacht, und sie hatte keinerlei Interesse daran, dass man sie zusammen sah. Wobei er ihr zu ihrer Überraschung furchtbar fehlte, und wenn er ihr schrieb oder sie anrief, schrieb und rief sie prompt zurück. Wahrscheinlich lag es einfach daran, dass sie es gewohnt war, ihn zu sehen. Und da sie sich inzwischen ausgesprochen hatten, durfte sie doch sicher einen Teil dessen vermissen, was sie im Verborgenen geteilt hatten, bevor Meeghan auf der Bildfläche erschienen war.

Und seit sie die Wahrheit über die »Beziehung« zwischen ihm und diesem Weibsbild kannte, tat er ihr fast leid. Sie wusste ganz genau, wie diese Dinge liefen, wusste, wie leicht man sich von dem Glitzer und dem Glamour ihrer Branche täuschen ließ. Und noch leichter wurde man durch die dunklere Seite des Geschäfts verletzt. Die Geschichte hatte Gannons Stolz und sein Vertrauen in sich selbst stark angekratzt.

In vielerlei Hinsicht spiegelte die Angelegenheit das Schicksal allzu vieler Frauen in dieser Industrie wider. Frauen, deren Geschichten sie erzählen würden. Frauen, bei denen es mehr als alles andere nur um das Aussehen zu gehen schien, die sich dazu hatten verleiten lassen, eine falsche Wahl zu treffen, und gezwungen worden waren, einer Rolle zu entsprechen, die alles andere als reizvoll war. Und das konnte Paige verstehen und das tat ihr leid, aber trotzdem blieb die Tatsache bestehen, dass sie keine Beziehung mit ihm haben konnte. Sie konnte sich einfach nicht sicher sein, dass sie dadurch nicht auch etwas von sich selbst verlor.

Als ihr Handy neben ihrem Ellenbogen schrillte, warf sie einen Blick auf das Display. *Gannon.*

Das Rasen ihres Pulses und das Flattern in ihrem Bauch sprachen dagegen, dranzugehen. Dass er ihr am Schluss alles gestanden hatte, machte den Vertrauensverlust nicht ungeschehen. Und trotzdem reagierte sie noch immer körperlich auf ihn. Was höchst gefährlich war.

Ich sollte seinen Anruf lieber nicht annehmen. Am besten sollte ich ihn einfach ganz ignorieren. Ich habe mich entschieden und von nun an muss ich nach vorne schauen.

»Hallo.«

»Hi, Prinzessin.« Seine raue Stimme traf sie direkt in den Unterleib. Ihr Körper hatte offenkundig keinerlei Interesse daran, ihm noch irgendetwas vorzuhalten.

»Was gibt's?« erkundigte sie sich in gleichmütigem Ton.

»Hast du heute Abend schon was vor?«

Nein! Ja!

»Gannon, ich –«

»Bevor du meinen Vorschlag ablehnst, hör ihn dir doch erst mal an.«

Sie bereute es jetzt schon, dass sie ans Handy gegangen war. Sie hatte einen schwachen Augenblick oder vielleicht auch eine schwache Woche gehabt, und das würde er ausnutzen und sie einfach überfahren. »Meinetwegen.«

»Gut. Ich habe vielleicht einen Job für dich. Er fängt sofort an und würde bis Ende Dezember gehen.«

»Was und wo?«, fragte sie, aber im Grunde war das vollkommen egal. Inzwischen nähme sie so gut wie jede Arbeit an.

»Wenn du heute mit mir zu Abend isst, erzähle ich es dir.«

»Du kannst eine *Freundin* ja wohl nicht erpressen, damit sie mit dir zu Abend isst«, tadelte sie ihn.

»Der Job ist ein Treffen auf alle Fälle wert. Ich habe Einzelheiten, Zahlen und selbst einen Zeitplan, und über all diese Dinge spreche ich ganz sicher nicht am Telefon. Außerdem werden wir eine Gouvernante haben.«

Sie musste einfach lachen. »Und wer soll das sein? Sag bloß nicht, Cat.«

»Meine Nonni. Sie wird heute Abend kochen und sie will dich bereits kennenlernen, seitdem ich ihr zum ersten Mal von dieser starrsinnigen Frau erzählt habe, die mich am Schluss der Dreharbeiten einfach hat sitzen lassen.«

Seine berühmte Großmutter. Paige hatte sie ebenfalls schon kennenlernen wollen. Zumindest bevor Gannon ihr gestanden hatte, welche Rolle sie bei dem Entschluss ihres Enkelsohns gespielt hatte, zum Fernsehen zu gehen.

»Ich kann hören, dass du dir auf die Lippe beißt«, stellte er jetzt mit noch rauerer Stimme fest.

Sie hielt bei ihrem Knabbern inne und stellte noch einmal klar: »Wenn ich mit dir und deiner Oma esse, erzählst du mir von diesem Job?« Sie wusste schließlich aus Erfahrung, wie gewieft er war.

»Wir werden bei ihr etwas essen und du kannst dir anhören, wie sie in der Küche mit mir schimpft. Ich werde dir von diesem Job erzählen, wir werden etwas Leckeres mit jeder Menge Kalorien aufgetischt bekommen, und dann kehre ich, wenn du das willst, alleine in mein trauriges, einsames Bett zurück.«

»Gannon«, warnte sie nicht nur ihn, sondern zugleich sich selbst. Sie wusste, dass ihr in der Nähe dieses Mannes nicht zu trauen war. Er gab ihr das Gefühl, erschreckend impulsiv zu sein, und wenn sie ein Glas Wein zu viel trank oder sich besonders elend fühlte, würde sie sich ihm womöglich wieder an den Hals werfen.

»Ich verrate dir etwas als Freund. Du fehlst mir. Ich möchte dich sehen und ich hasse es, dass ich dir extra einen Job besorgen musste, damit du dich mit mir triffst.«

Sie vermisste ihn genauso, brauchte dringend einen neuen Job und war, verdammt noch mal, eine erwachsene Frau. Sie brauchte nicht noch mal die Finger auf die Herdplatte zu legen, um zu wissen, dass das äußerst schmerzhaft war. Sie war eine St. James, und die St.-James-Frauen lernten schnell und waren vor allem eins: auf ihre Unabhängigkeit bedacht.

»Meinetwegen. Wie viel Uhr?«

»Sieben. Oder besser sechs«, verbesserte er sich. »Dann kannst du Nonni in der Küche herumwirbeln sehen. Ich schicke dir einen Wagen.«

• • •

Der Wagen, den ihr Gannon schickte, war ein Truck, in dem er selbst hinter dem Steuer saß.

Paige stand in einem kurzärmligen pflaumenfarbenen Pullover, Jeans und butterweichen Wildlederstiefeln, die ihr bis über die Knie reichten, auf dem Bürgersteig, stemmte ihre Hände in die Hüften und stellte mit vorwurfsvoller Stimme fest: »Du hast mir nichts davon gesagt, dass du mich selbst abholen kommst.«

Sein berühmtes Schurkengrinsen huschte über sein Gesicht. »Du hast auch nicht danach gefragt. Ich musste schließlich dafür sorgen, dass du wirklich kommst.«

Sie funkelte ihn wütend an, was jedoch durch die Sonnenbrille, die sie trug, nicht wirklich zu sehen war, und kletterte widerwillig auf ihren Sitz. Es war ein Arbeitstruck, erkannte sie, mit einer dieser schimmernden metallenen Werkzeugboxen auf der Ladefläche und dem Firmenlogo der Kings auf den Türen. Er war groß und männlich und vollkommen unpraktisch in einer Großstadt wie New York. Er war aber auch wesentlich bequemer als die

Produktionsvans oder die kompakten Mietwagen, in denen sie bisher gefahren war.

Gannon fuhr geschmeidig an. In seinen abgewetzten Jeans, dem dunkelgrünen Baumwollblazer und dem verwaschenen T-Shirt sah er genau so aus, als gehöre er hinter das Steuer dieses Trucks. Er lenkte mit der linken Hand, um deren Zeigefinger er ein Pflaster trug, und hatte seinen rechten Arm auf ihrer Rückenlehne abgelegt. Er sah mal wieder unglaublich attraktiv aus und Paige kämpfte vergeblich gegen das erneute Flattern in ihrer Magengegend an. Sie hatten ihre Chance gehabt und es hatte eindeutig nicht funktioniert.

»Erzähl mir was von diesem Job.«

Er schüttelte den Kopf und grinste breit. »Erst, wenn wir bei Nonni sind.«

Sie sah ihn aus zusammengekniffenen Augen an. »Was ist das für ein Job? Ist er so schlimm, dass du befürchten musst, dass ich, wenn du mir davon erzählst, aus einem fahrenden Truck springen werde?«

»Was bist du nur für ein misstrauischer Mensch.«

»Ich arbeite seit Jahren beim Reality-TV. Was erwartest du also von mir?«

»Ich erwarte, dass du nett bist und ein bisschen Small Talk mit mir führst, bis wir in Brooklyn sind und es zur Sache geht.«

Das war eine bescheidene Bitte, die sie Gannon mühelos erfüllen konnte, und vor allem wäre es tatsächlich höflich, das zu tun.

Sie schnitt eine Grimasse. »Tut mir leid. Anscheinend geht meine Verzweiflung mit mir durch. Was hast du getrieben, seit du nach New York zurückgekommen bist?«

»So ist's recht«, stellte er grinsend fest. »Um einen klaren Kopf zu kriegen, habe ich erst einmal einen Esstisch mitsamt Stühlen gebaut, und jetzt bringe ich die Firma meines Großvaters wieder auf Vordermann. Wir arbeiten an einem vierstöckigen Haus in Cobble Hill, das wir jetzt gründlich renovieren wollen. Zwei Ladengeschäfte im Erdgeschoss und darüber sechs Wohnungen.«

»Das klingt nach jeder Menge Arbeit.«

»Und nach jeder Menge Spaß. Das Arschloch von Vorbesitzer hat das Haus total verkommen lassen, bis die Bank es dann versteigert hat. Die Struktur ist wirklich gut, aber alles andere muss weg.«

Sie biss sich auf die Unterlippe, aber schließlich nickte sie und sah ihn fragend an. »Darf ich die Möbel sehen?« Das, was zwischen ihnen vorgefallen war, hatte mit seinem handwerklichen Können schließlich nichts zu tun.

»Bist du mit deinem Couchtisch nicht zufrieden?«, zog er sie mit einem neckenden Lächeln auf.

»Apropos …« Sie bedachte ihn mit einem vorwurfsvollen Blick. »Er hat nicht gerade Standardmaß und mir kommt es ein bisschen seltsam vor, dass du etwas bauen konntest, was derart perfekt in unsere Wohnung passt. Es ist fast, als ob du Maß genommen hättest.«

Gannon summte leise vor sich hin und ihr war klar, dass er nichts verraten würde. Und tatsächlich wandte er sich unbekümmert einem völlig anderen Thema zu. »Hast du Cat in letzter Zeit gesehen?«

Sie nickte. »Wir waren letzte Woche etwas trinken und sie hat mir von dem Duluth-Deal erzählt.«

Er schüttelte den Kopf. »Ich hätte nie gedacht, dass meine Schwester mal Modell für Arbeitskleidung stehen würde.«

»Es ist eine wirklich tolle Kollektion«, erklärte Paige. »Sie hat mir ein paar Bilder von den Klamotten gezeigt.«

»Im Gegensatz zu mir ist sie wie für diesen Mist gemacht.«

»Während du lieber auf einer Baustelle stehst oder in deiner Werkstatt bist.«

»Und du Geschichten erzählen willst, die wirklich von Bedeutung sind.«

Sie unterdrückte einen Seufzer und im Wagen breitete sich Stille aus, bis Gannon kurz darauf in eine schmale Straße bog.

»Das ist nicht euer Haus«, stellte sie fest, als er vor einem gedrungenen Backsteingebäude hielt.

Er drückte einen Knopf und eins von drei breiten Garagentoren ging quietschend auf.

»Ich dachte, du wolltest sehen, woran ich arbeite?«

»Das ist deine Werkstatt? Dein *Unterschlupf*?« Die Freude war ihr deutlich anzuhören. Aber schließlich kam es ihr auch vor, als hätte Batman sie persönlich eingeladen, sich mit ihm zusammen seine Höhle anzusehen.

»Das hier ist der hintere Teil unserer Büros. Früher wurde er als Lagerraum benutzt, aber jetzt habe ich meine Werkstatt hier.« Er fuhr durch das große Tor, ließ es wieder herunterrollen und schaltete den Motor seines Wagens aus.

Sie stiegen aus und er schloss eine Tür am Ende der Garage auf, die nach Sägemehl und Beize roch, ein Geruch, den Paige für alle Zeit mit ihm verband. Während sie hinter ihm den Raum betrat, drückte er auf eine Reihe staubbedeckter Lichtschalter und flackernd gingen ein paar helle Neonröhren an.

»Heilige Scheiße«, entfuhr es ihr. In den Regalen, auf den Tischen und an den Wänden türmten sich verschiedene Arten Holz, und ein riesiges Metallregal war derart zugestellt mit Eimern voller Polyurethan, Beize, Farbe und verschiedenen Dosen voller Eisenwaren, dass es an ein Wunder grenzte, dass es unter dem Gewicht nicht längst zusammengebrochen war.

Auf den meisten Arbeitstischen und den Arbeitsbänken lagen wundervolle Möbelstücke in verschiedenen Stufen der Vollendung, doch das momentane Meisterstück war eindeutig der Esstisch aus demselben alten, durch jahrzehntelangen Gebrauch verblichenen Holz, aus dem Paiges Couchtisch war. Und genau wie bei ihrem Tisch ruhte auch hier die dicke, fast drei Meter lange Platte auf zwei dicken Sockeln, die mit einem langen Brett verbunden waren.

»Wow.«

»Gefällt er dir?« Er hatte die Daumen in die Vordertaschen seiner Jeans gesteckt und sich leise neben sie gestellt.

»Gefallen ist noch deutlich untertrieben.« Zärtlich glitt sie mit der Hand über das samtig weiche Holz.

»Und das wird das Büfett«, erklärte er und zeigte mit dem Kinn ein Stück weiter nach links.

Bisher war nur das Unterteil zu sehen. Es passte von der Länge und vom Holz her haargenau zum Tisch und war mit einer Reihe noch nicht ganz fertiger Schubladen und Türen versehen.

»Oben schwebt mir eine Reihe offener Regale vor«, erklärte er.

Rustikale Holzböden, die auf Metallrohren ruhten. Ja, das würde wunderschön werden.

»Baust du das für dich?«, erkundigte sie sich, und als er mit den Achseln zuckte, fügte sie hinzu: »Ich war schließlich schon mal in deiner Wohnung, und wenn du dort einen Esstisch von drei Metern aufstellst, muss das Sofa weg.«

Er sah auf seine Uhr. »Wir sollten langsam wieder los. Nonni wird immer nervös, wenn man zu spät zum Essen kommt.«

»Oh, es gibt also tatsächlich eine Großmutter? Das hast du nicht nur so gesagt, damit du mich in deine Werkstatt locken kannst?«

Kapitel 38

Es gab eine Großmutter. Und zwar in einem süßen zweistöckigen Haus, das drei Blocks von Gannons eigener Wohnung gut versteckt in einer hübschen baumbestandenen Straße lag. Nonni war klein und rundlich, hatte schneeweißes Haar, das wolkengleich um ihre runzeligen Wangen schwebte, und wache braune Augen, denen nichts verborgen blieb.

»Wurde auch allmählich Zeit.« Stirnrunzelnd sah sie von der Soße auf. Der verführerische Duft nach Knoblauch und Basilikum ließ Paige das Wasser im Mund zusammenlaufen. »Die Antipasti sind seit Stunden fertig.«

»Ich bin vor weniger als einer Stunde weggefahren«, gab Gannon ungerührt zurück, küsste sie auf die pergamentene Wange und stahl ein krosses Bruschetta von dem silbernen Tablett auf der Arbeitsplatte.

Sie schlug ihm gespielt verärgert auf die Hand und stieß einen ebenfalls gespielt verständnislosen Seufzer aus: »Ich werde nie verstehen, was meine Tochter bei seiner Erziehung falsch gemacht hat.«

Als Gannon grinste, zwinkerte ihm seine Nonni zu und wandte sich an Paige.

»Da mein Enkel keinerlei Manieren hat, stelle ich mich einfach selber vor. Ich bin die Mama seiner Mama, Francesca Bianchi.« Sie nahm Paige herzlich in den Arm, ließ dann wieder von ihr ab. Freundlich lächelte sie sie an.

»Freut mich sehr, Ihre Bekanntschaft zu machen, Mrs. Bianchi.«

»Bitte nenn mich Francesca oder Nonni«, erwiderte die alte Frau darauf, Zunge schnalzend, und warf einen Blick in Richtung Herd. »Das Essen ist in einer halben Stunde fertig. Und jetzt nehmt ihr zwei die Antipasti und den Wein mit raus und steht mir hier nicht im Weg rum!«

Gannon griff nach dem Dekanter mit dem Rotwein, den Francesca auf der Arbeitsplatte hatte atmen lassen, schenkte ihr großzügig ein und nahm die beiden anderen Gläser in die Hand. Das Tablett mit den Bruschettas überließ er Paige und ging voran zur Hintertür, durch die man auf die überdachte Veranda und dann weiter in den wunderbaren Garten kam. Dort standen ein Pinientisch und zwei Stühle mit bedruckten Kissen.

Während Gannon ihre Gläser auf dem Tisch abstellte, schaute Paige sich um. »Ich liebe dieses Haus.« So sollten die Häuser aller Omas aussehen, dachte sie. Es war auf angenehme Art verwohnt, als hätten seit Jahrzehnten Menschen dort gelebt. Die alten Möbel und verschlissenen Teppiche waren zwar nicht elegant, aber schienen dafür voller Erinnerungen zu sein. Es sah einfach urgemütlich aus. »Wann hast du ihre Küche renoviert?«

Anders als der Rest des Hauses war die Küche hochmodern. Eine Wand wurde von einem sechsflammigen Gasherd, einer kupfernen Dunstabzugshaube sowie einem frei schwenkbaren Wasserhahn zum direkten Befüllen der Töpfe dominiert, die meterlangen Arbeitsplatten waren aus cremefarbenem, gesprenkeltem Granit, und die warmen Kirschholzschränke mit den Glastüren boten jede Menge Raum zur Aufbewahrung von Geräten und Geschirr. Dieser Raum war unverkennbar von Gannons Stil geprägt.

»Letztes Jahr. Nach Opas Tod und dann auch noch dem Ärger mit dem Unternehmen ging's ihr ziemlich schlecht. Also haben wir sie, sobald wir die Verträge für die zweite Staffel hatten, zusammen mit meinen Eltern, meiner Tante und meinem Onkel zu einer zehntägigen Kreuzfahrt eingeladen und die Küche, die total veraltet war, auf Vordermann gebracht.«

»Das hätten die Bosse doch wahrscheinlich gern als Special rausgebracht«, bemerkte Paige und trank den ersten Schluck des wirklich guten Weins.

»Und genau aus diesem Grund haben wir ihnen nichts davon erzählt. Sie, und damit meine ich natürlich, jeder Einzelne von uns, hat geweint, als Nonni die Küche gesehen hat.«

Paige konnte sich die Dankbarkeit, den Stolz und die grenzenlose Liebe, die seine Großmutter in diesem Moment empfunden haben musste, lebhaft vorstellen und wünschte sich, sie hätte den Moment miterlebt. »Das war sicher eine denkwürdige Übergabe«, stellte sie mit melancholischer Stimme fest.

»Es war einfach eine Möglichkeit, etwas für sie zu tun.« Gannon wandte seinen Rücken dem Gewirr aus Blättern und Blüten in den Hochbeeten und Blumentöpfen zu und lehnte sich an das Geländer der Veranda an. »Und jetzt habe ich eine Möglichkeit, etwas für *dich* zu tun. Reden wir über deinen potenziellen neuen Job.«

Zurück zum eigentlichen Thema, dachte sie. Was sicher klug war, denn seine Nähe rief erneut Gefühle in ihr wach, die ihr längst nicht mehr willkommen waren.

»Okay.«

»Was würdest du davon halten, Regie bei einem Special zu führen?«

»Regie?« Sie umklammerte den Stiel ihres Glases. »Ich soll als Regisseurin arbeiten?«

»Genau. Die Dreharbeiten dürften bis Dezember gehen.«

»Wo? Für wen?«

»Hier in New York für *Welcome Home.* Aber du hättest das Sagen«, fügte er hinzu, als er sie schmerzlich das Gesicht verziehen sah. »Niemand könnte sich in deine Arbeit einmischen.«

»Und warum nicht?«

»Weil es meine Show ist.«

Sie schüttelte bereits den Kopf.

»Sag nicht gleich nein. Hör erst mal einfach zu.«

Sie zog skeptisch eine Braue hoch. »Gannon –«

»Halt den Mund und hör mir zu«, bat er sie ruhig. »Ich habe ein Haus gekauft, das ich auf alle Fälle renovieren werde, und die Produktionsfirma ist ganz heiß darauf, dort ein Special zu drehen. Sie wollen es im Sommer bringen. In fünf oder sechs Folgen.«

»Ich habe keinerlei Regieerfahrung«, gab sie zu bedenken, auch wenn das totaler Bullshit war. Sie wusste, dass sie eine gute Regisseurin wäre, aber wenn sie wieder Tag für Tag mit ihm zusammen wäre, könnte das ihr Herz in erneute Versuchungen führen. *Wie soll ich mich denn bitte nicht sofort wieder in ihn verlieben, wenn ich ihn in Zukunft wieder jeden Tag sehen werde?*

»Bullshit«, stellte auch Gannon fest, als hätte er ihr abermals hinter die Stirn gesehen. Unbeeindruckt schob er sich ein zweites Stück Bruschetta in den Mund. »Auch wenn du bisher nie selbst Regie geführt hast, hast du viel Erfahrung auf diesem Gebiet und weißt ganz sicher, wie es geht.«

Sie nippte nachdenklich an ihrem Wein.

»Du würdest das Team selbst zusammenstellen.«

»Warum ich?«, hakte sie nach. Wenn er sagen würde, dass sie wieder Teil von seinem Leben werden sollte, würde sie das Weinglas auf den Tisch stellen, sich höflich von seiner Großmutter verabschieden und gehen.

»Das Haus wird mein Zuhause werden und ich will für die Regie jemanden haben, dem ich blind vertrauen kann. Ich will nicht, dass das eine Zirkusnummer wird. Ich habe lange darauf hingearbeitet und werde da niemanden reinlassen, der meine Freude an dem Haus und das, was daraus werden soll, nicht nachempfinden kann. Ich will, dass du es drehst.«

Sie atmete geräuschvoll aus. »Ich glaube nicht, dass es eine gute Idee ist, wenn wir erneut zusammenarbeiten. Beim letzten Mal hat's schließlich auch nicht wirklich funktioniert.«

Er fuhr sich ungeduldig mit der Hand durchs Haar. »Prinzessin, diese Sache ist mir wirklich wichtig. Ich vertraue darauf, dass du eine Show drehst, die mir und meinem Vorhaben gerecht wird, und du selbst brauchst dann nicht länger irgendwelche Leute wegen irgendeines Scheißjobs anzubetteln, mit dem du dich mühsam über Wasser halten kannst.«

»Ich will nicht, dass du mir den Job aus Mitleid gibst.«

»Red doch keinen Unsinn. Und mach dich vor allem nicht blöder, als du bist.«

Sie war nicht beleidigt, weil er derart unwirsch mit ihr sprach. Das war sie schließlich gewohnt. Und sie war auch Gannon … oder die Zusammenarbeit mit ihm gewohnt. Aber sollte sie es wirklich noch mal tun? In ihrem Innern wogte die Erinnerung an dunkle Hotelzimmer, sehnsüchtige Blicke und atemlose Küsse auf. Sie würde es nicht überleben, noch mal etwas mit ihm anzufangen, ohne dass es eine Zukunft für sie beide gab.

»Die Bezahlung ist ein bisschen besser als bei deinem letzten Job.« Er nannte ihr die Zahl und sie war stolz darauf, dass ihr das

Glas nicht sofort aus der Hand fiel. Mit diesem Geld wäre der Film, den sie und Becca drehen wollten, eine ausgemachte Sache. Und das, ohne dass sie eine dritte Staffel *Kings* mit einem oberkörperfreien Gannon, krampfigen Backstage-Interviews oder der permanenten Angst, blamiert zu werden, drehen müsste. Ihre Gedanken überschlugen sich.

»Gannon –«

Er fiel ihr ins Wort: »Statt sofort nein zu sagen, denk erst mal darüber nach. Iss mit uns zu Abend, hör dir an, wie meine Nonni peinliche Geschichten über mich erzählt, und schlaf eine Nacht darüber.« Und damit war das Thema auch erst mal abgeschlossen.

Paige sah in den Garten, der im Licht der letzten Abendsonne lag. »Ich muss mich bei dir entschuldigen.«

Seine Augen funkelten und mit rauer Stimme fragte er: »Warum?«

»Ich dachte nicht, dass Nonni wirklich existiert.«

• • •

Sie deckten den Esszimmertisch mit Nonnis feinem Hochzeitsporzellan ein. Bei dem mit Abstand besten Hühnchen Cacciatore, das Paige je gegessen hatte, tauschten Gannon und Francesca Anekdoten und Erinnerungen aus, und sie trank Wein, hörte den beiden zu und lachte immer wieder laut auf. Francesca selber fing vor lauter Lachen an zu weinen, tupfte sich mit ihrer Stoffserviette vorsichtig die Tränen aus den Augen und erkundigte sich bei ihrem Gast: »Und wie steht es mit dir? Hast du auch solche Erinnerungen an deine Großmütter?«

»Ich habe meine Großeltern gar nicht gekannt. Sie sind alle vor oder kurz nach meiner Geburt gestorben. Im Grunde gab es immer nur meine Mutter, meine Schwester und mich.«

»Das klingt nach einem furchtbar stillen Haus.«

»Ruhe und Frieden waren meiner Mutter immer sehr wichtig. Nur so konnten wir uns ganz aufs Lernen konzentrieren.« Paige erinnerte sich an die endlosen Französisch- und Klavierstunden. Wie oft hatte sie sich danach heimlich aus dem Haus geschlichen, um sich einen Film im Kino anzuschauen, oder sich mit einem Taschenbuch in ihren Schrank zurückgezogen, um dort ungestört zu lesen, während ihre Schwester weiter in den unzähligen Dingen, die sie hatte lernen sollen, aufgegangen war?

»Die Familie ist wichtiger«, beharrte Gannons Großmutter auf ihrer Position. »Mögen Sie Kinder?«, fragte sie und schaute Paige dabei so lauernd an, dass die sich eilig die Serviette vor den Mund hielt, damit Nonni sie nicht lachen sah.

»Äh, ich nehme an, ja.«

Gannon runzelte die Stirn und sagte warnend: »Nonni.«

»War nur eine Frage«, stellte die mit einem unschuldigen Lächeln fest.

»Und warum fragst du sie nicht, wo sie gerne Urlaub macht und was sie gerne liest?« Er piekste ein Stück Huhn mit seiner Gabel auf.

»Bah! Ich stelle Fragen, die mir zeigen, wie's im Herzen eines Menschen aussieht. Und es würde mir wohl kaum etwas über ihr Herz verraten, wenn sie mir erzählen würde, dass sie gerne an den Strand geht oder Autobiografien liest. Und mich interessiert nun mal, wer sie hier drinnen ist«, antwortete sie resolut und wies mit einem knochigen Finger auf ihr eigenes Herz.

Paige lächelte. Francesca Bianchi war eine Frau, die ganz nach ihrem Herzen war.

• • •

Es war dunkel und die Luft war kühl, als Gannon abermals vor ihrer Haustür hielt. Paige war so aufgeregt wie nach einem ersten Date. Und dass sie wusste, was für ein Gefühl es wäre, seinen warmen, festen Mund auf ihre Lippen zu spüren, machte es nicht einfacher für sie. Die Erinnerung an seine Küsse oder vielleicht die Erwartung, dass er sie gleich wieder küssen würde, riefen das verzweifelte Verlangen nach Freiraum und Frischluft in ihr wach.

Sie wollte etwas sagen. Sie wollte Gannon für das Essen und die wunderbare Zeit mit seiner Nonni danken, aussteigen und einen Strich unter den Abend ziehen. Oder wollte sie womöglich doch, dass er sie so lange küsste, bis sie all die Gründe, aus denen das hier eine schlechte Idee war, wieder vergaß?

Am Schluss war er es, der das Wort ergriff. »Versprich mir, dass du dir das Angebot zumindest durch den Kopf gehen lässt.«

Sie blieb auch weiter stumm und wägte ihre Worte und die Konsequenzen ihrer Antwort gründlich ab.

»Bitte, Paige. Versprich es mir.«

»Versprochen«, seufzte sie.

Er sah ihr ins Gesicht und plötzlich kam ihr die Kabine seines Trucks noch beengter und stickiger vor. Es gab dort nichts, um sie vor seiner rauen Anziehungskraft zu schützen. Außer der Konsole zwischen ihrem und seinem Sitz.

»Danke für das Essen. Deine Großmutter ist wirklich ein ganz wunderbarer Mensch.«

»Sie ist das Zentrum unserer Familie«, stellte er mit einem schiefen Lächeln fest.

»Es war bestimmt sehr schwer für euch, als ihr euren Großvater verloren habt.«

Er tastete nach ihrer Hand, die ruhig auf ihrem Oberschenkel lag, und drückte sie.

»Es war der reinste Albtraum«, gab er unumwunden zu. »Uns

Kings fällt es noch schwerer als den meisten anderen, Lebewohl zu jemandem zu sagen, der uns wirklich wichtig ist.«

»Ich nehme an, er wäre furchtbar stolz auf dich.«

Er drückte nochmals ihre Hand und ließ dann wieder von ihr ab. »Danke. Das bedeutet mir sehr viel.«

Sie atmete tief durch. »Hör zu. Selbst wenn ich diesen Job nicht annehmen sollte, danke für das Angebot.«

Er sah aus, als müsse er die Antwort unterdrücken, die ihm auf der Zunge lag.

»Nun sag schon, was du sagen willst«, forderte sie ihn lächelnd auf.

»Nimm ihn an, Paige. Ich verspreche dir, ich tue dir nie wieder weh.«

Kapitel 39

Das gerüschte rote Dekokissen traf Paige mitten im Gesicht.

»Du denkst darüber nach?«, kreischte ihre Mitbewohnerin.

»Aua! Meine Güte, Becca …« Paige warf das Kissen auf den Boden, wo es für ihre Freundin unerreichbar war.

»Nur, dass ich dich richtig verstehe. Gannon bietet dir die Chance, dich als Regisseurin zu versuchen. Und noch dazu will er dir genug bezahlen, dass wir endlich unser Projekt in Angriff nehmen können, ohne dass du erst noch bei der dritten Staffel *Kings* mitmachen musst … und du hast ihm gesagt, du denkst darüber nach?«

»So kann man es sagen.«

»Und warum hast du nicht auf der Stelle ja gesagt und ihn zum Dank ins Bett gezerrt?«

»Oh, ich weiß nicht. Vielleicht, weil er mich belogen hat, mir das Herz herausgerissen hat und dann noch darauf rumgetrampelt ist? Abgesehen davon, dass seine angebliche Freundin mich *zweimal* im Fernsehen behandelt hat, als wäre ich der letzte Dreck?«

Becca fuhr sich mit den Händen durchs Gesicht und ihre Ohrringe, zwei kleine Glöckchen, die an Silberdrähten hingen, klingelten frustriert.

»Also bitte, Babe. Ich weiß genau, dass du ihm nicht die Schuld dafür gibst, dass eure Bosse den Dramaquotienten eurer Sendung hochgetrieben haben.«

»Nein, natürlich nicht. Aber wenn er gleich ehrlich gewesen wäre, hätte Meeghans Auftritt mich nicht derart kalt erwischt.«

»Ich werde dir jetzt etwas sagen, was du hören musst. Der Schurke in dem Stück ist ganz bestimmt nicht Gannon King. Das sind diese Arschlöcher von *Summit-Wingenroth* und *Welcome Home*. Für mich sieht es so aus, als hätten sie erst Gannon ausgenutzt, indem sie ihn mit dieser aufblasbaren Gummipuppe verkuppeln wollten, und danach dich. Wobei euer Beitrag zu dem ganzen Drama ausschließlich darin besteht, dass ihr wirkliche Gefühle füreinander habt.«

Paige kniff unglücklich die Augen zu. »Okay. Vielleicht ist das Problem ja eher, dass ich mir selbst nicht trauen kann, wenn ich in seiner Nähe bin. Hast du daran schon mal gedacht?« Sie öffnete ihre Augen wieder, und das Schweigen, mit dem ihre Freundin diese Feststellung quittierte, zog sich hin.

Becca verschränkte ihre Arme vor der Brust, trommelte sich mit den Fingern auf die Oberarme und sah Paige abwartend an.

»Ich habe gerade eine halbe Stunde neben ihm in seinem Truck gesessen und am liebsten wäre ich während der Fahrt über die Mittelkonsole gekrabbelt, um ihm noch näher zu sein. Wie soll es mir da gelingen, über Monate hinweg bei einem ihm persönlich wirklich wichtigen Projekt mit ihm zusammenzuarbeiten, ohne noch mal mit ihm ins Bett zu gehen?«

Becca reckte fragend einen Finger in die Luft. »Wäre das denn wirklich schlimm?«

»Bec! Das würde ich bestimmt nicht noch mal überleben. Er ist einfach zu … viel und überwältigend. Wenn ich mit ihm zusammen bin, kann ich mich auf nichts anderes mehr konzentrieren.«

»Denkst du, wenn ihr zusammen wärt, würdest du aufhören, deine Träume weiterzuverfolgen?«

»Keine Ahnung.« Mühsam hievte Paige sich von der Couch und ging sich eine Flasche Wasser aus der Küche holen. »Ich gerate einfach völlig aus dem Gleichgewicht, wenn wir zusammen sind. Er ist … ein paar Nummern zu groß für mich.« Sie schüttelte den Kopf. »Nein. Ich könnte nie zu ihm zurückkehren, nur damit dann all das noch mal von vorn anfängt.« Sie war zu verletzlich und ihre Angst zu groß, ihn noch mal zu verlieren. Sie würde mit Freuden ihr gesamtes Leben nach Gannon, *seinen* Plänen und *seinen* Zielen ausrichten, und eines Tages würde sie dann erkennen, dass sie nicht mehr sie selbst war.

Aber sie war eine St. James und die St.-James-Frauen richteten ihr Leben nicht nach irgendwelchen Männern aus. Ihre Mutter hatte niemals zugelassen, dass eine Beziehung ihrer eigenen Karriere in die Quere kam. Sie hatte stets ein Ziel vor Augen gehabt und gewusst, was ihr bei der Erreichung dieser Ziele half und was eben auch nicht. *Aber war Leslie glücklich? War Glück dasselbe wie Erfolg?*

Becca atmete tief durch. »Hör zu. Ich wollte es nicht ansprechen, aber jetzt bleibt mir keine andere Wahl. Dieser Dokumentarfilm, Paige. Er ist nicht nur dein, sondern auch mein Baby, und wenn du den Job, den er dir angeboten hat, nicht annimmst, stellt sich mir die Frage, wann wir jemals damit anfangen wollen. Du kannst diese Angelegenheit nicht einfach aussitzen und dann mit einer Show weitermachen, bei der du einfach zum Spaß erniedrigt wirst. Bei einer Show, in der du, wie mir eine Freundin, die bei *Welcome Home* die Filme nachbearbeitet, erzählt hat, weiterhin am Pranger stehen wirst.«

»Was?« Paiges Knie wurden weich.

»Findest du es nicht ein bisschen seltsam, dass dir niemand eine andere Arbeit geben will? Deine Bosse haben überall herumerzählt, in deinem Vertrag gäbe es eine Klausel, der zufolge du auch weiterhin an *Summit-Wingenroth* gebunden wärst. Sie wollen unbedingt noch eine Staffel drehen, in der zwischen Gannon und dir die Funken sprühen.«

Er hatte es gewusst. Gannon hatte es gewusst und ihr den Job aus Schuldgefühlen und aus Mitleid angeboten. Und sie hatte sich tatsächlich eingebildet, dass Gannon sie als Regisseurin hatte haben wollen, und sich noch dazu blamiert und ihn wegen seines großzügigen Angebots rüde angefahren. Also gut. Sie würde wieder mit Gannon King zusammenarbeiten. Denn wie hieß es noch so schön? In der Not frisst der Teufel Fliegen. Und da war es ganz egal, wie hoch der Preis für sie persönlich war.

Sie blickte auf die Wasserflasche, die sie in der Hand hielt, schleuderte sie durch den Raum und ging dann völlig ruhig den kurzen Flur hinunter in ihr Zimmer und sperrte die Tür hinter sich zu.

• • •

Das vierstöckige Sandsteinhaus wurde von einem winzigen, von einer Mauer eingefassten und mit Backstein ausgelegten Garten umfasst. Sämtliche Etagen waren mit jeweils zwei hübschen Bogenfenstern bestückt und zur Eingangstür im Erdgeschoss führte eine breite Treppe, die denselben warmen Schokoladenton wie die Fassade hatte.

Paige hatte das Gefühl, als hätte jemand hinter ihrem Rücken ihr heimliches Pinterest-Traumhaus aufgestellt. Direkt gegenüber vermischte sich in einem hübschen Park das erste warme Gold des anbrechenden Herbstes mit dem satten Grün des Laubs, und auf dem Spielplatz, der am anderen Ende der Gebäudezeile lag, ertönte ausgelassenes Kinderlachen.

»Na, was hältst du von dem Haus?« Gannon lehnte lässig an der Backsteinmauer und sah in den tief sitzenden Jeans und einem grünen Henley-Shirt mit einem Riss im Ärmel gleichermaßen arbeitsbereit wie unverschämt gut aus.

»Wenn's drinnen weitergeht wie draußen, dürfte dieses Special bald im Kasten sein.«

Er grinste breit. »Ich glaube, eher nicht.«

Sie folgte ihm durch das rostige Eisentor und über die verfallene Treppe bis hin zu der hohen Flügeltür, die wie die Fenster oben hübsch gerundet war.

»Ich möchte dein Gesicht sehen, wenn du reinkommst, also gehe ich am besten vor dir rein.«

»Ich wollte auch schon immer mal überrascht eines unserer Projekte betreten.«

»Aber *so* hast du dir das Innere bestimmt nicht vorgestellt.« Grinsend warf er sich gegen die Tür und mit einem lauten Quietschen schwang sie widerstrebend auf.

»Das klingt ja wie in einem Horrorfilm.«

»Und genauso sieht es drinnen auch aus.«

Gannon machte Licht und sie trat vorsichtig über die unebene Schwelle, bevor sie wieder Halt machte und groß die Augen aufriss. Es sah tatsächlich nicht nur so aus, sondern es roch auch wie in einem Horrorfilm. Die Luft, die ihr entgegenschlug, war muffig und voller Staub.

»Du bist verrückt«, stellte sie fest.

Sie stand am Fuß einer verfallenen Treppe, in deren Geländer Dutzende von Streben fehlten, und sah auf die von den Wänden blätternde rosa bemusterte Tapete und auf das abgetretene Parkett.

»Vorsicht.« Als sie einen Schritt nach vorne machen wollte, packte Gannon ihren Arm. Der früher sicher einmal wunderbare Hartholzboden war ganz bestimmt nicht mehr zu retten. Dafür wies er einfach zu viele Wasserschäden, Flecken und Löcher auf.

Es knarrte laut, als sie behutsam weiterging, und ängstlich fragte sie: »Bist du dir sicher, dass es nicht gefährlich ist, hier rumzulaufen?«

»Nur ein bisschen«, klärte er sie mit einem für ihn untypischen Optimismus auf.

Es gab zwei offene Kamine in der unteren Etage, die von weißem Marmor eingerahmt und mit gesprungenen Schieferplatten ausgekleidet waren, aber einer der Kamine hatte einen alles andere als hübschen Messingeinsatz, weil er offenbar vorübergehend mit Gas betrieben worden war.

»Nun, zumindest hast du hier genügend Platz für deinen Tisch und dein Buffet«, bemerkte Paige.

»Auf jeden Fall«, stimmte Gannon ihr fröhlich zu. »Wohn- und Esszimmer kommen hier vorne rein, und der Rest der Wand wird abgerissen. Ich will eine offene Küche haben, die da hinten war und dort bleiben soll.«

Er hielt weiter ihre Hand und bahnte sich mit ihr den Weg vorbei an großen Löchern im Parkett. Sie liefen unter abbröckelndem Putz hindurch in einen Raum, in dem ein gewellter grünlicher Linoleumboden mit weißem Lilienmuster lag. Daneben standen eine stark verblichene rote Arbeitsplatte mit Metallrand und ein leuchtend gelber, bestimmt an die vierzig Jahre alter Kühlschrank. Eine hohe, schmale Tür rechts hinten in der Ecke führte in den zugewachsenen Garten, den man durch die Fensterreihe in der Rückwand sah.

»Zumindest hast du bei dem Hauskauf einen Kühlschrank gut gemacht.«

»Mir gefällt dein Optimismus. Vielleicht stelle ich den runter in mein Arbeitszimmer und lagere dort mein Bier.«

Er führte sie ins Souterrain, das sogar noch verkommener war. Die Wände waren mit dunklen Holzpaneelen verkleidet und der dicke, braune Teppichboden stank nach Katzenpipi. Trotzdem hatte auch dieser Raum eindeutig Potenzial. Ganz hinten gab es eine Tür, und als Gannon sie gewaltsam aufzwängte, konnte Paige einen Blick auf die schäbige Terrasse werfen, über der die Reste einer selbst gezimmerten Veranda schwankten und auf der eine alte, rostzerfressene Schubkarre neben einem noch älteren Wasserboiler stand.

Gannon wies auf ein paar bautechnische Einzelheiten hin, und während er vom Neuverfugen einiger Backsteinmauern und von der Erneuerung der Elektrik sprach, sah Paige sich weiter schweigend um.

Schließlich kehrten sie zurück ins Erdgeschoss und gingen weiter über die verfallene Treppe in den ersten Stock.

»Die Treppe kriege ich problemlos wieder hin«, erklärte er und griff erneut nach ihrer Hand, als sie auf eine morsche Stufe trat.

Er machte auch hier das Licht an und zog sie durch den Flur. »Ich denke, hier kommen das Schlafzimmer und noch ein zweites Wohn- oder ein Spielzimmer hin.« Auch hier war brauner Teppichboden ausgelegt, die Tapeten wiesen das bekannte Rosenmuster auf und von der Decke hingen zentimeterdicke Spinnweben herab. Eine durchgebogene, fleckige Matratze lehnte an der Wand.

»Hier gibt es auch ein Badezimmer, das ich allerdings vergrößern muss.«

Der schwarz-weiß karierte Fliesenboden war wahrscheinlich original. Wie auch das Wasserrohr, das an die gusseiserne Badewanne, die auf Löwenfüßen thronte, angeschlossen war.

»Oh Gannon, diese Wanne musst du unbedingt behalten.«

»Ich habe ganz bestimmt nicht vor, das Ding über die Treppe aus dem Haus zu wuchten«, antwortete er trocken.

»Wasser, Strom, Trockenwände oder was auch immer«, zählte Paige die ersten Arbeitsschritte auf.

»Mit all diesen Sachen kenne ich mich aus.«

Sie gingen vorbei an weiteren Fenstern bis zu einer Tür, und Paige wischte mit einer Hand über das schmutzstarrende Glas und lugte vorsichtig hindurch.

»Vorsicht! Wenn du hier was anfasst, kriegst du vielleicht Typhus oder Diphtherie.«

»Kann man den Balkon betreten, um sich von hier oben aus den Garten und die Bäume anzusehen?«

»Dafür gehen wir besser durch die Küchentür, denn die Veranda dort sieht wesentlich stabiler aus.«

Er führte sie zurück ins Erdgeschoss, zwängte die Holztür einen Spalt weit auf und hielt den Drehknauf plötzlich in der Hand.

»Auch das bekomme ich problemlos wieder hin.«

Sie traten vorsichtig an das Geländer der Terrasse, unter dem sich die abgeblätterte Farbe in Flocken sammelte. »Versuch, nichts davon einzuatmen«, riet er ihr. »Gut möglich, dass die Farbe Blei enthält.«

»Gannon, das gesamte Haus ist voll mit Schimmel und Asbest. Du musst alle Strom- und Wasserleitungen ersetzen, was bei vier Etagen jede Menge Zeit und Geld verschlingen wird, und abgesehen von der Wanne kannst du nichts behalten, was hier steht.«

»Nicht mal die Matratze aus dem ersten Stock? Die sieht doch noch echt super aus.«

Sie schüttelte den Kopf und kniff die Augen zu. »Bist du sicher, dass du dich mit diesem Haus nicht übernimmst?«

»Die Frage ist wohl eher, ob du dir das zutraust.«

Sie blickte auf die halb verfallene Steinmauer, das Unkraut und den kleinen Wald, der undurchdringlich wie ein Dschungel war. Gannon hatte einen – hochtrabenden, ja gar wahnsinnigen – Plan, doch wenn es ihm gelänge, dieses Haus zu renovieren, könnte er stolz sein auf sein neues Heim.

»Und was schwebt dir hier draußen vor?«, erkundigte sich Paige und zeigte auf das wuchernde Gestrüpp.

Gannon trat hinter sie und stützte sich mit seinen Händen links und rechts von ihr auf dem Geländer ab. »Da unten möchte ich eine Terrasse aus Naturstein, die geschwungen in den Garten übergeht«, erklärte er und zeigte unter sich. »Und der riesengroße Grill, von dem ich schon seit Jahren träume, soll da drüben hin.«

»Und da hinten in der Ecke, wo die vielen Büsche stehen?«

»Was hättest denn du selbst gern dort?«

Ein verträumtes Lächeln legte sich auf ihr Gesicht. »Eine Hängematte direkt neben einem Brunnen oder so. Neben irgendwas mit Wasser, das Geräusche macht. Eine eigene Oase mitten in der Stadt.«

»Ausgezeichnet. Du bist engagiert.«

Langsam drehte sie sich um, und die Veranda ächzte unter der Bewegung leise auf.

Sie konnte es tatsächlich vor sich sehen. Wenn irgendwer es schaffen könnte, diesem traumhaften Gebäude ein neues Leben einzuhauchen, dann wäre dieser Jemand Gannon King. Und sie würde wirklich gerne miterleben, wie ihm das gelang.

»Wann fangen wir an?«

Anders als erwartet grinste er nicht triumphierend, sondern sah sie reglos an. »Es gibt da noch was, was du wissen musst, bevor du diesen Job annimmst.«

Sie befeuchtete sich aufgeregt die Lippen, denn inzwischen war sie ganz versessen auf den Job. »Und das wäre?«

»Hast du was mit diesem Mackenrowe?«

Sie blinzelte perplex. »Mit wem? Mit Drake?«

»Auf dieser Party letzten Monat sah es aus, als ob ihr beide ziemlich dicke miteinander wärt.« Gannon verzog so schmerzlich das Gesicht, als würde ihm diese Frage physische Schmerzen bereiten.

»Nicht, dass dich das was angehen würde, aber nein. Er hat mich davon abgehalten, deiner angeblichen Freundin auf dem roten Teppich eine reinzuhauen, weiter nichts.«

Er ignorierte diesen Seitenhieb und atmete erleichtert auf. »Ich möchte, dass du weißt, dass ich dich immer noch nicht nur als gute Freundin haben will. Ich werde dich so lange bearbeiten, bis ich dich wieder in meinem Bett habe.«

Ihr verräterischer Puls fing an zu rasen, und sie musste sich kurz räuspern, aber schließlich stellte sie mit Nachdruck fest: »Ich habe keinerlei Interesse daran, noch mal etwas mit dir anzufangen. Hier geht es einzig und allein ums Geschäft.«

Er schüttelte den Kopf. »Bei uns ging's nie nur um die Arbeit, Paige. Ich wollte nur, dass du das weißt. Aber keine Sorge, ich werde nicht am Set hinter dir herjagen und dich belästigen. Ich werde dich verführen.«

»Gannon –«

»Du wolltest Ehrlichkeit und deshalb will ich völlig ehrlich mit dir sein. Ich will, dass du den Job annimmst, weil ich die filmische Begleitung einer Arbeit, die mir sehr am Herzen liegt, niemand anderem anvertrauen würde, das ist nicht gelogen. Aber es ist ebenso wahr, dass ich in deiner Nähe sein, dich sehen und dich berühren will.« Er legte eine seiner rauen Hände ungewöhnlich sanft an ihr Gesicht.

»Man sollte Privates nicht mit Beruflichem vermischen«, erinnerte sie ihn. »Das haben wir schon mal versucht, und es hat ganz eindeutig nicht geklappt.«

»Wir beide können den Beruf doch gar nicht vom Privaten trennen. Die Arbeit ist unser Leben und alles, was wir tun, ist damit verbunden. Ich wollte nur, dass du verstehst, dass ich dich zwar hauptsächlich als Regisseurin brauche, aber gleichzeitig auch privat wieder Teil von deinem Leben werden will.«

»Und was ist, wenn ich nein sage?«

»Zu diesem Job oder zu mir?«

»Gibt's da denn einen Unterschied?«

»Falls du tatsächlich denkst, ich würde je versuchen, dich mit einem Job ins Bett zu kriegen –«, brauste Gannon ungehalten auf, und sie erkannte, dass sein Zorn beruhigend und tröstlich für sie war.

»Das tue ich ganz sicher nicht«, versprach sie ihm. »Ich weiß, dass du so was nie tun würdest.«

»Da hast du verdammt noch mal recht.«

»Jetzt reg dich wieder ab. Ich sage ja zu diesem Job, aber an einer Beziehung bin ich ganz bestimmt nicht interessiert.«

»Das werden wir ja sehen.«

Entschlossen wandte sie sich einem anderen Thema zu. »Habt ihr schon einen Titel für das Special festgelegt?«

Er nickte und ein breites Grinsen huschte über sein Gesicht. »*King's Castle.*«

Kapitel 40

An einem kühlen Herbstmorgen, an dem die goldenen und roten Blätter an den Bäumen schon mit ersten Eiskristallen überzogen waren, fingen die Dreharbeiten für das Special an.

In freudiger Erwartung wischte Gannon seine feuchten Hände an den Oberschenkeln seiner Arbeitshose ab. Er hatte Großprojekte schon immer geliebt, wobei die Renovierung dieses ganz speziellen Hauses ihm besonders wichtig war. Es war der Neuanfang für ihn, zu dem er allzu lange nicht bereit gewesen war.

Der Drehplan dieses Specials war nicht ganz so starr wie bei *Kings of Construction,* und am Abend eines Arbeitstags konnte er sich auf sein eigenes Sofa fläzen und ein Bier genießen, das aus seinem eigenen Kühlschrank kam. Diesmal war er selbst der Produzent und hatte obendrein darauf bestanden, dass Eddie Garraza ihm als Produktionsleiter zur Seite stünde. Denn auch wenn die Bosse nicht noch einmal irgendwelche Spielchen mit ihm spielen sollten, käme ihm die Hilfe eines Profis bei der Produktion der Sendung mehr als gelegen. Und Eddie war nicht nur ein Profi, sondern obendrein ein Freund. Ein Freund, der gerade, mit einer Baseballmütze auf den wirren grauen Haaren und einer Brille auf der Nase, in der Eingangshalle stand und überlegte, ob statt einer Treppenrenovierung nicht der Abriss und der Bau einer ganz neuen Treppe eine bessere Vorgehensweise war.

Paige stand währenddessen im zukünftigen Esszimmer und sah kurz von ihrem Laptop auf. Als sich ihre Blicke trafen, grinste sie vergnügt. Wie erwartet hatte sie sich mit Begeisterung auf ihren neuen Job gestürzt und war dank ihrer sorgfältigen Planung und mit Hilfe ihres handverlesenen Teams mehr als bereit, die Sache in die Hand zu nehmen. Sie hatte überwiegend Frauen ausgesucht, bemerkte er, darunter auch Felicia für den Sound. Das hieß: Frauen und Tony, der sich freute, dass er so wie Paige und Gannon abends nach der Arbeit heimfahren konnte. Er war, wie sie beide auch, in New York zu Hause.

Gannon wusste, dass die meisten Mitglieder der Filmcrew häufig deshalb keinen Job bekamen, weil sie Frauen waren. Und dass ihnen die Erfahrungen, die sie während dieses Specials machten, die erneute Jobsuche erleichtern würden, wenn die Dreharbeiten abgeschlossen wären. Er liebte Paige auch deshalb, weil es ihr nie einzig um sich selber, sondern immer auch um andere ging. Sie war eine Mannschaftskapitänin, die bereit war, alle anderen bis zum Sieg mitzuziehen. Er konnte sich auf sie verlassen. Und er hoffte, dass sie lernen würde, sich im selben Maß auch auf ihn verlassen zu können.

Er bahnte sich den Weg vorbei an Kabeln, Werkzeugen und Produktions- und Baumaterial, bis er an ihrer Seite stand, und sah sie fragend an. »Bist du bereit?«

»Die Frage ist wohl eher, bist *du* bereit? Das ist schließlich *dein* Baby.«

Wenn du wüsstest, dachte er, und lächelte so breit, dass sie sofort wieder auf Abstand zu ihm ging und in geschäftsmäßigem Ton fortfuhr: »Da Licht und Wetter gerade mitspielen, sollten wir die

Einleitung am besten auf der Eingangstreppe aufnehmen. Dann gehen wir ins Haus und Chantay kann noch etwas Füllmaterial von der Fassade und der näheren Umgebung filmen. Und jetzt zum ersten Durchgang durch das Haus …«

Sie hatte die Idee gehabt, dass Gannon Cat und seine Nonni durch das Haus führen sollte, um es sich in seinem aktuellen, jämmerlichen Zustand anzusehen. Auf diese Weise könnten sie auch noch einmal erscheinen, um sich alles anzuschauen, wenn die Renovierung abgeschlossen wäre. Und auch wenn es ihm persönlich widerstrebte, seine Großmutter ins Rampenlicht zu zerren, wusste er, dass Francesca Bianchi Spaß daran hätte, im Fernsehen zu sein.

Paige briefte ihn noch kurz zum Ablauf der geplanten Dreharbeiten für den Tag und Gannon tat so, als höre er ihr voller Interesse zu. Was, wie er wusste, gar nicht nötig war, weil Paige ihn immer rechtzeitig noch einmal daran erinnern würde, wenn er selbst an Aufnahmen beteiligt war. Das tat sie schließlich jedes Mal.

»Wenn wir die Führung durch das Haus bis fünf im Kasten haben, können wir danach noch ein, zwei Stunden arbeiten«, prognostizierte er.

»Wobei das Licht vor allem hier im Erdgeschoss nicht reichen wird. Es ist hier unten derart düster, dass wir Zeit brauchen, um ein paar zusätzliche Lampen aufzustellen.«

»Kein Problem. Dann hole ich in der Zeit was zu essen für den ganzen Trupp. Dann können wir was futtern, wenn die Lampen stehen, und fangen dann mit der Arbeit an.«

Sie sah ihn skeptisch von der Seite an. »So entgegenkommend bist du doch sonst nicht.«

»Oh, ich kann durchaus entgegenkommend sein. Und ausnehmend charmant. Dazu sehe ich gut aus, bin ziemlich stark, halbwegs intelligent, relativ schmerzunempfindlich, trinkfest und bekomme eine durchaus leckere Tomatensoße hin«, zählte er nacheinander spielerisch seine besten Eigenschaften auf.

Als er sah, dass ihre Lippen zuckten, setzte er noch einen drauf. »Und obendrein kann ich das Alphabet rülpsen. Ich führe es dir gerne mal vor, wenn du es hören willst.«

Sie verbarg ihr Lachen hinter einem Husten und bedachte ihn mit einem strengen Blick. »Oh Mann, Gannon.«

»Ich bitte dich, Prinzessin«, stellte er mit unschuldiger Stimme fest. »In der Liebe und im Krieg ist schließlich alles erlaubt.«

»Einen dämlicheren Satz habe ich noch nie gehört.«

»Die besten Aufnahmen für den Abriss geben hier im Erdgeschoss aus meiner Sicht die Küche und der fürchterliche Kühlschrank her. Und danach ziehen wir ins Bad um«, wechselte er abrupt das Thema.

»Lasst ja die Badewanne heil«, warnte Paige.

»Pfadfinderehrenwort«, erklärte er und hielt drei Finger in die Luft.

»Dann können wir ja jetzt die Teams zusammentrommeln«, stellte sie mit einem knappen Nicken fest. Als sie anschließend die verschiedenen Aufgaben auf ihre Crew verteilte und noch offene Fragen klärte, bemerkte er stolz, dass sie dem Job mehr als gewachsen war. Sie wusste, was sie tat, erteilte detaillierte Anweisungen und drückte sich den Leuten gegenüber klar und deutlich aus. Sie hasste Unklarheiten jeder Art, nur hatte er diese Lektion leider etwas zu spät gelernt.

»Tony übernimmt erst mal die erste und Chantay und Nina übernehmen die zweite Kamera. Heute Nachmittag läuft's dann umgekehrt. Felicia zaubert während des gesamten Drehs den Ton, und Bradley assistiert ihr und bekommt außerdem eine kleine Videokamera, damit er die Sachen hinter den Kulissen aufnehmen kann, die Tony, Nina und Chantay vielleicht entgehen.« Sie schaute noch einmal auf ihr Tablet und sah wieder auf. »Alle bereit?«

Die anderen nickten alle brav.

»Okay. Dann macht jetzt alle einen guten Job, passt auf euch auf, haltet die Augen und die Ohren offen und bemüht euch, Gannon nicht ans Bein zu pissen. Er ist manchmal ziemlich aufbrausend«, erklärte sie und zwinkerte ihm zu.

»Wenn ich aufbrause«, erklärte er, »dann nur, oder zumindest meistens, aus einem angebrachten Grund.«

Die anderen grinsten, woraufhin er seine eigene Crew heranwinkte und sie kurz dem Filmteam vorstellte. »Und für die, die es noch nicht wissen, das ist Eddie«, fügte er hinzu. »Als Produktionsleiter hat er das Geld, also pisst vor allem am besten ihm nicht ans Bein.«

Scherzend lüftete der Produktionsleiter seine Baseballkappe.

»Und nur, damit sich alle einig sind«, fuhr Gannon fort. »Wir werden alle in den nächsten Monaten von früh bis spät zusammen sein. Die Arbeit wird sehr hart, aber ich weiß, dass sie sich lohnen wird. Auf jeden Fall für mich, denn schließlich bin ich derjenige, der hier am Schluss einziehen wird.«

Die anderen schmunzelten und einige der Leute lachten leise auf. »Paige und ich sehen euch als Familie an und ich erwarte, dass ihr uns im Gegenzug dieselbe Hingabe erweist. Das heißt, alles, was am Set passiert, bleibt in der Familie. Kapiert?«

Die anderen nickten, Paige hingegen sah ihn warnend an.

»Und das hier ist die erste Sache, die in der Familie bleiben soll. Ich liebe Paige, nur leider ist es so, dass sie nichts von mir wissen will. Deshalb werde ich sie während dieser Dreharbeiten mürbe machen und bin dankbar, wenn ihr anderen mir dabei helft, indem ihr möglichst oft erwähnt, was für ein toller Kerl ich bin.«

»Er sieht halbwegs passabel aus, Paige«, warf Flynn sofort hilfreich ein.

Die anderen lachten auf, doch Paige bedachte Flynn mit einem bitterbösen Blick. Gannon schlug ihm vor: »Gib dir ein bisschen mehr Mühe, Flynn. Aber erst mal muss ich mich bei Paige dafür entschuldigen, dass ich unsere private Angelegenheit vor allen angesprochen habe, und dann fangen wir mit der Arbeit an. Am besten gehen wir alle vor die Tür, bevor der Boden unter dem Gewicht der vielen Leute hier im Flur zusammenbricht.«

Als sie auseinandergingen, zerrte Paige sich schlecht gelaunt das Headset von den Ohren und funkelte ihn zornig an. »Was zum Teufel sollte das?«

»Ich dachte, dass ich besser völlig ehrlich zu den Leuten bin.«

»Ich bin hier der Boss. Ich führe die Regie.« Wütend bohrte sie ihm einen Finger in die Brust. »Und wie soll das funktionieren, wenn hier jeder seine Nase in meine privaten Angelegenheiten stecken darf und soll?«

»Also bitte, Süße, schließlich bist du diejenige, die keine Heimlichkeiten mag. Und ich habe nicht behauptet, du wärst heiß auf mich und wild darauf, mit mir ins Bett zu gehen.«

Eilig schlug sie eine Hand vor seinen Mund. »Sei still, oder ich nagle dir den Mund mit der Nagelpistole zu.«

»Der Kompressor ist noch gar nicht angeschlossen«, murmelte er hinter ihrer Hand.

»Ich hoffe, dass du irgendwann durch die Fußböden aller vier Etagen dieses Dreckslochs fällst«, fuhr sie ihn an und wandte sich zum Gehen. Dann aber machte sie noch einmal kehrt und stapfte wieder auf ihn zu. »Du hast mir jetzt zum zweiten Mal gesagt, dass du mich liebst. Beim ersten Mal hatte ich gerade rausgefunden, dass du mich belogen hattest, und jetzt, beim zweiten Mal, hast du mich hier vor meinen eigenen Leuten lächerlich gemacht. Merk dir lieber für die Zukunft, dass man so etwas in einem anderen Rahmen macht.«

Sie wandte ihm erneut den Rücken zu, schob sich das Headset wieder auf die Ohren und marschierte aus dem Haus.

»Na, da hast du dir aber wirklich Arbeit aufgehalst«, erklärte Eddie und schlug Gannon krachend die Hände auf den Rücken.

»Ich habe kein Problem damit, mir die Hände schmutzig zu machen«, gab dieser ungerührt zurück.

• • •

Gannons Vorschlaghammer fraß sich durch den Putz, und während Gips und Staub durch die Gegend flogen, zerrte er ihn aus dem großen Loch, das er geschlagen hatte, und schlug gleich noch einmal zu. Flynn stand in dieser Zeit auf der anderen Seite des bisher noch schmalen Durchgangs in die Küche und ließ dort die Muskeln spielen. Sie hatten eine Wette abgeschlossen, wer von ihnen es schaffen würde, seine Wand als Erster einzureißen, und da der Verlierer sich vor der Kamera bis auf die Boxershorts ausziehen musste, um sich in der schmutzstarrenden alten Löwenklauenwanne zu präsentieren, nahmen sie diese Wette durchaus ernst.

Wieder holte Gannon aus, als er plötzlich das unselige Klirren von Metall vernahm. Und direkt nach dem Klirren ertönte noch ein anderes Geräusch, ein explosionsartiges Rauschen.

»Scheiße.«

Ein Wasserschwall ergoss sich aus dem angeschlagenen Bleirohr über Gannon, und mit einem Satz wich Chantay der Fontäne aus und setzte ihre Aufnahme von dem klitschnassen Bauherrn fort.

»Wer zum Teufel hat vergessen, das verdammte Wasser abzudrehen?« Wütend zerrte Gannon sich das nasse Hemd über den

Kopf und wickelte es zügig um das leckende Rohr. Im Grunde war es seine eigene Schuld. Dies war schließlich sein Projekt und er hätte sich vergewissern müssen, dass das Wasser abgeschaltet war. Na ja, wenigstens hatte er keine Abwasserleitung erwischt.

Während Mickey, ein schlaksiger, überall gepiercter Schulabbrecher, in den Keller rannte, um den Haupthahn zuzudrehen, holte Flynn mit einem breiten Grinsen im Gesicht erneut mit seinem Hammer aus und drosch weiter auf die rohrlose und damit sichere Wand auf seiner Seite ein. Das Wasser, das durch Gannons Hemd gequollen war, verebbte erst zu einem Rinnsal und tropfte dann nur noch.

»Fertig!« Flynn warf seinen Vorschlaghammer in die Luft und fing ihn einhändig wieder auf. »Da passt es gut, dass du dein Hemd schon ausgezogen hast.«

Gannon zeigte seinem Kollegen einen Vogel und sah aus dem Augenwinkel, dass Paige grinste, als sie die Sequenz auf einem kleinen Bildschirm sah. Sicher käme sie, wenn auch gepixelt, in die Sendung, denn bei diesem Special wollte Paige ihn offensichtlich zeigen, wie er wirklich war.

Er zwinkerte ihr zu, und sie rollte mit den Augen, Chantay aber grinste fröhlich hinter ihrer Kamera. Einen nach dem anderen würde er sie auf seine Seite ziehen, und bevor die Dreharbeiten abgeschlossen wären, stünden alle, die Paige eingestellt hatte, hinter ihm. Er bräuchte schließlich auch jede Hilfe, die er kriegen könnte, denn bisher war Paige für seinen ausgeprägten Charme noch völlig unempfänglich gewesen. Gannon war sich jedoch sicher. Am Ende würde er gewinnen. Er konnte einfach nicht verlieren, denn dafür stand für ihn persönlich zu viel auf dem Spiel.

Während seine Jungs das Wasser aufwischten, stapfte er ins Bad im ersten Stock, um seine Wettschuld zu bezahlen. Chantay folgte ihm mit Paige und die Frauen versuchten gar nicht erst, ihr

Lachen zu verbergen, als er stirnrunzelnd aus seiner nassen Hose stieg. Nur noch mit Schutzbrille und Boxershorts bekleidet drehte er sich langsam zu den beiden um und sah das kurze Blitzen in Paiges Augen, als sie ihren Blick an ihm herunterwandern ließ.

So zugeknöpft, wie sie sich immer gab, war sie anscheinend nicht.

Entschlossen kletterte er in die Wanne. »So. Zufrieden, Arschloch?«

»Auf jeden Fall hast du genügend Platz. Das Ding ist wirklich riesig«, antwortete Flynn.

»Ich wette, dass ihr beide auch zusammen in die Wanne passt«, stellte Paige mit unschuldiger Stimme fest.

Immer noch in Arbeitsstiefeln und mit seinem Werkzeuggürtel um die Hüfte kletterte Flynn Gannon gegenüber in die Wanne, klopfte fröhlich neben sich und stellte fest: »Wenn wir uns ein bisschen dünner machen, passen ganz bestimmt noch mehr hier rein.«

Am Ende quetschten sich sechs ausgewachsene Männer in die Wanne, grölten laut und schief »Alle meine Entchen« und als Paige vor lauter Lachen die Tränen in die Augen stiegen, wogte ein Gefühl des Glücks in Gannon auf. Sie machten einen solchen Lärm, dass das warnende Ächzen des uralten Badezimmerbodens beinahe nicht zu hören war.

»Verlasst sofort das Schiff, bevor es sinkt«, wies Gannon seine Leute an. Eilig brachten seine Männer sich in Sicherheit.

»Du musst den Boden hier verstärken«, meinte Flynn.

»Schreib dir das auf deine Liste, Gannon«, stimmte Paige ihm zu, während sie sich mit einer Hand über die feuchten Augen fuhr.

»Wenn noch mehr auf diese Liste kommt, verbringen wir hier die nächsten zwanzig Jahre«, prophezeite Flynn und Gannon nickte gut gelaunt.

Genauso war es schließlich auch geplant.

Kapitel 41

Gannon spießte vorsichtig ein Stückchen Bulgogi mit seinen Stäbchen auf. Immer wieder fand er Gründe, Paige auch außerhalb der Drehzeiten zu sehen. Heute Abend hatte er sie unbedingt zum Essen treffen wollen, und sie hatte ihn zu sich in die Wohnung eingeladen und vorgeschlagen, dass sie etwas für sie beide bestellen würde. Wenn sie sich in einem Restaurant getroffen hätten, hätte das womöglich die Gerüchte, die noch immer über sie kursierten, weiter angeheizt, und da sie nicht alleine wohnte, liefe sie ganz sicher nicht Gefahr, mit ihm im Bett zu landen.

Nicht, dass sie überhaupt mit dem Gedanken spielte. Es war eine reine Vorsichtsmaßnahme, um nicht versehentlich doch schwach zu werden, falls sie ein Glas Rotwein mehr als üblich trank. Denn solange sie nicht wusste, ob womöglich plötzlich Becca in die Wohnung stürmte, war es deutlich schwerer, einzuknicken.

Also saßen sie auf ihrer Couch, aßen etwas Leckeres vom Koreaner an ihrem wunderbaren Couchtisch und gingen den zeitlichen Ablauf der noch ausstehenden Dreharbeiten durch.

Wie groß und männlich Gannon ist. Seit seinem Erscheinen fühlte ihre Wohnung sich noch kleiner an, als sie es ohnehin schon war.

»Okay, für wann ist dein Einsprechen geplant?« Sie bemühte sich verzweifelt, nicht darauf zu achten, dass sein Knie praktisch an ihrem Oberschenkel lag.

»Dienstag und Mittwoch«, grummelte er. »Wobei ich wirklich nicht verstehe, weshalb man für einen blöden Satz wie ›Auszeichnung für erstklassige Qualität‹ zwei Tage brauchen soll.«

Paige spießte etwas von dem Kimchi auf und sah ihn von der Seite an. »Aus deinem Mund klingt das wahrscheinlich höchst beeindruckend.«

»Haha.«

Seit Beginn der Ausstrahlung der zweiten Staffel ihrer Sendung hatte er die Werbung für verschiedene Produkte übernommen, auch wenn ihm diese Arbeit noch weniger zu liegen schien als die ihm eh schon unangenehmen Dreharbeiten zu der Serie selbst. »Du hättest diese Angebote ja nicht anzunehmen brauchen«, rief sie ihm mit einem leisen Tadel in der Stimme in Erinnerung.

Er zuckte mit den Achseln. »Ich kann jeden Cent gebrauchen, den es dafür gibt. Schließlich habe ich gerade ein Haus gekauft, das ein finanzielles Fass ohne Boden ist.«

Sie streckte ihre Essstäbchen in seine Richtung aus. »Du könntest ja auch ein paar Abstriche bei dieser Renovierung machen.«

»Das kommt überhaupt nicht infrage. Schließlich sind wir schon mittendrin. Da wäre es idiotisch, irgendwelche Sachen wegzulassen, um sie später anzugehen.«

»Weil schließlich jeder Junggeselle eine XXL-Regendusche mit Dampfdüsen braucht.« *Na toll. Jetzt stelle ich mir Gannon unter dieser Dusche vor.* Am besten nähme sie am Tag der Fertigstellung dieser Dusche entweder eine Beruhigungspille oder tauchte sturzbetrunken bei der Arbeit auf. Sonst dächte sie bestimmt die ganze Zeit daran, wie er zum ersten Mal in seiner nackten Pracht mit ihr in einer anderen, viel zu engen Duschkabine eingezwängt gewesen war.

Er sah sich spöttisch um und ließ den Zeigefinger kreisen. »Du bist doch nur neidisch, weil du selbst in einer Besenkammer lebst.«

»Haha. Okay, fair. Vielleicht ein bisschen«, gab sie widerstrebend zu.

»Apropos Besenkammer.« Er griff gut gelaunt nach seinem Bier. »Wie zum Teufel willst du hier in dieser Enge einen Dokumentarfilm produzieren?«

Sie hatte nicht nur einen hübschen Pulli angezogen und sich sorgfältig geschminkt, sondern auch den Großteil des Recherchematerials verschwinden lassen, bevor Gannon auf der Bildfläche erschienen war. Trotzdem stapelten sich noch ein Haufen Ordner und Papiere auf ihrem Laptop in der Ecke unter ihrem Fernseher, und eine Wand des Raumes war mit bunten Post-its übersät. Sie hatte einfach nicht genügend Platz, um ihre Sachen auszubreiten, und das transportable Whiteboard, das zwischen der Tür und dem Lichtschalter an ihrer Flurwand klemmte, reichte höchstens für das Storyboard zu einem halbstündigen Film.

Schulterzuckend meinte sie: »Irgendwie wird es schon gehen.«

»Wäre es nicht schön, einen großzügigen, netten, hilfsbereiten Freund zu haben, der dir einen Raum in seinem viel zu großen Haus für deine Arbeit zur Verfügung stellt?« Gespielt nachdenklich strich Gannon sich über das Kinn.

»Du bietest mir ein Arbeitszimmer bei dir an?«

»Guck mich bitte nicht so an, als hätte jemand mir das Hirn amputiert. Natürlich müsstest du so lange warten, bis die Renovierung abgeschlossen ist. Also denk am besten gar nicht erst darüber nach, sofort dort einzuziehen.«

»Bisher hast du dort noch nicht einmal ein Badezimmer.« Vor zwei Tagen hatten sie das einzige, bisher bestehende Bad herausgerissen und seither benutzte das gesamte Team ein Dixi-Klo.

»Deshalb sollst du ja auch warten, bis dort alles fertig ist. Aber dann könnten du und Becca gern die oberste Etage nutzen.«

»Du bist vollkommen verrückt.« Sie schüttelte den Kopf und griff nach ihrem Wein. *Warum nur kann ich nicht aufhören, seine Hände anzustarren?* »Du suchst doch nur nach einer Möglichkeit, mich nach Ende der Dreharbeiten weiterhin zu sehen.«

»Hat dir schon mal irgendwer gesagt, wie wunderschön und talentiert *und* scharfsinnig du bist?«

»Nicht, soweit ich mich erinnern kann. Aber ich arbeite an meinem Film ganz sicher nicht in deinem Haus.«

»Und warum nicht? Schließlich sind wir Freunde.«

»Im Grunde willst du doch gar nicht mit mir befreundet sein.«

»Nicht *nur*«, verbesserte er sie.

»Dann wäre es nicht fair von mir, deinen verwirrten Zustand auszunutzen und auf dieses Angebot tatsächlich einzugehen. Das Beste, was ich für dich tun kann, ist, so lange auf Distanz zu dir zu gehen, bis du deine Schwärmerei endgültig überwunden hast.«

»Paige«, bat er sie plötzlich wieder ernst. »Spiel nicht herunter, was zwischen uns ist.«

»War«, verbesserte sie automatisch und er funkelte sie zornig an.

»Willst du etwa auch noch die Gefühle, die ich für dich habe, runterspielen?«

Mit diesem kleinen Seitenhieb erwischte er sie kalt. Er hatte recht. Einen solchen Angriff hatte er ganz sicher nicht verdient. Sie hatte sich absichtlich einen Job gesucht und wollte einen Film drehen, in dem sie die Geschichten anderer zum Besten gab, und dafür müsste sie sich für die Leben und Gefühle dieser Menschen interessieren und sie respektieren.

»Tut mir leid. Das war unfair.«

Er piekste wieder ein Stück Fleisch mit seinen Stäbchen auf. »Du willst doch sicher nicht, dass ich mein Essen nehme und nach Hause fahre«, drohte er ihr nun wieder scherzhaft an.

»Es tut mir wirklich leid. Das hattest du tatsächlich nicht verdient. Nur ist es einfach so …« Sie würde ihm bestimmt nicht gestehen, dass seine bloße Gegenwart auf ihrem Sofa ihr den Verstand raubte. Doch genau so war es. Allein der Duft von seinem frisch gewaschenen T-Shirt und der würzige Geruch von seiner Seife stahlen ihr den Atem. Gerüche lösten bei den Menschen oft Erinnerungen aus, und der Geruch dieses Mannes rief einen regelrechten Marathon nicht jugendfreier Szenen in ihren Gedanken wach. Und dadurch, dass sie so dicht an seiner Seite saß und sich verbot, ihn zu berühren, bereitete ihr dies beinah körperliche Schmerzen.

»Ich werde dir jetzt eine Frage stellen, die dir wahrscheinlich nicht gefallen wird. Aber ich stelle sie trotzdem«, kündigte er plötzlich an.

»Ich kann es kaum erwarten.«

»Glaubst du wirklich, dass du dich zwischen deiner Karriere und deinem privaten Glück entscheiden musst?«

»In diesem Fall? Oh ja.«

»Warum?«

»Gannon«, seufzte sie. Er stellte seinen halb vollen Teller auf den Tisch, lehnte sich zurück und legte abwartend seinen Arm auf der Sofalehne ab.

»Warum musst du dich entscheiden und ich nicht? Wir beide arbeiten fürs selbe Unternehmen in derselben Branche an derselben Sendung und wir mögen uns. Wir sind also in haargenau derselben Situation.«

»Abgesehen davon, dass du einen Schwanz hast.« An den sie sich nur erinnern musste, damit sich ihr Unterleib zusammenzog.

»Und was hat der damit zu tun? Warum wirst du aus deiner Sicht dafür bestraft, wenn wir zusammen sind, ich aber nicht?«

»Genau darum wird es in unserem Dokumentarfilm gehen«, setzte sie an. »Die Doppelmoral, die auch in unserer Branche herrscht, hat sich derart in unserem Unterbewusstsein festgesetzt, dass wir häufig gar nicht merken, dass wir alle danach leben. Zumindest bis jemand wie wir mit dem Finger darauf zeigt. Wenn ich mal einen Scheißtag habe oder mich auch nur auf irgendetwas konzentriere, kann ich darauf wetten, dass ein Kerl auftaucht und denkt, es wäre okay, wenn er mir sagt, dass ich doch bitte lächeln soll.«

Gannon sagte nichts.

»Stell dir vor, du hättest einen anstrengenden Tag am Set und dann taucht Andy auf und sagt, dass du gefälligst öfter lächeln sollst.«

»Dann würde ich ihm in die Fresse hauen.«

»Weil es dämlich ist, so was zu sagen, richtig? Weil er es sich rausnimmt, dir zu sagen, was du fühlen sollst. Das ist total herablassend. Aber weißt du, was passiert, wenn eine Frau so was von einem Mann zu hören bekommt? Meistens fängt sie tatsächlich an zu lächeln.«

»Statt ihm eine reinzuhauen.«

Sie nickte. »Das meine ich mit Doppelmoral. Denn es ist nicht in Ordnung, einem Mann zu sagen, was er fühlen oder dass er nicht so grimmig gucken soll.« Inzwischen war sie in ihrem Element und fuhr entschlossen fort. »Also nehmen wir das konkrete Beispiel, das uns zwei betrifft. Als in den sozialen Medien die Gerüchte aufkamen, dass wir was miteinander hätten, warst du selbst der tolle Hecht, der gleich zwei Frauen abbekommen hat, während ich selbst die Schlampe war, die einer anderen Frau den Mann ausgespannt hat. Es ging in beiden Fällen um dieselbe Angelegenheit, nur haben sie dir dafür Applaus gegeben und mich an den Pranger gestellt. Wobei der Unterschied allein in deinem Schwanz und in meiner Vagina bestand.«

Er sah sie verständnisvoll an. »Ich verstehe, was du meinst, wobei das meiner Meinung nach nicht alles ist. Was ist mit der Verantwortung, die du für deine Reaktionen hast? Wenn du dich zwingen lässt zu lächeln oder dich nicht traust, eine dir wichtige Beziehung aufrechtzuerhalten, nur weil irgendwelche Fremden dich dafür verurteilen könnten, bist du doch wohl selber schuld.«

»Sehr gut, Gannon«, gratulierte sie ihm grinsend. »Feminismus und Sexismus und Frauenfeindlichkeit und Selbstbewusstsein sind komplexe Angelegenheiten. Ja, natürlich sind wir selbst verantwortlich für unsere Reaktionen, aber manche Frauen können es sich schlicht nicht leisten oder sind vielleicht auch nur nicht selbstbewusst genug, um gegen die Herablassung, mit der man ihnen nur allzu oft begegnet, anzugehen. Deshalb müssen die, die dazu in der Lage sind, bereit sein, einen Preis für ihre Gegenwehr zu zahlen.«

»Und du willst all die Frauen, die sich wehren können und wollen, vereinen.«

»Allerdings. Oder zumindest so etwas in der Art. Schließlich ist es alles andere als witzig, oben anzukommen, wenn du dort völlig alleine bist. Und welche Frau will schon alleine einem Club aus lauter Männern angehören?«

»Warst du gern mit mir zusammen?«, fragte er und brachte sie durch den abrupten Themenwechsel aus dem Gleichgewicht.

»Hast du dir eine Zukunft mit mir ausgemalt … bevor es auseinanderging?«

Paige rang mit sich. Sie wusste, dass sie sich auf einem schmalen Grat bewegte und dass ihre Antwort das Potenzial hatte, nicht nur ihren Boss zu verärgern, sondern auch Gannon, ihren Freund, zu verletzen. Sie schuldete ihm dennoch eine ehrliche Antwort.

Sie atmete tief durch. »Bevor Meeghan an dem Tag am Set erschienen ist, hatte ich dich eigentlich fragen wollen, wie du das zwischen uns siehst und ob du für uns hier in New York eine Zukunft siehst.«

Er starrte sie ungläubig an. »Dachtest du im Ernst, ich hätte diese Sache zwischen uns womöglich nur als flüchtige Affäre angesehen?«

»Äh. Ja.«

»Wir hatten eine ernsthafte Beziehung.«

»Ach wirklich? Das hast du nie auch nur mit einem Wort gesagt.«

»Warum hätten wir extra darüber reden müssen? Das war doch klar.«

»Aber genau darum geht es, wenn man fest mit jemandem zusammen ist! Man redet über Dinge.«

»Wir haben täglich stundenlang geredet«, hielt er dagegen.

»Wir haben den ganzen Tag zusammengearbeitet und nachts hatten wir … anderes zu tun«, stellte sie klar.

»Dinge, die man innerhalb einer Beziehung tut.«

Sie schnaubte auf. »Du willst mir doch wohl nicht erzählen, dass du mit jeder Frau, mit der du jemals Sex hattest, auch fest zusammen warst?«

»Natürlich nicht. Ich habe nur gesagt, dass ich mit dir zusammen war.«

»Und was für eine Art Beziehung war das, wenn ich nicht mal wusste, dass es eine war?«

»Obwohl du jede Nacht mit mir geschlafen hast?«, fragte er sie ungläubig zurück. »Obwohl ich dir jeden Morgen Kaffee gebracht habe und nächtelang in deinem Bett geschlafen habe, nur um auf dich aufzupassen? Obwohl ich zugelassen habe, dass du mich auf unseren Flügen immer vollgesabbert hast, während dein Kopf an meiner Schulter lag.«

Sie blinzelte verwirrt. Sie hatte eine ernsthafte Beziehung mit Gannon King gehabt und nichts davon gewusst.

»Dann hatten wir also aus deiner Sicht nur eine Affäre, aber du hättest mich trotzdem fragen wollen, ob ich vielleicht noch weiter gehen will?«, bohrte er weiter.

Sie hob unglücklich die Schultern an. »Keine Ahnung. Ich weiß nicht mehr, was ich mir damals bei irgendetwas gedacht habe. Nachdem ich unseretwegen wieder und wieder erniedrigt worden bin, fällt es mir schwer, mich daran zu erinnern, was mir damals durch den Kopf gegangen ist.«

»Nur damit ich das richtig verstehe: Du wolltest die Beziehung also fortsetzen, und als dann aber die verfluchte Meeghan aufgetaucht ist und sich wie eine Furie aufgeführt und dich beschämt hat, war der Fall dann für dich damit erledigt.«

Verdammt.

»Du bist eine unglaublich starke, talentierte, kluge Frau, und trotzdem hast du dir von jemand anderem etwas nehmen lassen, was dir wichtig war, nur weil du zu feige warst, für deine Sache einzustehen.«

»Und jetzt drehe ich endlich einen verdammten Dokumentarfilm über dieses Thema. Weil ich etwas an den Dingen ändern will, okay? Bist du jetzt zufrieden?«

»Nein, das bin ich nicht! Ganz im Gegenteil. Ich bin todunglücklich. Ich will mit dir zusammen sein, aber das kann ich nur im Rahmen meiner Arbeit, weil du nicht bereit bist, einen Preis für unser Glück zu zahlen oder die Konsequenzen, die es vielleicht hat, zu akzeptieren. Stattdessen gibst du einfach auf, weil es der einfachere Weg ist.«

»Die Leute werden denken, dass ich diesen Job nur deswegen bekommen habe, weil ich mit dir schlafe«, widersprach sie ihm.

»Na und? Meinst du, jede Person, die in dieser Branche Jobs vergibt, würde das denken? Oder hast du etwa Lust, von Leuten engagiert zu werden, die sich nicht für deine Arbeit, sondern nur für dämliche Gerüchte interessieren?«

»Wobei in unserem Fall an den Gerüchten durchaus etwas dran gewesen ist.«

»Und hatte die Tatsache, dass ich während der Dreharbeiten Nacht für Nacht in deinem Bett geschlafen habe, Einfluss auf die Arbeit, die du Tag für Tag geleistet hast?«

»Natürlich nicht. Aber wie gesagt: Bei einem Mann würde es sich niemand zweimal überlegen wollen, ob man ihn trotz irgendwelcher Bettgeschichten, die er vielleicht irgendwann mal hatte, engagieren soll. Bei einer Frau schon.«

»Das habe ich verstanden. Und natürlich hast du recht, wenn du sagst, dass das vollkommener Schwachsinn ist. Es ist falsch und heuchlerisch und ungerecht. Aber was kannst du dagegen tun? Willst du wirklich einfach einen Menschen aufgeben, an dem dir etwas liegt, nur damit du auch in Zukunft Jobs von irgendwelchen Arschlöchern bekommst, die dich danach beurteilen, mit wem du in der Kiste warst?«

Er griff aufgebracht nach seinem Bier. »Hör zu. Ich verstehe, was du sagen willst. Das tue ich wirklich. Aber wem genau tust du einen Gefallen damit, wenn du nicht um unsere Liebe kämpfst? Was gewinnst du, wenn du mich weiterhin auf Abstand hältst? Du bist in einer Position, in der du gegen diesen Scheiß angehen könntest, statt dich ihm zu unterwerfen. Wie kannst du nur so tun, als wären diese unsinnigen Regeln dieser Männer ein unumstößliches Gesetz?

Willst du nur einen Film drehen, um zu zeigen, dass bei Frauen und Männern mit zweierlei Maß gemessen wird? Oder willst du demonstrieren, wie sich eine Frau dagegen wehren kann? Auch wenn ich selbst ein Mann bin, denke ich, dass du den Frauen, die deinen Film sehen sollen, nicht gerecht wirst, wenn du die Probleme nur benennst, ohne sie selber anzugehen.«

Sie ließ sich nach hinten fallen und schlug sich die Hände vors Gesicht. »Ein Teil von mir würde dir gerne widersprechen, und ein anderer Teil hätte dieses Gespräch am liebsten aufgenommen und in meinem Film gezeigt.«

Eine Zeit lang hingen Paige und Gannon schweigend ihren jeweils eigenen Gedanken nach, bis er sie schließlich fragend anschaute. »Willst du noch mehr Wein?«

»Ich dachte, du fragst nie.«

Kapitel 42

»Paige!«, brüllte Gannon in ihrem Headset.

»Gott, hast du mich erschreckt! Was denn? Du brauchst nicht so zu schreien. Du hast ein verdammtes Mikro vor dem Mund.« Inzwischen bereute sie es, ihm ein Headset überlassen zu haben, das er, wenn er selbst nicht gerade drehte, ständig trug.

»Kannst du mal runterkommen? Ich muss dir etwas zeigen.«

»Der Ausschlag ist bestimmt total normal, Gannon. Aber wenn du dich dann besser fühlst, zeig ihn einfach einem Arzt«, zog sie ihn ihren diversen Zuhörern zuliebe auf.

»Haha, Prinzessin. Es geht um die Fliesen für die Küche, nicht um meinen makellosen, ausschlagfreien Körper«, gab er trocken zurück.

Paige musste ein Lachen unterdrücken. Sie signalisierte Bradley, dass er sich an ihrer Stelle um die Aufnahmen im Garten kümmern sollte, wo ein Team von Landschaftsgärtnern gerade die Äxte schwang, als ob sie irgendwo im Dschungel wären.

»Ach, Gannon.« Nina schüttelte den Kopf und schob sich die dichten violetten Strähnen aus der Stirn. »Der ist echt ein guter Fang.«

Drohend wackelte Paige mit ihrem Zeigefinger vor der Nase der Kamerafrau herum. »Als dein Boss verbiete ich es dir, dass du auf seiner Seite stehst.«

Achselzuckend gab die andere zurück: »Es ist nicht leicht, ihn nicht zu mögen, findest du nicht auch?«

Oh doch, das finde ich auch. Leider. Sie wusste allzu gut, wie anziehend er war, und wünschte sich, sie hätte es, statt nur mit ihrem eigenen inneren Konflikt, nicht auch noch mit den Meinungen der anderen zu tun.

Sie bahnte sich den Weg über die halbfertige Treppe bis in den Hauptwohnbereich im Erdgeschoss. Seit der Unterhaltung vor zwei Wochen gab sie sich die größte Mühe, ihrer Sache treu zu bleiben, aber immer wieder gingen ihr Gannons Worte durch den Kopf. Und verdammt, allmählich wurden die ersten leisen Zweifel in ihr wach.

Habe ich ihn vielleicht wirklich nur deshalb verlassen, weil es einfacher gewesen war, als für die Dinge, die mir wichtig waren, zu kämpfen? Was für eine Feministin war sie, wenn sie auf die ungleiche Behandlung der Geschlechter und den ungerechten Umgang mit den Frauen in ihrer Branche hinwies, ohne gleichzeitig dagegen anzugehen? Oder stand sie einfach zu sehr in Gannons verführerischem Bann, um klar zu sehen? Auch das war durchaus eine plausible Erklärung. Sie hatte ihrer Mitbewohnerin von dem Gespräch erzählt, aber als Becca mehr Interesse an einem potenziellen Interview mit Gannon für ihren Film zu haben schien als an der Frage, was das für Paiges Privatleben bedeutete, hatte Paige es aufgegeben.

»Du hast nach mir gerufen?« Sie bahnte sich den Weg vorbei an Sägeböcken voller Kanthölzer und einem Haufen alter Kupferrohre, bis sie vor ihm stand.

»Ich will, dass du mir deine Meinung sagst«, meinte er und wies auf Schrank-, Arbeitsplatten- und Fliesenmuster, die in einer Ecke ausgebreitet waren. Er selbst stand mitten in dem leeren Raum, der für die neue, hochmoderne Küche vorgesehen war.

»Wozu?«

»Was würde hier drin gut aussehen?« Er sah sie ungeduldig an.

»Es ist dein Haus.«

Er kniff kurz die Augen zusammen und atmete geräuschvoll aus. »Tu mir bitte trotzdem den Gefallen und sag mir, was aus deiner Sicht am besten passt.«

Er hatte auch schon vorher öfter einmal von ihr wissen wollen, welche Böden, welche Farben, welche Lampen ihrer Meinung nach am schönsten waren. Sie sah erst ihn an und danach in den leeren Raum. Derzeit waren weiße Küchenschränke modern, doch dieser Raum und Gannon hatten es nicht nötig, modisch zu sein. Sie brauchten etwas Grundsolides, etwas Maskulines mit Substanz.

»Schränke«, sagte sie und zeigte auf das dunkelbraune, beinah schwarze Walnussholz. »Und für die Arbeitsflächen schlage ich was Helles, Sauberes vor. Am besten Quarz, den du nicht jedes Jahr versiegeln musst. Eins dieser beiden«, meinte sie und wies mit ihrer Hand auf zwei der Muster. Sie beide waren aus weißem Quarz mit grauer Maserung und sahen fast identisch aus.

Er verschränkte seine Arme vor der Brust, hob eine Hand an seinen Mund und bedachte sie mit einem nachdenklichen Blick. »Und für den Fliesenspiegel?«

Sie betrachtete die Muster, nahm sie in die Hand, verwarf sie allesamt und schüttelte den Kopf. Sie waren entweder zu feminin, zu modern oder zu langweilig. »Wenn du meine Meinung wissen willst, nimm nichts davon. Du brauchst was mit Textur, das zum Rest des Hauses passt. Am besten Backstein oder so. Aber nicht glatt, sondern ein bisschen rau. Etwas, das das Äußere des Hauses widerspiegelt. Klar, das wäre schwerer zu säubern, sähe aber wahrscheinlich super aus.«

Es sähe sicher sogar mehr als super aus, dachte sie sich. Nicht, dass Paige wirklich kochen könnte, doch in einer solchen Küche hätte sie womöglich Lust, es zu erlernen. Auch wenn Gannon sie wahrscheinlich nur benutzen würde, um dort Bier und Schachteln voller Pizza zu verwahren. *Was er doch für ein Riesenglückspilz war.*

Er nickte knapp. »In Ordnung. Danke.«

»Das war alles?«

Er hob gleichmütig die breiten Schultern. »Ja. Das war alles. Du kannst jetzt wieder gehen und Anweisungen erteilen oder was auch immer du sonst so gerade tust.«

»Sehr gnädig von dir.«

Sie wandte sich zum Gehen, als er sie doch noch einmal zurückhielt, indem er ihren Namen rief. Zögernd drehte sie sich um. »Ja?«

Sie sah das Blitzen in seinen Augen und das Grübchen neben seinem Mund. »Du machst deine Sache wirklich toll.«

Da sie keine Ahnung hatte, wie sie darauf reagieren sollte, nickte sie nur knapp und stürzte aus dem Raum.

»Ich arbeite echt gern mit dir zusammen«, rief er ihr noch hinterher, und kopfschüttelnd marschierte sie in Richtung Treppe, als ihre Co-Produzentin durch die Haustür trat.

»Hallo, Tina«, grüßte Paige und reichte ihr die Hand. »Willkommen im *King's Castle.*«

Tina, eine kompakte Frau mit Turnschuhen und rotem Hoodie, ergriff die ihr angebotene Hand und schüttelte sie gut gelaunt. »Nachdem ich die Aufnahmen der letzten Woche durchgegangen bin, musste ich einfach herkommen, um mir alles mal mit eigenen Augen anzusehen. Ich hoffe, dass du nichts dagegen hast.« Sie schnalzte laut mit ihrem Kaugummi und schaute sich die halbfertige Treppe und die neuen Heizungsrohre an, die ein Teil der Mannschaft gerade durch die Eingangshalle schleppte.

»Ganz und gar nicht«, antwortete Paige. »Im Augenblick herrscht zwar noch Chaos, aber es handelt sich um ein gut organisiertes Chaos.«

»Die Aufnahmen der Männer in der Badewanne«, setzte Tina an, während sie durch die Vorderfenster auf die Straße sah, »die waren echt zum Brüllen. Bekommen wir noch andere Sachen dieser Art? Aufnahmen von Gannon, der sich plötzlich wie ein echter Mensch verhält? Das Special wird aus unserer Sicht ein Hit … vorausgesetzt, dass er das Drecksloch, das das Haus im Augenblick noch ist, am Ende wirklich in ein Schloss verwandeln kann.«

»Ich bin mir sicher, dass ihm das gelingen wird«, versicherte Paige ihr.

»Ich habe ein paar Sachen aufgeschrieben – ein paar Interviews, die wir noch für die erste Folge brauchen, ein paar Aufnahmen für Schnittbilder und so. Falls ich mit dir und Gannon gleichzeitig darüber sprechen könnte, bräuchte ich mich nicht zu wiederholen.«

»Kein Problem. Ich sage ihm Bescheid. Reicht eine Viertelstunde aus?«, erkundigte sich Paige und blickte auf den Ablaufplan des Drehtags. Sie müssten alles für die Fenster vorbereiten, die in einer halben Stunde angeliefert würden, und sie müsste Gannon fragen, wo er mit dem Einbau anfangen wollte, damit sie dementsprechend die Leute für die Filmaufnahmen einteilen konnte.

»Auf jeden Fall«, sagte Tina, während sie eine beeindruckende Kaugummiblase machte.

»Ich muss noch kurz telefonieren, und dann reiße ich ihn von der Arbeit los. Schau dich ruhig so lange um. Oben sieht es mindestens so furchtbar aus wie hier unten.«

Mit diesen Worten ließ sie Tina stehen und trat vors Haus. Das Grundstück lag in einer ruhigen Straße, weshalb der Verkehrslärm sich in Grenzen hielt, und dank der dicken Holztür hörte man hier draußen auch den Baulärm und die Stimmen all der Leute nur gedämpft. Es kam ihr vor, als würden durch die Renovierung die Dämonen der Vergangenheit, die hier vielleicht einmal ihr Unwesen getrieben hatten, ein für alle Mal vertrieben und als würde Raum für einen vollkommenen Neubeginn gemacht werden. Und heute dachte auch sie selbst öfter als an anderen Tagen über alte Fehler und die Möglichkeiten eines neuen Anfangs nach. Weil heute ihr Geburtstag war.

Sie hatte niemandem etwas davon erzählt, denn in der Familie St. James waren Geburtstage kein Grund zum Feiern. Wenn überhaupt, stellten sie eher Meilensteine für Erfolge, Tage der Besinnung und der Freude über die zurückgelegte Reise dar. Eine Reise, die in ihrem Fall jedoch noch nicht begonnen hatte, sondern erst noch vor ihr lag.

Und statt über ihre Reise und die vor ihr liegenden Erfolge dachte sie schon seit dem frühen Morgen über Gannon und mögliche Neuanfänge nach. Er hatte sie von Anfang an davor gewarnt, dass er sie abermals verführen würde. Und mit jedem morgendlichen Becher Kaffee, den er ihr am Drehort brachte, und mit jedem Mal, bei dem er sie nach ihrer Meinung fragte und auf ihre Anweisungen hörte, tat er genau das. Er brachte ihr Salat zum Mittagessen und hatte ihr sogar eigene Arbeitshandschuhe gekauft, nachdem sie sich während der ersten Wochen immer wieder welche von den anderen geliehen hatte, um ihnen bei irgendwelchen schweren Arbeiten zur Hand zu gehen.

Und immer, wenn er selbst nicht in der Nähe war, stimmte jemand aus seiner Truppe oder auch aus ihrem eigenen Team ein Lobeslied auf ihn an. Nach einem kurzen Blick auf die lustige Szene in der Badewanne hatte sich Chantay mit beiden Händen Frischluft zugefächelt und mit einem vielsagenden Seitenblick auf

Paige erklärt: »Ein derart attraktiver Kerl würde von mir bestimmt nicht von der Bettkante geschubst werden.«

Und wenn sie sich nicht vorsah, würde sie genau dort enden, wo sie schon einmal gelandet war – rücklings auf dem Bett unter einem nicht nur attraktiven, sondern vor allem ausnehmend potenten Gannon King. Sie sah es derart deutlich vor sich, dass sie das Gefühl hatte, als würde sie halluzinieren. Sie ballte instinktiv die Fäuste und spreizte dann ihre Finger wieder auseinander, woraufhin ihr Handy unsanft auf eine der Eingangsstufen aus Beton knallte. »Verdammt!«

Sie schüttelte sich kurz und streckte sich, um ihre eigenen Dämonen aus ihrem Körper und Geist zu vertreiben, und als die Gefahr eines spontanen Orgasmus vor dem Haus gebannt war, bückte sie sich nach dem Handy und rief Eddie an.

»Hallo, Kleine«, grüßte er so gut gelaunt wie jeden Tag, wenn sie Bericht erstattete, während im Hintergrund jemand nach einem von den Bossen rief.

»Golfplatz?«, fragte sie.

»Der Job ist wirklich hart, aber irgendwer muss schließlich auf die hohen Tiere aufpassen. Wie läuft's in Brooklyn?«

»Es geht voran. Klar, es herrscht im Augenblick noch das totale Chaos, aber ich denke, dass die Zuschauer begeistert sein werden, wenn das Haus fertig ist.«

»Gut, gut«, stimmte er zu, wobei er offenbar nicht wirklich bei der Sache war. »Du musst im Übrigen nicht jeden Tag Bericht erstatten. Ich vertraue dir. Du weißt schon, was du tust, und du und Gannon seid ein wirklich gutes Team.«

»Nicht du auch noch, Eddie«, stöhnte Paige und Eddie lachte leise auf.

»Tut mir leid, Kleine. Aber ich kann ihn echt gut leiden und ich weiß, dass du ihm wirklich wichtig bist.«

»Dieses Gespräch habe ich heute ungefähr schon fünfzig Mal geführt«, antwortete sie und wandte sich entschlossen einem anderen Thema zu. »Die neuen Fenster kommen gleich, und ich muss diese blöde Parkerlaubnis finden, damit ich sie der verdammten Politesse vor die Nase halten kann, wenn sie auftaucht und uns wieder anschreien will.«

»Viel Spaß«, wünschte er ihr und legte auf.

»Ja, ja.«

Sie rief noch kurz bei jemandem vom Sender an, der Gannons Leuten unter anderem bei der Bestellung und Lieferung der Fenster half, und nahm dann kurz alleine auf der Treppe Platz. Die Herbstsonne war warm. Immer wieder fand er einen Spalt in der dicken Mauer, die Paige um ihr Herz errichtet hatte, um ihn abzuwehren. Es beeindruckte sie so sehr, dass sie ihm fast die Arroganz und Dreistigkeit verzieh, mit der er ihren Wunsch, auf Distanz zu bleiben, ignorierte. Und wenn sie ihn mit seinem Team sah, mit Leuten, die er schon seit Jahren kannte und von denen einige bereits von seinem Opa angestellt worden waren, kam es ihr vor, als wären sie tatsächlich alle Teil einer riesengroßen Familie. Sie alle schätzten ihn und zollten ihm Respekt, und wie es aussah, achtete und schätzte er die Männer im Gegenzug. Nach einem langen Tag am Set tranken sie häufig noch zusammen ein Bier und früher oder später tauchten auch noch ihre Frauen und Kinder auf.

So etwas hatte sie bei ihren anderen Sendungen nie erlebt. Bei *Kings of Construction* trafen sie bei jedem Dreh auf fremde Menschen, und bevor sie die Möglichkeit bekamen, Freundschaften miteinander zu schließen, zogen sie bereits zum nächsten Drehort, wo sie abermals auf lauter Fremde trafen. Aber Gannon und sein Team waren eine Familie, eine eingeschworene Gemeinschaft, von der Paige und ihre Leute sofort freundlich aufgenommen worden waren.

Mit einem Mal kam Paige eine ihr allzu bekannte, hochgewachsene Frau mit elegantem und zugleich dezentem Knoten in den dunklen Haaren entgegen. Sie trug ein maßgeschneidertes Kostüm, in dem ihr schlanker Körper vorteilhaft zur Geltung kam, und marschierte auf zielstrebige und zugleich gemessene Art in ihren nudefarbenen Schuhen mit den haargenau fünf Zentimeter hohen Absätzen den Bürgersteig entlang. Alles an der Art und Weise, wie sie sich bewegte, schrie nach grenzenlosem Selbstbewusstsein und war Paige vertrauter als ihr eigener Gang.

»Hallo, Paige«, begrüßte ihre Mutter sie und blieb, die Hände über ihrer eleganten Lederhandtasche gefaltet, vor dem Tor des Grundstücks stehen.

»Was machst du denn hier?« Widerstrebend erhob sich Paige von der Stufe, wischte sich den Hintern ihrer Hose ab und eilte auf sie zu. *Hat meine vielbeschäftigte Mutter sich tatsächlich die Zeit genommen, um mir zum Geburtstag zu gratulieren?* Das würde bedeuten, dass es Wunder wirklich gab. Normalerweise schrieb ihre Mutter eine knappe Mail und Leslies Assistentin schickte Paige dann ein teures, glitzerndes Geschenk per Post.

»Ich freue mich ebenfalls, dich zu sehen, meine Liebe«, korrigierte ihre Mutter auf subtile Art den wenig höflichen Empfang. »Ich war bei einem Symposium im Krankenhaus hier in der Nähe und da dachte ich, ich sehe mir einmal den Arbeitsplatz von meiner Tochter an.«

»Ohne bestimmten Grund?«

»Braucht eine Mutter etwa einen Grund, wenn sie die eigene Tochter sehen will?«

Kapitel 43

Wow. Meine eigene Mutter hat meinen Geburtstag vergessen, stellte Paige trocken fest. Damit hätte sie bei ihrem nächsten Abendessen einiges bei Leslie gut.

»Möchtest du reinkommen und dir das Haus ansehen?«, bot sie in der Hoffnung an, dass ihre Mutter kein Interesse hätte.

»Ich möchte ganz bestimmt nicht, dass mich dann die ganze Welt im Fernsehen sieht«, erklärte Leslie ihr in einem Ton, dem die Verachtung für die Sendung, die sie gerade drehten, überdeutlich anzuhören war.

»Wir drehen erst in einer halben Stunde weiter«, versicherte Paige ihr. *Ich werde es ja wohl schaffen, eine halbe Stunde die Gesellschaft meiner Mutter zu ertragen, ohne Alkohol zu trinken. Oder etwa nicht?*

»Meinetwegen«, stimmte Leslie gnädig zu.

Verdammt.

Paige öffnete das Gartentor für sie, denn selbst eine Tür für sich zu öffnen, war ihre Mutter einfach nicht gewohnt. »Versprich mir einfach, dass du nichts Herablassendes sagst. Die Leute reißen sich die Är– … sie schuften hier rund um die Uhr. Also zeig ihnen dein Cocktailpartylächeln«, wies Paige sie an.

Ihre Mutter rollte mit den Augen. »Keine Angst. Ich werde deinen … Mitarbeitern gegenüber höflich sein. Das ist deine Arbeit und die werde ich respektieren«, versicherte sie, wobei sie skeptisch auf den Sperrholzboden blickte, der vorübergehend in der Eingangshalle lag.

Paige knirschte mit den Zähnen, setzte aber dann ein Lächeln auf und führte ihre Mutter durch das Erdgeschoss. Sie betete, dass Gannon bliebe, wo zum Teufel er auch immer gerade war. Zumindest hatte Leslie ihr professionelles, kühles Lächeln aufgesetzt, grüßte höflich, als sie auf die Handwerker und Mitglieder des Filmteams traf, und lauschte interessiert, als Paige mit Tony über seine letzten Filmaufnahmen sprach und Bradley in den Keller schickte, damit er Chantay beim Aufstellen der Lampen für das nächste Shooting half.

»Ich würde dir auch noch die oberen Etagen zeigen, aber dort herrscht ein noch größeres Durcheinander als hier unten«, sagte Paige und hoffte, dass der kurze Rundgang ihrer Mutter reichte, um zu demonstrieren, dass die Arbeit ihrer anderen Tochter auch von Interesse für sie war.

Mit hochgezogener Braue blickte Leslie auf das überall verteilte Baumaterial und die zentimeterdicke Staub- und Schmutzschicht, von der sie umgeben waren. »Schwer zu glauben, dass das möglich ist.«

»Paige!«, dröhnte Gannons Stimme aus dem oberen Geschoss. *Shit.*

»Sie ist hier unten!«, brüllte Flynn, der elende Verräter, gut gelaunt zurück und zwinkerte den beiden Frauen zu, als er mit zwei Sägeböcken an ihnen vorüberlief.

Sofort kam Gannon angestürzt und wandte sich direkt an Paige. »Hör zu, Prinzessin, wie sieht es mit ein paar Aufnahmen außerhalb des Grundstücks aus?«

»Prinzessin?«, hakte Leslie mit eisiger Stimme nach.

Verwundert blickte Gannon zwischen Paige und ihrer Mutter hin und her, doch schließlich überzog ein Grinsen sein Gesicht.

»Mom, darf ich dir Gannon vorstellen? Gannon, das ist meine Mutter Leslie.«

»Dr. St. James«, verbesserte ihre Mutter sie. »Wir kennen uns bereits.«

»Genau, *Dr.* St. James. Wer könnte eine solche Stimme je vergessen?«

»Ich nehme an, dass Sie auf diese Frage keine Antwort haben wollen.«

Paige sah sie warnend an. »Mom.«

»Sie können annehmen, was Sie wollen, Dr. St. James«, bot Gannon ihr mit einem großmütigen Lächeln an. »Wobei Sie selbstverständlich wissen, was passiert, wenn man Dinge einfach annimmt, ohne dass man weiß, ob irgendwas davon den Tatsachen entspricht.«

»Wie ich sehe, sind Sie immer derart feindselig«, stellte Paiges Mutter fest. »Waren Sie deswegen schon mal in Therapie?«

Paige blinzelte entsetzt, doch Gannon lachte einfach gelassen auf, was gegenüber einer Frau wie Leslie unverzeihlich war.

»Verdammt noch mal, bist du verrückt geworden?«, zischte Paige sie an, aber wie nicht anders zu erwarten, blieb Leslie weiter bei ihrem Standpunkt.

»Ich nehme an, dass Sie wieder mit meiner Tochter schlafen, wenn sie diesen Job bei Ihnen hat. Das finde ich bedauerlich, denn ich hätte gedacht, dass sie einen erheblich besseren Geschmack besitzt.«

Paige atmete vernehmlich aus und wieder ein und funkelte ihre Mutter zornig an. »Okay. Das reicht.«

»Danke für die Führung, Paige. Ich finde selbst hinaus. Ich bekomme langsam Kopfweh von dem ganzen … Schmutz.«

»Wirklich schade, dass Sie nicht noch etwas bleiben können. Wenn Sie möchten, bringe ich Sie an die Tür«, bot Gannon an.

»Ich möchte Ihnen keine Umstände bereiten. Ich bin sicher, Sie haben noch jede Menge Arbeit vor der Kamera.« Sie sah sich in dem leeren Esszimmer mit dem herausgerissenen Holzboden und den noch nackten Wänden um. »Ich schätze, dass es Menschen gibt, die es als befriedigend empfinden, sich im Fernsehen zur Schau zu stellen, solange nur die Bezahlung stimmt.«

Gannons breites Grinsen sah nun eher wie ein Zähnefletschen aus, und abermals rang Paige entsetzt nach Luft.

»Es reicht, Mutter!«, zischte sie Leslie an. »Ich fürchte, dass du hier nicht mehr willkommen bist.«

»Es war wirklich nett, Sie endlich mal persönlich kennenzulernen, Gannon«, wandte Leslie sich mit falscher Höflichkeit an ihn.

»Genau das wollte ich auch gerade sagen«, gab er zurück und reichte ihr die Hand.

Sie schüttelte sie kurz, wischte sich die Finger an ihrem Rock ab und ließ sich dann von Paige zur Haustür zerren.

»Was in aller Welt gibt dir das Recht, dich so aufzuführen?«, herrschte Paige sie an, nachdem die dicke Holztür hinter ihnen ins Schloss gefallen war.

»Deine Sprache lässt etwas zu wünschen übrig«, stellte Leslie derart frostig fest, dass man hätte meinen können, die Eiche, unter der sie standen, würde plötzlich Gefahr laufen, all ihre Blätter abzuwerfen.

»Während dein *Benehmen* stark zu wünschen übrig lässt. Gannon ist ein fleißiger, loyaler, großzügiger Mann, dem keiner von den Typen, die du heimlich von deinen Symposien und Spendengalas mit nach Hause nimmst, um dich im großen Stil von ihnen vögeln zu lassen, das Wasser reichen kann.«

Das war eine ziemlich billige Retourkutsche gewesen, aber als Tochter einer St. James hatte sie schon als Kind gelernt, dass man dem Gegner immer direkt an die Halsschlagader ging.

Ihre Mutter rang empört nach Luft.

»Gannon könnte Millionen damit machen, dass er exklusive Möbel für die Snobs aus deinen Kreisen baut, aber für ihn kommt die Familie zuerst. Und er stellt sich im Fernsehen zur Schau, wie du es nennst, um das Unternehmen seines Großvaters zu retten, damit seine Großmutter ihr Haus behalten kann und keiner von den Angestellten, die er schon als kleiner Junge kannte, plötzlich ohne Arbeit auf der Straße steht und nicht mehr weiß, wie er seine Familie ernähren soll. Was hast du selbst jemals getan, außer ein Haus mit teuren Möbeln einzurichten und dazu noch ein paar Bücher zu verfassen, die nur eine Handvoll Fachidioten überhaupt verstehen? Ich an deiner Stelle würde mir in Zukunft etwas besser überlegen, ob nicht die Beleidigungen, die ich anderen an den Kopf werfe, mehr über mich selbst verraten als über die Leute, die ich damit treffen will.«

Inzwischen war Paige derart außer sich vor Zorn, dass sie nichts von dem zurücknehmen würde, was sie ihrer Mutter gerade vorhielt.

»Willst du damit etwa sagen, dass ich mich für irgendwelche Dinge schämen müsste?«, fragte Leslie mit schriller Stimme.

»Ich will damit nur sagen, dass dir niemals irgendetwas wichtiger als deine dämliche Karriere war. Du bist eine engstirnige, egoistische Person, und deine Ehe und wir Kinder waren dir doch im Grunde immer scheißegal.«

»Ich kann nicht in Worte fassen, wie enttäuscht ich gerade von dir bin.«

»Genau wie ich von dir und der Verachtung, die du anderen entgegenbringst.«

Paige wurde kalt, als sie das Eis in Leslies blauen Augen sah. »Eines Tages, Tochter, wirst auch du erkennen, was im Leben wirklich zählt. Männer kommen und gehen, aber den Erfolg, den du dir selbst verdient hast, kann dir niemand jemals wieder wegnehmen. Ich bete nur, dass du das nicht zu spät begreifst.«

»Danke für den guten Tipp«, fuhr Paige sie ungehalten an.

Hoch erhobenen Hauptes wandte ihre Mutter sich von ihr ab, lief über den unebenen Steinpfad bis zum Tor, drehte sich dort noch einmal um und hob eine ihrer wohlgeformten Brauen an. »Ich erwarte trotzdem, dass du an Thanksgiving kommst.«

»Ich bringe die Füllung mit.«

Sie sah ihrer Mutter hinterher, während sie in ein Taxi stieg und, ohne sich noch einmal nach Paige umzusehen, ihrem Blick entschwand.

»Ich bringe die Füllung mit?«, ertönte Gannons amüsierte Stimme hinter ihr.

»Oh mein Gott, Gannon!« Paige zuckte zusammen. »Wie lange stehst du schon hier draußen rum?«

»Lange genug, um zu erkennen, dass du eigentlich völlig durchgeknallt sein müsstest, wenn du deine gesamte Kindheit über einer solchen Mutter ausgeliefert warst.«

Bedrückt drehte sie sich zu ihm um. »Bitte nimm den ganzen Blödsinn, den sie gerade von sich gegeben hat, nicht persönlich. Das ist er nie. Diese Art der Kommunikation gehört bei uns leider zum Tagesprogramm. Es gibt eigentlich kein Gespräch, bei dem wir beide uns nicht anblaffen. Du musst nur wissen, dass meine Mutter sich heute schlecht benommen hat und es ihr dann furchtbar peinlich war, dass sie sich so schlecht benommen hat.«

»Und dann war sie von dir enttäuscht, weil du sie darauf hingewiesen hast.«

»Meine Güte, Großmutter, was für große Ohren du hast.«

»Komm her.« Entschlossen zog er sie an seine Brust und küsste sie aufs Haar. Widerstrebend schlang sie ihm die Arme um den Leib und schmiegte ihr Gesicht an seine breite Brust.

»Du bist eine ganz tolle Frau und lebst dein Leben so, wie du es leben willst. Und falls du jemals Schuldgefühle hast, weil du nicht tust, was andere von dir erwarten, kriegst du es mit mir zu tun.«

»Warum bist du so nett zu mir?«, murmelte sie und sog begierig seinen Duft in ihre Lungen ein.

»Vielleicht, weil ich im Grunde meines Herzens Masochist bin, aber auch oder vor allem, weil du im Kampf gegen die Drachenlady mich derart tapfer verteidigt hast.«

Sie lächelte an seiner Brust. »Über diesen Spitznamen würde sie sich sicher riesig freuen.«

»Dann bringe ich ihn, wenn wir an Thanksgiving dort sind, gerne ein.«

Kapitel 44

Gannon nutzte ihren Widerwillen, heimzukehren und sich dort in ihrem Elend zu ergehen, schamlos aus und überredete sie nach der Arbeit, noch mit ihm zusammen in ein Möbelhaus zu fahren.

Er hatte die Beleidigungen ihrer Mutter abgeschüttelt wie harmlose Regentropfen, doch ihr selber hatten sie sich unauslöschlich in ihr Gehirn gebrannt. Statt der eigenen Tochter alles Gute für das neue Lebensjahr zu wünschen, hatte sie durch ihren Auftritt die vermeintliche Beziehung zwischen ihrem Kind und einem schlichten Handwerker vereiteln wollen. Aber diese Mühe hätte sie sich sparen können. Bereits als kleines Mädchen hatte Paige gelernt, dass es oft das Beste für sie war, das genaue Gegenteil von dem zu tun, was ihr die Leslies dieser Welt empfahlen.

Jetzt traten sie und Gannon durch die schweren Glastüren eines zweigeschossigen ehemaligen Lagerhauses, das in ein Geschäft verwandelt worden war. Völlig überwältigt nahm Paige das organisierte Chaos aus diversen Farben, Stoffen, Dekoartikeln und Möbeln wahr.

»Und wonach suchen wir genau?«

»Ich möchte wissen, was du davon hältst, vielleicht ein paar

Szenen hier zu drehen. Meine Mutter hat hier schon des Öfteren etwas gekauft. Es ist ein kleiner Laden in Familienbesitz und sie haben jede Menge tolles Zeug. Ich hatte überlegt, ob ich hier nicht ein paar Möbel kaufen soll.« Gannon legte seinen Kopf ein wenig schräg und sah sich einen vergoldeten Vogelkäfig an.

»Ich wüsste nicht, wozu du einen Vogelkäfig brauchst«, merkte Paige skeptisch an. »Und warum hast du nicht Cat hierher geschleift? Sie ist schließlich die Designerin.«

»Ich möchte nicht, dass meine Schwester mir sagt, wie ich mein Haus einrichten soll. Das fände ich irgendwie schräg. Ich will Sachen, die mir selbst gefallen, und nichts, von dem irgendwer anderes denkt, dass es sich gut in meiner Bude macht.«

»Und, suchen wir nach was Bestimmtem?«, fragt Paige und glitt mit ihrer Hand über einen sinnlich geschwungenen Kirschholzschrank.

»Nach einem Bett.« Die Hände in den Hosentaschen blickte er sich suchend um.

»Ist das dein Ernst? Du hast mich mitgenommen, weil ich mit dir ein Bett aussuchen soll?«

»Warum denn nicht? Du weißt, was mir gefällt.«

»Ich weiß, was dir *im* Bett gefällt. Das ist was völlig anderes.«

Er legte einen Arm um ihre Schultern. »Es kommt der Sache schon recht nah. Vor allem gibt's hier um die Ecke eine nette Pizzeria, und sobald du dein Okay zu einem Dreh in diesem Laden gibst, können wir uns dort eine Salamipizza und dazu noch irgendwelches blöde Grünzeug holen, wenn du darauf bestehst.«

»Wir sind hier nicht bei einem Date«, erinnerte sie ihn, obwohl sie es in diesem Fall eher aus Gewohnheit als aus Überzeugung tat.

Ohne auf ihren Einspruch einzugehen, zog er sie weiter durchs Geschäft. *Er hat recht. Der Laden würde wirklich einen wunderbaren Drehort abgeben.* Links und rechts der Gänge ragten hohe Industrieregale auf, in denen es von Leuchtkörpern bis zu Kamingittern so gut wie alles, was man für die Einrichtung einer Wohnung brauchte, gab.

In der Abteilung mit den Möbeln, wo in wildem Durcheinander dicke Ledersofas neben Schreibtischen mit zierlich gedrechselten Beinen und metallenen Kuchenblechen angeordnet waren, warf sich Gannon auf ein Himmelbett, dessen geschnörkeltes Gestänge einen schon vom Hinsehen schwindlig werden ließ.

Paige schüttelte den Kopf. »Auf keinen Fall.«

»Und warum nicht?«

»Das ist viel zu feminin.«

Lässig rollte er sich auf die Seite. »Also gut, du Naseweis. Dann schauen wir doch mal, was dir gefällt.«

Während er auf der Matratze lag und gähnte, sah sie sich die Auswahl der verschiedenen Betten an. Sie wusste, dass er gar nicht wirklich etwas kaufen, sondern sie von dem Zusammenstoß mit ihrer Mom ablenken wollte. Doch das kam ihr gerade recht. Er kannte sie, ob sie es sich nun eingestehen wollte oder nicht. Er hatte sich die Zeit genommen, herauszufinden, wer sie war, und kannte sie noch immer ganz genau, auch wenn sie jetzt, egal aus welchem Grund, nicht mehr zusammen waren. Und wenn sie ihm nicht mehr wichtig wäre, hätte er sie doch ganz sicher nicht hierher geschleift. Und er würde auch ganz bestimmt nicht nach dem Einkauf noch eine Pizza mit ihr essen gehen wollen, nur um sie daran zu hindern, sich in ihrem Elend zu suhlen.

Er war ein guter Mensch.

Er hatte sich ihr gegenüber falsch verhalten, aber Gannon King war nicht die Art von Mann, dem derselbe Fehler zweimal unterlief. Er war einmal mit Meeghan Traxx im Bett gelandet, und auch diesen Fehler hatte er nicht wiederholt. Zwar hatte er es versäumt, Paige die ganze Wahrheit zu erzählen, aber als er hatte sehen müssen, welche Konsequenz das hatte, hatte er ihr gegenüber sofort eine umfängliche Beichte abgelegt. Er hatte aus der Angelegenheit gelernt, sich angepasst und *trotzdem* wollte er sie noch.

Dann sah sie es. Das dunkle Holz, das leicht geschwungene Kopfteil mit den ledernen Intarsien und den hohen Rahmen, der genügend Platz für Ablagen zu beiden Seiten bot. Es war groß, solide und – sie testete kurz die Matratze – wie geschaffen für einen so großen, muskulösen Typ wie Gannon King. Weich genug, um sich nach einem langen Arbeitstag gemütlich darauf auszuruhen, und fest genug, um zu verhindern, dass er nachts darin versank. Sie lehnte sich gegen die Kissen, schloss die Augen und versuchte, sich das Bett im Schlafzimmer des renovierten Hauses vorzustellen.

Am besten schöbe er es an die Backsteinwand. Dort könnte er dann links und rechts des Betts zwei schwere Nachttische mit jeweils einer dieser hübschen Lampen mit den grau verwaschenen Treibholzfüßen platzieren und das Bett mit dunkelblauen Laken beziehen. *Oh ja, das passte ganz hervorragend zu ihm.*

Sie spürte, wie sich die Matratze senkte.

»Also gut, du hast gewonnen«, seufzte er, als er an ihrer Seite lag.

»Ich weiß.«

Sie öffnete vorsichtig ein Auge und wandte sich ihm zu. Eine Hand unter dem Kopf, lag Gannon auf der Seite und sah sie aus seinen braunen Augen an. Und diese Augen drückten alles aus. Sehnsucht, Zärtlichkeit und … etwas anderes, etwas Großes, was sich nicht in Worte fassen ließ. Trotzdem hielt er sich zurück, wartete, bis sie bereit war und sich selbst dafür entschied.

Und wenn sie sich nur auf sich und ihn konzentrierte, war es die leichteste Entscheidung ihres Lebens.

»Ich schätze, dass die Pizza warten muss.«

• • •

»Warum hier?«, fragte sie dicht an seinem Mund, bevor sie unter seinen Küssen vollends aus dem Gleichgewicht geriet. Sie stand mit dem Rücken zu der dicken Holztür seines zukünftigen Heims, als er blind nach seinem Schlüsselbund tastete.

»Weil das hier mein Zuhause sein wird«, klärte er sie knurrend auf. »Und weil ich dich hier haben will. Weil ich möchte, dass wir beide uns daran erinnern, wie unser allererstes Mal in diesem Haus gewesen ist.«

Das war ein gutes Argument. Die Tür glitt auf und da sie nicht bereit waren, ihren Kuss noch mal zu unterbrechen, stolperten sie, ohne sich umzusehen, ins Haus. Es war stockdunkel, aber Gannon kannte sich dort aus. Er trug sie in den ersten Stock und achtete darauf, dass er nicht an das brüchige Geländer kam, zu dessen Renovierung er bisher noch nicht gekommen war.

Die Tür des Raums, in dem einmal sein Bett stehen würde, war noch ausgehängt, und während er sie durch die Öffnung zerrte und bereits den Pulli über ihren Kopf zog, schaute er sie fragend an. »Und du bist dir wirklich sicher?«

»Ich will dich, Gannon. Hier und jetzt und möglichst schnell.«

»Gott sei Dank.« Er schälte sich aus seinem eigenen Hemd, ließ es auf den Boden fallen und breitete es dort mit einem seiner Füße aus. »Aber es muss hier sein, Paige.«

Sie stellte diese Überlegung nicht in Frage, denn im Grunde genommen war es ihr vollkommen egal, wo sie mit ihm schlief. Ob in diesem leeren, kahlen Schlafzimmer in seinem neuen Haus oder in seinem Bett in seiner bisherigen Wohnung, das Einzige, was sie noch interessierte, waren sein nackter Oberkörper und die rauen Hände, die er über ihre weichen Rundungen gleiten ließ. Mögliche Erwartungen, Gerüchte und sogar die Wahrheit waren ihr in diesem Augenblick egal. Sie wollte ihn, wollte es und sie würde es sich nehmen.

Sie nestelte am Reißverschluss seiner Jeans, während er den Verschluss ihres BHs öffnete und vor Erleichterung, Bewunderung und Glück seufzte, als er endlich wieder ihre Brüste in den Händen hielt. Der Gegensatz von rau und sanft, von weich und hart raubte ihm beinah den Verstand. Sie stöhnte, als er mit den Daumen über ihre harten Nippel strich. Bevor sie aber seinen Schwanz aus seiner Hose zerren konnte, zog er seine Brieftasche hervor.

Als sie ein Knistern hörte, meinte sie nur halb im Scherz: »Na, du warst aber zuversichtlich.« Wie es aussah, war er sicher davon ausgegangen, dass sie früher oder später wieder mit ihm schlafen würde, während sie noch nicht einmal bereit gewesen war, die Möglichkeit, zu ihm zurückzukehren, auch nur in Betracht zu ziehen.

Was wieder einmal zeigt, dass er besser weiß, wie ich ticke, als ich selbst.

»Ich hatte dieses Ding als Glücksbringer dabei.« Seine Stimme war so rau wie ein Betonblock und rief einen Schauder in ihr wach. »Wobei ich schon befürchtet hatte, dass es abgelaufen wäre, bis du endlich wieder zu mir zurückkommst.«

Jetzt war es endgültig um sie geschehen. Begehrlich schmiegte sie sich an ihn an und presste ihren Busen gegen seine harte Brust.

Er zog sie mit sich auf den Boden und schob sie auf sein Hemd, wobei der grobe Schmutz, der auf dem Hartholzboden lag und unter ihren Beinen knirschte, sich verführerischer anfühlte als die Matratze jedes Betts.

»Babe, diesmal wird es schnell gehen, weil ich dich so brauche. Aber das mache ich später wieder gut.«

Ja! Paiges Nervenenden summten vor Verlangen, ihre Muskeln bebten und ihr Puls schlug einen Trommelwirbel, denn sie sehnte sich verzweifelt danach, dass er sie so schnell und hart wie möglich nahm. Sie brauchte es, dass Gannon sie daran erinnerte, warum genau ihr Körper derart nach seinem schrie.

»Nach der Pizza«, stieß sie leise aus.

Er lachte schmerzlich auf, bevor er seinen Mund um eine ihrer Brüste schloss und sie sich keuchend unter seinem Körper wand und ihm die Jeans mit ihren Füßen von den Beinen streifte, weil der viele Stoff, der sie noch voneinander trennte, unerträglich für sie war.

»Dein Körper, Prinzessin, hat es verdient, dass man ihn anbetet.« Er leckte vorsichtig an ihrem Nippel und schob seinen Mund auf ihre andere, schmerzlich harte Brust.

»Verschieb das Anbeten auf später«, flüsterte sie ihm zu, denn eine langsame, sinnliche Verführung hätte ihr wahrscheinlich vollends den Verstand geraubt.

»Hier stehen ja wohl noch keine Kameras?«, erkundigte er sich, sog aber weiter gierig an ihrem Nippel und nach einer Schrecksekunde gab auch sie sich wieder ganz dem sinnlichen Vergnügen hin.

»Noch nicht. Die kommen erst beim Aufstellen der Trockenwände und den Malerarbeiten dazu«, rief sie ihm keuchend in Erinnerung. Zur Vorsicht sah sie sich noch einmal in dem dunklen Zimmer um, wurde aber sofort erneut von seinem Mund an ihren Nippeln abgelenkt, während er ihr gleichzeitig ihre Jeans über die Hüften schob.

Sie rang nach Luft. Es war zu dunkel und es erschien ihr, als gäbe es einfach nicht genügend Sauerstoff in diesem Raum. Außerdem drohte ihr hier Gefahr. Die Gefahr, vollends von ihrer Leidenschaft verzehrt zu werden und danach nie mehr sie selbst zu sein. Aber sie würde diesen Preis bezahlen müssen, denn im Grunde hatte sie gar keine andere Wahl.

»Du bist die verführerischste Frau der Welt«, murmelte er,

schob sich zwischen ihre Beine und bahnte sich spielerisch mit seinen Zähnen einen Weg über die Innenseite ihres Oberschenkels bis zum Zentrum ihres Schoßes.

Sein heißer Atem traf auf ihren Venushügel und sie holte zischend Luft. »Du hast gesagt, du würdest schnell machen«, hielt sie ihm mit erstickter Stimme vor.

»Ich habe noch Zeit für einen kurzen Boxenstopp«, versprach er ihr, bevor er seine Zunge zwischen ihren Spalt schob.

»Gannon«, stieß sie aus und drängte sich gegen seinen Mund.

»Baby, wenn du wüsstest, was es mit mir macht, wenn du in diesem Ton meinen Namen sagst.« Wieder leckte er sie, bis sich jeder Nerv ihrer Klitoris unter seiner rauen Zunge erbebend zusammenzog.

»Zeig es mir«, verlangte sie, während er gleichzeitig mit seiner Zunge zwei seiner Finger tief in sie hineinschob.

Sie packte seine Haare und als das nicht reichte, um nicht vollkommen die Bodenhaftung zu verlieren, krallte sie die Finger in das raue Holz, auf dem sie lag.

»Tu mir den Gefallen und komm jetzt«, forderte er sie auf. »Ich kann es nicht mehr erwarten, in dir zu sein.«

Ihr Körper hatte eine ganz besondere Beziehung zu Gannon, in der Letzterer die Befehle gab und Ersterer aufs Wort gehorchte.

Wieder feuchtete er ihren Venushügel mit der Zunge an und klappte seine Fingerspitzen leicht in ihrem Körperinneren um.

Mit einem Aufschrei spannte sie die Muskeln an, bevor ein unerwartet heftiger Orgasmus sie zerriss.

Gannon stöhnte dicht an ihrem Unterleib, während sie rund um seine Finger kam, und seine Hüfte trommelte geräuschvoll auf den Boden, wie um sich für das zu wappnen, was als Nächstes kam. Denn kaum war sie gekommen, zog er sich ein Stück von ihr zurück und rollte das Kondom auf seinen Ständer. *Er will mich ge-*

nauso schmerzlich wie ich ihn, dachte sie, während sie den Kopf unter den Nachbeben der kaum verebbten Klimax von der einen auf die andere Seite warf.

Wieder schob sich Gannon zwischen ihre Schenkel und bereits die Position, in der sein Schwanz an ihrer Öffnung lag, und das Gewicht von seinem Körper riefen ein erneutes, brennendes Verlangen in ihr wach. In einem kurzen Augenblick wurde ihre abklingende Befriedigung durch das verzweifelte Bedürfnis, ihn in sich zu spüren, ersetzt und sie bäumte sich fieberhaft unter Gannon auf.

Er aber hielt völlig still, umfasste ihr Gesicht mit seinen großen Händen und durchbohrte sie mit seinem Blick. »Eine Sache wäre vorher noch zu klären. Ich will von dir wissen, ob wir fest zusammen sind.«

»Gannon!«, stieß sie gequält seinen Namen aus. Sie musste ihn so schnell wie möglich in sich spüren. Sie hatten keine Zeit für ein Gespräch über Erwartungen. Er musste sie jetzt ausfüllen. Jetzt. Sofort.

»Sag es, Paige, damit es nicht noch ein Missverständnis gibt.« Vorsichtig schob er die Spitze seines Schwanzes gegen ihre Öffnung, und als sie versuchte, ihn in sich aufzunehmen, verlangte er erneut: »Sag es!«

»Wir sind zusammen«, flüsterte sie heiser.

Mit einem lauten Stöhnen drang er in sie ein, sodass sie sich keuchend an seinen Schultern festklammern musste.

»Bist du okay?«, erkundigte er sich mit harscher Stimme neben ihrem Ohr, während er sie zur Gänze ausfüllte.

»Gott, ja«, stieß sie mit angespannter, atemloser Stimme aus und spannte sich unter dem wunderbaren Schmerz, den er mit seinem Eindringen in ihr hervorrief, an.

Seine leichte Brustbehaarung reizte ihre harten Nippel, und

um sie nicht zu erdrücken, stützte Gannon sich auf einen seiner tätowierten Arme, wickelte sich eine Strähne ihrer Haare um die andere Faust und zog sich wie in Zeitlupe wieder aus ihr zurück. Dann schob er sich erneut in sie hinein und als sie ihm ins Gesicht sah, nahm sie die heiße Glut in seinen Augen wahr.

»Verdammt, Baby, ich kann jetzt nicht mehr aufhören.«

»Wag es ja nicht, auch nur daran zu denken.« Wieder trieb sie ihn mit ihrem Körper an, reckte sich ihm entgegen, klammerte sich an ihm fest und vergrub ihre Fingernägel tief in seinem Fleisch, während er sie mit seinem Körper und Blick gefangen hielt. Die haselnussbraunen Augen zogen sie in den Bann. Er rammte sich mit aller Kraft in sie hinein und drückte sie in den harten, kalten Holzboden. Doch er war dort, wo sie ihn brauchte. Und das Einzige, was jetzt noch für sie zählte, war, erneut mit ihm vereint zu sein und die Ziellinie mit ihm zusammen zu überqueren.

Sie sah, dass seine Augen glasig wurden, und die Schweißperlen auf seiner Stirn und die angespannten Halssehnen bewiesen, dass er ebenso kurz davor war wie sie. Ein leises Knurren drang aus seiner Kehle und begierig schlang Paige ihm die Beine um die Hüften, zog sich eng um seinen Schwanz zusammen und schrie heiser: »Ja! Gannon! Ja!«

Er ließ von ihren Haaren ab, umfasste ihre Brust und knetete sie. Und während Paige sich abermals um ihn verkrampfte und ein zweites Mal in den Abgrund stürzte, stemmte er die Füße in den Boden, rammte sich erneut so weit es ging in sie hinein und kam dann tief in ihrem Inneren mit einem triumphierenden Schrei.

Anschließend passte er die Wucht seiner Stöße an das Zucken ihres Unterleibes an, und die Lust, die er dabei verströmte, kam ihr wie das Echo ihres eigenen Vergnügens vor.

Kapitel 45

»Was machst du?«, erkundigte sich Paige. Ihr Kopf lag auf dem Arm, der wie ein Kissen unter ihrem Nacken lag, und sie beide starrten die noch unfertige Decke des leeren Zimmers an.

»Ich verfasse in Gedanken einen Dankesbrief an deine Mutter.«

Lachend stützte sie sich auf dem Ellenbogen ab und bohrte ihm den Finger in den Bauch. »Haha.«

»Liebe Leslie, ich kann Ihnen gar nicht genügend dafür danken, dass Sie eine derart arrogante Zicke sind und Ihre wunderschöne, starrsinnige Tochter deshalb dazu zwangen, ihren eigenen Weg zu gehen«, zitierte er.

»Du bist blöd.«

»Und du denkst an Pizza.« Gannon tat, als müsse er sich anstrengen, um ihr hinter die Stirn zu sehen. »Und du versuchst, herauszufinden, was es zu bedeuten hat, dass du hier liegst.«

Sie unterbrach den Blickkontakt, indem sie sich entschlossen auf den Rücken drehte. Genau das hatte sie gedacht.

»Ich will im Augenblick keine Beziehung haben, Gannon.«

»Also hast du mich nur schamlos ausgenutzt?«, fragte er gespielt empört.

»Ich hatte ganz vergessen, dass du nach dem Sex immer so besonders witzig bist«, grummelte sie und reckte ihre Arme über ihren Kopf.

Gannon streckte einen seiner Arme aus und umfasste ihre Brust mit einer großen Hand. »Ich bin immer witzig. Du hast nur ein sehr schlechtes Gedächtnis.«

»Heute ist mein Geburtstag«, rutschte es ihr gegen ihren Willen heraus, weil der Gedanke ihr die ganze Zeit nicht aus dem Kopf gegangen war. Ihre Mutter hatte sie bei der Arbeit besucht und es offensichtlich vergessen, und bis zu Leslies Auftauchen hatte sie selbst kaum daran gedacht. Was nicht weiter verwunderlich war. Paige hatte momentan alle Hände voll zu tun, und da blieb ihr für Geburtstage und für Beziehungen mit heißen Männern einfach keine Zeit. So rebellisch sie aus Leslies Sicht vielleicht auch war, es sah so aus, als schlüge sie jetzt doch denselben Weg wie ihre Mutter und Schwester ein.

»Du hast heute *Geburtstag* und lässt mich auf einer *Baustelle* über dich herfallen?«, hakte Gannon mit empörter Stimme nach.

Sie hatte keine Ahnung, was er hören wollte, deshalb murmelte sie einfach: »Ähm, ja. Danke.«

Eilig sprang er auf, stieg in seine Jeans, befahl ihr, aufzustehen, und zerrte sie hoch, als sie sich nicht schnell genug bewegte.

»Heißt das, du hattest deinen Spaß und ich kann jetzt wieder gehen?«

»Das heißt, dass du dich anziehen sollst, weil wir deinen Geburtstag feiern gehen.«

»Ach, red doch keinen Quatsch. Ich will meinen Geburtstag gar nicht feiern.«

»Ich will keinen Geburtstag feiern und ich will auch keine Beziehung«, ahmte er sie mit künstlich hoher Stimme nach. »Manchmal kannst du wirklich ganz schön nervig sein.«

»Du warst erheblich netter, bevor ich dir erzählt habe, dass heute mein Geburtstag ist.«

Statt etwas zu erwidern, warf er einen Blick auf seine Uhr und murmelte übellaunig vor sich hin. Paige wünschte sich, sie hätte einfach ihre große Klappe gehalten, denn die Freude über ihr Zusammensein war durch ihre Bemerkung nur allzu schnell wieder verblasst.

»Auf geht's«, wies er sie über seine Schulter an und stürmte zurück ins Erdgeschoss.

Eilig zog Paige ihren Pulli an, schloss den Reißverschluss ihrer Jeans und schlurfte schlecht gelaunt hinter ihm her. »Ja, ja. Ich komm ja schon.«

• • •

Brooklyn lag in abendlicher Dunkelheit.

Sie fuhren ein paar Blocks, bis Gannon seinen großen Pick-up in eine im Grunde genommen viel zu kleine Lücke vor einem geschlossenen Fischmarkt zwängte und sie schroff anwies: »Warte hier.«

Bevor ihr auch nur eine Antwort einfiel, warf er schon die Tür hinter sich zu und stapfte los. Mit einem Seufzer lehnte sie den Kopf gegen den Sitz, runzelte die Stirn und starrte in die Dunkelheit hinaus.

Sie hatte alle guten Vorsätze im hohen Bogen über Bord geworfen und sich abermals mit Gannon eingelassen, aber trotzdem hatte sie nicht das Gefühl, dass sie sich selbst dadurch verraten hatte. Dafür war sie viel zu glücklich und zufrieden mit sich selbst. Es bestand nicht der geringste Zweifel daran, dass die Zeit, die sie mit ihm im Bett – oder im Notfall auch auf einem Fußboden – verbrachte, nie vergeudet war. Mit ihm war Sex eine olympische Disziplin. Trotzdem hätte sie erwartet, dass sie Schuldgefühle haben würde, weil sie wieder schwach geworden war. Sie hatte keine Zeit für einen derart anspruchsvollen Mann. Sie konnte keine Ablenkung gebrauchen, denn sie hatte noch viel vor. Es gab genügend Gründe, um auch weiterhin auf Abstand zu ihm zu bleiben, aber Fakt war: Sie mochte ihn, und einer dieser Gründe wog so schwer wie die Befriedigung, die sie durch ihn erfuhr. Selbst wenn er manchmal ein aufbrausendes Arschloch war. Er zwang sie aus ihrer Komfortzone, er forderte sie permanent heraus und machte sie mit diesem Vorgehen stärker, als sie je zuvor gewesen war.

Sie blinzelte, denn sicher litt sie unter einer Post-Orgasmus-Halluzination. Mit einem halben Dutzend Einkaufstüten in den Händen kam Gannon zurück zu seinem Truck. An seinem Gürtel war ein Strauß Ballons mit guten Wünschen zum Geburtstag festgemacht, und aus einer seiner Tüten lugte ein Blumenstrauß.

Er öffnete die Tür und stopfte die Tüten und Ballons auf die Rückbank des Gefährts. »Nicht gucken«, warnte er und fuchtelte mit einem Zeigefinger vor ihrem Gesicht herum. »Dreh einfach dein hübsches Gesicht wieder nach vorn und ignorier das Zeug, das hier hinten liegt.«

Kopfschüttelnd drehte sie sich wieder um. »Das ist doch völlig lächerlich.«

»Ich finde, *du* bist lächerlich.«

Sie fuhren die sechs Blocks zu seiner Wohnung und als Paige ihm helfen wollte, auszuladen, schlug er entschlossen ihre Hand weg. »Geh schon mal hoch und schließ die Tür auf«, meinte er und warf ihr seine Schlüssel zu.

Erleichtert, weil er sie nicht zwang, Teil der alles andere als unauffälligen Geburtstagsprozession zu sein, joggte sie in den dritten Stock und öffnete die Tür. Die Wohnung sah noch ganz genauso aus wie im Sommer. Dieselbe abgewetzte Ledercouch, dieselbe winzige kleine Küche und dasselbe Schlafzimmer, in dem sie ein ums andere Mal übereinander hergefallen waren.

Aber etwas Neues gab es doch. Auf dem Regal neben dem Fernseher stand ein gerahmtes Bild, das dort im Sommer nicht gestanden hatte, und sie nahm es in die Hand, um es sich aus der Nähe anzusehen. Es war eine Aufnahme von einem Set der zweiten Staffel ihrer Sendung. Auf dem Bild war Paige zu sehen, wie sie die Hände in den Hüften hatte und nur in Shorts und einem knappen Tanktop hinter den Kulissen stand und grinsend irgendwelche Anweisungen gab. Sie waren damals bei den Russes gewesen und standen ein paar Tage vor dem Ende der Renovierungsarbeiten.

Dann hörte sie Getöse aus dem Flur, stellte das Bild zurück und sah Gannon durch die Tür stürmen. Er trat sie hinter sich zu und stellte seine Tüten auf der Arbeitsplatte in der Küche ab. Ohne sich die Zeit zu nehmen, die Ballons von seinem Gürtel abzumachen, zog er eine Flasche Wein aus einem Schrank, entkorkte sie, füllte ein Glas und drückte es ihr in die Hand.

Sie musste einfach lachen, als sie ihn, Ballons über dem Kopf, aber die Stirn in Falten, vor sich stehen sah. Eine so übellaunige Geburtstagsfee hatte sie nie zuvor gesehen.

»Nimm deinen Wein und geh unter die Dusche«, herrschte er sie an. Als er anfing, seine Tüten auszupacken, fiel ihr Blick auf eine Riesenpackung mit Kondomen und sie hob die Brauen und stellte scherzhaft fest: »Ich schätze, damit kommen wir bis morgen hin.«

Er hielt ihr eine Tüte hin. »Geh endlich duschen«, wiederholte er mit strenger Stimme, doch der riesengroße Luftballon in Form eines Smileys mit Herzenaugen, der in Höhe seines Schädels wippte, ruinierte den Effekt.

Sie schob sich neben ihn. »Und was wirst du tun, während ich nackt und eingeseift unter der Dusche stehe?«, fragte sie. Denn nun, da sie ihn wieder hatte, hatte sie noch jede Menge mit ihm vor.

Er neigte seinen Kopf und gab ihr einen Kuss. »Ich kümmere mich währenddessen um das Abendbrot.«

»So hungrig bin ich gar nicht.« Lächelnd stellte sie sich auf die Zehenspitzen und presste ihm die Lippen auf den Mund. Er legte ihr die Hände auf die Hüften und schob sie rückwärts durch den Raum. Sofort fingen ihre Nervenenden an zu kribbeln, und in ihrem Bauch breitete sich eine angenehme Wärme aus. Mit einem Mal jedoch stand sie auf kalten Fliesen, und Gannon machte sich entschlossen wieder von ihr los.

»Wir haben noch die ganze Nacht«, versprach er ihr, wobei er so klang, als müsse er sich selbst daran erinnern, dass die Zeit mit ihr noch lange nicht vorüber war. »Dusche, Abendessen, Nachtisch.«

Das letzte Wort sprach er in einer Weise aus, die sie erwartungsvoll erschaudern ließ.

»Bist du sicher, dass wir nicht die ersten beiden Sachen überspringen sollen?«, bot sie ihm lächelnd an.

»Wenn du so weitermachst, wird's statt zum Abendessen erst etwas zum Frühstück geben«, drohte er ihr an und zog die Badezimmertür mit einem lauten Knall hinter sich zu.

Lächelnd trat Paige vor den Spiegel im Bad. Ihre Wangen waren rot, und es war nicht zu übersehen, dass die Erregung, die in ihren Augen blitzte, irgendwo aus ihrem tiefsten Inneren kam. Es war eindeutig – Gannon tat ihr gut. Sie war locker, wunderbar entspannt und fühlte sich fantastisch, sobald sie auch nur in seiner Nähe war. Und Gannon hatte recht. Wahrscheinlich täte eine Dusche ihr tatsächlich gut. Sie wühlte in der Tüte, die sie von ihm in die Hand gedrückt bekommen hatte, und fing an zu grinsen, als sie dort ihr Lieblingsshampoo, eine Spülung, Duschgel und sogar Bodylotion fand. Dazu hatte er spontan noch ein paar andere Dinge eingepackt, darunter zwei Labellos, eine neue Zahnbürste und einen Deoroller.

Anscheinend war sie eingeladen, hier bei ihm zu übernachten. Und da sie am nächsten Morgen früh am Set erscheinen musste, wäre es natürlich günstiger, von seiner Wohnung aus dorthin zu fahren, da sie erheblich näher am Set lag als Paiges eigenes Apartment. Wobei natürlich eine Nacht in Gannons Bett auch noch aus völlig anderen Gründen einer Nacht allein in ihrer winzig kleinen Wohnung vorzuziehen war.

Freudig drehte sie das heiße Wasser auf, zog sich aus und griff nach ihrem Rotweinglas. *Warum eigentlich nicht? Schließlich ist heute mein Geburtstag,* dachte sie und stieg mit ihrem Glas unter den heißen Wasserdampf.

• • •

Sauber und mit feuchten Haaren trottete sie nur in ihrer eigenen Unterwäsche und in einem seiner T-Shirts wieder in die Küche und hätte nicht sagen können, wer von ihnen beiden überraschter war. Gannon hob den Kopf und ließ vor Schreck den Löffel in die Schüssel fallen, in der etwas Dunkles, Schokoladiges zu sehen war.

Barfuß, oben ohne und mit einer Grillschürze mit dem Aufdruck »Küss den Koch« bekleidet, stand er, ein verruchtes Grinsen auf den Lippen, da und stellte anerkennend fest: »Mein T-Shirt steht dir gut.«

»Dir deine Schürze auch.«

Die zwei Salate mit der kross gebratenen Hühnerbrust, die auf der Arbeitsplatte standen, waren noch in Plastik eingeschweißt, statt aber die Behälter aufzumachen, wandte Gannon sich erneut der Schüssel zu.

»Na, Küchenchef, was machst du da?« Lächelnd füllte Paige ihr Weinglas wieder auf und trat vor den Kühlschrank. Von dort holte sie ihm ein Bier, machte es auf und stellte die Flasche vor ihm ab.

»Tu mir einen Gefallen und mach die Aufkleber von diesen Dingern ab.« Er nickte mit dem Kinn in Richtung einer Tüte, in der Paige mehrere Muffinförmchen sah.

»Das ist nicht dein Ernst«, meinte sie verblüfft.

»Es sind normale Aufkleber. So schwer kann das ja wohl nicht sein. Bitte tu mir den Gefallen, Prinzessin.«

»Backst du mir tatsächlich Muffins?«

»Wenn du nicht so schweigsam gewesen wärst und mir ein bisschen eher was über dich verraten hättest, dann hätte ich auch gewusst, wann dein blöder Geburtstag ist, und dir eine echt leckere Torte aus der Bäckerei an der Ecke holen können. Aber da du ja bis zum letzten Moment damit warten musstest, mir zu erzählen, dass du heute Geburtstag hast, musst du dich jetzt mit dem begnügen, was es gibt. Und jetzt zieh die verdammten Aufkleber von diesen blöden Förmchen ab.«

Sie war einfach sprachlos. Gannon King backte ihr Muffins zum Geburtstag und motzte sie deswegen an. Von hinten schlang sie ihm die Arme um den Bauch und lehnte ihre Stirn an seinen muskulösen Rücken.

»Du fängst jetzt aber nicht an zu heulen, oder?«, beschwerte er sich mit grummeliger Stimme. Sie verzog den Mund zu einem Lächeln und gab kopfschüttelnd zurück: »Oh nein, ganz sicher nicht.«

»Gut, denn deine Tränen hebst du dir am besten bis zu dem Moment auf, in dem die Dinger verbrannt sind und du sie dir trotzdem reinwürgst, weil du sonst meine Gefühle und meinen Stolz verletzt.«

Am Ende waren die Muffins nur ein wenig angebrannt, und

das machte er mit der gelben Kerze, die in der Glasur des einen Muffins steckte, wieder wett. Er sang zum Glück nicht »Happy Birthday«, denn das hätte sie nur in Verlegenheit gebracht. Er verlangte aber, dass sie sich was wünschte, während sie die Kerze ausblies, und als er ein wenig später eine zweite Packung Flüssigkuvertüre zu ganz anderen, verruchten Zwecken nutzte, kam es ihr so vor, als hätte sich ihr Wunsch bereits erfüllt.

Kapitel 46

Am nächsten Morgen wurde Paige von einer guten Nachricht aufgeweckt.

Gannon hielt sie fest in seinen starken Armen, blickte blinzelnd über ihre Schulter auf ihr Handy und fragte heiser: »Wer war denn das?«

Paige hielt ihr Handy hoch. »Malia und ihr Arzt. Die Behandlung endet diese Woche und Carina hat gesagt, dass sie vorsichtig optimistisch sind … und dass sie denkt, dass Malias Arzt ein echtes Schnittchen ist.«

»Dann wurde ich schon ersetzt?« Seufzend vergrub Gannon sein Gesicht an ihrem Hals.

»Du bist und bleibst der König aller Schnittchen«, tröstete Paige ihn, wackelte mit ihrem Hinterteil an seinem Bauch und wurde mit einer umgehenden Erektion belohnt.

»Vergiss das nicht«, murmelte er dicht an ihrem Haar. »Bleibst du mit vielen Familien aus der Sendung in Kontakt?«

»Nur mit ein paar.« Paige schrieb Carina eine Antwort, die sie mit einer Reihe Ausrufezeichen versah. »Mit den Ledlers und den Dufours.«

»Aus der letzten Staffel?« Gannon rollte sie entschlossen auf den Rücken, küsste ihre Brust und ihre Schultern, und als sie die Rauheit seiner Zunge über ihrem Nippel spürte, atmete sie zischend ein. »Ich hatte … ein schlechtes Gewissen, weil ich vor der Übergabe abgehauen bin.« Ihr inzwischen wacher Körper räkelte sich unter ihm und forderte mit Nachdruck eine Fortsetzung der vergangenen Nacht. »Also war ich im September noch mal dort und habe ihre beiden Töchter kennengelernt.«

Gannon hob ruckartig den Kopf. »Wirklich? Ohne Scheiß?«

»Was?« Ein Nebel des Verlangens umwaberte Paiges Hirn.

»Dann hat es mit der Adoption also geklappt?«, erkundigte sich Gannon, während er ihr zärtlich in die Schulter biss. »Und, benutzen sie die Wiegen?«

»Aua! Ja. Ich habe Bilder.« Gannon hatte Wiegen für die kleinen Zwillingsmädchen gebaut, und diese Wiegen stellten jetzt den Mittelpunkt des glücklichen Familienlebens dar.

»Wie spät ist es eigentlich?« Sie runzelte die Stirn, und Gannon griff nach ihrem Handy und sah auf die Uhr.

»Wir haben entweder noch Zeit, um hier zu duschen und zu frühstücken, obwohl ich dich vorwarnen muss: Mein Rührei schmeckt grässlich und meine Toasts verbrennen immer. Oder wir genießen heute Morgen die andere Art von Frühstück und holen uns danach Kaffee und Sandwichs unterwegs.«

• • •

Als sie fertig waren, hatte Gannon das Gefühl, dass ihre gemeinsame Zeit ihn kaum gesättigt hätte, sondern ganz im Gegenteil ihm erst richtig Appetit gemacht hatte. Appetit, den er genüsslich stillen würde, wenn die Dreharbeiten dieses Tages abgeschlossen wären.

Er folgte Paige ins Bad, wo sie stirnrunzelnd an ihren wirren Haaren zog.

»Ich hätte meine Haare gestern Abend föhnen sollen. Sie sehen wie ein Rattennest aus.«

Er zerrte eine Baseballmütze mit dem Logo seiner Firma von dem Haken an der Badezimmertür und drückte sie auf ihren dunklen Locken fest. »So. Problem gelöst.«

Sie zog sich den Schirm der Mütze noch ein bisschen tiefer in die Stirn, klemmte sich das Haar hinter die Ohren und sah so einfach entzückend aus. Und als Gannon die Mütze noch etwas enger stellte, grinste sie ihn an. Und es war nicht ihr Arbeitslächeln, sondern das breite Strahlen, bei dessen Anblick seine Brust sich jedes Mal schmerzlich zusammenzog. In ihren blauen Augen lag ein warmer Glanz und völlig ungeschminkt war sie derart schön, dass sein Herz bei ihrem Anblick einen Sprung machte.

»Was?« Sie sah ihn mit schräg gelegtem Kopf an.

Er würde es jetzt nicht vermasseln, indem er ihr sagte, dass er sie liebte. Er hatte einen Plan und den würde er befolgen, auch wenn das nicht gerade einfach war. Achselzuckend nahm er seine Zahnbürste aus seinem Zahnputzglas. »Nichts. Ich find's einfach schön, wie dieser Tag begonnen hat.«

Paige griff nach ihrer Zahnbürste und spülte sie kurz ab. »Hör zu«, setzte sie an und schnappte sich die Zahnpasta. »Um vergangene Fehler nicht noch mal zu wiederholen, möchte ich eine Sache klarstellen.«

Er riss ihr die Tube aus der Hand und drückte etwas von der Pasta auf die Bürste, woraufhin sie ihm die Tube entschlossen wieder abnahm und sich ebenfalls bediente.

»Warum nur kommt es mir so vor, als ob ich mich gleich ärgern werde?«, fragte er und schrubbte wild an seinen beiden blendend weißen Zahnreihen herum.

»Ich will dich ganz bestimmt nicht ärgern«, widersprach ihm Paige. »Ich will nur sichergehen, dass du verstehst, dass ich im Augenblick keine Beziehung will.«

Er hielt im Putzen seiner Zähne inne und starrte auf ihr Spiegelbild. »Du hast wirklich das Talent, einem Typen das Gefühl zu geben, dass er etwas ganz Besonderes ist.«

Naserümpfend spuckte sie ihren Mundinhalt ins Waschbecken und richtete sich wieder auf. »Du weißt schon, was ich damit meine. Ich mag dich, Gannon, und bin wirklich gern mit dir zusammen, aber für eine richtige Beziehung habe ich gerade einfach keine Zeit.«

Er drehte ruckartig das Wasser auf, spuckte die Zahnpasta ins Becken und spülte seine Zahnbürste ab. »Aber du willst weiterhin mit mir schlafen?«

Sie besaß den Anstand, schuldbewusst zu wirken, als sie zugab: »Hmm.«

»Und du schläfst mit niemand anderem als mit mir?«

»Natürlich nicht! Was du andersherum, wie ich hoffe, auch nicht tust.« Sie spülte ihren Mund aus und fing das ihr zugeworfene Handtuch auf.

»Dann haben wir also monogamen Sex. Und wie sieht es mit Abendessen aus? Darf ich auch mit dir essen gehen?«

»Ich weiß, was du da tust.« Sie reckte ihre Zahnbürste anklagend in die Luft.

»Dann willst du also mit mir schlafen, mit mir gemeinsam etwas essen und vielleicht auch ab und zu hier übernachten«, zählte er die Punkte auf. »Aber eine Beziehung willst du nicht.«

»Ich möchte einfach nicht, dass du irgendwelche Erwartungen an mich hast wie …«

»Wie was? Was stellst du dir genau unter einer Beziehung vor?«

»Darüber habe ich noch gar nicht richtig nachgedacht.«

»Aber trotzdem bist du sicher, dass du keine Zeit hast, um eine Beziehung mit mir zu führen?«

»Hör zu, ich wollte einfach völlig ehrlich zu dir sein, okay? Ich will nicht über nächste Schritte nachdenken und hinterfragen, was genau zwischen uns ist, sondern mich ganz auf meine Arbeit konzentrieren.«

»Also keine Beziehung«, stellte Gannon klar.

Sie atmete erleichtert auf. »Genau. Keine Beziehung.«

»Dann sollten wir uns vielleicht darauf einigen, dass wir in diesem Punkt verschiedener Meinung sind.« Er küsste sie aufs Haar. »Und jetzt mach schnell, Prinzessin. Ich brauche Kaffee.« Damit schlenderte er lässig aus dem Bad und sie schaute ihm mit funkelnden Augen hinterher.

»Ich bin wirklich froh, dass das geklärt ist«, brummte sie und runzelte erbost die Stirn.

• • •

Als sie zum Drehort kamen, war Paige froh, dass sowohl Gannons als auch ihre Leute bereits versammelt waren. Es schadete ganz sicher nicht, wenn die Dreharbeiten etwas schneller verliefen als geplant.

Als sie jedoch durch die Haustür trat, löste ihr Traum von einem umgehenden Arbeitsanfang sich in Wunschdenken auf.

»Überraschung!«

Sie hätte auf dem Absatz kehrtgemacht und wäre weggelaufen, hätte ihr nicht Gannons breite Brust den Weg versperrt. Felicia hatte ein Tablett mit einem Berg aus Donuts und Bagels in den Händen, und die breit grinsende Cat, die in ihren Skinny-Jeans und einem leuchtend blauen Pulli wieder mal fantastisch aussah, kam mit einer Glitzerkrone aus einem Ein-Dollar-Laden auf sie zugehüpft.

»Du hast dir doch nicht eingebildet, dass du uns deinen Geburtstag einfach so verschweigen kannst und es dann keine Konsequenzen geben wird?«, zog sie ihre Freundin auf und drückte die Tiara auf Paiges Baseballmütze fest.

»Im Grunde ist mir das durchaus gelungen, und vor allem ist mein Geburtstag schon vorbei«, murmelte Paige und blitzte Gannon über ihre Schulter böse an.

Er zwinkerte ihr gut gelaunt zu, bevor er sie entschlossen in den Kreis der Gratulanten schob. Es gab Kaffee, alles, was man sich zum Frühstück an Kohlenhydraten wünschen konnte, und ihr Team stimmte die wahrscheinlich grässlichste Version von »Happy Birthday« an, die es in der Geschichte dieses Liedes jemals gegeben hatte.

Bradley, der das Ständchen aufgenommen hatte, schob sein Handy wieder in die Hosentasche, meinte lächelnd: »Das ist das reinste Gold für unseren Blog«, und biss fröhlich in einen Bagel, der mit Sauerrahm und Schnittlauchfrischkäse bestrichen und mit Lachs und allem Möglichen anderen beladen war.

Flynn überreichte der verlegenen Paige eine Geschenktüte mit einem neuen Tanktop, demzufolge sie »*El Jefe*« war, und gab ihr ein Küsschen auf die Wange, woraufhin er von Gannon einen Rippenstoß versetzt bekam. Und während alle sich an Plunderteilchen, Donuts, Bagels und Kaffee bedienten, kündigte Gannon eine abendliche Fortsetzung der Feier mit Bier und Pizza an.

Schließlich konnte Paige die anderen davon überzeugen, endlich mit der Arbeit anzufangen und sich erst auf Pizza und auf Bier zu freuen, wenn die Dreharbeiten dieses Tages abgeschlossen wären. Erst als ihre Leute sich zerstreuten, nahm sie selbst einen Donut vom Tablett und genehmigte sich einen Augenblick der Ruhe, ehe auch sie auf ihren Posten ging.

Gannon hatte ihr in nicht einmal zwölf Stunden selbst gebackene Muffins, vier fantastische Orgasmen und dazu noch eine Überraschungsparty hier am Set beschert. All das würde kein gutes Ende nehmen, davon war sie überzeugt. Die Gefühle, die sie füreinander hatten, waren einfach zu überbordend und zu unbeständig. Sie würden es niemals schaffen, die Geschichte sauber zu beenden, sodass danach dann wieder jeder seinen eigenen Weg ginge. Nein, die Trennung würde hässlich und furchtbar schmerzhaft werden. Trotzdem war das die einzig mögliche Option, denn wenn sie zusammenblieben, müsste Paige derart viel Zeit in die Beziehung investieren, dass kein Raum mehr für ihre eigenen Vorhaben blieb.

Aber er hatte ihr Luftballons gekauft und sich die Marke ihres Lieblingshaarshampoos gemerkt. Er hatte ihr diesen Job gegeben, die Regie bei diesem Special, und somit die Gelegenheit, Erfahrungen in einem Bereich zu sammeln, der für ihre Arbeit an dem Film, den sie mit Becca produzieren wollte, wichtig war. Und das, was sie für ihn empfand, konnte sie nicht einfach nur als ein Gefühl von Begehren oder Lust abtun. Es war etwas, das deutlich tiefer ging. Auch wenn sie dem Ganzen bisher noch keinen Namen gab. Wütend trat sie gegen das Metallbein des voll beladenen Arbeitstischs. Es wäre wirklich dumm von ihr, es nicht zumindest zu versuchen, oder nicht?

Sie hörte irgendwen oben Nägel in die Wand schlagen und jemand anderes schnitt Bretter zu, doch Gannon selbst war in der Küche, wo er Maß für eine neue Hintertür in Richtung Garten nahm.

»Also gut. Wir sind zusammen.« Sie verschränkte ihre Arme vor der Brust und funkelte ihn zornig an. »Bist du jetzt zufrieden?«

Er kniete auf dem Boden, blickte aber zu ihr auf und knurrte: »Ich bin außer mir vor Glück.«

»Aber wenn ich's vermassele, weil ich zu egoistisch bin, zu wenig Zeit mit dir verbringe oder deine Erwartungen nicht erfülle, bist du selber schuld.«

»Auf jeden Fall.« Er rappelte sich auf, wischte sich die Hände an der Hose ab und streckte seine Arme nach ihr aus. Sie war schnell, doch er war schneller, und bevor sie einen Schritt nach hinten machen konnte, zog er sie bereits an seine breite Brust.

»Wir sind hier bei der Arbeit«, mahnte sie und sah sich besorgt um.

»Nun, Süße, das ist eine der Erwartungen, die ich an dich als meine Freundin habe. Nämlich, dass du auch vor meinen Leuten offen zu mir stehst. Sie gehören praktisch zur Familie. Vor deinen eigenen Leuten kannst du meinetwegen weiterhin auf Abstand zu mir gehen, aber meine Jungs nehmen es persönlich, wenn ich ihnen gegenüber nicht vollkommen ehrlich bin.«

»Verdammt, Gannon.«

»Dieses Mal werden wir's richtig machen, was bedeutet, dass du mit den Konsequenzen leben musst, wenn wir zusammen sind. Ich werde sicher nicht dein schmutziges kleines Geheimnis sein. Und jetzt hör auf zu schmollen.«

Sie runzelte auch weiterhin die Stirn. »Ich schmolle nicht, ich denke nach. Schließlich habe ich bisher noch nie bekannt geben müssen, dass ich offiziell mit jemandem zusammen bin.«

»Du machst dir zu viele Gedanken darüber.«

In diesem Augenblick betrat Felicia den Raum und schob sich die Reste eines Stücks Schokolade in den Mund. »He, Paige. Was meinst du, wie viele Mikros heute nötig sind? Zwei der blöden Dinger sind kaputt. Sie taugen einfach nichts.«

Gannon sah Paige an, wies mit dem Kopf dorthin, wo ihre Tonfrau stand, und stieß sie sachte an.

»Äh, Felicia. Ich muss dir etwas … sagen.«

»Feuerst du mich?«

»Meine Güte! Nein!«

»Nun, du hattest diesen unglücklichen Blick, den man normalerweise hat, wenn man jemand anderem eine schlechte Nachricht überbringen muss.«

Gannon lachte leise auf und Paige bedachte ihn mit einem bösen Schulterblick. »Nein, es ist nur so, dass ich … dass ich und Gannon jetzt … zusammen sind. Und ich wollte … na du weißt schon … wollte es dir einfach sagen«, quälte Paige sich durch den Satz.

»Okay, dann bin ich also nicht gefeuert und ihr beide seid zusammen?«, vergewisserte die andere sich.

»Ja, genau.«

Juchzend schob Felicia sich das Mikro ihres Headsets vor den Mund. »Bringt die Kasse runter, Jungs. Jetzt ist es offiziell.«

In sämtlichen Etagen brachen Handwerker und Filmleute in lauten Jubel aus.

»Ihr hattet eine Wette laufen?« Paige schlug sich die Hände vors Gesicht.

Die Kamerafrau bedachte sie mit einem ungläubigen Blick. »Gegen Gannon hätte niemand freiwillig gesetzt. Ich meine, sieh ihn dir doch nur mal an. Wer sagt zu einem solchen Kerl auf Dauer nein?«

Gannon richtete sich stolz zu seiner vollen Größe auf.

»Und woher kommt dann das Geld?«

»Wir haben jeder zwanzig Dollar einbezahlt, um auszugehen und zu feiern, wenn ihr endlich in die Pötte kommt. Das heißt, dass ganz schön was zusammengekommen ist.«

Paige sagte sich, dass ihre Hände vor ihrem Gesicht gut aufgehoben wären, und hielt sich weiterhin die Augen zu.

»Nur, damit du's weißt, Felicia.« Gannon schob sich neben Paige, schlang einen Arm um ihre Schultern und erklärte nachdrücklich: »Es ist uns ziemlich ernst.«

»Aber hallo!« Felicias Brauen schossen hoch. »Ich persönlich würde sagen, wurde auch allmählich Zeit.«

»Genauso sehe ich das auch«, stimmte ihr Gannon grinsend zu.

»Dann laufe ich jetzt los und spreche mit den anderen ab, wohin wir heute Abend gehen. Und ihr beiden kommt mit! Schließlich seid ihr der Grund für diese Festlichkeiten.«

Gannon drückte seiner mittlerweile offiziellen Freundin aufmunternd die Schulter und Paige antwortete mit rauer Stimme: »Na klar.«

Fröhlich »Happy Birthday« pfeifend, tänzelte Felicia aus dem Raum und Gannon wandte sich erneut an Paige.

»Siehst du, Prinzessin, so schlimm war das gar nicht, oder?«

WINTER

Kapitel 47

Allmählich nimmt das Haus Gestalt an, dachte Gannon voller Stolz, während er eine offene Fliesenpackung mit der Spitze seines Stiefels an die Seite schob. Statt wie ein Höllenloch sah es jetzt eher wie eine leere Leinwand aus. Das Sonnenlicht fiel durch die neuen Fenster auf das frisch geschliffene Parkett, der Duft von frischem Sägemehl und Schweiß hatte den anfangs muffigen Geruch der abgestandenen Luft ersetzt, und überall ging es voran. Die Vorbereitungen in den Schlaf-, Wohn- und Badezimmern in den oberen Etagen waren abgeschlossen, und bis Mittag würden auch im Souterrain die Rahmen für die neuen Trockenwände für die kleine Werkstatt und das Arbeitszimmer stehen. Dann wären alle Vorarbeiten abgeschlossen und sie könnten mit dem Wiederaufbau anfangen. Die alten Wasserrohre, Stromkabel und Heizungen waren herausgerissen worden, das Parkett, das sie noch hatten retten können, war geflickt, das Dach war neu gedeckt, die Fassade frisch gestrichen und der Garten sah vielleicht noch leicht verwildert, aber nicht mehr wie ein Dschungel aus.

Sie alle hatten dafür wochenlang geschuftet, doch im Fernsehen wäre kaum etwas davon zu sehen. Denn das, was

Abriss, aber vor dem Aufstellen der Trockenwände auf der Baustelle passierte, war für die Zuschauer einfach nicht interessant genug. Das Verlegen neuer Rohre oder Leitungen bekamen sie kaum je zu sehen. Sie liebten es, wenn Altes abgerissen wurde und wenn neue Wände neu erdachte Räumlichkeiten definierten, aber alles andere war ihnen egal. Wobei die Innereien, wie er sie nannte, doch das Wichtigste bei jeder Renovierung waren. Was nützte einem ein hübscher neuer Fliesenspiegel, wenn dahinter Wasser aus den fünfzig Jahre alten Rohren quoll? Er fuhr mit einer Hand über den Rahmen, der für die Wände seines neuen Schlafzimmers errichtet worden war.

Der bisher eher lockere Drehplan würde ab jetzt straffer werden, aber endlich würde die Vision, die er für dieses Haus gehabt hatte, Realität werden. Und seine Leute würden aufhören, ihn für verrückt zu halten, und das Potenzial erkennen, das mit diesem Haus verbunden war.

Bisher hatte Gannon kaum je danebengelegen, wenn es um seine Visionen gegangen war. Und genauso ging es ihm auch mit sich und Paige. Auch wenn er sie fast hatte dazu zwingen müssen, diese Arbeit anzunehmen, hatte er sich viel davon versprochen und es hatte noch weitaus besser als erwartet funktioniert.

Er hatte sich daran gewöhnt, neben ihr einzuschlafen, während er sie eng umschlungen hielt. Und wenn sie wach und bei der Arbeit waren, half er ihr hin und wieder, über ihre Grenzen zu wachsen, und sie sorgte im Gegenzug dafür, dass er halbwegs auf dem Teppich blieb. Niemand außer ihr war überrascht davon, wie gut sie ihre Arbeit machte. Sie war eine geborene Regisseurin. Aber schließlich hatte sie jahrelang hinter der Kamera gearbeitet, spürte, welche Szenen für die Show wichtig waren, und machte dadurch auch den Leuten die Aufbereitung des Drehmaterials angenehm leicht. Sie hatte Gannon beeindruckt mit dem Wissen, das sie sich über die handwerklichen Tätigkeiten angeeignet hatte, und ging bei den Dreharbeiten derart rücksichtsvoll mit ihm und seinen Leuten um, dass es nicht den geringsten Grund zur Klage gab.

Und auch außerhalb der Arbeit hatte sich inzwischen eine Art Routine zwischen ihnen eingestellt, seit sie zusammen waren. Nachts schliefen sie nach wildem Sex eng umschlungen ein, und an den freien Wochenenden gönnten sie sich nach dem Aufstehen einen ausgedehnten Brunch, bei dem sie irgendwelche einfachen Rezepte ausprobierten, und halfen sich anschließend bei der Arbeit des jeweils anderen aus. Wenn Becca, wie so häufig, auswärts drehte, unterstützte Gannon Paige beispielsweise, indem er irgendwelche Tätigkeiten bei der Vorbereitung ihres zukünftigen Filmes übernahm.

Inzwischen hatten sie und Becca die Recherche abgeschlossen und ein grundlegendes Storyboard erstellt. Die Liste der Personen, die sich von den beiden Frauen interviewen lassen wollten, wurde immer länger, und es machte Gannon Spaß, in ihre Arbeit involviert zu sein.

Als er am Vorabend nach einem Bier mit Flynn bei Paige geklingelt hatte, war sie freudestrahlend an die Tür gekommen, denn eine bekannte Frauenrechtlerin, die ihrer Meinung nach in einer völlig anderen Liga spielte als sie selbst und Becca, hatte einem Interview mit ihnen zugestimmt. Und Gannon hatte sich inzwischen mit den Pionierinnen der Frauenrechtsbewegung ausführlich genug befasst, um zum einen den Namen zu erkennen und zum anderen aufzählen zu können, was von dieser Frau alles geleistet worden war.

Dann waren sie zu seiner Großmutter gefahren, hatten dort zusammen mit Cat Paiges erfolgreichen Tag bei Pizza und Wein gefeiert, und als er und die drei Frauen lachend um den Tisch gesessen hatten, war ihm klar geworden, dass er alles hatte, was er jemals hatte haben wollen. Eine kluge, heiße – wenn auch sture – Frau, die das Verlangen in ihm weckte, ein noch besserer Mensch zu werden, und von der auch seine Großmutter und seine Schwester hingerissen waren. Ein Haus, das er als Sprungbrett in den Rest seines Lebens sah, ein florierendes Unternehmen, dem er sich eng verbunden fühlte, und nebenher die Möglichkeit, nach Lust und Laune Möbel selbst zu bauen und mit seinen eigenen Händen Dinge herzustellen.

Er hatte wirklich alles, was er jemals hatte haben wollen.

Nur noch eine Sache galt es zu erledigen.

Und abgesehen von Paige selbst gab es nur noch eine Schwierigkeit, der er sich gegenübersah.

Morgen Abend würde das Finale von *Kings of Construction* ausgestrahlt werden. Das hieß, dass sie zu einer Party mit dem ganzen Drehteam und den Anzugträgern eingeladen waren. Es wäre keine offizielle Feier und es gäbe keine Kameras und somit keine Möglichkeit, dass Paige erneut in einen Hinterhalt geriete, trotzdem würde dort wahrscheinlich pausenlos über den Dreh geredet werden und bestimmt würde der eine oder andere den Big Bossen mal wieder in den Arsch kriechen wollen. Die Postproduktion der zweiten Staffel hatte die Dreiecksgeschichte zwischen ihm, Meeghan und Paige absichtlich noch betont, und leider war das Publikum auf die zur Schau gestellten Liebeswirren total abgefahren. Die Leute überschlugen sich mit Kommentaren in den sozialen Medien, und bis zum Finale schwoll die Flut der Einträge dort sicherlich noch an.

Soweit er wusste, hatte Paige sich derart in die Arbeit zu dem Special und die Vorbereitung ihres eigenen Films vergraben, dass sie gar nicht mitbekommen hatte, dass sie immer noch im Zentrum der Aufmerksamkeit stand. Doch Gannon konnte sie nicht davor bewahren, morgen nochmals das Filmmaterial zu sehen, auf dem die verfluchte Meeghan Traxx am Set erschien und sie dort vor versammelter Mannschaft blamierte. Gannon hatte keine Ahnung, wie Paige reagieren würde, wenn es so weit war. Sie hatte es geschafft, das Special ohne allzu große Einmischung der Produktionsfirma zu drehen, aber wenn sie diesen Typen morgen Abend direkt gegenüberstünde, ginge das bestimmt nicht gut.

Am liebsten wäre Gannon einfach in die Bar gestürmt und hätte ihren Chefs eine Heidenangst eingejagt. Bei Meeghan hatte das anscheinend endlich funktioniert. Aber so befriedigend das für ihn selbst wäre, würde das für Paige wahrscheinlich nur zu weiteren Problemen führen. Sie musste sich bei diesem Viewing selbst behaupten, aber das hieß nicht, dass er nicht dicht an ihrer Seite stünde, um den Typen eine reinzuhauen, falls sie ihn darum bat. Er hoffte inständig, dass sie endlich für sich selbst einstehen würde und einigen von diesen Kerlen, wenn sie schon dabei war, mit ihrem eigenen Fuß in den Arsch träte. Gannon musste eben zuversichtlich und geduldig sein. Auch wenn beides nicht gerade seine Stärken waren.

Er schüttelte den Kopf, als er sein zukünftiges Schlafzimmer betrat. Ihr zweites erstes Mal hatte sich hier auf dem Boden abgespielt. Seither hatten sie fast jeden Raum in dem Gebäude auf dieselbe Art und Weise eingeweiht. Er hatte aber noch ganz andere Dinge mit ihr vor. Sie müssten nur den nächsten Abend überstehen.

• • •

Als der Wagen vor dem Eingang des Hotels zum Stehen kam, wischte sich Paige die Hände an der engen schiefergrauen Hose ab und atmete tief durch. Sie kannte alle Leute, die zu dem verfluchten Viewing eingeladen waren, hatte aber trotzdem das Gefühl, als würde sie einer Herde wilder Löwen entgegentreten.

Hinter den hohen Glastüren schütteten die Männer, die versucht hatten, sie während der gesamten Staffel vorzuführen, wahrscheinlich sechzig Dollar teuren Scotch in sich hinein und beglückwünschten sich gegenseitig dazu, dass die Show abermals ein derartiger Quotenhit geworden war.

Aber sie rechneten nicht mit der neuen Paige. Und das würde ihr Vorteil sein. Die neue Paige hatte vergangenen Monat bereits beim Thanksgiving-Dinner ihrer Mutter ihren ersten Auftritt hingelegt. Bei der Zusammenkunft im kleinen Kreis hatte sie ihrer Mutter und Schwester rundheraus erklärt, dass sie und Gannon jetzt zusammen wären und dass die Vorarbeiten zu dem Film, den sie und Becca drehen würden, praktisch abgeschlossen waren. Sie hatte währenddessen deutlich gemacht, dass es sie nicht scherte, ob sie damit einverstanden wären oder nicht, woraufhin ihre Mutter sich mit kalter Stimme einem anderen Thema zugewandt hatte. Lisa aber hatte Paige mit ihrem Weinglas zugeprostet und ihr damit zu verstehen gegeben, dass sie stolz auf ihre Schwester war.

Und heute schlage ich in die nächste Schlacht.

Aus taktischen Erwägungen würde sie Gannon erst hier im Hotel treffen, denn schließlich war sie nicht als seine Freundin, sondern wegen ihrer eigenen Arbeit für die Produktionsfirma da. Sie würde ihren Bossen in ihre dicken Ärsche treten und ihnen erklären, dass – und auch weshalb – sie für die nächste Staffel nicht mehr zur Verfügung stünde. Das Geld und die Erfahrung, die sie bei dem Dreh von Gannons Special gemacht hatte, gaben ihr genügend Sicherheit, um endlich ihren eigenen Weg zu gehen. Paige hatte endgültig genug davon, herumgeschubst zu werden, und das würden diese Scheißkerle jetzt erfahren.

Sie stieg aus dem Wagen, und um die Dezemberkälte abzuwehren, hüllte sie sich fest in ihren wollenen Trenchcoat ein. Mit selbstbewusstem Klackern ihrer roten Mary Janes marschierte sie in Richtung Tür, und der Portier, ein alter Herr mit von der kalten Luft rosigen Wangen, zwinkerte ihr lächelnd zu. Sie fühlte sich gestärkt durch diese nette Geste eines Fremden. Sie wusste, dass sie umwerfend aussah. Und vor allem spürte sie den glühenden Zorn, der in ihr schwelte. Heute würde sie es mühelos mit ihren Feinden aufnehmen können.

Lässig schlenderte sie in die von der Produktionsfirma reservierte Bar, bestellte einen Bourbon, glitt aus ihrem Mantel und gesellte sich mit ihrem Glas zu ihrem Team, das um zwei Stehtische versammelt war.

Wie bei einem Klassentreffen tauschte sie sich mit den anderen über die Geschehnisse seit dem Sommer aus. Louis hatte gerade erst erfahren, dass seine Tochter schwanger war, und zeigte stolz die Ultraschallaufnahme seines ersten Enkelkinds herum, Rico war entspannt von einem zweiwöchigen Urlaub in Cancún zurückgekommen und bereit für einen neuen Job, und Mel und Sam erzählten amüsante Anekdoten von den Dreharbeiten ihrer aktuellen Projekte. Als sie versuchten, Paige nach ihrem Liebesleben auszuhorchen, kam Cat zu ihrer Rettung.

Todschick wie eh und je in schwarzen Lederleggings und hautengem rostorangefarbenen Pulli, zerrte Cat sie Richtung Bar.

»Kommst du zurecht?«, erkundigte sie sich und schwenkte gut gelaunt ihr leeres Weinglas vor dem Barpersonal.

»So weit, so gut. Ich habe noch nicht laut geschrien, dass ich hinschmeiße, und noch keinem dieser Typen einen Arschtritt verpasst.«

Mit einem Blick auf ihre spitzen Schuhe meinte Cat: »Bedauerlich. Dabei wären diese Dinger dafür wie gemacht.«

Innerhalb von wenigen Sekunden bekam Cat, obwohl sie lange

noch nicht an der Reihe war, den nächsten Drink serviert. Paige fragte sie grinsend: »Bist du's nicht manchmal leid, dass dir die ganze Welt zu Füßen liegt?«

Statt spielerisch darauf einzugehen, sah Cat sich um, bevor sie Paige in eine einsame Ecke zog.

»Hast du jemanden umgebracht?«, erkundigte sich Paige.

»Natürlich nicht! Wie kommst du denn auf die Idee?«

»Bei dir ist alles möglich.«

»Dann wollen wir doch mal sehen, ob ich dich überraschen kann. Gannon hat mir viel von deinem Filmprojekt erzählt, und ich wäre gern mit einem Interview dabei.«

»Was?« Cat gehörte zu den bestbezahlten neuen Stars der Firma und verdiente nebenher mit Werbung fünfstellig dazu.

»Bei den Verhandlungen mit *Summit-Wingenroth* haben mir die Bosse nur die Hälfte von dem angeboten, was mein Bruder kriegen soll.«

»Machst du Witze?«

»Leider nicht. Sie dachten wohl, dass ich so dankbar wäre, mit von der Partie zu sein, dass ich das einfach akzeptieren würde, oder dass mir Gannon nicht erzählt, wie viel er kriegen soll.«

»Das ist ja wohl totaler Schwachsinn«, zischte Paige.

»Tja, nun, natürlich hat sich Gannon für mich eingesetzt, bis ich am Schluss dasselbe Geld wie er bekam, aber dann haben sie's zu Anfang dieser Staffel tatsächlich noch mal versucht. Sie haben eine Erhöhung unserer Gagen angeboten, nur dass Gannon deutlich mehr hätte bekommen sollen als ich. Also haben wir uns wieder mit den Bossen angelegt und ihnen zu verstehen gegeben, dass sie auf uns zwei verzichten müssen, wenn sie uns nicht das Gleiche bezahlen.«

»Oh, Cat, das tut mir furchtbar leid. Das ist ja schrecklich.«

Entschlossen richtete sich Cat zu ihrer ganzen Größe auf. »Ich war mal mit Cindy, der einzigen Frau bei *Summit-Wingenschwanz*, auf ein paar Drinks in einer Bar und habe sie dort abgefüllt.«

Schnaubend fragte Paige: »Und was hat sie dir da erzählt?«

»Dass das im Grunde kein Sexismus wäre, sondern dass die Bosse einfach aus Erfahrung wüssten, dass die meisten Frauen bereit sind, auch für weniger zu arbeiten. Deshalb ist es wohl einfach Standard, sie schlechter als die Männer zu bezahlen. Und solange ihre männlichen Kollegen nicht erzählen, was sie für Gagen kriegen, wissen die meisten Frauen nicht einmal, wie schlecht das Geld, das sie bekommen, verglichen damit ist.«

»Und du wärst wirklich bereit, darüber vor laufender Kamera zu reden? Das könnte dich in ernste Schwierigkeiten mit den Bossen bringen, Cat.«

»Ich wäre sogar mehr als nur bereit dafür. Wenn niemand über solche Ungerechtigkeiten spricht, wird es immer so weitergehen. Aber dass ich eine Vagina und tolle Titten habe, heißt noch lange nicht, dass mir weniger Geld und weniger Respekt zusteht als einem Mann in gleicher Position.«

»Wem sagst du das, Schwester?« Paige nahm ihre Freundin eilig in den Arm. »Ich würde mich unglaublich freuen, dich zu interviewen. Und vorher können wir mit einer Anwältin über die Sache reden, damit du im Anschluss keinen allzu großen Ärger kriegst. Eine von Beccas Mitbewohnerinnen vom College ist Juristin.«

»Am besten sprechen wir sie dann auch gleich auf Cindy an. Wir haben immer noch Kontakt, und nachdem sie mitten in der letzten Staffel ausgestiegen ist, hätte sie ebenfalls Interesse daran, zu erzählen, wie es in der Branche läuft.«

Eine Insiderin, die in ihrem Job persönlich mitbekommen hatte, dass man Frauen in der Branche aus Gewohnheit schlechtere Verträge als den Männern gab. »Am liebsten würde ich dich küssen«, sagte Paige zu Cat.

»Oh ja! Es geht nichts über die Liebe zwischen Frauen!« Cat reckte triumphierend eine ihrer Fäuste in die Luft. »Ich wusste, früher oder später wärst du Gannon leid.«

Paige lachte, als mit einem Mal ein leises Kribbeln über ihren Rücken lief. Inzwischen aber war sie dieses herrliche Gefühl gewohnt. Sie spürte es, sobald der Mann, von dem sie gerade erst gesprochen hatten, den Raum betrat.

»Kaum, dass man von dem attraktiven Teufel spricht …«, meinte sie und sah sich unauffällig nach ihm um.

Sie sahen einander an und plötzlich war es ihr, als hielte die gesamte Bar den Atem an.

»Ich schätze, dass er dir den Vortritt lassen will«, flüsterte Cat ihr zu. »Wahrscheinlich will er dich nicht zwingen, öffentlich zu ihm zu stehen, falls du das noch nicht willst.«

Das würde er tatsächlich für sie tun. Natürlich würde es ihn ärgern, doch er würde mitspielen, wenn er dachte, dass ihr etwas daran lag.

»Dann gehe ich vielleicht mal rüber und sage ihm freundschaftlich hallo.«

»Auf jeden Fall«, pflichtete Cat ihr grinsend bei, hielt sie dann aber mit der Hand auf ihrem Arm zurück. »Oh, und Paige? Ich bin echt stolz auf dich.«

»Weißt du was? Ich auch. Aber vor allem liebe ich dich wie verrückt.« Sie drückte ihrer Freundin einen lauten Schmatzer auf die Wange und ging zur Theke, an der Gannon, beide Hände in den Taschen seiner sexy Lederjacke, stand und auf sein Bier wartete.

Obwohl er kein Wort sagte, als sie ihn erreichte, sprach der Blick aus seinen braunen Augen Bände. Obwohl sie sich gerade mal ein paar Stunden nicht gesehen hatten, war sie froh, dass sie ihm endlich wieder gegenüberstand. Sie hatte ihn vermisst, und nur weil er so hartnäckig gewesen war, war es ihr jetzt vergönnt, dass sie mit ihm zusammen war. Wenn sie eins gelernt hatte seit dem Sommer, dann, dass Gannon mehr wert war als jeder noch so tolle Job.

Lächelnd trat sie zwischen seine Füße, legte ihm die Arme um den Hals und gab ihm einen sanften Kuss.

»Nehmt euch ein Zimmer«, stichelte Felicia gutmütig und einige der anderen stießen schrille Pfiffe aus.

»Ich nehme an, jetzt ist uns allen klar, wie diese Staffel endet«, stellte jemand scherzhaft fest.

»Hi, Prinzessin.« Gannon legte ihr die Hände um die Hüften und sie blickte grinsend zu ihm auf.

»Hallo, Gannon.«

»Da seid ihr ja!« Breit lächelnd kam ein Anzugträger auf sie zu und schüttelte dem Star der Serie die Hand. Er hatte vorher an der Bar gestanden, als sich Paige dort einen Drink bestellt hatte, aber einfach über sie hinweggesehen.

Da Gannon wieder einmal wusste, was sie dachte, drückte er ihr aufmunternd die Schulter und zog seine Hand zurück. »Schön, Sie zu sehen, Raymond.«

»Lassen Sie uns Ihre hübsche Schwester suchen, damit ich den beiden Stars der Sendung einen Drink spendieren kann«, schlug Raymond vor und tupfte sich die Schweißperlen von der Stirn.

»Paige!« Lässig in Jeans und Baumwollhemd kam Andy auf sie zugeschlendert, woraufhin sie sich von Gannon losmachte und ihm zur Begrüßung stürmisch um den Hals fiel. Sie hatte im Verlauf der zweiten Staffel eine große Zuneigung zu ihm entwickelt und war ihm immer noch dankbar, dass er sie hatte nach Hause fliegen lassen, nachdem Meeghan auf der Bildfläche erschienen war.

»Hast du kurz Zeit?«, erkundigte er sich.

Sie sah zu Gannon, der sich augenrollend und achselzuckend

von Raymond in Richtung seiner Schwester zerren ließ, und wandte sich dann wieder Andy zu.

»Na klar.«

Er zog sie in dieselbe Ecke, in der sie bereits mit Cat gestanden hatte, und sie fragte sich, was ihm wohl derart auf der Seele lag.

»Freut mich, dass ihr euren dummen Streit begraben habt«, erklärte er und wies mit seinem Bier auf Gannon.

»Mich auch«, stimmte Paige ihm zu, aber auch wenn sie dazu stand, dass sie und Gannon jetzt zusammen waren, gäbe sie bestimmt nicht irgendwelche Einzelheiten ihrer Beziehung preis.

Die Andy offensichtlich auch nicht hören wollte, denn er sprach bereits ein anderes Thema an. »Wie ich höre, machst du dich als Regisseurin seiner neuen Sendung wirklich gut.«

»Es läuft und es macht mir Spaß.«

Er atmete tief durch. »Also, ich höre bei *Kings of Construction* auf und führe ab April Regie bei einer neuen Serie von Drake Mackenrowe.«

»Wow, gratuliere! Drake ist ein echt netter Typ. Das wird bestimmt eine tolle Zusammenarbeit mit ihm.«

Andy nickte. »Danke, danke. Durch diesen Wechsel steige ich auch ein bisschen höher in der Nahrungskette auf. Aber wie dem auch sei … Was ich eigentlich sagen wollte, ich habe bei einem Gespräch mit ihm deinen Namen fallen lassen. Als Regisseurin bei den *Kings*.«

»Du hast *was*?« Paige blinzelte verwirrt.

»Wir beide wissen, dass du diesen Job schon bei der letzten Staffel hättest machen sollen. Aber die Bosse haben noch was mit mir vor und haben mir den Posten zugeschanzt, damit ich dort Erfahrungen sammeln kann. Ich habe ihnen jetzt gesagt, dass du aus meiner Sicht die beste Nachfolgerin für mich wärst, aber …«

»Sie waren nicht wirklich interessiert.«

»Ich nehme an, sie wollen einfach, dass diese Sache zwischen dir und Gannon in der nächsten Staffel weiterläuft. Die Einschaltquoten waren echt der Hit. Aber ja, sie haben mir sanft den Kopf getätschelt und das war's.«

»Danke, dass du's mir erzählt hast. Und danke, dass du dich für mich eingesetzt hast.«

Andy sah sie an. »Ich weiß, dass dir das nicht weiterhilft, aber ich finde wirklich, dass der Job an dich hätte gehen sollen.«

»Oh ja, das hätte er«, pflichtete Paige ihm unumwunden bei.

• • •

Sie alle drängten sich zusammen an die Theke, als die Titelmelodie der Serie in dem Fernseher über der Bar erklang. Paige hatte sich bisher noch keine einzige Folge dieser Staffel angesehen. Sie hatte den Gedanken einfach nicht ertragen, sich als eine der drei Hauptfiguren dieser schlüpfrigen Nebenhandlung zu sehen, die auf Anweisung ihrer Bosse in das Skript geschrieben worden war.

Sie hatte jedoch Becca gezwungen, sich jede Folge anzuschauen und ihr im Anschluss davon zu berichten, welche grässlichen Details gesendet worden waren.

Heute Abend aber würde sie die erste Folge selbst sehen. Und es würde sicher ein besonderes Highlight werden, ein weiteres Mal zu verfolgen, wie Meeghan zielstrebig auf Gannon zulief, um ihm dann ihre aufgespritzten Lippen auf den Mund zu pressen. Paige konnte sich einiges vorstellen, was sie stattdessen lieber tun würde. Zum Beispiel eine Wurzelbehandlung über sich ergehen lassen oder sich zum Lunch mit ihrer erzkonservativen und halb tauben Großtante treffen, die sich stets mit lauter Stimme darüber beschwerte, dass der Service im Country Club einfach erbärmlich war.

Aber Gannon würde ihr den Rücken stärken, Cat würde ihr zur Seite stehen, sie hatte einen frischen Bourbon in der Hand, und derart gestärkt könnte sie alles überstehen.

Außerdem war es deutlich amüsanter, sich die Folge nicht allein, sondern zusammen mit dem Filmteam anzusehen. Hänseleien und Scherze flogen durch den Raum, die Interviews, die sie gegeben hatte, kamen ihr mit einem Mal erträglich vor, und als Meeghan Traxx aus ihrem SUV stieg, wurde sie von einem guten Dutzend Leute lautstark ausgebuht. Und auch wenn es Paige nicht ganz so schmerzte, diese Szene statt im wahren Leben nur im Fernsehen zu sehen, und auch wenn Gannons Arm um ihre Hüften sie erfolgreich davon abhielt, schreiend aus dem Raum zu laufen, war sie froh, als es vorbei war.

Beim Abspann applaudierten alle anderen laut und einer der Anzugträger dankte ihnen allen für ihren Einsatz und erinnerte sie daran, dass sie alle Teil derselben Mannschaft waren. Natürlich kaufte ihm das niemand ab, doch diese Reden waren nun einmal Teil der Show.

Als sie ihren Mantel wieder anzog, tauchte plötzlich Gannons bester Kumpel Raymond vor ihr auf.

»Das war eine wirklich tolle Staffel, Schätzchen«, lobte er und quetschte eine ihrer Hände zwischen seinen Bärenpranken fest.

Jetzt oder nie, sagte sie sich und sah ihn reglos an. »Wie ich höre, wechselt Andy nächstes Jahr zu einem anderen Format.«

Eilig ließ er wieder von ihr ab. »Da ist es wirklich gut, dass Sie uns weiterhin zur Seite stehen, denn Ihr Engagement ist für die Serie von unschätzbarem Wert«, erklärte er ihr gönnerisch, obwohl sie beide wussten, dass das leere Worte waren.

»Am besten reden wir nicht lange um den heißen Brei herum. Ich wäre gerne die Regisseurin«, gab sie zurück.

Er sah sie an, als wäre sie ein kleines Kind, das ihm gerade erklärt hätte, dass es einmal ein Hot Dog werden wollte. Gespielt mitfühlend schaute er sie an. »Nun, die Sache ist die – wir brauchen jemanden für die Regie, auf den wir zählen können.«

»Und weshalb glauben Sie, dass man auf mich nicht zählen kann? Selbst als ich den Unfall hatte, war ich schon am nächsten Tag wieder am Set.«

»Tja, nun. Auch wenn ich Ihnen sicher nicht zu nahe treten will, hat mir ein kleiner Vogel zugezwitschert, dass Sie wegen Meeghan bereits vor der letzten Übergabe heimgeflogen sind.«

Paige atmete vernehmlich ein und zähneknirschend wieder aus. »Sie haben mich nur der Einschaltquoten wegen während der gesamten Staffel immer wieder vor der Kamera erniedrigt, aber trotzdem bin ich dageblieben, habe weiter meinen Job gemacht und war für die verdammte Sendung, für die Kings und die Familien, denen wir geholfen haben, da.«

»Apropos die Kings. Mir ist bewusst, dass Sie und Gannon zwischenzeitlich offiziell zusammen sind. Aber deshalb haben Sie nicht automatisch einen Anspruch darauf, die Regie zu führen, wenn die Sendung in die dritte Staffel geht.«

»Sie meinen, genauso wenig, wie Ihr Neffe nach dem Abbruch seines Studiums einen Anspruch auf die Vizedirektion der Marketingabteilung hatte?«

Raymond wurde puterrot und rang erstickt nach Luft, doch Paige fuhr unerschrocken fort. »Hören Sie, Ray. Auch wenn ich keinen Penis habe, wissen Sie genauso gut wie ich, dass ich genau die Richtige für diesen Job wäre. Obwohl die Tatsache, dass *Summit-Wingenroth* bisher für keine seiner Serien eine Regisseurin hatte, die Vermutung nahelegt, dass man für diese Arbeit anscheinend einen braucht. Ich arbeite sehr gern bei dieser Show und wenn Sie mir die Chance dazu gäben, würde ich Ihnen ganz sicher beweisen, dass ich selbst auf diesem Posten deutlich besser wäre als die meisten Männer, die Sie bisher als Regisseure engagiert haben.«

»Trotzdem würden wir uns deutlich wohler fühlen, wenn Sie noch ein, zwei Jahre Ihre alte Arbeit machen würden.«

»Aber ich mich nicht, weil das für mich ein Rückschritt wäre, denn inzwischen führe ich bereits Regie. Bei Gannons Special. Und soweit ich mitbekommen habe, hat Ihnen die Arbeit, die ich dort geleistet habe, durchaus zugesagt. Also müssen Sie entscheiden, ob Sie für die nächste Staffel nur den Posten, den ich bisher hatte, oder meinen bisherigen Posten und dazu noch den Regiestuhl neu besetzen wollen.«

Wieder rang der Kerl erstickt nach Luft.

»Hören Sie, Ray. Ich will Ihnen nichts Böses, sondern sage einfach, wie es ist. Sie werden niemand Besseren für die Regie bei dieser Show finden, und das wissen nicht nur Sie und ich, sondern auch alle anderen hier im Raum. Also denken Sie darüber nach.«

Sie tätschelte ihm aufmunternd den Arm, ließ ihn dann einfach stehen und marschierte hoch erhobenen Hauptes aus dem Raum.

Kapitel 48

Die Flasche eisgekühlter Sekt war ein Spontankauf, so wie auch die süß duftenden Brownies aus der kleinen Bäckerei des Supermarkts. Sie hatten schließlich allen Grund zum Feiern, denn am nächsten Tag fände die Übergabe statt. Das Drehteam und auch Gannons Leute würden ihre Sachen packen und getrennter Wege gehen und ab übermorgen hätte er sein neues Heim endlich ganz für sich allein.

Paige hatte angeboten, für das Abendessen einzukaufen, und ihre Salatauswahl mit einem Rindfleischeintopf und Rosmarinbrötchen aufgepeppt.

Seit der Party war viel passiert. Da *Summit-Wingenroth* darauf bestanden hatte, bis zur Ausstrahlung der letzten Folge Stillschweigen über die Sache zu bewahren, hatte Gannons Agent gleich nach dem Fest die Bombe platzen lassen, dass sein Star und Meeghan Traxx »bereits seit Monaten getrennter Wege gingen« und dass Gannon jetzt mit Paige zusammen war. Nachdem es also nur noch um sie beide ging, hatte das Interesse an der Story deutlich nachgelassen, und bereits zwei Tage später hatte Paige das Angebot bekommen, bei der dritten Staffel von *Kings of Construc-*

tion die Regie zu führen, während gleichzeitig bekannt gegeben worden war, dass Meeghan Traxx' Vertrag nicht verlängert worden war.

Paige packte ihre Einkäufe zusammen und winkte der Kassiererin auf ihrem Weg zur Tür noch einmal freundlich zu. Es war ein netter kleiner Supermarkt in einer hübschen Gegend, der in Gehweite zu Gannons bisheriger Wohnung lag. Wobei er sicher auch von seinem neuen Haus, das in der anderen Richtung lag, problemlos zu erreichen war.

Sie beschloss, das kurze Stück zu Fuß zu gehen, statt ein Taxi zu nehmen, denn wie sie hoffte, würde ihr durch die Bewegung trotz der Kälte warm. Der Herbst hatte sich unbemerkt verabschiedet und Weihnachten stand vor der Tür. Wie immer hatte Paige ihre Geschenke übers Internet bestellt und ließ sie den Empfängern direkt zuschicken. Nur für Gannon hatte sie verschiedene Dinge selbst verpackt … und kam sich deshalb ziemlich dämlich vor. Sie hatten über Weihnachten bisher noch nicht geredet und sie hatte keine Ahnung, ob er Lust und Zeit hätte, sie an diesem Tag zu sehen. Sie hatten schließlich mit der Arbeit alle Hände voll zu tun gehabt. Trotzdem hatte sie in den vergangenen Wochen wesentlich mehr Zeit mit Gannon verbracht als je zuvor mit einem Menschen, seit sie mit knapp achtzehn Jahren zu Hause ausgezogen war. Sie arbeiteten von früh bis spät zusammen, fuhren dann auf direktem Weg in seine Wohnung, aßen dort zu Abend, duschten und hatten phänomenalen Sex.

Doch morgen gingen die Dreharbeiten zu *King's Castle* zu Ende. Die Arbeit würde sicher bis zum Abend dauern, doch dann wäre es vorbei und sie wusste schon jetzt: Das Haus, das Team und die Zusammenarbeit mit Gannon würden ihr entsetzlich fehlen. Bereits bei dem Gedanken wogte ein Gefühl der Trauer in ihr auf.

Ja, natürlich hätte sie als Regisseurin bei *Kings of Construction* wieder das Vergnügen, ihn von früh bis spät am Set zu sehen, aber die Dreharbeiten fingen erst im Frühling an, und bis dahin wären sie und Becca ständig unterwegs, um Interviews mit Frauen aus dem ganzen Land zu führen.

Wird Gannon auf mich warten, während ich mir diesen Traum erfülle?

Denn endlich war es so weit. Nach jahrelanger Vorbereitung würden sie und ihre Freundin ein Projekt realisieren, auf das sie stolz sein könnten, weil es wichtig war. Sie war deshalb gleichzeitig aufgeregt und starr vor Angst.

Sie spürte das Vibrieren ihres Handys, nahm die Einkaufstüten in die eine Hand und zog es mit der anderen aus der Tasche. Gannon hatte ihr eine Nachricht geschrieben.

Komm zum Haus. Ich muss dir etwas zeigen.

Es gab doch wohl nicht etwa ein Problem? Sie runzelte die Stirn. Fehlten vielleicht irgendwelche Möbel oder hatten sie beim Ausladen der Sachen irgendwas kaputt gemacht? *Verdammt.* Sie hoffte nur, es wäre irgendwas, das sich beim Dreh der Übergabe übergehen ließ.

Bin ganz in der Nähe. Gib mir zehn Minuten.

Sie blickte auf die Uhr. Falls es ein kosmetisches Problem war, müssten sie sich sputen, denn die Baumärkte machten in einer Stunde zu. Sie nahm die Tüten wieder in beide Hände und marschierte eilig los.

Nun, zumindest müsste sie jetzt nicht bis morgen warten, um das Endprodukt zu sehen. Das Einräumen der Möbel hatte sie verpasst, da sie während des gesamten Nachmittags gedreht hatten, wie Gannon, Cat und Nonni gut gelaunt in einem Trödelladen auf der Suche nach ein paar Dekorationsstücken gewesen waren. Auch wenn die Welt es bisher noch nicht wusste, nach dem Anschauen dieser Sequenzen wäre sie hoffnungslos in eine Siebzigjährige verliebt.

Paige hatte eigentlich vorgehabt, sich heimlich noch vor Tagesanbruch aus dem Bett zu stehlen, zum Haus zu laufen und sich ganz allein in allen Zimmern des neuen Hauses umzusehen. Sie hatte somit sichergehen wollen, dass im Drehplan für die Übergabe keine Stelle von Bedeutung übersehen worden war. Aber diese Mühe könnte sie sich nun sparen, weil sie jetzt schon die Gelegenheit bekäme, sich dort umzuschauen. Als sie ankam, sah das vor ihr aufragende Gebäude mit den ganzen Lichtern hinter allen Fenstern einladend und unheimlich gemütlich aus. *Das könnte Gannon eines Tages noch bereuen,* dachte sie und lachte leise auf. Nachdem dort in den vergangenen Monaten so viele Leute ein- und ausgegangen waren, würde er wahrscheinlich lieber erst einmal die Tür verrammeln, um dort möglichst ungestört zu sein.

Die Lampen, die sie für den Vorgarten erstanden hatten und die ausgezeichnet zu den schwarzen eisernen Laternen links und rechts der Haustür passten, tauchten die Fassade in ein warmes, goldenes Licht. Sie mühte sich mit ihren schweren Tüten auf der Treppe ab und war froh, dass sie nicht klingeln musste, weil die Haustür einen Spalt weit offen stand. Sie schob sie weiter auf, trat über die Schwelle und stellte seufzend ihre Tüten ab. Neugierig sah sie sich um.

Es war perfekt. Gegenüber der breiten Ledercouch prasselte in dem von Backstein eingerahmten und mit einem rauen Eichensims versehenen, gasbetriebenen Kamin ein helles Feuer. Der Flachbildfernseher – ein bisschen kleiner als das Ungetüm im Wohnzimmer im ersten Stock – war eingeschaltet, stand aber auf Pause, weshalb sie die ganze Zeit das Logo von *King's Castle* sah.

Der Couchtisch, der dem Tisch in ihrer Wohnung überraschend ähnlich sah, stand zwischen zwei breiten Sesseln, die mit einem weichen cremefarbenen Stoff bezogen waren, und der Boden, oh, der Boden. Das Originalparkett im Erdgeschoss hatten sie nicht retten können, und um das Zimmer aufzuhellen, hatte Gannon als Ersatz von der Haustür bis nach hinten in die offene Küche fast graue, unterschiedlich breite Holzbretter verlegt. Wie sie anhand der Muster bereits vermutet hatte, hoben sich die meerblau gestrichenen Wände dramatisch von dem grauen Boden ab und verliehen den Räumlichkeiten eine warme, friedvolle, maskuline Note. Wenn Gannon abends von der Arbeit käme, könnte er die Haustür vor dem Rest der Welt verschließen und in Ruhe durchatmen.

Mit einem Lächeln auf den Lippen ging sie weiter in den Essbereich, der zwischen dem Wohnzimmer und der inzwischen offenen Küche lag. Die Durchbrüche zwischen den Räumen hatte er mit hübschen Leisten passend zu den ursprünglichen Holzarbeiten in dem Haus versehen. Auch der von ihm gebaute Esstisch und die beiden Bänke, das Büfett und die Regale waren bereits aufgestellt. Wie nicht anders zu erwarten, hatte er mit den Metallträgern für die Regalbretter vollkommen recht gehabt. Sie waren modern und maskulin und hoben sich auf angenehme Weise von den alten Backsteinwänden ab.

Gegenüber dem Büfett hing eine Reihe von Familienfotos an der Wand und stirnrunzelnd schaute sich Paige die Bilder näher an. Es gab auch Aufnahmen von ihr. Die, die ihr schon in seiner Wohnung aufgefallen waren, und einen Schnappschuss, auf dem man sie von der Seite sah, während sie mit Francesca das Geschirr nach ihrer Pizzaparty in die Küche trug. Auf anderen Fotos sah man Cat und Gannon, als sie noch klein waren und zwischen den Eltern auf der Kühlerhaube eines Kombis saßen, und ein riesiges

Schwarz-Weiß-Bild ihrer Großeltern an deren Hochzeitstag. *Francesca und sein Opa,* dachte Paige, während sie sanft über den Bilderrahmen strich. Die kleine Galerie machte ihr deutlich, dass für Gannon die Familie stets an erster Stelle kam.

Ihre eigene Mutter hatte sich ein wunderbares Schwarz-Weiß-Foto von Kara Walker in ihr Esszimmer gehängt. Dieser unerwartete Gedanke tat Paige in der Seele weh.

Für ihre Mutter war es stets um den beruflichen Erfolg gegangen. Statt auf ihre Töchter oder die Beziehungen, die sie mitunter hatten, hatte sie sich immer darauf konzentriert. Sie hatte immer schon gewusst, was für sie das Wichtigste im Leben war, wie sie es erreichen könnte und was der Erreichung dieses Zieles wenig dienlich war. Aber Paige hatte sich schon immer die Frage gestellt, ob sie glücklich war. *War erfolgreich sein dasselbe wie glücklich sein?*

Die Antwort darauf war ein klares »Nein«. Natürlich war Erfolg durchaus befriedigend, aber er reichte trotzdem nicht aus, um glücklich zu sein. In diesem Punkt hatte sich Leslie eindeutig geirrt.

Paige starrte auf die Fotos an der Wand und ihr Herz zog sich zusammen, als sie das Bild von sich und Gannon auf den Eingangsstufen dieses Hauses sah. Sie beide grinsten breit und durch die offene Tür konnte man das Chaos eines Drehtages im Innern des Gebäudes sehen. Er hatte die Fotos von ihr hier an diese Wand gehängt, sie in seine Familie einbezogen, und urplötzlich ging ihr auf, dass das, was sie für ihn empfand, tatsächlich Liebe war.

Sie hatte sich ganz sicher nicht in ihn verlieben wollen, doch jetzt stand sie hier mit übervollem Herzen und erfüllt von dem Bedürfnis, es in alle Welt hinauszuschreien! Paige presste eine Hand an ihre Brust und eine wunderbare Wärme und die sichere Gewissheit, dass sie Gannon mehr als alles andere wollte, breiteten sich in ihr aus. Sie liebte ihn und diese Liebe machte ihre Knie derart weich, dass sie sich auf eine der zwei Bänke an dem wunderschönen Esstisch sinken ließ. Sie könnte Gannon lieben und ihren Dokumentarfilm drehen. Sie könnte beides tun. Egal, auf welche Art. Sie bräuchte sich nicht zu entscheiden, denn es gäbe sicher eine Möglichkeit, erfolgreich, aber trotzdem nicht allein und unglücklich zu sein.

Es gab so vieles, über das sie miteinander reden mussten. Wie zum Beispiel, wie sie beide leben sollten, denn sie zöge sicher nicht zurück in ihre Besenkammer, während Gannon ganz allein in einem Haus mit vier Etagen saß.

Gannon.

Er war irgendwo in diesem Haus. Eilig trat sie an den Fuß der Treppe, doch noch während sie ihn rief, lenkte das Klingeln ihres Handys ihren Blick auf das Display.

> Geh zum Fernseher im Wohnzimmer und
> drück auf Play.

»Ich muss mit dir reden, Gannon!«, brüllte sie und bekam prompt eine Antwort auf ihrem kleinen Handydisplay.

> Klappe halten und auf Play drücken.

»Es ist schließlich nicht so, als ob es wichtig wäre, was ich dir zu sagen habe«, meckerte sie vor sich hin, kehrte dann aber ins Wohnzimmer zurück und riss die Fernbedienung von der Couch.

Sie drückte Play und statt des Titels seines Specials tauchte eine Szene aus der allerersten Folge von *Kings of Construction* auf dem Bildschirm auf. Darin stand Gannon mit verschränkten Armen unter einer Eiche, um ein Interview zu geben, wurde aber dann von irgendetwas abgelenkt.

»Ich liebe dich bereits seit diesem Augenblick«, drang seine Stimme an ihr Ohr. »Du standest hinter der Kamera und hast über einen Scherz von Lou gelacht. Dabei schien dir die Sonne ins Gesicht, als wärst du im Rampenlicht. Du hast einen gammeligen Hoodie getragen, deine kilometerlangen, wunderschönen Beine wurden von der kurzen Hose, die du anhattest, betont, und dann hast du dich zu mir umgedreht und geschrien, dass ich mich beeilen soll. In dem Moment war mir zwar noch nicht bewusst gewesen, dass ich dich liebe, aber inzwischen ist mir das klar.«

Zum zweiten Mal an diesem Abend wurden ihre Knie weich. Dieses Mal ließ sie sich auf das kühle Ledersofa sinken und versuchte, die Bedeutung seiner Worte zu verstehen. Als Nächstes sah sie Gannon auf dem Bildschirm, wie er auf derselben Couch saß wie jetzt sie.

»So lange liebe ich dich also schon. Seit einundzwanzig Monaten, zwölf Tagen …« Er warf einen Blick auf seine Uhr. » … und ungefähr zehn Stunden.«

Jetzt setzte er sein arrogantes Grinsen auf. »Ich wollte dich nicht lieben, also habe ich mein Möglichstes getan, um dich so zu reizen wie du mich.«

Es folgten ein paar Aufnahmen von ihren Streitereien, darunter eine Szene, bei der ihr Gannon grinsend hinterhersah, als sie zornbebend die Flucht ergriffen hatte. Der Film lief weiter und sie sah, dass Gannon einen anderen Werkzeuggürtel als gewöhnlich trug.

»Das war der Tag, an dem es über vierzig Grad im Schatten waren und du in einer abgeschnittenen Jeans und einem Tanktop aufgelaufen bist. Ich hatte dank dir einen Dauerständer, den durfte niemand sehen. Wobei er sicher trotzdem allen aufgefallen ist. Na ja, fast allen.«

Paige presste sich die Finger vor die Lippen, als sie plötzlich selbst zu sehen war. Es war ihr erstes Interview und sie zerrte schlecht gelaunt an ihrem Mikrofon herum. »Ich will das nicht.« Sie zerrte noch ein wenig länger an dem blöden Ding, seufzte abgrundtief und rollte mit den Augen, setzte dann aber ein möglichst telegenes Lächeln auf und hielt den erforderlichen Monolog.

Sie konnte Gannon lächeln hören. »Ich liebe es, dass du selbst dann noch funktionierst, wenn du echt angefressen bist. Ich habe viel von dir gelernt, und auch wenn ich es dir nicht oft genug gesagt habe, hoffe ich trotzdem sehr, dass du es mitbekommen hast.«

Ihre Augen wurden feucht und eilig wischte sie die Tränen fort, als auch schon die nächste Szene begann. Auf dem Bildschirm sah man Gannon, der in einer großen Werkstatt vor einem Computer stand und sich mit einem Schweißer unterhielt. Dann geriet die Kamera ins Schwanken, während Mel mit kreidebleichem Gesicht und einem Handy in der wild zitternden Hand erschien.

»Was? Was ist?«

Mel holte zitternd Luft. »Es gab einen Unfall am Set. Paige –«

Er packte ihre Schultern und die Panik war ihm deutlich anzusehen. »Geht's ihr gut?«

»Ich weiß es nicht.« Mel schüttelte den Kopf. »Andy hat nur eine kurze SMS geschrieben, und jetzt geht er nicht ans Telefon. Er hat nur geschrieben, dass es schlecht aussieht.«

»Schlüssel!«, brüllte Gannon, stürzte los und einen Moment später drangen lautes Reifenquietschen und das Heulen eines Motors an Paiges Ohr.

»Das war die Nacht, in der ich dir zum ersten Mal gesagt habe, dass ich dich liebe. Endlich war mir klar geworden, was genau es war, was ich für dich empfand. Ich habe dir gesagt, dass ich dich liebe, als du tief und fest geschlafen und mir wieder mal die Schulter vollgesabbert hast. Das hätte ich dir seither täglich sagen sollen, und es tut mir leid, dass ich dafür zu feige war, aber wenn du mich lässt, hole ich das jetzt alles nach.«

Inzwischen liefen Paige die Tränen ungehindert über das Gesicht.

Die Szene änderte sich abermals und dieses Mal wies Gannon die verletzte Paige mit rüder Stimme an, sich auf den Campingstuhl am Set zu setzen und sich nicht vom Fleck zu rühren. Wenig später hatte sie dann das erwünschte Interview zu ihrem Unfall gegeben, während er etwas abseits Wache stand. Wie ein Leibwächter stand er da, die Arme vor der Brust verschränkt, und knabberte nervös an seinem Daumennagel, bis er befand, dass Eddie mit ihr fertig war.

»Okay, das reicht«, erklärte er in brüskem Ton und wandte sich an sie. »Na komm, ich fahre dich jetzt wieder ins Hotel.«

Sie konnte sich genau an diesen Augenblick erinnern, denn obwohl sie Gannon widersprochen hatte, hatte er sich durchgesetzt. Und während Cat und Rico sie zusammen in den Truck verfrachtet hatten, filmte Lou Gannon bei einem Telefongespräch.

»Nein, ich fahre sie zurück«, erklärte er in einem Ton, der keine Widerrede zuließ, und fuhr zornig fort: »Sie muss sich ausruhen. Niemand rackert sich bei dieser Sendung und bei *Summit-Wingenroth* so ab wie sie. Sie hat sich interviewen lassen und sie haben alle schaurigen Details. Also lassen Sie sie jetzt in Ruhe, wenn Sie keinen Ärger mit mir kriegen wollen. Sie beuten ihre Schmerzen nicht für Ihre Einschaltquoten aus.« Er legte auf und machte ein Gesicht, als hätte er das Handy gern mit seiner bloßen Hand zerquetscht. Doch dann sah er in Richtung Truck, und als sie winkte, wurde seine Miene weich.

»Lass uns fahren, Prinzessin«, meinte er und Paige erkannte, dass sich sicher niemand hatte davon täuschen lassen, dass sie bei den Dreharbeiten ständig aufeinander losgegangen waren. Wahrscheinlich hätte selbst ein Blinder ihnen die Gefühle, die sie füreinander hatten, überdeutlich angesehen. Sie waren derart intensiv, dass nur eine absolute Idiotin nicht an dieser innigen Verbindung festhalten würde, die es zwischen ihnen gab.

Als wieder eine neue Szene kam, fuhr Paige zusammen, denn als sie den SUV am Straßenrand erblickte, wusste sie genau, an welchem Tag sie aufgenommen worden war. Kampfbereit marschierte Meeghan dicht an ihr vorbei und als sie Gannon küsste, filmte jemand Paiges entgeistertes Gesicht.

»Wahrscheinlich fragst du dich, warum ich dir was zeige, was du selber miterleben musstest. Aber ich möchte, dass du etwas anderes siehst …«

Nachdem Paige die Flucht ergriffen hatte, hatte Meeghan sich die Aufnahme des Kusses angesehen. Gannon hatte sich währenddessen angewidert den roten Lippenstift vom Mund gewischt und war wutentbrannt auf sie zugestürmt.

»Sag nicht, du würdest dich nicht freuen, mich zu sehen, mein Schatz.«

»Was zum Teufel machst du hier?«, fuhr er sie wütend an, doch statt sie anzusehen, blickte er sich suchend um. »Was gibt es an dem Satz ›Halt dich, verdammt noch mal, in Zukunft von mir fern‹ nicht zu verstehen?«

Meeghan schmiegte sich an seine Seite an und schnurrte mit verführerischer Stimme: »Jetzt behaupte bitte nicht, dass du nicht mit mir spielen willst.«

Gannons Miene drückte heißen Zorn und gleichzeitig kalten Widerwillen aus. »Ich habe dir schon mal gesagt, dass ich mit dir nichts mehr zu tun haben will. Hau einfach ab, Meeghan.«

Wieder hatte er die Szene nachträglich mit einem anderen Ton unterlegt. »Paige, ich weiß, wir haben ein ums andere Mal darüber diskutiert, aber du sollst mit eigenen Augen sehen, dass es in meinem Leben keinen Platz für eine andere gab, seitdem ich dir zum ersten Mal begegnet war. Das ist auch der Grund, aus dem ich das Haus hier für dich renoviert habe.«

Paige hielt sich die Hände vor den Mund und schüttelte den Kopf.

»Ich habe es gesehen und wusste, das ist haargenau das Richtige für dich.« Mit einem schiefen Grinsen fügte er hinzu: »Das heißt, für uns.«

»Oh Gott!« Urplötzlich ergab alles einen Sinn. Zu jedem Zimmer hatte Gannon ihre Meinung eingeholt und sie die Hälfte aller Sachen auswählen lassen, ohne dass ihr daran irgendetwas seltsam vorgekommen war. *So blind konnte ein Mensch doch gar nicht sein!*

»Ich weiß, dass das sehr viel auf einmal ist«, schloss Gannon seinen Film. »Aber bisher ist es immer schiefgelaufen, wenn ich dir gesagt habe, dass ich dich liebe, deshalb wollte ich in diesem Fall auf Nummer sicher gehen.«

Mittlerweile weinte sie nicht mehr einfach lautlos vor sich hin, sondern schluchzte hörbar, als sie ihn in ihrem Rücken leise fragen hörte: »Paige?« Sie drehte ihren Kopf, sah ihn hinter dem Sofa stehen und wischte sich mit den Handrücken die Flut an Tränen aus dem Gesicht.

»Ich liebe dich«, brachen die Worte, die sie allzu lange tief in ihrem Inneren eingeschlossen hatte, ohne Vorrede aus ihr heraus. »Ich liebe dich. Und es tut mir leid, dass mir das erst klar geworden ist, als ich auf die Bildergalerie in deinem Esszimmer gestoßen bin.«

»In *unserem* Esszimmer«, verbesserte er sie und trat, die Hände in den Taschen, lächelnd vor die Couch.

»Du bist total verrückt.« Sie zitterte wie Espenlaub und hätte sich am liebsten eng an seine breite, warme Brust geschmiegt.

»Hier, fang!« Er zog eine Hand aus der Gesäßtasche seiner Jeans und warf ihr etwas zu.

Sie fing den Gegenstand in der Luft auf und hielt ihn vor sich hoch. Es war ein Schlüsselbund. »Ist der für dieses Haus?«

Er nickte wortlos und obwohl sie ihn aufgrund der Tränen nur verschwommen wahrnahm, sah sie zu ihm auf. Die Schlüssel lagen warm in ihrer Hand und als sie mit dem Daumen über das Metall glitt, spürte sie, dass an dem Schlüsselring noch etwas anderes hing. Sie sah genauer hin und rang nach Luft, als sie den schlichten Goldring mit dem dicken Stein in einem Bett aus weiteren kleineren Diamanten sah. Sie hielt den Atem an und traute ihren Augen nicht.

»Ich gehe sogar vor dir auf die Knie, wenn du willst«, bot er ihr lächelnd an. »Auch wenn wir beide wissen, dass das eigentlich nicht mein Stil ist. Wie wäre es also, dass ich einfach sage, was ich gerne hätte, und dass du mir sagst, ob das für dich in Ordnung ist?«

Sie nickte einfach, denn sie traute ihrer Stimme nicht.

»Ich möchte, dass du meine Frau wirst, ich möchte, dass wir beide weiter sehr hart arbeiten, und ich will eines Tages Kinder mit dir haben. Wie viele, weiß ich nicht, aber wahrscheinlich werden sie genauso laut und starrsinnig wie wir. Ich will, dass du die Erste bist, der ich irgendwelche Neuigkeiten erzählen kann, und ich würde gern den Rest meines Lebens damit verbringen, zu versuchen, mit dir Schritt zu halten. Ganz egal, wie hoch es ist, du gibst das Tempo vor.«

Er fuhr sich mit den Händen durch das kurze Haar, und plötzlich sah sie, wie nervös er war. Der große Gannon King stand vor ihr und zitterte vor Aufregung am ganzen Körper.

»Du bist der beste Mensch, der mir in meinem ganzen Leben je begegnet ist, auch wenn ich steif und fest behaupten werde, dass du lügst, wenn du das jemals meiner Nonni verraten solltest. Du bist klug und ehrgeizig, unglaublich sexy und wahnsinnig stark. Du kommst mit mir zurecht, ohne permanent in Tränen auszubrechen – außer gerade jetzt –, und ich kenne keinen anderen Menschen auf der Welt, mit dem ich mein Leben und das Haus hier lieber teilen würde als mit dir.«

Paige versuchte, sich die Tränen mit den Ärmeln ihres Pullis fortzuwischen, während sie den Ring auch weiter fest umklammert hielt.

»Und nur, damit du's weißt«, fuhr Gannon fort. »Selbst wenn du nein sagst, gehört dieses Haus auch dir. Wobei ich hoffe, dass dich die Erinnerung an unseren Sex da drüben auf dem Küchentresen bis ans Lebensende plagen wird, falls du tatsächlich nicht hier einziehen willst. Also, was sagst du?«

»Du machst mir einen Antrag, indem du mir Bilder zeigst, auf denen eine andere Frau dich küsst, mir androhst, deiner Oma zu erzählen, ich würde lügen, und mir obendrein noch wünschst, dass die Erinnerungen an unseren Sex da drüben in der Küche mich um meinen Seelenfrieden bringen, falls ich nicht tue, was du willst.«

»Wenn du all die guten Dinge übersehen möchtest, ja, okay.«

Ein breites Grinsen legte sich auf ihr Gesicht. »Ich wollte nur ganz sichergehen, bevor ich ja sage.«

»Ja? Du sagst tatsächlich ja?« Er starrte sie durchdringend an.

»Was denn wohl sonst, verdammt noch mal?« Überglücklich warf sie sich ihm in die Arme, woraufhin er sie auffing und im Kreis herumwirbelte.

»Gott sei Dank«, stieß er mit rauer Stimme aus und gestand: »Ich hatte wirklich Angst, ich würde dir auf deine hübschen Schuhe kotzen. So schlecht war mir vor lauter Aufregung.«

Sie legte ihm die Hände ans Gesicht und gab ihm einen sanften

Kuss. »Sag bitte, dass das Schlafzimmer inzwischen fertig eingerichtet ist.«

Er bedachte sie mit einem hungrigen Blick und trug sie Richtung Treppe. »Sehen wir doch mal nach.«

»Warte! Ich möchte den Ring am Finger haben.«

»Den stecke ich dir an, wenn du nichts anderes mehr trägst«, versprach er ihr und joggte mit ihr in den ersten Stock.

»Gannon? Danke, dass du den Moment nicht aufgenommen hast.«

Er zog sie eng an seine Brust. »Sie haben bereits genug von uns. Dieser Augenblick, Prinzessin, gehört dir und mir allein.«

Epilog

»Ich hasse diese Dinger.« Wütend starrte Gannon in den Spiegel des Hotelzimmers und zerrte an dem Knoten seiner Krawatte.

»Aber sie stehen dir wirklich gut.« Paige strich mit den Händen über seine breiten Schultern, die in einer schwarzen Anzugjacke steckten, als er sie entschlossen bei den Handgelenken packte und umdrehte, damit sie auch sich selbst im Spiegel sah. »Wenn einer von uns beiden gut aussieht, dann ja wohl du«, erklärte er und knabberte an ihrem Hals.

»Pass auf«, warnte sie ihn. »Ich will ganz sicher nicht mit einem Knutschfleck zur Hochzeit gehen.«

»Und wenn du ihn an einer Stelle hast, die niemand sieht?«, neckte er sie, während er ihr den breiten Träger ihres zartrosafarbenen Kleides von der Schulter schob.

»Warum verbringen wir den Nachmittag, statt auf der Hochzeit, nicht einfach im Bett?«, schlug er ihr vor und küsste sie so zärtlich auf die zwischenzeitlich nackte Schulter, dass sie eine Gänsehaut bekam.

Paige lehnte ihren Kopf an seine Schulter und stellte lächelnd fest: »Weil diese beiden Menschen anders als wir selbst nicht einfach durchgebrannt sind, um zu heiraten, mein lieber Mr. King.«

»Mmm. Mr. und Mrs. King. Ich finde, das klingt wirklich gut.« Zielstrebig schob er die Hand in den tiefen V-Ausschnitt ihres Kleids.

»Langsam solltest du dich dran gewöhnt haben.« Sie drehte sich in seinen Armen um und schlang ihm ihre eigenen Arme um den Hals. »Ich heiße schließlich schon seit zehn Monaten so. Da stehen wir ein paar Stunden außerhalb des Schlafzimmers doch sicher durch.«

»Du machst mir keine Schuldgefühle, nur weil ich so oft es geht mit dir zusammen sein will, bevor du zu deiner Promotour zu eurem Film aufbrichst.«

Nach einem stressigen dreimonatigen Dreh wäre im nächsten Monat die Premiere ihres Films. Paige hätte sich nicht träumen lassen, dass er so gut werden würde, und mit ihrem Regiedebüt bei *Kings of Construction* hatte sie der Produktionsfirma die bisher mit Abstand höchsten Einschaltquoten bei diesem Format beschert.

»Ich dachte, dass du mich auf dieser Tour begleiten würdest«, sagte sie und biss ihm in die Unterlippe.

»Ja, natürlich, aber das wird sicher so wie bei den Dreharbeiten zu *Kings*. Ich werde dich nicht einen Augenblick für mich alleine haben.«

Lachend schmiegte sie sich enger an ihn an. »Wenn wir bei den Dreharbeiten damit klargekommen sind, kriegen wir das doch sicher wieder hin.«

Seine Finger zogen vorsichtig am Reißverschluss ihres Kleids.

»Oh nein! Wir müssen wirklich los«, stoppte sie ihn und rannte Richtung Tür.

»Wo willst du hin?«

»Bevor wir gehen, will ich noch kurz bei Becca im Büro anrufen.« Gannon hatte eins der Schlafzimmer der oberen Etage in ein hochmodernes Arbeitszimmer umgewandelt, das die beiden Frauen ihren »Himmel« nannten und in dem sie stundenlang die Interviews mit den verschiedenen Frauen aufgenommen hatten.

»Oh nein«, ahmte er sie nach. »Wir müssen wirklich los.«

• • •

Kurz bevor die weiß glänzenden Türen geschlossen wurden, kamen sie bei der Kirche an und schoben sich zu Paiges Schwester in die Bank. »Wurde aber auch allmählich mal Zeit«, stellte Dr. Lisa St. James mit spitzer Zunge fest.

»Freut mich auch, dich zu sehen, Lis.« Gannon gab ihr einen Wangenkuss und legte dann einen Arm um seine Frau.

»Er sieht glücklich aus«, bemerkte Paige und nickte dorthin, wo der Bräutigam breit lächelnd im Altarraum stand.

»Dazu hat er auch allen Grund«, stimmte ihr Lisa zu.

Eilig wühlte Paige in ihrer Handtasche nach einer Packung Taschentücher und schaute Lisa fragend an. Doch die schüttelte nur den Kopf.

»Was für ein elender Softie du doch bist«, flüsterte Gannon Paige ins Ohr, während er mit seinem Daumen sanft über die nackte Haut an ihrer Schulter strich.

»Mir gehen Hochzeiten nun einmal nahe«, gab sie ungerührt zurück. »Und wenn ich mich recht entsinne, waren bei unserer Hochzeit deine Augen ebenfalls ein bisschen feucht.«

»Das lag bestimmt daran, dass ich allergisch gegen irgendetwas war.«

Die Musik schwoll an, und in der offenen Hintertür der Kirche erschien Malia in einem pinkfarbenen Rüschenkleid und mit einer Tiara auf den frisch gewachsenen Haaren. Sie stolzierte in ihren pinkfarbenen, knöchelhohen Turnschuhen durch das Kirchenschiff und warf sich dann dem Mann, der ihr von vorn entgegenblickte, in den Arm.

Gannon räusperte sich leise, und Paige stieß ihn wenig sanft mit ihrem Ellenbogen an. »Oh ja, du bist ein wirklich harter Kerl.«

»Verdammt.« Stirnrunzelnd zerrte Lisa nun doch eins der Taschentücher aus der Packung und tupfte sich vorsichtig die feuchten Augen ab.

»Denk nur, Lis. Ohne dich wären wir jetzt alle nicht hier«, raunte ihr Gannon zu.

»Im Grunde habe ich doch nur eine Patientin für die Testreihe vermittelt«, antwortete sie, verzog jedoch den Mund zu einem kleinen Lächeln, bevor sie eilig wieder geradeaus sah.

Dann trat Carina durch die offene Tür und alle standen auf, während sie in einem eleganten cremefarbenen Hochzeitskleid mit kilometerlanger Schleppe durch das Kirchenschiff in Richtung des Altarraums glitt. In dem Designerkleid, das ihr die Schneiderin direkt auf ihren schlanken Körper genäht zu haben schien, sah sie einfach atemberaubend aus. Am schönsten aber war das Leuchten ihrer Augen, als sie ihrem Kind und ihrem zukünftigen Ehemann und Malias gleichzeitigem Lebensretter breit lächelnd entgegensah.

Als sie an ihrer Bank vorüberging, sah Paige ihr ins Gesicht und ließ den Freudentränen freien Lauf. Carina wirkte rundum glücklich und sie strahlte auf dem Weg in Richtung ihrer beiden liebsten Menschen eine unbändige Freude aus.

• • •

»Gannon! Paige!« Malia schoss über die Tanzfläche und umarmte Gannon stürmisch.

»Hallo, Winzling.« Lachend schwenkte Gannon sie herum, warf sie in Richtung der mit Lichterketten und mit Krepppapier geschmückten Deckenbalken und sie quietschte vor Vergnügen auf.

»Ich bin so froh, dass ihr gekommen seid. Habt ihr meine neuen Turnschuhe gesehen? Sind die nicht toll?«

»Sie sind der Hit«, pflichtete Paige ihr bei und drückte ihr den Arm. »Und wie läuft's in der Schule?«

»Gut! Ich spiele Baseball und ich bin *ziemlich* gut«, verkündete die Kleine stolz.

»Davon bin ich überzeugt.« Gannon stellte Malia wieder auf dem Boden ab. »Und was hältst du von deinem neuen Stiefvater?«

Malia blickte über ihre Schulter, wo er neben ihrer Mutter an der Bar stand. »Er ist der Allerbeste und vor allem ist er superschlau. Er hat gesagt, ich könnte Ärztin werden, wenn ich will. Aber ich soll mich nicht zu früh entscheiden.«

»Klingt tatsächlich so, als wäre er der Allerbeste«, stimmte Paige ihr schmunzelnd zu.

In diesem Augenblick winkte das Brautpaar dem Mädchen zu. »Ich muss jetzt wieder los. Sie schneiden jetzt die Hochzeitstorte an und ich möchte ein möglichst großes Stück.« Ihre pinkfarbenen Sneaker quietschten auf dem Holzboden, als sie fröhlich in Richtung Bar lief.

Gannon legte seine Arme um die Hüften seiner Frau und wiegte sich mit ihr im Rhythmus der Musik. »Gott, ich liebe dieses Kind.«

»Wenn du sie nicht lieben würdest, wärst du auch ein schlechter Mensch.«

»Ich könnte mir gut vorstellen, selbst ein paar zu haben«, stellte er mit ernster Stimme und einem gleichzeitigen Funkeln in den Augen fest.

»Kinder?«

»Was denn sonst?« Er drehte sich mit ihr im Kreis. »Am besten drei.«

Paige grinste und vor Freude schwoll das Herz in ihrer Brust. »Drei Kinder. Das ist ganz schön viel.«

»Nun, wir haben alle diese leeren Schlafzimmer in unserem Haus.«

Schwungvoll beugte er sich über sie.

»Hmm. Das trifft sich ziemlich gut, nachdem ich heute früh herausgefunden habe, dass in ein paar Monaten in eins der Zimmer jemand einziehen wird.«

Er sah sie fragend an, zog sie eilig wieder zu sich hoch und sie prallte lachend an seine Brust.

»Du verarschst mich doch nicht, oder?«

Sie schüttelte den Kopf und wieder stiegen ihr heiße Freudentränen in die Augen. »Ich meine es todernst. Du wirst tatsächlich Vater.«

Glücklich zog er sie zurück an seine Brust und legte ihr die Hände ans Gesicht. Das Licht, das Lachen, die Stimmen all der anderen Menschen und die Klänge der Musik traten vorübergehend in den Hintergrund.

»Oh Gott. Ich hoffe inständig, dass es ein Mädchen wird«, erklärte er mit belegter Stimme und besiegelte seinen Wunsch mit einem Kuss.

Anmerkungen der Autorin

Liebe Leserin,
oh mein Gott, ich muss dir gestehen, die Duschszene aus diesem Buch hatte ich bereits seit einer Ewigkeit im Kopf. Sie hat mich richtiggehend verfolgt! Weil sie unglaublich sexy ist und gleichzeitig auch die Verletzlichkeit der Heldin deutlich macht. Ich schreibe einfach gerne über Paare, die sich anfangs gegenseitig furchtbar auf die Nerven gehen, weil es dadurch am Ende, wenn sie zeigen, was sie wirklich fühlen, noch viel intensiver wird.

Genauso habe ich die interessante Art geliebt, auf die Paige und Gannon füreinander da gewesen sind, denn das macht ein solides Paar in meinen Augen aus.

Und dann natürlich noch der Antrag. Gannon hat allein für sie ein Haus gekauft und renoviert? Das ist ja wohl echt heiß.

Zu den Problemen, die Paige bei der Arbeit hatte, wurde ich zum Teil durch einen Beitrag von Jennifer Lawrence in der Onlinezeitschrift *Lenny Letter* inspiriert. Sie schreibt darin, dass ihre männlichen Kollegen deutlich mehr verdienen als sie selbst und dass sie auch sich selbst in der Verantwortung für diesen Missstand sieht, weil sie nicht vehementer für ihre Belange eingetreten ist. Ich schätze, das Problem haben die meisten von uns Frauen. (Auch wenn's bei uns wahrscheinlich nicht um Gagen in Millionenhöhe geht, haben wir oft Angst, der Welt zu sagen, was wir wollen, weil man uns sonst vielleicht mit einem negativen Etikett versieht.)

Wie dem auch sei, danke ich dir, dass du dich für *Mr. Fixer Upper* entschieden hast. Es ist mein mittlerweile zehntes Buch. Kann man sich das vorstellen? ICH GLAUBE ES SELBST KAUM. Wenn es dir gefallen hat, schreibe doch gerne eine Rezension. Und falls du der Ansicht bist, meine Romane wären genial, abonniere meinen Newsletter und bleibe dadurch über alle Neuerscheinungen auf dem Laufenden. Da mir auch der Kontakt mit meinen Leserinnen über Facebook, Instagram und Twitter sehr am Herzen liegt, besuche mich bitte dort und plaudere mit mir!

Nochmals vielen Dank, liebe Leserin, dafür, dass du deine Zeit mit einem Buch verbringst, das von mir geschrieben worden ist!

XOXO,

Lucy

Danksagungen

Mr. Lucy für die unermüdliche Beschäftigung mit Dingen, die eine Ablenkung von meiner Arbeit wären oder mir ganz einfach langweilig und lästig sind.

Dawn Harer und Amanda Edens dafür, dass sie immer wissen, was ich hätte schreiben wollen.

Jaycee von Sweet 'N Spicy Designs für das pikante Cover meines Buchs.

Der Inspiration, dem launenhaften Luder, dafür, dass sie einen Mann wie Gannon King auf den Seiten dieses Buchs lebendig werden lassen hat.

Netflix für *House of Cards, The Unbreakable Kimmy Schmidt* und *Arrested Development.*

Taco Bell für deren leckeren Cheesy Gordita Crunch.

Meinen Leserinnen, deren Begeisterung mir ein ums andere Mal ein Ansporn ist.

Endlich die neue Reihe der Queen of Romance Lucy Score!

Hazel Hart, einst gefeierte Bestsellerautorin romantischer Liebeskomödien, steckt in der Krise – kreativ, emotional, existenziell. Das Resultat: In einer betrunkenen Kurzschlussreaktion kauft sie ein kleines Häuschen in der charmant wirkenden Kleinstadt Story Lake. Dort angekommen, ist nichts so wie erhofft. Aber diesmal wird sie sich nicht unterkriegen lassen. Erst recht nicht von dem mürrischen, aber verboten gut aussehenden Handwerker Campbell Bishop, den sie zum Renovieren engagiert. Schnell merkt sie, dass Campbell nicht nur die Lösung für ihr spinnwebenverseuchtes Häuschen ist, sondern auch für ihre Schreibblockade. Sie überredet Campbell, mit ihr auf eine Reihe Fake-Dates zu gehen, damit sie neues Material für ihren Roman sammeln kann. Widerwillig stimmt er zu, bis sich die Dates verdammt echt anfühlen ...

Lucy Score

Story of My Life

Roman

Aus dem Englischen von Ina Streich und Lena Warthe

Klappenbroschur

Auch als E-Book erhältlich

www.ullstein.de

Forever

I

Vasenwein und ein Arschtritt

Hazel

Das gestresste Frauentrio im Businessanzug plante, am Fenster sitzend und mit Dreifachespresso bewaffnet, den Niedergang eines gewissen Bernard von der Bilanzprüfung. Vielleicht wollten sie ihn auch bloß bei der Personalabteilung anschwärzen. So gut war das im üblichen Coffeeshop-Lärm nicht zu verstehen.

Die beiden Männer zu meiner Rechten mit den zueinanderpassenden Eheringen stritten leidenschaftlich über den Platz in ihrem Kleiderschrank. Beim Rest der Welt spielten bei einer Scheidung Themen wie Geld, Kinder und Monogamie die Hauptrolle. In Manhattan würde ich eine größere Summe darauf wetten, dass Kleiderschränke in den Top Five vorkamen.

Die Barista sah aus, als müsste sie sich beim Annehmen und Bearbeiten der Bestellungen nur noch ein kleines bisschen mehr langweilen, um ins Koma zu fallen.

Koma?, schrieb ich in mein Notizbuch. Wäre eine aus dem Koma erwachende Heldin ein gutes Meet-Cute? Stirnrunzelnd trommelte ich mit dem Stift auf dem Tisch. Natürlich kein langes Koma. Da kämen Probleme wie Beinbehaarung, Schuppen und abscheulicher Mundgeruch ins Spiel.

Verdammt. Ich hielt mir die Hand vor den Mund und versuchte, unauffällig festzustellen, ob ich an diesem Morgen daran gedacht hatte, die Zähne zu putzen. Hatte ich nicht. Die Beine hatte ich mir auch nicht rasiert … oder geduscht … oder die Haare gekämmt … oder daran gedacht, mir Deo zu kaufen.

Die alte Hazel wäre in dem Aufzug – und Geruchszustand – nur aus dem Haus gegangen, wenn eine Deadline kurz bevorstand. Die jetzige Hazel schlurfte eigentlich pausenlos durch die Schatten der Wirklichkeit wie eine Antihygienemaus.

»Mann, warum ist das so hart?«, murmelte ich.

Das Pärchen mit dem Schrankproblem warf mir einen Seitenblick zu.

»Ha. Das hat sie auch gesagt!«, versuchte ich mich an einem Witz.

Die Seitenblicke verwandelten sich in hochgezogene Augenbrauen, einhergehend mit der stillschweigenden Übereinkunft, sofort von der Bekloppten am Nachbartisch Reißaus zu nehmen.

»Schon gut. Ich bin Autorin. Ich darf Selbstgespräche in der Öffentlichkeit führen«, erklärte ich hastig, während sie ihren Kaffee schnappten und nach draußen in die brütende Augustschwüle flüchteten.

Stöhnend legte ich mir die Hände auf die Wangen und drückte mein Gesicht zu einer Fischschnute zusammen. Der Mann im Lenny-Kravitz-mäßigen Tanktop, der aussah, als würde er seine eigene Genius Bar betreiben, schaute mich über seine Benjamin-Franklin-Brille hinweg an.

Ich ließ mein Gesicht wieder los und setzte ein hoffentlich menschliches Lächeln auf. Er widmete sich erneut seinen beiden Handys und dem iPad, während ich mir die Hände an den Shorts abwischte. Meine Haut war auf unmögliche, widerliche Weise gleichzeitig fettig und trocken. Wann hatte ich eigentlich das letzte Mal mein komplettes Hautpflegeprogramm durchgezogen, statt lediglich den Kopf unter den Wasserhahn zu halten? Ach was, wann hatte ich das letzte Mal irgendwas komplett durchgezogen?

Na ja, das Pad Thai vom Lieferservice gestern hatte ich restlos vernichtet. Das zählte doch, oder?

Ich ließ den Blick auf der Suche nach der Inspiration oder Motivation durch das Café schweifen, die mich früher zu einer produktiven Erwachsenen gemacht hatten. Fehlanzeige. Seufzend kritzelte ich neben das *Koma* noch *Enemies to Enemies* und *Kanus*.

Letzteres hatte ich bei einem rüstigen irischen Rentnerpärchen aufgeschnappt, das aussah wie einem Outdoorladen entsprungen. Sie hatten Matcha und glutenfreie Scones bestellt, bevor sie in Wanderstiefeln im Partnerlook weitermarschiert waren.

Die Uhr an der Wand verkündete Feierabend. Ich saß seit drei Stunden hier und hatte nichts vorzuweisen als einen leeren Eiskaffee mit meinem Namen drauf. Zu achtzig Prozent hielt ich es für einen Streich meines Unterbewusstseins, dass ich die Barista rufen gehört hatte: »Hazel, dein Iced Verlierer-Latte«, und nicht Iced Vanilla Latte.

Mit einem Ächzen, mit dem sich sonst ältere Semester aus dem Sessel quälten, stand ich auf. Anscheinend hatte ich zu lange in meiner Wohnung vor mich hin geschmort, wenn ich den Unterschied zwischen Zu-Hause- und In-Gesellschaft-Geräuschen nicht mehr kannte. Ich sammelte meine Autorinnenausrüstung zusammen – Notizbuch, Stift, Laptop, Handy – und ging raus in die Hitze.

Noch bevor ich am Ende des Blocks ankam, hatte mein Haar bereits spürbar sein Volumen verdoppelt. Als ich es gerade wieder platt drücken wollte, rempelte mir ein eins siebzig großer Typ im Maßanzug von Ralph Lauren gegen die Schulter, wobei er immer drastischere Drohungen in sein Handy brüllte.

Zoey hätte ihn als Finance Bro bezeichnet und ihm irgendeine Beleidigung an den Kopf geworfen. Außerdem war sie die Frau, die mich zweifellos ermorden würde, wenn sie herausfand, dass ich immer noch nichts hatte. Kein Kapitel, keinen Entwurf, keine Idee. Ich erlebte ein furchtbares Szenario à la *Und täglich grüßt das Murmeltier*, in dem sich ein und derselbe Tag immer wiederholte. Aber im Gegensatz zu Bill Murray hatte ich noch kein Ziel vor Augen.

Ich kehrte zu meiner Wohnung zurück, aber meine Nachbarin, deren Namen ich nicht kannte, hörte meine Bitte, den Fahrstuhl offen zu halten, über das Gekläffe ihrer zwei Yorkies wohl nicht. Also trottete ich die vier Stockwerke nach oben und schloss die Tür auf.

Der Zustand meines Zuhauses spiegelte den Zustand meines Kopfs sehr gut wider. Beide waren ein katastrophaler Müllhaufen. Die ehemals »charmante« und »tadellose« Dreizimmerwohnung an der Upper East Side sah aus, als hätte ein Sumpfbewohner gerade feierlich einen Müllkippenflohmarkt eröffnet.

»Damit ist es offiziell. Ich bin jetzt jemand, der den Verstand verliert und auf einmal Sojasoßentütchen und Werbeprospekte sammelt.«

Post und Papiere waren willkürlich auf jeder verfügbaren Oberfläche verstreut. Bücher quollen aus den massiven Nussbaumregalen, lagen kreuz und quer auf dem Boden. Die mikroskopisch kleine Küche war unter schätzungsweise acht Schichten schmutzigen Geschirrs und alten Lieferdienstbehältern kaum noch zu erkennen. An den Wänden mit der wild gemusterten Tapete, die ich einmal so entzückend gefunden hatte, hingen nichts als gerahmte Auszeichnungen und Erinnerungen an längst vergangene Leben.

Ganz kurz besserte sich meine Laune. »Vielleicht ist die Heldin ja Messie? Bäh, nein. Weder sexy noch hygienisch.«

Die alte Hazel hätte es niemals so weit kommen lassen. Mein altes Ich hätte viele Sachen anders gemacht. Aber es war tot und begraben, ruhe in Frieden, altes Ich.

Ich ging ins Schlafzimmer und wechselte meine »Ich geh vor die Tür«-Shorts gegen die »Wie viele Löcher im Schritt sind zu viele«-Shorts. Zeit, wieder an die Arbeit zu gehen … oder wenigstens noch eine Weile mit Selbstvorwürfen zu verbringen, weil ich mich in die mitleiderregendste RomCom-Autorin der Welt verwandelt hatte.

• • •

Ich stöhnte auf, als es an der Tür klopfte. »Was ist an ›kontaktlose Lieferung‹ bitte so schwer zu verstehen?«, brummte ich vor mich hin, während ich meinen Hintern vom Sofa hob. Dabei blieb ich mit der Pantoffelspitze am Kaffeetisch hängen, und ein Wasserfall ungeöffneter Post ergoss sich auf den Boden.

Ich wollte meinen Bademantel zubinden, aber der Gürtel fehlte. Also klappte ich mir lediglich die Aufschläge über die BH-losen Brüste im T-Shirt und riss die Tür auf.

»Du siehst echt scheiße aus.«

Die Frau mit lockigen Haaren im roten Power Suit lieferte leider knallharte Wahrheiten und nicht mein chinesisches Essen.

Ich ließ den Bademantel los und verschränkte die Arme. »Was machst du hier, Zoey? Ich bin echt beschäftigt und wichtig.«

Mein ungebetener Gast schritt einfach an mir vorbei und stolzierte in umwerfenden Zehnzentimeterabsätzen herein, umhüllt von einer schwachen Wolke teuren Parfüms. Zoey Moody, modebesessene Literaturagentin und seit der dritten Klasse meine beste Freundin, wusste, wie man einen Auftritt hinlegte.

Ich schloss die Tür und ließ mich dagegensinken. Normalerweise traf ich mich mit Zoey bei ihr zu Hause oder in Etablissements mit Alkoholausschank, sodass ich weiterhin wie Oscar in der Mülltonne leben konnte.

»Womit bist du denn beschäftigt? Mit Verrotten?«, fragte sie und hob einen fettigen Pizzakarton von einem sorgsam errichteten Turm schmutziger Teller.

Ich riss ihn ihr aus der Hand und versuchte, ihn in den Abfalleimer in der Küche zu stopfen, aber dessen übervoller Inhalt lehnte die neue Zugabe entschieden ab. »Ich verrotte nicht. Ich … plotte«, log ich.

»Das machst du seit einem Jahr.«

Schließlich kapitulierte ich und warf die Schachtel neben den Eimer. »Weißt du, wer Bücherschreiben für einfach hält? Leute, die noch nie ein Buch geschrieben haben.«

»Ich weiß. Schriftstellerinnen sind zarte Pflänzchen der Kreativität, die gehegt und gepflegt werden wollen. Bla, bla, bla. Aber stell dir vor, Agentinnen brauchen auch hin und wieder was. Zum Beispiel, dass ihre Autorinnen mal ans Telefon gehen. Weißt du überhaupt, wo deins ist?«

»Das liegt da drüben.« Ich deutete grob in die Richtung meiner gesamten Wohnung.

Zoey starrte mich stirnrunzelnd und mit geschürzten roten Lippen an. »Wann warst du das letzte Mal essen? Oder an der frischen Luft? Oder, weiß auch nicht, unter der Dusche?« Die erdbeerblonden Locken in ihrem kunstvollen Knoten zitterten.

Ich hob den Arm und schnüffelte darunter. Mist. Schon wieder das Deo vergessen. »Ich kriege Flashbacks, wie meine Mutter mir als Teenie sagt, ich soll mein Buch weglegen, rausgehen und Leute treffen«, meckerte ich. »Das war übrigens irgendwann zwischen Ehemann zwei und drei, falls du mitgezählt hast.«

»Ich bin nicht deine Mutter. Ich bin deine Agentin und manchmal deine Freundin. Und als beides muss ich dir sagen, dass du inzwischen auf das Niveau eines depressiven Junggesellen gesunken bist.«

»Nicht eher das einer alten Jungfer?«

Sie hielt eine schmutzige Socke mit Sojasoßenflecken hoch. »Wie viele alte Jungfern leben in der Umkleide von Highschool-Jungs?«

»Schon kapiert. Hör zu. Ich habe ja nicht einfach beschlossen, aus Spaß an der Freude in eine depressive, antisoziale Schreibblockade zu verfallen«, erinnerte ich sie.

Zoey öffnete meinen Kühlschrank und bereute es sofort. »Dadrin lebt es.«

»Das wollte ich dir noch erzählen. Ich hab in meiner Freizeit mit Urban Farming angefangen.« Ich schlug die Kühlschranktür wieder zu.

»Na ja, du wirst auf jeden Fall viel mehr Freizeit haben, wenn du dich nicht zusammenreißt«, erwiderte sie unheilvoll.

Ich schob mich an ihr vorbei und griff unter Verrenkungen in den Schrank unter der winzigen Butcher-Block-Kücheninsel. Ein paar Sekunden und einen gezerrten Halsmuskel später zog ich eine Flasche Wein heraus.

»Wein?«

»In dieser Wohnung nehme ich bestimmt nichts zu mir. Ich habe keine Zeit für eine Staphylokokkeninfektion. Sag mir, dass du wenigstens irgendwas schreibst.«

»Klar. Die Kapitel kommen mir nur so aus dem Arsch geflogen.«

»Schön wär's«, murmelte sie.

»Red nicht um den heißen Brei herum. Was willst du hier an einem Donnerstagmittag, Zo?«

Meine Agentin und beste Freundin stürmte rüber zum Wohnzimmerfenster und riss theatralisch die dicken Vorhänge auf. Sie deutete auf die Beleuchtung am Gebäude gegenüber. »Es ist Montag, neunzehn Uhr.«

Ich tat schockiert und schnappte übertrieben nach Luft.

Sie verdrehte die Augen, als ihr klar wurde, dass ich nur Spaß machte. »Du bist echt eine Plage.«

»Ja, aber ich bin *deine* Plage. Außerdem möchte ich anmerken, dass ich schon fünfunddreißig bin. Du musst mich nicht bemuttern wie eine Glucke.« Wir kannten uns schon länger, als wir wahrhaben wollten. Seit Zahnspangen und Abschlussballkleidern, erlebten zusammen Lesereisen und Bestsellerlisten … und all das, was danach kam.

»Du bist sechsunddreißig.«

Ich blinzelte und fing an zu rechnen.

»Erinnerst du dich nicht an deinen Geburtstag? Du hast behauptet, du willst übers Wochenende in einem Airbnb in Connecticut schreiben, weshalb ich hier eingebrochen bin, um dir Blumen und Torte dazulassen, wobei ich dich stattdessen in einer monatealten Jogginghose bei einem *Golden-Girls*-Marathon erwischt habe, also habe ich dich rausgeschleppt, und wir haben Wein getrunken und noch mehr Kuchen gegessen?«

Na toll. Jetzt vergaß ich schon komplette Geburtstage.

»Apropos Wein.« Ich öffnete den Schrank neben dem Kühlschrank, fand aber kein einziges Glas. Halbherzig durchwühlte ich das Geschirr in und auf der Spüle. *Was wuchs da für ein blaues Zeug in der Schüssel?*

Als ich eine niedrige, breite und vor allem saubere Vase erspähte, schraubte ich den Wein auf und schenkte ein.

»Du stehst im Bademantel mit Tomatensoßenflecken in deiner dunklen, dreckigen Wohnung und trinkst Wein mit Schraubverschluss aus einer Vase«, kommentierte Zoey.

»Eine gute Lektorin würde jetzt sagen, ›das ist *Telling*, kein *Showing*‹.« Ich nahm übertrieben schlürfend einen Schluck Wein.

»Ich bin aber nicht deine Lektorin. Ich bin deine Agentin, und du musst dich jetzt echt am Riemen reißen.«

Das war eine aggressivere Version der Botschaft, die Zoey mir nun schon seit Monaten überbrachte. Ich wurde misstrauisch. »Was ist denn los?«

»Ich komme gerade aus einem Meeting.«

»Ach, deshalb der Nimm-mich-ernst-Anzug.«

»Eindeutig zu unterscheiden vom Nimm-mich-Kleid, genau. Das Meeting war mit deiner Lektorin Mikayla von Royal Press, die ein paar echt besorgniserregende Bedenken geäußert hat.« Sie holte eine frische Mülltüte unter der Spüle hervor und schlug sie laut raschelnd auf.

»Darf ich anmerken, dass zum Glück ich mit Schreiben mein Geld verdiene und nicht du? Aber wer ist bitte Mikayla? Meine Lektorin heißt Jennifer.«

Zoe stopfte einen halb vollen Behälter Bratreis in die Mülltüte. »Sie haben Jennifer und das halbe Lektorat vor einem halben Jahr rausgeworfen. Mikayla war jünger und somit billiger.«

»Liest sie überhaupt Romance?«

»Ihr sind Domestic Fiction und Psychothriller lieber.«

»Ach, dann passt sie ja *perfekt* zu mir und meinen Kleinstadt-Rom-Coms.«

»Schon möglich, wenn du endlich mal ein Manuskript abgeben würdest«, entgegnete Zoey.

»Entschuldige mal. Was wurde aus ›Lass dir Zeit, du hast eine traumatische Erfahrung hinter dir‹?«

»Das hat sich vor einem halben Jahr erledigt, und seitdem läuft dir die Zeit davon. Unterm Strich heißt das: Wenn du deine nächste Deadline verpasst, du Großstadtfarmerin, dann löst Royal Press deinen Vertrag auf.«

Ich schnaubte verächtlich und schaufelte To-go-Tüten in einen weiteren Müllbeutel. »Netter Versuch. Das können sie gar nicht.«

»Können sie, und werden sie auch. Sie haben mir aus deinem Vertrag zitiert, also haben sie ihre Rechtsabteilung schon drübergucken lassen. Du hast deine verlängerte Frist nicht eingehalten. Schon wieder.«

»Ich muss mich erst wieder aufrappeln. Die können doch nicht erwarten, dass ich einfach …«

»Hazel, du hast den Vertrag vor einem Jahr unterschrieben«, sagte sie sanft. »Dein Verlag hat die Deadline großzügigerweise *drei Mal* verlängert. Dieses Mal hast du ihnen nicht mal mehr irgendwelche beruhigenden Lügen aufgetischt. Du hast einfach nichts abgegeben. Und du weißt, wonach das für uns auf der Verlagsseite aussieht?«

»Nein, aber du wirst es mir sicher gleich sagen.«

»Es sieht aus, als seist du durch. Wieder eine ausgebrannte Autorin, die es nicht mehr bringt. Eine von denen, die nur noch erzählen können, wie sie früher mal Bücher geschrieben haben.«

»Jetzt übertreibst du aber. Was wollen sie denn machen? Mich absägen? Die Leser werden sie dafür hassen, wenn sie mir das ausgerechnet jetzt antun.«

Zoey steckte eine ganze Plastiktüte voller Plastiktüten in den Müll. »Welche Leser, Hazel?«

»*Meine* Leserinnen.« Ich schüttelte die Tüte geräuschvoll.

»Die Leserinnen, die du ignorierst? Die Leserinnen, denen du nicht antwortest? Die Leserinnen, die sich inzwischen Autorinnen zugewandt haben, die noch etwas veröffentlichen?«

Ich riss ihr die Tüte aus den überdramatisch gestikulierenden Händen und knotete sie zu. »Im Ernst, bist du heute mit dem falschen Fuß vom Peloton gestiegen?«

Sie starrte mich ungerührt an. »Hazel, du warst mal eine der meistverkaufenden RomCom-Autorinnen überhaupt.«

»War ich mal? Du bist echt fies in dem Anzug.«

»Dann hast du dir von jemandem übel mitspielen lassen, und jetzt schau dich an.«

Ich wollte mich eher ungern anschauen.

»Haze, wenn du es diesmal nicht packst, war es das.«

Ich schob einen Stapel Speisekarten vom Lieferservice, die ich als

Lappen missbraucht hatte, in meinen Müllbeutel und ließ mir nicht anmerken, dass meine Eingeweide gerade zu Eis erstarrt waren.

»Das können sie nicht machen. Das würden sie nicht machen. Ich habe neun Bücher für sie geschrieben. Sieben davon waren Bestseller. Ich bin mit denen auf Lesereise gegangen. Mir schreiben immer noch Leserinnen und wünschen sich mehr Bücher.« Zumindest hatten sie das, als ich das letzte Mal meine beruflichen Mails gelesen hatte.

»Ja, nun, dein Verlag wünscht sich das Gleiche. Nämlich das *Spring-Gate*-Buch, das zu schreiben du dich vertraglich verpflichtet hast. Du weißt so gut wie ich, dass ein Autor für seinen Verlag immer nur so viel wert ist wie sein nächstes Buch. Und du hast keins.« Sie nahm sich noch eine Tüte, machte den Kühlschrank wieder auf, hielt die Luft an und entsorgte vergammelte Salatmischungen und abgelaufene Soßen.

Ich wusste nicht, wie ich Zoey beibringen sollte, dass *Spring Gate* für mich gestorben war. Dass mir bei der Vorstellung, zu der Reihe zurückzukehren, die ich so geliebt und die meine Karriere begründet hatte, inzwischen ganz übel wurde.

Ooh! Vielleicht könnte meine Heldin eine professionelle Entrümplerin sein, die der Held engagiert, um das alte Farmhaus eines verstorbenen Familienmitglieds auszuräumen? Es war weniger eklig, wenn der Dreck von jemand anderem war, oder? Außerdem könnte ich dann noch ein ganzes Haus-Makeover in die Geschichte einbauen, um die Figurenentwicklung voranzutreiben. Ich sah sie vor mir, wie sie mit süßem Bandana auf dem Kopf und Schmutzstriemen auf den Wangen Zeug zum Container schleppte.

»Ich habe keine Kontrolle über den kreativen Prozess, okay?« Ich griff nach dem nächstbesten Notizbuch.

Entrümplerin. Container. Schmutz im Gesicht.

Das Buch schrieb sich praktisch von selbst.

Zoey sah mich über die Kühlschranktür hinweg an. »Wenn das

stimmt und du die Deadline wirklich nicht halten kannst, solltest du langsam über Plan B nachdenken.«

»Und was soll Plan B noch mal sein?«

»Arbeite lieber an deinem Lebenslauf.«

Ich breitete die Arme aus und ließ Zoey einen Blick auf meine löchrigen Shorts, die zwei verschiedenen Socken und aberwitzigen Häschenpantoffeln werfen. »Sehe ich aus, als würde mich jemand einstellen?«

»Nicht im Geringsten.«

Ich ballte die Hände zu Fäusten. »Na schön. Ich schreibe was. Okay?«

Sie schloss den Kühlschrank und fixierte mich mit ihren waldgrünen Augen. »Ich habe dich seit Monaten nicht lachen hören. Kannst du überhaupt noch lustig sein?«

»Ich bin urkomisch. Erst heute bin ich mit dem Bademantel in der Aufzugstür hängen geblieben und habe Mrs. Horowitz 'ne Strip-Einlage geboten.« Streng genommen war das zwar über eine Woche her, weil ich da zum letzten Mal den Müll rausgebracht hatte, aber beim Lustigsein ging es nicht um Genauigkeit, sondern um Timing.

»Sind die hier wichtig?« Zoey hielt einen Stoß Unterlagen mit Kaffeering auf der ersten Seite hoch.

Ich schnappte sie ihr weg. »Nein«, log ich und legte sie oben auf den Kühlschrank.

»Es mehren sich auch die Stimmen bei mir im Büro«, wechselte sie das Thema.

»Vielleicht spukt es ja?«

Ooh! Und wenn in der Kleinstadt ein bisschen was Paranormales passiert? Vielleicht sieht der Held ja Geister? Oder die Entrümplungsheldin entdeckt einen Zombie? Moment. Das war nicht paranormal.

»Sie machen sich Sorgen um deine Relevanz.« Damit hatte sie meine Aufmerksamkeit wieder.

Ich würgte gespielt. »Du weißt, wie ich das Wort hasse.«

»Tja, du solltest es aber lieber zu deinem Mantra machen, ich will nämlich nicht, dass sie mich zwingen, dich vor die Tür zu setzen.«

»Du willst mich fallen lassen? Zoey! Nach allem, was wir durchgemacht haben? Nachdem Zack Black uns in der Junior High beide zum Tanz eingeladen hat? Nach der Magen-Darm-Grippe in Vancouver? Nachdem wir unseren Flug nach Brüssel verpasst haben und im Tourbus einer Amsterdamer Punkband mitgefahren sind, die dann einen Song über uns geschrieben hat?«

Sie riss die Hand hoch. »*Ich* will dich nicht fallen lassen! Ich will deine Agentin sein und einen Haufen Geld mit dir verdienen, aber du machst es mir momentan echt nicht leicht!«

»Ich weiß«, sagte ich kleinlaut.

»Hör zu, Haze. Ich will echt keinen auf Arschgesicht machen, aber deine Verkäufe sind so schlecht wie nie, seit du angefangen hast. Die Leser haben dich ewig nicht zu Gesicht bekommen. Du hast seit einem Jahr keinen Newsletter mehr verschickt. Deine letzte Social-Media-Aktivität war, als du gehackt wurdest und Fake-Hazel deine Follower per DM. um ›finanzielle Unterstützung für ein erstklassiges Luxus-Lebertransplantat‹ angepumpt hat.«

»Bist du immer so gemein zu deinen Autorinnen?«

»Du bist für liebes Händchenhalten nicht empfänglich. Bei dir funktioniert nur die schonungslose Wahrheit. Zumindest war es früher so.«

»Oh mein Gott. Sei doch nicht so theatralisch. Gut. Schön. Ich mach es.«

Zoey stapelte die volle Mülltüte auf die andere volle Mülltüte auf den vollen Mülleimer. »Was machst du?«

Ich wedelte mit meiner Weinvase. »Na, die Signierstunde, die ich abgelehnt habe.«

Sie trommelte mit den glänzenden roten Nägeln auf dem Butcher Block und musterte mich. »Das ist ein Anfang, aber ich kann dir jetzt schon sagen, dass das nicht reichen wird.«

Sie griff in ihre elegante Aktentasche, zog zwei fette Hefter heraus und ließ sie mit einem Klatschen auf die so gut wie freigeräumte Arbeitsplatte fallen. »Lies das.«

Ich seufzte. »Wenn du mir jetzt genug in den Arsch getreten hast, willst du dann auch eine Vase Wein?«

»Ich würde hier drin auch dann nichts zu mir nehmen, wenn mich Pedro Pascal höchstpersönlich füttern würde.«

* Leseprobe *